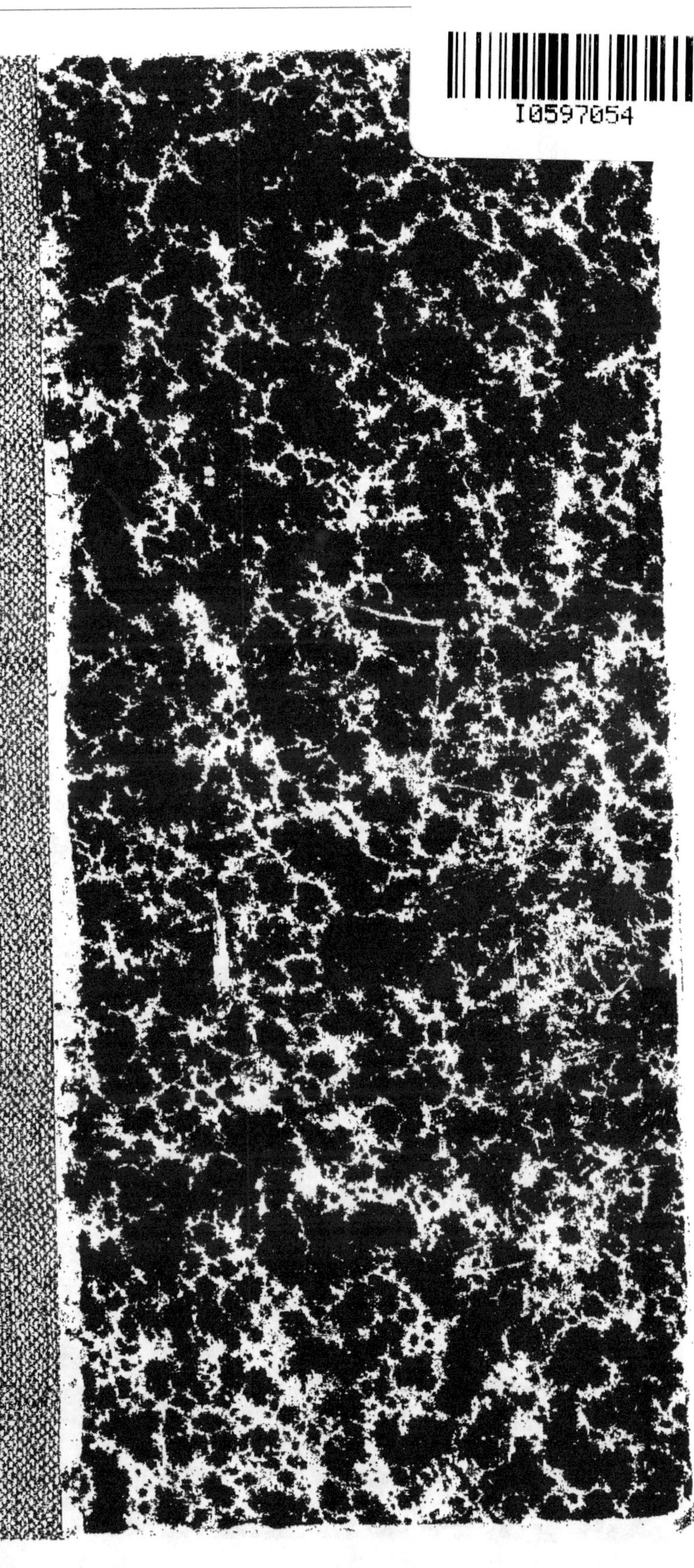

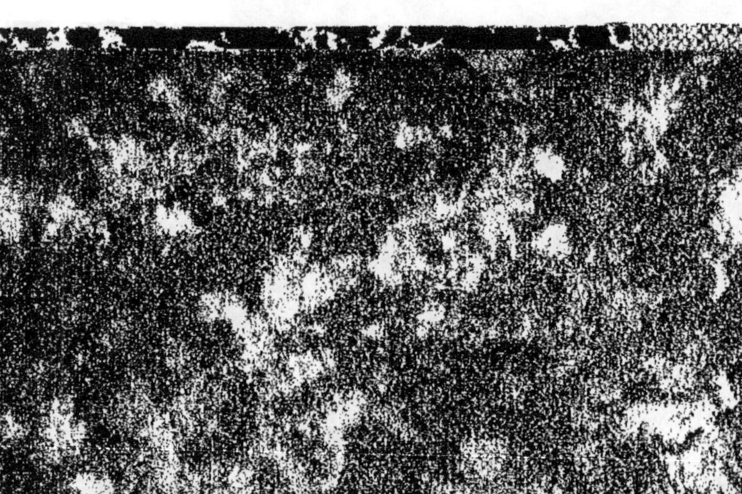

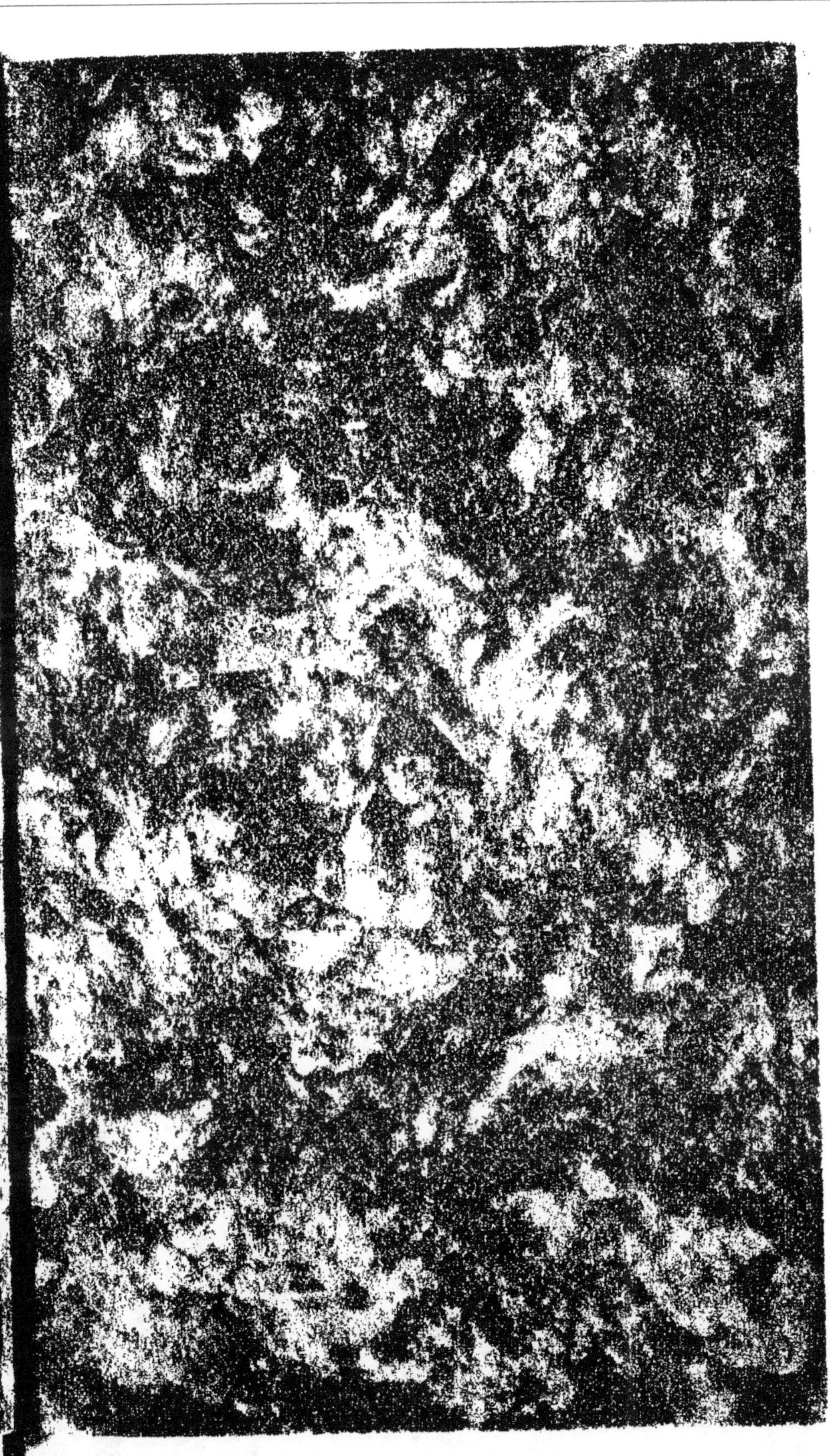

Comtesse M. de Villermont

L'INFANTE ISABELLE

GOUVERNANTE DES PAYS-BAS

Préface par Godefroid Kurth

TOME SECOND

TAMINES   PARIS

DUCULOT-ROULIN   LIBRAIRIE S. FRANÇOIS
ÉDITEUR   4, RUE CASSETTE

1912

L'INFANTE ISABELLE

GOUVERNANTE DES PAYS-BAS

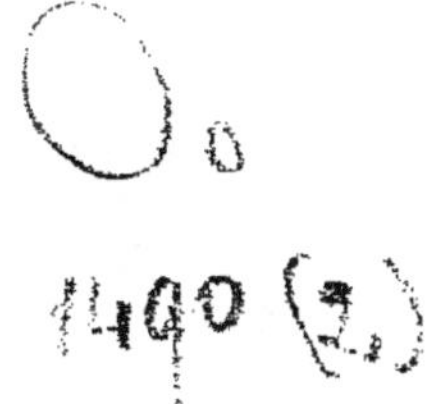

ISABELLE-CLAIRE-EUGÉNIE

(SON VEUVAGE)

Portrait de VAN DYCK
Musée de Vienne.

COMTESSE M. DE VILLERMONT

L'INFANTE ISABELLE

GOUVERNANTE DES PAYS-BAS

PRÉFACE PAR GODEFROID KURTH

TOME SECOND

TAMINES
DUCULOT-ROULIN
ÉDITEUR

PARIS
LIBRAIRIE S. FRANÇOIS
4, RUE CASSETTE

1912

Isabelle-Claire-Eugénie

INFANTE D'ESPAGNE, ARCHIDUCHESSE D'AUTRICHE

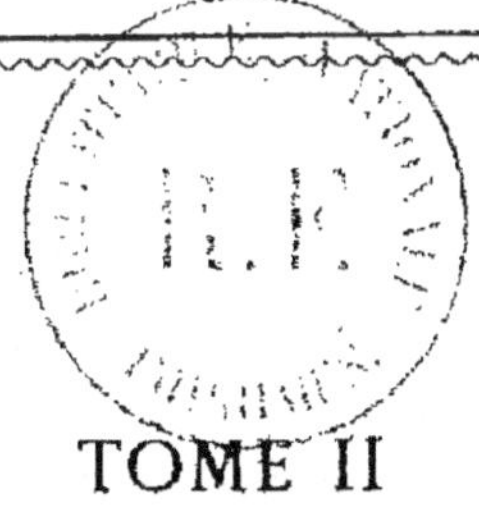

TOME II

CHAPITRE I

Les archiducs chez eux. — Leurs portraits. – Le palais. — La cour. — Son organisation.

Pour narrer avec un peu de suite les premières années du règne des archiducs, nous avons été obligés de laisser dans l'ombre leur vie intime, cadre qui achève de donner son relief à la physionomie humaine. Sans doute, ce sont des détails secondaires, mais pour esquisser tout personnage historique, il faut pénétrer dans sa vie journalière ; un roi, comme un manant, est influencé par son milieu ; tel événement ne s'explique clairement qu'à la pleine connaissance de ses contingences.

D'ailleurs, dans les premières années de leur mariage, Albert et Isabelle n'ont guère eu le temps de bien organiser leur cour ni de régler leur vie de souverains. Sans cesse ils sont en voyage, ils courent de Bruxelles à Gand, d'Anvers à Nieuport, selon que la guerre où les obligations du gouvernement les fait aller de côté et d'autre. Ils vont au plus pressé, au jour le jour, toujours sous le coup d'une attaque hollandaise, ou dans les angoisses des mutineries et du manque d'argent.

Le travail, comme les tracas, ne leur manquent pas. Pièce à pièce, ils doivent réédifier leur souveraineté en ruines, où ils n'ont trouvé que désordre et misère. La paix, enfin conclue, va leur permettre de pousser plus vigoureusement l'œuvre du relèvement de la Belgique.

Ils ont maintenant l'expérience et le peuple leur est acquis. Ils ont la volonté de maintenir leur pouvoir et d'en user pour le bien du pays et ils voient déjà, de tous côtés, cette floraison d'énergies morales et physiques, d'art, de science, de commerce et d'industrie, qui sera leur gloire, en dépit de tous leurs détracteurs.

Nous voudrions rendre à la vérité historique deux nobles physionomies que la passion aveugle et sectaire a défigurées. Ridiculisés d'un côté, calomniés de l'autre, on a, pendant longtemps, essayé de travestir en grotesques et cruels fantoches, ceux de nos souverains qui ont le plus travaillé à la gloire de notre patrie ; ils ne peuvent que gagner à être connus. S'ils ont été l'objet de la haine, c'est seulement parce qu'ils étaient catholiques zélés par principe et par politique. Ils ont contribué pour une bonne part à soutenir l'empire des Habsbourg et à aider Ferdinand II à refaire cette puissance que Rodolphe et Mathias avaient presque ruinée. Ils ont soutenu aussi la politique espagnole, et leur influence a été salutaire pour mettre un frein aux errements du gouvernement de Madrid. Leur rôle a été ingrat, mais il n'en fût que plus digne d'admiration. Il leur fallût un courage, une patience, une résignation rares. Leurs contemporains leur ont rendu plus sincère justice que les générations modernes. Leurs ennemis même — je ne parle pas de la tourbe de bas calomniateurs protestants — les estimaient et les respectaient. Peu de femmes, dans l'histoire, ont conquis autour d'elles plus de sympathies que l'Infante Isabelle.

Lorsque le cardinal Bentivoglio arriva comme nonce aux Pays-Bas, l'archiduchesse avait perdu l'éclat de sa jeunesse et la fleur de sa beauté, l'archiduc commençait à souffrir assez sérieusement de la goutte. Le portrait de ces deux souverains, tracé par le prélat, à tout l'intérêt d'un croquis pris sur le vif. Nous le citerons en entier.

— « L'archiduc est de petite stature, maigre de corps et de complexion, entre la sanguine et la lymphatique, comme le sont en général les princes de la maison d'Autriche. Il est blanc de visage, de cheveux blonds et ses traits sont très nobles. Il a la bouche autrichienne et sa complexion est plutôt délicate que forte. Il souffre de la goutte, mais n'en est travaillé que rarement. Depuis quelque temps il en souffre plus souvent et plus fortement qu'autrefois. Pour le reste, il n'est sujet à aucune autre indisposition. On ne peut dire combien il est réglé dans le manger et le boire. (1) Il a maintenant 54 ans. Pour les qualités de l'âme, il est prince de vertus singulières. D'abord on ne peut dire combien il est religieux et pieux et combien grand est le zèle et le respect qui se découvrent en lui pour le service divin et les choses sacrées. Ses mœurs brillent en lui d'une rare honnêteté, presque pudique, et de ce côté comme en d'autres, il peut servir de miroir à tout homme privé comme à tout prince.

« Il est grand amateur de la justice et en toutes choses il fait montre d'une modération singulière. Il est très grave dans ses actions et se comporte d'une manière si égale toujours qu'on ne le voit jamais varier d'un point en lui-même. Il parle peu, comme tous les princes de la Maison d'Autriche et il parle lentement par habitude. Il possède cinq langues : sa langue maternelle l'allemande, l'espagnole, la latine, l'italienne et la française. Il use des deux premières et comprend les deux dernières avec grande sûreté. Il est versé dans les lettres et les acquit quand il était cardinal. Il a étudié particulièrement les mathéma-

---

(1) Le prince Pierre Ernest de Mansfeld, gouverneur du Luxembourg, étant venu à Bruxelles peu après l'installation des archiducs, assista, comme les seigneurs de la cour, au dîner des princes. L'archiduc, après le repas, l'invita gracieusement à revenir encore. Pierre Ernest s'inclina, mais en quittant le palais, le vieux viveur s'écria : «Dieu me garde d'aller meshuy veoir disner un prince qui ne boit que deux fois ! » Chiflet, T. 96 f. 235.

tiques. Il est infatigable dans les travaux des affaires et il aime beaucoup le travail. Il est habitué à donner des audiences tous les jours pendant plusieurs heures le matin et le soir et toujours avec beaucoup d'attention et de bonté. Il est prince impénétrable et secret et le cache aussi bien sur son visage que dans ses paroles ; il est impossible de deviner sur son visage toujours serein aucune des émotions qui agitent son âme. Il est de nature constante et l'a montré au milieu des grandes épreuves qu'il a souffertes et qu'il a éprouvées dans les guerres passées. De l'avis général, il pêche par l'irrésolution et par la lenteur et il est certain qu'il est mieux fait pour la paix que pour la guerre, laquelle exige plus de résolution dans les conseils. Rien de plus égal, de plus harmonieux que l'ordre des actions de l'archiduc. Sa manière d'être lente et sa gravité si grande viennent en grande partie de son tempérament naturel. Mais aussi et surtout, il s'est formé en Espagne à l'exemple du roi Philippe II qu'il cherche à imiter en toutes choses. On ne peut blâmer le roi de cette manière si mesurée et si grave parce qu'elle s'accorde très bien avec le gouvernement des espagnols et à leur nature. Jamais le roi n'eut occasion de changer ses habitudes journalières de paix, qui sont bien différentes de celles qu'exige la guerre. Mais en Flandre, le peuple veut que les princes soient plus aimables et plus traitables et leur demandent des actions plus résolues et plus efficaces que ne le sont celles de l'archiduc. »

Après avoir insinué qu'Albert eut mieux fait d'imiter Charles-Quint que Philippe II, le cardinal Bentivoglio revient sur cette gravité qui attire à l'archiduc plus de respect que d'amour et trace ainsi le portrait d'Isabelle.

— « L'Infante dona Isabelle sa femme est non moins que lui digne de demeurer dans le souvenir de la postérité. La complexion de l'Infante est très semblable à celle de l'archiduc ; comme lui, prédomine en elle le sang et le flegme. Elle est de stature plutôt grande que petite, selon l'ordinaire des autres femmes et elle garde dans sa personne et dans ses allures quelque chose de la majestueuse beauté de jadis qui fut très grande dans la fleur de sa jeunesse. Tous ses gestes et sa personne sont pleins de grâce et elle inspire je ne sais quoi de bienveillant et de grand tout ensemble, qui attire à elle les âmes avec une grande force. Maintenant elle a 46 ans. Elle jouit d'une très bonne santé, elle prend volontiers de l'exercice. Elle se montre grande amateur de chasse et de la campagne. Souvent elle-même à cheval fait voler les oiseaux et dirige la chasse.

« Quand aux dons de l'âme, elle est sans aucun doute une des princesses les plus remarquables qui aient existé ; elle a fait revivre les plus royales vertus de son aïeule la grande Isabelle de Castille dont elle porte le nom et dont elle a bien conservé le sang. On ne peut dire combien elle est affable et bénigne, comme elle est libérale et magnifique, grande amie de la justice. Mais surtout combien grande est sa religion et sa piété. Elle montre un zèle ardent pour l'Eglise et elle n'a pas de désir plus vif que de la voir règner partout, mais spécialement dans ces provinces hérétiques de Flandre où jadis la piété n'était pas moindre que dans les autres provinces et elles se gardaient fidèlement catholiques. Je dirai que les dames ne vivent pas dans une cour, mais dans un monastère, tant elles sont modestes et retirées. Et d'autre part, on ne peut voir cour plus majestueuse et plus gaie dans toutes les occasions qui se présentent, tournois, chasses ou autres fêtes, qui sont habituelles aux maisons royales comme cette maison de Flandre.

« Elle est douée d'une âme vraiment héroïque et supérieure à tous les contrastes de la fortune. On le vit bien en particulier, lors de la défaite de l'archiduc à Nieuport où l'on ne sait quand elle montra le plus de force, ou au premier avis qu'elle reçut que la bataille était perdue, ou lorsqu'on lui dit que l'archiduc avait été pris, ou en troisième lieu quand elle sut qu'il avait été gravement blessé. Elle a laissé à l'archiduc le gouvernement de ses Etats qui lui furent donnés en dot, elle voulut magnanimement s'en dépouiller, parce que les affaires peuvent s'expédier plus facilement de la main d'un seul et parce que l'autorité d'un mari est supérieure et que le respect des peuples serait d'autant plus grand envers lui. Mais l'archiduc ne fait rien sans le lui avoir d'abord entièrement communiqué. Aussi tout se fait d'après ses conseils et par les lumières particulières de ce sublime genie que la nature lui a concédé et de la singulière expérience qu'elle a acquise à l'école si élevée et de si mémorable prudence comme fut celle de son glorieux père Philippe. Mais l'archiduc le fait aussi non moins par l'amour qui les unit tous deux et qui les rend égaux et donne le plus rare exemple d'affection matrimoniale. Il est presqu'incroyable jusqu'où peut aller en deux personnes l'union de pensées et de volonté. Il ne s'est jamais vu qu'ils aient été une fois en désaccord et vraiment dans leurs deux cœurs n'habite qu'une seule âme.

« Parmi les choses qui méritent de grandes louanges, c'est que l'Infante, devenue princesse de ces pays, ayant l'esprit plus viril et plus résolu que l'archiduc, a voulu non seulement se soumettre absolument à tous les pouvoirs de son mari en se contentant de rester avec le seul titre de sa femme. L'Infante est généralement beaucoup plus aimée que l'archiduc, elle est de beaucoup plus aimable, elle possède une somme d'affabilité plus que personne, ayant des dons extraordinaires de la nature pour se gagner les cœurs. De l'avis général, on ne pouvait désirer meilleure principauté ; la vertu de l'Infante s'unissant à celle de l'archiduc et suppléant ainsi à ce qui pourrait manquer au mari par les perfections particulières de la femme. » (1)

Ce jugement d'un homme du mérite du cardinal Bentivoglio s'accorde avec tout ce que les contemporains ont dit des archiducs. On reconnaît de grandes vertus à Albert, on le respecte, mais on aime mieux Isabelle, elle sait faire surgir autour d'elle des dévouements passionnés. Elle est bonne, d'une bonté qui se révèle dans tous ses actes, dans

(1) Opere del Cardinal Bentivoglio. Paris, Nicolo Redelichuysen, p. 56 et s.

son sourire, dans ses paroles, dans ce mot qu'elle répète si
souvent pour calmer les vivacités et apaiser les irritations :
con blandura, mot espagnol qui signifie, bonté, douceur,
patience, ses vertus préférées et celles que, toujours, elle
prêche aux autres. Sa gaîté était franche, spirituelle, fine,
voire même malicieuse, mais sans méchanceté ; elle aimait
à rire, à jouer des tours innocents, à faire des surprises ;
son caractère est beaucoup plus français qu'espagnol.
Pourtant, elle resta toujours très espagnole de cœur.
Mais cette affection pour la patrie n'ôta rien à sa tendresse pour ses Pays-Bas et pour ce bon peuple dont elle
n'a cessé de vouloir faire le bonheur. On peut même
assurer qu'elle n'eut pas hésité, s'il l'eut fallu, pour le bien
des belges, à leur sacrifier l'Espagne et le départ des
troupes espagnoles hors de Belgique eut été signé des deux
mains par elle.

Sa gaîté lui servait aussi à dissimuler les angoisses qui,
si souvent, accablèrent son âme ; elle avait, de Philippe II, cet empire sur elle-même qui la rendait impénétrable quand elle le voulait. Pas si complètement cependant
que ce père impassible et le premier mouvement de son
âme sensible ne se refrénait pas toujours. Comme tous les
cœurs droits, aimants, loyaux, elle aimait fortement et
fidèlement ses amis, elle leur témoignait une grande confiance. L'ingratitude et la trahison la blessaient douloureusement, d'autant plus douloureusement qu'elle ne pouvait
jamais se résoudre à les soupçonner.

Elle avait l'âme virile, un esprit large, une intelligence
prompte et un jugement sain et droit. On peut dire qu'elle
fut l'une des plus grandes princesses de l'histoire parmi les
femmes qui exercèrent le pouvoir, et si son action fut
restreinte par les circonstances, elle n'en fut pas moins
remarquable.

On a voulu faire d'Isabelle une bigotte à furies religieuses ; telle aiment à la représenter, ceux qui ne peuvent
se résoudre à reconnaître des qualités aux vrais chrétiens.
On s'en est fait ainsi l'idée la plus fausse. D'aucuns ne veu-

lent voir en elle que la fille du Philippe II des vieilles
légendes protestantes et la représentent, embéguinée, tout
d'une pièce, sombre et fanatique. Bien au contraire : rien
de plus gai, de plus vif, de plus aimable qu'Isabelle.
Avant son veuvage, elle était véritablement le boute en train
de la cour. Passionnée pour les exercices violents, dansant
à ravir, excellente écuyère, chasseresse adroite, infatigable,
s'intéressant à tout, elle avait réussi à concilier deux choses
qu'on pense trop souvent inconciliables : la bonne humeur
et la vertu.

Elle avait fait de sa cour une cour gaie et vertueuse,
elle et son mari donnaient l'exemple des mœurs irréprocha-
bles et on les imitait. Même après son veuvage et malgré
la blessure toujours vive de son cœur, Isabelle resta gaie.
Parfois, quand elle était plus jeune, elle donnait cours à
son humeur aventureuse. Rien ne l'amusait comme de se
mêler à la foule sans être reconnue, ce que l'archiduc
n'approuvait pas toujours. Une de ses dames raconte cette
anecdote qui peint bien l'archiduchesse. (1) « Au commencement du séjour de leurs Altesses en ce pays, écrit-elle à
Chiflet (2), l'archiduc devait assister à une cérémonie dans
une certaine ville. L'Infante aurait eu grand désir d'assister à cette assemblée, sans être reconnue, afin de voir comment se pratiquaient les choses en ce pays. Elle dit à l'archiduc qu'elle avait envie de se mettre une hucque (3)
sur la tête et, ainsi déguisée, accompagnée d'une seule
femme, elle se mêlerait à la foule. Albert lui répondit que
cela lui était agréable puisqu'elle le souhaitait. Après un
instant de réflexion, l'Infante déclara qu'elle n'irait pas.
L'archiduc étonné, lui demanda pourquoi elle changeait
d'idée.

(1) Cette dame est Madeleine de Trazegnies qui, après avoir été dame de
l'Infante, se fit recluse à Gand et garda avec Isabelle des relations très affectueuses.

(2) Chiflet, T. 97, f. 374.

(3) C'était un singulier vêtement. Une sorte d'assiette avec une pointe au
milieu, qu'on mettait sur la tête et d'où s'échappait un long voile ou mante
qui enveloppait la personne toute entière.

« — Parce que, répondit-elle, je vois bien à votre mine que vous ne m'approuvez pas. Et comme il insistait :

— Non, non, reprit-elle, je le vois bien, je ne dois pas y aller.

Et elle n'y fut point. »

Elle montra d'ailleurs un réel courage et un admirable sang froid en plus d'une occasion. Voici un trait cité encore par Madeleine de Trazegnies. Les archiducs étaient trop ardemment catholiques, pour n'avoir pas encouru la haine de tout ce qui tenait, de près ou de loin, à l'hérésie et plus d'une fois on ourdit contre eux des complots. Un jour — c'était peu après leur arrivée — on avertit les princes que des misérables se proposaient de profiter d'une neuvaine qu'ils suivaient à Notre Dame de Laeken pour attenter à leur vie. Albert et Isabelle faisaient tous les jours à pied le chemin du palais à Laeken, accompagnés seulement de deux ou trois personnes. On voulut les empêcher de continuer cette neuvaine, ils refusèrent d'y rien changer et personne n'osa les attaquer. (1)

Un joli petit tableau de Porbus, du musée de La Haye, exprime mieux que de longs discours, l'affection des deux époux. Ce tableau représente un bal intime à la cour de Bruxelles. Quelques dames et seigneurs dansent au son d'un orchestre placé dans une tribune. Albert et Isabelle, assis sous un dais, regardent danser. Ils sourient et se tiennent affectueusement la main d'un geste qu'on devine leur être familier. Ainsi en fut-il toujours. Ils se tenaient unis et jamais la discorde ne dénoua cette union.

(1) Chiflet, T. 98 f. 374. Madeleine de Trazegnies cite un autre trait tout à la louange de l'humilité de l'Infante. Elle avait commandé à une de ses femmes (qui pourrait bien être la comtesse de Feria) de l'avertir quand elle la verrait commettre une faute. Cette dame le faisait et Isabelle acceptait humblement l'avis, se contentant d'expliquer les raisons qui l'avaient fait agir. »

Il est regrettable que la recluse en reste-là de ses récits. Elle dit à Chiflet qu'elle lui contera de vive voix plusieurs autres faits et lui signale une certaine Marie de la Court, attachée à madame de Jacincourt, qui connaissait beaucoup de choses sur l'Infante. Chiflet ne paraît pas avoir interrogé cette personne.

Isabelle avait, pour cet époux un peu austère, les attentions les plus délicates, se privant de chasser, de sortir, quand il était souffrant et, fort tourmentée quand elle le voyait malade, elle le soignait si attentivement qu'elle ne permettait pas qu'il prit un médicament qu'elle ne l'eut goûté elle-même. (1)

Ce caractère affectueux et aimable de la fille de Philippe II se manifestait tout autant avec les personnes de la cour, avec les personnages princiers qui la visitaient, aussi bien que pour les humbles et les petits. Ses ennemis essayaient de lui faire une réputation de virago sans pitié, et, à force de répandre ce propos, une foule de calomnies avaient réussi à mettre en défiance ceux qui ne la connaissaient pas. Le propre frère de son mari, l'archiduc Maximilien, qui se décida à venir voir son frère l'année qui précéda sa mort, n'avait mis aucun empressement à faire la connaissance de sa belle sœur. Il arrivait aux Pays-Bas bourré de préjugés contre leurs souverains. Selon ce qu'on lui avait dit, Albert avait pris en Espagne « une humeur différente des autres nations et contraire à son naturel » (2) et quant à Isabelle, c'était la fille ainée de Philippe II, cela suffisait. Il fut si charmé de l'accueil qu'il reçut, qu'il s'écria que s'il avait connu la bonté de l'Infante, il serait venu vingt ans plus tôt.

Aucune maîtresse de maison, ne recevait ses hôtes avec plus de bonne grâce et de délicatesse de cœur. Elle s'inquiétait de la manière dont on préparait leurs appartements et souvent même, présidait à l'arrangement des tentures et des meubles, s'ingéniant à ce que l'hôte ne manquât en rien de ce qui pouvait lui être utile ou agréable.

Parfois, sa gaieté malicieuse se faisant jour, elle ne résistait pas au plaisir de jouer quelque tour à ses invités. Elle aima toujours ce genre de plaisanterie et, même après la mort de son mari, se laissait aller à son humeur native.

(1) Jean Jacques Courvoisier, Le Sacré Mausolée, p. 54.
(2) Chiflet. T. 98 f. 217.

En 1624, lorsque le jeune prince Vladislas de Pologne vint aux Pays-Bas, afin de s'assurer l'appui de l'Espagne dans son projet de monter sur le trône de Russie, l'Infante voulût lui faire croire que l'hiver dans ses domaines était fleuri comme à Grenade. Elle fit garnir de roses artificielles tous les buissons du parc. L'histoire ne dit pas si le prince se laissa prendre à cette floraison étrange, mais l'Infante s'en amusa beaucoup assure Chiflet.

Avec Gaston d'Orléans qu'elle affectionnait fort, elle plaisantait souvent aussi. Un jour elle lui fit porter de très beaux fruits ; il y mordit à la grande joie de toutes les dames présentes ; ces fruits étaient en cire.

C'est ce mélange de sagesse et de belle humeur qui donnait tant d'attrait à la personnalité de l'Infante. Toujours aimable et gracieuse, elle ne perdait jamais l'air de dignité qui empêchait d'oublier le respect qu'on lui devait.

A leur arrivée en Belgique, les souverains purent constater que, s'ils possédaient nombre de palais et de châteaux, il n'y avait d'habitable que le palais de Bruxelles.

Ce qu'on pouvait qualifier de palais dans les provinces n'en gardait guère que le nom.

Seule la vieille demeure des ducs de Brabant conservait son aspect imposant ; Charles-Quint l'avait agrandie et embellie et malgré ces morceaux divers d'architectures différentes, l'ensemble de ce vaste monument était digne de figurer parmi les beaux palais royaux de l'Europe.

Les travaux commandés par Charles-Quint furent d'heureux embellissements, faits avec goût et magnificence. Le grand empereur aimait son palais de Bruxelles, il y avait rassemblé quantité d'œuvres d'art : tapisseries, tableaux, meubles de prix. De toutes les résidences souveraines de son immense empire, il semble que Bruxelles fut celle où il se plaisait le mieux.

Malheureusement, après lui, les Pays-Bas devaient subir de longues années de troubles et de misères. Les gouverneurs de passage, toujours en guerre, négligèrent d'entretenir le palais et il eut même à subir la dévastation du pillage, lorsqu'Olivier van Tempel et ses troupes d'iconoclastes, après avoir ravagé Bruxelles, l'envahirent pour y commettre toutes sortes d'horreurs.

Nombre de chefs-d'œuvres furent détruits ou disparurent. On put heureusement soustraire aux forcenés les superbes tapisseries de la Toison d'or et la bibliothèque avec ses inestimables manuscrits. (1)

L'archiduc Ernest se proposait de remettre le palais dans toute sa splendeur; il avait fait revenir d'Allemagne quantité de tableaux, de meubles, de curiosités, mais la mort ne lui laissa pas le temps de commencer cette restauration qu'Albert reprit après lui, en faisant faire surtout des travaux d'aménagements pour améliorer les installations et les rendre plus commodes. Il n'y avait d'ailleurs rien d'autre à faire, car l'œuvre de Charles-Quint était parfaite. L'empereur avait voulu respecter les belles lignes du vieux bourg ducal, se contentant de l'enjoliver de tours et tourelles, de lanternes, de bretêches ajourées, selon la belle architecture de cette époque et seule, l'aile droite avait été complètement remaniée. Un vaste corps de logis appelé « la Salle » contenait en effet, une salle immense destinée par Charles-Quint, aux grandes solennités impériales. (2) Elle communiquait à la chapelle par une longue et belle galerie. Un escalier monumental précédé d'un portique de grand style, y donnait accès. La chapelle avait été également embellie et agrandie. Elle était, dit un auteur contemporain, si élégante, si fleurie d'ornements, qu'elle semblait une immense châsse ciselée par un orfèvre de génie. Elle terminait comme un joyau, la façade imposante de l'aile droite qui surplombait à pic les bas fonds de Terarken et son hôpital antique.

La façade principale du palais, venait se joindre en marteau à ce corps de bâtiment. Elle s'élevait sur le parc avec

(1) Ces manuscrits sont actuellement à la bibliothèque royale où ils forment la superbe collection appelée la bibliothèque de Bourgogne.

(2) Ce fut dans cette salle que Charles-Quint abdiqua et que Philippe II fut reconnu roi d'Espagne. C'est là aussi que se faisaient les réunions des chevaliers de la Toison d'or.

ses rangées de hautes fenêtres, de style sévère, terminée par
une colonnade au rez-de-chaussée, s'ouvrant sur la grande
terrasse, d'où l'on descendait dans le parc ou dans la lice
aux joûtes. C'est dans cette partie du palais que se trouvaient, selon l'expression du temps, le quartier de l'Infante
et le quartier de l'archiduc avec les autres salles de réceptions, antichambres, etc. L'Infante logeait au second et
l'archiduc au premier. Le quartier des ménines était proche
de celui de l'Infante. Enfin, touchant cette partie, et faisant
face à « la Salle », étaient des bâtiments plus bas, logements de dames ou d'officiers, service, etc. La cour, au
milieu de laquelle se trouvait un puits monumental, était
fermée du côté de la ville par un portail passant sous une
tour carrée avec des petits bâtiments à droite et à gauche.
Devant ce portail, au dehors, s'étendait une vaste place
clôturée de grilles et de piédestaux surmontés de statues. (1)
On appelait cette place « les bailles de la cour », dérivé
d'un vieux mot flamand signifiant barrière. Les écuries se
trouvaient derrière les bâtiments de l'abbaye de St-Jacques
sur Caudenberg ainsi que les autres dépendances, habitations du service, jeu de paume, etc.

Somme toute, les Pays-Bas pouvaient être fiers du logement qu'ils offraient à leurs souverains et que plus d'une
contrée puissante pouvait leur envier. Il occupait un espace
considérable, couvrant tout le terrain depuis le palais actuel
du comte de Flandre, la place royale et ses hôtels et la rue
Royale, jusqu'à l'impasse Belliard, d'un côté ; jusqu'aux
jardins du palais des Académies y compris les jardins du
palais du Roi, de l'autre. (2) C'était un beau spécimen d'architecture gothique et de la renaissance. Malheureusement
le XVIIIe siècle n'appréciait pas cette beauté et après l'incendie du 4 février 1731, on se félicita plutôt qu'on n'en

(1) Charles-Quint voulait orner la place des statues de ses plus illustres
ancêtres qu'il fit, on ne sait pourquoi, exécuter en Espagne, mais quatre seulement arrivèrent au port. Le reste dort au fond de la mer.

(2) Pour la description détaillée du palais de Bruxelles, voir L. Hymans.
Bruxelles à travers les âges. T. 1er chap. IV.

gémit, de la destruction d'un monument barbare. Le palais avait subi sans doute de graves avaries et il fallait surtout regretter la perte de tous les trésors d'art et de science qu'il renfermait. Cependant on pouvait facilement lui rendre son état premier. Le mauvais goût de l'époque n'y songea certes pas. On bâtit un nouveau palais pour lequel on fit disparaître une autre perle d'architecture gothique, le bel hôtel de Nassau. Le palais nouveau fit oublier l'ancien dont on ne laissa pas pierre sur pierre. (1)

A côté du noble palais verdissait le parc immense qui se limitait entre la ligne de la première enceinte de Bruxelles et l'enceinte nouvelle, refaite par les ducs de Bourgogne, c'est-à-dire depuis la rue Royale actuelle jusqu'au Treuren-berg, à la porte de Louvain à l'est et depuis cette porte jusque vers la rue Montoyer actuelle, le long du boulevard des Arts. Ce vaste quadrilatère offrait des aspects bien diffé-rents. Tout auprès du palais, au bas des terrasses et des colonnades, se trouvait l'enceinte des joûtes, ce qui per-mettait de suivre les exercices équestres des fenêtres ou des galeries. Les joûtes tant aimées des ducs de Bourgogne, devaient retrouver une nouvelle faveur sous les archiducs, grands amateurs de ce que nous appellerions aujourd'hui : les sports. |Après la lice étaient les jardins d'agréments qu'Albert et Isabelle aménagèrent de la façon la plus luxueuse, selon la mode d'alors. Tout en conservant à l'uti-lité du potager, aux serres et orangeries, l'espace nécessaire, ils voulurent avoir des charmilles, des cascades, des fleurs, des grottes, des ménageries d'animaux rares. Ils firent venir à grands frais des sources captées dans la forêt de Soigne et des cascades jaillirent partout. Salomon de Caux, le célèbre ingénieur, construisit une machine pour faire mon-ter les eaux à la hauteur du premier étage du palais, d'où elles étaient distribuées dans les nombreuses fontaines et cascades du parc (2). Au milieu de la partie appelée « la

(1) C'est la bibliothèque royale actuelle, avec les bâtiments des archives du royaume.

(2) Outre Salomon de Caux, les cascades et eaux du palais avaient un sur-

feuillée » et qui était un labyrinthe en charmille, se trouvait une fontaine avec un cupidon de bronze et d'autres statues (1). Dans cette charmille, on avait aussi ménagé de nombreuses cages et enclos pour les animaux rares que l'Infante aimait à y rassembler et qu'elle s'amusait à nourrir de sa propre main. (2)

Il y avait aussi des grottes artificielles avec des retraites mystérieuses, des statues et des fontaines, des roches où l'imprudent qui s'y appuyait recevait une douche d'eau fraîche, surprise désagréable, préparée çà et là dans le parc selon le goût de l'époque, où la mauvaise farce n'était pas regardée comme une offense, mais comme une simple plaisanterie. (3)

Tout le reste du parc restait sauvage et boisé. On y voyait des daims, des chevreuils, des lapins et l'Infante leur tirait des flèches quand elle ne pouvait se livrer aux grandes parties de chasse de Tervueren et de Mariemont. Hiver et été, elle s'y promenait beaucoup, elle pouvait ainsi s'adonner à son aise à l'exercice de la marche, qu'elle regardait comme indispensable à sa santé.

L'intérieur du palais répondait à sa parure extérieure. Non seulement à cette époque, on avait un grand luxe d'ameublement, mais les archiducs étaient de grands amateurs d'art et possédaient tous deux un sens artistique

veillant spécial, l'ingénieur Léonard d'Aimery. Les eaux amenées par la machine étaient aussi conduites chez les Carmélites que l'Infante avait fait venir à Bruxelles, en leur donnant un morceau du parc, au bout opposé au palais. Lille, Chambre des comptes. Recette générale des finances. Série B, 2901.

(1) Lille, Ch. des c. Série B, 2770.

(2) Nous voyons en 1609 l'Infante faire acheter à Amsterdam des civettes musquées pour le parc. Lille B, 2836. Peu après elle fait acheter encore pour « la feuillée » sept douzaines « d'oyseaulx canariens ». Lille B, 2890. Les mêmes comptes mentionnent encore 152 livres 13 sols dépensés par Corneille Spillers, « garde de la feuillée » pour achapt de vers de farine pour les rossignolz, pour diverses fleurs et plusieurs sortes de petits oyseaulx mis en la volière de la feuillée de la court de Bruxelles. » Lille B, 2901. Les mêmes comptes mentionnent aussi des aigles.

(3) Lille B, 2866, 325 livres à Léonard d'Aimery, ingénieur directeur des ouvrages de la grotte et fontaine artificielle de Leurs Altezes, à Bruxelles.

remarquable. L'incendie de 1731 fut un véritable désastre pour l'art belge, en détruisant les chefs d'œuvres accumulés au palais par Albert et Isabelle.

Dès son arrivée aux Pays-Bas, Albert avait fait réparer les belles tapisseries du palais et, par ses ordres, on avait tendu de cuir argenté et doré 15 chambres. (1) Nous avons vu les superbes tentures de broderies d'or et d'argent exécutées à Milan et qui servirent sans doute aux appartements d'Isabelle. Lorsque Marie de Médicis se réfugia aux Pays-Bas, elle occupa les appartements de l'archiduc Albert au palais, dont les salles précédant la chambre à coucher étaient tendues, l'une « de satin blanc brodé de pots de fleurs au naturel, l'autre de toile d'or et de tapisserie ». La chambre à coucher avec alcôve était drapée de toile d'or frisé d'une grande richesse. (2)

Quant aux salles de réception, galeries et antichambres, elles avaient leurs murs couverts de tapisseries de haute et basse lice qui, en ce temps, étaient estimées comme une gloire des Flandres.

Personne plus que ces princes, ne protégea cette industrie nationale et plusieurs des plus belles tapisseries qui ornent le palais de Madrid décoraient, de leur temps, le palais de Bruxelles. (3) Chaque année une très grosse somme était consacrée à l'achat de tapisseries, soit pour les résidences d'Albert et d'Isabelle, soit pour en faire des cadeaux et cette

(1) Lille B, 2758 reg. 1596. Il fit garnir aussi sa chambre à coucher de cuir doré, ainsi que la salle du conseil d'Etat.

(2) Voir la description du palais de Bruxelles dans « Bruxelles à travers les âges. » T. I chapitre IV.

(3) Notamment les belles tapisseries représentant l'histoire de Scipion et l'histoire d'Hannibal tissées d'or, d'argent et de soie. Les princes durent les payer en plusieurs fois. En 1607 ils donnèrent 7552 livres et en 1611, 9675 livres. Lille B, 2824 — B. 2859. Le sol des appartements était couverts de tapis de Turquie. En 1610 l'agent des archiducs en Espagne, Luis Alarcon envoie à l'Infante quatre tapis de Turquie qui coûtent ensemble 313 livres. Lilles B, 2842. Madrid possède encore l'histoire de Diane et l'histoire de Noë commandées par les archiducs à Catherine van den Eynde et qu'ils payèrent 8000 livres. Lilles B, 2859.

grande générosité contribua pour beaucoup à rendre vie à
cette fabrication qui avait subi une éclipse sous Philippe II. (1)

Le mobilier du palais répondait à la beauté de ses tentures. Non seulement il était remarquable par le travail de
ses meubles, mais il abondait en œuvres d'art ; le bibelot
était fort à la mode alors et Isabelle en avait la passion.
« Elle était la princesse la plus curieuse du monde, dit
Chiflet, et qui sçavait le mieux recognoistre ceux qui luy
faisaient part de quelque chose de rare. Heureux ceux qui
avaient l'honneur de la servir ! » Et après avoir parlé de
médailles d'or trouvées par un paysan et présentées à
l'archiduc, il ajoute :

« Dans le même cabinet (de l'Infante) je remarquoy
plusieurs curiosités singulières dont la sérénissime Infante
faisait amaz par rareté, pour faire présent au prince don
Fernand, son neveu (2), pour lequel elle préparait beaucoup
de belles choses. » (3)

Et le bon chapelain cite les médailles rares, des coupes
de lapis lazuli et d'agathe, montées en or, des vases de
jaspe orientale et de différentes couleurs, l'anneau d'un
géant « et beaucoup d'autres singularitez ».

Dans une de ses lettres au duc de Lerme, Isabelle le
remercie pour l'envoi d'un bezoard d'Espagne qu'elle
estime beaucoup plus que ceux que son cousin fait revenir
d'Allemagne. (4)

Les divers documents de ce temps citent encore des coupes de cristal de roche montées en or, des petites horloges
entourées de pierreries, d'autres horloges plus grandes

---

(1) Les tentures, à cette époque, étaient variées selon les circonstances ou
les saisons. Tout grand seigneur avait une provision de tapisseries. Le palais
de Bruxelles en possédait une collection considérable. Il fallait, pour les ranger et les tendre, un employé spécial, payé aussi cher que le garde-joyaux.

(2) Lorsque Chiflet parlait ainsi, c'était sur la fin de la vie de l'Infante,
alors qu'elle attendait son neveu, le cardinal Infant, que Philippe IV lui
envoyait pour l'aider dans son gouvernement.

(3) Chiflet. T. 96, f. 197.

(4) Corresp. lettre 19.

dont plusieurs sont des merveilles de travail et de méca-
nisme, des dents d'éléphant, des griffes de tigre, des
coquilles rares, tout cela serti de joaillerie. (1) Sur les cabinets italiens, sur les dressoirs, sur les belles armoires
sculptées ou incrustées, partout s'entassent les bibelots
précieux et les argenteries artistiques. Mais ces mêmes
objets ornent surtout les appartements intimes et ce qu'on
appelait alors « les cabinets de curiosités ». Les grandes
salles du palais ont un mobilier plus sobre ou plutôt, il n'y
en a pas du tout, l'étiquette défendant de s'asseoir devant
les souverains. Au palais de Bruxelles, les salles de réceptions sont ornées de tapisseries et de tableaux, mais la
grande galerie qui va de « la Salle » à la chapelle est
l'endroit où l'archiduc a rassemblé la merveilleuse collection de toiles des maîtres belges et étrangers, à laquelle il a
consacré tous ses loisirs. Au bout de la galerie, s'ouvre la
chapelle, joyau d'architecture de gothique flamboyant que
n'a pas gâté l'agrandissement fait par Charles-Quint. Les
archiducs y ont entassé des richesses. La célèbre tapisserie,
dite de la Passion, dessinée par Rubens, ornait les murs
avec celle dite « de l'arbre de Jessé ». Butkens, voyageur
du XVIIe siècle, s'émerveille de la beauté et de la richesse
de ce sanctuaire, il prétend y avoir vu des lustres enrichis
de pierreries (2). Les splendeurs de cette chapelle étaient
presque légendaires en Europe. Lorsque, après la mort de
Maurice de Nassau, son frère Frédéric Henry reprit la
direction de la guerre contre les Pays-Bas espagnols, on
disait qu'il avait promis de venir à Bruxelles piller la chapelle de l'Infante.

Il est certain qu'Albert et Isabelle ne trouvaient jamais
que leur chapelle eût assez de reliques, d'indulgences et
d'orfèvreries. L'archiduc, par dévotion et par goût, était

(1) Tous ces bibelots avaient ordinairement une grande valeur à cause de
l'or et des pierreries dont on les enrichissait. Nous voyons que vers la fin
de sa vie, la reine Elisabeth d'Angleterre ayant contracté un emprunt à
Anvers, donna pour toute garantie, des caisses pleines de bibelots.

(2) Butkens, cité dans : Bruxelles à travers les âges. T. I. ch. IV.

attentif a orner le sanctuaire. (1) L'Infante avait son oratoire particulier, tout aussi paré que la grande chapelle.

« L'oratoire de Son Altesse est plus beau et plus riche
que les trésors de Saint-Denis et de la Sainte Chapelle, s'écrie
Chiflet dans son enthousiasme. (2) Et il ajoute ce détail
assez curieux : « L'Infante avait sur l'autel de son oratoire
un petit enfant de cire jaune peint de carnation, long d'un
pié, couché, reposant sa tête sur une tête de mort, lequel
enfant elle appelait son frère, à cause qu'il avait esté faict de
la main du roy Philippe II » (3). On ne se figurait pas
Philippe II maniant l'ébauchoir, mais il ne faut pas
oublier qu'il était grand amateur d'art. Isabelle, toujours au
dire de Chiflet, « savait un peu peindre », ce qui nous
étonne moins, lorsque nous savons qu'elle dessinait avec
son aiguille tous les chefs d'œuvre de broderie que l'on
conserve d'elle en Belgique.

C'est donc une demeure très artistique et très somptueuse
que les archiducs se sont créée. (4)

(1) Le Secrétaire Prats écrivait au sieur Maes, agent des archiducs à Rome,
pour qu'il fasse faire une seconde peinture sur cuivre pareille à une autre
déjà reçue. Elle devait représenter la Nativité de N. S. « en la plus agréable forme que le peintre sçaura adviser et que les figures soyent aussy
de mesme grandeur que celles de la peinture envoyée. Mais qu'il vous souvienne d'admonester ledit peintre que saint Joseph y soit représenté en jeune
homme et non pas en vieillard. Vous luy direz aussy de faire bien dorer la
face au costé de la dite lame qui debvra estre peinte, car combien que toute
la dorure doibt estre couverte d'une couleur grisatre que les espagnols appellent *imprimadera*, il n'y a rien de perdu parce que les couleurs mises sur la
dorure demeurent toutes entières et non subjectes a estre démangées du
cuivre par succession de temps. Qu'est un secret que le peintre sera aise de
sçavoir. » Secrétariat d'Etat et de guerre, n° 1247.

(2) Chiflet, T. 96, f. 300.

(3) Chiflet, T. 96, f. 312.

(4) Un curieux roman intitulé: « Le roman de la cour de Bruxelles » donne
beaucoup de détails sur le palais et sur l'existence qu'on y menait. Son
auteur, Puget de la Serre, un français, passa quelque temps aux Pays-Bas et
parait s'y être beaucoup plu. Il est plein d'admiration pour l'Infante et pour
sa demeure. Il en décrit les peintures et les objets d'art. Il est surtout émerveillé de la beauté de la chapelle où, dit-il, « l'œil s'égare dans la considération des plus belles choses du monde » et encore : « De ce palais, on
descend dans un jardin le plus délicieux que l'art et la nature aient jamais
cultivé ensemble. » S'il ne faut pas tout accepter au pied de la lettre, Puget

Quelle existence y menait-on et quelle était cette cour que tout le monde s'accordait à trouver brillante et grandiose ? Le cardinal Bentivoglio va nous le dire. Il a passé plusieurs années auprès d'Albert et d'Isabelle et connait les Pays-Bas à fond. (1)

« La cour des archiducs, dit-il, est formée selon l'usage de celle des princes autrichiens, lesquels ont généralement suivi et imité celle de la maison de Bourgogne d'autrefois. Les principaux offices sont trois qui sont : le premier majordome, le grand écuyer et le sommelier de corps qu'on appelle en Italie le maître de la chambre. Sous le premier majordome sont quatre autres majordomes, sous le premier écuyer, quatre autres écuyers et le sommelier de corps a sous lui tous les gentilshommes de la chambre qui servent l'archiduc. Mais de ces trois officiers dépendent encore divers autres offices inférieurs.

» Au premier majordome sont subordonnés les gentilshommes que l'on appelle de la bouche et du palais avec tout le reste des offices et des autres gens de service qui forment la maison de l'archiduc. Au grand écuyer, les pages et tous ceux qui ont quelqu'emploi dans les écuries. Au sommelier du corps tous ceux qui, de quelque façon, participent à ce qui regarde la chambre de l'archiduc.

» Ces trois offices sont les plus élevés et ne dépendent en rien l'un de l'autre, aussi ont-ils tous des prérogatives. Mais on dit que l'office de premier majordome prévaut sur les autres. Il a l'entrée à toute heure dans les appartements les plus intimes de l'archiduc et de l'Infante. Il a la direction principale de la maison. Il a une place à part dans les audiences publiques du palais, et à la chapelle, à l'office divin. D'autres majordomes sont attribués spécialement à l'Infante. Après vient la camarera major et d'elle dépen-

---

de la Serre n'en a pas moins décrit avec exactitude les principales beautés du palais et des jardins. « Le roman de la cour de Bruxelles » par Puget de la Serre (Jean Tournoy 1628). C'est un roman à clef, assez curieux mais fort diffus et ennuyeux.

(1) Opere del Cardinal Bentivoglio, p. 61.

dent les dames et tout le reste des autres femmes. La charge
de premier chapelain est très estimée ainsi que celle de
capitaine des gardes. Il y a trois gardes : une d'archers, une
d'arquebusiers et cette dernière est la garde qu'a l'archiduc
comme général des armées espagnoles. Tous ces offices
que j'ai nommés sont les principaux de la cour des archiducs. Les autres sont inférieurs et en très grand nombre.

» Maintenant, le premier majordome est le comte de
Anover, cavalier espagnol, l'un des principaux et de grand
mérite. Il y a peu de mois que les archiducs l'ont honoré
de cette charge. Il avait rempli pendant de longues années
celle de sommelier de corps où il remplit en même temps
la charge de capitaine de la garde des lanciers et arquebusiers.

» L'office de premier écuyer est vacant en ce moment par
la mort du comte de Solre, chevalier de la Toison. Le premier chapelain est don Pietro de Tolède qui fut ambassadeur des archiducs à la cour de Rome. Le capitaine des
archers est le baron de Barbanson et celui des arbalétriers
le comte Frédéric de Bergh, tous deux chevaliers et des
familles les plus considérables du pays. La camarera
major de l'Infante est dona Jeanne de Jacyncourt (Chassincourt) qui vînt de France en Espagne comme dame de
la reine Elisabeth, mère de l'Infante. Elle est déjà très
vieille ; aussi à cause de son grand âge, sa charge est souvent exercée par dona Catherine Livia, sa nièce, qui est
une dame de belle origine et fort estimée au palais, mais
son office propre est de servir la coupe à l'Infante qui se fait
servir à table par ses dames, comme l'archiduc est servi par
les gentilshommes de sa chambre, mais ils mangent ensemble le matin et le soir.

» Les dames comme les gentilshommes appartiennent
aux principales familles du pays. Ils sont, pour la plupart,
à titre de princes et de l'ordre de la Toison. La manière
d'être de la cour des archiducs, quant au service propre à
leurs personnes comme en tout le reste, peut rivaliser avec
les plus brillantes et les plus splendides de la chrétienté ».

Et plus loin, après avoir parlé des ambassadeurs et de la manière d'être des archiducs à leur égard et à l'égard des seigneurs de leur cour, le cardinal ajoute à propos de la cour d'Espagne :

« En général, on peut dire que l'une et l'autre cour marchent du même pas, sinon que celle-ci peut paraître en quelque façon plus aimable et plus libre que l'autre, par la liberté du pays et par le mélange de tant de nations que l'occasion de l'armée amènent à Bruxelles. Et sous ce rapport la cour de Flandre peut être jugée supérieure à toutes celles de l'Europe. »

On pourra peut-être faire ce reproche aux archiducs, d'avoir maintenu autour d'eux une cour si dispendieuse alors que l'argent leur manquait toujours, mais c'était dans les mœurs du temps et quand le prince manquait de fonds, il ne payait pas ses officiers.

La cour de Bruxelles comptait environ quatre-vingts gentilshommes à gages, une trentaine de dames également payées. En 1614, par exemple, pour prendre la même époque dont parle Bentivoglio, le premier majordome, comte de Anover, recevait 3.500 florins par an, les autres majordomes recevaient 1850 florins, les chambellans de 1250 à 1300. Les pages et leurs professeurs étaient aussi gagés.

La chapelle est nombreuse ; après le premier chapelain, huit chapelains de l'autel, deux ou trois prédicateurs, les confesseurs, sept ou huit enfants de chœur, le maître de chapelle et ses musiciens (1), soit environ 14.000 florins par an.

______

(1) Les majordomes sont en 1615 : Les comtes d'Iseughien, de Sainte-Aldegonde, de Boussu, de Rye, messieurs d'Andelot, de Marle, de Frens et don Diego de Ibarra. Les chambellans belges sont le duc d'Arschot, le prince d'Epinoy, le marquis d'Havré, les comtes d'Aiglemont, de Bucquoy de Vertaing, de Hennin, de Solre, de Croy, le marquis de Roubaix, les comtes de Bruay et de Zeneghem, les barons de Zevenberghe et de Rossignol : le reste comprenait quatre espagnols, deux italiens, deux bourguignons et trois allemands. Il y avait beaucoup plus d'espagnoles parmi les dames de l'Infante, les belges étaient : la marquise de Bergues, mesdames

La camarera major, cette vieille Jacyncourt que l'Infante,
traite, malgré ses vivacités et son franc parler, comme une
amie respectée, reçoit un traitement de 10.000 florins, mais
cette somme exceptionnelle lui est sans doute donnée comme
une pension de vieillesse, la fidèle dame de la reine Elisabeth paraissant dénuée de toute fortune (2). La première
dame d'honneur, la comtesse de La Fera, ne reçoit que
3ooo florins et les dames du palais seulement 270 florins,
les ménines doivent se contenter de cent florins. Il est
vrai qu'elles sont logées et nourries au palais et appartiennent toutes à des familles riches.

Sous ce grand monde aristocratique s'agitait un peuple
de serviteurs. Pour servir l'Infante et les dames de la cour,
il y avait les duènes et les mocas de camera, qui répondent à ce que nous appellerions maintenant premières et
secondes femmes de chambre, il y en avait onze avec des
lavandières ou blanchisseuses à demeure, pour l'archiduc,
pour l'Infante, pour la bouche et pour les dames.

Outre le secrétaire Prats qui remplissait à la fois le mi-
nistère de l'intérieur et celui des affaires étrangères et par
lequel passait toutes les affaires politiques, les pétitions et
les correspondances concernant le pays, l'archiduc et l'Infante, avaient leurs secrétaires intimes et les commis qui les
aidaient. Venaient trois médecins, un apothicaire, un
barbier et leurs aides, un garde joyaux, trois aides et deux
valets, le même nombre de gens pour les vêtements de
l'archiduc et ceux de l'Infante. Le service se faisait par les
huissiers dont nous ne pouvons dire le nombre, une
dizaine peut-être, pour les services d'introduction dans les
appartements, et les ayudas, valets de pied, valets de chambre, laquais, dont il y avait sept ou huit pour les archiducs,

de Palant et de Bourgogne et mesdemoiselles de Montmorency, de Barbançon, d'Arenberg, de Vertaing, de Merquen et de Conflans. Chambre des
comptes. n° 1838.

(2) A plusieurs reprises, l'Infante, dans ses lettres à Lerme, parle de l'achat
qu'elle voudrait faire d'une maison pour la donner à Madame de Jacyncourt
afin qu'elle puisse s'y retirer.

sept pour leur service intime, chacun, ayant deux aides et un petit valet et enfin les différents services du sommelier, de la maison, de la saucerie, de la cirerie, des dames, des gentilshommes, des pages.

La cuisine était commandée par le grand chef du garde-manger, suivi du chef d'office, du chef-acheteur des vivres, tous ayant leurs deux aides ; le cuisinier en chef présidait à la cuisine où travaillaient huit cuisiniers, un pâtissier et onze gate-sauces.

Presque tout ce monde loge au palais, mais le service est sans cesse augmenté d'un contingent de noblesse venant faire sa cour. Tout noble inscrit au livre d'or du héraut d'armes peut, de droit, entrer au palais et présenter ses hommages au souverain. Son devoir même l'y oblige et dans toutes les cérémonies officielles, il est séant de former au prince un cortège, le plus imposant possible.

Cette foule de serviteurs de tous rangs à loger, encombre si bien le palais que, sous Albert et Isabelle, il n'y avait pas d'appartements pour les personnages princiers qui venaient les visiter. Ils devaient loger, soit chez quelque grand seigneur, soit dans les hôtelleries de la ville où, d'ailleurs, ils étaient toujours défrayés par les archiducs. La princesse de Condé que l'Infante veut garder auprès d'elle, se plaint d'être logée dans un galetas et ce ne sera qu'après la mort d'Albert qu'Isabelle pourra héberger ses hôtes de marque.

Après les services intérieurs, vient le plus important de tous, celui des écuries. Son importance est telle que celui qui en a la direction occupe l'un des trois grands offices de la Cour. Le grand écuyer est considéré comme l'égal du premier maître d'hôtel.

Sous le grand écuyer sont placés trois premiers écuyers. En 1615, l'un s'appelle Augustin de Sanmaniego, l'autre Antoine de T'Serclaes ; le grand écuyer est Antonio de Mendoza.

Viennent le fourrier de l'écurie et son aide, un palefrenier major et son aide, un cocher major et deux aides, les cochers en second ; le chef d'écurie des mules, le chef d'écurie des genêts d'Espagne, huit écuyers, douze laquais, cinq frotteurs et balayeurs, un librador pour distribuer les fourrages, un courrier, un sellier et son aide et deux hommes de peine. Nous n'avons pas le chiffre exact du nombre de chevaux et mules des écuries archiducales. (1) Nous savons seulement qu'avant son mariage, Albert avait dans ses écuries particulières 128 chevaux et 79 mules, mais ce nombre fut sans doute doublé après l'arrivée d'Isabelle.

Le prix des chevaux et des mules, alors comme aujourd'hui, variait selon la qualité. La race avait une grande importance. Si le type de beauté d'un cheval n'était pas du tout celui que nous recherchons actuellement, il n'en était pas moins aussi apprécié et bien payé. Il fallait alors à un cheval des qualités d'endurance, de force, de musculature bien autres que maintenant. Les longs voyages, les guerres continuelles, les lourdes armures, les charges, autant de conditions dont il fallait tenir compte. Aussi s'efforçait-on de créer de bonnes races. Le roi d'Espagne avait une race qu'il élevait dans le royaume de Naples, dont il était très jaloux. Sous Philippe III, c'est le marquis de Santelmo qui a la direction des haras. Si les archiducs peuvent y acheter des chevaux, ce n'est qu'après avoir fourni la cour d'Espagne. Le marquis toutefois, préfère ne rien envoyer que d'envoyer des chevaux médiocres (2). En 1605, il envoie quatre chevaux à trot allongé et deux pour chaise à porteurs ; en 1608, il en envoie douze, en 1609 six (3) et presque tous les ans ce sont des expéditions, variant de six à quatorze et quinze chevaux, dont quelques-uns sont expédiés avec des recommandations pressantes de ne les mettre qu'entre bonnes mains, car ce sont des sujets qui deviendront superbes et excellents. (4) A ces chevaux d'Ita-

---

(1) En 1615, la nourriture des mules seules a coûté 2624 florins ; la même année, pour le seul mois d'août, les chevaux ont consommé pour 2437 florins de nourriture. Chambre des comptes, n° 1838.

(2) Secrétairerie d'Etat et de guerre, n° 529.

(3)   »   »   ·

(4)   »   »   ». Les archiducs, pour reconnaitre, la complaisance du marquis de Santelmo, lui envoyaient souvent des cadeaux;

lie, il faut ajouter les célèbres genets d'Espagne et aussi les chevaux de Hongrie dont l'archiduc consomme beaucoup et enfin les mules qui sont toutes des bêtes de choix, très estimées, surtout pour les attelages des dames et qui sont aussi chères que les chevaux. L'archiduc en a payé jusque 1100 florins pièce, alors que d'excellents chevaux de Hongrie ne sont côtés qu'à 350 ou 400 florins.

Nous avons essayé de donner, en un croquis rapide, une esquisse de ce qu'était la cour d'Albert et d'Isabelle, elle serait incomplète si on n'y ajoutait la double garde d'archers et de hallebardiers qui ne quitte jamais le palais. Il y a 43 archers et 71 hallebardiers avec leurs fourriers, aides, fifres et timbaliers et cette troupe se déplace avec les archiducs. Enfin il y a l'armée des gens de métier, tapissiers, brodeurs, tailleurs, fabricants de cierges et chandelles, faiseurs de chausses et de chapeaux, joailliers, pelletiers, horlogers, menuisiers, forgerons, suite indispensable à toute grande maison, car on n'achète au dehors que les matières premières et tout se confectionne chez soi.

La charge de grand maître ou de majordome d'une pareille cour n'était pas, comme on le voit, une tranquille sinécure.

---

ce sont des tapisseries, des bijoux, voire même un costume blanc dont il remercie vivement les princes (même document n° 529).

CHAPITRE II

—

—

Le Cardinal Bentivoglio dit qu'il y avait un très bel ordre à la cour des archiducs et qu'elle était calquée sur celle de l'Espagne. Albert et Isabelle élevés dans cette cour là, avaient naturellement monté la leur sur le même pied, mais là se bornait la différence. La rigidité immuable de Philippe II ne convenait pas à la vivacité et à la simplicité de sa fille. Albert peut-être, seul, se fut moulé dans cette noble attitude, mais Isabelle, tout en gardant une mesure très exacte de ce qu'exigeait son rang, ne voulait pas que sa cour fut un antre d'ennui et de tristesse. Elle avait cette grande qualité du tact qui sait mesurer exactement les doses, et la volonté qui empêche qu'on dépasse la mesure permise. Sa piété ne s'imposait pas, elle n'était ni prude ni revêche ; sévère pour elle même, d'une indulgente bonté pour les autres, elle avait l'art presqu'unique de rendre sa cour très gaie, de faire qu'on s'y amusât et cependant d'y surveiller les mœurs, ne permettant aucune infraction grave sur ce point. Les ménines ne sont pas enfermées à triple tour, c'est l'Infante elle-même qui les dirige, qui les surveille et vient chaque jour travailler au milieu d'elles, pour former leur cœur et leur jugement en causant familièrement, en leur faisant lire des livres bien choisis ; elle leur donne des tâches de travail et pour cette jeunesse, comme pour ses dames d'honneur, comme pour ses femmes de service, elle est une maîtresse de maison attentive, distribuant à chacun la besogne de la journée.

Isabelle sait très bien faire la part de la jeunesse et ne veut pas la tenir prisonnière, mais comme elle répond de ces jeunes filles devant leurs familles et devant sa conscience, elles ne se rencontrent avec la brillante foule des jeunes seigneurs de la cour qu'aux réunions que préside la souveraine, au dîner en public, aux audiences solennelles, aux fêtes de jour et de nuit. Si, après, on se fait des signes par la fenêtre ou qu'on se cache derrière une porte pour se serrer la main, l'Infante en rit la première. (1) Les cavaliers de sa cour, d'ailleurs, savent qu'elle ne souffrirait pas une grossièreté ou une impertinence; ce sont des espagnols stylés à Madrid ou de braves flamands respectueux, et jusqu'à l'arrivée de Gaston d'Orléans, Isabelle put être tranquille. Après la venue de cette troupe indisciplinée dont les historiettes de Tallemant des Réaux nous laissent une piètre impression, il fallut cependant que l'Infante agit plus énergiquement. Les galans ne se contentaient plus, comme les espagnols et les flamands, de se promener dans la cour, le chapeau en main, en regardant vers les fenêtres, mais on descendait de ces fenêtres des corbeilles où se glissaient des billets doux et Isabelle coupa court à cette correspondance, en faisant garnir les fenêtres des appartements des ménines, de jalousies à l'espagnole, qui obstruaient la vue par le bas. (2)

A lire Puget de la Serre, on pouvait croire à de toutes

____

(1) Puget de la Serre, dans le roman de la cour de Bruxelles, dit que les beautés de la cour ne se faisaient pas faute de correspondre du haut des fenêtres avec « leurs galans.» « Car, sans méntir, il y a du plaisir à voir dans la cour du pallais de ceste grande princesse une troupe d'amans, le chapeau en main, en action de contempler ces grâces... Je finiray ce livre par ceste considération que chasque pays a sa loy et que celle de l'austérité qu'on a imposée aux dames de la cour semble d'abord pleine de rigueur et de sévérité aux étrangers. Mais après tout, les loix de la vertu portent leur authorité avec elles ». P. 272 et 294.

(2) Gazette de France 1633.

autres allures à la cour de Bruxelles ; ce ne sont que rendez-vous, entretiens tendres, aventures d'amour, toutes au
plus sentimentales, mais c'est un roman à clef et quand on
a cette clef on est fort surpris de voir que ces héros soupirants et ces grâces fondues en tendresse, sont des ménages
unis ou des fiancés honnêtes, dont les promenades, les
voyages et les divertissements servent de canevas aux broderies de l'auteur. Il est bon de rappeler ceci pour garder
la notion exacte des mœurs de la haute société belge à
l'époque dont nous parlons.

Sous des souverains donnant l'exemple de la plus parfaite union conjugale, personne n'eût osé ne pas l'imiter et
Chiflet dit quelque part que, dans tout le cours de sa vie,
Isabelle n'eut à faire que deux expulsions pour cause de
mœurs dans le personnel de ses femmes de service.

Nous allons voir quelle était la vie de l'Infante d'après
son chroniqueur. Il insiste surtout sur le côté pieux de
cette existence, et laisse trop imprécis le côté mondain. En
tant que chapelain, il s'occupait surtout des habitudes religieuses de la princesse.

Chiflet décrit ainsi la vie de l'Infante :

« Elle se levait le matin après les sept heures. A huict
elle estait habillée sans beaucoup de façon, puis elle faisait
sa prière d'environ trois quarts d'heure devant un petit
oratoire à la maison. A neuf heures elle déjeûnait ; de là
elle employait deux heures, partie à faire exercice dans son
parc suivant l'ordonnance des médecins, à cause de la gra-
velle à quoy elle estait subjecte, ou à lire quelque livre
dont elle pouvait recueillir du fruict ; partie à donner de
l'ouvrage à ses dames et aux filles de sa chambre ; partie à
travailler elle mesme sur quelques ornements d'Eglise ou
autres ouvrages pieux comme des robbes, couronnes, pavil-
lons et semblables enrichissemens, dont elle pârait les
tabernacles du Saint-Sacrement, les images de Notre Dame
et celles des Saints auxquels elle avait particulière dévotion,
n'y aïant guère de monastères ni de paroisses dans toutes
les provinces où elle n'ayt laissé quelque honorable mé-

moire de sa pieuse libéralité. A onze heures elle venait oyr, conjoinctement avec l'archiduc, de la tribune (qu'est une chambre dont les fenestres regardent sur l'autel de la chapelle) une messe basse qui se disait à tour et par semaine par les chappellains de l'oratoire. Le tems qui restait jusqu'à midi estait employé à donner quelques audiences attendant le disner qui se faisait toujours semblablement avec l'archiduc et souvent en public auquel le grand aumônier ne manquait jamais de bénir la table, à l'entrée, à haute voix, ni de rendre grâces, quand on avait desservi, assisté du maître des cérémonies et d'un autre chapellain de l'oratoire à qui touschait la semaine pour lors.

» L'archiduc estait servi par ses gentilshommes et l'Infante par ses dames, tous deux à plats et couppes couvertes. Durant le disner l'archiduc aymait d'estre entretenu, proposant luy mesme aucunes fois l'ouverture d'un subject. Que s'il advenait ou que l'Infante eust la curiosité de proposer quelque chose à un cavalier ou d'estre esclairée sur quelque point de l'entretien, elle portait un honneur si respectueux à l'archiduc qu'elle ne faisait aucune interrogation, ni recevait aucune réponse que par son propre truchement.

» Après le disner et quelque peu de récréation qu'elle prenait, discourant avec l'archiduc ou avec ses dames, elle allait faire à Dieu une action de grâces de demi-heure entière, laquelle achevée, elle reposait autant de temps à la façon d'Espagne, puis elle donnait à manger à ses oisillons ou retournait prendre ses ouvrages ordinaires, distribuant elle-même la tasche à ses femmes et ne permectant pas qu'aucune demeurast oisive ; ci qu'on pouvait dire de sa maison que c'estait un vrai monastère, tant les heures y estaient judicieusement réglées et les occupations sagement réparties.

» Sur les quatre heures l'archiduc lui communiquait les papiers de l'Etat et là se prenaient les résolutions jusqu'à l'heure de l'audience du soir qui commençait d'ordinaire (quand il y en avait) à six heures et demye et finissait à huict. L'Infante en mesme temps tenait la sienne ; mais comme elle n'estait pas si fréquente ni si longue que celle de l'archiduc, elle se divertissait à d'autres exercices vertueux.

» A huict heures les princes se mettaient à table de la mesme manière comme au disner, hormis qu'ils ne soupaient point, ou rarement en publicq.

» La récréation et action de grâces estait pratiquée comme après le disner.

» De dix heures à minuit, elle faisait ses prières journalières à deux genouils, devant l'oratoire de sa chambre avec une assiduité infatigable et à minuit son examen de conscience qui durait une demye heure sans jamais se relascher pour aucune considération du monde ou affaire, quelque importante qu'elle fust, d'aucun point de ses dévotions.

» Aux cours de festes à cause de la grande messe qui se chantait avec la musique, l'archiduc et l'Infante venaient de meilleure heure à la tribune, principalement quand il y avait sermon ; mais aux jours de Notre Seigneur, de Notre Dame, de St-Jean-Baptiste, des saints Apôtres et autres solennités, l'un et l'autre prenaient la peine de descendre à la chapelle où ils se mettaient à genouil soubs une mesme courtine avec un appuy d'oratoire devant eux. Le nonce du Pape faisant l'office aux fêtes qui estaient les plus principales. Ce bel ordre s'observait ponctuellement tout le long de l'année sans aucune altération si ce n'estaient que les princes vacassent ailleurs à d'autres dévotions, comme aux processions générales et aux pardons accordés aux égglises de la ville où ils assistaient avec les exemples d'une piété très singulière et lors ils sortaient du palais à bonne heure et disnaient plus tard que de coutume. » (1)

Chiflet redit la même chose que le Cardinal Bentivoglio sur l'affection mutuelle des deux époux et la parfaite concorde qui régna toujours entre eux et termine ainsi cette partie de son étude sur l'Infante :

« Quant à ses divertissements, c'estoit la pourmenade et

____

(1) Chiflet, 96 f. 90 et s.

la chasse qu'elle aymoit grandement et se plaisoit à monter à cheval, à faire voler l'oiseau et à tirer à l'arbalète et à l'arquebuse. »

L'affection mutuelle de ces deux époux a frappé tous ceux qui les ont vus. Elle ne se manifestait pas seulement par une parfaite unité de direction gouvernementale et un accord entier dans les idées, mais par mille traits charmants. Si, comme le redit Chiflet, l'Infante avait pour son mari une déférence respectueuse, d'autant plus méritoire qu'elle se sentait supérieure à lui, Albert traitait sa femme avec une galanterie qu'on s'étonne de rencontrer dans ce grave et sévère personnage. Il avait pour elle, dit Chiflet, « des gentilesses incomparables », des attentions délicates d'amoureux. Il aimait à montrer à tous l'affection qu'il lui portait. « Il fit faire des médailles, dit encore Chiflet, avec son profil (le profil d'Albert) *serein et pacifique,* au revers, une main tenant une épée et sortant des nuages avec cette devise : *pulchrum clarescere utroque,* usant du mot clarescere en faveur de sa chère Isabelle » (1)

« J'ay pris garde, continue le bon chapelain, à une (gentilesse) que je ne puis obmettre; elle est sur une horloge de chambre de l'archiduc qui se délectait en horrelogerie et qui l'entendait en perfection, fist un jour présent à l'Infante. C'est une hémisphère traversée dans sa ligne équinoxiale (sur laquelle les philosophes ont colloqué le premier mouvement qui est Dieu, comme son propre siège) avec un stile droit au milieu. Le soleil dans l'ariès en son midy dardait ses rayons sur l'aiguille et cette devise : *omnia clara.* Voulant par là signifier qu'en sa Claire il n'y avait rien d'absens, fûst en la naissance, fûst aux perfections du corps et de l'âme, mais aux rares avantages qui la relevait par dessus les mérites des autres princesses. Enfin qu'elle était : *claire partout.*

Albert sait aussi se montrer aimable à l'occasion pour les autres femmes, témoin cette gracieuse réponse qu'il fit à la

____

(1) Chiflet, T. 96, f. 96.

princesse de Condé qu'il menait voir sa galerie de peintures. Comme la princesse s'extasiait sur quelques beaux portraits, l'archiduc lui répondit: Madame, quand vous êtes là, je n'en trouve aucun beau !

Hâtons-nous de dire que ce n'était là que propos de courtoisie. Jamais on ne put relever en lui la moindre infraction à la plus sévère règle de mœurs. Cette sévérité allait jusqu'à prescrire chez lui tout ce qui pouvait donner quelque scandale. Il fit enlever du palais un tableau de grand prix représentant une Danaë peu vêtue.(1) Il surveillait de près la conduite de son entourage, parfois jusqu'au scrupule. (2) En tout, il montrait une grande délicatesse de conscience. « Il choisissait, dit toujours Chiflet, il choisissait avec soin les personnes auxquelles il confiait les charges de sa cour, s'excusant, s'il n'avait pas bien choisi, qu'il prenait Dieu à témoin qu'il en avait la volonté de le faire... Il rendait sa cour comme un séminaire de religion et il en est plus sorti pour entrer en religion que pour se marier » (3). Nous croyons ici que Chiflet, dans son zèle pieux, exagère trop l'influence religieuse de la piété des archiducs, car nous ne voyons guère de membre de la noblesse entré dans les ordres pendant la vie d'Albert et d'Isabelle, autre que le Père capucin Charles d'Arenberg. Il est même étonnant qu'il n'y en ait pas eu davantage.

La foi était encore vive et le respect humain inconnu, on n'avait aucune crainte de montrer ses sentiments religieux et c'est par Puget de la Serre que nous apprenons comment les seigneurs de la cour sanctifiaient la Semaine Sainte. A l'exemple des espagnols, ils faisaient des processions nocturnes, les cordes flagellantes à la main et pendant le jour, suivaient les stations en habits de pénitents, souvent pieds

(1) Chiflet. 96, f. 285.

(2) Chiflet, 96, f. 284. L'Infante ayant passé la nuit dans un couvent où quelques dames de la suite avaient dû loger, l'archiduc, ayant appris qu'il avait ainsi laissé contrevenir à la règle, se hâta d'en solliciter l'absolution et engagea les dames, coupables involontaires, à l'imiter.

(3) Chiflet, T 96, f. 286.

nus; le duc d'Arschot portait une croix pesante, les princes de Chimai, de Barbanson, les comtes d'Egmont et de Willerval l'accompagnant dévotement. (1) L'Infante passait la nuit du jeudi saint à visiter les églises où se trouvaient des reposoirs. L'histoire ne nous dit pas dans quelle mesure l'archiduc partageait ces exercices pieux, sa santé l'obligeait à plus de mesure.

C'était d'ailleurs un caractère plus froid et moins démonstratif. Chiflet dit qu'il n'aimait l'ostentation en rien, mais il ajoute que sa conduite toujours loyale lui valait la confiance de tous ceux qui l'approchaient. « Sa parole vaut de l'or, disait-on. » (2)

— « Je ne veux que ce qui est juste sans regarder à mon profit », répétait-il.

On a accusé les archiducs d'avoir eu l'hérésie en horreur et de l'avoir persécutée sans pitié. C'est là une calomnie qui n'a pour elle aucune excuse. Les archiducs avaient l'hérésie en horreur, sans doute, mais ne furent pas des persécuteurs. Ils ont cherché par tous les moyens, à préserver leurs sujets d'une contamination dangereuse, ils n'ont jamais voulu laisser l'hérésie s'établir dans leurs domaines, mais on ne peut citer aucun supplice commandé par eux pour crime d'hérésie.

« On croit que l'hérésie combat Dieu et son Église, disait Albert, mais elle combat bien davantage les royaumes et les souverainetés. Aussi ceux qui accueillent cette perfide sont comme le laboureur qui réchauffa un serpent et infesta ainsi toute sa maison. » (3)

Il disait vrai, l'hérésie à cette époque, était un principe de révolution et d'anarchie. Les archiducs n'eussent-ils pas été les princes pieux qu'ils étaient, la politique leur eut fait un devoir de la combattre. Ils avaient comme exemple la France et l'Autriche. Tous les efforts des réformés tendaient à renverser le pouvoir. En Belgique, les ruines

(1) Puget de la Serre p. 185.
(2) Chiflet. T. 96, f. 285.
(3)   id.   id.   id.

qu'ils avaient causées étaient encore là pour avertir les princes de ne pas fléchir dans une ligne de conduite sage et prudente. Ils furent très fermes à la suivre sans y mettre de violence. Leur voisin Louis XIII fut autrement sévère envers ses sujets réformés. On ne l'a cependant jamais traité de fanatique persécuteur, comme on n'a cessé d'accuser les archiducs. Tous deux répugnaient aux mesures sanglantes et pensaient que la douceur est plus puissante en ce cas que le bourreau. « Isabelle, dit Chiflet, aimait beaucoup à recevoir ses frères séparés, ils avaient toujours accès au palais et quand elle en rencontrait, elle leur parlait avec bonté. Elle aimait à leur faire montrer la chapelle, espérant toujours qu'une pensée vive et saine les remettrait dans la bonne voix. L'exemple surtout, lui paraissait un des meilleurs moyens ; aussi encourageait-elle tout le monde à assister aux offices de la cour et surtout à celui du jeudi-saint, alors qu'elle et son époux lavaient les pieds à des pauvres avec l'humilité la plus édifiante. (1)

C'est cette même pensée qui amenait les archiducs à lier conversation avec tous les inconnus qui venaient assister à leur dîner, toujours public. Beaucoup d'hérétiques de passage à Bruxelles ne manquaient pas cette occasion de voir de près des personnages qu'on leur représentait sous de si noires couleurs « Isabelle, dit toujours Chiflet, si elle apprenait que l'un ou l'autre des spectateurs fut hérétique,

(1) Chiflet décrit minutieusement cette cérémonie qui se faisait selon des rites très solennels. Albert lavait les pieds à douze pauvres hommes, mais l'Infante lavait seulement les pieds d'un enfant. Deux tables de treize pauvres étaient servies, l'une par l'archiduc, l'autre par l'Infante. Après le repas, on remplissait une corbeille de vivres pour chaque pauvre qui recevait en outre un rouleau de drap et treize pièces d'or dans une bourse. Dans la corbeille, outre les mets, on y ajoutait la cuillère et la fourchette d'argent dont ils s'étaient servis, le couteau, pot, verre, assiette et plat d'étain, etc.

Le jour de l'Annonciation, l'Infante donnait à dîner à treize femmes et après le dîner leur remettait aussi de l'étoffe et 9 pièces d'or. Elle servait ces femmes avec tant de souriante bonté et simplicité qu'un hérétique qui assistait un jour à cette fête, s'écria tout ému : « Pour toutes les choses du monde, je ne voudrais avoir manqué ici ! » (f. 110.)

lui témoignait une si aimable bienveillance, qu'elle le ravissait par sa bonté. (1)

Nous l'avons dit déjà, la cour de Belgique était l'une de celles où on s'amusait le mieux et ici, ı'Infante prend toutes les initiatives, car c'est elle surtout qui aime le mouvement et la variété. D'ailleurs, elle regarde comme un devoir de rendre à son entourage la vie agréable. Nous nous occuperons plus tard de ses chasses, son plaisir favori. Dans son intimité, Isabelle aime à improviser des plaisanteries, des déguisements, des fêtes pastorales, surtout, car à cette époque, la pastorale est très à la mode. C'est une pastorale qu'on donne à Tervueren, pour laquelle on peint des « toiles en perspective » où on dresse des tentes, où les paysannes apportent de la crême, des tartes, des fruits. (2)

C'est encore une sorte de pastorale que l'Infante improvise à Bruxelles avec ses dames. On se donne d'abord le plaisir de cuisiner « un porcelet » dont chacune des dames doit accommoder un morceau ; puis, couronnées de fleurs, ayant l'Infante à leur tête, portant chacune le plat préparé, elles se font précéder du nain, meuble obligatoire de toute cour (3) puis de deux ménines jouant du « Tambouret de Jacques » et vont ainsi trouver l'archiduc qui accueille en souriant ce gracieux cortège gastronomique. (4)

Ce sont là les fêtes familières, les petites distractions de l'intimité. Il y a les fêtes de cour qui se donnent surtout au

(1) Chiflet, T. 96, f. 109.

(2) Chiflet, T. 96, f. 307. Les comptes n° 1838 mentionnent les prix payés pour les toiles et les dons faits aux paysannes.

(3) Chiflet, T. 97, f. 189. L'Infante avait toujours un nain ou une naine auprès d'elle selon l'usage des princes de ce temps. Dans les documents de Chiflet comme dans les comptes n° 1838, on lit qu'Isabelle envoie en Espagne, en 1614, un nain dont elle monte le petit ménage en argenterie de toutes sortes. En 1617, elle envoie une naine à la reine de France avec une garderobe de 18 costumes de tous pays. Il est souvent question de nains dans ses comptes

(4) Chiflet, T. 97, f. 189. Les récits des fêtes pastorales sont nombreux dans le roman de la Cour et l'auteur dit que les dames d'Isabelle aimaient à danser sur les belles pelouses du parc du palais.

carnaval ou encore, à l'occasion de la visite de quelque prince étranger. Il y avait les *Sarao* ordinaires, sortes de bal et de concert où se faisaient entendre la chapelle et les violons de Leurs Altesses, mais il y avait aussi des fêtes superbes : telle la fête qui se donne au palais le lundi gras 1608 (1) dont la beauté fut merveilleuse, si l'on en croit les chroniques du temps.

— « Dites à mon frère, écrit Isabelle au duc de Lerme le 28 mars 1609, qu'étant à la mi-carême, nous avons fait carnaval. C'était une comédie des pages où jouaient les fils de Guadaleste. Elle a été très bien jouée. Mais une autre comédie eut lieu à la fin, j'aurais donné gros pour que mon frère y fut. Il fallait quitter l'estrade, et le doseret sous lequel nous nous tenions branlait. C'était un vieux coffre pourri comme celui des trésors de Séville.

« Le mardi sur la place nous eûmes un estafermo (2) très amusant. A la nuit eut lieu le sarao. Voilà les fêtes que je ne décrirai pas plus longuement. »

— « Nous avons eu le carnaval avec deux fêtes, écrit-elle en février 1611, une burlesque et l'autre sérieuse et très belle, surtout si l'on tient compte du peu de temps qu'on a eu pour la préparer. Combien je voudrais, en ces occasions, avoir mon frère auprès de moi et aussi le duc de Lerme ! » (3)

Isabelle prend d'ailleurs une part très franche aux divertissements de la cour. Elle dansa longtemps parce qu'elle aimait à danser et le faisait très bien. On voit, par ses lettres, qu'elle appréciait les bons danseurs et se plaisait à faire danser devant elle les dames espagnoles que son patriotisme lui fait préférer aux belges.

— « J'attends avec impatience l'arrivée de don Enrique écrit-elle à Lerme, pour qu'il arrive à temps pour danser un bran. »

Elle n'est indifférente à rien de ce qui se passe autour

(1) Voir appendice note I. Description de cette fête.

(2) Mannequin figurant un soldat armé de bâtons, monté sur un pivot ; il faut le faire tourner en évitant les coups qu'il donne en tournant.

(3) Corresp. lettre 184.

d'elle, elle observe, elle s'intéresse, ou le sent, avec tout son cœur, non sans finesse et gaîté malicieuse.

— « Je vous assure que je n'ai pu m'empêcher de rire de bon cœur de ce que vous m'assurez ne jamais répéter les conversations que vous avez avec les dames. Plaise à Dieu qu'il en soit de même en beaucoup d'endroits ! Ce serait à désirer, car celui qui a su être si délicat dans sa jeunesse sera un bon conseiller plus tard et apprendra aux autres comment il faut servir les dames. Je voudrais que mes menins soient ainsi, mais les mœurs d'ici ne sont pas très retenues. — Autre chose : Je combine en ce moment un projet qui aura pour suite un grand mariage. Je donne une belle-fille à la Mansfeldt ; mais avec son caractère, si l'humeur de la belle-fille est capricieuse, elle lui cassera la tête. (1) C'est à faire trembler ! » (2)

Ce ne sont pas seulement les pages qui jouent la comédie, Leurs Altesses font venir au palais les troupes d'acteurs qui passent à Bruxelles. Les comptes des années 1615 à 1617 mentionnent cinq ou six séances théâtrales. Chaque séance se compose de trois comédies. Il y a des troupes françaises et italiennes, mais c'est une troupe espagnole qui joue le plus souvent. (3)

Malgré la sévère étiquette, la cour d'Espagne avait un côté patriarcal qui se retrouve à la cour de Bruxelles. Tous ceux qui la composent sont autour des souverains comme une grande famille, et tous les événements qui touchent l'un ou l'autre de ses membres a généralement le palais pour théâtre. C'est dans la chapelle palatine que l'on baptise les enfants des seigneurs et dames de la cour et les

---

(1) L'Infante qui aimait beaucoup Alexandre de Hennin, fils de la princesse de Mansfelt et de son premier mari, le comte de Hennin, voulait lui faire épouser une de ses ménines préférées, Anne de Melun, sœur du prince d'Epinoy. Cette jeune fille, élevée auprès de l'Infante, avait un caractère charmant et une âme tout à fait supérieure.

(2) Corresp, Lettre 189.

(3) Les comptes n° 1938 mentionnent 300 florins à des comédiens français pour une représentation de trois comédies, 300 florins à une troupe espagnole pour 3 comédies, etc., etc.

mariages y sont l'occasion de grandes solennités ; toute la cour y prend part ; les princes y président et les frais de la noce sont à leur charge ; les cadeaux qu'ils font aux époux sont magnifiques. (1)

Il est vrai, qu'en retour, le mariage d'un membre de la noblesse dépend du souverain. Se marier sans son consentement est presqu'un crime. Non seulement il faut l'approbation officielle, mais entamer des négociations matrimoniales sans avoir, au préalable, l'assurance que cette union est agréable, est, tout au moins, une grave imprudence.

Philippe de Nassau en fit l'expérience très durement, lorsqu'il crut pouvoir se passer du consentement préliminaire des archiducs pour épouser Eléonore de Bourbon. Etant à Paris, il se laissa séduire par les grâces de la princesse et par sa haute situation. Il avait la prétention d'être au-dessus des nobles des Pays-Bas, étant prince indépendant d'Orange et oublia trop facilement la position humiliée et dépendante dans laquelle il avait passé sa jeunesse. Ce qui était plus grave encore, c'est que toute sa fortune se trouvait aux Pays-Bas espagnols.

Philippe se borna à annoncer le mariage, à en demander même l'approbation, alors qu'il allait se conclure. La réponse sèche qu'il reçut de l'archiduc dut le faire réfléchir (2). Effectivement, lorsqu'il voulut amener sa femme

(1) « Nous allons faire un mariage d'une dame avec un majordome, écrit l'Infante. C'est le premier mariage que nous fassions ici. Ce n'est pas une mauvaise idée d'aller à la guerre l'été et de se mettre en noces l'hiver qui est une saison favorable à la danse. » Lettre 17. Le mariage dont parle l'Infante est celui de Maximilien de Noircarmes avec Anne Marie Alexandrina de Noyelles. Nous en donnons la description à l'appendice, (note III) écrite par Chiflet.

(2) Voici la réponse de l'archiduc : Mon cousin. J'ai veu par votre lettre du premier de Juillet le discours que vous me faites sur la résolution de vostre mariage et vous confesse que nous sommes demeurés fort esbaiz qu'en soyez venus à ces termes et à la conclusion d'une affaire si importante sans le nous avoir premièrement consultés puisque vous sçavez qui nous sommes et l'obligation que vous nous avez ; que ce que nous nous sommes toujours promis de vous et qu'avons très bien mérités. Or, puisque vous nous demandez licence de faire chose qu'est ja faicte, nous n'avons que vous y respondre

à Bruxelles, afin de l'installer dans ce bel hôtel de Nassau qui valait un palais, on lui fit dire qu'il ne devait pas compter qu'on le traitât en prince souverain ni sa femme en princesse du sang. Eléonore de Bourbon, très froissée, se retira à Buren et ni l'un ni l'autre ne parurent désormais à la cour. L'existence de ce ménage princier resta fort obscure aux Pays-Bas.

Mais si les officiers de la cour sont liés à ce point à leurs maîtres, ceux-ci ont des devoirs envers eux. Les secours, les aides, les mercèdes sont journaliers. Mariages, morts, naissances, maladies, procès, malheurs de la guerre, tout est matière à quémander et c'est une perpétuelle litanie de charités. Il faut reconnaître que les archiducs ne donnent pas sans y mettre leur cœur. L'Infante surtout porte un réel intérêt à tous ceux qu'elle doit protéger. Sa correspondance en fait foi. Quand elle demande une grâce au roi par l'intermédiaire de Lerme, c'est en des termes pressants, avec une insistance persuasive. Que de fois l'Infante répète qu'elle regardera comme rendu à elle-même le service qu'elle demande pour un de ses serviteurs !

Quant aux cadeaux, ils pleuvent. Impossible de les énumérer ici. Le bon Chiflet en a fait un relevé aussi exact et aussi détaillé que possible, ce relevé dont nous donnons quelques extraits en appendice fait rêver ; c'est une pluie d'or et de diamants. Joyau de cent diamants à la fille de don Inigo de Borgia qui retourne en Espagne, carquant à mademoiselle de Rossignol, ceinture à madame de Palland, rose d'or et de brillants à la comtesse de Hennin ; tout le monde en reçoit ; fêtes, naissances, mariages, les occasions ne manquent pas. Les ambassadeurs sont comblés. A un ambassadeur qui prend congé, les archiducs offrent des tapisseries de 10 ou 15000 florins ; sa femme reçoit un joyau de grand prix, tous les gentilhommes

---

sinon remettre à vous la considération si vous y avez procédé comme il convient et comme vous estiez obligé. A tout, mon cousin N. S. vous ayt en sa sainte garde. (Gachard, bull. de la com. royale 1855. 2ᵉ série p. 150.)

attachés, jusqu'au moindre scribe, ont des chaînes d'or de valeurs inégales.

Vis-à-vis des autres souverains, c'est un échange perpétuel de cadeaux. Isabelle met tout son cœur lorsqu'il s'agit de l'Espagne, de ce frère, de cette belle sœur, de ces neveux et ces nièces qu'elle ne cesse de chérir malgré leur éloignement. « J'envoie un vêtement à la reine pour ses couches, écrit-elle au duc de Lerme en 1605. (1) C'est une nouvelle invention et elle sera la première à la porter là-bas. Dites-moi si votre sœur (la camarera major) en est satisfaite et si elle trouve l'invention bonne. » (2) Chaque personne de sa cour qui se rend en Espagne est chargée de cadeaux. A la reine de France, Marie de Médicis, pour laquelle Isabelle semble avoir une prédilection particulière, ce sont des envois de toutes sortes de choses, très diverses, mais toutes fort riches. (3) La reine de Pologne est aussi très favorisée et enfin tous les princes d'Europe, et, à leur tête le Pape, reçoivent force reliquaires et objets précieux. Elle donne surtout des images de ses deux pèlerinages préférés : Notre-Dame de Montaigu et Notre-Dame de Foy. Elle les faisait tailler dans les arbres où furent trouvés les deux statues miraculeuses, les enrichissait d'or et de diamants ou les plaçait dans des niches d'ébène, de cuivre émaillé, ou même d'argent.

Mais c'est surtout à la foire aux verres et à la Saint-Nicolas que l'Infante prend le plus grand plaisir à donner. La foire aux verres, c'est la belle foire de l'année. Elle s'installe aux bailles de la cour. Tout ce qui se fabrique de beau, de riche, de curieux dans le monde entier, est apporté alors à

(1) Corresp. Lettre 92.

(2) Voici la description de ce vêtement, d'après Chiflet. (T. 97, f. 185.) « Deux mantelets de couche et deux camisoles où il y avait 288 boutons d'or et autant de diamants et chacun bouton esmaillé, la moitié de blanc et de vert et les autres de blanc et de noir, pesant le tout 28 onces d'or à 33 florins l'once. Chaque diamant en valeur de cinq florins 5 sols, et 45 sols de façon pour chaque bouton, se monte à 3084 florins. (Voir appendice, note III.)

(3) Voir appendice, note III pour les cadeaux faits à la reine de France et à la reine de Pologne.

Bruxelles qui devient le rendez-vous de tous les Pays-Bas. L'Infante, accompagnée de toute sa cour, ne manque pas de faire le tour des échoppes. Elle achète à chacune, puis distribue ses achats à ses dames et à ses ménines. Derrière elle on assiège les étalages et, seigneurs et dames, échangent des présents. (1) Aussi est-ce un grand jour de fête pour la jeunesse de la cour. La Saint-Nicolas est encore bien amusante. L'Infante donne ce qu'on appelle le pied de saint Nicolas, boîte plus ou moins riche, ayant une vague forme de botte, dans laquelle la princesse met les cadeaux qu'elle veut faire. Mais le pied du grand saint est caché et c'est aux ménines à le retrouver. On parcourt, on fouille le palais et l'Infante rit autant que ses jeunes suivantes. (2)

L'hiver, quand tombe la neige, la cour va en traineau et c'est l'occasion de jolies fêtes fort animées et fort originales ; fêtes de nuit à la lueur des flambeaux, dans le parc ou aux bailles de la cour ; les seigneurs poussent les dames dans de jolis traineaux peints et dorés. On exécute toutes sortes de figures, il y a des quadrilles costumés pour lesquels on déploie un luxe d'invention et d'élégance qui excite l'admiration des spectateurs. Le peuple était admis à contempler ces jolies fêtes et s'en amusait beaucoup. (3)

Le peuple belge avait toujours pris part aux fêtes de ses souverains et les relations entre la noblesse et le peuple gardaient un caractère de cordialité familière qui unissait si bien toutes les classes que, lors du compromis des nobles de 1632, l'Espagne eut fort peur de voir toute la nation les suivre.

Albert et Isabelle voulurent continuer les traditions de leurs ancêtres et volontiers, se mêlaient à la foule dans les réjouissances publiques. Ils avaient d'ailleurs ressuscité ces

(1) La Gazette de France de 1631 à 1633 donne plusieurs récits des fêtes de saint Nicolas et de la foire aux verres.

(2) Chiflet, T. 97, p. 231. « Aux ménines. Dans les souliers qu'elles attachèrent devant la chambre de S. A. le jour de saint Nicolas : Quatre paires de pendants d'oreilles, onze anneaux d'or esmaillé, huit coffrets d'argent doré, sept croix esmaillées, deux reliquaires d'or esmaillé.

(3) Gazette de France 1631 et 1633

réjouissances. Le peuple belge, si plein d'entrain, si ami des processions, des cavalcades, des cortèges, des feux d'artifices, des carrousels et des jeux publics, ne connaissait plus que par tradition les joyeuses ripailles d'antan. Sauf les processions religieuses et le tir au Papegai, on ne se réjouissait plus aux Pays-Bas, où la misère était universelle. Aussi, comme on fut heureux de revoir les fêtes populaires reprendre leur cours traditionnel (1) et comme on fêtait les princes qui venaient y prendre part !

Albert et Isabelle se faisaient un devoir de présider les principales fêtes. Isabelle s'y amusait de tout son cœur. Albert, plus grave, y assistait fidèlement et son panégyriste Bernard de Montgaillard, disait dans l'oraison funèbre de ce prince : « Ceste familiarité qu'il monstrait au peuple se trouvant à leurs festes (est digne d'admiration). Aussy l'avez-vous donc veue au Papegay, s'en aller à la foire aux verres, assister aux danses villageoises et aux aultres exercices du peuple, gayement. » (2) Assertion que le Cardinal Bentivoglio répète dans ses mémoires.

Lorsque, le 1er mai de l'an 1600, Albert et Isabelle, suspendant les Etats Généraux, se rendirent sur la place du Sablon pour tirer au Papegay, ils ne savaient pas combien ils gagneraient, par cette simple démarche, l'affection du peuple, flatté de voir honorer l'une des fêtes les plus nationales. Aucune fête n'était plus populaire, plus ancrée dans les mœurs belges et Isabelle, en abattant l'oiseau du premier coup, avait en même temps, abattu les dernières défiances. Albert, moins adroit, ne voulut-il pas compromettre sa réputation de bon tireur ? L'histoire ne parle que d'Isabelle qui renouvela dès lors ses prouesses plus d'une fois. Les archiducs étaient fidèles à se rendre au tir au Papegai de mai, le jour le plus solennel. Sur la place du

---

(1) Le Père Baetens, dans sa brochure sur l'Ommeganck de Bruxelles, dit que toutes les fêtes populaires avaient été abandonnées et qu'elles furent rétablies par les archiducs; Wauters et Hymans disent la même chose.

(2) Bernard de Montgaillard, abbé d'Orval en Luxembourg, était un prédicateur très estimé en son temps. Il venait souvent prêcher à la cour.

Sablon on élevait une tribune pour les princes. (1) Le Papegai était fixé, selon les uns au bout d'une perche, selon d'autres au-dessus du clocher de l'église. Isabelle commençait à tirer, les autres confrères suivaient. Le 1er mai 1613, après avoir ainsi ouvert la séance, l'Infante fut blessée par une arquebuse qui éclata. Malgré le sang qui coulait de sa joue déchirée, elle ne voulut pas quitter la place. (2)

Mais la séance la plus célèbre est celle du 15 mai 1615. Ce jour-là, une foule énorme était rassemblée pour voir tirer l'Infante. Montée sur une table, elle tira et, du premier coup, abattit l'oiseau. Ce fut un délire enthousiaste dans la foule. Isabelle fut aussitôt proclamée reine du Grand Serment (3). Puis, suivant l'ordre réglementaire, on la conduit en triomphe au maître-autel de l'église où le premier chapelain du serment lui donne le baudrier, insigne de sa dignité. Un splendide cortège l'escorte ensuite au Broodhuys (4), siège officiel du Grand Serment et là, après les harangues d'usage, elle signe au livre d'or de la gilde. On la mène sur le balcon où tout le peuple l'acclame de nouveau et enfin, escortée des cinq serments de la ville, on la reconduisit au palais.

On organisa partout des réjouissances populaires. Bruxelles, pendant plusieurs jours, fut en fête.

Ce n'était pas fini. Ce qu'on appelait « les trois membres de la commune : le Magistrat, le Sage-Conseil et les Nations s'assemblèrent et décidèrent qu'on offrirait à l'Infante, en souvenir de son haut fait, un présent de 25.000 florins. Isabelle accepta pour en faire une œuvre digne d'elle. Cette somme servirait à doter six jeunes filles, cha-

---

(1) Cette église avait été construite au XIVe siècle avec les deniers de la gilde des Arbalétriers, au milieu de jardins appartenant à cette même gilde, où les confrères se réunissaient et s'exerçaient.

(2) Dépêche de Bentivoglio du 4 mai 1613.

(3) Chaque année, celui qui abattait l'oiseau était proclamé roi et sa royauté durait jusqu'à l'année suivante.

(4) C'est le beau palais, en face de l'hôtel-de-ville, qu'on appelle maintenant Maison du roi.

que année (1) ; trois de ces jeunes filles seraient prises parmi les serviteurs de la cour et les trois autres dans le Grand Serment. Elles devaient assister, vêtues de blanc, à une procession qui se ferait le lundi de la Pentecôte (2). Les élues furent désignées désormais sous le nom de « Pucelles du Sablon ».

Le Grand Serment décida en outre, qu'il n'y aurait plus de tir solennel jusqu'à la mort de l'Infante, afin d'avoir la gloire de la conserver comme reine. (3)

Ce fut un échange de générosités. Isabelle, de son côté, accorda à la grande gilde une rente de 500 livres, sa vie durant et, après sa mort, une rente de 200 livres ; elle donne aux cent tireurs du Grand Serment des vêtements « d'escarlate et de satin bleu » et lorsque, plus tard, elle fit percer la rue qui porte son nom, elle y fit construire un superbe bâtiment qu'elle offrit au Grand Serment (4). Otto Venius et Sallaert furent chargés de fixer sur la toile le souvenir de ce grand événement et un autre peintre, Van Alsloot, reçut l'ordre de peindre dans tous ses détails la grande procession dite : Ommeganck, à laquelle on voulait donner cette année (1615) un éclat spécial, à cause de la royauté de l'Infante. (5)

(1) Le diplôme de cette dotation fut fait à Tervueren le 10 novembre 1617. Miraeus le donne en entier.

(2) Chaque jeune fille recevait 200 florins. Voir appendice, note IV : la dotation de la procession des Pucelles.

(3) Baetens. L'Ommeganck de Bruxelles.

(4)   »   »   »

(5) Otto Venius peignit pour le Grand Serment un tryptique représentant au centre St-Georges et, dans les volets, Albert et Isabelle. Sallaert fit deux tableaux pour la chapelle du Serment. L'un montrait Isabelle abattant l'oiseau, l'autre la procession des Pucelles. Van Alsloot eût à faire un tableau général de l'Ommeganck tout entier, ce qu'il exécuta en huit grandes toiles dont trois ont disparu. Des cinq qui restent, deux sont au musée de South Kensington, un au musée de Madrid et les deux autres au musée de Bruxelles où se trouvent aussi les deux toiles de Sallaert. Les 8 tableaux de Van Alsloot ornaient la salle à manger de Tervueren. Le cardinal Infant dom Ferdinand, gouverneur des Pays-Bas et héritier de sa tante, emporta en Espagne la plupart des tableaux formant les galeries des archiducs, qui furent dispersés dans les résidences royales d'Espagne. Ainsi s'explique l'histoire de l'Ommeganck de Van Alsloot.

Isabelle avait naturellement remis le tir à l'oiseau à la mode. Tous les gentilshommes s'empressèrent de tirer à l'arc et à l'arbalète. Les dames s'y mirent aussi et l'on vit en 1619, Anne de Croy, la veuve du duc d'Arschot, Charles d'Arenberg, abattre l'oiseau avec une telle crânerie « qu'à cet événement inattendu on poussa un cri général vers le ciel » (1). Cette prouesse fut suivie de réjouissances, de réceptions, de banquets ; on frappa une médaille en son honneur et si le Grand Serment ne fit plus de tir solennel à l'oiseau pour conserver Isabelle comme reine, nous voyons ici qu'il avait réussi à garder, malgré cela, la vieille tradition du tir au Papegay du mois de mai.

Après le tir au Papegay, rien n'était plus attendu du bon peuple de Bruxelles que l'Ommeganck. Toute la population y prenait part d'une façon quelconque. Le nombre des figurants était énorme et l'imagination fertile du flamand s'y donnait pleine carrière. C'était l'événement capital de l'année. (2)

Sur son parcours, les maisons se couvraient de branchages ; on changeait la rue en charmille.

Nous ne décrirons pas cette longue théorie des gildes, des corporations, des nations, des lignages, des serments ou gildes militaires, le tout entremêlé de chars variés, de groupes historiques, de fantaisies grecques, de symboles religieux. Il y a le char de l'enfer, le groupe de Sainte-Gudule, la tentation de Saint-Antoine, le dragon de Saint-Georges, le cortège des ducs de Brabant, les géants, les bêtes, les mystères et enfin le triomphe d'Isabelle, représentée en « reine de Babylone », laquelle reine, en-

---

(1) Anne de Croy était veuve depuis 1616. Elle pouvait avoir, en 1619, 40 à 41 ans. C'est elle qui, héritière unique de son père Philippe de Croy, apporta le duché d'Arschot à la maison d'Arenberg. Elle avait 12 enfants, six fils et six filles. Le succès d'Anne de Croy au tir de 1619 est raconté dans l'histoire metall. des P. B. Tome II p. 114.

(2) Toutes les villes flamandes avaient leur Ommeganck. Celui de Bruxelles sortait à l'occasion de la grande kermesse. La procession du Saint-Sacrement de Miracle, instituée par Marguerite d'Autriche, reprit aussi l'éclat qu'elle avait perdu, grâce à la générosité et aux encouragements d'Isabelle.

tourée d'amazones, était suivie du char du roi Psapho
ayant devant lui une grande volière remplie de pigeons,
figurant des perroquets, et au milieu d'eux un enfant couvert de plumes qui répétait : Isabelle est reine. (1)

Les archiducs, du balcon du Broodhuys, regardaient
passer l'Ommeganck. Lorsque Psapho et la reine de Babylone furent arrivés sous le balcon, on ouvrit la volière et
un des pigeons vola tout droit vers l'archiduc qui le saisit
de la main et le remît à Isabelle. Les cris d'enthousiasme
et les vivats s'élevèrent de la foule ravie et le pigeon
demeura au palais avec les oiseaux rares de l'Infante.

Faut-il dire que les Jésuites avaient été chargés d'inven-
ter et de préparer cette apothéose ?

Après les chars figurant la cour de l'Infante, la cour de
Diane, la musique, le cortège devenait religieux. Les mystères de la Sainte Vierge représentés sur d'autres chars
étaient suivis du Magistrat de Bruxelles et enfin de la longue théorie des communautés, du chapitre de Ste-Gudule,
des abbés du Brabant précédant la statue de N.-D. du
Sablon, les châsses, les reliques et se terminait par la
recluse, les pauvres assistés par le Grand Serment et la confrérie des Pénitents. Tout en dernier venait le curé du
Sablon et son clergé portant les lourdes chapes de drap
d'or brodé données par les souverains. (2)

Ceux-ci assistaient aux autres processions où se portait
le Saint-Sacrement, suivant le dais sacré avec toute leur
cour. L'Infante garda cette pieuse coutume jusqu'à sa
mort.

---

(1) Le roi Psapho, dit la légende, pour faire croire qu'il avait été élevé au
rang des dieux, avait appris à quantités de perroquets à répéter « Psapho
est dieu ». On ne voit pas bien pourquoi il intervenait ici.

(2) Baetens. L'Ommeganck.

CHAPITRE III

—

—

Albert et Isabelle aimaient tous deux la campagne, la vie au grand air, la chasse. L'Infante, plus encore que son époux, goûtait le charme de la nature et la liberté d'une existence moins soumise à l'étiquette qu'au palais de Bruxelles.

Aussi l'un des premiers soins des archiducs en prenant leurs installations définitives, fut de se créer des résidences d'été et de chasse. Ils en choisirent deux : l'une près de Bruxelles où ils pouvaient se rendre dès que les affaires du gouvernement leur laissait le moindre loisir ; l'autre plus lointaine, pour les longs séjours, Mariemont.

Tervueren, à peu de distance de Bruxelles, offrait à une chasseresse passionnée comme l'Infante, les profondeurs de ses grands bois peuplés de gibier et ses allées couvertes si agréables pour les temps de galop. C'était d'ailleurs, des châteaux du domaine royal, le seul qui fut en bon état et ne demandait pas de grosses réparations. En 1600, lors de l'arrivée des archiducs, il avait encore l'aspect hautain et sombre de la forteresse moyennageuse. Il était entouré de très larges fossés qui, d'un côté, s'agrandissaient, formant un vaste étang au milieu duquel une île arrangée en un jardin floral, servait de point d'appui aux ponts-levis qui donnaient accès au château. Quelques parties se voyaient encore de la forteresse primitive, ayant remplacé le fort normand des ducs de Lothier. Depuis, les ducs de Brabant y avaient souvent séjourné, chaque nouvelle génération ajoutant ou changeant quelque partie. Charles-Quint, lui aussi, y avait imprimé son souvenir, en sorte que l'aspect général du vieux burg était plus imposant qu'harmonieux. A leur tour, les archiducs firent accommoder à leur usage quelques appartements et y construisirent une belle galerie où ils placèrent une notable partie de leur collection de peinture.

La forêt enserrait le château de trois côtés, faisant de cette résidence le plus admirable rendez-vous de chasse. Sa proximité de Bruxelles permettait aux princes d'y aller, dès qu'ils avaient un instant de libre et quand les obligations du gouvernement les empêchaient de s'installer long-temps à la campagne. Ils prenaient leurs grandes vacances à Mariemont.

Il ne semble donc pas que les archiducs aient fait de longs séjours à Tervueren et, chose assez curieuse, l'Infante, qui parle si souvent de Mariemont dans sa correspondance avec le duc de Lerme, ne parle jamais de Tervueren. Beaucoup de ses lettres sont datées de Mariemont, pas une de son château de Brabant. Cependant plusieurs pièces officielles du règne des archiducs sont datées de Tervueren et par elles, nous voyons aussi qu'on y reçut souvent des princes étrangers et qu'on y donna des fêtes.

La résidence aimée de l'archiduchesse, c'est Mariemont. Il est vrai que c'est son œuvre à elle et qu'elle avait essayé de lui donner l'aspect le plus espagnol possible.

C'est un coin favorisé du ciel que ce pays de la Sambre. On pourrait l'appeler la Touraine belge. Le climat y est plus doux, la végétation est riche, les lignes du paysage sont harmonieuses et variées, sans heurts de mouvements brusques du sol et cette harmonie se fond dans les tons du ciel, dans l'air doux, dans la couleur fine, perlée, des horizons. Rien de plus riant, de plus fertile, de plus charmeur que le pays de la Sambre à l'époque d'Isabelle, beauté si bien transformée par l'industrie moderne qu'il n'en reste

aucun vestige, comme si toute beauté naturelle s'effaçait
devant la virago poussiéreuse et ses grandes cheminées,
ses usines monstres et la fumée de ses fourneaux.

Isabelle l'a assez dit en traversant les Alpes : elle n'aime
pas la nature bouleversée, les montagnes aux cîmes neigeu-
ses, les ravins profonds, les roches gigantesques. Dès le
premier coup d'œil, le pays de Binche la séduisit. Elle n'y
voit cependant que des ruines. Les armées de François Ier
et plus tard, celles de Henri II se sont acharnées pour
détruire et dévaster la contrée. Les splendides demeures
de la reine Marie de Hongrie ont été renversées de fond en
comble, avec une rage toute particulière. Binche, ce château de rêve qui pouvait rivaliser avec les plus beaux
châteaux de la Loire, où Marie tenait sa cour de poètes,
d'artistes et de guerriers, Binche avait été détruit de fond
en comble. Des terrasses bordées de statues où les fontaines jaillissaient sur les degrés de marbre, il ne restait plus
rien. Mariemont, la splendide demeure estivale, bâtie sur
le modèle des grandes villas italiennes, était redevenue un
désert.

Isabelle parait avoir hésité d'abord entre Binche et
Mariemont. Mais il ne fallait pas songer à restaurer les
deux palais. Les finances ne lui permettaient pas tant de
dépenses. Ce fut Mariemont qui l'emporta. Les archiducs
aimaient la campagne. Le château de Binche s'élevait sur
une sorte de falaise au milieu de la ville, tandis que
Mariemont, en pleins champs, se trouvait être un merveilleux pays de chasse.

Les guerres des premières années du règne, le siège
d'Ostende, ont empêché les archiducs de songer à autre
chose qu'à la poudre et au canon ; mais dès leur première
visite à Binche, ils avaient ordonné la réparation des murs
de clôture du parc de Mariemont afin d'y conserver du
gibier. (1) En 1605, on commença à réédifier le château.
Les princes surveillaient eux-mêmes ces travaux et si les

____

(1) Th. Lejeune. Histoire de la ville de Binche, p. 159.

affaires de guerre et de politique ne leur permettaient pas de
séjourner longtemps dans le pays, du moins venaient-ils
chaque année constater le progrès des restaurations. Ils
en profitaient pour chasser ; la contrée était giboyeuse et
ce retour des nobles plaisirs de grands seigneurs alarma
même, quelque peu, les populations qui se souvenaient des
chasses de Marie de Hongrie, laquelle ne regardait pas à
piétiner un champ de seigle ou un carré de choux. Il est
vrai qu'elle payait largement les dégâts. On jugea qu'il
fallait mettre les choses au point dès leur origine, et les Etats
du Hainaut décrétèrent « que les dépenses et desgats de
chiens, chevaux, varlets et autres, seraient payés par les
archiducs comme le faisait la reine de Hongrie. » (1)

L'habitation des archiducs, à Binche, manquait de con-
fort. Ils logeaient dans la seule aile du château restée
debout après le siège, aile réservée aux communs et appelée
la Buerie, mais que Marie de Hongrie avait fait arranger
pour y loger le prévôt. On avait aussi réparé une tour et
consolidé une galerie où se trouvaient des peintures de
Michel Coxie qui, heureusement, étaient restées intac-
tes. (2) Lorsque Mariemont fut achevé, le château de Binche
servit à loger les services politiques et administratifs qui
suivaient les archiducs. Les secrétaires Mancicidor, Pratz
etc. y habitaient, ainsi que la garde des arquebusiers. Les
personnages qui venaient visiter les archiducs y logaient
aussi. Mariemont, malgré sa grandiose apparence, ne
possédait pas beaucoup de logements.

Isabelle s'occupait elle-même de la direction des arrange-
ments du château. « A propos d'Aranjuez, écrit-elle à
Lerme, je vais vous demander une chose qui me trotte en
tête depuis mon dernier voyage à Mariemont. Je voudrais
avoir le plan du dais qui se trouve à Aranjuez dans cette
niche à l'entrée de la grande salle appellée, je crois, Trivul-
cio. Quoique ce ne soit chez nous, ni aussi grand, ni aussi
haut, j'y tiens parce que j'ai vu souvent mon père (qui soit

(1) Th. Lejeune, p. 160.
(2)   »   p. 274.

au ciel !) assis à cette place. J'ai fait faire à Mariemont tout ce qu'il a été possible d'imiter d'Aranjuez. Ainsi, au fur et à mesure des travaux, nous découvrions le moyen d'arranger une nouvelle chose. Je pense donc que ceci pourra également s'exécuter. » (1)

Cependant, en 1607 l'installation n'est pas terminée. L'Infante doit encore habiter le château de Binche d'où elle surveille les travaux de Mariemont.

— « Je n'ai rien à vous dire, écrit-elle le 10 octobre 1607, sinon que la maison (Mariemont) que nous sommes venus voir depuis trois semaines, nous retient ici, car le temps est très doux et le pays si beau que je reconnais le bon goût de la reine Marie. (Par le choix qu'elle en a fait.) Je soupire bien fort de ne pouvoir offrir à mon frère des fêtes, comme les siennes, mais je n'en perds pas l'espérance cependant, quoique la maison ne soit ni arrangée ni terminée. Nous avons ici Guadaleste et sa femme, ce sont les meilleures gens du monde, je ne connais pas de plus excellente femme que la marquise, elle et son mari s'accommodent de tout. On peut être tranquille avec eux. » (2)

Enfin, en 1608, la cour va s'installer à Mariemont et elle y est dès le printemps.

« Malheureusement l'hiver est revenu, et avec tant d'eau que nous ne pouvons sortir de la maison. » (3)

La vie de Mariemont a une étiquette moins sévère qu'à Bruxelles. Isabelle se promène beaucoup, à pied ou à cheval ; ses goûts et les ordonnances des médecins concordent pour lui faire prendre beaucoup d'exercices. Non seulement elle parcourt son immense parc, mais elle va souvent jusque dans les villages voisins, bonne au pauvre monde et généreuse toujours.

— « Elle recevait volontiers les petits présents, comme

(1) Corresp. Lettre 101. Cependant la restauration de Mariemont fut faite par l'architecte d'Arboy et l'ingénieur Le Poivre.
(2) Corresp. Lettre 130.
(3) Corresp. Lettre 140.

poinmes et choses semblables que de pauvres femmes lui portaient en leurs paniers » dit Chiflet. (1)

Les comptes de la maison nous montrent ce qu'elle donnait à ces villageoises qui venaient naïvement lui offrir des fraises, des cerises, de la crème, de la tarte, voire même des oiseaux et des fleurs. (2)

Chiflet dit encore qu'elle aimait aller voir les fêtes des villages voisins. Elle se mêlait au peuple, s'amusait à regarder la jeunesse danser et même offrait un prix pour la jeune fille qui danserait le mieux. (3)

A Mariemont, on organisait aussi des fêtes champêtres. L'Infante et sa cour allaient goûter sur l'herbe, ou bien, on construisait des huttes rustiques pour y aller manger à la manière pastorale. (4). Parfois, à ces goûters, l'Infante faisait venir ses violons et on dansait, les dames couronnées de fleurs sauvages. La jeunesse des villages était conviée d'autres fois et dansait devant les souverains. Peut-être les gens de la cour se mêlaient-ils à elle.

L'Infante aime bien se couronner de fleurs. Quand elle a tué à la chasse quelque belle pièce, elle se fait tresser une couronne de fleurs et, suivie de la cour, va porter en cortège, son trophée à l'archiduc. (5)

Il y a aussi la pêche, surtout les « grandes pêches aux merluches et aux truites » dans les étangs et dans les ruisseaux voisins. (6) On s'amusait si bien à Mariemont qu'on s'y laissait surprendre par l'hiver, quand rien de pressant ne rappelait à Bruxelles. Isabelle alors, se risquait à glisser sur la glace, fort amusée d'un plaisir qu'elle n'avait pas connu en Espagne, à la grande frayeur de l'archiduc qui

(1) Chiflet, T. 97, f. 286.
(2) Comptes n° 1838.
(3) Chiflet, T. 96, f. 307.
(4) Pour la hutte où l'on va goûter : 47 florins. Pour le goûter qu'on a fait à la campagne aux paysans et pour les violons et autre chose : 35 fl. n° 1838.
(5) Comptes n° 1838.
(6) Chiflet, T. 96 f. 307.

mourait de peur de voir l'intrépide patineuse choir et se casser un membre. (1)

Ce n'était pas seulement sur la glace qu'Isabelle causait de grandes frayeurs à son calme époux. Plus d'une fois elle lui donna de vives émotions à cheval. Excellente écuyère, elle voulait des chevaux vifs, rapides et ardents, confiante en sa main ferme et dans son sang-froid. Le grand écuyer dut souvent en avoir de gros soucis.

A Mariemont, elle se lançait en des chevauchées folles à travers les grands espaces, bien déserts alors, du pays. Il arriva entre autres aventures que sa haquenée s'emporta près de Péronne. En voyant partir l'Infante à fond de train, les seigneurs voulurent se lancer à sa poursuite, mais l'archiduc, qui croyait le pays tout plat, arrêta les autres cavaliers en disant que le cheval emporté s'affolerait davantage en se sentant poursuivi. L'Infante ne se laisserait pas désarçonner et se rendrait maîtresse de sa monture, fatiguée de courir. Isabelle, effectivement ne s'inquiétait pas trop et se laissait aller, lorsque tout à coup, elle voit qu'elle arrive droit à un brusque accident de terrain, sorte de falaise au bas de laquelle elle ira s'abîmer, car son cheval est encore dans l'ivresse d'un galop vertigineux. Sans perdre son sang-froid, elle implore le secours du ciel et récite le *Sub tuum* avec une foi ardente. O merveille ! au moment où elle va atteindre le bord fatal, surgit devant elle un prêtre. Les bras étendus, il arrête l'animal affolé qui vient se heurter contre lui. Isabelle est encore si étourdie qu'elle ne peut que remercier brièvement son sauveur, ne pensant qu'à aller rassurer l'archiduc. Dès qu'elle le rejoint, interrompant les félicitations joyeuses de la cour, elle prie Albert de faire courir immédiatement après ce prêtre auquel elle doit la vie et qu'elle a trop peu remercié. On y court, mais ce fut en vain qu'on fouilla le pays, qu'on interrogea tous les gens des villages voisins, personne n'avait aperçu le prêtre mystérieux et Isabelle en racontant

(1) Chiflet, T. 96 f. 307.

ce fait ajoutait toujours que ce prêtre était son ange gardien qui avait pris cette forme pour la préserver d'une mort horrible. (1)

Chiflet recueillit de sa bouche un autre trait qui montre également sa grande foi. Elle lui raconta comment se fit la fondation d'une chapelle à Mariemont, dite : le petit Montaigu. C'était, dit-il, lorsque j'eus l'honneur d'accompagner à Mariemont l'Infante qui venait y recevoir la reine Marie de Médicis (2). La princesse dînait et me narra, pendant son dîner ce qui suit, alors que je me tenais auprès d'elle.

— « Cette chapelle, qu'on nomme Le petit Montaigu, a été bâtie à cause d'une merveille incroyable que je vais vous raconter. Il y a vingt-sept ou vingt-huit ans, mon cousin l'archiduc et moi étant ici, nous allâmes après le souper, par un beau soir d'été, nous promener vers ce petit tertre qui est hors de la porte et sur lequel se trouve présentement la chapelle. La babillarde Echo y a fait sa demeure, elle répète distinctement jusqu'à sept fois toutes les paroles qu'on lui confie. Le plaisir causé par cette fille de l'air quand elle répète le son des instruments ne se peut exprimer que par ceux qui en ont joui. Nous nous amusâmes à chercher les meilleures places et à y faire jouer trois ou quatre de nos musiciens et surtout le cornet qui se répétait mieux que les autres. Pendant que nous nous divertissions à ce jeu, un rayon de feu, surgi des régions moyennes du ciel, passa comme un éclair devant nous, au grand étonnement de l'assemblée, car le ciel était fort serein.

» Cet astre traversant le ciel, s'alla perdre derrière une hauteur proche de nous. Mon cousin et moi y virent une sorte d'avertissement, parce que, toujours dévots à Notre-

______

(1) Chiflet T. 96, f. 399. Une dame de l'Infante, mademoiselle de Montmorency-Bours, raconta à Chiflet que peu de jours après son mariage, Isabelle, encore en Espagne, se promenant en carosse, vit ses chevaux reculer sur un pont qu'elle traversait. Elle allait être précipitée dans l'eau lorsqu'elle récita le *Sub tuum*. Les chevaux à l'instant se calmèrent et continuèrent leur chemin.

(2) Marie de Médicis venait de s'échapper du château de Compiègne en une fuite restée célèbre.

Dame, nous désirions lui marquer cette dévotion et que nous vîmes-là une bonne occasion d'exécuter notre désir puisqu'il semblait que la place de ce sanctuaire avait été désignée d'en haut. Mon cousin voulait faire bâtir une chapelle là même où était tombé l'éclair. Mais le bon curé de Morlanwelz, ignorant notre projet, inspiré de N.-D.,éleva à cette place une petite chapelle de bois où il plaça la statue que vous connaissez, en bois du chêne de Montaigu. Aussitôt il se forma un grand concours de pèlerins et on y bâtit une chapelle de pierre où mon cousin et moi avions coutume d'aller ouïr la messe le samedi. (1) »

On appela cette chapelle Notre-Dame de l'Etoile à cause de l'astre qui en avait désigné l'emplacement. Mais déjà à côté du château, les archiducs avaient élevé leur oratoire.

A Mariemont comme ailleurs, les princes donnaient l'exemple d'une grande dévotion.

— « Je vous écris à dix heures de la nuit, mande Isabelle à Lerme, et cependant il nous a fallu nous lever de très bonne heure pour aller à Binche à une procession pour la fête des huit corps Saints que possède l'église, aussi je m'excuse de ne pas vous en écrire plus long. » (2)

Plusieurs fois, dans ses lettres, Isabelle parle de ces processions de Binche auxquelles elle tient à paraître. Les archiducs assistent à toutes les cérémonies solennelles du pays, surtout à celles qui se célèbrent dans les monastères

(1) Chiflet, T. 97, f. 297. Ce que la bonne Infante ne dit pas et qu'on trouve dans les documents de Chiflet, c'est que la chapelle de pierre fut l'œuvre de la générosité des archiducs et des seigneurs de la cour. Une lettre à Chiflet, d'un certain Dominique Laurent, de Mons, raconte comment le curé de Morlanwelz fit la première chapelle en l'honneur de N.-D. de Montaigu à laquelle il avait une grande dévotion, étant né non loin de là. Il aurait voulu y ajouter un hospice.

(2) Binche se glorifiait de posséder huit corps Saints auxquels elle avait une grande dévotion, mais le principal, S. Ursmer, patron de la ville et de l'église qui porte son nom, avait un culte très répandu. Les archiducs, chaque fois qu'ils étaient à Binche ou à Mariemont, assistaient à la célèbre procession des corps Saints. Ils avaient donné de superbes dais de velours pour chacune des châsses. Ils furent aussi les parrains de la nouvelle cloche de S. Ursmer et donnèrent à l'église des ornements qu'elle conserve encore religieusement et qui sont d'une grande beauté. (Voir Chiflet, Th. Lejeune).

nouvellement restaurés. Ils assistent à la première messe de l'église de l'abbaye de Bonne Espérance, enfin réédifiée après avoir été brûlée en 1568 par les hérétiques. Cette restauration est due à la générosité des princes qui se sont plu à fournir la sacristie de nombreux et riches ornements. A la Vierge du sanctuaire, à N.-D. de Bonne Espérance, Isabelle donne une robe brodée de ses mains et une couronne de 290 florins.

« Mais, dit Chiflet, Leurs Altesses avaient demandé que ce ne fut pas publié. » (1)

Ils donnent la grosse cloche de Binche et en sont les parrain et marraine. Il n'est église ou couvent du voisinage qui ne reçoivent des témoignages de leur générosité, surtout lorsqu'il s'agit de réparer les ruines causées par les fureurs iconoclastes.

Lorsque les chapelles de Mariemont furent achevées et pourvues de tout l'ameublement nécessaire, les archiducs y placèrent de nombreuses reliques. Parmi celles-ci ils reçurent en grande pompe le chef de S. Abel, évêque de Reims, qu'ils avaient obtenu qu'on détachât de l'un des Saints corps de Binche. Ce fut François van der Burch, archevêque de Cambray, qui fit la cérémonie. Albert, à l'ouverture de la châsse, prit l'os d'un doigt du Saint pour le mettre sur ses doigts goutteux. L'Infante avait préparé des enveloppes de soie pour remplacer l'ancienne. On prit le chef du Saint qui fut placé dans un reliquaire d'argent et porté processionnellement à Mariemont. L'archevêque consacra la chapelle principale et celle du petit Montaigu. De grandes indulgences avaient été demandées et obtenues de Rome, mais ce fut seulement l'année suivante que la permission de conserver le Saint Sacrement fut donnée « et seulement pendant le séjour des princes et non autrement ». (2)

Lobbes, Bonne-Espérance, l'Olive, Floreffe, les Chartreux et les Chanoinesses de Mons, les Chartreux de Binche,

(1) Chiflet, T. 96, f. 247.

(2) Chiflet, T. 96. f. 249. On dressa un acte officiel de cet enlèvement du chef du Saint, signé de l'archevêque.

toutes les églises et monastères du pays sont comblées de dons. (1) Mais l'Infante aime surtout à broder avec ses dames ces merveilleuses robes dont elle habille toutes les statues des madones vénérées dans les environs. (2)

C'est le jour même de cette solennité à Mariemont qu'Albert et Isabelle firent vœu « devant Dieu » de faire brûler jour et nuit un cierge de deux livres dans les églises de Montaigu, de Hal, de Laeken, de Foy, de Chièvres, dédiées à Notre-Dame, dans celle des huit corps Saints de Binche et devant le Saint Sacrement de Miracle. Cette dévotion, commencée le 1er septembre 1620, fut continuée sans interruption jusqu'au 30 avril 1634. (3).

L'Infante se repose sans doute de la politique, mais c'est un repos actif, où la charité et la piété ont une grande part. Elle aime ce repos des champs.

— « Nous sommes ici très bien, écrit-elle en juillet 1609, le temps est magnifique. Nous sommes venus jouir de la campagne dans cet endroit charmant. » — Et ici l'élan si fréquent de son cœur vers le frère qu'elle aime toujours vivement. — « Mais mon plaisir n'est pas complet quand je pense que mon frère ne le partagera point. Seule l'espérance qu'il viendra un jour me soutient et je prépare tout pour qu'il se plaise beaucoup ici. Dans ce but je fais agran-

(1) Voir la liste de Chiflet, T. 96, f. 185 et suivantes.

(2) Cette même liste contient la nomenclature de ces robes de Vierge.

(3) Chiflet, T. 96, f. 249. La dévotion aux reliques fut l'une des dévotions principales d'Isabelle. Elle l'avait héritée de son père. Ce n'était pas chez elle une dévotion superstitieuse, mais un sentiment profond de foi envers Dieu qui est honoré par ses Saints et leur accorde beaucoup de pouvoir pour secourir ceux qui les invoquent. Aussi ne croyait-elle pas faire de plus beaux cadeaux que de donner une relique. La richesse des châsses où des reliquaires où elle les enfermait montre la valeur qu'elle leur attribuait De même voulut-elle gratifier les couvents qu'elle aimait et protégeait le plus, de reliques insignes. Elle fit venir de Schiedam le corps de Sainte Lydvine que le grand aumônier de la cour, François de Rye, alla chercher pour le remettre aux Carmélites de Bruxelles. Les corps des martyrs de Gorcum furent aussi repris à la Hollande et donnés à divers monastères franciscains. Le corps de Saint Macaire fut donné à l'église de Saint-Michel à Gand. Il est impossible de citer toutes les translations faites ainsi par les soins d'Albert et d'Isabelle. Chiflet en cite quelques-unes.

dir le quartier des dames. Elles sont toutes dans une chambre et chaque jour il faut ôter les lits pour qu'elles aient place pour s'habiller. Aussi je leur ai offert de leur mettre des tentes en plein air. Elles auraient l'avantage de n'avoir plus d'escaliers à monter. Car il n'y a qu'un escalier, et ce sont mille cérémonies pour passer la première ou la dernière. En somme, la vie de la campagne est la meilleure de toutes et je crois que vous êtes de cet avis. » (1)

— « La marquise vous dira quel endroit charmant est celui-ci, répète Isabelle deux ou trois mois après, en annonçant à Lerme le départ de la marquise de Guadaleste. (2)

Voici une lettre de l'année suivante, un petit croquis enlevé d'un coin de vie à Mariemont.

— « J'étais installée sous un berceau du jardin, écrit-elle, et j'écrivais bien à mon aise, sous cette voûte où j'aime à me réfugier et voici qu'on vient m'annoncer l'arrivée de la duchesse d'Arschot. Voilà l'ennui de ce séjour. Le voisinage est très nombreux à quatre ou cinq lieues à la ronde et je suis accablée de visites que je ne puis renvoyer » (3)

Ce sont là des ennuis inhérents à toute vie de châtelaine et plus encore à celle de souveraines ; l'Infante ne peut pas se soustraire complètement aux réceptions d'ambassadeurs, de princes étrangers, d'illustres voyageurs. Elle a d'ailleurs des hôtes à demeure. En 1610, le Cardinal Bentivoglio y vient faire un petit séjour. En 1608, ce sont les anglais et irlandais catholiques, fuyant la persécution, qui viennent implorer la protection des archiducs. Le comte de Tyrrhonel et d'autres laissent leurs filles à l'Infante qui les placera ensuite au couvent des Dames anglaises de Bruges (4). La princesse de Condé y viendra porter ses agitations ; les premières Carmélites qui entrent en Belgique vont à Mariemont saluer l'Infante, qui les retient plusieurs

(1) Corresp. Lettre 165.
(2)   »   »   166.
(3)   »   »   175.
(4) Cette visite causa beaucoup d'ennuis aux archiducs de la part de l'Angleterre.

jours, dans sa joie de les posséder enfin. A Binche, les grands personnages étrangers s'arrêtent dans les hôtels de la ville d'où ils font demander aux archiducs la permission de leur présenter leurs hommages. C'est le va et vient perpétuel d'une cour très visitée et très animée. (1)

Isabelle à Mariemont, consacrait beaucoup de temps à la chasse où le pays se prêtait si bien à la chasse au vol et à courre, les seules qu'on pratiquât alors. On n'avait pas l'idée de chasser à pied ; mais avec de grands limiers qui faisaient lever le gibier, on galopait jusqu'au moment où on pouvait tuer la bête en lui tirant une flèche. Isabelle eût regardé comme humiliant de tuer un gibier avec une arme à feu et elle avait une adresse merveilleuse pour tirer à l'arbalète tout en galopant.

Elle aimait tout autant la chasse au vol, la noble chasse aux hérons ou aux outardes. Les héronnières étaient gardées avec soin. Le grand fauconnier de la cour, le duc d'Arschot, défendait sévèrement aux gardes de tuer ou d'effrayer les hérons du pays. Si les chenils des princes étaient peuplés de bons chiens de race, leur fauconnerie passait pour l'une des meilleures existantes.

Le chef des fauconniers devait avoir toujours douze oiseaux pour voler aux hérons et des chevaux pour lui et ses aides. Il recevait par an dix-huit cents livres. (2) Les comptes renseignent des achats annuels considérables. La première année de leur arrivée aux Pays-Bas, les archiducs achètent quatre gerfauts de Norwège, quatre gerfauts hagards, un gerfaut blanc, deux tiercelets, dix-sept gerfauts hagards d'Islande, un tiercelet autour. Il est vrai qu'ils envoient plusieurs de ces oiseaux aux rois d'Espagne et de France, à l'empereur, au duc de Lorraine, et, tous les ans, jusqu'à la mort d'Albert, les mêmes présents sont envoyés. (3) Ces oiseaux coûtent souvent très chers. Tan-

(1) En 1615, Spinola passa quelque temps à Mariemont. Il logeait au château de Binche et y offrit même un banquet aux députés du Hainaut.

(2) Lille. Chambre des comptes. B. 2818.

(3) A titre de curiosité, voici les engagements que devaient prendre en

tôt le duc d'Arschot achète deux gerfauts blancs 1300 florins, tantôt « deux gerfauts blancs de confiance, dont le tiercelet est de quatre mues » qui valent 600 florins. Une autre fois. il envoie à l'essai cinq gerfauts et un tiercelet de Nüremberg, plus deux gerfauts blancs qu'on lui fait 500 florins pièce. (1) Quant aux chiens de chasse, les différents comptes renseignent des levriers, des épagneuls, « des petits chiens terriers » et d'autres chiens dont on n'indique pas la race. Un arbalétrier avait la charge d'entretenir les armes de Leurs Altesses. (2)

Le quartier des veneurs était installé à Binche et comme

1611 Guillaume Robertsoone, fauconnier des archiducs. « Moyennant ledict traitement (de 1800 livres) il seroit tenu d'entretenir huict pièces de gerfaulx et tiercelets pour herrons afin d'en voler toutte la saison et les muer et entretenir à la saison trois chevaulx et deux serviteurs à cheval et aultres garçons à pied selon qu'il seroit besoing ; item entretenir les lévriers pour le secours et les herrons pour train : item les trois aigles de la court et quand les oyseaulx pour les présents (aux princes étrangers) viendraient, les entretenir tant qu'ils partyront ; item entretenir deux vols pour corneilles à l'arrière saison et hyver et les muer ; item un ducq ; aussy entretenir en esté pour le moins trois tiercelets d'aultours pour la perdrix et en muer aulcuns ; item six espagneulx ; item un cheval toute l'année pour suivre leurs Altèzes là où elles yraient et pour l'esté un varlet et garçon pour chiens ; item de pourvoir les oyseaulx de sonnettes, jets (courroies) et chapperons le tout a ses fraiz et dispens sans rien porter en compte à la charge de leurs Altèzes, soit de nourriture desdits oyseaulx, tant en volant qu'en mue, perte d'iceulx en volant, pour louage de sa maison, gaige de sa personne et de ses serviteurs et leurs despens de bouche, ensemble la nourriture des dits chevaux, chiens et aultrement. Lille, ch. des comp. B. 2848.

(1) Secrétairerie d'Etat et de guerre, n° 484.

(2) Lille, B. 2806. Le grand fauconnier, le duc d'Arschot s'intéressait beaucoup aux jardins de Mariemont comme, d'ailleurs, il veillait avec soin à ses propres jardins et voulait n'y planter que des arbres fruitiers de choix, ainsi que nous le disent les billets fréquents des secrétaires aux archiducs. Ceux-ci se faisaient envoyer de France et d'ailleurs, des arbres fruitiers que Louis Patte, jardinier de Mariemont, avait à soigner. C'est ce Patte qui refit tous les jardins abandonnés depuis le désastre de l'invasion des armées de Henri II. Lille, B. 2775.

Les princes avaient aussi fait faire des fontaines et des bassins avec jets d'eau. Lille, B. 2818.

Autour du château se trouvaient plusieurs pièces d'eau, une charmille en berceau et enfin beaucoup de parterres en broderie selon la mode du temps. Le reste du parc semble avoir été surtout considéré comme une réserve de chasse.

rien ne se fait à la cour sans un protocole bien ordonné, lorsqu'il s'est agi d'organiser la vénérie archiducale, le secrétaire Prats a consacré de longs jours à rechercher dans les archives du palais comment les choses se passaient du temps de Marie de Hongrie.

Ce petit fait dit assez l'importance des équipages et de tout le train de chasse des archiducs. Mariemont voyait revivre les beaux jours de la reine Marie. Dans l'immense parc on apercevait, à travers les fourrés, les hardes de grands cerfs et près des nombreux ruisseaux qui le traversaient, nichaient les hérons, les outardes et les batardelles qui seront la proie des fiers gerfauts.

Rien ne peindra mieux Isabelle et ses chasses que cette lettre qu'elle écrivait de Mariemont à Philippe III. Elle est trop charmante pour que nous hésitions à la donner toute entière. Les années ont beau s'écouler sans que l'Infante revoie l'Espagne et son frère ; elle est toujours aussi aimante et confiante pour Philippe qu'au temps où le jeune prince, chétif et malingre, était pour elle plutôt un fils qu'on gâte, qu'un frère qu'il faut respecter comme roi.

— « Je vais maintenant vous conter quelque chose de notre chasse de Mariemont. (1) Et comme ce n'est pas en mon honneur, ce sera à la condition que Votre Majesté en rira un peu, mais ne se moquera pas de moi. Je désirais beaucoup tirer un cerf à pied, parce que c'est chose toute nouvelle ici, et en les voyant fuir l'arbalète, comme s'ils étaient des démons, ne donnant pas le temps de les viser, on en a peur. Si bien que don Pedro de Tolède fit un jour croire à un secrétaire qui arrivait ici, qu'un jeune chevreuil qui s'était aventuré dans le parc avait été tué par eux (les cerfs). Voilà cet homme qui se lève de table et court dans sa chambre qui s'arme de tout ce qu'il possède de couteaux et d'épées, puis n'ose plus sortir tant qu'on ne le détrompe point. Don Pedro de Zuniga qui était à Mariemont alors, en bon chasseur, vous contera mille choses

____
(1) Corresp. Lettre 176.

là-dessus. Je fus enfin un matin pour tirer un cerf. Mon
cousin me mit dans une enceinte, mais peu de gens, ici, con-
naissent cette manière de chasser. Auprès de moi se trouvait le duc de Umala (1) qui marchait à pied avec autant de
courage que le secrétaire. Quatre cerfs arrivèrent non loin
de nous, je vise l'un et voilà la corde de mon arbalète qui se
rompt. Jamais de ma vie je n'ai été si furieuse et je n'ai
autant ri, car le duc croyait que nous étions tous morts.
Nous n'avions pas d'autre corde, ni d'autre arbalète et je
tuai mon cerf à l'arquebuse. Il était très grand. C'était le
premier tué dans le parc. J'aurais bien voulu l'envoyer par
la poste à Votre Majesté ; il était excellent à manger. Me
voilà bien contente d'avoir réussi ma chasse. Nous allâmes
plusieurs fois le matin pour tâcher d'en tuer un à l'arbalète
mais le cuir de ces animaux est si épais qu'on le transperce
difficilement. Une autre fois, comme j'en voyais, Umala
avait pris mon arbalète, le lendemain il rompit la corde de
l'arbalète, car c'est l'homme du monde le plus embarrassé
de tout. Nous voilà sans corde d'arbalète. On m'assura
qu'il y en avait d'excellentes à Mons et mon cousin y envoya. C'est à trois lieues d'ici et on fit partir un chariot
avec l'arme pour l'arranger. A la fin, un malin vint nous
dire qu'on n'en trouvait nulle part. Nous riions jaune, car
sans corde, que faire ? De guerre lasse mon cousin fit
chercher quelqu'un et avec l'aide de don Pedro de Zuniga
on arrangea les arbalètes. Mais nous allâmes plusieurs mati-
nées sans pouvoir tirer un seul coup. Ces cerfs sont si
sauvages et le bois tellement touffu qu'il faut suer beaucoup
pour arriver à tirer. Et le pis, c'est que je ne veux pas les
tirer au repos, ce n'est pas de bonne guerre. J'étais tellement piquée qu'un jour, je proposai de ne pas rentrer au
logis sans avoir tiré. Nous fîmes venir le dîner aux champs.
Ce ne fut pas le plus mauvais. On se campa au bord d'un
ruisseau dans un endroit qui plut beaucoup aux dames.
Nous fûmes trois heures sans pouvoir tirer et plusieurs fois.

(1) Aumale.

nous tirâmes à chat. (1) Vers le soir je me trouvai tout à
coup en face de deux cerfs. J'en tirai un à peine à huit pas
de moi. Il me sentit si peu qu'il se mit à brouter. Je l'ai
manqué bellement. Je crois que je le désirai trop. Après
un long conseil, nous remîmes nos flèches et je rentrai chez
moi plus furieuse que jamais. Nous revînmes le lendemain
et chassèrent tout le jour, mangeant sur le pouce. Après
avoir fait toutes les enceintes sans pouvoir tirer, vers le soir
me vint un cerf bien en place. Je crus l'avoir touché en
plein. Mon cousin et les chasseurs affirmaient qu'il était
tombé. Nous le suivîmes du côté où il avait disparu et le
cherchâmes avec le limier jusqu'à la nuit, moi, bien contente de mon coup. Dès l'aube, le lendemain, nous sommes
allés à sa recherche avec trois limiers et nos gens. Nous
pensions qu'il était allé mourir dans quelque ravin du
parc, qui sont profonds. Les gardes chasses étaient en
route dès la première heure. Vers six heures du matin, un
garde se mit à crier aux autres. : Le voilà ! Et ce fut une
joie pour tous. Mais quand ils arrivèrent à l'endroit d'où
l'homme criait, ils virent ma flèche fichée au milieu d'un
arbre, si bien enfoncée, droite, qu'il eut fallu couper l'arbre
pour la retirer. Ainsi au lieu d'un cerf, j'avais tué un arbre
pendant que l'autre s'en allait fort bien portant. Les chasseurs n'osaient toucher à la flèche et vinrent dire en grand
secret ce qu'ils venaient de voir, soucieux de mon honneur,
car je ne crois pas qu'on pourrait tirer deux fois comme
cela. Je vous avoue que je fus tellement confuse que je ne
voulus plus chasser. Je restai deux jours sans bouger.
Depuis, mon cousin en tira un, à l'arquebuse, un matin,
et une autre fois, nous en prîmes à courre avec deux
lévriers et ce fut une belle chasse à courre. Hors du parc,
il nous fut impossible de tuer aucun cerf. Deux fois ils
nous ont échappés hors de notre portée. Nous avons eu
de magnifiques lapins, cette année, à Mariemont et le
temps a été fort beau. J'espère que Votre Majesté s'amusera

____

(1) Sans doute : pour rien.

un instant de cette histoire. Je n'aurais pas eu idée de vous la conter sinon pour faire rire un peu Votre Majesté et lui donner quelqu'idée de la chasse d'ici, avec l'envie de venir l'essayer aussi quelque jour, ce qui serait bien bon. Ici on use beaucoup des chiens pour faire la chasse aux loups. Par la neige c'est très amusant. Nous sommes revenus (à Bruxelles) pour la procession du Saint Sacrement de Miracle. Je crois que toute la Hollande s'y trouvait. (1)

Et dans la lettre qu'elle écrivait à Lerme le même jour, Isabelle ajoutait : « Nous avons passé de bons jours à Mariemont. Je crois que mon frère rira de ce que je lui écris sur ma chasse. »

L'Infante cependant revient chasser à Mariemont en automne, malgré ses déboires de l'été, mais elle n'est pas plus heureuse. Elle écrit :

— « Nos chasses à Mariemont ont été très mal, comme je l'écris à mon frère. Il n'y avait pas de sangliers et le temps a été si mauvais que nous n'avons pu sortir du parc et des jardins, menant la même vie qu'à Bruxelles, sauf qu'il y a moins de monde. » (2)

Elle y revient encore, car pour la princesse, la chasse manquée est un gros crève-cœur.

— « Tout le temps passé à Mariemont a été mauvais et mauvaise aussi la chasse. Il a fait très froid. On m'a conté ici des choses qui m'ont fait frémir à propos de loups, non parce que j'en ai peur, mais c'est qu'on en voit beaucoup ici et ils font des ravages affreux. Ils s'attaquent aux gens et surtout aux enfants. Chaque année ils en mangent quelques-uns. » (3)

L'Infante ne dit pas qu'elle chasse le loup, cependant les comptes de ses chasses mentionnent des achats de filets à loups qu'on fait faire en Lorraine. (4).

(1) C'était la première année après la conclusion de la trêve. Les hollandais étaient heureux de voir les frontières ouvertes comme jadis et les catholiques en profitaient.
(2) Corresp. Lettre 181.
(3)   »   »
(4) Lille, B, 2782 - 2830.

Avec la mort d'Albert les chasses cessèrent et l'Infante ne revint plus qu'en passant à Mariemont. « Cette campagne qui estait son ordinaire pourmenade, dit son panégyriste (1), n'est plus fréquentée que par nécessité. La musique qui avait esté si souvent l'objet de ses délices et récréations, celle de sa chapelle estant estimée la plus accomplie et parfaite de celles de l'Europe, n'est plus l'objet de son oreille, ains seulement la parole de Dieu. »

Mais avant de renoncer à tout ce qui lui avait plu sur la terre, Isabelle avait encore à goûter quelques années de bonheur auprès d'Albert. Nous allons reprendre le récit de sa vie.

---

(1) Sacré Mausalée, p. 242.

CHAPITRE IV

—

Le roman d'Henri IV et de la princesse de Condé. — Arrivée de la
princesse en Belgique. — Essai d'enlèvement par le roi de France.
— La princesse de Condé au palais des archiducs. — Retour de
Condé aux Pays-Bas. — Henri IV assassiné. — Dénouement.

—

Ces chasses que l'Infante contait avec tant de verve à son
frère avaient pour témoin une femme, brandon de discorde,
dont la présence aux Pays-Bas faillit de nouveau rompre la
paix que les archiducs venaient de conclure avec tant de
peines. Nous avons nommé la princesse de Condé.

Si Isabelle était d'humeur gaie en chassant le cerf ce
printemps-là, c'est qu'elle voyait arriver l'heureux dénouement d'un roman, prêt à tourner en drame, et qui, à travers mille péripéties, se terminait fort moralement, en bon
roman de tradition.

Nous allons en donner le résumé :

Le 3 novembre 1609, alors que les archiducs se livraient
sans arrière-pensée aux plaisirs de la chasse à Mariemont,
un messager arrivait en trouble fête, de Landrecies, porteur
d'une lettre par laquelle le prince de Condé annonçait son
arrivée en cette ville, avec sa femme et demandait aux
archiducs asile et protection.

Ce message mettait Albert et Isabelle dans un cruel embarras. Ils n'ignoraient pas ce qui, à la cour de France,
défrayait les conversations des mauvaises langues depuis
quelques mois. Leur ambassadeur à Paris, Pecquius, les
tenait au courant de ces racontars : on ne parlait, en
France, que de la passion subite de Henri IV, barbon de

59 ans, pour une enfant de 15 ans, Marguerite Charlotte de Montmorency. Il est vrai que cette enfant était délicieusement belle, d'une beauté encore en bouton qui promettait de s'épanouir en une fleur de rare éclat. Marguerite Charlotte, fille du connétable de Montmorency, aurait passé son enfance et sa jeunesse dans la retraite où vivait son père, disgracié depuis longtemps, si sa tante, Diane d'Angoulème (1), ne l'eut prise auprès d'elle en se chargeant de son éducation. La situation de cette tante avait fait entrer Marguerite à la cour, mais le roi ne l'avait pas remarquée. A peine y fit-il attention, lorsqu'il vint lui-même faire sa paix avec le vieux connétable, heureux de voir son favori Bassompierre choisi par les parents de Marguerite, comme gendre. Ce choix, assez imprévu, du connétable, était une si superbe fortune pour le beau gentilhomme, qu'il osait à peine croire à son bonheur.

Malheureusement pour lui, Henri IV étant tombé malade de la goutte, Diane de France et sa nièce vinrent le visiter et le distraire avec beaucoup d'autres seigneurs et dames. Et voici que, tout à coup, Henri IV découvre la beauté de Marguerite qu'il entend louer autour de lui. Le coup de foudre était là et chez Henri IV les choses marchaient vite. Il devint jaloux de Bassompierre et il ne lui fallut pas longtemps pour déclarer qu'il aimait trop paternellement la jeune Montmorency pour lui laisser faire un mariage aussi en dessous d'elle. Bassompierre se soumit et Henri IV fiança Marguerite à Henri de Bourbon, prince de Condé, premier prince du sang. Les générosités du roi, à propos de ce mariage, achevèrent de donner prise à toutes les suppositions. Henri IV, lui, ne cessait de répéter qu'il aimait Marguerite comme une fille, mais on le connaissait trop pour ne pas se défier.

Nous ne pouvons pas ici suivre toutes les péripéties de ce roman qui eût prêté à rire s'il n'était pas si lamentable

(1) Diane, fille légitimée de France, duchesse d'Angoulème, fille de Henri II et de Diane de Poitiers, avait épousé en premières noces le duc de Castro et après, le maréchal François de Montmorency, frère du connétable.

pour la gloire du vieux roi. Disons que les choses en arrivèrent au point que Condé partit avec sa jeune femme pour
sa terre de Muret en Soissonnais où il se croyait en sûreté.
Là découverte du roi, habillé en garde-chasse, essayant de
se rapprocher de Marguerite avec la complicité d'une châtelaine des environs, fit comprendre au prince qu'il n'y
avait pour lui de sécurité que dans la fuite. Un beau matin,
il enleva sa femme et partit pour les Pays-Bas, suivi seulement de trois gentilshommes et de deux femmes. Courant
à bride abattue, il réussit à gagner la frontière avant que
le roi aie pu le faire rejoindre par les gens qu'il avait aussitôt envoyés à sa poursuite. Il ne paraît pas que Marguerite
ait eu grand'peine à quitter la France, elle était si enfant et
si douce qu'elle se laissait mener comme on voulait. Les
Condé, arrivés à Landrecies, s'empressèrent d'envoyer un
messager aux archiducs pour leur demander la permission
de rester en Belgique et de se réfugier à Bréda auprès de
la princesse d'Orange, sœur d'Henri. L'exempt, lancé par
Henri IV affolé de colère, arrivait à Landrecies peu après,
avec mission d'enjoindre aux magistrats de la ville de
s'assurer du prince et de sa femme, s'ils voulaient se montrer agréables au roi de France et conserver la paix au pays.

Les magistrats de Landrecies se hâtèrent de demander
des ordres à l'archiduc et sans user de traitements mar-
quant la moindre défiance, ils surveillèrent cependant la
petite troupe de fugitifs.

Henri IV, naturellement, ne se plaignait que de la déso-
béissance de Condé, qui sortait de France sans sa permission. Les archiducs ne pouvaient prendre ce motif au
tragique. Il était tout naturel que Condé vint visiter sa
sœur avec sa jeune femme. Le désir de taquiner Henri IV
en recevant ce ménage, se doublait d'une raison de haute
morale qui, pour les vertueux princes, avait son importance.
Mais on ne plaisante pas avec un voisin qui n'attend qu'un
motif pour reprendre les armes et avant de se risquer à
amener la guerre par un acte de mauvais vouloir, il fallait
avoir l'avis du roi d'Espagne. En attendant, on traînerait

les choses en longueur. Toujours prudent, aimant à s'entourer de conseils, Albert envoya le comte de Fontenoy à Beaumont, demander au duc d'Arschot sa pensée. L'archiduc avait grande confiance en Charles de Croy et dans la sagesse de ses avis. (1) Ces avis se rencontraient avec ceux des princes. Il ne fallait pas empêcher les fugitifs de prendre leur asile aux Pays-Bas, mais il ne fallait pas les recevoir à la cour et on devait faire en sorte que l'asile choisi fut loin de la frontière de France.

On décida d'offrir à Condé toutes les facilités qu'il demanderait et toutes les escortes et bons traitements possibles, pour conduire la princesse à Bréda, et Condé, partout où il voudrait, hormis près de la France.

Mais Condé s'affolait. Il venait de recevoir à Landrecies un nouvel envoyé de Henri IV, monsieur de Praslin, qui ne lui célait pas la colère extrême du roi et le sommait de rentrer en France sans délai. Puis, la sommation faite, Praslin partit pour Mariemont. Henri de Bourbon se figura tout à coup que les archiducs pourraient bien céder aux instances, peut-être aux menaces, de l'envoyé et le livrer à Henri IV. C'était faire injure aux cœurs généreux des princes, mais Condé, une fois monté, se figurait les pires choses et subitement, laissant sa femme à son secrétaire et à ses deux servantes, il s'enfuit avec deux cavaliers et ne s'arrêta qu'au delà du Rhin. (2)

La princesse de Condé fut assez sage en ce moment pour refuser de revenir en France avec Praslin qui, à l'annonce de la fuite de son mari, s'empressait de venir près d'elle essayer la persuasion. Marguerite, avec sa petite suite, était arrivée à Mons, décidée à obéir aux indications de son mari qui lui avait désigné Bruxelles comme refuge.

----

(1) Le duc d'Arschot se trouvait alors à Beaumont. Le comte de Rochefort, un des gentilshommes qui avaient suivi Condé, arriva à Beaumont avec Fontenoy pour prendre aussi conseil du duc.

(2) Il logea à Namur à l'*Hôtel de France*. Nous suivons presque toujours, pour ce récit, l'étude si intéressante et si documentée du général Henrard *Henri IV et la princesse de Condé*.

Elle y arriva le 5 décembre 1609 et s'en fut loger à l'hôtel de Nassau où le prince et la princesse d'Orange vinrent la rejoindre et lui offrir tous leurs bons services.

Nous avons dit qu'Eléonore de Bourbon ne voulait pas séjourner à Bruxelles, ni paraître à la cour, parce que les archiducs avaient refusé de la traiter en personne royale, son mari, le prince d'Orange, n'étant à leurs yeux, qu'un gentilhomme sous leur obéissance. Mais pour cette circonstance, on oublia de part et d'autres les griefs d'antan et la princesse d'Orange voulut elle-même présenter à l'Infante sa séduisante belle-sœur.

Car elle était vraiment ravissante, cette jeune femme qu'on appelait maintenant : la nouvelle Hélène. Elle était, d'après ses contemporains, « d'une beauté angélique ». Ses traits doux et fins, ses grands yeux lumineux, tout en elle semblait pétri de grâce.

L'Infante, cette fois, usa de la même étiquette envers les deux belles-sœurs. Elle les reçut dans la grande salle de Charles-Quint, très solennellement. Elle s'avança au-devant des deux princesses et les mena sous le dais où elle leur fit donner deux carreaux, car les tabourets, si ambitionnés à la cour de France, étaient inconnus aux Pays-Bas et l'Infante elle-même ne se servait que de carreaux. Isabelle loua fort la beauté de la visiteuse et lui dit qu'elle l'estimait bien plus encore pour avoir suivi le prince son époux, que pour tout le reste et que la plus grande beauté d'une femme était d'obéir à son mari et de préférer son honneur à toutes choses. (1)

L'archiduc vint aussitôt après à l'hôtel de Nassau pour rendre sa visite à Marguerite.

Répétant un des nombreux « on dit » du jour, Malherbe écrit malicieusement que, pendant cette visite, Albert tint toujours les yeux baissés, ce qui semble contredire la réponse qu'il fit à la princesse en lui montrant les portraits qui ornaient la salle :

(1) Henrard. Henri IV et la princesse de Condé, p. 46.

— « Autrefois, dit-il, on a tenu ces femmes pour belles, mais à cette heure il ne faut parler d'autre beauté que de la vôtre ! »

Albert ne se faisait cependant aucune illusion sur tous les ennuis que cette beauté allait lui créer. Déjà, autour de lui, on se disputait vivement à son propos. Le roi de France envoyait messager sur messager aux archiducs, tous plus ou moins menaçants. Dans les conseils des princes comme dans les bavardages de la cour, tout le monde s'agitait. Les gens prudents et censés s'effrayaient, craignaient la guerre, demandaient qu'on usât de toute douceur avec le roi mécontent. Les autres et surtout les espagnols, reprochaient à l'archiduc ses ménagements. Selon eux, il fallait prendre franchement le parti de Condé, se faire les défenseurs de Marguerite, en dépit de toutes les menaces.

Albert, sagement, envoyait à Henri IV les réponses les plus pacifiques. Comme, en apparence, il ne s'agissait que de Condé, il pouvait se défendre de toute intrigue avec lui. Mais il avait moins facile pour répondre aux parents de la jeune femme. Ceux-ci s'effrayaient de la voir abandonnée en pays étranger. Ils se fâchaient, exigeaient qu'on la leur renvoyât. Le vieux connétable et Diane d'Angoulème, sa belle-sœur, se laissaient intimider par le roi. Le maréchal se sentait encore ému de la bonne grâce avec laquelle le roi était venu chez lui, lui apporter son pardon et l'oubli du passé. La maréchale, sa troisième femme, n'était que la belle-mère de Marguerite et avait peur de retomber dans une disgrâce dont elle avait souffert. Oublieuse de la morale chrétienne devant la puissance royale, cette famille en arrivait à se laisser dicter des lettres impératives par le roi lui-même, pour sommer les archiducs de leur renvoyer leur fille.

Albert, très ferme et très digne, se refusait à conseiller à la princesse de Condé de retourner en France, mais comme il ne voulait pas la guerre, il fut enchanté de souscrire au désir du roi qui demandait qu'on fit une conférence à Bruxelles avec Condé et les personnages qu'il désignerait.

Il envoya aussitôt Spinola quérir Henri de Bourbon en Allemagne où il se trouvait.

Condé fut reçu avec magnificence à Bruxelles et cet accueil fut d'autant plus enthousiaste qu'on venait d'apprendre que Philippe III le désirait ainsi et qu'il avait même blamé son beau-frère d'avoir refusé de voir Condé lorsqu'il arriva aux Pays-Bas. Les espagnols triomphaient, et, pour marquer leur joie, ils offrirent une fête à la belle princesse, laquelle fut suivie d'une foule d'autres, tout le monde voulant lui témoigner intérêt et admiration. Spinola se fit remarquer par une fête qu'il donna le jour des rois de l'an 1610, et qui dépassa en splendeur tout ce qu'on avait vu jusque-là. (1) On dit que le fier marquis avait subi, comme les autres, le charme irrésistible de cette ensorceleuse qui se laissait faire, ne paraissant guère sensible aux soins qu'on prenait d'elle. C'est que son entourage était composé des gens que l'Infante, dans une lettre à Lerme, flétrit d'un terme si énergique, qu'on n'ose guère le traduire en français. C'étaient des consciences larges, mettant la faveur du roi au-dessus des lois morales, tous gagnés par Henri IV. L'un des trois gentilshommes, qui avaient accompagné Condé dans sa fuite, monsieur de Toiras, était le plus ardent à travailler en faveur du roi vert-galant. Les autres, la femme de l'ambassadeur de France, Berny et les deux suivantes : mademoiselle de Chateauvert et la Philippote avaient entrepris sans hésiter la malpropre mission de dégoûter Marguerite de son mari et de lui faire agréer les hommages du roi. Le travail de ces trois femmes était favorisé par la conduite même de Condé, qui, très énervé, très surexcité, se fâchait, faisait à sa femme scènes sur scènes. Il était facile ensuite, de représenter l'infortuné prince comme un monstre capable de tous les crimes. Marguerite, sans expérience, sans bons conseils, tombait de plus en plus sous la domination du joli monde qui l'entourait. Elle ne faisait que gémir et se plaindre. Une cor-

(1) Voir la description de cette fête dans le livre de l'auteur : Grands seigneurs d'autrefois.

respondance s'établit entre elle et Henri IV par l'instigation de ses confidentes. La pauvre petite princesse était incapable de mesurer la gravité des actes qu'elle posait sous la pression de conseils insidieux. Elle répondait au roi comme on lui conseillait de répondre. Souvent même elle ne faisait que copier ou signer des lettres qu'on écrivait pour elle.

Henri IV, pendant ce temps, desséchait d'amour et de colère. Les négociations entamées lui paraissaient trop longues. Son impatience et sa folie grandissaient. Il voulait envahir les Pays-Bas et, de force, enlever sa belle. Ses ministres, inquiets et désolés, essayaient vainement de le calmer, d'empêcher quelque nouvel éclat qui achevât de le ridiculiser. Ils ne purent arrêter l'envoi du marquis de Cœuvres aux Pays-Bas. Annibal d'Estrées, frère de la belle Gabrielle, était l'homme prêt à toutes les complaisances, mais non certes le plus adroit. Heureusement pour Marguerite, qu'il n'aurait eu qu'à cueillir, il ne sût pas profiter de l'occasion.

Officiellement, Cœuvres, comme ami de Condé, devait essayer de le faire revenir en France et les archiducs commirent un Montmorency, Nicolas, baron de Haverskerke et comte d'Estaires, chef de leurs finances, pour négocier avec l'envoyé de France. Henri IV, en effet, avait chargé également le marquis de porter ses reproches violents aux archiducs et, par eux, à l'Espagne, pour la part que, soi disant, ils prenaient à la révolte de Condé. Cœuvres devait, en cas de refus de Condé à une soumission complète, obtenir qu'il quittât les Pays-Bas pour se fixer à Rome et qu'il se soumit au divorce. L'archiduc se défendait avec beaucoup de fermeté, de fomenter aucun complot. Mais il ne pouvait empêcher l'Espagne de mener quelques intrigues avec le trop léger Condé, esprit facile à éblouir comme aussi, facile à retourner, et, pour le moment, sa colère contre le roi de France le portait à se jeter dans les bras de l'Espagne et à suivre tous ses avis.

Pendant qu'on négociait officiellement, Cœuvres aidé

de « la Berny » de Philippotte et de Châteauvert poursuivait sa véritable mission, qui était celle de ramener Marguerite à Paris, par la ruse ou la persuasion. La jeune femme n'était que trop disposée à écouter une voix qui s'autorisait encore de celle de son père et de sa tante. En lui demandant de revenir en France, n'effaçaient-ils pas toute apparence de faute à ce retour ? D'ailleurs, au palais d'Orange, sa position était pénible. Condé se plaignait à sa sœur des procédés de sa femme et Philippe de Nassau, comme Eléonore, ne pouvaient approuver la conduite de leur belle-sœur.

Condé, refusant de rentrer en France, comprenait qu'il ne pouvait rester plus longtemps aux Pays-Bas; mais, dans l'incertitude de ce qu'il allait faire, il n'osait emmener sa femme. Il pria les archiducs de la prendre auprès d'eux. Le palais d'Isabelle serait un asile sûr pour la jeunesse inexpérimentée de Marguerite qu'il ne pouvait confier en meilleures mains. S'il eut quelque peine à faire accepter cet arrangement à sa femme, elle y consentit cependant ; c'est que ce consentement cachait tout un complot.

Les français, instruments du roi, commencèrent par pousser les hauts cris en apprenant le projet de Condé. On allait mettre l'infortunée princesse dans un couvent, une prison, où elle serait séparée de tout ce qui faisait sa consolation. Il fallait se hâter pour la soustraire à ce sort affreux. Cœuvres et ses complices obtinrent de Marguerite qu'elle se laissât enlever le jour où elle devait quitter le palais de Nassau pour celui d'Isabelle. A la faveur du désordre causé par le déménagement, Marguerite, enveloppée d'une hucque, se sauverait par le fond du jardin de son beau frère ; à l'aide d'un complice, elle franchirait une brèche de la muraille de la ville, proche de ce jardin et dans un cimetière non loin de là, trouverait un gentilhomme qui la prendrait en croupe et rejoindrait une petite troupe, qui se tenait dispersée aux environs pour ne pas donner l'éveil, conduite par un officier du duc de Vendôme.

Henri IV était à ce point énervé, qu'il en perdait toute

sa prudence et sa finesse habituelles. A peine eût-il reçu le message de Cœuvres lui annonçant l'organisation du projet d'enlèvement, qu'il ne fut plus maître de sa joie et courut à Saint-Germain annoncer la prochaine arrivée de la princesse. Marie de Médicis en fut naturellement fort offusquée et s'empressa d'avertir le nonce qui, non moins vivement, envoya un courrier à étapes brûlées, prévenir l'archiduc.

Il n'était que temps. Condé, mis au courant, entra dans une grande colère. Il était doublement furieux, autant contre le roi que contre sa femme, qui donnait les mains à une si misérable intrigue. L'avis était vrai, car on avait remarqué cette arrivée inusitée de français, se répandant un à un dans Bruxelles et aux alentours. Condé, aussitôt, appela à lui tous les gentilshommes de la cour qui accoururent au palais d'Orange. Mais dans la surexcitation où il se trouvait, il ne crut pas avoir assez de forces autour de lui et envoya demander une garde à l'archiduc qui lui donna 500 hommes de gilde.

Le marquis de Cœuvres et madame de Berny se trouvaient justement dans la chambre de la princesse de Condé lorsque le palais fut envahi par tous les amis du prince. Marguerite, depuis deux jours, jouait la malade afin de mieux préparer la fuite, pendant que la fidèle Philippote transportait un à un, les vêtements de sa maîtresse chez madame de Berny.

Cœuvres et sa complice, d'abord surpris et effarés, se ressaisirent bien vite. Jouant l'indignation et l'étonnement, ils allèrent se plaindre à l'archiduc de ce qu'on osât les accuser d'intrigues. En même temps ils en recommençaient une autre. Il fallait empêcher Marguerite d'aller au palais et chercher à gagner du temps. La pauvre jeune princesse, entre les mains de ces deux créatures du roi, était devenue une marionnette dont ils tiraient à leur gré les ficelles. On lui persuada de profiter de l'admiration de Spinola pour obtenir qu'il lui offrit une nouvelle fête au palais d'Orange. Spinola, dont la princesse affectait de ne pas faire état jusque là, se voyant tout à coup cajolé, se méfia. Un vieux

routier comme lui ne se laissait pas aveugler par un sourire. Il s'excusa de ne pouvoir obéir aux désirs de la belle
princesse, sur ce que les ordres des archiducs étaient
formels. Ils avaient fixé le jour de l'arrivée de madame de
Condé au palais, il ne lui appartenait pas de le changer.(1)
Déçus de ce côté, les deux complices allèrent trouver le
comte d'Estaires pour lui représenter le tort qu'on ferait à
sa jeune cousine, en la forçant de résider au palais qui serait
pour elle un couvent et une prison. Nicolas de Montmorency répondit qu'au contraire, l'entrée de Marguerite au
palais était la meilleure réponse à faire aux mauvais bruits
répandus sur elle, car le palais des archiducs ne s'ouvrait
qu'aux femmes honnêtes. Le mieux était donc qu'elle y
entrât le plus tôt possible « tant pour le danger qu'elle
craindrait de Monsieur Son Mary que pour n'y aller rien
de son honneur, se trouvant les affaires aux termes où ils
estaient et son innocence tant cogneue comme elle est,
oultre que nos princes sont tout amateurs de l'honnesteté
et de la vertu que la réception seule en leur maison justifie
la personne qui y entre et en oste tous soupçons contraires.
Différer ceste entrée ce serait donner plus d'occasion à
chacun de penser que Leurs Altesses n'eussent voulu la
recepvoir pour quelque soupçon qu'elles pourraient avoir
d'elle, par où son honneur aurait esté beaucoup plus intéressé. » (2)

En effet les imprudences et la faiblesse de la jeune femme
donnaient quelque créance aux méchancetés des mauvaises
langues et la réputation de la princesse en souffrait. On
savait que le roi de France correspondait avec elle et qu'elle
lui répondait. Tous, autour d'elle lui tournaient la tête, lui
représentant d'un côté, la triste vie qu'elle allait mener au
palais, et, de l'autre, le triomphe de son entrée en France,

(1) Mademoiselle de Chateauvert assura plus tard que Spinola lui avait
offert dix mille écus d'or pour qu'elle plaidât sa cause auprès de sa maîtresse.
Les archiducs protestèrent avec indignation contre cette calomnie.

(2) Papiers d'Etat et de l'audience. Lettre du secrétaire Prats à Pecqius
du 16 febvrier 1610.

où elle serait reçue en reine, avec une gloire non pareille. Condé, qui aurait pu la ramener par un peu d'adresse et de bons traitements, s'exaspérait de l'attitude de sa femme, et par sa violence, donnait beau jeu à ses adversaires pour le démolir dans l'esprit de Marguerite.

Il fallut bien laisser la princesse entrer au palais. Elle y vint très solennellement, accompagnée par sa belle-sœur, escortée d'une brillante suite de gentilshommes. L'Infante l'attendait dans la grande salle du palais et la fit asseoir avec la princesse d'Orange sous son dais. C'était le 14 février 1610.

Cœuvres n'avait plus qu'à partir. Une dernière fois il somma officiellement Condé de revenir en France et une dernière fois Condé refusa.

Cœuvres partit ; Condé, tranquille sur le sort de sa femme, quitta secrètement les Pays-Bas. On l'avertissait de plusieurs côtés que les français, très nombreux en ce moment en Belgique, disaient hautement qu'ils tueraient Henri de Bourbon. Croyant sa vie en danger, il disparut à l'improviste, avec l'aide de Spinola et il se rendit à Milan où le gouverneur, comte de Fuentès, avait ordre de mettre le palais royal à sa disposition.

Les archiducs, en admettant la princesse de Condé chez eux, ne s'étaient pas dissimulé qu'elle leur causerait de grands ennuis.

Outre le danger de pousser à bout Henri IV, ils avaient à surveiller étroitement et le plus aimablement possible une personne dont on avait littéralement tourné la tête, au point de changer son véritable caractère, simple et doux, et d'en faire une petite créature infatuée de sa beauté, irritée de voir qu'on s'opposait à son triomphe et prévenue contre les princes qui lui donnaient une hospitalité de geôliers. Sa colère était d'autant plus grande, qu'Isabelle s'était nettement opposée à ce que Châteauvert et Philippote vinssent au palais avec elle.

Ces deux femmes, réfugiées chez les Berny, envoyaient des plaintes amères aux parents de Marguerite et accusaient les archiducs d'agir pour elle sans égards ni soins, de la loger dans un galetas, manquant de gens pour la servir et, somme toute, la rendant très malheureuse.

Aussi Marguerite boudait, se posait en victime, et Madame de Berny l'entretenait dans cette mauvaise humeur, car elle avait réussi à garder, par d'adroits intermédiaires, des relations continuelles avec la belle princesse.

Isabelle, usant d'une patience rare, feignait de ne pas voir le peu de politesse de la jeune femme. Elle s'efforçait de la distraire, de l'amuser, de lui rendre le séjour auprès d'elle, aussi agréable que possible.

« Je ne puis vous dire tout ce que je voudrais, écrit l'Infante au duc de Lerme le 12 mars 1610, n'osant me fier à la poste. Mon cousin vous fera part du plus important. Je vous dirai seulement que tout marche bien avec la *Guespeda* (1) quoiqu'elle ne puisse se résoudre à perdre la *tendresse* pour son pays. Tous ici la considèrent comme gagnée (au roi) et nous devons être prudents et ne pas trop lui montrer le désir que nous avons de lui faire changer d'avis. Je crois qu'en ce moment nous serions de bien piètres sermoneurs. Il y aurait des choses bien plaisantes à conter là dessus si on osait se fier à sa plume. » (2)

La prudence était en effet, très nécessaire, et l'orage grandissait, toujours plus menaçant, du côté de la France. Henri IV était d'autant plus furieux qu'il avait cru davantage avoir réussi et qu'au fond, il sentait qu'il avait contribué par sa précipitation, à l'avortement de son entreprise. Il traita Cœuvres de bête et de sot. (3) Cela ne raccomodait pas les affaires. Les ministres du roi étaient fort embarrassés pour couvrir toutes ces démarches folles d'une apparence de dignité. Les archiducs, par leur conduite pleine de réserve et de tact, avaient le bon côté. (4) On trouvait même qu'ils y mettaient une modération excessive, on

(1) Mot à mot : hospitalisée. L'Infante écrit ce mot avec quelque malice.
(2) Corresp. Lettre 169.
(3) Henrard, Henri IV et la princesse de Condé, p. 78.
(4) » » » » p. 86.

aurait voulu qu'ils laissent enlever la princesse en s'arrangeant pour la reprendre aussitôt et prouver ainsi que le vrai motif de la colère du roi n'était pas le départ du seul Condé. (1)

Les ministres du roi de France avaient fort à faire pour empêcher Henri IV de se jeter dans de nouvelles folies. Il fallait toute l'énergie du président Jeannin et de Sully pour éviter une immédiate déclaration de guerre à l'Espagne. Il prenait pour prétexte la fuite de Condé qui aurait été préparée par les archiducs et sous ce rapport, l'événement pouvait lui servir comme l'un des motifs de la politique à main armée qu'il voulait commencer contre la maison d'Autriche. Encore fallait-il être prêt et que tout fut d'abord réglé en France ; c'est ce qui lui représentaient ses ministres. (2)

La situation était d'autant plus épineuse, que les archiducs ne pouvaient même compter sur la famille de la princesse, laquelle continuait à réclamer leur fille et faisait semblant de croire à tous les griefs qu'elle leur écrivait contre ses hôtes, comme contre son mari.

Albert répondait au connétable qu'il avait donné sa parole à Condé de veiller sur sa femme et qu'il ne la laisserait partir que sur l'ordre exprès de celui-ci, ou si le divorce était prononcé.

Mais, tout en maintenant sa ligne de conduite, il ne négligeait aucun moyen d'apaiser Henri IV, de conseiller la paix à Philippe III et d'obtenir du Pape qu'il s'entremit

(1) Henrard, Henri IV et la princesse de Condé, p. 86. Les archiducs s'étaient montré très charitables pour le roi de France en lui épargnant le ridicule de cet enlèvement.

(2) « Les nouvelles qui nous arrivent chaque jour de la hâte qu'on met à former l'armée nous oblige à nous préparer aussi, car il se pourrait que nous soyons forcés de nous défendre et nous pourrions bien ne pas en sortir comme on le dit. Vous savez combien la chose est importante, inutile que je vous dise combien elle est nécessaire, car vous savez notre souci de mettre les choses en état. Je ne crois pas qu'il se voie dans le monde de chose semblable si cette guerre se fait : Nous sommes ici à caresser et à choyer la cause de cette guerre et nous sommes encore fort mal accueillis. Mais cela ne nous empêchera pas de faire notre devoir. » Corresp. Lettre 172.

pour calmer les esprits, ce à quoi Bentivoglio l'aidait de son mieux. (1)

La pensée de l'Infante sur cette situation est intéressante à connaître. Elle la dit ainsi au roi :

« Ici, tout le monde parle de guerre, mon cousin vous l'écrit de son côté. Celui de France, (Henri IV) s'agite fort pour réunir son armée. Il finira par rompre avec nous puisque nous ne voulons pas lui donner cette femme qui est bien gagnée à lui, ou, pour mieux dire, perdue. Elle me fait grand pitié, car c'est la meilleure personne du monde, fort affable et de bon caractère. Mais tous les mauvais conseils qu'elle a reçus et qu'elle reçoit encore, l'aveuglent, comme aussi les lettres qu'elle reçoit d'autre part (du roi) et que je regarde comme sa perdition. Nous faisons ce que nous pouvons pour l'amuser et gagner sa confiance, mais cela me paraît du temps perdu. Dès qu'on la quitte, elle reçoit quantité de messages et de lettres. Les entremetteurs (2) ne manquent pas et en première ligne, il faut placer la femme de l'ambassadeur de son roi, qui est ici. Le mari, lui, est un honnête homme. Elle a aussi une vieille à son service qui la gouverne absolument. Elle a bien dû la laisser. Elle est dans la maison de l'ambassadeur et, tous les jours, cette vieille lui envoie le brouillon de ce qu'elle doit écrire au roi. Elle est d'une beauté si vraiment céleste que, s'il fallait faire son portrait c'est en ange qu'il le faudrait faire et quand je pense à la figure du galant, je ne puis m'empêcher de rire du motif qui susciterait cette guerre. » (3)

Au duc de Lerme, Isabelle écrivait encore le 3 mai 1610 :

— « J'espère que Notre Seigneur nous aidera et que

___

(1) L'agent des archiducs à Rome, le sieur d'Ortemberg leur écrivait le 29 mai 1610. « Sa Sainteté at aussi fort approuvé le parti que Vos Altèzes sérénissimes ont offert touchant le poinct de la séquestration de la princesse de Condé, en cas de cognoissance du divorce, disant que les ministres de cette couronne avaient tort de ne les accepter. »
(Papiers d'Etat et de l'Audience. Corresp. de Rome supp. nº 472.)
(2) L'Infante se sert d'un mot plus énergique.
(3) Corresp. Lettre 173.

mon frère, à la tête des forces qu'il possède, ne cèdera pas aux menaces. J'ai grand souci de voir mon cousin peut-être obligé de partir de nouveau en campagne. Quant à ce que je pourrais vous dire de notre Guespeda, c'est que nous sommes fort occupés de ses plaisirs et de sa santé, et que tous nos efforts sont fort mal reçus, car le galant empoisonne toutes choses. Il est si frais et si bon ! Il faut bien tout lui pardonner. » (1)

L'orage grandissait toujours. Henri IV préparait son armée avec une fièvre et une impatience qui faisaient l'objet de l'étonnement des uns, de la pitié des autres. (2) Pour lui, il séchait de dépit et de sénile passion et s'il encourageait les parents de Marguerite à demander le divorce, il en trouvait la procédure trop lente, et pensait qu'une bonne armée est le plus sûr moyen de s'assurer une conquête. Il est vrai qu'il ne mettait pas en avant un tel motif pour prendre les armes. Depuis longtemps, il attendait l'événement qui pût lui permettre de mettre en œuvre sa politique contre la maison d'Autriche, et il venait de le trouver dans la succession de Juliers. (3) Mais la coïncidence le servait à

(1) Corresp. Lettre 174.

(2) De Groote, ambassadeur des archiducs à Londres, les avait prévenus que Henri IV, partant pour l'Allemagne afin d'y soutenir les prétentions de Brandenbourg sur Clèves, était bien résolu de passer par les Pays-Bas pour y reprendre la princesse de Condé, de gré ou de force.

(3) Le duc Jean Guillaume de Juliers, Clèves et Berg était mort le 25 mai 1609 sans laisser d'enfants. Il avait 4 sœurs : Eléonore, mariée au marquis de Brandenbourg, Anne Madeleine, femme du comte de Neubourg, Sybille, mariée à Charles d'Autriche, marquis de Burgau et Madeleine au duc de Deux Ponts. Mais le duc Jean Guillaume avait reconnu dans le contrat de mariage d'Eléonore que, s'il venait à mourir sans enfants, sa succession lui reviendrait. Eléonore était morte avant son frère, et sa fille, mariée à son cousin, l'électeur de Brandenbourg, prétendait aux droits de sa mère. Les trois autres branches protestaient et au milieu de ce conflit, où s'entrecroisaient les mémoires et où surgissaient les prétentions les plus difficiles à étayer, l'empereur Rodolphe, prétextant la nécessité de régler d'abord la succession, mit tous les domaines du défunt sous séquestre et nomma administrateur l'archiduc Léopold, évêque de Strasbourg. Les Brandenbourg et Neubourg étant protestants appelèrent à leur secours la Hollande et Henri IV pendant que le parti autrichien se préparait à la guerre. C'est à cet appel que le roi de France s'était empressé de répondre.

souhait et il pressait les préparatifs du couronnement de la reine afin de pouvoir partir plus tôt.

Aux Pays-Bas, l'anxiété fut grande lorsque parvint le message de Henri IV, demandant aux archiducs l'autorisation, pour son armée, de traverser leurs Etats. Malgré le ton amical de cette requête, on sentait le vieux lion frémir et gronder, prêt à bondir au moindre geste. Refuser, empêcher l'invasion, n'était pas possible avec la petite armée qu'on avait à lui opposer. Les conseillers de l'archiduc hésitaient. Il fallait bien permettre le passage par le Luxembourg et comme on ne doutait pas qu'Henri ne traitât le duché en pays ennemi, on espérait qu'il s'arrêterait à faire les sièges de Thionville et de Luxembourg, villes de prise difficile, et bien défendues. Pendant ce temps, on pouvait s'organiser pour la guerre. Spinola et Bucquoy combattaient cette manière de voir. Ils disaient, non sans raison peut-être, que ces retards serviraient à Henri IV pour décider la Hollande à rompre la trève. Elle ne le voulait pas en ce moment, mais qui sait ce qu'elle penserait en voyant Henri IV envahir les Pays-Bas ? Avoir l'air de ne rien craindre, s'avancer hardiment pour barrer le chemin au roi de France, c'était le meilleur moyen de le faire réfléchir. Albert reconnaissait que les deux généraux avaient raison, mais il voulut ne pas briser lui-même les vitres. Pendant qu'il s'occupait de renforcer toutes les places frontières et se préparait à prendre le commandement de l'armée que Spinola, sous ses ordres, assemblait à Philippeville, il répondait à Henri IV qu'il lui accordait le passage, à condition que l'itinéraire fut exactement indiqué, afin qu'il pût lui préparer les vivres nécessaires.

On attendait avec émotion la réponse du roi de France, sans oser espérer qu'il agirait en toute bonne foi et se contenterait de traverser le pays. La princesse de Condé n'était-elle pas un enjeu trop précieux aux yeux de Henri IV pour qu'il hésitât à l'acheter par beaucoup de sang ? Il semblait vraiment à tous que cette fois, la Belgique allait être victime de sa généreuse hospitalité.

La Providence lui épargna ce désastre. Elle laissa le bras de Ravaillac faire son œuvre de régicide et la mort du malheureux Henri délivra les Pays-Bas de la menace qui l'épouvantait. Si affreuse que fut cette fin, elle devenait un bienfait pour les archiducs et leurs sujets, et ce fut un soupir de soulagement plus qu'un cri d'horreur qui retentit.

Le comte d'Estaires exprimait bien l'impression générale lorsqu'il écrivait à Albert : « Je loue Dieu de voir Votre Altesse délivrée d'un si puissant voisin qui troublait la chrétienté et menaçait l'État. » (1)

La scène changeait brusquement aussi pour le prince et la princesse de Condé.

Ainsi que le remarquait l'Infante, le monde peu scrupuleux qui entourait la jeune femme, la pervertissait au point de lui faire envisager le retour à Paris et l'amour du roi comme le but auquel elle devait tendre et le seul qui pût lui donner le bonheur; on lui montrait la cour des Pays-Bas comme une prison odieuse où on la retenait de force au mépris de tous droits. La mort de Henri IV renversait ces beaux raisonnements et précipita Marguerite du haut de ses rêves. Ce mari, qu'on lui apprenait à haïr, devenait maintenant le premier personnage du royaume, et Condé s'empressait de se réconcilier avec la reine régente qui n'avait rien à lui reprocher. Les ministres de France le soupçonnaient bien de quelques complots, mais Condé qui y avait prêté l'oreille, maintenant n'y voyant plus d'avantage, se hâtait de se blanchir du moindre soupçon.

Par ailleurs, la famille de Marguerite se trouvait fort ennuyée d'avoir donné tant de créance aux plaintes de la jeune femme et tant d'éclat au projet de divorce. Ce premier prince du sang n'était plus tant à dédaigner, sa situation devenait si forte et si haute que l'honneur d'être sa femme valait bien quelques actes de contrition.

(1) Papiers d'État et de l'audience n° 452. Lettre de Nicolas de Montmorency.

Condé, bon prince, quittait l'Italie et arrivait à Bruxelles dans les meilleures intentions. Il s'y trouva d'autant plus entouré d'amis qu'on l'avait peut-être, hier, égratigné. Sa femme était à Mariemont avec les archiducs. L'Infante cherchait à l'y distraire de l'émotion produite par la terrible fin de son royal amoureux, et c'est alors qu'eurent lieu ces chasses au cerf si gentiment contées à son frère par Isabelle. Condé écrivît tout d'abord une lettre affectueuse à Marguerite. Mais sa sœur, ses amis, les langues bavardes ou malignes, l'eurent bientôt mis au courant des intrigues sans pudeur ourdies autour de Marguerite, auxquelles la jeune femme s'était imprudemment prêtée. Il entra dans une violente colère contre elle et ses parents et jura que, cette fois, il allait demander une séparation immédiate.

Le connétable, aussitôt après la mort de Henri IV, avait envoyé aux Pays-Bas son cousin de Bouteville pour raccommoder les choses. Aidé du comte d'Estaires, de Spinola, de tous les amis de Marguerite, il essaya de calmer le mari irrité. Ce ne fut pas sans peine. Il promit enfin de se réconcilier, mais dans une visite rapide qu'il fit à Mariemont, il refusa de voir sa femme.

Entretemps, sous l'empire des événements et dans le calme de la vie plus libre de la campagne, loin de ses mauvais conseillers, Marguerite subissait la bienfaisante influence d'Isabelle. Elle apprenait à connaître mieux, à estimer et à aimer la noble femme qui, malgré tant de rebuffades, la traitait avec une égale bonté. Les sages conseils de l'Infante ramenaient cette jeune âme, plus égarée que pervertie, que sa grande jeunesse excusait. Marguerite voua dès lors une affection profonde à l'Infante et se mit sous sa direction avec confiance. Elle ne demandait plus qu'à se jeter dans les bras de son mari, elle ne doutait pas qu'il n'accourût bien vite à ses pieds. La déception fut grande, lorsque Condé revînt à Mariemont prendre congé de Leurs Altesses avant de partir pour la France. Il refusa énergiquement de voir sa femme et tout ce qu'on pût obtenir de lui fut une promesse lointaine de réconciliation.

Laissons l'Infante raconter l'épilogue de ce roman avec sa verve accoutumée. Elle écrit à son frère. (1)

— « Je vais vous conter maintenant comment nous avons été débarrassés de notre Guespeda. Son mari est venu ici mais a refusé de la voir. Il ne voulait pas cependant partir sans l'apercevoir et il la vit par derrière. Pour elle, malgré tous les dédains de son mari, elle courait de fenêtre en fenêtre pour le voir. Et certes, il doit y avoir de la magie dans toute cette affaire, car lorsqu'ils sont tous deux arrivés de France ici, ils paraissaient s'aimer bien, ils ne voyaient que l'un par l'autre puis, en partant, ils disaient des horreurs l'un de l'autre. Cependant le mari paraissait aimer sa femme, mais sa mère (la mère de Condé) et sa sœur d'Orange ont fait tout ce qu'elles ont pu pour qu'il ne la reprenne pas ; elles lui mettaient en tête que s'il divorçait, il pourrait épouser une fille du roi, chose que je ne crois pas. Somme toute, il prétendait qu'il ne quittait pas sa femme pour ce dernier motif, mais à cause de choses qui se seraient passées en France et ces choses, je ne les crois pas du tout graves, parce qu'il me semble qu'elles sont fort peu importantes. J'espère avoir agi selon ma conscience en faisant tout ce qu'il m'était possible pour que Condé reprenne sa femme, ce qui était tout simple puisqu'il ne tient pas compte de la chose principale, ce qui nous fait quelque peu rire.

» Après cette première visite de Condé, vint un des cousins de la belle (Bouteville) de la part de son père, avec une lettre de la reine l'invitant à revenir avec son mari. Elle se fit d'abord un peu prier, mais après tout ce que

(1) Ce passage de la lettre était précédé de ce paragraphe.

« Condé nous a expliqué la solennité des obsèques du roi de France qui vont se faire. Certes, on peut dire qu'elles seront mal employées ; Votre Majesté verra par le courrier comment il comptait aider les hérétiques. La reine a bien perdu en cela, à mon avis ; lorsque tout son conseil le voudrait, elle devra le contredire. Car il lui sera toujours bien plus avantageux pour elle et ses enfants d'être dans l'amitié de Votre Majesté que dans celle des protestants. Notre Seigneur mènera les choses pour sa cause et pour ceux qui la défendent et il remédiera au mal comme il l'a fait toujours. »

nous lui dîmes, elle écrivit une lettre (au prince) lui demandant pardon, puis vint se jeter à nos pieds pour que nous
obtenions de lui ce pardon. La reine nous écrivit aussi à
ce sujet, mais il y avait tant de bons dogues attachés à ses
oreilles (1) (du prince) que, malgré tout notre désir, nous
n'osions la pousser trop en avant; le nombre de gens qui
vinrent le voir dès qu'on sût qu'il était revenu chez nous
est chose incroyable. Pour lui, il assurait qu'il ne voulait
pas se rencontrer avec sa femme parce que, s'il avait une
conversation avec elle, il ne pourrait plus s'en dépêtrer.

« Quand il vint prendre congé de nous, nous eûmes
encore l'espoir qu'il agirait autrement et elle partageait cet
espoir. Elle se tenait à la porte, vêtue et coiffée à l'espagnole,
belle comme de l'or et tout à fait séduisante. Quand il vint
me parler, il se trouva près d'elle et l'aperçut. Tous deux
en se regardant, pâlirent. C'était un spectacle curieux. Après
(mon audience) il alla se promener dans les jardins et elle
le suivait toujours. A la fin, il la rencontra dans une petite
charmille et lui fit trois révérences, mais il n'était pas sorti
du jardin qu'un de ses cousins arrivait et lui faisait mille
reproches de ce qu'il l'avait regardée. Elle, de son côté,
s'en allait, pleurant à chaudes larmes. Trois jours après,
arriva la comtesse d'Auvergne, sa sœur. Elle descendit à
Binche et vint me voir le lendemain. Le surlendemain elle
vint dîner, puis l'emmena (la princesse de Condé) saine et
sauve mais pleurant bien fort en nous disant combien elle
craignait de rentrer chez elle. Je lui ai fait un bon sermon,
en lui montrant que tout ce qui était arrivé devait lui servir
de leçon pour sa conduite future et que sa grande jeunesse
était une excuse pour ses fautes passées. Elle m'a bien promis que désormais je n'entendrai que des louanges sur la
manière dont elle se gouvernerait et qu'on ne parlerait plus
d'elle. Plaise à Dieu qu'il en soit ainsi ! Elle est de caractère si facile que la société qui l'entoure a tout pouvoir sur
elle. J'en ai grand pitié, car elle est tout à fait charmante.

(1) C'est à dire tous ceux qui conseillaient et voulaient le divorce du prince.

J'ai bien vu comme elle se laissait mener par la belle bande qui la tenait dans ses griffes. J'aurais voulu les livrer aux enfants de Tolède pour qu'ils fassent leur office. La première de cette bande est la femme de l'ambassadeur qui a été très vilaine pour Condé.

» Madame d'Auvergne est une femme de manières charmantes, qui doit avoir été très belle. Elle est d'un calme extrême, parle très bien. C'est une personne fort estimable, elle s'est montrée digne de cette estime plusieurs fois et surtout il y a cinq ans, quand elle a partagé la prison de son mari.

» Ainsi se termine l'histoire de notre Guespeda ; comme Fuentès (1), nous en sommes si bien soulagés que nous ne savons assez nous en féliciter. » (2)

Et vraiment le roman finit bien. Condé, que le prince d'Orange poussait à la séparation dans l'espoir de lui voir épouser une fille de Henri IV, ne fut pas plutôt arrivé en France, qu'il comprit la difficulté et le scandale de la procédure qu'exigerait le divorce. Toute la famille de Montmorency travailla à apaiser ses griefs, si bien que, deux mois à peine après son arrivée à Paris, le ménage était réuni et Marguerite, guérie de la coquetterie et des intrigues, devenait une épouse si dévouée que, lors de l'emprisonnement de Condé à la Bastille en 1616, elle supplia la reine de lui permettre de s'enfermer avec lui. Elle le suivit à Vincennes et c'est dans cette prison que naquit le grand Condé.

---

(1) Fuentès, à Milan, avait été très heureux du départ de Condé, dont la légèreté et les contradictions lui créaient mille embarras.

(2) Corresp. Lettre 176.

CHAPITRE V

—

Commencement de la guerre de Juliers. — Affaires de l'Empire. —
La restauration religieuse aux Pays-Bas. — La noblesse belge et les
archiducs. — Réception de l'archiduc Maximilien d'Autriche.

—

Il était écrit que jamais Albert et Isabelle ne jouiraient
de cette paix complète qu'ils souhaitèrent toujours. Après
1609, ils avaient le droit d'espérer vivre dans une parfaite
quiétude, uniquement occupés du gouvernement de leurs
États. La trève avec la Hollande leur assurait la sécurité au
Nord, l'assassinat de Henri IV les débarrassait de la politique contre la maison d'Autriche ; l'Angleterre, toujours
hargneuse, ne désirait pas plus la guerre qu'eux. Bien plus,
la régente de France, Marie de Médicis, se jetait maintenant
dans les bras de l'Espagne et on commençait à parler d'un
double mariage qui donnerait à Louis XIII pour femme
une princesse espagnole et comme épouse à l'Infant Philippe, une fille de France. Tout eut bien été sans l'Allemagne où surgissaient toujours des querelles ; l'agitation religieuse la maintenant dans un état d'ébullition permanente.

Les archiducs n'eussent donné qu'une attention fort
secondaire à ces querelles, s'ils eussent pu éviter de s'y
mêler. Mais ils n'étaient pas libres, malgré leur apparente
indépendance. En réalité, ils étaient si intimement liés à
l'Espagne, qu'ils ne pouvaient s'abstraire de toutes ces
disputes. Ils sont, qu'ils le veulent ou non, les avants-postes
espagnols en Europe et Philippe III ne manque jamais
l'occasion de le leur rappeler.

Ils croyaient n'avoir plus à s'occuper de guerre, mais si les Pays-Bas ne sont plus un champ de bataille, ils n'en devront pas moins combattre ailleurs. Tous les ennuis de la guerre vont recommencer.

La guerre pour la succession de Juliers inaugurait cette longue suite de batailles qui a nom la guerre de trente ans. La situation des archiducs vis à vis de l'Empire, comme vis à vis de l'Espagne, les obligeait moralement à s'intéresser aux événements d'Allemagne. Albert, frère de l'empereur, avait été fortement mêlé aux dissentiments survenus entre Rodolphe et Mathias. Il avait dû faire un pacte de famille avec les archiducs, ses frères, pour sauvegarder leurs biens, leur situation, voire même l'Empire, que la conduite de Rodolphe compromettait. Peu après, Mathias s'étant servi de ce pacte pour intriguer déloyalement, Maximilien, Albert et Ferdinand avaient dû protester énergiquement contre l'abus odieux fait de leur nom. La guerre entre Mathias et Rodolphe dura jusqu'à la mort du dernier, et Mathias fut élu empereur. Mais le règne trop long du sombre et incapable Rodolphe et les quelques années du règne du léger Mathias avaient pour ainsi dire détruit le saint Empire qui, après la mort de Mathias, n'existait plus que de nom ; les empereurs avaient perdu toute influence et l'Allemagne se débattait dans une crise immense, autant religieuse que politique.

Il serait trop long d'essayer de la décrire, remarquons seulement qu'à l'ouverture de la succession de Juliers et de Clèves, l'Allemagne était séparée comme elle l'était depuis la réforme, en deux grands partis religieux. A la ligue de Smalkalde, brisée par les dissentiments et les jalousies des petits princes protestants, avait succédé l'Union évangélique qui n'était pas beaucoup plus unie que la première ligue, mais cependant devenait une force quand il s'agissait d'attaquer les catholiques. Ceux-ci essayaient d'opposer à l'Union évangélique une ligue politique et religieuse, dont l'âme était le grand Maximilien de Bavière, qui, en ce moment, représentait en Allemagne, à lui seul, toute l'énergie et tout le génie de son parti. A sa prière, le Pape envoya en Espagne le Capucin, canonisé maintenant, Saint Laurent de Brindes, afin de décider Philippe III à accepter le protectorat de la Sainte Ligue. La reine Marguerite, sœur du futur héritier de l'Empire (1), insista de son côté pour que le roi consentît à donner une protection efficace à la ligue et obtint ainsi la promesse d'une armée de secours en Allemagne.

Mais cette ligue catholique était elle-même composée d'esprits trop ambitieux pour abandonner toute préoccupation personnelle et ne voir que le seul bien à obtenir : la pacification de l'Allemagne.

Maximilien était un grand cœur, un chrétien de foi ardente, d'un génie politique aussi grand que son génie militaire. Placé à côté de l'Empire que le long règne de l'incapable Rodolphe avait tant abaissé, il se sentait une puissance trop grande pour résister au désir de l'affermir par tous les moyens honnêtes, sinon désintéressés. Et l'Espagne, de son côté, ne voulait pas que Maximilien soit plus puissant que les Habsbourg. En conséquence, Philippe III ne consentait à donner un appui au duc de Bavière qu'autant qu'il ne servirait pas à augmenter l'influence du duc.

En 1610, la Sainte Ligue n'existait encore qu'en projet. Rodolphe, pour terminer le conflit de la succession de Juliers et Clèves, avait cru être très habile, en mettant ces pays sous le séquestre d'Empire, s'en réservant l'administration, confiée à l'archiduc Léopold, son neveu. Mais les compétiteurs protestants avaient peu à peu repris les duchés que Léopold était incapable de leur disputer et c'est pour achever de chasser les impériaux que l'Union avait appelé Henri IV. Déjà une partie de l'armée française était entrée dans Juliers et menaçait Strasbourg, lorsque la nouvelle de la mort de Henri vint plonger les alliés dans la plus profonde consternation.

(1) Ferdinand, archiduc de Styrie, fils, comme elle, de l'archiduc Charles, frère de l'empereur Rodolphe.

Avec un autre empereur, il eut été facile de profiter de la circonstance pour terminer rapidement la querelle. Mais Rodolphe était incapable de rien d'énergique ni de raisonnable. Les députés des divers compétiteurs s'étaient réunis à Cologne avec les ambassadeurs de France, afin d'essayer une entente, mais la présence d'armées belligérantes tout le long de leurs frontières, inquiétait beaucoup les archiducs.

— « Nous pensions être depuis hier à la chasse à Mariemont, écrit Isabelle le 9 octobre 1610, mais voyant toute cette armée de Juliers chez nous, nous n'avons pas osé partir d'ici (de Bruxelles). Que Dieu pardonne à l'empereur et à ses conseillers, car s'il l'avait voulu, elle (l'armée) serait allée ailleurs. Maintenant les députés se réunissent à Cologne et on ne sait qui en tirera profit. Plaise à Dieu qu'elles (les armées françaises) retournent en France et que Notre Seigneur leur ouvre les yeux. Mais il y a tellement de variations dans toutes ces affaires qu'on ne s'y reconnait plus. » (1)

L'archiduc Léopold étant incapable de soutenir à lui seul la guerre contre l'armée de l'Union, n'ayant d'ailleurs que peu de troupes, s'était imaginé de renforcer son armée en prenant à sa solde Ernest de Mansfeld (2.) Mais l'aventurier ne fit que pressurer et ravager le pays de Trèves et de Moselle, sous le prétexte qu'on ne le payait pas, jusqu'au moment où le comte de Solm, général de l'Union, le fit prisonnier, après avoir battu l'armée de Léopold. (3)

Albert était très mécontent de la tournure que prenaient les choses. Le roi d'Espagne le chargeait d'organiser l'armée

______

(1) Corresp. Lettre 182.

(2) Ernest de Mansfeld, fils naturel du prince Pierre Ernest, gouverneur du Luxembourg, l'un des personnages les moins recommandables de son temps, a été exhalté et glorifié par les protestants qui en ont fait un génie comme guerrier valeureux. En réalité, il ne se distingua jamais dans la guerre autrement que pour piller, et commettre les excès les plus odieux. Le comte de Villermont a fait justice de cette réputation usurpée dans son « Histoire de Mansfeldt. »

(3) Ernest, prisonnier des protestants, s'empressa d'abandonner les catholiques pour devenir le serviteur à gages de l'Union évangélique.

qu'il voulait donner à l'archiduc Léopold. Il avait dû, à son grand déplaisir, laisser faire des levées d'hommes dans les Pays-Bas et donner des chefs à cette armée, en se privant de ses meilleurs officiers. Comme c'était lui qui recevait d'Espagne les sommes destinées à payer les troupes il éprouvait de nouveau, tous les tracas d'arrivages insuffisants ou irréguliers, de réclamations, de mutineries, qu'il avait espéré voir disparaître de sa vie avec la trève.

La mort de Rodolphe, arrivée en 1612, ne consolait pas beaucoup Albert de cette affaiblissement de l'Empire qu'il voyait augmenter encore par l'élection de Mathias, tout aussi incapable que Rodolphe. Sa fierté de Habsbourg en souffrait. Il avait déjà, peu avant la mort de Rodolphe, protesté contre les agissements de Mathias envers l'empereur. C'est la raison qui l'empêchait de soutenir la Sainte Ligue du duc de Bavière. « Ces sortes de ligues et d'unions, ont pour résultat d'affaiblir et d'abaisser l'autorité de l'empereur, écrivait-il à Mathias, de ruiner les salutaires constitutions de l'Empire et de faire perdre en général toute espèce de respect et d'obéissance envers l'autorité supérieure. » Et il concluait en émettant le vœu que l'empereur cherchât par tous les moyens possibles, à dissoudre à la fois l'Union et la Ligue et à reconstruire de leurs meilleurs éléments, un autre corps dont il serait le chef. (1)

Plus tard, Albert aurait pu donner ce conseil à Ferdinand II, mais ni Rodolphe, ni Mathias n'étaient capables d'entreprendre une œuvre aussi considérable.

Le duc de Bavière, devant cette opposition ouverte ou cachée, voulait se désintéresser de la ligue et du parti catholique. L'électeur de Mayence, Schweckard de Cronberg, homme d'État éminent, et Ferdinand de Styrie, qui déjà révélait ses grandes qualités politiques, décidèrent Maximilien à reprendre son œuvre qui, après plusieurs années de traverses, arriva enfin à exister.

Les affaires d'Allemagne n'absorbaient pas à ce point les

(1) Comte de Villermont. Tilly et la guerre de Trente ans. T. I. p. 86.

archiducs qu'ils en négligeassent leurs propres affaires. Elles avaient sans doute un côté important pour Albert, d'autant plus que les protestants, pour éviter Ferdinand de Styrie comme empereur, eussent porté Albert en avant. Pour eux, Ferdinand était l'ennemi avec lequel il fallait compter, tandis qu'Albert, déjà vieux, podagre, retenu aux Pays-Bas, eût été un empereur peu redoutable. Mais lui ne voulait même pas que son nom fut mis en avant. Il avait assez de labeur en Belgique.

Nous avons indiqué rapidement l'œuvre législative, industrielle et artistique entreprise par Albert et Isabelle, il nous reste à parler de la restauration religieuse. Elle fut considérable, puisqu'il fallait réparer les ruines qui avaient réduit l'Eglise des Pays-Bas à la dernière misère. On sait que la volonté de Philippe II avait imposé à sa fille comme premier devoir, le relèvement du catholicisme. Il n'avait pas besoin de le lui commander, sa piété s'y portait avec zèle et le peuple l'y aiderait, car il était resté foncièrement catholique. Les prédicants et les iconoclastes avaient passé comme un torrent boueux, renversant les chapelles et les couvents, mais laissant au sol toute sa vigueur, prêt à produire les plus belles moissons.

Les ravages des iconoclastes avaient été plus funestes que l'irruption des prédicants réformés. Ces derniers, renvoyés chez eux, ne laissèrent pas beaucoup de traces ; assez cependant pour que la sévérité à l'égard des hérétiques et la rigueur des précautions préventives s'expliquassent. (1) Il arrivait ce qui arrive partout quand un gouvernement fran-

---

(1) Ce n'étaient d'ailleurs que des rigueurs relatives. Jamais Albert et Isabelle n'ordonnèrent les supplices et les cruautés dont on les charge sans aucune preuve.

La sévérité envers les hérétiques consistait surtout à ne leur donner ni charge, ni emploi où ils puissent avoir une influence, dangereuse pour la foi : à les empêcher de faire aucune propagande et à les surveiller sous ce rapport. Lorsqu'ils contrevenaient aux lois imposées, la peine du bannissement était la plus forte qu'ils eussent à subir. Alors qu'en Hollande les supplices les plus cruels étaient appliqués aux dissidents des sectes au pouvoir, aucune exécution ne fut subie aux Pays-Bas pour le seul crime d'hérésie.

chement catholique succède à la persécution. La masse revient d'elle-même au culte ancestral, les politiques sans grandes convictions y reviennent aussi par intérêt, il ne reste que des petits groupes isolés, d'esprits étroits ou fanatiques, qui s'entêtent, par je ne sais quel amour-propre de conviction mal comprise, et qui sont irréductibles jusqu'à la fin.

Mais pour achever de rendre au peuple sa religion antique et effacer les impressions laissées par la Réforme, il fallait lui rendre son culte, et là, on se trouvait devant un vrai désastre. Ce que les iconoclastes avaient épargné, la guerre s'était chargée de le détruire. Les églises principales des grandes villes subsistaient encore, mais dans les villages, bien peu demeuraient debout. Les grandes abbayes étaient, pour la plupart, saccagées ou ruinées, les autres couvents tout à fait disparus. Il fallait à la fois relever les églises et les couvents et refaire un peuple de moines et de prêtres. Isabelle se préoccupait surtout de l'état des villages sans prêtres ni culte. Elle et Albert donnaient, donnaient toujours. On peut dire que ce travail assidu de broderies et de couture qu'elle s'imposait et demandait à ses dames, venait du grand souci qu'elle avait de la misère de tant de pauvres autels. Elle voulait les pourvoir selon les moyens qu'elle possédait.

Ce rôle de restaurateur de la foi, rempli avec tant de grandeur et de zèle, a frappé ceux-là même qui ne partageaient pas ses croyances, et nous en appelons ici au témoignage peu suspect de l'auteur de l'Histoire métallique des Pays-Bas :

« Pendant que ces pays — il parle de l'Allemagne — étaient ainsi déchirés par la discorde, les Pays-Bas espagnols jouissaient d'un profond repos sous le sage gouvernement de leurs souverains, qui jusqu'alors, paisibles spectateurs des hostilités mutuelles de leurs voisins, continuaient à donner des marques de leur piété. Ils mirent à Bruxelles la première pierre à la superbe église des Augustins, à celle des Carmes déchaussés, des Minimes, des

Annonciades et à une autre. Ils donnèrent aux Jésuites la vieille cour de l'empereur Charles à Malines, pour servir de demeure à leurs novices, et aux chanoines de la cathédrale d'Anvers plusieurs terres situées environ à cinq lieues de Gand ; à ceux de Sainte-Gudule à Bruxelles, cent arpents de terre dans le voisinage de Cambray, et pour plus de dix mille francs d'ornements à ceux de l'église St-Pierre à Louvain, à qui ils avaient refusé d'augmenter leurs revenus, de peur que s'ils estaient plus considérables, ils ne tombassent en partage aux enfants de ceux qui possédaient les premières charges, au lieu d'être possédés par les professeurs de l'Université de cette ville. Les ecclésiastiques, comblés de tant de libéralités, faisaient retentir la chaire de la piété de leurs souverains. Ils ne manquaient aucune occasion d'inspirer aux sujets la plus haute estime pour de si respectables maîtres. On chantait leur charité dans les rues, on la célébrait dans les fêtes publiques. » (1)

L'historien est loin d'avoir énuméré tous les sanctuaires, toutes les églises, tous les couvents rebâtis ou aidés par les princes. Encore ne s'arrêtaient-ils pas à leurs seuls nationaux. Ce qu'ils firent pour les catholiques anglais est immense. Chiflet essaie d'en donner une idée, fort imparfaite encore. (2) Outre le couvent des Dames anglaises de Bruges dont nous avons parlé, il cite le monastère des Augustins anglais à Louvain, un collège de Franciscains de la même nation à Malines, le séminaire écossais à Douay, les collèges de Saint-Omer, de Cambray et d'Anvers. Isabelle savait, à l'occasion, se montrer énergique, quand il fallait soutenir les persécutés pour la foi. Lorsqu'un groupe de nobles anglais, venus avec le comte de Tyronnel, dût quitter les Pays-Bas espagnols sous les menaces du gouvernement anglais, Isabelle qui avait été obligée de laisser partir ses hôtes afin d'éviter la guerre, ne voulut pas cependant laisser croire qu'elle avait peur. Elle pensait

(1) Hist. métallique des P. B. Tome II p. 74.
(2) Chiflet, T. 97 f. 106.

devoir une réparation à ses coreligionnaires. Ils lui avaient confié la garde de leurs enfants dont plusieurs prirent le voile dans les couvents où on les avaient placés. Isabelle voulut conduire elle-même les filles de lord Percy et de lord Arundel, le jour de leur entrée au couvent. Ce même jour, d'autres anglaises, prenant le voile en même temps, l'Infante leur donna un grand festin ainsi qu'aux anglais réfugiés à Bruxelles. Elle fit ainsi à chaque prise d'habit d'une anglaise. (1) Une des grandes fondations pieuses des archiducs fut celle du « désert de Marlagne ». Nous verrons plus tard le rôle joué par Isabelle dans les commencements de la réforme du Carmel aux Pays-Bas. C'est en suite de cette part prise à l'installation du nouvel ordre, que les archiducs donnèrent au Père Thomas de Jésus la permission de choisir un endroit solitaire pour y installer un couvent de Carmes. Il arriva dans la forêt de Marlagne près de Namur, et fut ravi du site sauvage de cet endroit. Les archiducs lui donnèrent trente-quatre bonniers de la forêt et quatre chevaux pour le service du couvent.

Mais aucune fondation religieuse des pieux souverains ne leur tint au cœur plus dévotement que celle de Montaigu. Le nom d'Isabelle restera éternellement uni à celui de ce pèlerinage, dont elle fut pour ainsi dire l'instigatrice.

(1) L'Infante eût toujours une affection particulière pour le couvent anglais de Bruxelles où on élevait les jeunes réfugiées. Elle y allait souvent et si on lui faisait remarquer des travaux à y faire, elle commandait qu'on les exécutât immédiatement. Elle aimait beaucoup la supérieure, fille de ce Northumberland décapité pour la foi. Elle la vénérait comme la fille d'un martyr. Elle venait causer longuement avec elle et, parfois, consentait à partager son repas. Elle visitait les religieuses malades et enfin se montrait toute maternelle pour les exilées. Ce fut grâce à elle que cette communauté traversa heureusement une de ces crises intérieures si graves pour les couvents. Après une élection d'abbesse, la discorde s'était mise parmi les religieuses, au point que l'archevêque de Malines lui-même n'avait pu l'apaiser. Il fallut arriver à expulser les plus turbulentes. Ce fut la fermeté et l'autorité d'Isabelle qui vint à bout de cette petite révolution.

Albert et Isabelle avaient posé la première pierre de la chapelle de ce couvent, qu'ils firent ensuite agrandir.

Chiflet, T. 98 f. 109 à 116.

Nous avons vu, dans une lettre qu'elle écrivait au duc de Lerme comment, ayant entendu parler d'une pauvre petite chapelle où l'on avait placé une statue de la Vierge trouvée dans un arbre, elle avait voulu aller la visiter. Emerveillée de la quantité de miracles qui s'accomplissaient pour ainsi dire sous ses yeux, elle en était restée enthousiasmée et décidée à ne pas laisser la statue miraculeuse dans son pauvre asile ; forcément elle dut renoncer à toute entreprise au milieu des graves péripéties des premières années passées en Belgique. Mais la sainte image de Montaigu ne quittait pas sa pensée. Il est probable même que, parmi les vœux qu'elle fit dans les grandes angoisses où, plusieurs fois la jetèrent les désastres de la guerre, elle invoqua et fit quelque promesse à Notre-Dame de Montaigu. (1)

« Depuis longtemps, nous dit Chiflet, on voulait élever à la Mère de Dieu un temple digne d'elle, mais on était en soucy de la forme du temple qu'on lui donnerait. Les archiducs confièrent le plan à Vencelas Coberghe, leur architecte ordinaire, qui trouva que « la forme de la montagne enseignait celle de l'Eglise outre qu'elle estait grandement mistérieuse. C'est un tertre septangulaire au milieu d'une rase campagne.

« Il donna donc à l'archiduc un modelle pour dresser l'église au sommet à sept angles avec sept chappelles au dedans et sept chappelles au dehors d'une très belle architecture. Elle pleut donc à l'archiduc et à l'Infante, en sorte qu'ils se délibérèrent d'y aller en personne pour y mettre la première main. (2)

« Quand l'église de Montaigu fust commencée Leurs Altesses, la considérant par dedans et disputant quelles

(1) « Ces lieux estaient rendus si célèbres que partout on ne parlait que des miracles de Montaigu publiés par Juste Lypse et imprimés chez Plantin et desja par toute l'Europe, les images de la Vierge faictes de son chesne miraculeux avaient grand nombre de chappelles et oratoires, où ses grâces allaient se multipliant chaque jour. » Chiflet, T. 96, f. 110.

(2) Chiflet, T. 96, f. 111. Chiflet ajoute à ces mots la description de la médaille d'or qui fut placée dans la pierre de fondement.

images on mettrait dans les niches qui sont dans la séparation des chappelles, l'Infante dit qu'elles seraient fort à propos pour y mettre les Vierges. Sur quoy l'archiduc ayant faict instances auprès du pasteur de dire ce qu'il luy semblait, il se retira de rien dire pour ne sembler contrarier l'Infante, mais estant pressé en ce par l'Infante même, il répondit que la proposition de Son Altesse luy semblait très bonne, mais que son premier dessein avait esté d'y placer les prophètes qui ont prophétisé de Notre-Dame. A quoy l'Infante replica soudainement : Vous avez raison, je quitte mes Vierges, c'est justice qu'elles cèdent aux prophètes. » (1)

Les archiducs donnèrent à plusieurs reprises de fortes sommes d'argent pour l'achèvement de l'église de Montaigu. Philippe III donna 26000 écus. Ce fut seulement en 1627 que ce sanctuaire fut achevé.

La protection et les secours que les souverains donnaient à l'Eglise des Pays-Bas les obligeait aussi à maintenir ou à remettre de l'ordre dans une foule d'affaires administratives où de graves abus, des désordres et des négligences, avaient fait grand tort. Il fallait aussi délimiter à nouveau les droits de chacun, régler définitivement dans la question des annates, des bénéfices, des libertés ou des servitudes ; plus d'une fois on entrait en conflit avec des abbayes, des évêchés, voire même avec le Pape. Albert et Isabelle mirent toujours le plus grand soin à négocier ces différends avec prudence et respect mais aussi avec fermeté, quand ils étaient sûrs de leurs droits.

C'est surtout la nomination des abbés qui donna lieu à quantité de tiraillements. Les abbayes aussi avaient profité des troubles et des changements de gouverneurs pour reprendre une indépendance qui fut toujours l'aspiration bien naturelle de tous les ordres religieux. Mais le souverain veillait jalousement sur ses droits et, si catholique sincère qu'il fût, ne s'en desaississait pas. Albert tint à

(1) Chiflet, T. 96, f. 320.

reprendre ses droits et à les exercer chaque fois que la mort
d'un titulaire obligeait à une nouvelle élection (1). Cela ne
se passa pas toujours sans réclamations. Il y eut des
abbayes qui recoururent à Rome. La modération et le
tact des souverains finirent par apaiser tous les conflits et
il faut reconnaître que les nominations d'abbés et de béné-
ficiaires d'abbayes faites par les archiducs s'adressèrent toujours à des personnages dignes des charges qu'on leur
confiait.

Ils eurent plus de difficultés pour régler les bénéfices et
l'imposition des charges aux abbayes. Riches ou ruinées,
toutes s'étaient habituées à ne plus tenir grand compte de
leurs charges, ayant le prétexte plausible et souvent réel de
leur pauvreté. La nécessité urgente de relever l'instruction
et le manque d'argent des finances gouvernementales
donna l'idée d'imposer aux abbayes des rentes à faire aux
Universités. Les archiducs n'usèrent de ce moyen que
dans la limite de leurs droits, mais ils les maintèrent malgré les réclamations, parce que l'importance du rétablisse-
sement des Universités et collèges primait toute autre considération. (2) Plusieurs abbayes arguèrent de leur pauvreté pour refuser de payer et si l'enquête ordonnée par

---

(1) Lorsque mourait l'abbé ou l'abbesse d'une abbaye dont le souverain
avait le droit de choisir l'abbé, le prieur en informait aussitôt l'archiduc
qui envoyait enquêter sur le mérite des religieux aptes à être élus. Cette
commission était ordinairement composée de l'évêque et d'un ou deux abbés
d'abbayes du même ordre, assistés d'un conseiller du Grand Conseil ou d'un
autre magistrat de grand mérite. On présentait alors les deux ou trois religieux jugés les plus méritants et qui, en même temps, avaient obtenu le
suffrage des moines. Les souverains avaient à désigner dans cette liste, celui
qu'ils choisissaient.

(2) L'abbaye de Saint-Ghislain devait payer 800 florins par an aux novices
des Cordeliers de Saint-André, étudiant à l'Université de Douai. L'abbaye de
Saint-Martin de Tournai était chargée de rentes à payer aux Universités de
Louvain et de Douai, au séminaire du Bon Pasteur, aux Jésuites de Tournai
et à plusieurs autres encore. Il semble que les archiducs aient suivi là un
plan de conduite bien prémédité pour empêcher que les revenus des abbayes
n'aillent, comme bénéfices, enrichir quelques fils de grands seigneurs. En
ayant disposé pour l'instruction, ils n'avaient plus à les donner à des particu
liers.

Albert établissait réellement l'état de misère du couvent, le prince reprenait sa donation. La pauvreté de quantité de monastères, jadis prospères, était bien réelle lorsque les archiducs arrivèrent aux Pays-Bas. Un quart à peine avait échappé à la destruction ou à la ruine. Aussi, pendant les premières années de leur règne, furent-ils littéralement assaillis de demandes de secours. La lecture de ces requêtes est lamentable. La Flandre et le pays d'Anvers, de Limbourg, de Brabant, eurent plusieurs couvents saccagés ou brûlés par les hollandais ou les mutinés.

Mais les petits couvents avaient toute la miséricordieuse sympathie d'Albert et d'Isabelle. Les grandes abbayes, mêmes ruinées, possédaient encore les moyens de se relever. Elles gardaient toujours leurs privilèges. Les ordres mendiants, les petites communautés au contraire, avaient tout perdu. Il y a des suppliques touchantes : les pauvres religieuses de Salzinnes ont été pillées à plusieurs reprises et comme leurs fermiers sont ruinés, elles n'ont plus rien pour vivre.

Les « Blanches Dames » de Tirlemont ont vu leur couvent attaqué par les mutins, elles ont assisté à la destruction de leur petit trésor, les ornements d'église, les vases sacrés, tout a été enlevé ou détruit. Les religieuses d'Hennedael ont dû se réfugier à Nieuport, puis, après la prise d'Ostende, elles sont revenues à Dixmude où elles ont acheté une petite maison dite des « Trois sols ». Il y a, à coté des « Trois sols » une autre petite maison vide parce qu'elle était habitée par une sorcière qui avait été condamnée. Personne ne veut plus y demeurer. Les Sœurs demandent à l'archiduc de la leur donner et il la leur donne. Le Béguinage de Bruges (1) a été tellement ruiné qu'il est autorisé à céder aux Chartreux tout ce qu'il possède de biens immeubles, à charge, pour les Chartreux, d'entretenir ce qui reste de Sœurs jusqu'à leur mort. (2)

(1) Le Béguinage de Saint-Hubert.
(2) Papiers d'État et de l'audience. Liasse N° 1249.

Comme l'écrit Isabelle au duc de Lerme, ce sont des millions qu'il faudrait pour relever toutes ces ruines.

Les négociations avec Rome ont donc une grande importance, car il s'agit de refaire presque tout le droit coutumier, ecclésiastique et conventuel. Pendant que les archiducs discutent avec le Pape leurs droits sur les abbayes, ils doivent soutenir leurs évêques qui implorent la remise de annates et des droits de propine. Les évêques crient misère, le Pape répond que la Belgique n'est pas le seul pays dévasté par la guerre et qu'il a, lui aussi, besoin de ses revenus.

Albert voulait aussi régler l'immunité de l'Église qui était devenue un abus dangereux aux Pays-Bas. Sous ce prétexte, tous les criminels se réfugiaient dans les églises et les couvents et il devenait ainsi impossible de faire la police, alors qu'elle était urgente. Les souverains remirent en vigueur un édit de 1489 qui enlevait l'immunité ecclésiastique aux « voleurs, larrons publics, aguetteurs de chemins, homicides par aguets ou de propos délibérés, sacrilèges, hérétiques, criminels de lèse-majesté, auteurs de séditions publiques ou tumulte populaire, violenteurs de l'Eglise ou de la justice et banqueroutiers. » Mais pour que cet édit fût valable, il fallait que le Saint-Siège acceptât cette diminution d'immunités et nous voyons, dans la note que l'archiduc envoie à son agent, que les hérétiques profitaient plus que les autres de la protection de l'Église et que l'état de guerre perpétuelle où a vécu la Belgique, y a amené un si grand nombre de criminels qu'il est urgent de sévir énergiquement pour protéger la vie et les biens des honnêtes gens. (1)

De son côté, l'Infante chargeait son envoyé à Rome de nombreuses demandes d'indulgences et de faveur que le Pape trouvait parfois excessives. Le jour où Ortenberg reçut mission d'obtenir du Pape la prérogative, pour Albert et Isabelle, d'entrer dans les monastères quand il leur plai-

(1) Papiers d'Etat et de l'audience. Corresp. de Rome n° 442, f. 167.

rait, l'agent trouva la négociation difficile ; il alla en audience auprès du Pape et nous citons ici le passage entier de sa lettre qui est intéressante par les détails qu'il donne sur les archiducs et les réponses faites par Sa Sainteté.

— « Depuis (que j'ai reçu vos ordres) ayant souventefois repensé à la licence que Votre Altesse Sérénissime demande, pour entrer en compagnie de la Sérénissime Infante ès moustiers de religieuses, j'ay voulu derechef sonder l'intension de Sa Sainteté, représentant que Votre Altesse Sérénissime quasi jamais en sortant hors de son palais, ne vat sans ladite sérénissime Infante, si comme icelle pareillement faict avec Votre Altesse Sérénissime et que la Sérénissime Infante, entrant au monastère, ne sy arrectait guères, mais que tant seulement, elle faisait quelqu'exercice en quelqu'oratoire ou parlait seulement avecq la supérieure des besoignes du monastère. Et n'ayant jusque ores appris d'autres exemples que celluy des ducqs de Venise, lesquels dès plusieurs ans, ença, entrent en certains temps aux monastères des religieuses, le reférant à Sa Sainteté, icelle respondit que lesdits Vénitiens font ce qu'ils veulent. Surcquoy ne faillit à repliquer que feu le ducq Genevois (de Gênes) et aultres plus anciens renommés pour pieux et vertueulx y avaient aussy bien entré. Enfin Sa Sainteté ne se montra pas trop dure, disant que s'il y avait aultre exemple de licences semblables, fut-ce du roy d'Espaigne ou d'aultres potentats, qu'elle donnerait aussy en ce, satisfaction à Votre Altesse Sérénissime. » (1)

Si Albert ne put obtenir le privilège de franchir les clôtures des moniales, Isabelle le reçut avec pouvoir de se faire accompagner de six dames « sans toutefois y pernocter ». (2)

C'est peu après que le Pape reprit son projet de faire nommer Albert roi des Romains. Rodolphe venait de mourir et l'élection de Mathias ne contentait qu'à demi le

____

(1) Papiers d'Etat et de l'Audience. Corresp. de Rome. N° 442 f. 199.
(2) Id.

Saint-Siège. Albert avait déjà refusé la royauté romaine sous Rodolphe, ne voulant pas poser sa candidature à l'Empire. En 1612, il écrivit à son agent, Maes, successeur d'Ortenberg pour lui enjoindre formellement de dissuader le Pape de ce projet. » (1) Moins que jamais il ne souhaitait l'Empire qui semblait s'effondrer de plus en plus dans les mains maladroites de Mathias. La Bohême et la Hongrie étaient en pleine révolte et le parti protestant, s'unissant dans un effort désespéré, essayait d'ébranler le reste de l'Empire afin de rendre impossible l'élection de Ferdinand de Styrie. Son caractère, sa haute intelligence, sa religion éclairée et forte, en faisaient un empereur dangereux pour le luthérianisme. Tous ces petits princes, gorgés de biens d'églises et convoitant ce qu'il en restait encore en Allemagne, ne voulaient pas un empereur qui eût arrêté leurs convoitises. (2)

Il était plus que temps de se prémunir contre les événements qui pouvaient survenir à la mort de Mathias, dont la santé était ébranlée. Il fallait d'abord rendre l'héritier de l'Empire assez puissant pour lui faciliter l'accession au trône impérial. Dans ce but, les deux derniers frères de Mathias, Albert et Maximilien, s'entendirent pour assurer à Ferdinand la plus grosse part possible de l'héritage de ses oncles. Maximilien d'Autriche, depuis plusieurs années, s'occupait de cette affaire, assez difficile, parce que, si l'empereur Mathias n'avait pas d'enfants, le frère de Ferdinand de Styrie en avait et son désintéressement n'était pas aussi complet que ses oncles le désiraient. Cependant, avec

(1) Papiers d'État et de l'Audience. Corresp. de Rome N° 447 25 juil. 1612

(2) Lorsque Ferdinand fut couronné roi de Bohême en 1617, la fureur des protestants en arriva aux pires excès ; on jeta par la fenêtre du château de Prague les ministres de l'empereur qui avaient aidé au couronnement de Ferdinand, on vint jusqu'à comploter l'extinction de la race des Habsbourg, suivi du partage de l'Empire entre les princes de l'Union évangélique. C'est alors que la guerre qui s'était un peu ralentie depuis l'élection de Mathias, reprit avec une nouvelle violence et pour ramener à l'obéissance la Bohême révoltée, l'empereur dut employer les armes et commença avec Bucquoy et Dampierre, la récupération de ce pays que son neveu Ferdinand acheva après lui, non sans de longues et sanglantes luttes.

l'appui de son frère Albert et de tous les princes catholiques de l'Empire, Maximilien réussit.

En 1615, nous le voyons arriver à Bruxelles pour achever la conclusion de ce nouveau pacte de famille. Il fallait qu'Albert souscrivît à la renonciation de ses droits sur la Basse Autriche, chose convenue entre les deux frères.

C'était la première fois qu'Albert et Isabelle recevaient un archiduc d'Autriche, un frère, un Habsbourg. Depuis son mariage, Albert n'avait revu aucun de ses frères. Aussi la réception qu'on lui fit devait marquer parmi les plus belles de leur règne.

Une brillante escorte de gentilshommes, suivie par un des plus beaux régiments, alla attendre l'archiduc à la frontière avec des carosses et des litières. On logea le prince au palais, mais sa nombreuse suite fut dispersée dans les meilleures auberges de Bruxelles. (1)

Les appartements préparés pour l'archiduc, garnis des plus belles tentures — le seul total des frais d'arrangement s'élevait à 335 florins — étaient brillamment éclairés de chandelles ou cierges de cire jaune et blanche, dont le coût se monta à 1788 florins payés au cirier.

Il est vrai qu'il y eût « un ballet » à la cour en l'honneur du noble visiteur.

Les victuailles sont considérables : 102 mesures de froment, 57 petits pains, des fruits, confitures, conserves et épiceries pour 1547 florins. De la viande pour 7701 florins,

---

(1) Nous connaissons, par les comptes, le nom des principales hôtelleries de Bruxelles. Ce sont : l'hôtellerie de La Clef, celle de l'Ange, du Sauvage, de l'Ecu de Hongrie, du petit Tournai, de l'Ecu d'Autriche, de l'Empereur, de Constantinople, de la Maison rouge, du Cerf, de la Tête d'or, de la Licorne, des Trois fontaines, de St-Nicolas, de Ste-Catherine, de la Couronne Impériale, du Cardinal. L'Ecu de Hongrie devait être une des meilleures hôtelleries, puisqu'on y logea les plus gros bonnets du cortège. On y paya pour les frais d'hôte 2876 florins. Le Cerf reçut 1075 florins, l'Ange 201 florins. La Couronne Impériale 64 florins. Malgré cette liste considérable, plusieurs hommes de l'escorte furent logés chez les habitants. Un certain Pierre Delle logea « quelques cochers et hommes de litières ».

(Chambre des Comptes N° 1838). C'est dans le même document que sont pris les autres détails sur cette réception.

les dépenses du potager sont de 348 florins et l'on paya pour 373 florins de légumes. On but largement. Vins de Grave, d'Ay, du Rhin, d'Espagne, et il y en a pour 2729 florins, outre la « fine cervoise » de Louvain et les 25 tonneaux de cervoise ordinaire.

On avait rhabillé les pages à neuf, ce qui coûta 44 florins. Les frais du ballet se montèrent à 2455 florins. Enfin il y avait les cadeaux que l'archiduc devait offrir aux principaux personnages de la suite de Maximilien : chaînes d'or, coupes et plateaux d'argent et le total est formidable.

Mais l'archiduc repartait fort satisfait, il ne connaissait guère son frère que par correspondance et peut-être ne l'avait-il revu depuis son enfance qu'une seule fois, lorsque, fiancé à Isabelle, l'ex-Cardinal passait par l'Allemagne pour rejoindre la fiancée de Philippe III. Maximilien se figurait, nous dit Chiflet, qu'élevé par Philippe II, Albert avait « l'humeur toute espagnole », humeur pour laquelle il ne paraît pas avoir eu grande sympathie et il n'augurait pas mieux de sa belle-sœur. Aussi fut-il très agréablement surpris de la réception cordiale, affectueuse et souriante qu'il reçut. Il s'en exprima très franchement, dit encore Chiflet et ne cacha pas son regret de n'avoir pu apprécier plus tôt cette belle-sœur et ce frère si sympathiques. Peut-être leur promit-il de revenir bientôt. Il n'eut pas le temps de remplir cette promesse s'il la fit. A peine avait-il terminé l'œuvre à laquelle il s'était consacré que la mort l'enleva, peu avant Mathias, qui ne précédait Albert que de deux ans dans la tombe.

CHAPITRE VI

—

L'affaire d'Aix-la-Chapelle. — Nouveau serment exigé par le roi d'Espagne. — Politique espagnole. — Part que doit prendre Albert aux affaires d'Allemagne. — Craintes que cause la fin de la trève.

—

Albert et Isabelle avaient pu, jusqu'en 1614, éviter le lourd fardeau d'une armée de guerre destinée à l'Allemagne. Leur action avait été plus diplomatique que militaire et, sauf la perte de Bucquoy, donné à l'empereur, et l'obligation de laisser pratiquer des levées d'hommes aux Pays-Bas, on ne s'était pas encore trop ressenti de l'état fiévreux de l'empire.

L'affaire d'Aix-la-Chapelle allait obliger Albert à sortir de son inaction. Cette affaire a été un des nombreux thèmes exploités pour noircir l'archiduc sous l'accusation d'intolérance et de fanatisme, à quoi ses partisans ont répondu en l'exaltant avec enthousiasme. Calomnie et exagération également déplacées. Cette histoire est beaucoup plus simple, Albert n'eût aucun héroïsme à dépenser, mais seulement à faire montre de sagesse et de prudence, deux vertus qui lui sont coutumières.

Depuis 1598, la ville d'Aix-la-Chapelle subissait tous les malheurs qu'enfante la lutte religieuse. Les catholiques qui administraient la ville, ayant été chassés du pouvoir cette année-là par la violence des protestants, Aix fut mis au ban de l'Empire en punition de ce méfait.

L'archiduc Albert avait alors reçu la mission de rétablir les catholiques au pouvoir, ce qu'il fit par l'envoi de représentants chargés d'exécuter pour lui l'ordre de l'empereur. Les protestants n'osèrent résister ; ils se turent, la rage au cœur, bien résolus de prendre leur revanche à la première occasion. Cette occasion se présenta bientôt. L'archiduc, aux prises avec les hollandais et les mutinés, se trouvant absorbé par ces graves préoccupations, ne put empêcher les protestants de s'emparer de la régence par surprise et les catholiques d'être chassés de la ville. Pour se protéger contre l'archiduc, les émeutiers allèrent demander secours et assistance aux hollandais victorieux.

Aix-la-Chapelle, pour la deuxième fois, fut mise au ban de l'Empire et ce fut encore Albert qui eut la mission de régler cette affaire. Les envoyés qu'il chargea de mettre l'ordre dans la ville furent très mal reçus et n'obtinrent rien. On les accusa d'agir avec hauteur et on refusa de les écouter. La mort de l'empereur Rodolphe arrivant sur ces entrefaites, interrompit les négociations et Albert, occupé des affaires de l'Empire, pressé par le Pape d'accepter le titre de roi des Romains, sollicité par Maximilien de Bavière d'entrer dans la Sainte Ligue, en oublia un peu Aix-la-Chapelle, d'autant plus qu'en ce moment, le roi d'Espagne le chargeait de former une armée de secours pour l'archiduc Léopold, qui reculait tous les jours devant les troupes de l'Union. En 1614, l'empereur et le roi d'Espagne insistaient pour qu'Albert envoyât Spinola avec une armée sur le Rhin.

Ce dévoué serviteur, après la conclusion de la trève, avait obtenu bien difficilement congé de quitter la Belgique pour aller à Madrid. « S'il était espagnol, écrivait le Cardinal Bentivoglio, cette nation s'enorgueillirait d'un tel sujet, d'une activité infatigable, d'une rare perspicacité dans les conseils, d'une grande pureté de foi, et non seulement recommandable, mais encore exemplaire pour la vie chrétienne. » (1)

---

(1) Bentivoglio, dépêche du 18 décembre 1610 citée par Gachard. Etudes et notices hist. concernant les P.-B. 1890, p. 146.

Mais Spinola n'était pas espagnol et c'était un grand grief.

« Le pauvre gentilhomme, écrit encore Bentivoglio, se trouve ruiné par les dépenses excessives qu'il a faites. Il avait cent mille écus de revenu outre quatre cent mille écus d'argent comptant ; aujourd'hui il n'a plus d'argent et son revenu est diminué au point qu'il ne s'élève plus, je crois, à quarante mille écus. Il a, en Espagne, deux fils, menins de la reine, qu'il entretient avec luxe ; il a une maison à Gênes où habitent sa femme et sa mère et qui lui coûtent beaucoup ; à Bruxelles il dépense encore davantage ; il voudrait pour rétablir ses affaires, n'avoir plus qu'une maison et en Espagne. Un jour entre autres, qu'il soupirait en pensant à ses fils, il me dit que s'il n'avait pas eu ce caprice de se faire soldat, il serait indubitablement le plus riche gentilhomme d'Italie, et il aurait pu accumuler assez de trésors pour qu'il lui fût facile d'acquérir un grand Etat. » (1)

Ces regrets étaient superflus, il se trouvait lié à Philippe III pour la vie et ce roi ne lui permit même pas de séjourner longtemps en Italie ; il lui fallut reprendre son poste aux Pays-Bas après un très court congé. Ces années de 1609 à 1614 furent employées par le marquis, dit son éminent historien (2), à l'étude et au travail. Il voulait approfondir toutes les sciences et sa vaste intelligence se plaisait aux études les plus ardues.

A l'avènement de l'empereur Mathias, successeur de Rodolphe, l'archiduc Albert l'avait envoyé en Allemagne pour complimenter de sa part le nouveau souverain.

En 1614, après avoir vainement essayé par toutes les voies diplomatiques, de décider la Hollande à retirer ses troupes de Juliers, l'empereur résolut d'en venir aux armes. Albert cependant, au moment de lancer Spinola sur l'Allemagne, s'était assuré que les Provinces-Unies ne verraient pas là un acte de rupture de la trève.

(1) Études et notices hist. concernant les P.-B, 1890 p. 146.
(2) Rodriguez Villa. Spinola. p. 295-302.

Mais, avant de pénétrer dans le pays de Clèves, Spinola recevait d'Albert la mission d'aller mettre Aix-la-Chapelle à la raison ; toutefois il devait tenter d'abord une solution pacifique et c'est dans ce but que le Cardinal Bentivoglio lui-même s'était joint à lui et aux deux commissaires impériaux chargés des négociations. L'illustre députation s'adressait à des sectaires aveuglés, leur appel vers une entente raisonnable n'eut aucun succès. C'est alors que le général fit commencer les apprêts du siège. Cette fois la ville eut peur. Les catholiques reprochèrent aux protestants de les jeter dans toutes les horreurs d'un siège et avec une hâte sans gloire, Aix-la-Chapelle fit sa soumission.

— « Mais, dit Rodriguez Villa, si la reddition fut prompte, le péril d'un sac de la ville était grand, car l'armée, privée de butin après cette longue paix, était impatiente de se jeter sur les richesses de la cité. Il fallut toute l'énergie de Spinola pour refréner la sauvagerie de ses troupes. Il y réussit et les habitants, catholiques et protestants, heureux d'être préservés d'un si grand désastre, acclamèrent le marquis d'une voix unanime comme leur libérateur. » (1)

Spinola n'usa d'aucune rigueur envers les protestants ; il se contenta de leur enlever leurs armes et d'assurer la solidité de la régence catholique, puis il prit sans tarder le chemin de Juliers. Il commença par occuper les villes de Düren et Orsoy, jeta un pont sur le Rhin et vint chasser tout ce qui se trouvait d'ennemis dans le territoire de Cologne où il rasa la petite ville de Mülheim qui risquait de devenir un poste pour ses adversaires. Avec sa rapidité ordinaire, il se trouva devant Wesel où le joignirent les troupes amenées par le duc de Neubourg.

Wesel, se voyant investie à l'improviste, sans avoir pu se préparer à un siège en règle, n'avait plus qu'à se rendre. Elle le fit en implorant la clémence du vainqueur et Spinola, selon son habitude, la traita avec générosité.

____

(1) Spinola. Rodriguez Villa. p. 3o2.

L'hiver arrivait. Il fallait reprendre ses quartiers d'hiver.
Spinola partit sans avoir pu se rencontrer avec Maurice de
Nassau qui faisait grand état de quelques places prises dans
le Nord. Le duc de Neubourg trouvait que les succès de
Nassau étaient fort peu de chose en comparaison des
grands succès de Spinola. Il espérait qu'ils seraient le
début d'un arrangement à son avantage.

C'est à cette occasion que surgit un différend entre
Albert et son grand général. Ce fut sans doute le seul de
leur vie. Cette guerre inquiétait avec raison l'archiduc,
parce qu'elle pouvait amener la rupture de la trève. Les
deux éternels ennemis, les hollandais et les espagnols, se
retrouvaient en présence, hors des Pays-Bas, c'est vrai,
mais les frontières en étaient faciles à franchir. Aussi Albert
essayait-il de trouver une solution par la diplomatie, à cette
question si compliquée des duchés. Dans ce but, ses agents
négociaient en France, en Angleterre et avec les Provinces-
Unies. Ils proposaient de partager les pays en litige entre
les deux compétiteurs : Brandenbourg et Neubourg, ce qui
permettrait à leurs alliés respectifs de quitter ces contrées.
Spinola fut très froissé en apprenant que, sans le prévenir,
on négociait pour la paix pendant qu'il continuait la
campagne ; on avait signé, sans rien lui en dire, un traité
préliminaire qui ne reçut d'ailleurs aucune exécution et
personne ne songea à quitter les positions acquises. Les
uns et les autres trouvaient avantageux de nourrir leurs
armées aux dépens de ces malheureuses populations. Un
seul des généraux compris dans ce traité l'avait exécuté
consciencieusement. C'était Spinola, qui avait immédiatement retiré ses troupes. Le froissement entre l'archiduc
et lui fut vite apaisé. Une grande douleur en effaça les
dernières traces. Peu après son retour à Bruxelles, au commencement de l'hiver de 1615, la marquise mourait en Italie. Malgré l'éloignement et les longues séparations, les deux
époux s'aimaient tendrement. Spinola, dès qu'il eut reçu
la funeste nouvelle, se retira à l'abbaye de Grœnendæl
« afin de passer, écrit-il, ces premiers jours de deuil dans

cette abbaye où je rendrai grâce à Dieu de ce que sa divine Majesté a bien voulu m'accabler de cette douleur. » (1)

Il n'eût pas même la permission de se rendre en Italie. Philippe III le voulait toujours auprès de l'archiduc. En dépit de toutes les jalousies que son mérite lui suscitait en Espagne, on reconnaissait à Madrid qu'il était le seul homme capable de se maintenir dans une situation aussi délicate : être l'homme lige de l'Espagne et servir en même temps les archiducs sans qu'ils puissent se douter ou, tout au moins, se froisser, de ce rôle qu'on lui imposait.

Il reçut une nouvelle mission non moins délicate à remplir.

Depuis 1613, année où l'archiduc fut assez malade, l'état de sa santé allait empirant. En 1613 même, Albert se trouve si mal que Spinola en prévint Philippe III par lettre chiffrée. (2) Depuis ce jour on vécut à Madrid sur le qui-vive. On craignait une machination, fort imaginaire, de l'archiduc, contre lequel on continuait de nourrir une invincible défiance. Défiance fort injuste et fort inutile, parce que, si Albert eût essayé de prendre à sa mort des dispositions contre l'Espagne, sa veuve, certainement, ne les eût pas ratifiées ni exécutées. C'était même faire injure à l'un et à l'autre. Tous deux avaient mis la plus stricte loyauté dans tous leurs rapports avec l'Espagne et si Albert pouvait approuver tel ou tel engagement imposé, jamais il n'aurait consenti à manquer à sa parole.

C'est ce que ne comprit jamais le gouvernement de Madrid. Sa défiance persistante venait de petites irritations causées par l'attitude prise et maintenue, par les archiducs, de gouverner les belges comme s'ils eussent été belges eux-mêmes et non pas comme des étrangers venus pour faire profiter leur patrie aux dépens de leurs sujets.

Telle est la véritable cause de la mauvaise humeur perpétuelle des juntes d'Espagne ; on la lit entre les lignes

(1) Rodriguez Villa. Spinola p. 318.
(2) Rodriguez Villa. Spinola p. 292.

de toute la correspondance politique et administrative d'Albert et de Philippe III.

Aussi, dès l'avis que l'archiduc pouvait mourir, voulut-on s'assurer d'une manière plus formelle encore, du retour des Pays-Bas à la couronne d'Espagne. En admettant, pensait-on, que l'archiduc Albert fût parfaitement loyal, ne pouvait-on craindre de la nation belge quelque révolte, si les affaires n'étaient pas, auparavant, parfaitement réglées ? On consulta Spinola qui écrivit à Philippe III qu'à son avis, le meilleur moyen de régler définitivement les choses était de faire prêter un nouveau serment aux belges. Ce serment serait un serment de fidélité, juré par les belges à Philippe III comme leur roi, après la mort de l'archiduc, en suite duquel Albert, au nom de Philippe III, jurerait d'observer les privilèges du pays. (1) Spinola avait-il prévu combien il était difficile aux archiducs de faire cette demande aux belges ? N'allait-elle pas ranimer la méfiance latente du pays pour l'Espagne et troubler l'accord qui régnait si heureusement en Belgique ? Albert resta quelques mois sans oser soulever cette question, ainsi qu'il l'écrit à Philippe III (2). « Les affaires de Juliers ont absorbé tout son temps et toute son attention et il a cru devoir laisser l'affaire du serment de côté, afin de ne pas se mettre sur le dos un nouvel embarras. Aujourd'huy on reprend le projet. » Albert ajoute qu'il y attache une grande importance, mais qu'il craint des difficultés chez les gens du pays, étonnés de l'étrangeté de cette nouvelle mesure.

Si les belges furent en effet étonnés de cette décision inattendue, ils se conformèrent cependant paisiblement à ce qu'on leur demandait.

La cérémonie se fit en deux fois. L'archiduc étant à Mariemont, toutes les provinces envoyèrent leurs délégués — les gouverneurs pour la plupart — le Brabant seul n'y fut pas représenté, parce qu'il avait le privilège de ne faire

(1) Rodriguez Villa. Spinola p. 292.
(2) Corresp. d'Albert et de Ph. III, vol. III.

de serments de ce genre que sur son territoire, ce qui obligea Albert à recommencer la même cérémonie à Bruxelles.

Le 22 mai 1616, Albert « habillé d'un habit de campagne vert et assis sur un fauteuil de velours vert brodé d'or » reçut les députés dans « la chambre où Leurs Altesses ont accoutumé de manger » et là eût lieu le serment des députés, après quoi Spinola qui logeait au château de Binche, festoya tout le monde avec sa magnificence accoutumée.

La cérémonie à Bruxelles fut plus solennelle. Elle se passa dans la grande salle du palais. On fit des harangues ; il y eut ensuite une messe à grand apparât et après de telles démonstrations, Philippe III dut se déclarer pleinement satisfait. (1)

Cette persuasion devait tranquilliser le gouvernement de Madrid qui venait de recevoir la preuve la plus convaincante de la loyauté des archiducs et de la bonne volonté du peuple. Ce fut au contraire le signal d'une reprise du plan malencontreux, si fatal à l'Espagne, qu'Albert et Isabelle n'avaient jamais voulu adopter. Malheureusement il était si bien ancré dans l'âme espagnole, qu'une expérience presque centenaire n'avait rien changé à la politique qu'elle brûlait de reprendre en Belgique, politique qui a toujours nui à l'Espagne et l'a rendue mauvaise colonisatrice.

On se figura donc, autour de Philippe III et lui-même se figura aussi, que ce serment était déjà un demi-retour des Pays-Bas à l'Espagne. N'était-il pas indispensable, en conséquence, de préparer le retour complet, par la reprise de l'autorité, partout où on pouvait la reprendre?

Les mesures vexatoires pour les archiducs recommencèrent. Spinola qui en comprenait la maladresse, ne pouvait pas dire tout ce qu'il voulait. Il avait la très désagréable position de ne pouvoir soutenir Albert sans manquer à ses devoirs vis à vis du roi. Il devait être d'autant plus prudent qu'il se savait toujours suspect à Madrid et pour conserver son influence là-bas, il devait

(1) Archives du royaume. Collect. des Etats de Brabant, registre des héraldiques, n° 355 f. 34-37.

souvent prendre patience. Parfois cependant cette patience lui échappait et il faut dire qu'on la mettait à une rude épreuve. Comme les archiducs, il était l'homme du devoir. Tous les trois ont dû souvent s'encourager et se réconforter mutuellement. C'est ainsi que, vers l'époque où se fit le serment, Spinola envoya à Madrid un plan financier, mûrement étudié et d'application très avantageuse pour les finances de la guerre. Le marquis était un infatigable travailleur. Quand il cessait de se battre, il étudiait. Comme la grande faiblesse des armées espagnoles était précisément les envois irréguliers et le manque d'argent, Spinola avait conçu l'idée d'un trésor de la guerre qui résolvait très pratiquement la question si difficile. Croirait-on qu'au lieu de féliciter Spinola on reçut fort mal son plan et son idée. Il semblait même qu'on suspectait maintenant Spinola dans son intégrité, lui qui se ruinait à payer les armées de son or.

La seule réponse donnée au général en chef fut l'annonce de l'envoi d'un inspecteur général de l'armée de Flandres, don François de Irrarrazabal. Le système d'espionnage mutuel, système des gouvernements faibles, florissait à Madrid quand il s'agissait des Flandres.

Malgré l'ennui ressenti par l'archiduc et par Spinola au su de cette nomination, ils l'acceptèrent sans protester. Mais don François, personnage arrogant et suffisant, remplissait son rôle de la manière la plus intolérable. D'après les instructions royales il devait se faire remettre toutes les archives de l'armée, ce qu'il exigea sans daigner employer aucune forme. Il ne daigna même pas consulter Spinola, général en chef des armées des Pays-Bas, pour répartir les troupes dans les garnisons qu'il désigna seul. Il agit ainsi pour tous les autres détails militaires qui concernaient sa mission, sans doute, mais devaient aussi recevoir l'approbation du généralissime. L'archiduc et Spinola furent blessés de voir que Philippe III, sans prendre avis d'eux, fixait les garnisons, le nombre de soldats à y mettre, les munitions à y déposer, ordonnait mille choses que la sagesse la plus élémentaire aurait dû faire proposer aux chefs connaissant le pays et les affaires du pays tout d'abord, et responsables de leur direction. Bien plus, le roi d'Espagne enjoignait à Albert l'ordre de former immédiatement un conseil de guerre dont il nommait tous les membres, et qui, tous, étaient espagnols, sauf l'italien Spinola. (1) Enfin ces mesures vexatoires avaient leur couronnement par un blâme à l'archiduc pour avoir nommé le comte Henri de Bergh, lieutenant général de la cavalerie.

Albert, profondément humilié, fut encore obligé de prier son beau frère de ne pas le désapprouver publiquement.

« Il ne faut pas, lui écrivit-il, exclure des emplois les gens du pays, autrement on les désaffectionne à l'autorité de Votre Majesté et on s'expose peut-être à des troubles dangereux. » (2)

De son coté Irrarrazabal fracassait tout. Spinola ayant à lui parler pensa que, en tant que son chef, il avait droit de le mander chez lui, mais don François répondit insolemment qu'il n'irait pas, n'étant pas un subalterne.

C'était une grave faute de discipline que l'archiduc ne pouvait laisser passer. Il ordonna à l'inspecteur de se rendre chez Spinola mais ne fut pas davantage obéi. Bien plus, Irrarrazabal osa se plaindre à Madrid. Comme l'archiduc et Spinola se plaignirent de leur côté, en termes très vifs, le roi, qui ne voulait pas donner tort à son inspecteur, avoua que Spinola était dans son droit strict, mais qu'il ne devait l'exercer que dans le cas de la plus extrême nécessité. Il ne fallait pas traiter don François comme un employé subalterne. (3)

La discussion entre Madrid et Bruxelles fut longue et vive. Ce fut grâce à l'énergie d'Albert qu'on laissa à Spinola la haute main sur les finances de l'armée, mais il n'obtint ce résultat qu'en promettant de ne plus jamais nommer aucun officier du pays à un commandement dans

(1) Corresp d'Albert et de Ph. III vol. III

(2)   »   »   lettre du 23 juin 1615.

(3) Corresp. d'Albert et de Ph. II vol. IV lettre du 25 janvier 1616.

l'armée espagnole. Cette mesure lui est imposée pour
d'autres emplois encore : dans une lettre de Philippe III à
son beau-frère, du 20 septembre 1616,(1) le roi se plaint de
ce que l'emploi d'auditeur général est donné à des flamands
peu affectionnés à l'Espagne. « S'il n'y a que l'auditeur, il
faut qu'il soit espagnol, s'il y a un auditeur et un superin-
tendant, l'un pourra être espagnol et l'autre flamand. »
Comme on le voit le ton devient impérieux.

Quelque peine qu'ait Albert à accepter ces exigences,
il faut bien qu'il s'y soumette, parce qu'il est trop dépen-
dant de l'Espagne. Tout ce qu'il peut faire, c'est de tourner
les difficultés. Il écrit qu'il ne peut ôter sa charge au super-
intendant Pecqius « quoique flamand ». Il a rendu de
très grands services au roi et aux archiducs ; c'est un homme
des plus sûrs. Il ne peut pas davantage enlever sa charge à
Puteanus, il est auditeur général depuis de longues années
et il y a une grande expérience. (2)

Irrarrazabal fut enfin rappelé à Madrid, mais il est si
récalcitrant pour obéir, que le chancelier Pecqius est
obligé de lui ordonner de quitter immédiatement les Pays-
Bas avec défense, en partant, de s'approcher de plus de deux
lieues de la cour.

Nous nous sommes un peu arrêté à ces difficultés secondaires, parce qu'elles peignent au vif la situation des archiducs et la façon dont on usait avec eux. Ils n'eurent pas
un petit mérite à rester toujours dans les bornes du respect

(1) Corresp. d'Albert et de Ph. III, vol. IV lettre du 25 janvier 1616.

(2) Dans une lettre du 5 octobre 1606 (vol. V) le roi d'Espagne recommande
encore une fois de n'accorder aucun subside dans l'armée aux soldats origi-
naires de Flandre. L'archiduc lui répondit (30 octobre 1616) ; « Pour ce qui
est des faveurs pécuniaires accordées à des gens du pays appartenant à l'armée,
jusqu'à présent elles n'ont été accordées qu'à des gens de qualité. L'archiduc
se permet de dire à S. M. qu'il est indispensable d'accorder à des gens du
pays quelques avantages pour les tenir dans le contentement du service de
S. M. C'est profit pour le roi d'Espagne. Dorénavant on ira avec la plus
grande circonspection possible. Pour ce qui est d'accorder des places dans
l'infanterie espagnole aux gens du pays on ne l'a jamais fait que par décès ou
sur rapport présenté à moi par Juan Mancicidor. Mais puisque S. M. le désire,
désormais on n'en donnera plus. »

sans s'abaisser devant des exigences incompatibles avec leur propre politique aux Pays-Bas, ou leur dignité.

Philippe III, d'ailleurs, se laissait conduire par son entourage et croyait avoir contenté amplement la noblesse belge en lui accordant tous les titres honorifiques et toutes les pensions que demandait l'archiduc. Sur ce point, il était très généreux, mais cela ne cicatrisait pas les blessures d'amour-propre, faites par ces nominations. (1)

Pour comprendre à quel point cette conduite imprudente de l'Espagne pouvait exaspérer la noblesse belge, il ne faut pas oublier qu'à cette époque tout gentilhomme était guerrier. La guerre est l'occupation noble et glorieuse du vrai gentilhomme, son vœu le plus ardent est de s'y distinguer. A peine, enfant, peut-il tenir une épée, que son père le prend avec lui en campagne. Son éducation ne serait pas complète, s'il n'avait reçu le baptème du feu et n'était plié à tous les exercices de l'escrime et de l'équitation. Aussi, dès que la guerre éclate, toute la noblesse sollicite l'honneur de faire partie de l'armée. Les charges d'officiers sont disputées âprement et souvent le seigneur assez riche offre un tercio ou une bande d'ordonnance, dont il se réserve le commandement.

Si cette noblesse voit, dans son propre pays, tous les commandements occupés par des étrangers, elle-même réléguée au dernier rang, même pendant les batailles où les postes d'honneur lui sont refusés, on ne s'étonnera pas qu'une amertume grandissante ne remplisse les cœurs et qu'un mécontentement sourd ne s'étende sur toute la Belgique, dans les grandes familles humiliées ? Albert et Isabelle comprenaient très bien cet état d'âme, mais ne pouvaient y remédier autant qu'ils le souhaitaient.

La conduite de l'Espagne vis à vis de la Hollande était tout aussi imprudente et mettait les archiducs en de grands

(1) Albert et Isabelle ennoblirent quantité de bourgeois, mais surtout titrèrent une foule de nobles. Tous ces titres étaient reconnus par l'Espagne. En revanche la Grandesse d'Espagne était fort difficile à obtenir pour un belge, beaucoup plus que la Toison d'or.

embarras. Cette guerre d'Allemagne où Albert se battait contre la Hollande était une porte toujours ouverte à la rupture de la trève. Que Maurice de Nassau découvre à cette rupture le moindre intérêt personnel, la trève s'effondrait à sa première menace.

Cependant, on dirait vraiment que l'Espagne se complaît à provoquer la colère des Provinces-Unies et à les exciter à la guerre. Au fond, elle a toujours haï cette trève qu'elle regarde comme une humiliation, elle en a toujours voulu à Albert de la lui avoir imposée.

Ce qui lui est une épine perpétuelle au cœur, c'est de n'être plus la seule maîtresse du monde et de voir que ceux qui lui font concurrence sont justement ces rebelles détestés. Encore si elle pouvait les combattre. Mais la trève est aussi conclue pour le Nouveau Monde et elle voit les établissements hollandais prospérer toujours pendant que les siens diminuent. Au lieu d'étudier les causes de cet étiage et de voir si elle ne contribue pas elle-même à sa propre perte par une mauvaise colonisation, elle préfère s'en prendre à ses ennemis, car les hollandais seront toujours ses ennemis. Aussi, chaque fois que dans l'un de ces ports lointains, hollandais et espagnols se rencontrent, les querelles surgissent, violentes.

En 1617, s'élèvent des plaintes menaçantes. Les espagnols maltraitent les prisonniers hollandais, ils usent de toutes sortes de mauvais procédés avec les marchands hollandais qui viennent en Espagne. En 1617, l'exaspération des négociants des Provinces-Unies est arrivée à un tel degré, qu'Albert écrit à Madrid qu'il craint la rupture de la trève. (1) Les questions de pirateries, de courses, de navigations, les relations des hollandais avec les maures et les turcs, les exactions qu'on commet en Espagne, autant de motifs pour que de part et d'autre, on réclame furieusement. (2) Albert doit supplier le roi d'Espagne de

____

(1) Corresp. de l'arch. avec Ph. III, vol. VI.
(2)   »   »   »

ne rien tenter contre la Hollande (1) et ainsi les jours se passent à servir de tampon pacificateur entre les deux pays, et les années de trève s'écoulent, sans qu'Albert puisse espérer vraiment de pouvoir la changer en une paix définitive.

Depuis la mort de l'Empereur Rodolphe, les princes protestants n'avaient cessé de s'agiter. La faiblesse de l'empereur Mathias favorisait leurs menées et Albert, pas plus que son frère Maximilien, ni que leur neveu Ferdinand, le futur empereur, ne pouvait se faire illusion sur l'avenir. L'avènement de Ferdinand serait l'occasion d'une levée de boucliers, désespérée. L'archiduc Maximilien avait pu mener à bien le règlement des successions en faveur de Ferdinand, mais pour décider Mathias à faire couronner son neveu roi de Bohème, ce fut plus difficile. Il fallut user de force pour y parvenir (2) et enlever même en surprise le cardinal Clesel, dont l'influence sur Mathias était dominatrice et qu'il employait à éloigner Ferdinand des affaires.

Albert n'avait pas trempé dans cet enlèvement trop brutal, mais ne pouvait s'en affliger, car il importait de hâter le couronnement de Ferdinand en Bohème et de mettre en mouvement l'armée de la Ligue Sainte que le duc de Bavière était en train d'organiser. Albert avait travaillé aussi à ce projet de sodalité chrétienne par lequel tous les associés se seraient engagés à verser une somme annuelle, fixe, pour l'entretien de l'armée catholique et à prier pour le succès de la cause de la foi (3), projet qui ne put se réaliser.

Les événements s'aggravaient en Allemagne. Le couronnement de Ferdinand comme roi de Bohème avait mis en rage tous les luthériens. Aveuglés par des meneurs, le peuple de Bohème se soulevait et allait offrir la couronne au gendre du roi d'Angleterre, le palatin Frédéric, l'homme lige de l'Union Evangélique. Ce prince léger et vaniteux, dont l'ambition était encore excitée par celle de sa femme,

<hr>

(1) Corresp. de l'arch. avec Ph. III, vol. VI.

(2) Comte de Villermont, Le cardinal Clesel, une brochure, Namur 1857.

(3) Comte de Villermont. Un projet de sodalité chrétienne, brochure, Bruxelles 1860.

Elisabeth, fille de Jacques II d'Angleterre, se lançait à l'aveugle dans une aventure dont il ne tira ni gloire ni profit et qui allait jeter l'Allemagne dans une guerre cruelle, sanglante et interminable. Mais pour l'instant, ne considérant que la satisfaction de poser sur son front une couronne royale, il accourait en Bohème, soutenu par la Hollande et tous les princes protestants, à la tête d'une armée puissante. Mathias, qui n'avait pas voulu bouger jusque là, se vit bien forcé d'implorer le secours de l'Espagne.

Ce fut naturellement l'archiduc Albert que Philippe III chargea d'organiser ce secours.

C'est alors que Bucquoy fut envoyé en Allemagne pour y prendre le commandement des troupes impériales avec Dampierre, pendant qu'on formait une autre armée qui devait faire diversion dans le Palatinat.

L'empereur Mathias mourut sur ces entrefaites en 1619, laissant à Ferdinand un héritage en ruine, en révolution, en confusion complètes.

Tout autre se fut désespéré devant cette situation inextricable. Mais le jeune roi de Bohème avait un caractère d'une trempe assez solide pour garder la foi dans le triomphe final que, peut-être, personne n'espérait autour de lui.

Presque seul, sans argent, sans armée, il n'eut pas un instant de faiblesse, mais se consacra immédiatement au dur labeur de reconstituer son parti et de refaire l'Empire.

Personne ne l'aida autant que l'archiduc Albert. Envois d'argent, de troupes, ravitaillement, recrutement, Albert doit tout faire et pense à tout. Il a à cœur le succès de son neveu; il travaille pour lui auprès des électeurs pour la confirmation de son élection, en même temps qu'il lui fournit les éléments de son succès.

La brillante victoire de Bucquoy à Natolitz sur Ernest de Mansfelt, que suivit la levée du siège de Vienne investi par le général de Thurn, rendait un peu de répit à l'empereur Ferdinand. Ses amis n'osaient encore se livrer à la confiance et l'ambassadeur de Philippe III à Vienne, le comte d'Onate, conseillait encore à son maître de reporter la dignité impériale sur l'archiduc Albert.

On croyait que ceci arrangerait les affaires, parce que c'était la thèse des ennemis de Ferdinand, qui prétendaient que l'Empire revenait au dernier frère de Mathias et non à son neveu. Les principes si fermement catholiques d'Albert effrayaient moins que ceux de Ferdinand, parce qu'Albert était vieux, souffrant; on le supposait devoir être un second Mathias, au lieu que l'activité du jeune archiduc serait toujours un obstacle aux projets des réformés.

Mais Albert ne voulait à aucun prix de la couronne impériale. « Ce prince, dit Van Loon, voyant la faible constitution du dernier empereur, avait déjà pris sa résolution pendant la vie de son frère par rapport aux Etats qu'il devait hériter de lui. Le 2 février de cette année (1619) il avait donné à son neveu Ferdinand un plein pouvoir pour gouverner ses Païs héréditaires, avec une autorité si peu limitée, qu'en cas de nécessité, il lui était permis de recevoir au nom d'Albert le serment d'hommage et de fidélité. Les Etats d'Autriche prêtèrent ce serment à l'archiduc Albert et à Isabelle son épouse, le 10 septembre. Mais content de gouverner les Païs-Bas et ne pouvant se résoudre à aller régner personnellement dans les païs héréditaires, en s'arrachant à des sujets qui le chérissaient et dont il aimait la franchise et la candeur, il trouva bon de céder à son neveu Ferdinand, élu empereur, la propriété pleine et absolue de ses nouveaux États. Pour cette même raison, il avait refusé depuis peu, pour la seconde fois, la dignité impériale que les électeurs lui avaient fait offrir par Jean Zwickard, archevêque de Mayence. (1) « Le roi d'Espagne aussi, lui demandait de ne pas refuser la dignité impériale si, à la diète de Francfort, il voyait qu'elle pouvait échapper à Ferdinand. » (2)

Albert ne voulait à aucun prix de l'Empire et répondait à Philippe III par des lettres pressantes où il invitait son

(1) Hist. métall. des Pays-Bas, p. 118, T. II.
(2) Corresp. de l'arch. A. avec Ph. III lettre du 17 juin 1619, T. VIII.

beau-frère à prendre vigoureusement en main la cause de
la Maison d'Autriche (1). Il faisait remarquer au roi d'Espagne que de son côté, il n'avait rien oublié pour aider
Ferdinand, il avait demandé à Madrid l'année d'avant,
trente mille fantassins et cinq mille chevaux, jugeant qu'une
armée très forte pouvait seule avoir raison de tant d'ennemis coalisés. Or Philippe III — Albert le rappelait — avait
répondu que les secours qu'il avait déjà envoyés suffisaient
très bien. « Cette fois, dit Albert, insistant, les conditions
ont bien empiré et si l'on n'accomplit pas un violent effort
« il est à craindre que la Maison d'Autriche ne soit chassée
d'Allemagne ». (2) Pour qu'Albert ose seulement entrevoir
cette extrémité, c'est que le danger est immense. L'orient
de l'Empire se trouvait livré aux pires désastres. A côté de
la Bohème révoltée, la Hongrie se donnait pour roi le général Bethlen-Gabor.

Albert eut souhaité faire partir Spinola pour l'Allemagne,
mais il ne voulait pas qu'un illustre homme de guerre
comme lui, arrivât à l'armée impériale avec un titre inférieur
à celui de Bucquoy. Il eut beaucoup de peine à obtenir ce
titre à Madrid et Spinola, à cause de ces retards, ne partit pas.

L'hiver de 1619-20 se passa à organiser fiévreusement les
armées destinées à soutenir l'empereur. On souhaitait à
Madrid que l'archiduc insistât auprès de Ferdinand pour
lui faire publier un manifeste impérial, appelant tous les
princes catholiques à l'attaque des princes protestants, en
leur livrant leurs Etats. (3) Ce moyen d'appel à la cupidité
ne pouvait être du goût d'Albert. Il préférait qu'une entente entre les catholiques permît l'établissement d'un plan
d'attaque simultanée, en Bohème et dans le Palatinat.
L'électeur de Saxe promettait de s'unir à Maximilien de
Bavière et le roi de Pologne s'engageait à attaquer Bethlen

(1) Corresp. de l'arch. A. avec Ph. III automne 1619, T. VIII.
(2)   »   »   »
(3) Corresp. d'Albert et de Ph. III, vol. IX.

Gabor en Hongrie. Ainsi la conflagration devenait générale aux plus grands risques des Pays-Bas.

On ne pouvait plus guère espérer la paix. Les douze années de trève expiraient et Maurice de Nassau rassemblait une grosse armée vers Arnhem, alors que les Pays-Bas comptaient une petite armée en mauvais état, commandée par le marquis de Bedmar. Spinola, au printemps de 1620, avait été envoyé sur le Rhin. Mais, tout éloigné qu'il fût, Spinola inspirait au prince de Nassau une prudence excessive, d'autant plus grande que le marquis remportait de grands succès vers le Palatinat. La victoire de la Montagne blanche à Prague où Maximilien de Bavière, Bucquoy et Tilly écrasèrent l'armée du Palatin qui venait de se faire couronner roi, (1) découragea Maurice, qui remit à l'année suivante ses projets contre la Belgique.

La trève était sans doute expirée, mais tant que les canons hollandais ne seraient pas braqués sur les campagnes flamandes, on pouvait encore espérer un renouvellement de la trève. C'était du moins l'espoir des archiducs. Mais avant de raconter ce qu'ils firent pour obtenir cette paix, nous avons à dire ce qui se passa aux Pays-Bas dans ces dernières années de la vie d'Albert.

---

(1) Frédéric n'eut que le temps de s'enfuir avec sa femme, laissant tous ses bagages aux mains de l'ennemi.

CHAPITRE VII

—

—

Les affaires d'Allemagne n'assombrissaient pas seules les derniers jours de la vie de l'archiduc, la Belgique aussi lui donnait de graves soucis. Un certain malaise se manifestait partout. La fin de la trève, les menées hollandaises, la crainte et le déplaisir de se retrouver sous le gouvernement de l'Espagne, tout contribuait à maintenir, dans les Pays-Bas, un état d'énervement que peu de chose pouvait changer en émeute. C'est ce qui arriva à Bruxelles en 1618.

Les archiducs, suivant l'impulsion de leur foi et la voie de leur devoir, n'avaient cessé de travailler à l'extirpation totale de l'hérésie aux Pays-Bas. Ils n'avaient pu, cependant, arracher toutes les racines du mal. A Bruxelles, notamment, un fond de luthéranisme demeurait fortement ancré, pour lequel le prince croyait devoir prendre ses précautions, afin d'empêcher toute propagande. (1) Le 27 octobre 1618, l'archiduc promulgua un décret par lequel il défendait aux artisans de recevoir des apprentis, sans qu'ils eussent été présentés et acceptés par les doyens du métier. Le but de cette ordonnance était d'empêcher les hérétiques de se glisser dans les ateliers où ils pouvaient avoir une influence dangereuse. Ce n'était qu'une sage précaution. Le fana-

---

(1) Bentivoglio constate aussi la présence d'un noyau luthérien dangereux à Bruxelles.

tisme religieux n'y était pour rien, mais en se gardant de la contagion réformée, les souverains se gardaient en même temps de la contagion hollandaise, car tout protestant, en Belgique, se trouvait doublé d'un partisan de la Hollande et travaillait à l'expulsion complète des espagnols aux Pays-Bas.

L'ordonnance du 27 octobre ne fut pas acceptée avec la soumission habituelle. Depuis quelque temps des meneurs travaillaient les « nations » dans un but tout révolution-naire. (1) A la paisible routine qui réglait les différents actes des corporations, succédait une aigreur irritée. On allait rechercher les anciens règlements et privilèges, on préten-dait que plusieurs privilèges ne s'observaient plus, on suspectait les doyens de métier.

Les plus turbulents et les meneurs ayant voulu avoir en leur possession les livres de la cité pour étudier à fond leurs privilèges, il ne leur fut accordé que de pouvoir parcourir rapidement les volumes sur place. De là, grands cris et grandes récriminations.

En mai 1619, les nations furent avisées que les Etats de Brabant venaient de s'engager vis-à-vis des archiducs à augmenter l'aide ordinaire qu'on leur accordait. Les bras-seurs se refusèrent d'augmenter leur quote-part et défen-dirent aux cabaretiers et autres débitants de surélever les prix de leurs boissons. A Anvers, l'agitation était la même, mais peut-être pas aussi exaspérée. On nomma une commis-sion pour examiner les anciens privilèges, mais les nations ne l'acceptèrent pas. Elles envoyèrent une députation à Mariemont, réclamant une foule de vieux privilèges, exhu-més pour la cause et tombés depuis longtemps en désuétude ou abrogés. En les acceptant comme ayant force d'autorité, Albert eut créé une collectivité puissante faisant, des neuf nations, une association indépendante du pouvoir, ne

---

(1) Les *nations* étaient les groupes des métiers de même espèce. Il y avait à Bruxelles neuf nations, formant chacune une puissante corporation ayant ses privilèges et ses droits particuliers. A leur tête se trouvait un conseil com-posé par les doyens du métier.

participant aux impôts qu'autant qu'il lui plairait, et formant enfin un petit Etat dans l'Etat. De telles exigences étaient inadmissibles. Elles disaient clairement l'état d'esprit de révolte qui les inspirait. Cependant Albert ne les repoussa pas séance tenante; il consentit à les examiner et le 19 juin, un mois après, il répondit que ces demandes étaient en opposition avec les statuts de Charles-Quint. Le mécontentement en augmenta. Il fallait cependant que les aides fussent votées; plus que jamais Albert avait besoin d'argent. Il nomma le duc d'Arschot son mandataire auprès des nations, comme l'un des personnages les plus populaires de la noblesse, mais ni lui, ni le magistrat de Bruxelles, ne parvinrent à vaincre l'entêtement des coalisés. (1) La plus remuante des nations, celle des brasseurs, qui se regardait comme la plus intéressée, provoqua des réunions tumultueuses où le nom des archiducs fut insulté gravement. (2) Les troubles augmentèrent à l'occasion du renouvellement du magistrat où les nations prétendaient se mêler pour la nomination de certains offices. (3)

Les archiducs auraient pu, très justement, user de sévérité. Ils ne pouvaient admettre qu'on forgeât une véritable révolution sur une base aussi peu sérieuse que la revendication soudaine de privilèges abolis depuis cent ans, sans avoir été jamais réclamés. Il y avait, dans cette affaire, un but évident d'essai de soulèvement contre les souverains, sous une influence occulte. Albert et Isabelle, loin de pren-

(1) Wouters, Histoire de la ville de Bruxelles, T. II, p. 23 et s.

(2) Le secrétaire Robiano fut envoyé à Anvers où il rencontra de grandes difficultés, mais moins de violence qu'à Bruxelles.

Papiers d'Etat et de l'Audience, n° 638.

(3) La correspondance que d'Arschot et Pecqius eurent avec les archiducs, pendant l'été de 1619, alors qu'ils essayaient d'arranger les affaires à Bruxelles, prouve que les archiducs faisaient tous leurs efforts pour ramener les révoltés par la douceur, espérant toujours un retour de raison et de sagesse. Avant d'employer la force, ils réunirent une commission chargée d'examiner la validité des réclamations des nations et la valeur des privilèges qu'ils réclamaient. La commission se réunit aussitôt vers le 10 juin. Le 24 les archiducs commençaient à menacer, donnant aux mutins 3 jours pour reconnaître l'élection du nouveau magistrat. Papiers d'Etat et de l'Aud, n° 638.

dre des mesures de rigueur, essayèrent encore des concessions. Les doyens de quelques nations tâchèrent de ramener
les esprits à la raison. Leurs efforts furent inutiles. La
fermentation s'accentuait. Les brasseurs et fabricants de
cervoise défendaient aux débitants de vendre et fermaient
de force leurs comptoirs. Les magistrats ayant voulu faire
ouvrir ces comptoirs, un violent tumulte se produisit le
12 juillet, malgré la procession du Saint-Sacrement. On eut
grand peine à l'apaiser. On constata cette fois que les protestants avaient pris une grande part à cette émeute.

Cette fois, les archiducs avaient la preuve qu'ils se trouvaient en présence d'ennemis, car le parti de la réforme
était le parti hollandais. Ils prirent quelques précautions et
firent surveiller les meneurs, ce qui augmenta la nervosité
populaire. Comme toujours, deux ou trois intrigants con-
duisaient la masse.

La proposition, faite par le bourgmestre de Bruxelles, de
mener à Mariemont une députation, ne fut acceptée par les
nations qu'avec beaucoup de peine.

Elle eut lieu cependant, le 13 septembre, jour où l'archiduc Albert donna une audience que ses ennemis ont réussi
encore à travestir complètement. Ils prétendent que le
prince, à la vue de la députation, entra dans une si violente
colère que Spinola, présent, dut le prendre par le bras
et l'entraîner hors de la salle, de peur de le voir tomber
d'apoplexie. Cette méchanceté toute gratuite et qui va à
l'encontre du caractère de l'archiduc, fut écrite par un auteur
du temps, malveillant pour Albert, Dewael, qui, d'ailleurs,
ne dit rien d'autre, sinon que l'archiduc se livra à une
violente colère.

Gachard dément formellement cette histoire et si, comme
nous le disons, elle peut être démentie par le seul caractère
du prince, elle l'est par Dewael lui-même, qui reconnaît que
l'archiduc invita les députés à dîner, leur envoya des plats
de sa table, leur fit visiter le palais et le parc, (1) bref les

____

(1) Wouters, Hist. de Bruxelles, p. 28.

combla de procédés aimables qui s'expliqueraient mal avec la colère furieuse de la séance.

Il est à supposer toutefois qu'Albert parla avec sévérité aux députés. On transforma les justes reproches du prince en colère extravagante.

L'entrevue ne pouvait produire de résultat définitif dans le sens de l'apaisement, parce que les députés n'étaient allés à Mariemont qu'à contre-cœur, sachant que la masse populaire ne voulait pas désarmer. Aussi, lorsqu'on voulut reprendre le vote des aides, le refus de voter fut plus catégorique que jamais. Les nations, aveuglées par les mauvais conseils, s'obstinaient dans une opposition qui devenait une révolte ouverte.

Les souverains ne pouvaient garder plus longtemps cette attitude bienveillante qui devenait une faiblesse devant la révolte ouverte. Albert se décida à employer la force, non sans peine cependant. « Ceux du tiers état de Bruxelles, écrivait-il au roi (1), ont mis difficulté depuis trois ou quatre mois déjà à payer les impôts ordinaires qu'a votés, comme par le passé, la province de Brabant. Ils disent tenir un privilège qui les dispense de payer s'ils n'ont pas accordé leur vote, même tous les autres l'ayant donné. Ce privilège, ils ne l'ont pas, et ne le peuvent montrer. Bien que l'on ait employé toutes les mesures pour les calmer et les mettre sur le chemin de la raison par les moyens de douceur, on n'en peut finir avec eux. Ce qu'ayant reconnu, j'ai résolu d'ordonner d'approcher une partie de l'armée pour essayer d'une manière ou d'une autre, de les mettre à la raison. »

Autour d'Albert on se montrait moins patient. Spinola trouvait que les nations étaient déraisonnables et s'apprêta à le leur montrer « avec zèle ». (2)

Enfin un des chroniqueurs espagnols du roi, Sarigo Ribera, chargé de le renseigner sur ce qui se passait aux

(1) Archives de Simancas, Estado 2307, f. 16.
(2)   »   »   »   » f. 17.

Pays-Bas, écrivait à Philippe III (1).« Il y a déjà longtemps que j'ai appris à Votre Majesté comment les bourgeois de cette ville s'étaient troublés à ne vouloir consentir à accorder à Son Altesse la contribution de « gigote » (2) qui depuis tant d'années se prend sur chaque pot de bière. Son Altesse a voulu les amener à soumission par tous les moyens de douceur possibles. Il n'y a pas eu moyen de les ramener. C'est en vain que la noblesse et le clergé avaient vôté l'impôt. Son Altesse ayant reconnu leur obstination se décida à demander 8000 piétons et 1500 cavaliers et pendant que les bourgeois s'imaginaient que cette troupe était pour Juliers ou le Palatinat inférieur, ils avançaient vers la ville. Quand on vit les soldats s'approcher, quelques bons sujets s'employèrent et les bourgeois se décidèrent à fournir l'impôt, ce qui était équitable ; mais ils se décidèrent trop tard : lorsqu'ils vinrent à Mariemont rendre compte à Son Altesse, l'armée entrait déjà en vue de Bruxelles. Les bourgeois s'épouvantèrent. Lundi passé 23, quand toute l'armée fut à l'entour de la ville, le marquis de Spinola vint à un demi quart de lieue et après avoir parlementé avec les bourgmestres et échevins, il ordonna qu'on s'empare de deux portes de la ville et il y mit en garnison deux mille hommes, des allemands et des wallons. Les bourgeois les logent avec beaucoup de répugnance et grande douleur de cœur, car ils ont toujours espéré et ils espèrent encore que Son Altesse, usant de sa douceur accoutumée, les dispensera de cette obligation, ce qui n'est pas à croire, car certainement, Monseigneur, cette bourgeoisie est très orgueilleuse et impudente et cet endroit a toujours été la tête de tous les troubles ; aussi sera-t-il bon, avec le temps, de leur mettre un frein, en bâtissant une forteresse auprès d'eux comme en d'autres places. Son Altesse et le marquis Spinola écriront longuement à votre Majesté. Je dirai seulement que cette population est très affectée

(1) Archives de Simancas. Estado, f. 9.
(2) Sobriquet donné à cet impôt. Gigote signifie un plat de viande en morceaux.

de ce qui s'est passé et maintenant pendant que nous avons les raisons sous la main, si l'on ne prend pas des mesures pour les châtier et les soumettre, plus tard, quand on le voudra, on ne le pourra peut-être que difficilement. Votre Majesté voudra bien ordonner ce qui sera le mieux. Leurs Altesses se trouvent bien à Mariemont, sans parler de quitter ce séjour. Je doute pourtant qu'il soit salutaire pour l'hiver qui, déjà, commence ici... (1)

La menace avait suffi pour faire taire les plus exaltés. Dire qu'Albert avait donné des ordres de répression sanglante, c'est donc une nouvelle calomnie à ajouter aux autres. Aucun ordre de ce genre ne fut donné. Spinola se borna à prendre possession de deux portes de la ville. Les ordres qu'il avait reçus lui prescrivait de n'user de force que dans le cas extrême où les récalcitrants se mettraient en pleine révolte. (2) Si les archiducs ne firent pas retirer les troupes immédiatement, c'était par une bonne mesure de prudence. Il fallait être assuré de la réalité de l'apaisement.

La répression fut tout aussi bénigne, le pardon accordé généreusement à tout le peuple et l'on punit seulement les principaux meneurs. « Son Altesse, écrit Spinola, a ordonné d'exiler sept des principaux coupables et elle a pardonné à tous les autres. » (3)

Cet exil même était presqu'une plaisanterie puisqu'il avait été fixé à St-Trond et que, un an après, les familles des sept bannis ayant intercédé pour eux, ils furent grâciés et rentrèrent à Bruxelles dans les carosses de Spinola qui, lui-même, les avait envoyés chercher. On avouera que ce ne sont pas là des procédés de tyrans. (4)

---

(1) Simancas Estado, 2307, f. 9. On remarquera le ton de cette lettre, Ribera demande au roi d'Espagne ses ordres à propos des troubles de Bruxelles comme si les archiducs n'étaient plus souverains des Pays-Bas.

(2) Simancas. Estado 2307, f. 27.

(3) Simancas, Estado 2307, f. 21.

(4) Parmi ces sept exilés se trouvait l'avocat Van Uden, l'âme de toute cette résistance, qui espérait se tailler une popularité dans le désordre et dont la parole facile savait entraîner.

Albert aurait voulu changer quelque chose au mode de gouvernement communal de Bruxelles où les nations avaient trop de pouvoir, afin d'éviter à l'avenir de pareilles échauffourées, (1) mais il voulait mûrir ce projet et surtout étudier les moyens de le réaliser sans provoquer de nouvelles protestations. La mort le surprit avant qu'il ait pu rien faire et, en tous cas, il n'aurait pu, sans danger, toucher aux libertés communales en ce moment.

Quant à l'impression laissée par ces incidents, elle ne fut en rien défavorable aux archiducs. On reconnut d'autant mieux la douceur de leurs procédés qu'on avait en ce moment l'exemple voisin de la Hollande, où Maurice de Nassau faisait couper la tête à Oldenbarneveld, malgré ou plutôt à cause de la popularité dont il jouissait.

Albert et Isabelle furent néanmoins très affectés de ces troubles dont leurs ennemis d'Espagne pouvaient se servir contre eux, et aussi parce que ces faits leur montrait combien il fallait peu de chose au peuple pour l'aveugler et le détourner de leur fidélité, avec des voisins qui ne désarmaient pas dans leur haine. Ils voyaient là les fruits de l'ingérence espagnole, si détestée des belges et que jamais cette nation n'accepterait. Or, justement, Philippe III leur envoyait comme ambassadeur, la personnification même de cette politique désastreuse ; le marquis de Bedmar, Cardinal de La Cueva arrivait aux Pays-Bas. Ce nouvel ambassadeur avait reçu d'autres instructions que celles données ordinairement aux envoyés du roi d'Espagne en pays de par-deçà. Jusque-là, l'ambassadeur d'Espagne était une sorte de surveillant chargé de renseigner exactement le gouvernement de Madrid sur ce qui se passait en Belgique. Mais son rôle se bornait là, tout au plus se permettait-il quelques avis quand les archiducs lui paraissaient sortir des tracés espagnols. Cette fois, on change d'allures. « J'ai fait choix de votre personne, dit Philippe III au Cardinal, surtout pour être celle qui me convient. » (2) Et il con-

(1) Simancas. Estado, 2307 f. 21,
(2) Simancas. Estado, 2232 f. II et s.

vient au roi que La Cueva ne soit plus un intermédiaire entre lui et les archiducs. Il va agir par lui-même, directement, sur les hommes et dans les affaires. C'est un vice-roi ou un gouverneur ; il semble que, déjà, les archiducs n'existent plus.

Ceux-ci comprirent-ils la portée grave de l'envoi de ce nouvel ambassadeur ? Il est probable, car l'attitude du Cardinal se dessina nettement dès l'abord. La question de religion déjà, était posée par les instructions royales, de la manière la plus offensante pour des princes croyants et pratiquants comme eux.

C'est ainsi que, tout en rendant justice au zèle que sa sœur et son beau-frère ont montré pour la religion catholique, Philippe III ajoute : « Il est à croire qu'ils persisteront dans ces sentiments, cependant il faut vous enquérir si l'on vit dans ces provinces dans la pureté du christianisme si désirable et si vous apprenez que quelqu'un ait une conduite qui exige une réforme, vous la ferez avec douceur en prévenant mon frère aimablement, ainsi que j'ai confiance que vous le ferez. » — Enfin il était commandé à La Cueva de se tenir en correspondance et en relations suivies avec le clergé et la noblesse, de se montrer le plus possible et « de ne cesser de nuire aux provinces rebelles, d'y continuer à entretenir les intelligences qu'on y a ». Quant à la trève, Philippe III la traitait comme une chose qu'il avait subie contre son gré, qui n'avait profité qu'aux hollandais, (1) et qu'il ne signerait plus dans de pareilles conditions.

Ces intéressantes instructions confirment ce que nous avons déjà dit : que le gouvernement de Madrid avait aux Pays-Bas, toute une collection de personnages qu'il appelle « confidents », mais auxquels le nom d'espion convient mieux, dont les archiducs et leurs ministres n'ont aucun soupçon et qui travaillent en Hollande dans le sens espagnol

---

(1) Philippe III et ses ministres ne voulaient pas reconnaître que la trève avait permis à la Belgique de prendre un essor magnifique de prospérité et de vitalité. Voir appendice, note V : Les instructions royales.

le plus opposé à la politique d'Albert et d'Isabelle. Ces agents louches qui avaient tout intérêt à flatter les idées du comte-duc et des juntes de Madrid, envoyaient là-bas les renseignements les plus erronés, beaucoup plus préoccupés de conserver leurs appointements en flattant les manies royales que de jeter une idée plus vraie sur l'état et la situation réelle. Ils faisaient ainsi le plus grand tort aux archiducs dont les messages contenaient souvent l'opposé de ce qu'ils affirmaient et, malheureusement, cette affirmation, parce qu'elle plaisait, l'emportait sur les dires des princes. (1)

Isabelle voyait avec peine son époux souffrir chaque jour davantage d'attaques de gouttes qui le rendaient de plus en plus impotent. Les soucis du gouvernement y étaient pour beaucoup et surtout l'anxiété que lui causait la fin de la trêve. Albert ne se faisait pas d'illusions, il sentait approcher le jour où il laisserait Isabelle veuve et au milieu de quelles traverses ? Aussi tous deux se raccrochaient-ils avec une véritable passion au bien fragile espoir d'une paix ou d'une trêve, à quelque condition qu'on voulût leur imposer. Mais la Hollande ne désirait plus de trêve, du moins son attitude belliqueuse semblait le dire assez haut. Albert et Isabelle insistaient auprès de Philippe III pour qu'il entrât dans leurs vues.

« Mais, comme le dit Alberdink Thym dans son étude sur l'Infante Isabelle, Philippe III ne comprit jamais la politique de sa sœur et de son beau-frère, il porte la responsabilité, par son refus de toute concession, d'avoir empêché la réconciliation avec Maurice de Nassau. Après la mort d'Oldenbarneveld, Maurice semble avoir voulu ouvrir les

---

(1) L'un de ces agents, Lopez Suegro, qui habitait Anvers, affirmait qu'il amènerait la Hollande à conclure une trêve en faveur de l'Espagne, grâce à la querelle des Gomaristes et des Arminiens. Il prétendait même qu'à la faveur des troubles religieux, il obtiendrait la soumission des Provinces-Unies à l'Espagne, affirmation qui aurait dû paraître suspecte à des oreilles plus fines. Toutes ces rodomontades finirent en queue de poisson et il n'en sortit même pas un embryon de pourparlers. Ce qui paraît un comble, c'est la surprise du gouvernement de Madrid devant les résultats des machinations de Suegro. Simancas Estado, 2232 et s.

voies à une entende pacifique, mais la lenteur du cabinet de Madrid anéantit ces belles espérances que la mort de Philippe III acheva ». (1)

Ces lenteurs étaient, en effet, désespérantes. Aux pressantes sollicitations des archiducs, le roi répondit en acceptant qu'on examinât cette question, par sa junte de Flandre à Madrid, et, aux Pays-Bas, par un conseil dont il désigna lui-même les membres. (2) Les deux conseils se rassemblèrent immédiatement, mais pendant qu'à Bruxelles on travaillait sérieusement à chercher une solution capable d'accommoder des intérêts si opposés, à Madrid on se perdait en discussions d'où ne sortaient rien autre que des échos de colère. (3)

Au fond, l'Espagne ne voulait pas la paix, et si Philippe III l'eut souhaitée, autour de lui on la redoutait comme une nouvelle humiliation. On prétendait qu'il fallait, avant tout, rompre avec l'Angleterre, afin de priver la Hollande d'un secours assuré, en allant débarquer une armée en Irlande où les irlandais l'accueilleraient à bras ouvert. Le vieux projet tant aimé des espagnols revivait. On ne proposait rien moins que l'équipement de quatre escadres, dont l'une irait occuper les ports de la Californie pour y tenir tête aux anglais et aux hollandais, l'autre croiserait dans la mer du nord pour empêcher la pêche, la troisième veillerait sur les côtes de Castille et le chemin de l'Inde et la quatrième boucherait le détroit de Gibraltar. (4) Si le roi ne trouvait pas cette proposition avantageuse, il fallait faire l'expédition d'Irlande avec une flotte assez puissante pour tenir en respect les flottes ennemies.

(1 Historische Politische Blätter 1889, p. 355.

(2) C'étaient le marquis Spinola, le comte de Anover, le P. Inigo de Brizuela, don Juan de Villela et un seul belge, Pierre Pecqius.

(3) Les archives de Simancas contiennent des monceaux de documents concernant ces discussions sur la trève. Les liasses 634 de l'Estado pourraient donner une idée de ce que furent ces discussions et de toutes les propositions émises par les espagnols.

(4) Simancas. Estado, 634.

Tout cela n'aboutissait à rien. Aux Pays-Bas, on gémissait de ces lenteurs. Il semblait qu'on manquât le vrai moment où l'on aurait pu profiter si bien des circonstances. Maurice de Nassau, en effet, si opposé à la trève de 1609, ne paraissait plus aussi irréductible. Il y avait, à ce changement, diverses raisons. Maurice venait d'écraser Oldenbarneveld, le seul homme qui, en Hollande, tenait en échec son pouvoir. Arrivé à l'apogée de la puissance, et l'âge aidant, il n'avait plus la même ardeur guerrière et même une réconciliation avec l'archiduc pouvait lui donner l'occasion de jouer un rôle considérable en Europe. En outre, une question d'intérêt personnel l'engageait à rester bien avec ses voisins. Son frère, Philippe de Buren, venait de mourir. (1) Par cette mort lui revenait une fortune dont la plus grande partie consistait en biens situés dans les Pays-Bas espagnols et qui couraient grand risque d'être mis sous séquestre en cas de guerre.

C'est à ce sentiment plus pacifique, se rencontrant d'ailleurs avec ceux de beaucoup de hollandais, qu'il faut attribuer ces propositions, venant de divers personnages, que les archiducs virent arriver coup sur coup auprès d'eux. Ces gens, de mince autorité, affirmaient tous que Maurice souhaitait vivement la paix et qu'avec un peu d'adresse, il serait facile de la conclure. Il y eut un certain Frère Henri Comte, qui paraît avoir eu vraiment mission de sonder Albert et Isabelle. Vint ensuite un sieur Villebon, français, qui assurait que le dernier des frères de Maurice, Henri de Nassau, serait disposé à se ranger du côté de

____

(1) Le 20 février 1618, Philippe, comte de Nassau, prince d'Orange, ayant assisté à un grand banquet chez le marquis Spinola, se trouva ensuite indisposé et se fit donner un clystère par son valet de chambre, lequel lui planta si loin la pointe de l'instrument qu'il lui perça les intestins. Une hémorrhagie s'ensuivit et une violente inflammation se déclara, qui amena la mort en vingt-quatre heures. Philippe fut enterré à Diest avec peu de pompe. Par testament il laissa toute sa fortune à son frère Maurice. Il assura à sa femme, de la maison de Bourbon, une rente viagère de 20000 florins avec beaucoup de beaux bijoux et mobilier. Aussitôt après la mort de son mari, la veuve s'en retourna en France. Annales Ferdinandei, T. 9, p. 272.

l'Espagne, si l'archiduc voulait s'entremettre pour le marier
à la marquise de Berghe, dame de l'Infante. (1) Mais un
autre intermédiaire arrivait, qui obtint aussitôt le plus
grand crédit auprès d'Albert et d'Isabelle : c'était l'habile
Bertholde Van Swieten, femme de Florent de T'Serclaes (2). Unie par des relations d'intimité avec la famille
de Nassau, personne ne pouvait la suspecter d'intrigues
ou de mensonge. Il semblait même tout naturel que ce fut
par elle que Maurice cherchât à ouvrir des négociations
difficiles à entamer. (3)

Adroite, fine, intelligente, hardie, elle avait déjà joué un
rôle dans les négociations de la trève de 1609, on la
vit alors revendiquer les propriétés de son mari, mises sous
séquestre.

Les deux filles de madame de T'Serclaes étant mariées
en Belgique, leur mère pouvait y venir sans éveiller de
soupçons. A plusieurs reprises, elle avait été reçue en
audience par l'Infante. On ne s'étonna point au palais,
lorsqu'on sut qu'elle était venue trouver le confesseur de
l'archiduc, le Père Inigo de Brizuela, pour lui dire qu'elle
avait tout lieu de croire aux bonnes dispositions de Maurice de Nassau pour la paix. Elle lui en avait parlé peu de
jours avant, il s'était d'abord fâché, puis, une autre fois, lui
avait dit de lui-même que, malgré le danger qu'il courait
en commençant de telles pratiques, il aiderait de bon cœur
à faire conclure la paix.

Isabelle crut plus prudent de ne pas recevoir madame de
T'Serclaes, mais chargea le Père Inigo de lui rendre une
réponse encourageante qu'elle alla porter à la Haye. Quelques jours après, le 21 mars 1621, Bertholde était de
retour à Bruxelles.

« La dame hollandaise, écrit Albert au roi d'Espagne,

(1) Fille de Frédéric, gouverneur de Frise, très riche héritière.
(2) Florent, fils de Charles, arrière petit-fils de Wencelas, du rameau de
Gruyckenbourg, s'était jeté dans le parti des Gueux et avait suivi le Taciturne
en Hollande où il s'était marié.
(3) La France, de son côté, s'offrait de s'interposer pour obtenir une nouvelle trève

s'est rendue à La Haye, elle a obtenu une entrevue avec le prince d'Orange. Ces jours-ci elle est revenue à Bruxelles. Elle a déclaré ouvertement et sans ambage à mon confesseur, de la part et au nom du prince d'Orange, qu'il était heureux d'avoir entendu ce qu'on lui rapportait de notre part. De nouveau il assurait qu'il ferait son possible pour remplir ses promesses. » (1)

Les choses ainsi mises au point et Bertholde répondant de la bonne volonté de Maurice dont elle se portait garant, (2) on reconnaissait que ces négociations mystérieuses devaient être remplacées par des pourparlers plus sérieux. Albert ayant reçu plusieurs fois des offres de bons offices de la France, lui demanda de s'entremettre, en proposant aux Provinces-Unies de se charger de leurs ouvertures de soumission à l'Espagne.

Car tels étaient encore les termes employés. Albert parlait des Provinces-Unies comme Philippe II en eût parlé cinquante ans plus tôt. Les instructions de Madrid tardant à arriver, l'archiduc, talonné par l'échéance fatale de la fin de la trève, se décida à envoyer à la Haye son chancelier Pecqius avec mission de dire aux Etats que le roi d'Espagne n'attendait que leur retour à la couronne. On croit rêver devant une pareille démarche et la maladresse d'une entrée en négociations qui ne pouvait que fâcher ceux avec qui on voulait négocier. Comment Isabelle si fine, si avisée, comment Spinola, sage politique, n'avaient-ils pas arrêté l'envoi de Pecqius dans de telles conditions ? Albert lui-même devait savoir d'expérience combien la jeune république était chatouilleuse en tout ce qui concernait son indépendance et sa situation d'Etat libre reconnu. La seule explication peut se trouver dans la pression faite par les espagnols des divers conseils des archiducs, où ils

---

(1) Corresp. de l'arch. Al. avec Philippe III. vol. X.

(2) Albert assurait à Ph. III que Maurice de Nassau, par sa confidente, tout en exigeant le plus grand secret, lui avait indiqué les moyens d'aplanir les difficultés avec les États des Provinces-Unies. Corresp. d'A. et de Ph. III T. X., lettre du 24 mars 1621.

étaient en majorité et par l'influence impérative du Cardinal de La Cueva. Il est probable que l'envoi du chancelier en Hollande avait préalablement été l'objet d'une vive opposition de la part de tous les partisans du système espagnol. Pecqius avait ordre de faire à Maurice de magnifiques promesses, mais Nassau était bien trop adroit pour lâcher la proie pour l'ombre et tout en faisant ses confidences à Bertholde, il continuait de formidables préparatifs guerriers.

Naturellement, Pecqius fut reçu de la façon la moins hospitalière là-bas, il s'en fallut de peu qu'il n'y laissât la vie. La population, avertie par les pasteurs, voulut le lapider ou le jeter à l'eau. On devait s'y attendre. Au lieu d'avancer les affaires, on les avait gâtées et Maurice dit à sa confidente que le peuple avait une haine si tenace contre l'Espagne, que la paix entre les deux nations était chose impossible.

Mais, en revanche, la paix entre les deux parties scindées des Pays-Bas était vivement désirée, à condition que l'Espagne n'y soit pour rien et les intelligences secrètes qui existaient entre deux populations unies encore par tant de liens de famille et d'intérêt, entretenaient, sous l'influence hollandaise, un dangereux et sourd malaise dans les Pays-Bas espagnols. La santé de l'archiduc, de plus en plus mauvaise, augmentait ce mouvement secret où la noblesse n'était pas étrangère. On voyait avec peine l'élément espagnol reprendre le dessus sans qu'Albert, découragé, le maintînt dans la limite qu'il avait énergiquement posée au commencement de son règne. (1) Il protestait encore,

____

(1) Le 25 mars 1620, Albert écrit à Madrid que la noblesse du pays se ressent vivement de ce qu'on lui interdit l'entrée de l'infanterie espagnole où elle désire servir par honneur et bonne volonté (vol. VIII). Dans une lettre suivante, Philippe III recommande à son beau-frère de ne jamais employer dans les châteaux les gens du pays. Il est de la plus haute importance de les tenir éloignés. S. M. prie l'archiduc d'y tenir soigneusement la main. Répondant à la première lettre, le roi avoue qu'il ne faut pas fermer complètement la porte à la noblesse *sans pourtant prendre l'habitude de la recevoir toujours* (vol. VIII et IV).

cependant, mais que pouvait-il faire ? Comment s'opposer toujours à la volonté de Madrid ? (1)

La mort de Philippe III, arrivée le 3 mars 1621, semblait devoir écarter définitivement toute idée de paix. Philippe IV, justement froissé des mauvais traitements infligés en Hollande à Pecqius, envoyait dire à son oncle qu'il n'y avait plus d'hésitations possibles, il fallait prendre l'offensive, ne pas attendre l'entrée de l'armée hollandaise et marcher en avant au plus tôt. Il envoyait 800.000 écus pour hâter la formation de cette armée et s'engageait à en envoyer d'autres prochainement, promettant de terminer ses différends en Italie, afin de pouvoir envoyer aux Pays-Bas ce qu'il a de soldats en Valteline. (2)

Cette mise en demeure tombait bien mal. La guerre du Palatinat, les secours envoyés en Allemagne, avaient absorbé tous les fonds de l'archiduc, au delà de ce dont il disposait. « On doit deux mois de solde aux hommes de la troupe, écrit-il à Philippe IV, et pour entrer en campagne, on ne pourra leur donner qu'une demi-solde. Il vaut mieux conclure la paix comme on pourra. »

C'est là le cri de son cœur ; jusqu'à son dernier souffle il désirera le paix. La Belgique et Isabelle, ses deux uniques affections, vont revoir les horreurs de la guerre, et il ne peut pas l'empêcher. Si à Madrid on comprenait, on voyait les choses comme il les sent et les voit ? Mais non, on ergote, on discute des mois durant et on ne veut pas renoncer à cette décevante illusion de voir revenir les Provinces séparées — toujours appelées les Provinces rebelles, — de les voir venir humblement solliciter pardon et miséricorde. Il suffirait d'un mot et la paix serait faite, car la

(1) Malgré les représentations justifiées de l'archiduc, Philippe III maintenait ses volontés. En octobre 1620, il recommandait encore de ne former les garnisons qu'avec les troupes espagnoles. Ces ordres se retrouvent à chaque instant dans sa correspondance.

(2) Les espagnols s'étaient emparés du col de la Valteline qui leur assurait ainsi le passage libre entre l'Empire et le Milanais. La France ne voulait pas permettre cette occupation, donnant à la maison d'Autriche des avantages immenses.

Hollande ne veut pas la guerre à tout prix. Aussi, comme il se raccroche au petit espoir qui lui reste lorsque madame de T'Serclaes réapparaît à Bruxelles ! — « Madame de T'Serclaes est revenue deux fois, écrit-il au roi. La dernière fois, elle apportait des notes du prince d'Orange disant que les Etats ne consentiront à aucune convention. » (1) Mais de vive voix elle a conté combien Maurice avait fait d'efforts pour obtenir seulement que les Etats envoient un agent avec une lettre de créance pour traiter la trève, mais sans succès.

— « J'ai remis, à la dame hollandaise, écrit encore l'archiduc, une note à transmettre au prince d'Orange. En voici la teneur : Madame, vous direz au prince d'Orange que s'il veut nommer un personnage et lui désigner une localité du pays de Liége, l'archiduc enverra de son côté. Le 18 juin, la dame hollandaise est revenue à Bruxelles avec un papier dont voici la teneur : Madame de T'Serclaes répondra à Son Altesse Sérénissime l'archiduc Albert que le prince d'Orange déclare qu'il lui est impossible d'entrer en négociations, à moins que l'archiduc Albert ne déclare en due forme, au nom du roi d'Espagne, que les négociations auront pour base les articles de la trève passée. » (2) Cela revenait à dire qu'on exigeait la reconnaissance formelle de l'existence de la République, son indépendance et l'abandon de tous les droits de la maison de Bourgogne. On piétinait sur place. L'archiduc ne pouvait souscrire à cet ultimatum, certain que son neveu ne l'accepterait jamais. Il renvoya madame de T'Serclaes avec quelques paroles polies et banales, assuré cette fois qu'il ne signerait plus de trève ni de paix avec ses impérieux voisins.

D'ailleurs un parti se formait pour la guerre, toujours plus puissant, et il se rencontrait entièrement avec les désirs de Philippe IV. Spinola paraît avoir été aussi de cet

_____

(1) Corresp. vol. X.
(2) Corresp. de Ph. IV et de l'arch. vol X, lettre du 24 juin 1621.

avis, car un de ses officiers, le colonel Simple ne cessait, depuis 1619, d'écrire à Madrid de longs mémoires en faveur d'une reprise d'armes, énergique. En août 1620, il écrivait à Philippe III :

« Plus votre Majesté attendra pour prendre un parti salutaire, moins elle le pourra. Pour se rendre maître des côtes et du commerce, s'il fallait y mettre toutes les richesses de ces royaumes, et même vendre les calices des autels, il faudrait le faire. Que l'Esprit Saint éclaire Votre Majesté pour qu'elle applique le remède dont la chrétienté a besoin. » (1) Le colonel Simple n'y allait pas en douceur et demandait en plus qu'on fit main-basse sur les rentes du clergé puis sur les biens de la noblesse, se faisant l'écho de ce parti de la guerre qui travaillait en dehors des archiducs. Il se rencontrait aussi avec les conseillers espagnols qui jugeaient qu'il fallait attaquer d'abord l'Angleterre ; jugement de bonne politique, car les visées de la Grande-Bretagne, comme celles de la Hollande, avaient comme but l'expulsion de l'Espagne de ses riches colonies que ces pays de marins et de commerçants convoitaient. On a dit avec raison que si la question religieuse était le motif apparent de l'animosité irréductible des pays protestants maritimes contre l'Espagne, la question réelle, c'était la conquête de ces richesses inépuisables de l'Amérique et des îles dont l'Espagne avait si longtemps détenu les territoires et qu'un peu d'habileté et d'énergie politique leur eût permis de conserver.

Un autre espagnol, influent aux Pays-Bas, don Augustin Mexia, insistait aussi pour qu'on reformât sans tarder une armée très forte en Belgique et indiquait avec compétence les moyens d'y parvenir. (2)

Malheureuscment tous ces conseilleurs n'examinaient la question qu'au seul point de vue de l'Espagne et l'honneur castillan, si chatouilleux, voyait avec un dépit compréhensible l'insolence hollandaise. Ils constataient avec ennui

(1) Simancas. Estado 2034 f. 109.
(2) Simancas, Estado 2034 f. 5.

que ni la guerre, ni la trève n'avaient abaissé les rebelles ;
bien au contraire, chaque jour les voyait plus puissants. Ce
dépit et cette colère s'expliquent, mais au lieu de rejeter les
torts sur tous les voisins, ils auraient dû se demander s'ils
n'en avaient pas. Les remèdes qu'ils proposaient étaient
bien les plus maladroits possibles, non pas seulement pour
les Pays-Bas, mais pour l'Espagne même, qui risquait de
perdre tout l'héritage de Bourgogne en mécontentant les
provinces restées fidèles, méritant plutôt des encouragements. Tous les officiers espagnols en Belgique demandaient des troupes exclusivement espagnoles, autant que
possible. (1) On comprend cette demande de leur part,
mais ils devaient savoir combien le soldat espagnol était
détesté aux Pays-Bas et comme les faveurs qu'on lui accordait aux dépens des autres soldats, mécontentaient tout le
monde ce qui, plus d'une fois, avait empêché la victoire.
Par ailleurs ils étaient fort en colère contre l'archiduc qui
continuait à essayer de faire la paix.

« Les rebelles se posent en maîtres, ils traitent maintenant avec les princes, c'est le plus grand malheur qui
puisse arriver, écrit l'auteur anonyme d'un mémoire au roi
d'Espagne (2), car l'honneur est la meilleure force d'une
monarchie comme celle-ci, d'États si vastes et si éloignés...
C'est de cette brèche à l'honneur espagnol que tous les
jaloux de la grandeur de Sa Majesté ont jugé l'occasion
bonne d'essayer de la blesser et de l'affaiblir », et l'écrivain,
un peu plus loin, reprend ce thème mensonger, que la trève
de 1609 a fait plus de tort aux Pays-Bas que la guerre,
fermant les yeux volontairement devant les faits. Ce thème
est accepté depuis 1609 par les rois d'Espagne qui ne sont
pas fâchés de le réciter à toute occasion à Albert et à
Isabelle, dont le gouvernement paternel et fructueux ne
peut leur plaire.

Pour les archiducs les difficultés sont extrêmes, tiraillés

(1) Simancas. Estado 2034 f. 5.
(2)   »   »   2306 f. 131.

en deux sens si opposés. Les Pays-Bas voulant la paix, les espagnols exigeant la guerre et les souverains également impuissants à contenter les uns et les autres, puisque la paix ne se peut faire qu'avec une renonciation du roi d'Espagne qu'il refusera, et la guerre ne serait fructueuse qu'avec une bonne armée et de l'argent, deux choses qui manquent totalement en Belgique.

CHAPITRE VIII

—

—

L'archiduc Albert avait encore d'autres difficultés à régler hors des Pays-Bas. Comme elles lui étaient personnelles et qu'il s'agissait d'affaires de famille, elles étaient plus lentes à terminer que les autres. Ses affaires de succession durèrent toute sa vie. La succession de son père Maximilien n'était pas encore liquidée lorsque sa mère vint à mourir, ayant des dettes en Allemagne et laissant un testament dont les donations devaient provoquer des procès sans fin. A ces héritages nuageux s'ajoutaient ceux de ses frères, mourant tous sans enfants légitimes sauf un, l'archiduc Charles. Il fallait déblayer ces successions, toutes compliquées, à la fois riches de propriétés, et pauvres par l'amas des dettes ; par dessus tout, chargées de pactes de famille et d'engagements solennels.

Aussi l'archiduc Albert qui aurait dû être très riche, en arrivait à perdre beaucoup en procès, recherches et agents, dont il avait une véritable armée répandue dans l'Europe entière, en Espagne, à Naples, en Milanais, et dans tous les Etats d'Allemagne.

C'est ainsi que la fortune personnelle d'Albert et de sa femme se réduisait presqu'à zéro, la dot d'Isabelle étant payée à peu près aussi irrégulièrement que la solde des armées.

En 1614, Albert n'avait pas encore touché une obole de

l'héritage paternel qui n'était pas davantage liquidé. Les guerres incessantes de l'Allemagne empêchaient le règlement de quantité d'affaires et ruinaient bon nombre de propriétés dont il n'était plus possible ensuite d'obtenir le moindre profit. Afin de porter remède à ce désordre, Albert envoya en Allemagne un homme intelligent et actif avec ordre de tirer tout ce chaos au clair et de ne pas revenir avant que tout ne fut terminé. Cet envoyé, ferré en droit, habile et patient, nommé Jacques de Zélandre partit avec les pouvoirs nécessaires pour recevoir tout ce qu'il pourrait arracher aux hommes de loi du pays et entre autres une rente annuelle de 15000 florins que l'empereur devait payer à Albert sur la succession de son frère Ernest, rente qui, naturellement, n'était jamais payée, pas plus que le revenu de ses propres biens d'Allemagne, se montant à 25000 florins. Bien d'autres sommes que celles-là étaient à réclamer. On n'avait même pas envoyé à l'archiduc une part de meubles et de bijoux qu'il demandait en vain qu'on lui fît parvenir.

A la vérité, les déboires financiers de l'archiduc Albert n'étaient pas uniques. A cette époque tous les grands seigneurs éprouvaient à peu près les mêmes ennuis. Rien de plus compliqué, de plus diffus, de plus embrouillé que le moindre contrat d'alors ; et si l'on ajoute à cette première difficulté la variété des lois et coutumes de chaque pays, on comprendra que le pauvre Jacques de Zélandre eût à disputer, à courir d'Hérode à Pilate, à multiplier menaces ou prières avant de recevoir, comme un os à un chien, quelque petite somme ou un cadeau à remettre à l'Infante. (1) Loin de pouvoir toucher de l'argent, c'est Zélandre qui devait en demander à son maître pour subsister. (2)

____

(1) L'impératrice a envoyé par madame de Staremberg pour S. A. l'Infante un coffre contenant un service, partie en argent, partie en verre doré très bien travaillé. (Secrétairerie d'Etat et de guerre n° 309. Corresp. de Jacques de Zélandre).

(2) Corresp. n° 300. Tous les détails ci-dessus sont extraits de cette même correspondance.

Pour arriver à conclure un arrangement, à boucler un
compte, il faut distribuer en présents et, disons le mot, en
pots de vin, à peu près la somme que celle qui est due : c'est
2000 florins à l'archevêque de Vienne, mille florins au
comte de Fürstenberg, chambellan de l'empereur,
1500 florins au chambellan de l'impératrice, baron de
Lemberg, 800 florins à un conseiller aulique, le baron
de Trautmansdorf ; l'ambassadeur d'Espagne lui-même,
don Balthazar de Zuniga ne dédaigne pas le millier de
florins avec lequel il trouvera des forces pour aider Zélandre
dans sa mission. Il est vrai que l'empereur console l'archiduc en lui envoyant des chameaux et des chiens (1) et que
Zélandre s'efforce d'obtenir des greffes « des meilleurs
fruits » des jardins impériaux ; qu'il achète de l'ambre, des
fourrures, envoie même des salaisons de choix pour les
archiducs.

En 1615, Jacques de Zélandre parvient à expédier un
convoi de meubles et joyaux que protègent une troupe de
quelques cavaliers. (2)

On voit encore Zélandre en 1618 et 1619 essayant de
continuer ses négociations à travers les changements de
règne et les bouleversements politiques, si bien que, négligeant les affaires, il finit par ne plus envoyer à Albert que

(1) Corresp. cf. nº 309.

(2) Il y a, dans cet envoi quelques beaux bijoux, notamment un carcan
avec un diamant carré estimé cent mille florins, un autre carcan de 60000
florins, un diamant de 70000 florins, un autre de 50000 et beaucoup d'autres
bijoux de moindre importance. Parmi les bibelots, quantité de coupes précieuses en jade, en métal, or, argent, ou autre, incrustés d'opales, de pierreries en grenat de Bohême, en cristal monté en or, plusieurs nefs d'or, de
cristal, de grenats, toujours montées en or ; des horloges, des petites statues
en or, en jade, en jaspe, beaucoup de pierres antiques gravées, une Diane
faite « de pierres coloriées assemblées » — une mosaïque sans doute — des
boites d'or et d'argent, des flambeaux et candélabres d'argent, etc. Quantité
de montres et une collection d'objets en ivoire. Un miroir monté en or et
orné de perles, estimé 6800 thalers. Enfin des épées, des armes de toute
espèce, des selles, des harnais brodés, semés de turquoises, de pierreries et,
pour finir, les tableaux dont nous avons déjà parlé. Le total de l'estimation se
montait à 444,249 florins. Corresp. de J. de Z. nº 310-

le récit angoissant des événements de Bohème et de Hongrie.

La mort de l'archiduc Maximilien, arrivée à la fin de l'an 1618 donnait à Albert encore un nouvel héritage dont il ne recevra même pas les belles tapisseries, pas plus que celles de l'empereur Mathias. Albert a renoncé définitivement à réclamer quoique ce soit en Allemagne et le 3 décembre 1619, par un acte solennel, il instituait son neveu Ferdinand héritier et possesseur de tous ses biens. (1)

Les jours de souffrance se succédaient maintenant sans interruption pour Albert. Mais en jetant un regard sur son passé, il le voyait, d'une conscience tranquille, plein de bonnes œuvres et de dur labeur. Le fidèle chroniqueur Chiflet relevant ce total de bonnes œuvres, énumère les églises qu'il rebâtit et dont il tenait à poser la première pierre par dévotion (2), les ordonnances qu'il multiplia, tant pour attirer les catholiques hors des pays protestants, que pour extirper ce qui restait encore de germes hérétiques aux Pays-Bas. (3). Il signale la présence des archiducs à la réception des reliques de St Albert à Bruxelles, reliques tant désirées par Albert et demandées par lui avec instances à Reims. (4) Chiflet montre les pieux époux aux funérailles du Père Jérôme Gratien de la Mère de Dieu, jadis confes-

---

(1) Annales Ferd. Tom. 9, p. 674 et s. — Chiflet, T. 96 f. 244 et s. Chiflet dit : Ceste année l'archiduc Albert reffusa l'Empire et les couronnes de Bohême et de Hongrie. »

(2) Notamment les églises des Augustins à Gand (Groenen Briele), des Carmélites de Bruxelles, de N.-D de Montaigu, des Annonciades d'Anvers, des Récollets de Louvain, etc., etc.

(3) « Après la tresfe conclue, les catholiques des Provinces-Unies amenaient leurs enfants ès Pays obéissants pour y recevoir la confirmation des évêques, en si grand nombre que les egglises estaient toutes pleines de jeunes gens qui ne pouvaient assez admirer les belles et saintes cérémonies de l'egglise. Le palais des princes et l'oratoire estaient tous ouverts et l'Infante prenait un singulier plaisir a veoir les dames estrangières dont il y en avait de très belles. » Chiflet, t. 96 f. 241.

(4) Il demanda même au pape Paul V qu'on pût célébrer la fête particulière de St-Albert avec office. Chiflet, T. 96 f. 245.

seur de Ste Thérèse et renommé pour sa sainteté (1) ; bref, ils sont partout où leur présence peut procurer la gloire de Dieu ou le bien de leur peuple.

Toujours accompagné de sa fidèle Isabelle, Albert continua ses pèlerinages accoutumés jusqu'au dernier jour. Il éprouvait cependant une grande difficulté à marcher ; il pensait en gagner d'autant plus de mérites. En 1619, les archiducs vont vénérer à Hoboken une relique de la vraie Croix, (2) puis se rendent à Montaigu pour ce pèlerinage annuel fait par eux avec une si humble et si touchante dévotion. « Toujours, dit Chiflet, ils y passaient neuf jours et, le neuvième jour, ils communiaient ». C'est en 1619 que les archiducs allèrent honorer N.-D. de Foy. Ils s'arrêtèrent en revenant, à l'Ermitage du désert de Marlagne pour y poser la première pierre de ce couvent, dû à leur libéralité. (3)

En 1620, Albert fut nommé préfet de la confrérie du Crucifix à Cologne, confrérie très illustre dont il était un des grands bienfaiteurs. (4)

(1) Le Père Jérôme Gratien était le fils d'un secrétaire de Charles-Quint : Diego Gratien de Alderato et de dona Juana Dantisca. Ils eurent 20 enfants. Jérôme Gratien entra dans l'ordre des Carmes à Pastrana en 1572 et devint directeur de Ste Thérèse qui le vénérait beaucoup. Il contribua pour une grande part à la venue des Carmélites aux Pays-Bas. A sa mort, un conflit s'éleva entre les archiducs et les religieux du couvent où il était mort. Le Père Gratien possédait un doigt de Ste Thérèse qu'il avait légué à sa sœur, Carmélite à Séville. Les religieux refusèrent de laisser sortir cette relique du couvent et la refusèrent également aux archiducs. Les souverains n'hésitèrent pas à demander au Pape de trancher le différend en leur faveur et il fallut bien, sur un bref de Paul V, que les Carmes abandonnassent la précieuse relique avec tous les documents qui l'authentiquaient. Chiflet, t. 97, f. 246 et 303.

(2) Chiflet. T. 97, f. 247.

(3) Chiflet qui cite ce pèlerinage à Foy ne dit pas que les archiducs y soient déjà allés. Il se pourrait que ce fût un second pèlerinage.

(4) Fondé par le Cardinal Albergati, sur les instances du frère Capucin Hyacinthe de Casal, dans le but d'aider les hérétiques convertis et d'élever leurs enfants. La confrérie était protégée et assistée par les Hohenzollern, les ducs de Bavière et de Lorraine, les électeurs de Cologne, Mayence, Trèves et quantité d'autres prélats. En 1624, le Père Hyacinthe étant venu prêcher une mission à Bruxelles, y fonda une succursale de la même confrérie où toute la

Le dernier été d'Albert, celui de 1620, se passa à Marie-mont ; si Isabelle se livra à ses divertissements habituels de la chasse, fit de longues courses à pied et à cheval, Albert, lui, ne pouvait plus guère marcher ; il devait sentir la vie lui échapper, car sa piété redouble. C'est à Marie-mont que les deux époux font le vœu de faire brûler un cierge jour et nuit sans interruption, dans les sept églises auxquelles ils avaient le plus de dévotion, c'est-à-dire aux églises de N.-D. de Montaigu, de Hal, de Laeken, de Foy, de Chièvres, à St-Ursmer de Binche et à la chapelle du Saint Sacrement de Miracle à Bruxelles. (2)

Au printemps de l'année suivante, 1621, Albert voulut encore faire son pèlerinage à Montaigu. Il s'intéressait beaucoup aux travaux de la superbe église, due surtout à sa générosité et à celle d'Isabelle. Combien d'argent n'y avaient-ils pas mis tous deux ? Que de sommes données à chaque visite. Quand le curé se trouvait à court pour ses travaux, il envoyait au palais et jamais on ne refusait sa requête. (3) Un jour, conte Chiflet, comme Albert venait de réclamer 6000 florins pour ses dépenses personnelles, au moment de partir pour Montaigu, il reçut un nouvel appel du curé et prenant la somme demeurée sur sa table, il la mit dans une boîte qu'il cacheta et donna au messager, sans même lui dire ce qu'il y avait dedans. Arrivé à Montaigu, tout le monde se pressait pour apercevoir le superbe don qu'on croyait lui voir offrir. Grande fut la surprise lorsqu'il donna une pauvre petite jambe de cire. En revenant de Montaigu, les princes logèrent à Louvain le

noblesse belge s'empressa de se faire inscrire. Nous donnons cette liste à l'appendice, note VI. Les confrères de la Passion s'engageaient en outre à propager les prières de 40 heures instituées dans cette mission. Dans ce but, ils se réunissaient deux ou trois fois par an pour décider des endroits où il faudrait installer cette œuvre, des prédicateurs à y envoyer, etc. Ils devaient faire des bonnes œuvres en l'honneur de la Passion. Isabelle contribua beaucoup au développement de cette œuvre. Papiers d'Etat et de l'Aud. n° 460, f. 233.

(1) Chiflet, t. 96 f. 252.
(2) » » f. 289.

12 juin, fête de la St-Jean. (1) On remarqua avec peine combien l'archiduc paraissait vieilli. La goutte immobilisait ses membres et, comme il arrive souvent aux arthritiques, la pierre ajoutait à ces maux de nouvelles souffrances ; mais si fortes qu'elles fussent, jamais on ne l'entendit pousser un cri de douleur. (2)

Malgré cet état si pénible, le prince remplissait ses devoirs de souverain avec la même exactitude et jusqu'à la veille de sa mort, il ne cessa d'administrer la justice et de donner des audiences. (3) Les affaires du Palatinat l'occupèrent jusqu'au dernier jour et ce lui était un grave et lourd souci de plus, car le roi d'Espagne, en s'engageant à secourir l'empereur par la diversion qu'opérerait une armée espagnole sur le Rhin, avait confié la direction de cette campagne à Albert et, comme toujours, n'envoyait pas l'argent nécessaire pour subvenir à cette énorme dépense.

Bientôt la fièvre ne quitta plus l'archiduc (4) et les remèdes qu'on lui donna n'agirent plus. Le 11 juillet, après le dîner, cette fièvre augmenta tout à coup et l'état du prince s'aggrava de façon inquiétante. (5) Les médecins appelés, reconnurent que le danger de mort devenait imminent. Il fallait prévenir le prince ; on savait que cette terrible nouvelle le laisserait calme. Le Père Inigo de Brizuela (6), son confesseur depuis vingt-cinq ans, arriva auprès de lui et dès les premiers mots, sans perdre rien de sa sérénité, Albert lui répondit tranquillement : « Ara, buen, no perdemos tempo » (7). On administra aussitôt les derniers Sacrements au malade. Isabelle ne le

(1) Chiflet, T. 91, f. 289.
(2)   »   »   f. 286.
(3)   »   »   »
(4) Rodriguez Villa. Spinola, p. 397.
(5) Chiflet, T. 96, f. 280.
(6) Le Père Inigo de Brizuela retourna en Espagne après la mort de l'archiduc et fut nommé évêque de Segovie, puis, président de la junte de Madrid pour les affaires de Flandre. Il resta toujours dévoué à l'Infante. On a de nombreuses lettres de lui à Isabelle au sujet d'œuvres pieuses dont il s'occupait pour elle.
(7) « C'est bien, ne perdons pas de temps ! »

quittait pas et lui prodiguait ses plus tendres soins, ne voulant pas perdre une minute de cette vie qui s'éteignait et qui lui était si chère. Tous ceux qui ont raconté cette mort ont parlé unanimement de ce dernier échange de pensées des deux époux, qui rappellent les belles morts que l'hagiographie inscrits dans ses annales.

Après la réception des derniers Sacrements, Albert et Isabelle voulurent rester seuls.

Isabelle exhortait Albert à la patience et à la résignation et il l'écoutait et priait. Une dernière et sublîme discussion s'éleva entre eux lorsque l'Infante, s'agenouillant au chevet du moribond, lui demanda la permission de résigner le pouvoir et de terminer sa vie dans la retraite. Albert se ranimant, la pria de renoncer à ce désir, parce que son devoir l'attachait à la Belgique. Son père, Philippe II, la lui avait confiée, elle devait se sacrifier à elle jusqu'à son dernier soupir. C'était un colloque vraiment héroïque, car Albert savait qu'il laissait à Isabelle un poids d'épreuves les plus cruelles et lui imposait l'humiliation de gouverner en inférieure le pays dont elle était souveraine, et Isabelle, en acceptant ce fardeau, en connaissait les charges douloureuses. Elle promit et Albert, content, la remercia.

Les religieux Inigo de Brizuela et Dominique de José-Maria (1) rentrèrent dans la chambre pour dire les prières des agonisants. Isabelle les suivit en tenant la main de son mari et en faisant avec lui des actes de renonciation à la volonté de Dieu. Tout à coup, on lui dit doucement de partir. Elle se releva vivement en disant : Ah ! mon cousin est mort ! et aussitôt elle se rendit dans sa chambre et là, dans la ruelle de son lit, demanda qu'on lui coupât les cheveux. Une de ses dames, alors auprès d'elle, mademoi-

---

(1) Carme. Ce religieux avait une grande réputation de sainteté. Il avait servi d'aumônier aux troupes impériales et avant la bataille de Prague à laquelle il assista, avait prédit la victoire.

Pour tous les détails de la mort de l'archiduc nous avons suivi Chiflet mais ces détails étant éparpillés en notes, un peu partout dans le tome 96, nous n'avons pas voulu multiplier les notes justificatives.

selle de Montmorency, lui fit observer qu'elle ne devait pas prendre une telle décision dans un moment où la douleur peut pousser à faire des choses qu'on regretterait ensuite. Elle ne répondit pas, mais quelques instants après, prenant des ciseaux, elle commença elle-même à faire tomber les mèches de sa chevelure et on n'osa pas cette fois l'arrêter. (1)

La douleur de l'Infante était immense, mais son caractère viril, son courage et cette réserve un peu fière qui l'empêchait d'épancher son cœur, ne lui permettaient pas de se livrer à de grands gestes de désespoir. Elle supporta sa peine immense avec une résignation et un calme admirables. Ceux-là seuls qui la connaissaient savaient combien profond était son deuil et on le vit à la manière dont elle le porta.

Isabelle perdait à la fois un époux, un confident et l'ami le plus dévoué. Les qualités attachantes qu'il cachait sous son air froid et sa parole mesurée, l'Infante les connaissait et les appréciait. On peut dire qu'elle avait un culte pour son époux.

— « Pendant sa vie, raconte le Franciscain Péri (2), jamais la pieuse femme ne se sépara de son mari, s'il était absent elle le cherchait des yeux du cœur, contemplait son image, relisait ses lettres, prenait et gardait dans ses mains quelque cadeau de son affection. Lorsque le héros eut reçu la récompense de ses vertus, honoré comme nom de gloire de ce beau titre que le peuple lui décerna spontanément : le « craignant Dieu », Isabelle se résolut de revêtir l'habit de St-François, quoiqu'elle dirigeât alors le gouvernement d'une main ferme. »

Il semble en effet que la douleur d'Isabelle se manifestât surtout par une hâte de rejeter loin d'elle tout ce qui tient au monde, pour s'abîmer dans l'humilité d'un deuil tout religieux. Elle vient de couper ses cheveux, elle veut recevoir immédiatement l'habit des tertiaires Franciscai-

(1) Chiflet, T. 96 f. 253, 321, etc.
(2) Hist. politische Blätter, p. 357.

nes. (1) On lui fait observer que l'habit qu'elle tenait en réserve n'est pas encore béni et que, au milieu du trouble qui règne autour d'elle, on n'a pas le temps de procéder à cette cérémonie. Elle consent à attendre jusqu'au lendemain, mais de grand matin, son confesseur, le père André de Soto est là pour lui conférer cet habit de novice qu'elle ne quittera plus. Sa douleur est profonde mais calme et recueillie.

Au Père Dominique de Jésus-Marie qui, après le dernier soupir d'Albert, lui adressait des paroles de consolation, elle répond simplement : « La perte que j'ai faite ne peut être plus grande et je la ressens fort, mais quand je considère que Dieu l'a voulu ainsi, j'en ressens une grande consolation. » (2)

Isabelle tint à passer les six premières semaines de son deuil dans une profonde retraite. Elle fit tendre de noir une petite chambre « ayant à peine dix pieds et demi de large » dit Chiflet et qui n'avait qu'une fenêtre prenant jour sur son oratoire. Dans cette retraite elle ne reçut personne, hors ceux qu'elle devait voir absolument pour la marche des affaires. Elle ne sortait de cette prison obscure que le matin, de bonne heure, pour se rendre secrètement à la tribune de la chapelle du palais, mais seulement pendant les jours où furent exposés les restes du prince, revêtu, lui aussi, de la bure franciscaine. Les messes se succédaient sans interruption à tous les autels du sanctuaire. Lorsque l'archiduc eut été mis dans son cercueil et descendu dans la crypte en attendant les obsèques solennelles, Isabelle demeura enfermée dans sa chambre, d'où elle entendait, chaque matin, dix messes qu'on célébrait dans son oratoire.

Dans ce deuil profond, sa pensée nous échappe malheureusement, car nous ne possédons aucune lettre d'elle, ni même aucune confidence de celles qui, alors, purent

(1) Isabelle n'avait pas cru encore pouvoir accorder les règles des tertiaires, beaucoup plus sévères alors qu'aujourd'hui, avec les exigences de sa situation de princesse souveraine.

(2) Chiflet. T. 96 f. 271.

l'approcher. D'ailleurs Isabelle, comme son père Philippe II, laissait rarement s'ouvrir son cœur. Néanmoins, de l'avis unanime, elle resta toujours accablée de cette perte que rien, autour d'elle, ne pouvait remplacer ou adoucir.

Chiflet dit que, pendant ces six semaines de retraite, elle ne vit que son confesseur, celui de l'archiduc, le Père Dominique de Jésus-Maria, puis vers la fin, Spinola et le duc de Neubourg.

Lorsqu'elle quitta sa chambre de deuil, elle garda son habit franciscain et son voile baissé, même à ses repas, si bien que ses médecins l'obligèrent à le lever pour sa santé.

— « Comment pouvez-vous, Madame, lui disaient ses dames d'honneur, vous résoudre à paraître en public avec un habit si misérable et donner audience aux ambassadeurs des princes parmi lesquels s'en trouvent qui ne sont pas de votre religion ? Qu'est devenue cette majesté qui éclatait autrefois dans toute votre personne ? Qu'est devenue la splendeur de la maison d'Autriche ? Que deviendra cette haute réputation que vous vous êtes acquise par la longue durée de votre sage gouvernement ? Ne vaudrait-il pas mieux couvrir votre rare vertu d'un habit ordinaire de veuve que de choquer les yeux et d'exciter les discours de tout le monde par un habillement indigne de vous ? » (1)

Ce conseil ne porta point l'Infante à changer de résolution. Elle se contenta d'y répondre d'un air calme et serein qu'avant elles plusieurs reines avaient paru sous un habit semblable, non seulement en public, mais encore dans les armées.

« Dès ce moment, dit encore le Franciscain Peri, son palais eut pu être comparé plus à un couvent qu'à une cour. On reconnaît la suite d'une princesse à sa livrée, on reconnaissait la sienne à ses bonnes mœurs. Avec plus de soin encore qu'autrefois, elle bannit de chez elle les livres, spectacles ou images que l'esprit de la Renaissance faisait

(1) Hist. Métall. des Pays-Bas, T. 2, p. 136.

accepter trop facilement. Elle garda la fidélité à son mari
d'une manière si chaste que, soit à la promenade, soit pour
monter ou descendre de carosse, soit en toute autre occasion, elle ne voulut jamais se laisser toucher par la main
d'un homme. » (1)

La retraite profonde où Isabelle avait souhaité cacher
ses larmes et apaiser la blessure de son cœur avait cependant été précédée d'une cérémoine qui dut lui être âprement pénible. Voici ce que dit le secrétaire de l'archiduc,
dans une lettre adressée à Madrid, écrite le 26 juillet 1621 : (2)

« Le 13 de ce mois, Dieu résolut d'appeler à luy
l'archiduc Albert. L'Infante Isabelle est restée dans le
chagrin, l'affliction et la peine que peut croire le roi d'Espagne. C'est le marquis de Spinola qui fut chargé d'envoyer
la triste nouvelle par courrier exprès, l'Infante Isabelle
étant trop vivement troublée par la douleur pour écrire.
Le même jour, le 13 au soir, le marquis de Bedmar lui a
remis les dépêches du roi d'Espagne qui la chargeaient du
gouvernement perpétuel de ces Etats et aussi de celui de
ses armées. L'Infante aurait bien voulu n'accepter la charge
ni le poids des affaires, elle s'est pourtant résignée à obéir
aux ordres de S. M. et parce qu'il lui paraissait qu'il y
allait du bien public et aussi parce que deux heures avant
sa mort, l'archiduc le lui avait recommandé. Elle a donc
résolu d'accepter et elle a envoyé des ordres par écrit à
toutes les provinces, conseils, gouverneurs, aux fonction-
naires supérieurs, pour leur apprendre que par suite du
décès de l'archiduc, les Etats lui revenaient, que par l'ordre
du roi d'Espagne et en son nom, elle prenait en main le
gouvernement. Grâce à Dieu, tout est en paix ici. Maintenant il serait bon que le roi d'Espagne lui envoie les
pouvoirs conformes à la minute que lui a communiquée le
marquis de Bedmar afin qu'elle puisse recevoir le serment
de fidélité des provinces. L'Infante Isabelle demande aussi

(2) Hist. polit. Bl. p. 357.
(3) Corresp. de l'arch. avec Ph. IV. vol. X.

l'instruction de la manière dont elle doit se conduire dans son gouvernement afin d'avoir une règle politique. Elle demande qu'on lui fixe la somme qu'on croira convenable pour l'entretien de sa maison. Elle envoie le maître de camp, don Diego Mexia pour donner des renseignements plus circonstanciés à Sa Majesté. »

Il y a quelque chose de touchant dans la dignité avec laquelle l'Infante accepte les humiliations de sa nouvelle situation qui devaient être doublement pénibles comme princesse et tante âgée, devenue soudain subalterne de son neveu. C'est lui qui va décider quel sera son train de maison, de quelle somme elle disposera pour son entretien ; Isabelle accepte tout et même, elle prévient les ordres du roi, elle veut réformer sa maison, en ôter tous ceux dont il est possible de se passer. Son zèle est si grand que Spinola doit arrêter cette ardeur de sacrifice en lui écrivant : « Je crois que personne ne voudra s'en aller et il faudrait que (ces réformes) soient bien justifiées. Pour ceux qui seront réformés, il faudra que Votre Altesse les accommode à l'occasion selon la raison. » (1)

« Elle fit vendre tout ce qu'elle avait de superflu dans sa vaisselle, dans ses bijoux et dans ses meubles et elle en fit distribuer le produit à des pauvres orphelins et à des veuves affligées. Elle envoya à des églises appauvries ses tapisseries de brocart d'or avec d'autres superbes ornements de sa cour. » (2)

Toutes ces charités comme toutes ces réformes, elle les fait en mémoire de l'époux tant regretté. Pour lui, rien n'est de trop, sa générosité est infatigable. Elle fait célébrer quarante mille messes pour son âme. En souvenir de ce premier pèlerinage fait avec Albert au lendemain de son mariage, au sanctuaire de N.-D. de Montserrat, elle y envoie mille philippes d'or afin de dire des messes (3) et

(1) Secrétairerie d'Etat et de guerre, n° 127, lettre du 3 août 1621.
(2) Hist. polit. Bl.
(3) Chiflet, T. 96, f. 253. Isabelle envoya encore en 1624, 2000 philippes d'or et, en 1628, une étoile de diamants.

quelques sommes reçues d'Allemagne après la mort du prince furent consacrées à des œuvres pieuses, dont la principale devait servir à l'achèvement de l'église de Montaigu ; le reste fut donné aux pauvres. (1) On fit aussi de larges distributions de pains. A l'anniversaire de 1622, on distribua encore aux pauvres 2000 pains blancs. (2)

Tant d'émotions et de soucis eurent un instant raison de l'énergie de l'Infante et elle tomba malade, en automne, assez gravement pour inquiéter ses amis. Spinola, alors sur le Rhin, écrivait au secrétaire Prats, le 4 octobre 1621 : « J'ai reçu votre lettre me disant que l'indisposition de Son Altèze va mieux, ce qui modère ma peine. Je sais comme son Altèze se fatigue, dites-lui qu'elle doit penser à sa santé, que Dieu la conserve beaucoup d'années et la garde à nous qui avons tant besoin d'elle. » (3)

Il exprimait ainsi la pensée de toute la Belgique ; tant qu'on avait l'Infante, on serait protégé. Elle paraissait un Palladium contre les tendances qu'on redoutait et on avait confiance en elle.

Les obsèques de l'archiduc attendaient, pour être célébrées, les indications d'Isabelle. Elle voulut leur donner tout l'éclat, toute la solennité possible et cette princesse qui n'avait jamais aimé le faste, crut qu'on n'en userait pas assez pour rendre un dernier hommage à l'époux tant regretté. Elle voulait donner aux Pays-Bas l'occasion de témoigner à l'archiduc Albert sa reconnaissance et immortaliser, pour ainsi dire, ses vertus, par leur apothéose publique.

Sur ses ordres, l'architecte Francart dessina et fit exécuter un char symbolique qui devait représenter la libéralité d'Albert. Pour donner une idée de la magnificence de cet édifice, nous dirons qu'il coûta avec le catafalque, également dessiné et exécuté par Francart, la somme de

(1) Hist. Métal. des Pays-Bas, T. II, p. 135.
(2) Lille, chambre des comptes, B. 2925.
(3) Secrétairerie d'Etat et de guerre, n° 127, f. 67.

10729 livres plus 700 livres, payés audit Francart pour son travail. (1)

Ce char montre d'une façon typique jusqu'où l'atmosphère païenne de la Renaissance avait faussé les meilleurs esprits et les âmes les plus catholiques. Isabelle, si pieuse, ne trouva rien de choquant à faire précéder le cercueil de son mari d'une immense machine théatrale, sans emblème religieux ni marque de deuil. La charité chrétienne d'Albert, était travestie en libéralité païenne d'un symbolisme compliqué. Elle était figurée, au faîte du monument, par une sorte de déesse, dominant un petit autel où brûlait du feu, entouré de toutes sortes d'emblèmes et de personnages divers. Huit chevaux caparaçonnés de drap d'or traînaient ce lourd édifice portant chacun un mannequin de grandeur humaine, habillé somptueusement, figurant des femmes d'apparence toute païenne et, sur un des chevaux, l'Amour olympien en personne avec sa tunique très courte, son carquois et ses flèches. C'est lui qui devait représenter la sainte union de ces époux modèles. (2)

Tout le monde s'extasia devant cette invention qui, alors, ne choquait personne, mais, au contraire, prouvait la profonde affection de la vénérable veuve. Elle eut lieu d'être satisfaite du cortège qui se déroula le 12 mars 1622 dans Bruxelles.

Chiflet dit que la pluie tombait sans discontinuer depuis plusieurs jours et qu'on craignait fort qu'elle ne continuât le jour des funérailles. Mais Isabelle déclara qu'on pouvait se rassurer, elle avait prié et fait prier à cette intention. Effectivement, le temps se rasséréna pour le dernier voyage que devait faire l'archiduc dans sa bonne ville de Bruxelles.

Les préparatifs avaient été longs et dispendieux. Les

(1) Lille, ch. des comptes, R. 2919.

(2) Ce char et le cortège funèbre tout entier a été gravé par Francart ou sur ses indications, de la façon la plus exacte. Il a été reproduit dans « Bruxelles à travers les âges » de Hymans.

seuls habits de deuil distribués aux conseils d'Etat et des finances , aux officiers et domestiques du palais coûtèrent 104629 livres. (1)

Les souverains avaient envoyé des ambassades extraordinaires qui furent logées par les principaux seigneurs ayant de vastes hôtels, a qui furent remboursés les frais de réception qu'ils avaient dû faire. (2)

Nous ne nous arrêterons pas à décrire par le menu cet important cortège, dont la solennité proclame toute la grandeur de celui qu'on allait déposer à sa dernière demeure. Il serait trop long de décrire ces bannières de chaque province avec le cheval héraldique au caparaçon somptueux, aux panaches immenses, tenu en bride par les plus grands seigneurs du royaume ; ces groupes portant l'épée, le heaume, le sceptre, la couronne ; les corps des magistrats, des conseils ; les gildes, les différents offices du palais, les députations et enfin le nombreux clergé avec ses évêques, ses abbés mitrés, ses religieux de tout ordre. Pour se faire une idée de l'importance de ce cortège, il faut savoir que, parti à neuf heures du matin du palais, il n'arriva qu'à trois heures à Sainte-Gudule. Le cercueil était porté tour à tour par les officiers de la maison et le dais par les quatre plus grands personnages des Pays-Bas.

Ces obsèques firent époque. Jamais, disait-on, on n'en avait vu de semblables pour aucun souverain. Quant à celui pour lequel on avait déployé tant de magnificence, il

(1) Lille, ch. des comptes B. 2925. On avait déjà payé 10118 livres pour les habits de « ceux de l'hostel ». Lille, ch. des comptes. B. 2919.

(2) Lille. B. 2913. Voici quelques détails donnés par les papiers de la Chambre des comptes :

L'ambassadeur de France logeait chez le comte de Middelbourg (Philippe de Mérode, grand bailli de Bruges. Maitre d'hôtel de l'archiduc).Le comte de Rœulx logeait à la fois l'ambassadeur d'Angleterre et une partie de l'ambassade de France. Le comte de Noyelles avait l'archiduc Léopold d'Autriche et le duc de Neubourg. Ce dernier prolongea son séjour pendant deux mois.

Le seigneur de Spangen défrayait l'ambassade de Toscane, le comte Ottavio Visconti, le landgrave de Hesse, messire Antoine de T'Serclaes, maitre d'hôtel des archiducs recevait les ambassadeurs de Cologne et Jean de Kesseler, les députés des provinces.

reposait maintenant, comme il l'avait demandé, dans un caveau creusé sous la première marche de l'autel du Saint Sacrement de Miracle, auquel il avait eu tant de dévotion. On s'étonne qu'Isabelle ne couronna point son œuvre de piété conjugale en faisant ériger à son époux un monument digne de son amour. Rien ne désigne plus au peuple belge la tombe de ses bienfaiteurs. Peut-être l'Infante jugeait-elle que les œuvres des archiducs suffiraient pour garder en Belgique leur souvenir ineffaçable. (1)

---

(1) Voir appendice, note VII : la mise au tombeau de l'archiduc Albert.

CHAPITRE IX

—

—

Pour comprendre le sacrifice immense accompli par
l'Infante Isabelle en acceptant le gouvernement des Pays-
Bas à la prière de son époux, il faut s'arrêter un instant à
considérer la nouvelle situation qui lui était faite.

Si vertueuse qu'elle fût, elle montrait un véritable héroïsme en abandonnant son indépendance de souveraine pour
n'être plus que la gouvernante de son ancien domaine.
Elle perdait du même coup le compagnon aimé de sa vie
et la puissance libre dont elle pouvait se glorifier de n'avoir
usé que pour le bien de ses sujets. Mais, comme Albert le
lui avait représenté, ce bien, elle pourrait encore l'accomplir,
elle pourrait maintenir l'œuvre commencée et empêcher que
la politique espagnole n'aille trop loin dans ses errements.

En acceptant ce changement, l'Infante savait fort bien
qu'elle se chargeait d'un travail ingrat et pénible, exigeant
autant d'adresse que de fermeté, autant d'énergie que de
patience et de douceur.

Il ne faut pas oublier que sa haute intelligence avait été
formée à l'art de régner, d'abord par son père lui-même,
et avec quelle sollicitude ? Une expérience pratique de longues années, traversée par de grandes difficultés, lui donnait
une sagesse et une science du gouvernement qui la plaçait
au premier rang des souverains de son temps.

Dans ces conditions, elle devait se soumettre à la direc-

tion d'un jeune roi imbu de toutes sortes d'erreurs vis à vis
des Pays-Bas et e dəpn 'oɪʌɔə ən pauvrer mérite intellectuel. Une politique uniquement menée par l'orgueil déme-
suré du favori Olivarès, comte-duc de San Lucar, l'un des
hommes qui furent le plus fatal à l'Espagne, était suivie
aveuglément par Philippe IV.

Déjà, autour de l'Infante, tous les rouages gouvernementaux étaient bouleversés, on revenait à l'organisation de
Charles-Quint et de Philippe II, avec moins de liberté
nationale encore.

Pendant qu'ils gouvernaient, les archiducs étaient aidés
pour l'expédition des affaires, par trois conseils principaux
et quelques ministres : le conseil d'Etat, le conseil privé et
le conseil des finances.

Le premier de ces conseils, composé des grands seigneurs
du pays, n'avait plus, comme le disait Bentivoglio, « que
l'ombre et le titre tout nud » il paraissait dangereux à
l'Espagne, ayant un caractère trop national. Le conseil
privé, composé de sept membres, juristes savants et pleins
de compétence, était le plus important, ayant, outre
l'administration intérieure du pays, la connaissance de certaines causes de justice. Le conseil des finances, comme
son nom l'indique, gérait les deniers publics, le domaine
des archiducs et quelques impôts. Les ministres étaient
pour les Pays-Bas : les secrétaires d'Etat (1) et l'audiencier
Les ministres espagnols réglaient les affaires espagnoles,
mais après la mort de l'archiduc, ce fut surtout l'ambassadeur d'Espagne qui régla seul, ou en dernier ressort, les
affaires intéressant spécialement son pays.

Aussitôt veuve, l'Infante vit l'influence du conseil d'Etat
disparaître complètement, pendant que le roi s'efforçait de
modifier peu à peu les compositions des autres conseils et
de changer le personnel gouvernemental, en y substituant
le plus d'espagnols possible. En outre, il instituait un nou-

(1) Les secrétaires d'Etat pendant la vie de l'archiduc Albert furent Louis
Verreycken, l'audiencier, Philippe Prats, pour les relations extérieures et
Suarez, puis J. B. Huart pour les affaires du Nord.

veau conseil, la junte ou conseil de guerre, dont le pouvoir était supérieur à tous les autres et qui, celui-là, ne comptait que des espagnols.

Mais ce qui compliquait singulièrement la marche des choses, c'est que chaque province belge avait son Etat qui l'administrait et se rassemblait tous les ans. Ces États, naturellement, s'occupaient surtout de leur province et leurs intérêts n'étaient que trop souvent en opposition avec la politique de Madrid. Les Etats devenaient ainsi autant de petits centres frondeurs L'Infante, entre eux et le roi, avait mille peines pour prévoir ou détourner les conflits. Cet état d'esprit allait s'accentuer toujours de plus en plus.

La position diminuée d'Isabelle à la mort de l'archiduc, aurait pu garder encore tout son prestige aux yeux des peuples des Pays-Bas, si son royal neveu avait sauvegardé les apparences, ce qui eut été de bonne politique. On connaissait assez à Madrid le caractère de l'Infante pour savoir qu'il n'était pas difficile de s'entendre avec elle. Philippe III, par ses lettres patentes de 1612 lui avait conféré, sa vie durant, la haute direction de la Belgique ; Philippe IV confirma l'acte de son père, mais déjà en se réservant certaines prérogatives spéciales. Dès la mort de l'archiduc, il crut ces actes insuffisants et voulut une reconnaissance officielle du retour des Pays-Bas à son obéissance. Il envoya une procuration à sa tante pour qu'elle reçût en son nom le serment des belges, ce qui eut lieu seulement deux ans plus tard, pour des causes qui n'ont pas encore été bien élucidées.

Il semble que les agents de l'Espagne n'attendaient que cette cérémonie pour reprendre leur ancien ascendant ; l'ouverture des hostilités contre les Provinces-Unies ne fit que l'accroître.

L'Infante aurait voulu attendre les attaques ennemies et se borner à la défensive. La trève était expirée, les hollandais faisaient de grands préparatifs de guerre sans doute, mais Isabelle comprenait mieux le bien de ses peuples. La défensive, à son avis, était la meilleure politique. Malheureusement le roi ne pensait pas ainsi. Il voulait la guerre autant que son père aimait la paix. Ses ordres aux Pays-Bas ne cessaient de presser la gouvernante et ses généraux pour prévenir les ennemis en entrant dans leurs terres. Il se lançait dans ces aventures avec la plus superbe assurance, sans s'inquiéter du coût et aussi sans sortir de ses palais d'Espagne. Sa tante avait à la fois la mission de former les armées et de les payer ; tout lui retombait sur les bras, comme si on ne se rendait pas compte là-bas, du travail qu'on lui imposait.

Elle se voyait chargée de continuer à soutenir la guerre en Allemagne, en tant que représentant l'Espagne. Jamais œuvre plus ingrate et plus pénible ne fut confiée à une femme. Loin de la lui faciliter, il semblait qu'on prit à tâche d'en doubler le travail. Elle représentait l'Espagne, mais on ne se faisait pas faute de communiquer directement avec l'Empire, sans souci de contrecarrer ses desseins ou bien remettant à l'empereur les sommes qu'elle attendait pour payer ses armées. Dans ces armées, les disputes, les querelles, les jalousies y demeuraient à l'état endémique (1). A la difficulté de contraindre des hommes de guerre à lui obéir en sacrifiant leur amour-propre, s'ajoutait l'angoisse du danger toujours imminent de voir les champs de bataille du Palatinat et du Rhin abandonnés pour transporter la guerre aux Pays-Bas.

Et l'horizon de ce côté n'était pas le seul chargé de gros nuages ; partout ils s'amoncelaient, menaçants pour elle. A Marie de Médicis avait succédé en France le gouvernement de Richelieu qui n'était pas tendre pour la maison

---

(1) Morel Fatio, dans son introduction à la guerre du Palatinat, dit aussi que la composition cosmopolite des armées du roi d'Espagne était une cause de faiblesse. Ce pays se trouvait trop épuisé pour pouvoir suffire à l'immense dépense d'hommes que nécessitait sa politique. « L'intérêt le plus évident de la monarchie, dit-il (p. 316), eut été de se replier sur elle-même, de ménager ses forces et ses ressources pour résister au voisin de jour en jour plus puissant et qui devait finir par l'absorber. » Malheureusement ni le roi, ni ses ministres n'eurent cette sagesse.

d'Autriche, l'Angleterre comme un dogue hargneux, grommelait en montrant les dents, tirant sur sa chaîne, (1) et l'Espagne où ne règnait plus le frère bien-aimé, mais un neveu inconnu, n'avait plus pour elle l'affection d'autrefois.

Personne ne put la voir découragée ou abattue, et peut-on lui faire un reproche d'avoir trouvé dans sa foi vive et sa piété la force de se maintenir à la hauteur d'une telle situation ? On l'a dit cependant, et ceux qui ne peuvent rendre justice au mérite quand il est catholique, osent répéter encore qu'Isabelle, après son veuvage, tomba dans la bigotterie et par là dans l'abaissement intellectuel. Nous allons reproduire, pour répondre à ces ignorants, le jugement d'un écrivain qu'on ne peut taxer d'indulgence pour l'Infante parce qu'il était imbu de la politique espagnole à laquelle cette princesse se montrait si opposée. Nous parlons de l'auteur de « La guerre du Palatinat » don Francisco de Ibarra, fils de ce Diego de Ibarra, l'ennemi de Spinola, qui, lors des négociations de la trève de 1609, agit avec tant d'insolence qu'Albert fut obligé de demander son rappel. Francisco de Ibarra a vu l'Infante à l'œuvre et a séjourné à sa cour ; parlant de la manière dont elle prit les rènes du gouvernement après la mort de son mari, il commence par rappeler comment elle s'effaçait durant la vie de l'archiduc avec une modestie rare. Mais cette modestie savait exiger les égards dus à son sexe et à son rang et elle donnait son opinion avec fermeté.

Elle se serait cependant effacée complètement devant son époux, si elle n'avait reconnu dans son caractère une vive aversion à remplir sa charge et ses devoirs de prince souverain.

---

(1) Chaque jour, depuis quelques années, la surexcitation religieuse augmentait en Angleterre, surtout depuis la défaite du Palatin Frédéric à Prague. don Gonzalez de Cordova, dans sa campagne au Palatinat de l'été de 1621, ayant remporté quelques succès, l'ambassadeur des archiducs à Londres, Van Male, eut à subir les plus furieux assauts de reproches. On prétendait que l'Infante n'avait pas rempli les engagements pris par Albert et on voulait que le roi en profitât pour rompre la paix. Secrétairerie d'Etat et de guerre n° 363, lettre du 30 octobre 1621.

« Et quoiqu'il fut certainement très digne dans l'exercice de son autorité il laissait cependant à désirer sous le rapport de la capacité. »

« Aussi, dit malignement Ibarra, personne à la cour n'était dupe lorsque l'archiduc arrivait chez l'Infante avec des liasses de papiers. »

Veuve, elle prit immédiatement et très énergiquement le gouvernail en main, et pour imposer à tous son autorité et montrer qu'elle seule voulait gouverner, décider et ordonner, sans aucune assistance, ni subir d'influence, elle établit qu'elle ne présiderait pas les conseils, mais que les ministres, après avoir délibéré, lui communiqueraient par écrit le résultat de leurs délibérations, à quoi elle répondrait de la même façon. « Pour répondre aux délibérations, aucun d'eux n'était admis près d'elle, pas même pour l'aider à cacheter ses plis. De cette sorte, elle évitait les contestations, car on ne pouvait attribuer qu'à elle la bonne ou la mauvaise direction des affaires, même militaires, qui commencèrent à devenir si florissantes qu'en peu de temps on s'aperçut combien on avait été dans l'erreur en agissant autrement et à quelle haute perfection s'élevaient la modération et la patience de cette sage princesse, laquelle s'efforçait de resserrer son génie supérieur dans les limites du devoir qu'elle jugea être le plus en rapport avec ce qui lui semblait qu'elle pouvait exiger d'elle-même. »

« Cet exemple est peut-être unique, mais ce qui est encore plus rare, c'est son désintéressement dans l'acceptation du pouvoir, car, ayant formellement refusé de se charger d'un tel fardeau, elle finit cependant par se soumettre, lorsque les ministres de Sa Majesté lui firent remarquer combien son acceptation était nécessaire au bien public. Et (loin de vouloir garder un train opulent) elle signala seulement au roi le personnel qui lui était absolument nécessaire pour le service de sa maison. Sa modération se montra si grande qu'elle ne voulut discuter aucune réforme, mais disait seulement : Faites ce qui vous semble être nécessaire, et rien de plus, je ne veux pas même un cheval inutile, car j'ai bien au delà de ce qu'il me faut et je ne dois user de mes ressources que pour le service de l'Etat.

« Un des dons les plus remarquables de cette princesse était la célérité avec laquelle elle expédiait toutes les affaires; par ce moyen, elle leur donnait une bienfaisante impulsion. Il est vrai qu'elle ne put faire ce qu'elle voulait en Allemagne dont la situation était trop grave. (1) »

La noblesse belge restait très unie à l'Infante et lui était toute dévouée, mais l'homme sur lequel elle pouvait le plus compter, c'était Spinola. Son caractère droit et chevaleresque s'attachait d'autant plus à Isabelle qu'il la sentait plus dépourvue de soutien. Elle, de son côté, appréciait toujours davantage les grandes qualités du marquis. Elle lui était reconnaissante de son dévouement et entre eux se consolidait de plus en plus un lien d'estime affectueuse d'un coté, de respectueuse fidélité de l'autre.

Spinola, de concert avec don Gonzalez de Cordova avait poursuivi, pendant l'été de 1621, la campagne du Palatinat, non sans succès. Malgré la pression violente des fanatiques de Hollande pour obliger Maurice de Nassau à attaquer les Pays-Bas, ce prince était resté dans l'expectative. Les Provinces Unies entretenaient aussi une armée en Allemagne et le moment lui semblait mal choisi pour faire acte d'hostilité. Cette inaction paraissait à Isabelle de bon augure pour la paix qu'elle désirait toujours et si elle interrompit ses exercices de retraite et de prière après la mort d'Albert, ce fut surtout pour s'occuper de la paix. Les dernières recommandations de son mari et ses derniers travaux avaient eu la paix pour objet. Aussi, dès le 21 juillet 1621, l'Infante écrivait à Philippe IV pour lui demander l'autorisation de poursuivre les négociations et de conclure un accord aux meilleures conditions. (2)

Elle recevait, peu de jours après, de son neveu, l'ordre de commencer les hostilités avec la Hollande, à cause de la manière insultante dont avait été traité le chancelier

(1) Morel Fatio. L'Espagne aux XVIe et XVIIe siècles, p. 326 et s.
(2) Corresp. de Ph. IV et de l'Infante, vol. X.

Pecqius ; mais ce n'était pas une réponse à sa lettre et Isabelle espérait encore en la paix. Elle savait par madame de T'Serclaes que Maurice la désirait sincèrement. Le vieux guerrier s'adoucissait, sa santé devenait plus précaire et, arrivé au faîte du pouvoir en Hollande, après le meurtre d'Oldenbarneveld, il n'avait plus guère d'intérêt à recommencer la guerre contre les Pays-Bas. Après l'écrasement de son rival, il avait espéré un instant devenir souverain des Provinces-Unies, mais devant le républicanisme intransigeant des notables comme du peuple, il avait dû abandonner ses espérances ambitieuses. Il croyait cependant tenir encore dans ses mains les destinées du pays, on ne lui ménageait ni les titres ni les honneurs. Il ne se rendait pas compte que titres et honneurs lui étaient prodigués à cause de son talent militaire, sauvegarde de l'armée et qu'il était un homme indispensable sous ce rapport, à la république. En dehors de là, on se défiait plutôt de lui. Les partisans d'Oldenbarneveld se taisaient, mais il avait en eux des ennemis irréconciliables. Et puis, le trafic de madame de T' Serclaes finissait par s'ébruiter. En août 1621, Bertholde revint à Bruxelles avec une réponse officielle, vague et peu encourageante. Mais elle était chargée de dire au Père Inigo de Brizuela que Maurice désirait vivement entrer en sérieux pourparlers. Il demandait que l'audiencier Verreycken, l'un des ouvriers de la première trève, lui écrivit une lettre déclarant que l'Infante et les ministres du roi d'Espagne ne demandaient qu'à entrer en négociations et se disaient prêts à désigner les députés qui se réuniraient dans un pays neutre. Maurice, de son coté, s'engageait à décider les Etats à nommer aussi des députés.

L'Infante envoya aussitôt un courrier en Espagne et madame de T'Serclaes attendit son retour à Bruxelles. Elle fut reçue par Isabelle qui lui déclara que, désormais, on ne regarderait comme sérieuses que les propositions écrites et signées par Maurice. L'Infante remit aussi à la dévouée Bertholde un billet pour le prince d'Orange, disant qu'elle attendait qu'il nommât un délégué à envoyer dans une localité du pays de Liége et qu'aussitôt elle en ferait autant. (1)

Madame de T'Serclaes retourna à la Haye sans avoir pu y apporter une réponse décisive de l'Espagne, elle trouva Maurice prêt à partir pour la guerre d'Allemagne, en septembre. |Elle revint encore à Bruxelles, mais sans un mot d'écrit, et porteuse seulement de beaucoup de belles paroles. On la renvoya avec tout autant de compliments. (2)

Le moment eût été favorable pourtant, Isabelle le sentait bien ; mais l'indécision et les lenteurs du cabinet de Madrid anéantissaient tous ses efforts. Philippe IV recommandait à sa tante « beaucoup de décence dans les négociations » (3). En octobre, il écrivait encore que ces négociations lui paraissaient suspectes, et qu'il était impossible qu'on ne s'aperçoive pas, en Hollande, du va et vient de madame de T'Serclaes. Maurice agissait certainement à l'insu des hollandais et peut-être voulait-il, par ce leurre, donner le change et endormir la vigilance de l'Infante. Le roi d'Espagne autorisait cependant sa tante à poursuivre cette négociation ; il consentait même à ouvrir la rive d'Anvers aux vaisseaux hollandais, à l'abandon de ses prétentions aux Indes occidentales et sur la tolérance du culte catholique dans les Provinces-Unies, qu'il avait demandé jusque-là. (4)

Madame de T'Serclaes fit encore un voyage d'aller et retour en décembre. Maurice la chargeait d'assurer Isabelle de son désir de servir de médiateur à la paix sans intérêt personnel. Mais il déclarait impossible une réunion de députés en pays neutres, sans avoir d'abord éclairci les points les plus discutés qui séparaient les deux nations. En revanche, il assurait que les Etats n'avaient pas la prétention de trafiquer aux Indes dans les possessions espagnoles et qu'ils s'accorderaient facilement sur la question du trafic

(1) Corresp. de l'Inf. et de Ph. IV, vol X.
(2) Goethaels. Généalogie de la famille T'Serclaes. p. 205 et 1.
(3) Corresp. de l'Inf. et de Ph. IV, vol XI lettre du 11 sept. 1621.
(4) Corresp, de l'Inf. et de Ph. IV, vol. XI.

auprès d'Anvers. Quant au point de vue de la religion, il serait le plus difficile à régler et Maurice ne croyait pas qu'on puisse obtenir d'autre concession que celle de célébrer la messe en maisons fermées, concession bien précaire, mais qui indiquait un progrès dans les sentiments des gouvernants. Quant à la meute turbulente et fanatique des classes populaires, il fallait éviter de l'exciter. Maurice disait aussi qu'au printemps prochain la réélection, suivant la constitution, de tous les membres des Etats généraux et des magistrats, lui permettrait de placer beaucoup de ses créatures et ainsi d'obtenir un meilleur résultat. (1)

Maurice avait raison, l'intolérance était encore excessive en Hollande ; l'Infante l'éprouvait en ce moment où elle essayait d'obtenir la liberté d'un pauvre religieux, le Père Ophoven, tenu en prison uniquement en haine de son habit. Les prédicants réclamaient à grands cris son supplice. A la prière d'Isabelle, l'Angleterre s'en était mêlée, sans plus de succès. « Elle n'a fait que mettre de l'huile sur le feu, disait le prince d'Orange qui, oubliant la plus simple logique, se plaignait en même temps et fort aigrement, qu'on refusât de lui livrer le fils d'Oldenbarneveld, ainsi qu'Adrien van der Dussen, ami du décapité et un marchand de harengs de Rotterdam, tous trois réfugiés en Belgique et qu'on accusait d'avoir voulu assassiner le stadhouder. (2)

Pendant tous ces pourparlers, la guerre continuait, violente, en Allemagne. A la tête des armées catholiques se trouvait un T'Serclaes, Jacques, comte de Tilly, dont la réputation comme général grandissait chaque jour. Bertholde avait beau être sa cousine très éloignée, elle subissait la peine d'une telle parenté, haïssable aux yeux de ses compatriotes. A mesure que la gloire de Tilly montait, le crédit de Bertholde baissait. Les victoires de Prague et de Stadlohn achevèrent de ruiner son influence. Bien que Maurice lui gardât son amitié, elle lui devenait compro-

(1) Corresp. de l'Inf. et de Ph. IV, vol. XI. Lettre du 27 déc. 1621.
(2) Généalogie de la famille de T'Serclaes, p. 212.

mettante et il ne pouvait plus la charger d'aucune négocia-tion. C'est ce que madame de T'Serclaes déclara au chancelier Pecqius, dans un ultime voyage à Bruxelles et cette fois il parut bien à tout le monde que le dernier espoir de paix s'évanouissait.

En Allemagne, depuis quatre ans, les événements se succédaient dans un tourbillon de sang et de feu. L'élection de l'empereur Ferdinand avait ranimé toute la fureur protestante. On sentait qu'il allait mettre un terme à l'extension de la Réforme dans les pays des Habsbourg et c'était une raison suffisante pour que tous les protestants lui donnassent un formidable assaut.

Bethlen Gabor avait conquis presque toute la Hongrie dont il se déclarait roi et, dans la Bohême révoltée contre Ferdinand, on venait de couronner roi l'ambitieux palatin Frédéric. Contre la ligue protestante, Ferdinand avait formé la ligue catholique qui comptait à sa tête des chefs de haute valeur militaire : Maximilien de Bavière, Tilly, Bucquoy et d'autres.

La bataille de Prague avait remis en bonne voie les affaires de Ferdinand, le palatin, après quelques jours de règne, ayant dû s'enfuir. Réfugié en Angleterre ou en Hollande, il tâchait d'intéresser à sa cause, le roi son beau-père et les Etats de Hollande qui l'avaient pris, lui et sa femme, sous leur protection toute particulière.

Cette circonstance rendait la position de l'Infante très critique. Les Etats de Hollande et Frédéric essayaient de stimuler Jacques Ier à la vengeance en l'engageant à jeter une armée sur les côtes de Flandre, ce qui obligerait l'armée espagnole d'Allemagne, à revenir précipitamment.

Heureusement pour la Belgique, Jacques Ier ne désirait pas la guerre. Il était plutôt enclin à trouver son gendre encombrant. Loin de s'armer pour ravager la Belgique, il insinua à son ambassadeur en Autriche, lord Digby, de persuader adroitement aux ministres de l'empereur, de faire assassiner Frédéric. (1) Faute de convaincre les susdits ministres, Digby pouvait proposer la paix à l'empereur, à condition qu'on oubliât la fugue de Frédéric en Bohême et qu'on lui rendit le Palatinat.

C'était exiger trop. Mais on serait arrivé peut-être à une entente, si la mésintelligence des chefs de l'armée catholique, l'inertie de Ferdinand et les calculs personnels de Maximilien de Bavière, n'eussent fait manquer une occasion où ils avaient tous les avantages. Les victoires de Prague et de Stadtohn, le désarroi de la Bohême, tout favorisait le parti de l'Empire.

Au lieu de pousser vivement les négociations, on perdit du temps, on laissa le palatin se réorganiser une armée sur le Rhin avec l'appui d'Ernest de Mansfelt. Ce condottière sans foi ni loi, venait d'éprouver aussi de durs revers en Bohême, mais, avec l'étonnante facilité qu'il possédait de se remettre toujours d'aplomb, il réussit à former une grosse armée.

Cela seul mettait un poids important dans la balance du palatin. De l'autre côté on discutait. Les princes catholiques prétendaient qu'on pouvait, après la victoire de Prague et la paix conclue avec la Bohême, diminuer les armées et circonscrire la guerre.

Maximilien de Bavière faisait de la politique au lieu de marcher à l'ennemi. L'empereur, imprudemment, lui avait promis le Palatinat avec le bonnet d'électeur, depuis la défection de Frédéric et, désormais, le vaillant soldat oubliera trop souvent sa gloire et son parti et les sacrifiera à ses ambitions égoïstes.

L'archiduc Albert, avant sa mort, insistait auprès des puissances pour les décider à faire la paix avec Frédéric. Il avait démontré l'avantage de le remettre dans ses possessions, quitte à lui imposer des conditions sévères et à prendre des garanties contre sa légèreté et sa duplicité. C'eût été une politique généreuse et adroite dont les conséquences ne

(1) Lettre de Khevenhüller, citée par le comte de Villermont dans son hist. de Mansfelt. T, I. p. 288.

pouvaient qu'être avantageuses à l'Empire. Philippe IV partageait cet avis et son ambassadeur à Vienne reçut ordre d'insister dans ce sens. Il obtint seulement qu'on chargeât l'Infante Isabelle de s'entendre avec lord Digby sur les moyens de faire la paix avec le palatin. Certes, Isabelle pouvait, mieux que tout autre, réussir dans cette négociation ; mais Maximilien de Bavière ne voulait pas qu'on fit la paix sur la base d'une restitution du Palatinat et on se heurtait à son opposition systématique.

Jacques Ier sur la foi des protestations les plus véhémentes de Frédéric faisait assurer à l'Infante que son gendre désirait vivement la paix et n'était pour rien dans les apprêts formidables de Mansfeld mais pendant qu'il assurait le roi d'Angleterre de son désir de pacification, il harcelait les Etats généraux de Hollande pour qu'ils continuassent leurs subsides à Mansfeld. (1)

Il avait été décidé, au printemps de 1621, que Spinola reprendrait la campagne du Palatinat, mais l'armée dont il disposait était si réduite qu'il ne put entreprendre rien de sérieux. Il fit l'impossible pour arriver à lever des troupes wallonnes et allemandes et finit par réussir à rassembler, au mois d'août, une armée considérable, près de Maestricht. (2)

L'empereu ravait demandé à l'Infante de « rompre » au bas Palatinat, c'est-à-dire de se mettre en marche pour s'opposer à l'armée de Mansfeld. Isabelle n'hésita pas à faire avancer son armée, malgré le petit espoir qu'elle conservait dans ses négociations pacifiques secrètes.

Elle avait deux armées en Allemagne. L'une se promenait dans le bas Palatinat sous le commandement de don Gonzalez de Cordova. L'autre était celle de Spinola.

L'Infante pensait envelopper Mansfeld à droite et à gauche, pendant que Maximilien de Bavière l'attaquerait par derrière. Tout en engageant sa tante à faire preuve d'énergie vis à vis de l'ennemi, Philippe IV lui recomman-

(1) Comte de Villermont. Ernest de Mansfeld.
 2) Rodriguez Villa, Spinola, p. 367.

dait de ne rien négliger pour travailler à la paix, en passant outre aux prétentions du duc de Bavière, qui devait se contenter de ce qui était raisonnable. (1).

Ceci était plus facile à dire, pour Philippe IV, qu'à Isabelle de le persuader à Maximilien, fort de la promesse de l'empereur. Ferdinand, d'ailleurs, se regardait comme lié par cette promesse. Aucune sympathie ne règnait entre le roi d'Espagne et le duc de Bavière et de là, maints efforts contradictoires, nuisibles aux affaires catholiques.

Elles se chiffraient cependant par un assez bon bilan pour Spinola qui, en rentrant dans ses quartiers d'hiver, pouvait se vanter d'avoir reconquis sur Maurice de Nassau tout le pays de Juliers.

Mansfeld, lui, bornait ses faits de guerre à beaucoup de pillages, de cruautés et de destruction et entretemps, il négociait. Ce singulier général était un marchand de troupes. A qui le payait mieux, il s'offrait sans l'ombre d'un scrupule, et changeait de maître comme de manteau. La guerre, pour lui, était un métier où il gagnait sa vie ; il faisait des provisions pour les jours de trève. Pendant qu'il recrutait une armée subsidiée par les protestants et destinée à soutenir l'ex-roi de Bohème, il faisait des offres à l'archiduc Albert pour entrer à son service. Il avait un ami d'enfance, brave seigneur plein d'illusions sur son ancien compagnon; c'était René de Chalon de la maison d'Orange, allié aux Mansfeld. Il se donna, corps et âme, à faire réussir cette négociation. Après la mort d'Albert, il reprit son entreprise, persuadé de la véracité d'Ernest de Mansfeld. Ernest n'avait qu'un but pour le moment : empêcher les armées catholiques de tomber sur lui. Grâce à ses essais de pourparlers, il réussit. Gonzalez resta à sa place et Maximilien ne bougea pas.

L'Infante avait autant de confiance que René de Chalon. Elle ne douta point de la bonne foi de Mansfeld, lorsqu'elle vit arriver à elle un nouveau messager. C'était un Père

(1) Cartulaires et manuscrits. v. 220 n° 63.

Capucin, religieux estimé. Il avait déjà rempli heureusement quelques missions pour le roi d'Espagne et revenait encore en ce moment, de Rome, où Philippe IV l'avait envoyé pour arranger certaines affaires. Ce bon Père crut rendre un grand service à Isabelle en écrivant à Mansfeld une lettre pathétique, lui remontrant combien il était coupable envers l'Eglise et envers l'Espagne et l'engageant à demander son pardon au roi. En tout autre temps, Mansfeld eut envoyé des insolences au religieux en place de réponse. Cette fois il fit le bon apôtre, protesta de ses pures intentions et déclara que si on lui donnait 240.000 écus de subside pour se dégager envers le palatin, il accourrait mettre son armée au service de l'Infante.

Isabelle en fut ravie et se hâta d'envoyer cette bonne nouvelle au roi qui se montra non moins heureux (1). Mansfeld signa tout ce qu'on voulut. Il avait besoin d'argent et se savait à proximité de Maximilien, de Cordova et de Tilly, qui lui aussi, arrivait à la rescousse. Ainsi acculé, il n'avait qu'à se soumettre aux événements, bien résolu d'ailleurs de prendre sa revanche. Il commença à rendre à Maximilien les quelques places qu'il détenait et ce commencement d'exécution du traité enchanta tout le monde. L'empereur était prêt à croire la guerre finie. L'Infante, toujours bonne, écrivait à Verreycken :

« Qu'on dise à Chalon que je suis heureuse de l'état ou il a mené cette affaire et que nous y aiderons d'ici de tout notre pouvoir. Mon plus vif désir est que Mansfeld se comporte en vrai fils de son père (car il sait en quelle estime j'avais la personne de ce seigneur) et j'espère que désormais il agira de manière à nous forcer d'oublier tout le passé. Dites encore à Chalon qu'il n'y aura aucune difficulté pour le pardon et faites-lui savoir le contentement que j'ai de ses

(1) La réduction de Mansfeld est tellement importante qu'il convient beaucoup qu'on ne lève pas le main de cette affaire faisant pour la conduire à bonne fin toutes les diligences nécessaires pour l'obtenir. « Cte de Villermont. Ernest de M. T. I. p. 311.

services et que je saisirai toute occasion de lui en témoigner la reconnaissance qu'il mérite. » (1)

Malheureusement tout le monde n'approuvait pas une conversion aussi soudaine. Le roi d'Angleterre n'était pas content et l'ex-roi de Bohème encore moins. Ce dernier se voyait abandonné de tout le monde, même des princes de la ligue protestante.

Lord Digby, l'ambassadeur de Jacques Ier qui, nous l'avons vu, faisait de la diplomatie avec autant de désinvolture que Mansfeld changeait de parti, accourut au camp du condottière. Il lui offrit 40000 livres sterling payées comptant, ce qui suffit pour le ramener au palatin.

Cordova avait commencé le siège de Frankenthal sur l'assurance d'avoir Mansfeld avec lui, il dut battre précipitamment en retraite, laissant toute cette contrée en proie aux hordes d'Ernest qui, s'en disant le défenseur, la rançonnait et la ravageait à son aise, puis se portant sur le Neckar, mit à feu et à sang cette belle vallée, Heidelberg et tous les environs.

L'archiduc Léopold avec une petite armée, se trouvait à Thann, il envoya supplier l'Infante de venir à son secours, mais, comme le disait Isabelle dans une lettre à son neveu, (2) il lui était impossible de dégarnir aucune de ses armées et elle dut se borner à engager le gouverneur de

---

(1) Liasses de l'audience. Lettre de Chalon du 16 octobre 1626.

(2) « L'archiduc Léopold m'a adressé de fortes instances par lettre et personnages qu'il a envoyés ici en son nom, afin que je lui fournisse secours et soldats pour la garde de l'Alsace. Il m'expose le danger dans lequel tombe cette province si Ernest de Mansfeld y pénètre avec ses troupes, comme il veut l'entreprendre selon les avis qu'on lui donne. Je me suis excusée puisque je n'ai à présent point d'hommes à lui envoyer. Je lui expose que toutes les forces de Votre Majesté sont occupées dans le pays de Juliers, en Flandre, dans le Palatinat et que dans ces trois pays il n'y a pas de troupes suffisantes pour les entreprises. Il est certain qu'au lieu de prendre, il vaudrait mieux y ajouter. Ne pouvant donc lui rien envoyer, j'ai écrit au gouverneur de Bourgogne qu'il tienne sur pied des troupes pour la garde de cette province, qu'on dit aussi que Mansfeld veut passer par là. En cas de nécessité il ira au secours de l'archiduc avec ce qu'il pourra. J'ai écrit aussi au duc de Lorraine, en lui demandant le même office afin que tous se puissent donner la main pour empêcher qu'il aille plus avant. » Simancas, Estado 2311, f. 172.

Bourgogne à venir au secours de Léopold dans le cas d'extrême nécessité, car on ne pouvait davantage ôter à la Bourgogne son petit nombre de défenseurs. D'ailleurs l'hiver était venu ; Spinola et Cordova mettaient leurs armées en repos comme le faisaient les généraux ennemis. Il ne restait de disponible qu'un petit corps d'armée dans le Luxembourg, bien insuffisant pour arrêter un général comme Mansfeld, et l'Infante recevait en frémissant les plaintes déchirantes des infortunés prélats des pays ravagés. (1)

On s'attendait à ce que, après le sac de Spire, et dès les premiers jours du printemps, le condottière reprit le cours de ses hideux exploits ; il accomplit fidèlement ce sanglant programme. Mais l'Infante ne pouvait rien empêcher. Chargée de la responsabilité de la guerre, elle n'avait plus qu'une ombre de pouvoir et ne pouvait prendre aucune décision sans l'assentiment du souverain. Or, ce souverain se trouvait à l'autre bout de l'Europe et, ni lui, ni ses ministres, ne quittaient leurs allures de lenteur et n'en voulaient pas changer. Ils ont une sérénité stupéfiante et sont tout étonnés quand, après de longues délibérations, ils prennent un parti qui, enfin décidé et communiqué aux Pays-Bas, n'a plus aucune raison d'être, parce que la face des choses a totalement changé entre temps.

(1) L'auteur des Acta Mansfeldica, cité par le comte de Villermont au Tome Ier de son hist. de Mansfeld, page 519, narre ainsi les exploits de Mansfeld dans l'évêché de Spire. « En trois jours plus de trente villages furent incendiés. On ne peut raconter sans frémir ce que les soldats du Bâtard commirent de cruautés inouïes, d'attentats inhumains. Ils jettent les pauvres paysans sans armes au milieu de leurs chaumières embrasées, tuent comme des chiens ceux qui tâchent de leur échapper, pillent et dévastent les églises, renversent les autels, foulent aux pieds les Saintes Espèces, graissent leurs chaussures sanglantes avec les Saintes Huiles, brisent et fouillent les fonts baptismaux, outragent publiquement les femmes puis les font périr par le feu et, chose horrible, monstruosité qui fait dresser les cheveux sur la tête, inouïe dans la chrétienté entière, ils s'acharnent avec une rage infernale et impure sur de pauvres petits enfants de 9 à 10 ans jusqu'à ce que ces malheureuses victimes expirent dans leurs bras. » Ces horreurs sont confirmées dans une lettre de l'évêque de Spire à l'Infante.

C'est ainsi que l'Infante, ayant demandé à Madrid du secours pour l'archiduc Léopold, en octobre 1621, on lui répondit en février 1622 qu'avant d'envoyer Cordova au secours de l'archiduc, il faut que l'entente soit faite avec Mansfeld. Ils en étaient restés aux négociations de Châlon, de septembre 1621. (1)

Pendant ce temps, lord Digby revenait à la charge auprès de l'Infante, toujours heureuse d'accueillir les moindres ouvertures de paix. Et celles-ci étaient formelles. Il est vrai que Jacques Ier n'avait aucun scrupule d'engager des pourparlers tout différents avec d'autres puissances. Ce qu'il veut avant tout, c'est caser son gendre, le réinstaller dans ses États, de façon à ce qu'il y reste et n'essaie plus d'en sortir.

Isabelle était prête à aider le roi d'Angleterre, mais jamais Maximilien de Bavière ne consentirait à abandonner les droits que lui avait donnés Ferdinand sur le Palatinat, et l'Infante se demandait ce qu'elle allait faire. Reprendre la campagne sur le Rhin, au printemps de 1622, lui serait-il possible avec l'armée de Cordova réduite et épuisée, trop faible pour tenter un vigoureux effort ? Si, comme l'écrivait Isabelle à Philippe IV, on pouvait au moins traiter d'une suspension d'armes et que le roi d'Espagne obtint de l'empereur qu'on scindât les deux causes ? On pourrait alors conclure une trêve pour le Palatinat et s'occuper plus exclusivement de la guerre avec la Hollande (2)

L'Infante demandait cette intervention à son neveu à la fin de l'année 1621, mais avant qu'il se décidât à agir, elle-même allait se voir obligée de prendre un parti. Le roi d'Angleterre, sans doute, ne demandait pas mieux que de négocier, mais sa fille agissait dans un tout autre sens. La couronne qu'elle avait vue sur sa tête seulement quelques jours, hantait ses rêves, et son ambition ne s'accommodait plus de redevenir une simple palatine. Elle espérait tou-

(1) Simancas, Estado 2036 f 8.
(2) Cartulaires et manuscrits. Vol. 210 n° 69.

jours un revirement de fortune, grâce à quelque victoire qui ruinerait Ferdinand et l'armée catholique et, dans cet espoir, séjournait en Hollande où, toujours, on l'avait protégée. Là, elle excitait les Etats à prendre l'offensive contre les Pays-Bas. Si on profitait de ce que Cordova, occupé à caserner dans leurs quartiers ses troupes fatiguées et diminuées, ne se trouvait plus en état de subir une attaque énergique, pour se jeter sur lui ? L'idée paraissait excellente. On envoya le général hollandais Veer à Mansfeld, afin de se concerter avec lui. L'armée hollandaise, de concert avec celle du condottière, pourrait brusquement tomber sur Cordova. Il n'était pas invraisemblable d'espérer qu'Ernest, refoulant le général espagnol, ne vînt à entrer dans les Pays-Bas. Tout autre que Mansfeld eût suivi ce plan si simple. « Je suis dans une peine et un souci très grands, écrit l'Infante. Aussi bien pour ce que l'on a dit que parce qu'il n'y a pas de gens à la main avec lesquels on puisse secourir don Gonzalès. Le marquis Spinola est en face de l'armée des hollandais, une partie fait le siège de Juliers, celle que don Inigo Borgia commande, ne suffit pas pour faire ce dont il est chargé et il y a si peu de soldats dans les environs qu'ils ne peuvent seuls escorter et conduire l'argent que l'on envoie aux payeurs. Si l'on voulait lever quelqu'armée de nouveau, ce n'est pas la saison et ce serait un grand délai pour la promptitude que demande le secours » (1).

Avec le concours de Maximilien de Bavière, toute crainte eût disparu, mais le bavarois ne voulait pas seconder l'Infante sans avoir la solennelle assurance qu'il recevrait comme récompense le Palatinat, et ce calcul égoïste risquait d'amener une catastrophe. Il ne consentit même pas à donner une bonne partie de son armée à Tilly qui accourait au secours de Cordova avec un nombre d'hommes tout à fait insuffisant.

Philippe IV se fâchait avec raison de l'attitude du chef

(1) Cte de Villermont. Ernest de Mansfeld p. 334. Lettre du 4 novembre 1621.

de l'armée catholique et Isabelle se joignait à lui pour se plaindre à l'empereur. Maximilien rejetait son inertie sur Cordova qui marchait, prétendait-il, contre ses avis et se montrait en dessous de son rôle.

Pendant ces disputes, Tilly, avançant rapidement, enlevait à Mansfeld, sur son passage, toutes les petites places gardées par le condottière et rejoignait Cordova sur l'autre bord du Neckar. Il aurait pu attaquer l'ennemi déconcerté par cette marche rapide, mais Cordova se refusa à traverser le Neckar pour unir ses troupes aux siennes. Malgré le pont jeté par Tilly sur la rivière, l'espagnol s'obstina et Tilly dut abandonner brusquement la place pour aller au secours du landgrave de Hesse attaqué par Halberstadt. (1)

Pendant ce temps, Mansfeld que personne ne combattait, continuait ses ravages et de tous côtés on s'adressait à l'Infante comme à la seule puissance capable de secourir les malheureux opprimés ; l'archiduc Léopold, l'électeur de Mayence, les populations des pays entre la Moselle et le Rhin, tous envoyaient vers Isabelle demander aide et défense ; mais Isabelle ne pouvait donner que Cordova dont l'armée déjà en ses quartiers d'hiver, et fortement diminuée, était incapable d'arrêter Mansfeld. Elle ordonna néanmoins à Cordova de tenter de repousser l'ennemi. Cordova procéda avec sa lenteur ordinaire, fit quelques démonstrations lointaines et se hâta de rentrer dans ses garnisons. Tout marchait mal pour l'Infante ; Digby jugeait la situation si mauvaise pour elle qu'il cessa de faire des ouvertures de paix et de parler même de suspension d'armes, persuadé que la gouvernante viendrait la première reprendre la conversation.

Comme le dit avec raison l'auteur de l'histoire d'Ernest de Mansfeld, la grande erreur des impériaux et des

---

(1) Christian de Brünswick, cadet du duc régnant, évêque protestant d'Halberstadt, comme Ernest de Mansfeld, chef de bandes plus pillardes que guerrières et son digne émule en cruauté et en cupidité.

espagnols fut de s'effrayer et de s'exagérer la force militaire du condottière. Toujours il fut battu en bataille rangée. Sa puissance était toute d'apparence. La terreur que son nom seul inspirait venait bien plus des cruautés et des pillages qui faisaient de lui le plus redoutable forban et dont l'horreur ne fut pas dépassée. On le croyait redoutable, il ne l'était que pour les faibles.

Cette auréole sanglante qui s'attachait à son nom trompa longtemps Isabelle sur son mérite militaire. On a peine à comprendre cette erreur et on s'étonne que cette femme si loyale et si perspicace n'ait pas rejeté au loin avec indignation, l'idée seule d'un traité avec Mansfeld. Mais tel était le désarroi des petits princes ses voisins, leurs cris de détresse formaient un concert si déchirant, qu'elle accueillit sans hésitation une nouvelle démarche du bâtard. Celle-ci était tentée par un autre ami de Mansfeld, un certain seigneur de Raville dont la jeunesse s'était passée en grande partie au milieu de la famille assez panachée du vieux prince Pierre-Ernest. (1)

Ernest, en reprenant ses négociations, n'avait pas plus envie qu'auparavant d'entrer au service de l'Infante, mais il trouvait bon ce système qui lui permettait de se faire marchander.

Isabelle était incapable de soupçonner une telle duplicité et Philippe IV pas davantage. Il encourageait sa tante à s'attacher l'aventurier et tous deux croyaient, en réussissant, faire un coup de maître. Cette erreur était d'ailleurs partagée par toutes les victimes de Mansfeld. Raville, comme Chalon, se lançait de tout cœur dans l'aventure. Il fit le tour des personnages les plus intéressés à traiter avec Mansfeld. Les électeurs de Mayence et de Trèves, l'évêque de Spire, Maximilien de Bavière, tous donnèrent pleins pouvoirs à Raville pour traiter avec son ancien ami. On formula même un projet d'entente entre l'Infante et tous ces princes ensuite duquel Raville, muni de toutes les signatures et

(1) Ernest de Rollingen, dit Raville, maréchal héréditaire et justicier des nobles du duché de Luxembourg.

des pleins pouvoirs, partit pour aller présenter ce traité à Mansfeld, persuadé qu'il le signerait des deux mains. Grande fut sa déception d'apprendre que, pendant ce temps, il était en train de préparer une attaque sur le Rhin. Raville n'eut même pas besoin d'aller lui parler. Mansfeld lui envoya une lettre où il lui disait qu'il ne fallait pas compter sur lui. C'est que, alors que Raville parcourait toutes les petites cours du Rhin, le margrave de Dourlach, prévenu des négociations, était venu faire à Mansfeld des propositions qu'il trouva plus avantageuses. (1)

La déception fut grande à Bruxelles en apprenant ce nouveau tour du condottière. L'hiver finissait, il eut fallu pouvoir entrer en campagne avec de bonnes armées et, alors qu'on comptait sur celle de Mansfeld, on la voyait se tourner contre soi. On manquait d'hommes, mais plus encore de l'argent qui procure les hommes. Isabelle et Spinola écrivaient en Espagne sur un ton assez élevé pour réveiller les juntes endormies. On eut enfin, vers le mois d'avril, l'annonce des fonds réclamés, mais en même temps, à la grande stupéfaction de l'Infante, elle recevait une nouvelle lettre de Mansfeld, assez audacieux pour lui offrir encore son armée et sa personne à des conditions, il est vrai, fort avantageuses pour lui.

Raville, après quelques hésitations, avait encore consenti à servir d'intermédiaire. Il trouva l'Infante fort embarrassée. Elle n'avait plus guère confiance dans les propositions de Mansfeld. Rejeter ses propositions, c'était garder un ennemi en face de soi, fort de 40000 hommes, mais pouvait-elle admettre dans ses troupes ces 40000 bandits et les introduire dans les Pays-Bas ? N'allait-elle pas, du même coup, apporter le pillage et les pires désastres chez elle ?

La réponse donnée à Raville fut adroite. La gouvernante promettait une certaine somme mais n'acceptait

(1) Comte de V. E. de M. T. I. p. 358.

qu'une partie de l'armée. Encore son engagement n'était pas absolument formel et, à dessein, restait dans le vague pour les articles à proposer. Cependant Raville avait le pouvoir de traiter définitivement avec Mansfeld à certaines conditions.

Pendant que le négociateur se mettait en route, toujours persuadé de la bonne foi de son ami, celui-ci reprenait ses pourparlers avec l'Angleterre et la Hollande. Il croyait trouver là meilleure provende qu'aux Pays-Bas, mais on commençait à le craindre plus qu'à le désirer et lorsque Raville arriva près de lui, il le trouva disposé à faire un accord sérieux, car les conditions offertes étaient plus avantageuses. Tout semblait marcher au mieux, lorsqu'un coup de théâtre se produisit. Au moment où Mansfeld et Raville allaient signer le traité, on vint annoncer au général que l'ex-roi de Bohème, le palatin Frédéric, venait d'arriver au camp. Il voulait diriger lui-même la campagne contre les impériaux et reconquérir ses États en personne, puisque aucun de ses amis ne l'aidaient à les lui faire rendre.

Le palatin venait d'exécuter un coup d'audace. Malgré la surveillance de son beau-père, il réussit à quitter la Hollande, déguisé en marchand et, ayant abordé en France, la traversait au péril de sa vie.

Raville n'avait plus qu'à fuir ; Mansfeld se hâta de le faire partir pour que Frédéric ne pût se douter qu'il allait le trahir une fois de plus. Déçu de nouveau, l'infortuné Raville revint annoncer à l'Infante une recrudescence de batailles et de massacres. (1)

---

(1) Voir le chap. XIII d'Ernest de Mansfeld.

CHAPITRE X

La situation d'Isabelle depuis son veuvage n'est qu'un tissu de soucis, de désastres et de peines de toutes espèces. Tiraillée sans cesse entre l'Espagne et les Pays-Bas, forcée de prendre une part active et même prépondérante dans tous les événements de l'Europe, elle montra, en ce rôle ingrat, sans gloire et sans profit, les plus belles qualités de sagesse, d'énergie et d'endurance. Les difficultés commencèrent pour elle avec son deuil.

L'Espagne avait deux armées en Allemagne, l'armée du Palatinat et une armée en Bohème. Cette dernière armée était commandée par le comte de Bucquoy et par Tilly. Bucquoy ayant été tué, le roi d'Espagne ordonna à l'Infante de le remplacer par le comte Henri de Berghe, le meilleur général que possédât l'Infante après Spinola. En ce moment il lui rendait des services inappréciables dans le pays de Juliers. Elle ne pouvait l'enlever au milieu d'une campagne où il secondait Spinola et le laissa poursuivre la guerre entreprise. Ce retard valut à Isabelle une lettre plus impérieuse, lui commandant de faire partir Berghe immédiatement pour la Bohème. Mais le siège de Juliers se trouvait dirigé par le comte Henri pendant que Spinola barrait la route aux hollandais qui voulaient aller au secours de la ville assiégée. L'Infante envoya courriers sur courriers pour expliquer au roi l'impossibilité d'obéir sans compromettre un succès qu'on pouvait escompter comme certain. Ce ne fut que deux mois plus tard qu'elle reçut enfin la permission de garder le comte de Berghe.

Philippe IV cependant, ne mettait aucune mauvaise volonté vis-à-vis de sa tante, mais lui-même se débattait dans une crise financière perpétuelle. C'était comme une croyance de foi, pour toute l'Europe, de dire l'Espagne la plus riche des nations. Il en résultait qu'on recourait toujours à elle et il semble qu'en Espagne même, on oubliait que, à force de piller les richesses de l'Amérique, sans ordre ni prudence, on avait appauvri ce « trésor des Indes » un peu à la façon du maître de la poule aux œufs d'or. La bonne volonté du roi était très grande, mais ses charges devenaient écrasantes. En 1622, il possédait trois fortes armées en Allemagne : celles de Tilly, de Cordova et de Spinola. En outre il avait la charge des troupes restées pour garder les forteresses des Pays-Bas et d'une petite armée, commandée par don Inigo de Borgia, qui devait essayer de tenter une surprise à l'Ecluse, afin d'entrer ensuite dans l'île de Cadsand. Pour tant d'hommes à payer et de munitions à rassembler, Isabelle n'avait que les envois, de plus en plus irréguliers, de l'Espagne. Encore arrivait-il plus d'une fois que les banquiers d'Anvers refusaient d'escompter les lettres de change de Madrid, ou n'en payaient que la moitié. (1) Sans la généreuse intervention de Spinola, de graves mutineries eussent éclaté.

Au printemps de l'an 1622 la situation de l'Infante expliquait les lettres sombres qu'elle envoyait à Philippe IV. Lorsque Raville revint à Bruxelles en annonçant l'arrivée du palatin au camp de Mansfeld et la brusque volte face de ce dernier, ce fut une déception qui mit un instant tout le monde en désarroi. Frédéric avait bien fait proposer la paix, mais c'était une nouvelle insolence, puisqu'il exigeait que, tout d'abord, et avant toute négociation, on lui rendit

(1) Corresp. de l'Inf. avec P. IV, vol XI.

ses États, ses dignités et ses biens, sans quoi ce serait la guerre à outrance.

Il croyait pouvoir agir avec cette insolence, parce que, pensait-il, jamais il n'avait été si fort. Le marquis de Bade Durlach venait d'arriver se joindre à Mansfeld, lui amenant une des plus belles armées qu'on put voir alors (1) et l'on disait que tous les petits princes de l'Union protestante recommençaient à s'agiter, prêts à venir prendre leur part du butin qu'on espérait, car tout ce monde de défenseurs de « la pure parole de Dieu » attendait avec impatience le moment de se partager « les pays des prêtres ». (2) On appelait ainsi, dans l'armée de Mansfeld, les évêchés de Spire, Worms, Mayence, l'Alsace et Trêves.

L'Infante voyait donc devant elle trois armées bien organisées, commandées par des chefs décidés à tout entreprendre : le margrave, Mansfeld et Halberstadt, sachant user de tous les moyens loyaux ou autres pour atteindre leur but et elle n'avait à leur opposer que l'armée réduite de Cordova et celle que Tilly était en train de former et pour laquelle il fallait de l'argent qu'elle n'avait pas.

— « Je ne puis manquer de représenter à Votre Majesté, écrit Isabelle (3), l'état difficile des affaires d'ici. Les trou-

(1) Georges Frédéric, margrave de Bade Durlach, l'un des meilleurs généraux de l'Union protestante et l'un des plus fanatiques partisans de la réforme. Il avait rassemblé une forte armée sous le prétexte apparent de garder ses États, mais dès qu'il apprit l'arrivée de Frédéric au camp de Mansfeld, il vint se joindre au condottière, persuadé qu'il allait écraser pour toujours les armées espagnoles. Jamais peut-être les catholiques allemands ne coururent un plus grand danger. L'orgueil et la jalousie de Mansfeld et du margrave empêchèrent une entente dont les conséquences eussent été désastreuses.

(2) « Le partage des pays à conquérir est déjà fait par avance et Mansfeld en a la grosse part », écrit un de ses officiers. (Archives du roy. Secrétairerie d'Etat allemand, carton 171.) Dans la même lettre il disait encore : « L'évêché de Spire tout entier est à nous. Non seulement nous le parcourons en tout sens, à notre fantaisie, mais nous le pillons tout à notre aise. » L'électeur de Mayence écrivait de son côté à l'Infante : « Mes pauvres innocents sujets ont été chassés de leurs habitations, on les a pillés, dépouillés et enfin massacrés. Les uns ont été tués à coups de mousquets, d'autres ont eu la tête tranchée, d'autres les bras séparés du corps, d'autres encore jetés par les fenêtres. » Même secrétairerie, carton 136.

(3) Corresp. de l'Inf. et de Ph. IV. Lettre du 4 mai 1622. Vol. XII.

pes sont maintenant partagées en quatre corps d'armée et il n'y a pas d'argent pour elles. Les nouvelles recrues ne peuvent être payées, elles séjournent en quartier et ravagent le pays. Il faut appliquer un prompt remède en envoyant le restant du subside, de manière qu'on puisse disposer de 300000 écus par mois. Il faut aussi que Votre Majesté envoie 150000 écus par mois pour l'armée du Palatinat, autrement tout est perdu. »

L'activité, l'énergie, le courage de l'Infante sont à la hauteur des circonstances. Plus les difficultés augmentent, plus elle fait montre de qualités viriles de décision, de clairvoyance et d'organisation. « Son énergie, dit encore l'auteur de l'histoire d'Ernest de Mansfeld, croissait avec la gravité des circonstances et elle luttait contre les embarras de la situation avec un courage qu'on ne saurait assez admirer. Caractère fortement trempé, fermement attaché à ses devoirs, elle ne se dissimulait ni les difficultés qui l'entouraient, ni les périls qui la menaçaient, et son regard embrassait sans présomption, mais sans faiblesse, toute l'étendue de sa détresse. » (1)

Isabelle, en effet, agissait. Elle donnait ordre à don Gonzalez de Cordova de se mettre en campagne, écrivait à l'ambassadeur d'Espagne à Vienne, le comte d'Onate, d'envoyer « en droiture » tout ce qui se trouvait encore de troupes espagnoles en Bohême (2) et priait l'archiduc Léopold de joindre sans retard ses troupes à celles de Cordova. Elle ne pouvait pas compter sur les évêques de Mayence et de Spire qui paraissaient hors d'état de lever un homme et ne lui écrivaient que pour lui demander des secours (3). Ce qui rendait plus difficile encore l'action de l'Infante, c'étaient les rivalités entre généraux. Cordova ne

---

(1) Comte de Villermont. Ernest de M. T. 2. p. 2.

(2) L'empereur Ferdinand venait de conclure la paix avec Bethlen Gabor, il pouvait donc renvoyer une partie des troupes qu'il occupait en Hongrie et en Bohême.

(3) Il en était de même à Cologne, à Trèves et dans tous les pays catholiques de cette partie de l'Allemagne.

pouvait souffrir Tilly et n'admettait pas qu'il pût recevoir des ordres de lui. Il avait gravement empiré la situation en refusant, l'automne précédent, de joindre Tilly sur le Neckar.

Heureusement pour Isabelle, Cordova comprit mieux son devoir cette fois. Il cessa, comme disaient en se moquant de lui, les officiers de Mansfeld (1), de se chauffer les pieds et d'abriter sa gravité derrière les poëles ». Il venait d'être renforcé des troupes envoyées de Bohême et fit sa jonction avec Tilly, dont l'armée était forte de 20000 hommes (2). Les ennemis se rencontrèrent à Wimpfen et après un combat des plus acharnés, après des prodiges de valeur de part et d'autre, Tilly anéantit l'armée du palatin, pendant que Henri de Berghe, envoyé avec le baron d'Anholt pour protéger le Rhin, empêchait Halberstadt de se joindre aux combattants.

Cette victoire changeait complètement la face des choses et Isabelle put encore croire un instant avoir atteint la paix.

Le roi d'Angleterre projetait en ce moment de marier son fils, le prince de Galles, avec une fille du roi d'Espagne. Une telle union, si elle pouvait s'accomplir, eût peut-être apaisé toutes les querelles d'Allemagne. Ce projet avait pour effet immédiat de rendre Jacques Ier beaucoup plus conciliant quant aux affaires du Palatinat. De son côté, le duc Maximilien de Bavière avait déclaré ne pas vouloir empêcher la paix par ses prétentions personnelles.

Mais il fallait trouver un personnage assez autorisé par sa situation, sa valeur morale, son désintéressement et son habileté et lui donner mission de mener à bonne fin une telle entreprise. Toutes les puissances jetèrent les yeux sur l'Infante Isabelle et lui confièrent d'un commun accord la direction des négociations, lui donnant ainsi la preuve de la haute estime où le monde la tenait.

(1) Secrétairerie d'Etat Allem. Carton 171.
(2) Tilly avait remporté beaucoup de succès partiels et repris plusieurs places assez importantes à Mansfeld.

L'Infante commençait dès lors le rôle de médiatrice de la paix qu'elle poursuivra jusqu'à son dernier jour, avec une abnégation que seule une vertu comme la sienne pouvait accepter. Jamais elle ne refusa son concours, ses peines, son travail et jamais elle n'eût la consolation du succès. Un auteur protestant a dit avec la naïveté de l'admiration que portent tous les anglais à leur reine Elisabeth : « L'Infante a eu contre elle les circonstances qui, plus heureuses, en eût fait une des plus grandes princesses de l'histoire, mais la reine Elisabeth elle-même n'aurait pu réussir dans les mêmes circonstances. » (1)

Il est certain qu'un négociateur, roi, empereur ou princesse, sans une force surnaturelle de désintéressement et de sacrifice, aurait, dès les premiers essais, jeté le manche après la cognée.

Avec les débuts, commencent les traverses. Isabelle avait rassemblé les plénipotentiaires des puissances au palais de Bruxelles, au commencement de l'année 1622 et tout parut, d'abord, marcher pour le mieux. La bonne volonté des négociateurs était évidente. Mais on comptait sans la faiblesse humaine.

Le refus de Maximilien de Bavière de venir à Bruxelles commença les difficultés. Malgré ses assurances, il n'abandonnait nullement ses prétentions sur l'électorat palatin et il se figurait à tort que l'Infante ne lui serait pas favorable, la croyant soumise à l'influence absolue de l'Espagne. Ferdinand II, sous la pression du duc de Bavière, écrivit à Isabelle qu'il ne pouvait retirer la promesse qu'il avait faite au duc de lui donner le bonnet électoral. (2)

C'était indisposer par là même l'Angleterre. Elle ne négociait que pour faire rendre le Palatinat à Frédéric. C'est ce que déclara Jacques Ier, en informant l'Infante qu'il n'entendait traiter de la paix que pour les deux Palatinats, ce qui signifiait que partout en dehors de ce pays, on pourrait continuer à se battre sans qu'il levât un doigt pour l'en

(1) Miss Kriegelstein : L'Infante Isabelle.
(2) Secrétairerie Allem. corresp. de l'empereur. Lettre du 4 mai 1622.

empêcher. Au reçu de cette déclaration du roi d'Angleterre, les négociateurs des autres puissances, très froissés, se rendirent auprès d'Isabelle pour lui faire part de leur mécontentement. Elle se montra plus émue encore qu'eux et défendit à ses négociateurs de consentir à aucune restriction quelconque dans la partie du traité de paix s'appuyant sur les lettres précédentes de Jacques Ier. Elle ne traiterait pour la paix qu'en y comprenant toute l'Allemagne. (1) Une vive discussion s'ensuivit entre tous les négociateurs, et l'ambassadeur anglais Weston consentit à demander des nouveaux pouvoirs.

Cet incident coïncidait avec un fait très grave. Au mépris de tous les traités, le palatin Frédéric et Mansfeld, à la tête de leur armée, et sans avoir reçu aucune provocation, avaient envahi à l'improviste les États neutres du landgrave Louis de Hesse Darmstad saccageant, incendiant et pillant ce malheureux pays, qui se confiait en sa neutralité. Ils menèrent le landgrave prisonnier à Mannheim, où on le força à signer le traité le plus humiliant.

Ainsi donc, Jacques mentait quand il se portait garant des bonnes dispositions de son gendre ?

Pleine d'indignation, Isabelle écrivit au roi d'Angleterre une lettre des plus énergiques, en le sommant de contraindre Frédéric à faire réparation au landgrave (2) et le roi s'exé-

---

(1) Comte de Villermont, E. de Mansfeld, Tome II, p. 48.

(2) « V. M. aura sans doute eu nouvelles comme quoy le Palatin votre Gendre a depuis peu de jours en ça hostilement envahy le pays du landgrave Louis de Darmstadt, y fait saisir sa personne avecq ses enfants et les mener prisonniers où il a voulu, choses que je ne puis à la vérité trouver sinon bien étranges contre un prince qui, jusqu'à présent, n'a jamais porté les armes, ny fait aucun acte d'hostilité contre le dit Palatin ny les siens, mais s'est toujours montré ami de la paix et même singulièrement désireux de voir ledit Palatin réconcilié à l'Empereur et remis en ses États, en considération de quoi il est aussi arrivé qu'en la conférence commencée en cette ville sur la suspension et disposition d'armes entre l'Empereur et le dit Palatin, votre ambassadeur, le chevalier Weston, a, ces jours passés, proposé le dit landgrave pour l'un des plus propres d'entre les Princes d'Allemagne que l'on eut pu choisir pour s'entremettre comme médiateur à procurer une cessation et abstinence provisoire de tous actes d'hostilités sans préjudice dudit traité principal, de manière que l'on a beaucoup de sujet de s'émerveiller qu'environ le temps ledit land-

cuta avec un empressement qui montrait à quel point il
comprenait que son honneur était en jeu. Mais ses belles
protestations ne chassaient pas la défiance que faisaient naître les paroles de ce roi versatile et sans sincérité.

Isabelle ne voulait pas jouer un rôle de dupe. Elle donna
à ses délégués Pecqius et Boischot une base de traité qui
mettait le palatin à la merci de l'empereur, seul moyen
pensait-elle, d'en finir avec ce prince agité et brouillon. Après
l'infâme traquenard dont le malheureux landgrave Louis
venait d'être victime, Isabelle jugeait qu'il fallait tenir
rigueur aux gens dénués de conscience. Ces débuts dans
ce rôle de médiatrice universelle lui donnèrent tout de suite
une grande influence. Elle se montra à la fois étonnamment
habile et loyale, énergique et perspicace et si les députés
d'Angleterre s'étaient figurés qu'ils auraient facilement
raison de cette veuve qu'on croyait uniquement capable
de dire des patenôtres, ils durent reconnaître qu'ils se
mesuraient à un adversaire aussi habile qu'eux, et ayant sur
eux l'avantage que cette habileté était toujours honnête.

Isabelle regardait la loyauté et la franchise comme la
meilleure des politiques. Lorsque les envoyés du margrave
de Bade Durlach, du palatin et de Mansfeld arrivèrent à
Bruxelles, sous le prétexte de parler de paix, l'Infante
devina dès l'abord qu'ils ne venaient que pour leurrer tout
le monde en tâchant de profiter des circonstances. Aussi
exigea-t-elle comme première condition de paix, le licen-
ciement des armées de Mansfeld, du margrave et d'Halberstadt. Sur ce point elle était appuyée par l'empereur,

grave ait, d'un côté, comme prince neutre, été proposé comme médiateur de
ladite cessation d'hostilités et de l'autre a été assailli et offensé par le Palatin
et les siens comme ennemis. C'est pourquoi trouvant cette action fort contraire
aux bons desseins de mettre l'Allemagne en repos et qu'autres princes en
prendront aussi juste occasion et matière de défiance à l'endroit dudit Palatin
et de ceux de son party, je n'ai voulu différer de requérir et prier V. M. qu'il
plaise a icelle d'y faire pourveoir et apporter remède convenable en sorte que
le landgrave et les siens soient au plus tot remis en liberté et le tout réparé
comme la raison le veut. »

Arch. du roy. Liasses de l'Audience, n° 530. Lettre du 16 juin 1622.

mais ils se séparaient sur la question du Palatinat. Isabelle jugeait avec raison que le meilleur, et peut-être le seul moyen de faire la paix, c'était de rendre ses biens patrimoniaux à Frédéric, à des conditions suffisamment sévères pour garantir sa fidélité. Mais Ferdinand n'osait démentir sa promesse au duc de Bavière qui, d'ailleurs ne la laissait pas oublier.

Dans ces conditions, on ne pouvait aboutir à rien. Après cinq semaines de discussion, on se sépara sans rien conclure.

« Si l'empereur, écrivait Isabelle découragée à son neveu, est résolu et fixé d'ôter effectivement au palatin la dignité électorale, il est clair qu'en tel cas il n'y a pas d'apparence que l'on doive faire une paix. Ni l'Angleterre, ni le dit palatin, ni les siens ne se tiendront en repos, et aussi bien que l'on puisse conclure la suspension des armes, le terme en étant fini, on tournera une autre fois à la guerre et selon cela, l'on doit faire tout son compte. »

« J'avoue à V. M. que ces affaires d'Allemagne me donnent un grand soing, parce que je les vois tous les jours plus difficiles, puisque le duc de Bavière persiste fort sérieusement pour l'investiture solennelle de l'électorat et ne montre ainsi aucune inclination à la suspension des armes. » (1)

Philippe IV, très mécontent de l'issue de ces conférences, donna ordre à l'Infante de signifier à l'empereur que le roi d'Espagne, voyant tout espoir de paix s'évanouir en Allemagne, retirait ses troupes de ce pays pour les concentrer en Belgique, où il aurait besoin de toutes ses forces pour se défendre contre la Hollande. Le roi d'Espagne accusait Maximilien de Bavière d'égoïsme et de cupidité et Ferdinand d'entêtement. Tous cependant avaient un désir sincère de faire la paix, mais leurs adversaires étaient trop retors et de trop mauvaise foi. Le palatin et ses alliés savaient profiter de ces hésitations et de ces divergences. (2)

Après la rupture des pourparlers, la situation des prin-

(1) Arch. du roy, Cartulaires et manuscrits, vol. 211, n° 20.
(2) Comte de V. Ernest de Mansfeld, T. II, chap. XI.

ces catholiques eût été bien grave s'ils avaient eu devant eux des adversaires résolus.

Au lieu de généraux habiles, heureusement,ils n'avaient à combattre que des chefs de bandes pillardes ; Halberstadt et Mansfeld, loin de tomber avec toutes leurs forces sur l'armée affaiblie de Cordova dont ils pouvaient avoir facilement raison, préférèrent s'attarder à piller le pays du Mein et les pays voisins où ils promenaient leurs colonnes incendiaires.

C'est le moment qu'attendait Tilly. Il envoya à Cordova l'invitation pressante de venir le rejoindre et tombant sur Mansfeld à l'improviste, au moment où il traversait la forêt de Lorsch, il le tailla en pièces. Il ne serait rien resté de son armée si Cordova fût arrivé à temps. Tout le butin fait en Hesse tomba au pouvoir de Tilly qui, sans s'arrêter, se dirigea vers Halberstadt, le défit à Hoechst, prit Francfort et s'empara également du fruit de toutes les rapines que Christian traînait après lui. Le margrave de Durlach n'avait plus qu'à se réconcilier avec l'empereur ; il se hâta de licencier son armée et de faire acte de soumission.

Les forces d'Halberstadt et de Mansfeld étaient encore assez considérables ; cependant ils n'osèrent pas les essayer une seconde fois contre Tilly qui leur inspirait un effroi salutaire et, prenant un parti moins dangereux et plus profitable, ils se mirent à piller l'Alsace, sans autre but que de rançonner un pays qui avait échappé jusque là à leur fureur. Les horreurs qu'ils y commirent ne furent égalées que par celles qui ruinèrent la Frise l'année suivante.

En définitive, Mansfeld ne pensait à rien autre qu'à faire du butin, sans souci de parti politique et c'est cette marche, à droite ou à gauche selon le caprice du pillage, qui effrayait si fort l'Infante. On faisait l'honneur au condottière de croire à un plan quelconque, combiné avec l'un ou l'autre adversaire. Etait-ce la Hollande, la ligue protestante, le duc de Bouillon ou même quelque machiavélique calcul de la France ?

Isabelle et ses conseillers s'effrayaient, se demandant si, tout à coup, les deux chefs de bande ne viendraient pas se jeter sur les Pays-Bas. Ils trainaient toujours avec eux l'infortuné palatin qui voyait, impuissant et humilié, le désastre des contrées amies ; mais on commençait à le trouver gênant, parce que Fréderic donnait à ces armées une étiquette et Mansfeld préférait ne rien avoir qui pût le désigner comme appartenant à un parti quelconque. Tout en promenant le fer et le feu dans le beau pays d'Alsace, Mansfeld se demandait s'il ne conviendrait pas de reprendre les pourparlers avec l'Infante. Cette ruse lui avait assez bien réussi jusqu'ici et on lui annonçait que Tilly se dirigeait vers l'Alsace pour se joindre à l'archiduc Léopold, en vue de mettre une bonne fois Mansfeld et Halberstadt à la raison. Ceux-ci, se voyant acculés, n'hésitèrent pas un instant à se débarasser de Fréderic. On le força à délier les soldats de Mansfeld du serment de fidélité qu'ils lui avaient prêté et tête basse, la rage au cœur, le lamentable palatin s'en alla se terrer de nouveau en Hollande.

Christian et Mansfeld avaient à choisir maintenant entre deux partis : Maurice de Nassau les appelait pour l'aider au siège de Berg op Zoom, secouru par Spinola, mais c'était là une de ces entreprises sérieuses, sans profit, que Mansfeld n'appréciait pas. Il était préférable d'envoyer un courrier à Tilly pour lui demander de s'entremettre à le réconciller avec l'empereur, lui et Halberstadt.

Tilly ne se souciait guère d'avoir pour compagnons de guerre de tels aventuriers. Il refusa nettement de faire aucune démarche. Ce refus les embarassa fort. Ils étaient arrivés aux frontières de Lorraine, mais ils n'avaient pas traité ce pays comme celui de Darmstadt. Ils prièrent le duc de Lorraine de leur permettre de traverser ses terres, ce que le duc, peu rassuré, n'eut pas la hardiesse de leur refuser. Ils voulaient gagner le domaine du duc de Bouillon, qui avait eu l'imprudence de leur faire des propositions, afin de les envoyer aider le duc de Rohan que pressaient les armées de Louis XIII (1). Mais en même temps le duc de

(1) Le duc de Rohan, calviniste ardent, s'était révolté contre Louis XIII et cherchait à créer un parti huguenot.

Nevers, gouverneur de Champagne, en train d'organiser une armée pour surveiller le duc de Bouillon, avait aussi fait pressentir les condottières. Afin de mieux négocier avec ces différents personnages, ils arrivèrent à Stenay. Cette fois ils se rapprochaient des Pays-Bas de manière à effrayer tout le monde. Mansfeld lui, se réjouissait de tromper à la fois Nevers, le duc de Bouillon, l'empereur et l'Infante, mais en réalité c'était lui qui se laissait leurrer. Nevers, ne voulait que jouer un mauvais tour au duc de Bouillon, en amenant ces dévastateurs chez lui, et le duc, en effet, était aussi ennuyé que mécontent de cet allié dangereux. Ayant établi son armée vers Montcornet, Nevers était prêt à attaquer Mansfeld dès qu'il serait sûr que celui-ci travaillait pour les huguenots. Le duc de Lorraine, de son coté, garnissait ses frontières de troupes, derrière les envahisseurs. Tilly venait le renforcer et Cordova recevait l'ordre de passer le Rhin et d'arriver à marches forcées à Thionville d'où il se dirigea sur Ivoy. (1)

Aux Pays-Bas régnait une fiévreuse animation. Il fallait coûte que coûte, sauver la patrie d'un sort affreux et d'une ruine complète. Isabelle, sans défaillance, toujours forte et calme, suivait avec vigilance la marche des ennemis. Elle apprenait que Brúnswick et Mansfeld avaient voulu se séparer après de violentes disputes, mais Halberstadt ayant cherché à regagner l'Allemagne, s'était heurté aux troupes catholiques et avait dû se replier sur Mansfeld. Ne trouvant plus de vivres à Stenay, les deux généraux avaient passé la Meuse et établi leur camp à Mouzon, d'où ils se répandaient dans les pays environnants « saccageant avec une rage particulière les villages appartenant aux seigneurs des Pays-Bas, commettant tous les maux et excès imaginables sur les personnes qu'elles attrapaient dont jamais personne ayt ouy parler et dont le seul récit fait horreur aux gens de bien. (2) »

(1) Voir le chapitre XVI du tome II d'Ernest Mánsfeld.
(2) Liasses de l'Audience 352. Lettre du gouverneur d'Hirson à M. d'Abancourt, 21 août 1622.

Spinola, dès les premières nouvelles de l'approche de Mansfeld vers les frontières, avait quitté le siège de Berg op Zoom pour venir aider l'Infante dans l'organisation de la défense des Pays-Bas. Cette défense se préparait partout, désespérée. Le Luxembourg voyait surgir toute une milice de paysans sous la conduite de la noblesse, tous décidés à mourir plutôt qu'à céder d'un pas devant les envahisseurs. A Dinant, le pont, miné, sauterait à l'approche des ennemis. Le prince de Chimay, Alexandre d'Arenberg, avait aussi quitté le siège de Berg op Zoom pour réunir la petite armée de volontaires des campagnes qui, sur toute la longueur des frontières, depuis la Meuse jusqu'en Artois, creusait des tranchées, mettait des palissades et ne négligeait aucun moyen de défense. De tous côtés, de France, d'Allemagne, de Belgique, de Lorraine, s'élevait un cri de menace et d'horreur pour maudire Mansfeld et Halberstadt.

On crut être délivré d'un horrible cauchemar lorsque le duc de Nevers, rompant brusquement les négociations avec Mansfeld, le somma de quitter le territoire français sans délai. Les deux forbans se trouvaient pris dans un traquenard effroyable. On les crut perdus, et comme le disait à Bruxelles l'ambassadeur de France, Péricard, si la France voulait s'entendre avec les Pays-Bas, on pourrait écraser définitivement ces loups dévorants et délivrer l'Europe de monstres d'iniquités. (1) Le cercle d'armée qui les enserrait pouvait les anéantir complètement.

On a peine à comprendre qu'en cet instant unique, où jamais la chance ne s'était présentée aussi favorable à l'Infante, elle se laissa entraîner à commettre une faute dont les conséquences allaient être bien graves pour la Belgique.

L'impérieuse princesse-comtesse de Mansfeld, qui effrayait tant, jadis, les dames chargées d'aller chercher l'Infante en Espagne, avait eu un fils de son premier mariage : Alexandre de Henin, créé par le roi de France duc de Bournonville. Le dernier époux de Chrétienne d'Egmont

(1) Archives nationales de France. Collection de Harlay, f. 46.

était le demi frère d'Ernest de Mansfeld, fils bâtard du gouverneur de Luxembourg. Madame de Mansfeld témoigna toujours une affection indulgente pour ce beau-frère illégitime et son fils paraît avoir pris, de sa mère, cette bienveillance indulgente pour les turpitudes du guerrier. Alexandre avait épousé une ménine de l'Infante, la charmante Anne de Melun, sœur du prince d'Epinoy. Isabelle l'aimait comme une fille et lui avait choisi elle-même pour époux le duc de Bournonville, l'un des plus beaux, des plus accomplis, des plus brillants cavaliers de la cour et aussi l'un des plus riches. C'est dire que ce ménage jouissait auprès d'Isabelle d'une faveur toute particulière, et c'est peut-être dans cette affection de l'Infante pour les Bournonville qu'il faut chercher l'explication de cette erreur persistante qu'elle garda sur la valeur de Mansfeld et l'importance qu'il y aurait pour elle à se l'attacher.

Déjà, plusieurs fois, Alexandre s'était entremis pour négocier avec Mansfeld et chercher à l'attacher à l'Infante. Crut-il rendre un grand service à la gouvernante en recommençant ses pratiques ? On peut le croire, car, de lui-même il partit secrètement pour aller rejoindre Mansfeld qu'il trouva, lui et ses hommes, dans la plus grande disette. Comme ils avaient détruit à plaisir tout le pays, les vivres manquaient et, sans les fruits, très abondants dans la contrée, ils n'auraient plus trouvé la moindre nourriture pour soulager leur faim. Mais cette nourriture malsaine amenait des maladies dans le camp. Mansfeld et Halberstadt se trouvaient réduits au désespoir, lorsque Bournonville arriva en leur offrant le secours inespéré de son entremise.

Ce voyage n'avait pu se faire si secrètement que le bruit n'en parvint au duc de Nevers et de là, à Paris. On s'y montra très froissé. On accusa l'Infante de vouloir traiter sous main avec Mansfeld, pendant qu'elle assurait Péricard, l'ambassadeur français, de son désir de se débarasser « de cette armée de voleurs. »

A la demande d'explications que lui fit Péricard, Isabelle répondit très franchement qu'à la vérité elle connaissait le voyage de Bournonville, mais qu'elle ne donnerait pas la réponse que Mansfeld attendait et qu'elle espérait qu'il se ruinerait de lui-même, à cause de l'extrême misère où il se trouvait.

« Son Altesse (m'assura) qu'elle le tiendra en longueur ne doubtant nullement de sa ruyne, sur quoy elle a desserré les dents avec une extrême affection envers le roy et la reine, désirant que M. le duc de Nevers, d'un côté, avec l'armée de Sa Majesté, M. le duc de Lorraine de l'autre, don Gonzalès de la part de S. A.., s'accordant par une commune intelligence, enfermerayent Mansfeld qui est déjà demy mort, incommodé de diverses maladies... et que ce seroyt un effet notable que deux femmes eussent obtenu une victoire tant signalée. Ces paroles, prononcées avec tant de franchise par cette bonne princesse, sont capables de lever la créance ou plus tôt le doubte que les apparences forment en l'esprit. » (1)

L'Infante avait eu tort de ne pas interdire à Bournonville la démarche trop zélée qu'il voulait faire. Elle ne pensait pas qu'il dût en résulter tant de mal.

Péricard servait avec zèle l'Infante et son maître Louis XIII, qui, en ce moment, réconcilié avec sa mère, se rapprochait de l'Espagne. Il espérait arriver à faire écraser Mansfeld par les trois armées réunies.

Grand fut son émoi et grande fut l'indignation d'Isabelle, quand arriva à Bruxelles la nouvelle que le duc de Nevers venait de faire accord avec Mansfeld.

L'Infante laissa éclater son ressentiment devant Péricard, et lui dit, « qu'elle ne pouvait comprendre les motifs de cette conduite, estimant qu'un pareil traité aurait dû être écrit du sang de ces barbares, n'y croire qu'il y eut autre chose que des promesses verbales ; Gonzalès le luy ayant mandé aussi : « Puis se radoucissant » elle ajouta qu'elle croyait que le roi Très Chrétien n'avouerait pas les entreprises que ces *bandouliers* pourraient faire au pays de deça, mainte-

(1) Bibliothèque de France. Collection de Harloy, f° 24.

nant qu'ils avaient trouvé refuge sous la bannière de France, à l'extrémité où ils se trouvaient réduits, sans vivres, secs, et languissants de faim, entourés de trois armées dont ils ne pouvaient échapper, s'ils n'eussent rencontré la facilité de M. de Nevers, qui avait pensé bien faire de leur fournir vivres et argent et de réchauffer et nourrir un serpent qui lui fera sentir le venin de sa tromperie. »

« Ce fut en vain que l'ambassadeur de France, désolé lui-même du bouleversement de ses plans, lui affirma que le roi de France avait déclaré à M. de Nevers qu'il ne voulait pas des services de Mansfeld, Isabelle se contenta de répliquer « que puisque M. de Nevers avait manqué à ce glorieux concert, chacun jouait désormais de son côté à sauve qui peut. » (1)

Péricard se plaignit vivement au roi de la conduite du gouverneur de Champagne. Celui-ci s'excusa sur ce que le gouverneur de Mouzon, le comte de Grandpré avait mal compris ses ordres. Il envoya un lieutenant à l'Infante pour expliquer sa conduite.

« L'Infante daigna recevoir le sieur de Bayes et accepta les explications du duc de Nevers, sans objection, mettant ainsi un terme à l'incident. Au fond, la cause des funestes malentendus qui sauvèrent Mansfeld, provint de la méfiance que les cours d'Espagne et de France nourrissaient l'une envers l'autre et du point de vue exclusif adopté par le duc de Nevers, qui se soucia uniquement, pour employer l'expression de Péricard, « de détourner l'orage de la France, sans se préoccuper s'il n'irait pas frapper le voisin. » (2)

Mansfeld après s'être cru sauvé, se voyait de nouveau abandonné de tout le monde. Il n'avait d'autre recours que de renouer avec la Hollande qu'il avait dédaignée, et avec l'Infante qu'il pouvait croire toujours prête à le recevoir à son service. Mais pendant que ses émissaires couraient les routes, le duc de Bouillon pressait ces intrus de partir. La faim, la désertion, la maladie décimait cette armée.

<hr>

(1) Comte de Villermont, Ernest de Mansfeld, T. II, p. 94.
(2)   »   »   »   p. 95.

Ce fut alors que de nouvelles ouvertures survenant de Hollande, avant même que leur envoyé y parvint, Mansfeld et Halberstadt décidèrent de ne pas attendre davantage et de gagner les Provinces-Unies, coûte que coûte. Ils ne pouvaient plus hésiter, Cordova s'avançait du côté de Luxembourg et l'armée française, massée à Réthel était prête à leur courir sus. Levant soudain le camp, les deux aventuriers traversèrent la Meuse à Mézières et arrivèrent à Hirson, dessinant leur route par la fumée des incendies et les sillons de sang.

A cette nouvelle le sieur de Robaulx, gouverneur de Beaumont, rassemblant à la hâte quelques milliers de paysans, essaya de barrer la route aux envahisseurs pour donner le temps à Cordova d'arriver. Il l'avait fait prévenir. Mais trop faible, il ne put empêcher l'ennemi de traverser la Sambre entre Avesnes et Maubeuge.

Dès leur entrée sur le sol belge, Halberstadt et Mansfeld changeaient de tactique. Les violences étaient défendues, la rapine également ; on devait payer tout ce qu'on prenait. Ils visitèrent Mariemont sans y faire le plus petit dégât. Leur but était de ne pas se faire remarquer ni de provoquer de colères et ainsi, ils auraient gagné la Hollande avant qu'on sût même qu'ils étaient passés. (1)

Mansfeld et Halberstadt se flattaient de réussir à traverser la Belgique avant que Cordova ait pu les atteindre. Mais l'espagnol, avec une célérité qui ne lui était pas habituelle, marchait à grandes journées, arrivait sur la Meuse à Givet, la traversait le 27 août et laissant en arrière sa grosse artil-

____

(1) Il avaient cependant essayé de prendre la petite ville de Chimay par surprise, espérant trouver un bon butin dans le château. Ils voulurent pénétrer dans la ville bien fermée par l'égout d'une fontaine. Mais les femmes de Chimay, vigilantes travailleuses, lavaient du linge dans cette fontaine à l'aube du jour. Le premier soldat qui parut à leurs yeux fut massacré par elles aussitôt ; elles le tirèrent hors du conduit et vaillamment tuèrent les suivants. Ce ne fut qu'à la vue de l'eau rougie de sang qui coulait en bas de l'égout que les assaillants comprirent qu'ils étaient découverts et s'enfuirent aussitôt.

Manuscrit appartenant à l'église de Chimay, écrit par le doyen Le Tellier à la fin du XVIIe siècle.

lerie et ses bagages, réussissait à gagner de l'espace sur les envahisseurs et s'établissait le 28 à Fleurus, entre cette petite ville et St Amand, la face tournée vers la route, antique chaussée dite de Brunehaut. Ainsi posté, il attendit l'ennemi de pied ferme. Dans la journée, le reste de l'armée venait le rejoindre et lorsque vers le soir, Mansfeld arriva à la hauteur de Fleurus, il se trouva tout à coup devant la masse imposante de l'armée des Pays-Bas, divisée en quatre colonnes, dont chacune était commandée par un officier d'élite.

La nuit vint, empêchant la bataille, mais Halberstadt et son compagnon savaient qu'ils devaient vaincre ou mourir. Ils avaient un unique avantage : une cavalerie deux fois plus nombreuse que celle de Cordova, très fatiguée de sa course rapide. Profitant de l'obscurité, Mansfeld envoya une partie de sa cavalerie pour tourner l'aile droite, commandée par don Diego Ibarra et Guillaume Verdugo.

Lorsque l'aube blanchit, permettant à peine de se reconnaître, cette hardie petite troupe, chargeant furieusement la colonne surprise, la traversa et arriva au parc des bagages où, l'instinct du pillage primant tout, elle s'arrêta pour faire du butin. Cette faute permit au colonel Gaucher, l'un des meilleurs officiers de Cordova, de reformer l'aile en déroute et de foncer à son tour sur les pillards qui reculèrent, sans que Gaucher pût leur arracher leurs trophées. Mais déjà la bataille s'était engagée partout et le soleil levant éclaira une mêlée générale de part et d'autre. Trois fois Gaucher et Halberstadt s'attaquèrent, avançant ou reculant tour à tour. Gaucher, blessé au bras, ne voulut pas quitter le champ de bataille. Mansfeld, d'un effort désespéré, se jetait sur le centre où Cordova lui tenait tête avec avantage. La mêlée était générale « on se rompait le pistolet l'un l'autre au visage » mais les espagnols ne reculaient pas et les allemands ne parvenaient pas à faire plier leurs rangs. Les envahisseurs, obligés de toujours attaquer tandis que les espagnols, bien établis, se bornaient à repousser les attaques, étaient fauchés par centaines ; il n'en serait plus resté un seul si le comte de Solre eut exécuté le plan de Cordova, qui lui avait envoyé l'ordre d'accourir de Mons où il était avec ses bandes de paysans, et de tomber sur les derrières de l'armée ennemie. Mais l'ordre fut mal donné et Solre crut devoir aller d'un autre côté.

Il était impossible à Mansfeld de prolonger un combat qui décimait ses hommes sans lui donner d'avantage ; il ne pouvait se sauver qu'en traversant le plus vite possible la ligne espagnole, dont les soldats fatigués, mollissaient. Il jugea que l'aile droite, ayant déjà pu être franchie, était encore la plus faible, car, depuis le commencement de la bataille, c'est de ce côté que s'étaient donnés les plus furieux assauts. Massant autour d'eux le gros de leurs troupes et leurs meilleurs régiments, Mansfeld et Halberstad se jetèrent soudain de ce côté avec une impétuosité telle que la ligne céda et ils passèrent avec leur cavalerie, culbutant ceux qui essayaient encore de les arrêter ; toujours courant, ils ne s'arrêtèrent qu'à la frontière du pays de Liège.

La surprise de cette trouée, faite en dépit d'une défense si vaillante, produisit d'abord un instant d'indécision, à la faveur de laquelle une petite partie des soldats du condottière purent courir sur ses traces, mais le colonel Gaucher, sans souci de sa blessure, s'élança avec une troupe de cavaliers à la poursuite des fuyards et atteignant à l'aube du 29 ce reste de l'armée ennemie, en fit un nouveau carnage.

Quant à Cordova, il n'avait pu songer à cette poursuite, son armée succombait à la fatigue des marches forcées et d'un combat acharné. Ses pertes en hommes se réduisaient à peu de chose en comparaison des pertes de Mansfeld. (1)

— « Si les chevaux de ma troupe ne fussent été tout harassés, disait Gaucher en rejoignant Cordova, je puis assurer qu'il ne s'en fût pas sauvé beaucoup ».

L'Infante rendait ainsi compte de cette bataille à Philippe IV :

(1) Comte de V. Ernest de Mansfeld. T. II p. 102.

— « Mansfeld s'est réuni à Halberstadt et tous deux ensemble avec leurs troupes dont beaucoup marchaient à moitié révoltées, sont entrés dans le Hainaut. Je donnai à don Gonzalez de Cordova des ordres précis d'arriver de ce côté, ce qu'il fit avec son zèle et sa valeur accoutumés. Près de Fleurus, il joignit l'ennemi qui allait se réunir aux hollandais ; il y eut là une bataille très acharnée. Votre Majesté verra ce qui s'est passé par la relation ci-jointe. Bien que l'armée de Votre Majesté soit un peu démontée du nombre de morts et de blessés (1), à la fin elle a gagné la bataille. Son armée a renversé l'ennemi, lui a tué une grande partie de sa cavalerie et presque toute l'infanterie, pris l'artillerie et les bagages et beaucoup d'étendards et de bannières. (2) L'ennemi s'est enfui avec ce qu'il a pu. On a rendu les grâces accoutumées à Dieu.

« L'ennemi a été se réunir aux hollandais avec les quelques troupes de cavalerie qui ont échappé avec Mansfeld. Halberstadt a été dangereusement blessé au bras dans la bataille. On le lui a coupé et l'on dit qu'il est mort. (3) On dit aussi que sont mortes chez l'ennemi beaucoup de personnes de qualité. Comme l'ennemi se trouve plus fort avec ses troupes qui lui sont arrivées (4) et comme le marquis de Spinola a déclaré qu'il n'en avait plus que

---

(1) Les espagnols ne comptaient que 300 morts et 900 blessés et pas de prisonniers.

(2) Christian de Brünswick perdit la bannière qu'il faisait toujours porter devant lui, représentant un bras qui menaçait le ciel avec cette inscription : *Pro libertate*. Blessé très gravement dans la bataille, au point qu'on le crut mort, lorsqu'on sut qu'il avait perdu un bras, on regarda ce malheur comme une punition méritée. Par une curieuse rencontre, ce fut justement le duc de Bournonville qui enleva sa bannière à Halberstadt. L'étendard de Mansfeld portait la même devise et fut aussi un trophée de victoire.

Les morts des armées ennemies étaient si nombreux et parsemaient le pays dans un si grand espace qu'il fallut obliger les paysans à couper tout de suite leurs grains où on retrouvait des cadavres en grand nombre, dont la putréfaction aurait pu contaminer le pays.

Comte de V. Ernest de Mansfeld T. II p. 102 et s.

(3) Il ne mourut pas de cette blessure.

(4) C'est-à-dire : Comme les hollandais se trouvent plus forts avec les restes de l'armée amenée par Mansfeld.

très peu pour le grand nombre de morts, de blessés et de fuyards, j'ai jugé à propos d'envoyer de ce côté (vers la Hollande) don Gonzalez de Cordova. Il y est déjà et sa présence, sans doute, hâtera la prise de la ville (de Berg op Zoom). Quelques troupes de cavalerie de l'empereur sont arrivées sur les confins du Luxembourg à la poursuite de Mansfeld ; je leur ai donné ordre d'aller se réunir au corps d'armée du comte Henri de Berghe. » (1)

L'Infante attendait à Bruxelles, dans une angoisse partagée par tout le pays. La nouvelle que Mansfeld avait pénétré aux Pays-Bas terrifiait toute la nation et on attendait, dans une anxiété mortelle, le résultat d'une bataille d'où dépendait le sort de la Belgique. Aussi quels cris de joie lorsque le messager de la bonne nouvelle apparut en criant : Victoire ! Ce fut un moment d'allégresse inexprimable : on se félicitait, on remerciait Dieu qu'on avait tant prié, on respirait comme au sortir d'un affreux cauchemar.

Plus que personne, l'Infante se réjouissait de l'heureuse issue de la bataille de Fleurus. Mais il ne lui suffit pas de faire chanter un Te Deum ; sa pensée se porta aussitôt sur les nombreux blessés qui encombraient le champ de bataille. Elle voulut qu'ils fussent tous secourus avec une égale charité, amis ou ennemis. Gembloux régorgeait de malheureux. Elle envoya l'audiencier Verreyken et M. de Spangen pour organiser les soins médicaux et le transport des blessés qu'elle fît évacuer vers Bruxelles.

On vit alors un beau sceptacle de dévouemeut et de charité chétienne. Comme les hopitaux ne suffisaient pas pour contenir le triste contingent qu'on leur amenait, les dames de la cour offrirent leurs hôtels. Dans celui de la comtesse de Berlaymont, la noble femme pansait elle-même les plaies de ces pauvres gens. L'Infante visitait ces blessés chaque jour, leur parlait, les consolait, veillait à leurs besoins ; elle et ses dames employèrent leur temps à faire de la charpie, à coudre du linge, à préparer

(1) Corresp. de Ph. IV et de l'Inf. vol, XIII lettre du 9 sept. 1622.

des pansements et, dans toutes les classes de la société se montrait la même généreuse émulation. Les soldats de Mansfeld qui ne connaissaient pas la piété, demeuraient stupéfaits de cette bonté. Ils s'attendrissaient devant cette charité et plusieurs se convertirent. (1)

Après le soin des victimes, il fallait remercier les vainqueurs et l'Infante voulait les envoyer le plus vite possible à Spinola. Déjà, dès le lendemain de la bataille, Isabelle avait reçu en audience les officiers qui venaient déposer à ses pieds les drapeaux pris à l'ennemi.

Le 4 septembre elle voulut passer elle-même en revue l'armée de Cordova réunie à Malines, avant d'aller au secours de Spinola. « La princesse parcourut les rangs de l'armée, parlant gracieusement aux officiers, adressant des remerciements aux soldats, trouvant pour tous un mot heureux. Elle prit plaisir à examiner deux pièces de campagne et un mortier gagné sur Mansfeld et après un défilé des troupes, retourna à Bruxelles. Le soir même, elle se fit représenter tous les drapeaux et étendards pris à Fleurus et donna l'ordre de les suspendre dans la chapelle du S. Sacrement, à l'Eglise de Ste Gudule. » (2)

« Aussi prompte à punir la pusillanimité qu'à récompenser le courage, elle obligea les archevêques de Malines et de Cambray et l'évêque de Namur à sévir contre les ecclésiastiques qui, lors du passage de Mansfeld, s'étaient montrés plus soigneux de sauver leurs personnes et leurs biens que le Saint Sacrement. » (3)

(1) Arch. du roy. Liasse de l'Audience. n° 538

(2) Cte de V. Ernest de M. T. II p. 103 et s. Le Cardinal de la Cueva écrivit de son côté à Madrid : « L'Infante a été le 4 de ce mois à Malines pour voir l'armée de don Gonzalez qui s'est mise en ordre près de cette ville. Son Altesse s'est beaucoup réjouie de la voir, parce que c'est la meilleure et la plus valeureuse troupe que Votre Majesté tient à son service. Et malgré les morts et les blessés, il me parait qu'il y avait grand nombre de gens, car je me trouvais à mon service près de la personne de S. A. et j'ai pu voir tout à fait à loisir tous les escadrons qui se montrèrent fort satisfaits de voir S. A. et de la faveur qu'elle voulait bien leur faire ». Simancas Estado. 2139.

(3) Liasses de l'Audience n° 538. Voir appendice, note VIII.

CHAPITRE XI

—

—

L'expiration de la trève de douze ans remettait la Hollande et les Pays-Bas espagnols en présence et, malheureusement pour l'Infante, ses belliqueux voisins ne comptaient pas laisser dans l'oubli les vieilles querelles. Isabelle eut préféré rester sur la défensive, suivant de loin les préparatifs guerriers des ennemis, mais Philippe IV croyait de sa dignité de commencer les hostilités et sur son ordre, Spinola envoya don Inigo de Borgia avec quelques mille hommes pour surprendre l'île de Cadsant et tenter de s'emparer de l'Ecluse. Don Inigo ne se montra pas un foudre de guerre en cette circonstance et l'expédition, commencée assez maladroitement en 1621, arrêtée l'hiver, reprise timidement en 1622, ne réussit pas. La guerre, en 1621, resta circonscrite en Juliers et au Palatinat. Mais au printemps de l'année suivante, le plus jeune frère du prince d'Orange, Frédéric Henri de Nassau, à la tête de quelques cavaliers déterminés, osa venir provoquer l'Infante jusque sous les murs de Bruxelles, brûla une partie des faubourgs de Louvain et rentra à Bréda après avoir traversé les Pays-Bas, sans que personne cherchât à l'arrêter.

Spinola ne le sut que trop tard. Il était en train de former son armée et de l'exercer en vue de la campagne prochaine. Après la retraite de don Inigo, il convint avec l'Infante qu'il fallait continuer à assaillir les frontières de Hollande. Lui-même se proposa pour entreprendre le siège de Berg-op-Zoom. Il croyait y entrer sans peine, parce qu'un soldat de la garnison de cette ville lui avait fait offrir de l'introduire dans la place. Il vint donc en juin se porter devant Berg, sans même se donner la peine d'entreprendre aucun des travaux ordinaires d'un siège. Mais les assiégés ayant fait une sortie, le soldat déloyal fut tué l'un des premiers. Il fallut donc commencer à faire le siège en règle, entreprise que la situation de la ville, entourée de vastes polders, rendait très difficile et pénible. Ces polders ne permettaient pas de bloquer la place, où la libre entrée par eau restait, pour les assiégés, un moyen de ravitaillement certain.

L'arrivée de Mansfeld dans les Pays-Bas, la nécessité de courir sus à l'envahisseur, dégarnit encore le camp de Berg de tous ceux qui pouvaient le quitter sans ruiner l'entreprise commencée. Le siège traîna en longueur, la ville se défendait avec ardeur. Le peuple se laissait mener par quelques pasteurs, dépeignant la domination de l'Espagne comme la pire tyrannie. Cependant, malgré tous ses désavantages, Spinola progressait. Maurice de Nassau ne pouvait pas venir secourir la ville, parce que le comte Henri de Bergh lui barrait le chemin et il voyait avec inquiétude le moment ou Berg-op-Zoom devrait se rendre après quelque assaut décisif. Les choses en étaient à ce point, lorsque Mansfeld, avec son armée décimée, arriva rejoindre le prince d'Orange, après la bataille de Fleurus.

On se mit en Hollande à crier bien haut victoire. Il le fallait pour cacher la vérité, beaucoup moins brillante. En réalité, il n'arrivait au camp hollandais que le quart à peine de la forte armée du condottière, encore ce quart, harassé, sans vêtements ni vivres, prêt à se débander faute d'être payé, offrait l'aspect le plus lamentable et Maurice dut commencer par donner vêtements, vivres et argent à ces débris de la bataille. (1)

---

(1) La route de Mansfeld, de Fleurus en Hollande, fut semée de cadavres, ses nombreux traînards, assaillis par les paysans étaient massacrés en partie

Mansfeld alla camper à Grave, où il reçut encore d'amples secours des Provinces-Unies, en échange desquels il dut signer un engagement de six mois au service des Etats Généraux. Dès que ses hommes furent reposés et vêtus, Mansfeld les amena à Maurice qui franchit la Meuse et descendit jusqu'à Gertruydenberg, près de Mœrdyck.

— « Là, ralliant les garnisons de toutes les places fortes qui n'étaient pas immédiatement menacées par l'ennemi, le prince d'Orange réunit une armée de 30000 hommes avec 30 pièces de canon et pénétra dans le Brabant jusque Hoogstraeten. » (1)

L'Infante pouvait disposer, de ce côté, du régiment du comte Henri de Bergh et de ceux que l'empereur lui avait renvoyés, sous le commandement du comte d'Anholt et des ducs de Saxe-Lauenbourg et de Holstein.

Elle donna ordre au comte Henri de Bergh et à Anholt de se porter rapidement en avant pour venir couvrir les assiégeants de Berg-op-Zoom. Par une incompréhensible inertie, Henri n'obéit pas immédiatement et ne commença à bouger qu'après de longs jours d'hésitation et quand il était trop tard. (2)

« Dans ma dernière dépêche, écrit Isabelle à son neveu, j'ai informé Votre Majesté que les hollandais avaient réuni des forces nombreuses pour attaquer l'armée qui assiège Berg-op-Zoom. Ce qui s'est passé depuis, c'est que le 2 de ce mois, au matin, l'avant-garde de l'ennemi est arrivée à Rosenthal, que le comte de Anholt avait l'intention d'occu-

Le 9 septembre, le comte de Berlaymont envoyait encore à l'Infante un cornette aux armes de Christian, prise par les villageois sur une troupe de 200 chevaux qu'ils avaient détruite. En arrivant en Hollande, Mansfeld n'avait plus que 2000 fantassins et 4000 chevaux. (Ernest de Mansfeld, p. 207.

(1) Ernest de Mansfeld, p. 109.

(2) Ce fut alors qu'on commença à avoir des doutes sur la fidélité du comte Henri de Bergh L'état de l'armée était lamentable. On ne pouvait compter, comme bons soldats éprouvés, que les espagnols et les belges. Les italiens se mutinaient à tout propos ; les allemands pillaient amis et ennemis. La pénurie d'argent était telle qu'une somme de 108000 ducats arrivée du royaume de Naples fut absorbée en un jour et encore ne pût-on payer qu'une toute petite partie des arriérés. Voir vol. XIII de la corresp. de l'Inf. avec Ph. IV.

per. Mais il n'a pu arriver à temps, ni le comte Henri de Bergh non plus, de sorte qu'on a laissé prendre cette position extrêmement importante. Il était à craindre, si le lendemain l'ennemi nous attaquait par un côté et les assiégés par un autre, que notre armée ne fut exposée à une perte entière. L'ennemi ne nous attaquait-il pas et ne faisait-il que de garder ses positions, il devenait impossible d'approvisionner de fourrages notre cavalerie ; en quatre jours elle eut été entièrement perdue. Ce que voyant, le marquis de Spinola convoqua les principaux chefs de l'armée et les maîtres de camp. Tous furent d'avis qu'il fallait rassembler l'armée et lever le siège, comme il se fit le même jour à deux heures de l'après-midi, les troupes de l'artillerie se retirant en ordre et sans perte, à Putte, entre Anvers et Berghe où le comte Henri de Bergh et le corps de Anholt l'ont rejoint... Je rends compte à V. M. de ces choses avec une grande tristesse, mais supplie V. M. de considérer que les accidents de la guerre sont variables, que l'ennemi a fait un effort violent, que si l'on avait pu tenir quelques jours encore, on eut certainement réussi dans l'entreprise tant l'ennemi fuyait et périssait, pour être, en grande partie, nouvelles recrues (1) »

La retraite de Spinola avait été, en effet, une retraite si bien conçue et dirigée, qu'elle s'opéra sans pertes. L'échec n'en était pas moins humiliant. Pour l'Infante, il augmentait les grandes difficultés dans lesquelles elle se débattait et nous en donnerons une idée en transcrivant la lettre de Péricard, ambassadeur de France à Bruxelles, du 25 octobre 1622 :

« Le lèvement du siège a été autant glorieux et avantageux pour la Hollande qu'il est reconnu honteux et préjudiciable aux espagnols qui prennent sujet d'exercer leur envye et mauvaise volonté contre le marquis Spinola et rejettent sur luy tous les défauts, encore que le principal et le plus inévitable soyt attribué au comte de Salazar, qui

(1) Corresp. de l'Inf. avec Ph. IV, vol XIII lettre du 8 octobre 1622.

fut envoyé prieurement et ne s'empara des pleins sauts des
dehors, qui n'étaient lors gardez, ni en état de défense, n'y
ayant que 5oo hommes de guerre dans la place, et y laissa
au contraire travailler à sa vue sans les incommoder ny
empescher. Je leur en laisse le débat et aux habitants de
tout le Brabant la plainte de voir les grandes sommes de
deniers qu'ils ont levés sur eulx-mêmes, si mal employées.
Les villes d'Anvers, Malines, Bruxelles et aultres estant
d'ailleurs tellement infectées du mauvais air que les malades et les blessés y ont apporté, que les esprits du peuple
comminent des paroles pleines de mécontentement secon-
dant ceux de Flandre, qui ressentent les incursions de la
garnison de l'Ecluse au lieu de l'espérance qu'on leur avait
donnée de la prise de la place, moyennant une notable somme de deniers qu'ils levèrent sur cela. Le mécontentement
des soldats de l'armée du marquis a excité une mutination
dont le prince d'Orange a sceu tirer profit et les ayant
recueilli avec tout bon traitement et donné retraite dans la
ville de Gennep m'ayant été dit qu'ils sont maintenant plus
de 1200, grossissant à toute heure comme une pelote de
neige. Ledit marquis s'est tout-à-coup résolu de s'avancer
de ce costé-là avec ses troupes et marche vers Maestricht
pour s'opposer aux progrez de la dite mutination et favoriser le passage du comte d'Anholt en Westphalie.... Il y a
trois jours on fit partir d'icy environ 5ooooo francs pour
porter en l'armée dudit marquis, afin de contenter les soldats qui se laissaient attirer à la mutination de ceulx de
Gennep... Leur nombre accroît tous les jours, mais n'y
ayant que de l'infanterie (à cause que la cavallerie est punc-
tuellement payée pour obvier à telz désordres) l'on n'y fait
par icy, tant de compte. Toutefois les hollandais font ce
qu'ils peuvent pour inviter et en débaucher d'autres » (1)

Ainsi l'Infante subissait à l'extérieur des échecs pénibles, pendant que, autour d'elle, la discorde, la jalousie,
l'orgueil, produisaient des tiraillements, des querelles, des

(1) Bibliothèque française. Collection de Harlay, f. 78 et 79.

révoltes, d'autant plus douloureuses pour elle que beaucoup de désastres de son gouvernement eussent été évités avec un peu plus d'abnégation et de bonne volonté.

Sa grande foi la fortifiait alors et parfois, le ciel la récompensait de sa confiance. Elle attribua toujours à un miracle, le désastre que Maurice de Nassau subit peu après la retraite de Spinola devant Berg-op-Zoom. (1)

On entrait en hiver et l'habitude de l'hivernage donnait sécurité aux belligérants. Maurice de Nassau qui avait amassé des troupes au nord d'Anvers pour protéger Berg-op-Zoom, eut l'idée de les employer à une entreprise sur Anvers, d'autant plus attrayante pour le hardi général qu'on s'y attendait moins dans la ville. Il y avait des amis dévoués dans le groupe assez nombreux de réformés qui habitaient-là, soit qu'ils fussent venus de Hollande pour affaires, soit qu'ils fussent belges, luthériens irréductibles. Les uns et les autres appartenaient de cœur au parti des Provinces-Unies. Leurs trames avec elles ne cessaient pas et ils leur étaient de précieux auxiliaires.

Il fut décidé que le prince d'Orange viendrait de nuit dans le port où les conjurés lui ouvriraient les portes de la ville. Maurice arma soigneusement une flottille de barques dans lesquelles il mit une partie de son armée. L'autre partie, sortant de Berg-op-Zoom, accourait par terre, de façon à se rencontrer à la même heure sous Anvers et pendant que Maurice y aborderait au port, elle serait introduite par les mêmes traîtres de l'autre côté. Pris entre deux feux, en pleine nuit, les habitants ne tenteraient même pas de se défendre.

Il semblait que, cette fois, rien ne pourrait sauver la métropole belge. Maurice arrivait devant Anvers par une nuit obscure mais calme, il savait que son armée de terre serait à l'heure dite au rendez-vous. Déjà la masse noire des hautes murailles surgissait des flots et les premières barques allaient se ranger contre elles ; lorsque la plupart

____

(1) Nous en avons trouvé le récit identique dans Chiflet et dans les archives des Carmélites d'Anvers.

seraient arrivées, on ferait un signal et les portes s'ouvriraient.

Mais au même moment, de pauvres Carmélites étaient
soudain réveillées de leur paisible sommeil par l'appel de
l'une d'elles qui les conviait en hâte à la chapelle. (1) Une
révélation mystérieuse venait de lui faire connaître qu'un
grand danger menaçait la ville et que toutes les sœurs
devaient prier pour le conjurer. Les bras en croix, les
saintes filles commencèrent à implorer le secours du ciel et
voilà que, tout à coup, un mugissement éclatant vient
ébranler la ville, une tempête subite, effrayante, passe sur
Anvers, creusant le fleuve de tourbillons violents, soulevant
les vagues, renversant les cheminées, faisant gémir les toits ;
une neige fine, aveuglante, glacée, commence à tomber.
L'Escaut maintenant est plein d'esquifs qui s'entrecho-
quent, les malheureux marins poussent des cris de terreur,
ce qui amène les gardes sur les remparts, et ils peuvent
apercevoir les barques désemparées, se heurtant l'une
l'autre, chavirant avec leur équipage et essayant de fuir au
plus vite. Ce fut un désastre pour la Hollande.

L'Infante remercia Dieu de ce nouveau secours. Sa
confiance dans la puissance de sa sainte amie était si
grande qu'un jour, comme on l'engageait à renforcer la
garnison d'Anvers, elle répondit en souriant :

— « Je ne crains rien pour Anvers et pour son château
parce que je les ai confiés à la mère Anne de St Barthélemy
et qu'elle est plus forte que toutes les armées que je pourrais
y mettre. » (2)

Elle n'avait pas tort, le miracle se renouvela en 1624 :
pendant le siège de Bréda. Les hollandais essayèrent une
nouvelle surprise de nuit et cette fois encore la sainte religieuse le sut mystérieusement ; elle fit lever ses compagnes, prier, et sonner à tour de bras les cloches du couvent.

____

(1) C'était la mère Anne de St Barthélemy, l'une des compagnes de
Ste Thérèse et son bras droit dans la réforme du Carmel.

(2) Chiflet. T. 96 f. 315. Nous donnons à l'appendice, note IX, le récit de
ces deux faits d'après les archives du Carmel.

Un ouragan, aussi soudain que le premier, s'abattit sur la ville pendant qu'on courait aux remparts où déjà les ennemis appliquaient des échelles.

La campagne militaire de 1623 fut sans importance au point de vue des succès et des revers. La Hollande n'était pas en très brillante situation. L'état de guerre perpétuelle où elle vivait et la lourde charge de sa marine n'étaient pas compensés par les profits de son commerce dans les nouveaux pays lointains. Elle commençait seulement à s'établir aux Indes. A la fin de l'an 1622, elle était si mal en finances qu'elle envoya une députation à Louis XIII, alors à Lyon, pour le supplier de venir à son aide.

Dès que la guerre semblait s'apaiser un peu, l'Infante reprenait ses espérances de paix. Elle n'avait, d'ailleurs, jamais abandonné complètement son travail secret en Hollande, cherchant sans se lasser, le joint qui permettrait de fléchir ces esprits obstinés. Les amis du prince d'Orange l'y aidaient.

A madame de T'Serclaes avait succédé un certain Jean Brandt, cousin de la femme de Rubens. Celui-ci était l'intermédiaire de ces pourparlers mystérieux, qui ne pouvaient pas aboutir mieux que d'autres.

Déjà, en 1621, Isabelle avait jeté les bases provisoires d'une suspension d'armes avec le Palatinat. Elle pensait, avec sa lucidité d'esprit et sa droiture de jugement habituelles, que le nœud de la question se trouvait dans ce pays. Dépourvue d'ambition personnelle et voyant les faits d'un œil impartial, elle eut voulu que l'empereur et Maximilien de Bavière fissent un sacrifice d'amour-propre et d'intérêt, en rendant à Frédéric ses biens patrimoniaux, quitte à lui imposer des conditions assez sévères pour qu'il n'ait plus envie de recommencer ses ambitieuses folies. Mais l'empereur prétendait n'avoir plus de confiance dans les promesses du palatin et s'être engagé avec Maximilien. Sans tenir compte des négociations de l'Infante, les princes de l'Empire, convoqués à Ratisbonne, après une assez vive discussion, reconnurent le duc de Bavière comme investi de la dignité électorale du Palatinat, mais à titre personnel et en réservant les droits des héritiers de Frédéric.

Si Philippe IV fut mécontent de cette décision, Isabelle en fut froissée comme elle aurait pu l'être d'un blâme solennel de ses agissements.

« Je m'étonne beaucoup, écrit-elle au roi d'Espagne, de la résolution prise à Ratisbonne de donner l'investiture au duc de Bavière, étant cela contre mon avis et celui de tous les ministres de V. M. L'empereur a voulu se mettre dans de nouveaux embarras. Il est bon que V. M. avise au parti à prendre, car nous allons sans doute être entraînés dans une nouvelle guerre, à moins que Dieu ne détourne le coup par miracle. » (1)

L'Infante avait le droit d'être blessée, puisque, au moment même où se passait l'acte de Ratisbonne, le palatin commençait à lui donner des gages de sa bonne volonté, sous la pression de l'Angleterre, il est vrai. Elle venait de recevoir Frankenthal en gage pour dix-huit mois, limite du temps de la suspension d'armes proposée entre elle et le palatin. L'investiture donnée à Maximilien replongeait l'Allemagne dans la guerre et, par contrecoup, rendait la situation des Pays-Bas d'autant plus dangereuse.

L'attitude de la France froissait également l'Infante par sa duplicité. Pendant que l'ambassadeur Péricard multipliait les protestations de bonne entente, Mansfeld, aux Pays-Bas, prenait le titre de général de S. M. Très Chrétienne et un gentilhomme français, Montherot, à la tête d'un corps français, servait sous les ordres du condottière. Isabelle s'en plaignit à plusieurs reprises à l'ambassadeur.

Péricard paraît avoir été de meilleure foi que son gouvernement. Un jour qu'il annonçait tout joyeux, à l'Infante que le roi de France venait de donner ordre à Montherot de quitter Mansfeld et de rentrer chez lui, l'Infante lui répondit en riant que s'il en était ainsi (puisque Mansfeld restait seul en Frise) « il ne pourrait avoir d'autre refuge

______

(1) Corresp. de l'Inf. et de Ph. IV. Tom. XIV, lettre du 23 mars 1622.

propre à son honneur que de rejoindre Bethlen Gabor et de se faire turc, étant homme sans foi et sans religion mais elle ne pensait pas que Louis XIII eut rappelé Montherot pour lui faire plaisir. » (1)

A la vérité, le corps de Montherot n'existait plus, il s'était fondu par famine et désertion.

Mansfeld, sous le prétexte de conquérir la Frise, avait ravagé ce pays avec des horreurs indicibles et la misère la plus atroce régnait dans son armée.

Malgré tout, Mansfeld restait la terreur des Pays-Bas et hantait l'esprit de l'Infante comme une menace perpétuelle. Aussi malmenait-elle quelque peu le brave Péricard. Il avait beau dire, elle savait de source certaine que la France continuait ses menées secrètes avec la Hollande, qui ne voulait pas laisser partir Montherot. Lorsque, enfin, celui-ci partit, elle eut encore le droit de reprocher à l'ambassadeur l'argent que la France envoyait à Mansfeld.

Après la réponse de l'Infante à Péricard, on eut pu croire qu'elle ne consentirait plus jamais à s'accommoder avec le condottière, et cependant elle ne cessa de prêter l'oreille aux propositions de quelques amis, aveuglés par cette auréole de puissance que Mansfeld s'était acquise à force de violence.

Bournonville, après l'échec de Raville, avait repris ses négociations et comme elles n'avaient pas été très bien accueillies en Espagne, elles tombèrent dans le silence. Ce fut Mansfeld qui les reprit, par un de ces coups de fourberie dont il était coutumier. Il avait conquis la Frise, c'est-à-dire qu'il l'avait dévastée ; il allait passer un traité très avantageux pour lui avec les Provinces-Unies, auxquelles il remettait sa conquête en de bonnes conditions. Au moment de traiter, il se dit que, peut-être, il aurait encore plus d'avantages à rendre la Frise à l'Espagne et c'est pourquoi son secrétaire arriva à Bruxelles, à la fin de décembre 1622, porteur d'un traité tout préparé. Ce traité, naturellement, lui

***

(1) Bibliothèque de France. Coll. de Harlay, f. 151.

donnait de grands avantages, mais l'apport de la Frise parut à l'Infante les bien valoir et elle ne repoussa pas les ouvertures du secrétaire.

Après quelques allées et venues entre les négociateurs, un traité en due forme fut expédié à Mansfeld, signé par Isabelle. Il ne s'agissait plus que d'obtenir de l'empereur le pardon de Mansfeld et de ses amis. L'Infante envoya en Frise un certain capitaine Bonnet qui devait, après avoir été faire signer par Mansfeld l'acte de soumission à l'empereur, le porter lui-même à Vienne.

Mais les semaines s'étaient écoulées depuis la première démarche et Mansfeld et ses hommes mouraient de faim et de maladies. Les Etats de Hollande s'impatientaient. Lorsque Bonnet arriva au camp de misère, Mansfeld s'était décidé à traiter avec les Provinces-Unies. On ne revit jamais Bonnet, il resta introuvable malgré toutes les recherches qu'on fit après lui.

L'Infante et le roi furent grandement déçus, mais si Isabelle commença tout de bon à perdre confiance, de Madrid, on lui écrivait sans cesse de ne pas briser toutes négociations. C'est que Mansfeld, toujours dévoré par son armée où l'argent de Hollande n'avait fait que passer, écrivait de nouveau à son dévoué Bournonville. Isabelle commença par refuser tout rapport avec ce fourbe. Les instances du duc obtinrent seulement qu'elle envoyât les nouvelles propositions à l'empereur. L'assurance qu'on eût alors de l'assassinat de Bonnet acheva définitivement d'éteindre la dernière lueur de confiance qu'Isabelle pouvait conserver sur l'aventurier. Le duc de Bournonville ne voulut plus en entendre parler.

Et pourtant en 1626, après les désastres que nous verrons, Mansfeld osa essayer encore de traiter ; mais à la lettre de Madrid qui l'engageait à ne pas repousser ces démarches faites dans un ton d'humilité qu'on ne connaissait pas encore, l'Infante répondit qu'il était inutile de tenter rien avec un homme pour lequel toute avance loyale devenait un motif de reprendre des exigences et un parler inadmissibles. (1)

Avant ce dernier effort de Mansfeld, dont l'étoile s'éteignait rapidement, d'autres préoccupations avaient attiré l'attention d'Isabelle.

La paix entre l'Espagne et l'Angleterre s'ébranlait peu à peu, sous l'empire de diverses causes qui ne sont pas encore bien connues. Le mariage projeté entre le prince de Galles et la sœur de Philippe IV semblait consenti de part et d'autre, lorsque le jeune prince de Galles imagina de partir secrètement pour l'Espagne avec le duc de Buckingham. Très bien accueillis par le roi et la cour, tout paraissait marcher à merveille. Cependant on a dit que Charles avait trouvé sa fiancée peu sympathique. Ce qui fut plus grave, c'est que les ministres tout puissants ne se plurent pas. Quel fut le sujet de leur animadversion ? L'histoire ne nous l'a pas transmis, mais en quittant l'Espagne, Buckingham jura que le mariage ne se ferait pas, et comme il était également fort mal vu en Angleterre, rien ne fut plus facile que de changer les dispositions de Jacques Ier. La rupture définitive fut signifiée en mai 1624 et suivie de préparatifs de guerre immédiats. La Hollande se hâta de concerter avec le roi d'Angleterre un plan de campagne simultanée au Palatinat et sur le Rhin.

Mais avant cette rupture complète, Isabelle avait fait de nouveaux efforts pour l'empêcher ou, du moins, pour en annihiler les effets, en redressant les affaires du côté de l'Allemagne et rien ne donnera une meilleure idée de l'énergie d'action, de la haute intelligence politique de l'Infante que cette lettre qu'elle écrivait au roi, au printemps de l'an 1624. Elle est un peu longue, sans doute, mais elle dessine si nettement le grand rôle joué par Isabelle dans l'histoire de la guerre de Trente ans, que nous n'hésitons pas à la donner dans son entier :

— « J'ai reçu la lettre de Votre Majesté, écrit-elle,

(1) Voir pour toutes ces négociations, le chap. XVIII, tome II, de l'histoire de Mansfeld, du comte de Villermont.

traitant de la pacification des choses du Palatinat. J'ai écrit à don Carlos Coloma la lettre dont copie est annexée, estimant que la situation ne permet pas d'aller plus avant et que le meilleur chemin à tenir est de tâcher que la réunion pour raccommoder les affaires se fasse. (1) Dans ce but j'ai écrit au comte d'Onate (2) et je n'ai pas parlé des pouvoirs que l'empereur doit me donner pour que je me charge de cette composition, car je tiens pour certain que plus je réclamerai cet envoi, plus on le retardera, parce qu'on soupçonnera que nous désirons ici cette composition, surtout le duc de Bavière, sans lequel on ne fera rien. (3)

« Ces jours passés j'ai envoyé le conseiller Vischer voir s'il ne sera pas possible de ramener ceux d'Embden à la soumission due à l'empereur, bien qu'ils aient garnison hollandaise, celle-ci n'est pas assez forte qu'ils ne puissent s'en défaire et se rendre libres, mais sur ce point il ne peut rien faire sinon de chercher des occasions. Il vit le comte de Tilly qui lui dit qu'il voudrait bien que ceux de la ligue catholique lui permissent d'occuper avec son armée l'état d'Embden, en l'enlevant aux hollandais et, en cas d'obstacle à surmonter, de se joindre à l'armée impériale pour attaquer les hollandais du côté le plus convenable et les forcer de quitter le comté d'Embden. Il dit de plus à Vischer de faire diligence avec l'empereur (au nom duquel se devrait faire l'entreprise) et avec les princes catholiques qui sont maîtres de l'armée, en offrant d'y contribuer par des subsides et aussi en ce qui touche au service de V. M. Si ladite entreprise pouvait se faire, nul doute qu'elle serait avantageuse, car, bien qu'elle coûtât de l'argent, cet argent serait bien placé pour engager l'empereur et les princes catholiques dans la guerre contre les hollandais, d'autant que l'on pourrait diminuer ici l'armée ; mais je n'ai pas osé écrire, car il est clair que le duc de Bavière n'y voudra

____

(1) Coloma était alors en mission en Angleterre.
(2) Ministre d'Espagne auprès de l'empereur.
(3) Le duc de Bavière avait plus d'influence sur Ferdinand II que le roi d'Espagne et ne voulait pas lâcher le Palatinat.

jamais consentir à moins que V. M. ne s'engage à le maintenir, lui et ses successeurs, dans la possession de l'électorat, conformément aux propositions du Père Hyacinthe (1) que V. M. m'a défendu d'admettre. De plus, pour dire à V. M. ce que je pense, il est clair que, en présence des prétentions du roi d'Angleterre et du palatin qui visent la restitution pure et simple, et celles de l'empereur et du duc de Bavière, qui sont si différentes ainsi que de celles des électeurs ecclésiastiques, il n'y a pas de réconciliation possible avec le palatin. Je crois donc qu'il conviendrait au service de V. M. de se mettre d'accord avec le duc de Bavière pour négocier la pratique conseillée par Tilly et l'organiser, si c'est possible, et malgré que ceux de la ligue catholique ne se soucient pas d'entrer en guerre avec les hollandais, on ne devrait pas laisser de s'entendre pour les affaires d'Allemagne, moyennant que le duc de Bavière nous remit les places qu'il détient, comme Heidelberg et Mannheim et laisse à V. M. tout le bas Palatinat. V. M. s'obligeant à assister le duc de Bavière pour l'électorat et le haut Palatinat, c'est pourquoi j'ai dépesché ce courrier pour que V. M. fasse examiner cette question et me donne au plus vite ses ordres. » (2)

Mais les efforts de l'Infante n'aboutirent pas. Elle se résigna à la guerre. Spinola proposa de faire le siège d'une ville du Brabant hollandais et désigna Bréda comme l'une des places fortes dont la prise était la plus importante. (3)

Le 21 juillet 1624, le marquis partit à la tête d'une belle armée et vint camper à Gilsen. Avant d'entreprendre le siège, il rassembla ses maîtres de camp pour les consulter. Mais on savait qu'au premier bruit de l'arrivée de l'armée espagnole, le gouverneur de Bréda, l'amiral Justin de Nassau (4), avait renforcé sa garnison, qui se montait actuellement à 7000 hommes et que la ville était pourvue de

(1) Le P. Hyacinthe de Casal, Capucin, qui remplit beaucoup de missions politiques pour le roi d'Espagne.
(2) Correspondance diplomatique, n° 54, carton 9.
(3) Rodriguez Villa, Spinola p. 421.
(4) Fils naturel du Taciturne.

munitions de guerre considérables. L'avis des officiers était opposé au siège. On envoya demander celui de l'Infante qui répondit « qu'elle ne voulait pas qu'on tentât la fortune au hasard de tant de braves soldats ». (1)

Spinola consulta Henri de Bergh qui était en garnison sur le Rhin et qui proposa au général en chef de venir assiéger Emmeric et Rheez, entreprise aisée qu'il soutiendrait avec son armée, ou encore Grave, Geneppe et Ravesteyns. Isabelle, consultée, approuva ce projet et Spinola se préparait déjà à cette expédition, quoiqu'il pût lui-même penser contre son opportunité, lorsqu'il reçut avis du comte Henri que les places d'abord signalées par lui comme de prise facile, ne l'étaient pas autant qu'on pouvait le croire. Le marquis s'étonna grandement de ce changement. Eut-il dès lors un premier soupçon sur la fidélité du comte Henri de Bergh ? En tout cas cette conduite, en ces circonstances, parut étrange. On connaissait ses talents militaires, on dut s'étonner de le voir inaugurer ce système de lenteurs, d'hésitations, d'atermoiements, par lequel il manqua tant d'occasions de mettre les armées de la Hollande en déroute. (2) Les variations du comte Henri finirent par être suspectes aux officiers qui servaient de messagers entre lui et Spinola. Ils ne voulurent plus rendre de réponses verbales et exigèrent une lettre pour la remettre au marquis. (3)

Entre temps l'armée s'énervait à Gilsen et les hollandais, en voyant cette inaction, se répandaient en moqueries de toutes espèces. Spinola s'impatientait aussi. Il fit revenir les troupes qu'il avait déjà détachées vers Grave, fit prévenir le comte Henri de Bergh de son dessein d'attaquer

____

(1) Le siège de la ville de Bréda, par le Père Herman Hugo. Traduit par Ph. Chiflet.

(2) Henri de Bergh, 3e fils du comte Guillaume de Bergh et de Marie de Nassau ; par sa mère, neveu du Taciturne, avait gardé beaucoup d'attaches avec les Nassau. On l'accusait de souffrir que ses sœurs qui habitaient avec lui, se montrassent ardentes calvinistes, et on le soupçonnait de partager leurs erreurs en secret.

(3) Le siège de Bréda, par le P. H. H. p. 25.

Bréda avec ordre de s'approcher de ce côté pour arrêter l'armée hollandaise, et envoya à l'Infante le maître de camp Médina pour lui demander la permission de mettre à exécution son premier projet. Il n'y avait plus de temps à perdre, l'été touchait à sa fin. Isabelle le comprit et permit au général de commencer le siège.

Spinola était prêt à marcher ; il envoya immédiatement son avant garde vers la ville et le 28 août il occupait les divers petits villages des environs de Bréda. Le 29, il entamait les travaux du camp.

« Avec une incroyable activité, il commença à former un réseau merveilleux de tranchées, parapets, fossés, redoutes, boulevards, bref, de toutes espèces de fortifications, car il savait qu'il allait se mesurer avec quatre ennemis formidables : les assiégés, l'armée de Maurice qui le menaçait, le sol marécageux, partout imbibé d'eau, et l'inclémence du ciel. Avec une infatigable attention, le marquis pourvut à tout et son génie fit, de ces travaux d'approche, une œuvre d'art.(1) « Tous les jours il visitait les ouvrages, écrit le Jésuite Herman Hugo, désignant ceux qui devaient les exécuter, exhortant les maîtres de camp et les capitaines, et comme la rapidité des travaux n'égalait pas encore ses désirs, il faisait renouveler souvent les travailleurs, afin qu'ils ne se fatiguassent point trop et ainsi pouvait-on travailler jour et nuit. » (2)

Lorsqu'on sut à Madrid le projet de Spinola, on fut très mécontent, et on critiqua l'Infante de n'avoir pas empêché cette folie. Le roi lui écrivit pour lui représenter les difficultés extrêmes de l'entreprise ; pour lui, la prise de Bréda était chose impossible. L'inquiétude, d'ailleurs, se manifestait aussi aux Pays-Bas ; on se disait que, si on ne prenait pas la ville, l'armée victorieuse entrerait en Belgique. Maurice de Nassau se moquait hautement des prétentions du marquis.

« Mais Spinola était décidé à mourir plutôt que de

(1) Rodriguez Villa, Spinola p. 423.
(2) Cespedes y Meneses. Historia de Felipe IV, cité par R. V. p. 425.

quitter le siège en vaincu et on peut dire que la victoire fut gagnée surtout par sa résolution irrévocable. »

Dès les débuts du siège, les pessimistes purent se rassurer ; le Spinola du siège d'Ostende se retrouvait avec éclat à Bréda. Les travaux d'art sortirent de terre avec une rapidité étonnante et commencèrent à faire l'admiration de tous les stratégistes. Les difficultés du sol, entrecoupé de nombreux canaux et de marais, servaient au marquis et bientôt la ville se vit entourée d'un réseau serré de fossés, de forts, de tranchées, qui arrêtèrent les plaisanteries de Maurice de Nassau. Il était venu jusqu'à Mede, mais il n'osa attaquer l'armée espagnole. Un convoi qu'on amenait pour ravitailler Bréda fut enlevé. Le prince d'Orange attendit vingt jours une occasion favorable pour attaquer Spinola, puis, constatant l'infériorité de ses moyens, il se retira, humilié et si irrité, que la maladie dont il souffrait s'en aggrava. (1) Revenu à la Haye, il tomba dans un profond découragement, n'osant espérer pouvoir secourir la ville assiégée. Elle lui tenait d'autant plus à cœur qu'elle était un de ses apanages de famille. Son château, bâti par les ducs de Brabant, restauré et embelli par le Taciturne, passait avec raison pour l'une des plus belles résidences des Pays-Bas. Il pouvait d'autant plus craindre pour le sort de Bréda, qu'il savait les vivres n'y être pas en abondance. On ne s'attendait pas à un tel siège et si les munitions de guerre s'y trouvaient entassées, il n'en était pas de même des provisions de bouche.

Le gouverneur organisa la distribution des vivres avec une sévère prudence et pendant les premiers mois on ne souffrit pas de la faim. Lorsque les vivres se firent plus rares, Justin de Nassau fit sortir de la ville les paysans et les étrangers qui, à la nouvelle de l'approche de l'armée espagnole, s'y étaient réfugiés. Spinola avait laissé passer les premières bandes, mais cet allègement pour la réserve de vivres était trop favorable aux assiégés et le général dut

____

(1) Le siège de Bréda, p. 45. Ce Père Herman Hugo était le confesseur de Spinola et demeura auprès de lui tout le temps du siège.

les faire prévenir qu'il mettrait à mort tous ceux qu'on laisserait sortir et qui demanderaient passage. Il est vrai qu'il ne mit jamais sa menace à exécution, mais elle suffisait. (1)

Le grand art de Spinola consistait à obtenir de ses hommes le maximum de courage et d'énergie dont ils étaient capables. Pour y arriver, il montrait l'exemple d'une activité toujours en éveil. On le disait infatigable. (2) L'Infante, dès l'instant qu'elle eut approuvé le siège de Bréda, se tint constamment en relations ininterrompues avec son général afin de pouvoir l'aider autant qu'il lui était possible. Elle s'occupait elle-même de la surveillance des ravitaillements, l'une des plus grandes difficultés du siège, à cause des marécages qu'il fallait traverser et des courses que les hollandais faisaient sans cesse pour arrêter les convois. Afin que les soldats qui devaient faire le guet souffrissent moins du froid, elle envoya 600 casaques fourrées et 8000 paires de souliers pour tous. (3)

Comme à Ostende, le siège de Bréda devint l'objet de l'attention générale en Europe, non seulement par l'importance politique qu'on y attachait, mais plus encore à cause de la science militaire et stratégique de Spinola ; pas un « poliorcète » ne fut aussi célèbre et ne vit ses travaux militaires aussi étudiés. Les hommes de guerre qui pouvaient arriver à lui, les jeunes officiers d'Espagne et d'Allemagne venaient le visiter. Lorsque le prince de Pologne fit à l'Infante une visite qui ne manqua pas d'intérêt ni d'aventures (4), son premier soin fut de prier la gouver-

(1) Le siège de Bréda, p. 45 et s.

(2) Le siège de Bréda p. 54 et s. « Il (Spinola) était indifférent à la rigueur du temps, ne se préoccupant pas de la pluie, de la neige, de la gelée ou du vent, qu'il soit matin ou soir. Plusieurs fois il resta deux jours sans manger Il dormait souvent sur un chariot ou dans une baraque de soldats, sans s'inquiéter ni de ses repas, ni de sa fatigue. Toujours sous le poids de graves questions à résoudre, il travaillait d'incroyable façon, résolvant toutes les difficultés et recevant avec le même calme, les adversités et la prospérité. Sa sérénité et sa bonne humeur maintenaient la confiance du soldat.

(3) Siège de Breda, p. 63.

(4) Ladislas Sigismond, fils de Sigismond III Wasa et d'Anne archiduchesse

nante de lui donner la permission d'aller voir le siège de Breda. (1)

Le marquis Spinola vint au devant du prince avec toute la noblesse de l'armée et le reçut avec sa magnificence accoutumée. Il lui avait préparé, dit le P. Hugo, une « barraque vraiment roïale et richement parée, laquelle néanmoins ressentait plus l'appareil de la guerre que la netteté et propriété des villes. » (2)

Peu après, le duc Guillaume de Bavière qui revenait d'Espagne où il avait été conférer avec Philippe IV sur les affaires d'Allemagne, repassa par les Pays-Bas et voulut aussi voir le siège de Bréda. Cette fois, le marquis lui céda son propre logement. (3)

Les hollandais ne pouvaient pas venir directement au secours de la ville. Le blocus en était complet et le camp de Spinola si bien retranché et fortifié, que les généraux ennemis n'osèrent s'en approcher. On parlait bien de l'armée de Mansfeld, formée de français, d'anglais et d'allemands, mais le marquis, prévoyant ce danger, avait fait lever

d'Autriche, nièce de l'archiduc Albert. Son arrivée aux Pays-Bas ne fut pas sans quelqu'émotion. L'Infante avait envoyé à la frontière, pour le recevoir, une brillante députation de noblesse qui vint l'attendre à Horff en Luxembourg où on préparait de plantureux repas, lorsqu'on apprit qu'une troupe de hollandais approchait. On n'eut que le temps de tout déménager en hâte, emportant le dîner à moitié cuit, poulardes et gigots au bout des broches. On acheva le dîner à Visé, ce qui fut un tour de force. Lille, ch. des comptes. B. 2936.

(1) Extrait d'une lettre d'un officier du camp de Bréda, écrite en automne 1624. « Je vous ai raconté comment le prince de Pologne arriva à la cour de Bruxelles et y fut reçu très solennellement. Il logea dans les appartements du prince Albert (que Dieu ait en gloire) et on donna en son honneur toutes les fêtes et les réceptions qui pourraient se donner à un prince d'Espagne, sauf que la sérénissime Infante n'y assista point. Il alla voir le siège de Bréda et le marquis Spinola vint à sa rencontre avec les autres seigneurs du camp et soixante compagnies de cavalliers. Comme il entrait dans le quartier, on envoya une salve à la ville qui y répondit avec la même violence. Le jour suivant il y eut une suspension d'armes des deux côtés, afin que le prince puisse visiter les tranchées et fortifications sans danger. Il resta là quatre jours. » R. V. Spinola, p. 425.

(2) Le siège de Bréda, p. 123.

(3) Le siège de Bréda, p. 131.

de nouvelles milices dans les provinces belges et garnir les places fortes, dans le cas ou il plût à l'aventurier de chercher encore à traverser les Pays-Bas pour regagner le Palatinat.

Le prince d'Orange, usant ses dernières forces dans un effort désespéré, avait essayé une diversion en prenant la petite ville de Goch, mais Spinola ne lâchait pas la proie pour l'ombre et laissa faire. Mansfeld était aussi arrivé à Gertruydenbergh avec une flotte chargée de toute une armée. Mais la disette du pays et les maladies provenant de l'humidité, de la misère, de l'air empesté, empêchèrent le débarquement. Les soldats, obligés de rester entassés dans les pontons, tombaient à leur tour malades, si bien qu'en peu de temps il en périt plus de 4000 ; beaucoup se sauvèrent à la nage et, finalement, Mansfeld dut quitter le port sans avoir rien tenté. (1)

L'Infante, cependant, n'était pas sans inquiétude sur l'armée de Mansfeld qui se morfondait dans les Provinces-Unies, accablée de mille maux et déboires. Il avait osé encore lui écrire pour lui protester que l'armée qu'il rassemblait alors était destinée au Palatinat. Mais elle savait de source certaine qu'un complot existait pour livrer par surprise Arras à Mansfeld et comme Halberstad était revenu se joindre au condottière, le danger pouvait devenir sérieux, si la tempête n'eut encore servi la cause de l'Infante en détruisant une partie de la flotte où, déjà, l'armée du bâtard était embarquée. (2) Jacques Ier, de son côté, avait donné

(1) Le P. Hermann Hugo dit que Mansfeld faisait jeter les morts à l'eau par douzaines et souvent même on n'attendait pas qu'ils eussent expiré. Ainsi plusieurs purent-ils se sauver à la nage. p. 101.

(2) Vicq, résident des Pays-Bas à Paris, avait signalé ce complot qu'un gentilhomme était venu lui révéler. On s'étonne que l'Infante ait cru, sur la foi de cet homme garantie par Vicq, qu'on pouvait encore espérer s'attacher Mansfeld. Elle permit au résident d'offrir 50000 écus, puis quelques jours après, craignant que cette somme ne parût pas suffisante, elle y ajouta le revenu de l'abbaye des Dunes. Seulement, cette fois, elle changeait le caractère de son offre et promettait les 50000 écus et le revenu de l'abbaye au gentilhomme, si, ne réussissant pas à gagner Mansfeld, il le lui livrait mort ou vif. La tempête arrêta Mansfeld et en même temps les projets du gentilhomme. Papiers d'Etat et de l'Audience, n° 424.

une solennelle assurance que les officiers anglais, engagés par Mansfeld chez lui, ne l'étaient que sous la condition formelle de ne pas se battre contre l'Espagne.

Le siège de Bréda se poursuivait, aussi vite que le permettaient les difficultés du sol. Spinola se voyait bien pourvu de troupes depuis que les renforts donnés par l'empereur étaient arrivés dans le voisinage.

Malheureusement ces troupes impériales étaient menées par des chefs aussi peu accommodants que possible. L'un d'eux, le comte d'Anholt, brutal et ambitieux, ne pardonnait pas au roi d'Espagne de lui avoir refusé la Toison d'Or, malgré les prières instantes d'Isabelle. (1) Il déclara, dès son arrivée, qu'il n'avait d'autres ordres que de combattre Mansfeld et refusa de marcher contre les hollandais.

Malgré les justes plaintes que l'Infante pouvait faire de pareils procédés, se mettant au dessus de ces petitesses, elle réussit à faire en sorte qu'Anholt ne fut commandé que par elle et par Spinola et prouva à l'ombrageux allemand qu'il pouvait avancer vers Bréda en toute sûreté de conscience, puisque Mansfeld s'y trouvait non loin. Mais dès qu'il se mit en marche dans le Brabant, un concert de plaintes et de lamentations s'éleva ; cette armée impériale commettait de telles atrocités qu'à son approche les villes se fermaient, le peuple s'enfuyait et on suppliait l'Infante de faire cesser ces déprédations. Néanmoins, si peu qu'Anholt aida Spinola, la présence d'une armée de secours imposait aux hollandais, qui ne se risquaient pas à une offensive dangereuse. L'un des meilleurs généraux du marquis était le comte Jean de Nassau Siegen, un neveu du Taciturne, protestant converti et, depuis lors, tout dévoué à l'Infante. Aussi lui gardait-on, en Hollande, une haine particulière. Est-ce ce sentiment qui porta les assiégés à exciter contre lui

(1) Isabelle avait fait tous ses efforts pour lui obtenir cette faveur. Philippe IV répliqua que ne l'ayant pas donné à Tilly qui la méritait mieux que lui, il ne pouvait la donner à Anholt. Isabelle demanda alors une pension, mais elle n'obtint qu'une gratification unique de 2000 ducats. Villermont : E. de M. T. II, p. 291.

quelques français enfermés dans Bréda ? On n'a jamais pu éclairer très bien les causes de la provocation que lança contre Jean de Nassau, Pierre de Bréauté, qui envoya un trompette au comte, en lui disant que s'il avait du courage, il se trouverait le lendemain dans le camp même de Maurice son cousin, pour s'y battre avec lui et deux tenants. Jean accepta à l'instant ce combat singulier. On a dit que Bréauté voulait ainsi venger la mort de son père qui périt au siège de Bois-le-duc dans un combat singulier contre Abraham Gérard, mais, d'autre part, on assure que ce n'était là qu'un prétexte. Jean de Nassau se présenta le lendemain avec le capitaine Steenhuyse et les lieutenants Botbergen et Grobbendonck. (1) Bréauté l'attendait avec trois autres cavaliers. Dès le début, Bréauté se lance à fond sur Grobbendonck en criant : Ce jour vengera la mort de mon père ! Il tire sur le jeune belge un coup de mousquet à bout portant, mais Grobbendonck n'est pas blessé et lui enfonce son épée dans le corps. Il tombe de son cheval, mourant, et l'on fait arrêter le combat.

Pendant que les quatre vainqueurs se retirent, un des soldats hollandais qui assistait à la rencontre, s'élança sur Jean de Nassau et l'aurait transpercé, si son épée par suite d'un faux mouvement ne se fût accrochée dans la bride du comte de Siegen qui la saisit et sans daigner rendre l'attaque, rejoignit ses compagnons. Tous rentrèrent au camp de Spinola où les attendait une enthousiaste réception. (2)

L'hiver se passa sans que les hollandais essaient d'attaque vigoureuse contre les assiégeants. De grands tiraillements se produisaient entre le prince d'Orange, les Etats et Mansfeld. Ce dernier, universellement méprisé, essayait vainement de se faire engager par la France ; de tous côtés lui arrivaient d'humiliants refus et son armée, inactive, lui

_____

(1) C'était le fils de ce gouverneur de Bois-le-duc qui, insulté par Bréauté père, avait permis le combat avec Abraham Gérard.

(2) J. Baetens. Le comte Jean de Nassau-Siegen, p. 35 et s.

devenait une charge toujours plus lourde, dont les Provinces-Unies souhaitaient également être débarrassées. (1)

Cette mésintelligence entre Maurice de Nassau et Mansfeld avait au moins servi à empêcher une action commune contre le camp de Spinola. Les hollandais essayèrent de noyer ce camp en rompant les digues et en détournant des cours d'eau, mais ils ne réussirent qu'à inonder les parties basses de l'enceinte, mouillant quelques baraquements qu'on retira plus haut.

Maurice de Nassau, quoique très malade, était venu de La Haye, espérant faire passer des vivres à Bréda à la faveur de cette inondation ; il dut se retirer sans pouvoir rien tenter et cet insuccès l'attrista profondément. Il reprit le chemin de La Haye pour n'en plus sortir. Le mariage de son frère Frédéric-Henri ne précéda que de peu de temps sa mort, qui arriva le 23 avril 1625. Frédéric-Henri, dernier fils du Taciturne et héritier de l'immense fortune de tous ses aînés, fut immédiatement gratifié par les États des Provinces-Unies, de tous les titres, charges et dignités de son frère Maurice. Il prit aussitôt le commandement de l'armée, avec l'espoir de forcer le camp de Bréda. Mais Spinola ne le laissa pas approcher. Sortant de son camp avec 26000 fantassins et 6000 cavaliers, il s'avança à la rencontre de Frédéric-Henri, qui n'osa pas accepter la bataille et se retira vers Langenstraat en envoyant au gouverneur de Bréda la permission de se rendre. La permission arrivait à temps, la place était sur ses fins et la famine commençait à se faire sentir.

(1) Les Provinces-Unies ne voulant plus avoir la charge de Mansfeld, Charles Ier d'Angleterre lui signifia qu'il était désormais à la solde du palatin et sous son obéissance. Les hollandais aussitôt, lui fournirent l'argent nécessaire pour qu'il pût faire évacuer ses troupes le plus vite possible. Il fut impossible au condottière de s'entendre, malgré tous ses efforts, soit avec la France, soit avec l'Angleterre. Finalement, ayant réussi à se refaire une armée, il se dirigea vers la Hongrie en traversant l'Allemagne où, par ses cruautés coutumières, il souleva contre lui tous les petits princes protestants, ses anciens amis. Arrivé en Hongrie, Bethlen Gabor ne voulut pas de lui et comme il se disposait à s'embarquer sur la côte de Turquie pour regagner l'Angleterre, il mourut abandonné de tous, dans un petit village de Bosnie.

Spinola, « quoique parfaitement instruit de l'état de faiblesse et de dénuement de la ville, accorda pourtant une capitulation honorable pour témoigner par là le cas qu'il faisait de sa valeur ». (1) La ville se rendit le 5 juin 1625.

La joie fut grande dans les cours de Bruxelles et de Madrid. C'était une compensation glorieuse à la défaite de Berg-op-Zoom. Tous les princes catholiques s'en réjouirent ; le Pape Urbain VIII écrivit à l'Infante et à Spinola des lettres de félicitations.

— « Ce succès, écrit le comte-duc Olivarès, est dû à la main de Dieu et il faut rendre grâces à l'Infante qui y a tant contribué par le mérite de ses prières et à Spinola qui a dirigé le siège. » (2)

On envoya d'Espagne cinquante mille ducats pour rhabiller à neuf les soldats de l'armée du siège.

Isabelle voulut marquer le grand intérêt qu'elle prenait à ce succès, en allant visiter la ville prise, avec toute la solennité d'une visite souveraine et officielle. Cet évènement est ainsi raconté par un témoin oculaire à un ami d'Espagne :

— « J'écrivis à Votre Seigneurie de Bruxelles où je fus dix jours, une lettre dans laquelle je vous rendais compte de la prise de Bréda qui fut le 5 du présent mois de juin. Il sortit de la ville 340 régiments d'infanterie et trois compagnies de cavalerie au nombre de 150 avec leurs capitaines, armes et bannières déployées, quatre pièces d'artillerie, deux bombardes et les bagages, avec le général Justin de Nassau, trois maîtres de camp, anglais, français, hollandais, deux fils naturels du prince d'Orange, le fils de don Manuel de Portugal (dont le frère Luis sert dans l'armée de S. M.). Les capitulations imposées par S. E. Mgr le marquis Spinola furent celles qui convenaient le mieux hormis la liberté de conscience. (3) Ils avaient

(1) Hist. métall. des P. B. Tome II p. 162.
(2) R. V. Spinola, p. 433.
(3) C'est-à-dire les capitulations furent acceptées facilement par les habitants, sauf celle qui concernait la liberté de conscience, qui ne pouvait convenir aux protestants habitués à l'intolérance hollandaise.

encore du pain pour trente jours, des salaisons, viande et vin pour trois mois (1). »

« On s'étonne que la ligue ne les ait pas secourus comme elle l'avait promis. Ils furent conduits en sûreté, dans les chariots de S. E. jusque Gertruydenberg. C'est un succès de grande considération tant pour la conquête d'une cité forte et belle que parce qu'elle fut renforcée par quatre couronnes et autres potentats. On y trouva quarante pièces d'artillerie, 150000 livres de poudres, 16000 mousquets et autres munitions de guerre.

« Dès que S. A. la sérénissime Infante eût nouvelles de la prise de Bréda, elle avisa le Sgr marquis qu'elle voulait aller prendre possession de la ville. Aussitôt que je l'appris je vins à Anvers le 10 et de là je partis avec toute la cour le 12. A notre rencontre vinrent le comte Henri de Berghe puis le comte de Salazar qui avaient pris possession des villages et pays alentours de Bréda et le Sgr marquis sortit à deux lieues à la rencontre de S. A., ayant placé 12000 fantassins au front des tranchées. Avec lui venait le prince de Barbanson à la tête d'un peu plus de cinquante cinq compagnies qui avaient escorté la sérénissime Infante, et le duc de Saxe avec vingt compagnies, et le colonel Avendalo avec cinq d'arrière-garde, sans compter quatre autres qui parcouraient continuellement la campagne.

» Le grand ordre et la précision mis par le Sgr marquis en ce défilé étaient admirables.

» Nonobstant les menaces des ennemis qui annonçaient qu'ils allaient assaillir et avaient mis de la cavalerie dans Bergues, ils n'osèrent se montrer et ainsi nous arrivâmes sains et saufs avec 250000 écus de monnaie parce que S. A. voulait donner une paie à l'armée qui criait : Vive le roi ! et la sérénissime Infante !

» La cavallerie et l'infanterie tirèrent trois salves avec l'artillerie des tranchées et ce, avec un tel bruit, qu'il semblait que la terre allait s'entrouvir.

(1) Ceci contredit le récit du Père Herman Hugo, l'Histoire métallique des Pays-Bas et d'autres auteurs qui affirment que Bréda était affamé.

» S. A. alla loger au château qui est très beau avec trois portes et de bons fossés pleins d'eau avec, auprès, un jardin de plaisance charmant et agréable. S. E. se logea dans la ville avec deux cents cavaliers et deux ou trois princes. Nous traversâmes la ville qui est grande et belle avec de superbes édifices. Arrivés au château nous y vîmes une garde de deux capitaines espagnols. S. A. était accompagnée du Sgr duc de Neubourg et de tous les généraux de l'armée excepté don Carlos Coloma, le duc de Saxe, le comte Van den Berghe et le prince de Barbanson qui restaient pour garder l'armée.

» Il y avait tant de noblesse avec l'Infante que l'on disait que jamais princesse ni reine n'avait eu pareille escorte. Les cloches de la grande église de Ste-Barbe sonnaient à toute volée. Cette église si grande ne pouvait nous contenir tous. L'illustre Cardinal de la Cueva célébra la messe et le son des orgues et de la musique furent une grande joie et consolation pour les catholiques. Son Altesse fit faire pour l'église un titre de grandes lettres (1) »

A l'entrée de la ville, Spinola avait fait placer cette inscription en guise d'arc de triomphe : *Philippus Hispaniae rex, gubernante Isabella Clara Eugenia, obsidente Spinola hastibus frustra in suppetias coniurantibus, Breda Victor potitus.*

La première chose que voulut faire l'Infante après la messe solennelle d'action de grâces, fut de rechercher ce qui pouvait rester encore dans la magnifique église gothique, de monuments ou de statues. Hélas ! il ne s'en trouva plus guère, tout ce qui naguère enrichissait le sanctuaire d'œuvres d'art inestimables avait été brisé ou volé ; des superbes tombeaux des comtes de Bréda, il ne restait que celui d'Englebert II de Nassau et celui d'Englebert Ier.

---

(1) C'est-à-dire une pierre commémorative avec cette inscription :

AMBROSI SPINOLAE
VIGILANTIA
BREDA ESPUGNATA

Rodriguez Villa. Spinola, p. 436 et s.

Ce dernier monument était surmonté d'une statue de la Vierge qui avait été respectée jusque-là. Pendant le siège elle fut brisée sous l'influence de la femme d'un pasteur. (1)

L'Infante prit immédiatement des mesures pour que le culte catholique put être célébré avec honneur dans la ville, et rendit aux religieux les couvents dont ils avaient été chassés. Outre la paie exceptionnelle qu'elle distribua aux soldats, Isabelle avait fait venir 10000 casaques.

« Les jours suivants elle fut visiter tous les ouvrages et fortifications de guerre et les retranchements des deux grandes enceintes intérieure et extérieure, obligeant la milice comme elle avait fait la religion. » (2)

« S. A. fit de grandes démonstrations de remerciements du grand service rendu à la couronne royale. Le soir on fit de nouvelles salves et on fit des feux dans tous les quartiers ce qui était un spectacle magnifique.

» Puis S. A. alla visiter le quartier, dit encore le correspondant anonyme auquel nous empruntons ces détails, caressant beaucoup les maîtres de camp italiens. (3) On n'a pas encore nommé de gouverneur. Espérons que la nomination sera bien accueillie, car il y a des compétiteurs dignes et puissants.

(1) Le siège de Bréda, p. 152
(2)   Id.   p. 156.
(3) Chiflet dans la préface de la traduction qu'il fit du *Siège de Bréda* du *P. Herman Hugo*,cite cet incident à la louange de l'esprit d'observation et de l'expérience de l'Infante :

« Le postlendemain de nostre arrivée à Bréda, après que l'Infante se fut acquittée envers Dieu des devoirs de la Religion, pendant que la tour de l'Eglise, les remparts de la ville, et les retranchement du camp estaient tout en feux d'alégresse et que le canon retentissait de toute part, S. A. estant allée sur un des boulevers du chasteau pour voir elle-mesme tirer l'artillerie, ainsi qu'on présentait la mèche sur la lumière d'une piece elle apperceut que le plancher de la plate-forme déclinait un bien peu de son orison, et prévoyant que l'affut reculerait de biais, elle fist retirer ceux qui s'estaient logés du coté du penchant et qui au jugement même du canonnier se croyaient estre en une place exempte de toute disgrace. Par effest, après qu'ilz se furent retirés, le canon fit son recul en demy-rond, de la mesme façon que S. A. l'avait prédite et sans cet arrangement inopiné ils ne couraient pas une moindre fortune que le hazard d'avoir les jambes froissées.

» L'ennemi est si abattu qu'il a peu fait jusqu'ici pour sa défense. Vraiment ce fut un coup très dur pour lui et encore plus pour la réputation de la France, de l'Angleterre, du Danemark, de la Suède et autres (qui n'ont pas su secourir leur alliée).

» Le 15 se donna une nouvelle salve qui fut le troisième jour de la première qui se fit pour S. A., qui sont quatre avec les grands feux. Et le peuple, voyant tant de bonté dans ses princes, commence à s'apprivoiser et on pense que ceux qui avaient quitté la ville reviendront.

» Hier qui fut dimanche, S. E. (Spinola) invita à dîner les députés de Bruxelles qui vinrent avec le Sgr duc de Trescot (Arschot) grand d'Espagne, don Luis de Portugal, le Sgr duc de Neubourg, le duc de Saxe, don Geromino de Guzman et cinq maîtres de camp. Ils furent servis splendidement aux frais de S. E. qui faisait aussi les frais de la dépense de la S^{me} Infante et de la cour qui était venue icy nombreuse. Aujourd'huy se fait l'assemblée générale de l'armée pour la paie et nous pensons que dans deux jours nous commencerons à défaire les fortifications faites pour le siège pour lequel le pays donnera 4000 chariots puis nous irons à Rosendael et nous le fortifierons pour arrêter les courses des hollandais et rendre libre le pays d'Anvers, Sira (?) et Malines.

» Grâces soient rendues à Dieu, car certes, chaque jour paraît davantage le miracle d'avoir pris cette ville si belle, forte et gentille. Son château et son jardin sont royals et S. A. aurait un meilleur séjour ici que dans le pays de Bruxelles. C'est tout ce que je puis conter à votre seigneurie de ce succès. »

« De Bréda, du camp de S. M. Catholique le 20 juin 1625 (1). »

Isabelle donna le gouvernement de Bréda au baron de

______

(1) Rodriguez Villa, Spinola, p. 439. Le prince d'Orange donna à l'Infante le mobilier du château de Brĕda. (Ibid. p. 442.)

Balançon (1) et remit dans sa place de bourgmestre le vieil Henry Montens que les hollandais avaient chassé lorsqu'ils prirent Bréda par surprise en 1590.

On offrit à l'Infante le spectacle d'un combat de cavalerie avant son départ, dans lequel le duc de Neubourg et le duc de Saxe se battirent contre Henri de Bergh. Après le combat, « ils vindrent tous trois ensemble, faire la révérence à S. A. en baissant leurs espées devant la portière de son carrosse. » (2)

En repassant à Anvers, Rubens fit le portrait d'Isabelle. « Elle se vit ornée d'une couronne civique dans un tableau sortable à sa royale grandeur, digne vrayement d'estre représentée de la sorte après un triomphe si signalé et de la seule main de cet Apelle. En faveur de la princesse, les Pères de la compagnie de Jésus représentèrent en leur collège une action de David, mais d'une invention nouvelle parce que à la fin de chaque acte se voyait peinte au plus près de la vérité la suite de ce qui avait esté représenté. Toute la cour y comparût au nom de S. A. » (3)

---

(1) De la maison de Rye en Bourgogne, frère cadet du marquis de Varambon.

(2) Le siège de Bréda, p. 158.

(3)   »   p. 159.

Voir appendice : Note X.

CHAPITRE XII

—

—

Jacques Ier mourut le 6 avril 1625 au milieu des préparatifs d'une guerre contre l'Espagne qu'il se décidait à entreprendre. Son fils Charles Ier, y était encore plus résolu et voulait à la fois attaquer le royaume catholique par ses deux extrémités ; aux Pays-Bas et sur ses côtes portugaises. Il envoyait 6000 hommes pour renforcer l'armée des Provinces-Unies, en suite de l'accord conclu à la Haye par lord Holland, le duc de Buckingham et les Etats qui formèrent par cet acte une ligue contre l'empereur et le roi d'Espagne, ligue à laquelle vinrent se joindre la France et le Danemark. C'était peu avant la prise de Bréda et Mansfeld fut envoyé en Angleterre pour y recruter des soldats, dont il forma cette armée qui, après s'être morfondue sur la côte de Hollande, devait aller au Palatinat et courir les dernières aventures du condottière.

En Grande Bretagne on travaillait fiévreusement à construire la flotte qu'on destinait à la campagne navale du midi.

Il fallait s'apprêter à tenir tête à tant d'ennemis. Philippe IV insista auprès de sa tante pour qu'elle se hâtat de son côté de former aussi une flotte de course, destinée à harceler l'ennemi, surtout les navires marchands et ceux qui revenaient des Indes, chargés de trésors. « Un galion vaut une forteresse » disait-il.

L'idée de monter une flotte de coureurs de mer venait de Spinola. Le commerce maritime et la pêche formaient les deux plus grandes ressources des Provinces-Unies. Les ruiner par une guerre de corsaires était une heureuse inspiration. L'établissement d'une amirauté à Dunkerque faciliterait les échanges avec l'Espagne et serait une menace perpétuelle pour les ennemis du Nord. La mesure était excellente et le succès de ces courses, le tort qu'il fit au commerce hollandais, fut considérable. Spinola mit à cette organisation toute son application et son génie d'organisation et bientôt il put tenir toujours sous voile une certaine quantité de frégates et bateaux de course, prêts à partir au premier ordre.

En 1625, l'épuisement des finances était grand en Espagne. On comptait sur la venue d'un riche convoi de l'Inde pour remettre tout en bonne voie. L'anxiété était grande chaque fois que pareil arrivage était attendu, aussi fut-on terrifié quand on apprit que la flotte anglaise toute entière s'ébranlait et naviguait à toutes voiles vers Cadix. L'Armada espagnole se tenait prête à protéger ses trésors et l'Infante fit partir immédiatement sa flotte de vingt et un vaisseaux, qui attendait au port de Mardyck. Les anglais essayèrent une attaque du convoi, mais la tempête aidant, ils durent se retirer avec de grandes pertes.

Jusqu'ici Isabelle et Philippe IV avaient évité tout acte d'hostilité envers l'Angleterre, espérant toujours que le roi Charles renoncerait à entrer ouvertement en guerre avec l'Espagne, mais après cette agression, il fallut bien reconnaître que le roi de Grande Bretagne voulait la guerre.

Philippe IV ne pouvait plus hésiter, il trouvait de sa dignité de prendre l'offensive et donna ordre à sa tante de faire marcher son armée sur les frontières hollandaises. En même temps, il aurait voulu qu'on essayât la fameuse descente en Irlande. Son ambassadeur à Vienne devait aller ranimer le zèle de la ligue catholique et l'engager à reprendre une campagne vigoureuse contre la ligue protestante. Le roi, lui-même, écrivait à tous les princes catholiques, les exhortant à ne pas laisser s'accumuler ces nuages de poudre mais à les prévenir, avant qu'ils ne deviennent trop dangereux.

L'Infante, devenue le centre de toutes les affaires politiques et militaires, doit redoubler d'énergie et d'activité. Son travail est effrayant parce qu'elle veut tout décider par elle-même et ne rien confier d'important aux juntes et conseils, dont elle semble toujours se méfier. Elle ne se contente pas de lire les pièces qu'on lui présente, elle veut vérifier, autant qu'elle peut, toutes choses par elle-même.

Aussi, comme la flotte était en ce moment l'affaire la plus importante, elle voulut aller à Dunkerque voir les préparatifs faits par Spinola, qui se donnait tout entier à cette entreprise et l'organisait avec son ordre et son génie habituels. Elle voulait se rendre compte de ce qui se faisait, et aussi examiner les moyens d'exécuter cette expédition d'Irlande tant souhaitée du roi. Elle n'approuvait pas du tout ce projet. Toujours elle en avait compris les grandes difficultés et le peu d'assurance qu'il donnait d'un vrai succès. Comme elle l'écrivit à plusieurs reprises, elle n'était pas prête pour une expédition qui exigeait un armement, une direction, des soldats de premier choix. Sans ces conditions de perfection absolue, ce serait une folie suivie de déroute certaine. Et puis, disait-elle avec beaucoup de bon sens, à quoi bon aller faire une descente en Irlande, terre éloignée et fort déserte ? Quand on y serait, quel avantage aurait-on ? Quelles garanties avons-nous d'un concours utile des gens du pays ? Les quelques seigneurs irlandais réfugiés aux Pays-Bas et en Espagne ont-ils l'influence qu'ils prétendent posséder ? Une descente en Angleterre même ferait plus d'effet que cette lointaine, coûteuse et dangereuse démonstration.

L'Infante est d'avis qu'une flotte croisant sans cesse dans les eaux d'Angleterre et de Hollande, courant sus aux bateaux de pêche et marchands, faisant beaucoup de prises et de dégâts, serait infiniment plus avantageuse. Ce serait faire un tort immense aux Provinces-Unies, et avec moins de risques. Cet avis paraît aussi celui de Spinola, car il arme surtout des navires de courses ; mais combien il est difficile de faire accepter à Madrid d'autres idées et d'autres plans que ceux qu'on s'y forge ! L'Infante et Spinola sont au plein milieu des champs de bataille. Ils ont à juger sur place et leur expérience est faite de pratique et de prudente sagesse, néanmoins, on ne semble pas la reconnaître, cette expérience, et il faut toute l'adresse souple et sage d'Isabelle pour arriver à obtenir les changements de direction nécessaires.

L'Infante fit plusieurs fois des courses d'inspection à Dunkerque.

En 1625, la construction de la flotte, l'armement des navires de courses et de guerre, sont la grande préoccupation d'Isabelle et de Spinola. C'est sur la mer qu'il faut lutter cette année et l'Infante veut pour ainsi dire, se mettre à la tête de l'Amirauté. Elle est déjà en septembre à Dunkerque et y est encore en octobre. Rubens l'accompagne, il écrit à Peiresc que la sérénissime Infante et le marquis n'ont d'autres soins que de construire et armer des bateaux et qu'il en a vu à Mardyck « 21 très bien appareillés dont 9 étaient sur le point de mettre à la voile au premier bon vent, ce qui est très dangereux, selon moi, parce qu'ils devront traverser une ligne de 32 vaisseaux hollandais. » (1)

De la côte, l'Infante et sa suite assistent souvent à d'émouvantes péripéties de lutte et même à d'affreux spectacles.

— « Sans la mauvaise administration espagnole, écrit encore Rubens à Peiresc (avant que Spinola s'en occupe) la flotte aurait fait d'incroyables progrès. Plusieurs batiments sortis en course ont causé quelques dommages à la pêche des harengs, mais ils pourraient bien trouver des obstacles à leur retour. C'est un crime bien cruel de la part des hollandais que d'avoir refusé de donner quartier dans ces parages, car je puis certifier pour l'avoir vu, que malgré tous les bons traitements dont la sérénissime Infante use envers leurs prisonniers, eux au contraire, ils jettent à

(1) Lettres de Rubens, p. 23.

la mer sans aucune pitié, tous ceux des nôtres qui tombent entre leurs mains. Il en est résulté que l'Infante, après avoir persévéré longtemps en vain dans cette conduite pleine de douceur, s'est vue à la fin forcée de faire des représailles et d'user de la même manière. (1)

Il fallut en effet que l'Infante menaçât les Etats et laissât agir l'Amirauté, ainsi que le conte Chiflet, rapportant le même fait cruel des hollandais, arrivé pendant le séjour de la gouvernante sur la côte. Deux pataches espagnoles ayant été prises, les vainqueurs lièrent les mains à cinquante soldats qu'ils jetèrent dans la mer.

« Cruauté inique et barbare, s'écrie Chiflet, qui obligea à user de justice afin d'arrêter de telles horreurs. La junte de guerre s'étant assemblée, on décida de prendre au hasard 75 prisonniers hollandais et de les jeter aussi, mains liées, en haute mer. » (2)

L'Infante revint encore à Dunkerque au commencement de novembre et, ce semble, menant avec assez d'apparât une suite nombreuse où ne manque ni le bon chapelain Chiflet, ni son frère Jean, qui vient d'être admis comme médecin dans la chambre de son altesse. C'est le chapelain qui, son carnet de notes à la main, nous a laissé le journal de ce voyage que la piété d'Isabelle veut inaugurer par un acte de dévotion, en ordonnant à son grand Aumônier, l'archevêque de Césarée, de faire dire quinze messes chaque jour. (3)

Dès son arrivée, la princesse et sa cour ont le spectacle d'une tempête et d'un combat où les navires espagnols coulent quarante barques de pêcheurs pendant que douze

---

(1) Lettres de Rubens, p. 65.

(2) Chiflet, T. 96 f. 146.

(3) Ordre donné par S. A. S. l'Infante Isabelle à Mgr l'archévesque de Césarée estant à Dunkerque : Chaque jour les messes suivantes se diront le plus tôt possible : A nôtre Seigneur, à St Michel, à St Raphaël, à St Gabriel, à tous les Anges, à St Joseph, à St Mathieu, à St Alphonse, à St Vinot (!) à Ste-Thérèse, à St. Antoine de Padoue, aux Saints Rois, au Nom de Jésus. Et elles se continueront chaque jour jusqu'à ce que je le dise. Chiflet. T. 98, f. 241.

gros vaisseaux hollandais sont engloutis dans la tourmente
l'un d'eux vient s'échouer sur le sable de la côte et ce sera
une bonne prise. On en fait d'ailleurs beaucoup et elles
sont causes de grandes disputes. Les espagnols assurent
que ce butin est à eux, et que personne n'a le droit d'y
prétendre. Il y a l'amiral du roi et le veedor général qui
sont après à la curée. Mais l'amirauté ne l'entend pas ainsi ;
les officiers et les marins qui ont couru tous les dangers,
les employés, tout ce monde dit avec raison qu'il ne doit
pas être frustré de ces gains. L'Infante qui veut la justice,
déclare que l'amiral et le veedor général doivent se contenter de leurs gages et n'ont droit à aucune part du butin qui
reviendra désormais tout entier aux mariniers. (1)

L'avantage naval remporté, comme un souhait de bienvenue, le jour de l'arrivée de l'Infante à Dunkerque, est
accompagné d'un message de Tilly qui annonce de grands
succès en Brünswick, aussi est-on très animé dans l'entourage de la gouvernante, dont l'activité fait l'admiration
générale. Elle veut se rendre compte de tout par elle-
même, visite les ateliers, les chantiers, les magasins, voit
les places, les rapports, tout ce qui intéresse l'organisation
de la flotte.

En manière de distraction, « Son Altesse, après le disner
a esté voir les machines et l'artifice dont on use pour haus-
ser et dégager des sables le navire hollandais qui avait ésté
jeté sur le sable par la tempête entre Mardyck et Gravelingue. C'est une patache qu'on appelle le Lyon Rouge, à
cause d'un lyon rouge qui est à la poupe. Cette patache a
esté jettée sur le sable le 23e jour. »

On admire beaucoup tout ce que fait Spinola et combien
il se donne de peine pour diriger tant de choses à la fois :

— « Le marquis ordonne tout avec un soin incroyable,
écrit Chiflet. Il met tout en ordre et travaille en toute diligence pour refaire nos vaisseaux revenus à Dunkerque. (2)

L'Infante visite le port, les ateliers, les chantiers, les ma-

(1) Chiflet. T. 96 f. 121.
(2) Chiflet. T. 96 f. 114.

gasins. Elle visite aussi les couvents et en particulier les carmélites. En août, elle avait présidé à Gand la prise de voile de cinq dames de sa cour et de sa maison. (1) Une Carmélite, dans une lettre à Chiflet, narre une visite de l'archiduchesse, la veille d'un jour où on savait que les ennemis complotaient d'aller brûler tous les vaisseaux du port de Mardyck au moyen de feux grégeois ou feux d'artifices. « Tous les gens de la maison de S.A. dit la sœur, se confessèrent et communièrent avec leur maîtresse la veille du jour où l'on craignait l'attaque et comme on pensait que cette attaque aurait lieu la nuit, S. A. et tous ceux qui étaient dans sa chambre se mirent en oraison, demandant à N. S. que le feu ne fit pas son effet. Pendant qu'on était en prières, s'éleva une grandissime tempête qui dispersa les barques ennemies. (2) » Isabelle avait fait appeler une des Carmélites qui passa la nuit auprès d'elle. De la terrasse de la maison de Jacques van de Walle, trésorier de la ville de Dunkerque (3), elles regardaient les barques ennemies s'approcher.

(1) Chiflet. T. 97 f. 290. L'une des jeunes religieuses admises ce jour-là, écrit à Chiflet pour lui conter en détail toute la cérémonie, puis continue, ainsi : Quand le Te Deum fut fini nous conduisîmes la princesse à la cellule de notre Mère prieure où elles causèrent jusqu'à ce qu'on lui eût porté son déjeuner. Son Altesse voulut manger au réfectoire et demanda à la Mère prieure de faire toutes les cérémonies comme si elle n'avait pas été présente et ainsi elle fit l'examen de conscience, elle vint au chœur avec les religieuses et les dames pour faire ce qui est de coutume et cela achevé elle fut avec la communauté au réfectoire récitant le Miserere ; elle récita le bénédicite. S. A. s'assit sur la table de traverse où s'assoient la supérieure et la prieure et puis les nouvelles voilées et sur les autres tables, les religieuses. Les dames servaient S. A. et les religieuses... La sœur dit ensuite qu'on fit manger les dames au jardin parce qu'on leur servait de la viande et qu'elles n'auraient pas gardé le silence ce qui amusa S. A. qui vint les voir manger en cachette. Après les vêpres, « S. A. fut amenée par la prieure au dortoir et dans sa cellule. Elles causèrent très longtemps puis elles nous firent appeler toutes les cinq ; nous nous agenouillâmes autour de S. A. et elle se récréa beaucoup avec nous, nous adressant mille demandes et nous répondions à S. A. pour la divertir. Pendant ce temps notre Mère était allée saluer les dames ; toutes cinq nous servîmes le goûter de S. A. à la Carmélite. Elle promit à notre Mère de revenir par Gand à son retour de Dunkerke pour la voir manger des bolados parce que, dit S. A., il y avait longtemps qu'elle n'avait eu un si bon jour. »
(2) Chiflet. T. 97 f. 291.
(3) L'Infante habitait cette maison.

A cause de la tempête, on n'osait lancer sur elles la flotte espagnole. « Nous voyions le feu dans les barques » dit la religieuse. » (1) De Dunkerque, la princesse écrit cette jolie lettre à l'une des nouvelles Carmélites, son ancienne dame d'honneur :

« Malgré le désir que j'eus bien des fois de répondre à vos deux lettres, il est certain que cela m'a été impossible jusqu'ici. Mais aujourd'hui le bon Dieu a bien voulu envoyer tant de pluie qu'il n'est venu personne à l'audience et j'ai saisi cette occasion de vous dire combien je suis heureuse de vos lettres et de vous savoir bien, et d'avoir de bonnes nouvelles de toutes vos religieuses par vous. J'espère que Dieu les rendra très saintes, surtout étant sous votre main. Le Père Domingo vous envoie beaucoup de souvenirs et dit qu'il demande à Notre Seigneur de vous rendre saintes, saintes, saintes ! C'est ainsi même qu'il m'a dit de vous écrire. Il est très heureux de lire vos lettres quand vous m'écrivez. Il est très heureux du çapato (?) et du papier. Quittez-donc le souci où vous êtes parce que je crois qu'il vous l'a donné pour vous mortifier. Soyez-donc contente de ce que j'ai fait avec N. Je pense que c'était ce qu'il y avait de mieux à faire. Je suis heureuse de l'avoir près de moi pour beaucoup de raisons et à cause de ce qui peut arriver, comme je vous l'ai dit dans une autre lettre et aurait eu en plus, de grands embarras pour les obstacles qu'on lui susciterait aux Etats.

» J'ai lu tout ce que vous m'écriviez sur ce qui concerne la ferme de Marie de Saint-Joseph et il me semble que tout est très bien et je partage votre opinion qu'il vaut mieux en tirer moins de profits et ne pas se brouiller, mais je n'en ai parlé à personne.

» On nous a causé ici une grande émotion en nous disant qu'une troupe nombreuse avait débarqué à l'écluse (de mer) Je n'eus pas grand peur, parce que j'ai dans cette maison tant de bons soldats combattant avec de meilleures armes que nos ennemis, que j'espère en Notre Seigneur qui leur

(1) Chiflet. T. 97 f. 291.

donnera les moyens de défendre ces pays. On nous menace aussi d'un renfort d'anglais qui viendrait aider les premiers à rompre ces écluses. Voici toutes mes nouvelles les plus fraîches. A vos religieuses, un baiser d'aussi bon cœur que si j'étais là ; dites à la colombe que je me réjouis qu'elle montre tant de dispositions à devenir bonne religieuse. Que Dieu vous garde.

YSABEL. (1)

Après un séjour bien employé, l'Infante voulut visiter quelques parties du pays où elle n'était jamais allée : « Son Alteze, écrit Chiflet, part en carosse le 6 novembre de Dunkerque, a dîné à Waten, après le dîner elle va voir une maison de Jésuites anglais sur une petite colline, laquelle dépendait autrefois de l'évêché de Saint-Paul. De là elle s'embarque jusque Saint-Omer et débarque devant l'abbaye de Saint-Bertin. L'Abbé et tous les religieux la furent recevoir avec la cappe de chœur et la croix avec six flambeaux blancs portés par les enfants de chœur. A l'entrée de l'église, S. A. se mit à genoux pour adorer la croix, puis elle entra. Ainsi elle fust conduite dans l'église, où après avoir chanté un mottet de réjouissance, on chanta le *Te Deum laudamus* et puis on la conduisit jusqu'à son quartier que

____

(1) « Sérénissime dame, écrivait l'archevêque de Cesarée à l'Intante au moment de quitter Dunkerque, comme V. A. est prête à quitter ce lieu, il paraît convenable à sa piété d'envoyer quelqu'aumône à Saint-François pour les pauvres religieuses ; V. A. a assisté bien des fois à leurs offices et aux fêtes. Chaque jour V. A. y a entendu la messe ainsi que ses dames et domestiques, ainsi que ses pauvres. V. A. sera bien bonne de me signifier ses intentions et de me dire comment il faut distribuer les aumônes ; s'il faut aller trouver le marquis (Spinola) pour qu'il délivre la somme que V. A. demandera pour ces aumônes extraordinaires parce qu'on ne peut les prendre sur les aumônes ordinaires surtout qu'il y a beaucoup de pauvres à gratifier. »

Isabelle écrit en marge. « J'avais pensé par cette note vous demander si on pourrait donner quelque chose à la chapelle de Saint-Eloi où nous avons été les samedis. Voyez ce qu'il vous paraît devoir être donné, vous pourrez dire au marquis qu'il ne s'agit pas de l'aumône ordinaire. Il est nécessaire qu'on règle les messes qui se diront pour les navires et puisque N. S. nous a fait l. grâce d'une victoire il sera bon de faire dire d'autres messes pour les âmes pendant cette octave. » Chiflet. T. 97 f. 242.

l'on tient avoir esté basti par les roys pour leur logement. » (1)

Le nonce du Pape avait accompagné l'Infante à Dunkerque. Il y tomba malade et rejoignit la princesse à Saint-
Omer. C'est là qu'arriva la nouvelle de l'heureuse entrée en
Espagne des galions des Indes, auxquels la flotte anglaise
avait espéré barrer la route. (2)

De Saint-Omer, l'archiduchesse excursionne dans le voisinage. Le 10 novembre, elle va entendre la messe aux
Jésuites anglais. « Après quoi elle entra dans la maison et
vist représenter l'action dont le subjet est compris dans
l'emprise jointe à cette page. (Cette feuille manque.)

« Ladite maison a été fondée par le Roy Philippe second
pour l'instruction de la jeunesse d'Angleterre. Aussi y a-t-
il ensemble environ deux cents pensionnaires, tous de
cette nation, la plupart seigneurs des maisons principales
d'Angleterre, lesquelles sont toutes catholiques (?) et appren-
nent de toutes sortes d'exercices d'études et de nourriture
et sont accommodés si proprement que rien ne leur manque. Dans la susdite maison il y a une musique, très excellente et un théâtre à plusieurs estages sur lesquels ils représentent lesdites actions avec des galeries tout autour en
forme d'amphithéâtre d'où quantité de personnes peuvent
voir et ouyr l'action sans s'incommoder. »

« Après le disner, S. A. s'est embarquée pour aller voir
les isles flottantes qui sont à deux milles de la ville. Ces
isles là sont juste comme d'une espèce de petits radeaux si
bien entrelacés ensemble par les racines qu'ils ne se sépa-
rent point et sont si forts que sur une isle grande comme
une chambre, il s'y peut mettre trente à quarante personnes.

(1) Chiflet. T. 96 f. 114.
(2) « A l'archevêque de Césarée, N. S. nous ayant fait la très grande grâce
de sauver le trésor en le ramenant miraculeusement au port, il est juste de le
remercier. Il serait bien que l'on chantât le Te Deum demain, avant la messe
que j'entends ; commandez-le donc. Et je désire que cela aille mieux qu'à
Bruxelles où on l'a chanté fort mal. » Chiflet. T. 97 f. 242. Note de l'Infante.

« Celle sur laquelle a esté S. A. est à l'Abbé de Saint-Bertin grande de quarante piés. Toutes ses dames y ont esté aussi et Monsieur le marquis. En tout ils estaient 46 sans que l'isle s'enfonçast sous le poids. Comme S. A. a esté dessus on luy as dit que son époux, son père et son grand-père y avaient tous (esté) qu'il estait raison qu'elle ne fist le mesme et en mesme temps on lui as présenté du vin qu'elle a tasté (goûté). Par après on a pourmainé l'isle et puis on luy a faict voir comment on prenait le poisson qui se retirait dessoubs. » (1)

Isabelle alla aussi visiter les travaux de dessèchement commencés, sur l'ordre de l'archiduc Albert, depuis plusieurs années. » L'un de ces marais, dit Chiflet (2) était profond de 7 pieds et avait trois lieues de diamètre, aussi les bateaux venant de la mer y pouvaient pénétrer, mais ajoute-t-il, cet endroit était très dangereux pendant les tempêtes, aussi y fit-on beaucoup de trouvailles, dont quelques-unes furent montrées à l'illustre visiteuse ; on y trouva vingt bateaux ensevelis à cinq ou six pieds dans la terre, nombre d'arbres devenus noirs et durs comme du fèr, des monnaies d'argent, des statues et bustes de bronze « et plusieurs autres marchandises pétrifiées ». Ces étangs marécageux étaient formés en partie par des sources qui « travaillaient soubs les piés » ; si on enfonçait un pieu dans la terre, à deux pieds il rencontrait l'eau profonde;cinquante-huit moulins à vent épuisaient l'eau et les cultures étaient si merveilleuses que Coberghe, qui paraît avoir eu quelque part à cette entreprise, montra à l'Infante des épis magnifiques venant de ces nouvelles terres. Chaque pied de ce grain portait en moyenne 175 tiges et chaque épi 5o à 69 grains, « le chanvre et la moutarde y croissent comme de petits arbres ». La tourbe combustible qu'on y recueillait était de première qualité et enfin cette contrée, jadis

____

(1) Chiflet paraît très frappé de ces îles flottantes, qu'il alla revoir avec son frère pour les mieux étudier et sur lesquelles il donne force détails. T. 96. f. 117.

(2) Chiflet. T. 96 f. 293.

siège de maladies fiévreuses perpétuelles était redevenu sain et prospère.

Le 13, la flotte remporta un nouveau succès. On vint annoncer à l'Infante que plusieurs vaisseaux de cette flotte venaient de rentrer au port, après avoir fait subir beaucoup d'avaries aux ennemis et ramenant douze cents prisonniers. Cette nouvelle émut toute la cour, plus encore que l'archiduchesse. Spinola part aussitôt pour Dunkerque et, de commun accord, la princesse et le clergé décident qu'on fera sortir processionnellement la célèbre châsse de Saint-Bertin pour remercier le ciel de ces succès et de ceux de Tilly. (1)

« Le 17 novembre S. A. S. fûst disner à Cassel en Flandre, à quatre lieues de Saint-Omer, et s'arresta au milieu du chemin à un petit monastère de religieuses pour visiter l'Eglise. Après le disner à Cassel, elle est montée en haut de la ville au couvent de la Montagne et d'où lequel quand le ciel est pur, on descouvre sans difficulté plus de trente villes de Flandre, Artois, France, Angleterre et autres lieux. De là S. A. a esté visiter les églises. S. A. dist le soir qu'en ceste curiosité elle estait de l'humeur de son père qui se fust librement détourné de deux ou trois lieues pour voir un bel aspect. »

Le soir, feux de joie en l'honneur de l'Infante ; l'un d'eux est allumé au faîte d'une vieille tour élevée sur une éminence et on le voit de tout le pays.

« S. A. sortit de Cassel le 18, passa à Poperinghe, très beau et grand village despendant de l'abbaye de Saint-Bertin et fust coucher à Ypres, qui est à cinq lieues dudit Cassel. Partant (de Poperinghe) aussitôt, à cause qu'il y a des chemins de toutes faschons et difficultés, dont on avait

(1) En ce moment, le roi Christian de Danemark s'étant mis à la tête de la ligue protestante, la guerre avait repris avec une nouvelle ardeur. L'empereur n'avait que les deux armées de Tilly et de Wallenstein à leur opposer, encore ne pouvait-il compter sur le concours utile de ce dernier qu'autant que son amour-propre y trouvait son avantage. Tilly, tout dévoué à son maître, poursuivait la campagne avec son talent habituel et venait de battre les alliés à Seelze.

réparé quelques passages. A son arrivée, elle fust reçue
à deux lieues de la ville par le gouverneur et le magistrat
qui lui offrirent les clefs et une compagnie de deux cents
bourgeois lui furent au desvant. » (1)

La princesse voyageait à petites journées, s'arrêtant à
toutes les villes fortes et inspectant soigneusement les
remparts de chacune d'elles, au dedans comme au dehors (2)
faisant le tour extérieur de chaque forteresse comme l'ingénieur le plus expert.

A Ypres où elle s'arrête cinq jours, elle voit arriver un
convoi de 120 prisonniers. Il faut maintenant faire évacuer
ces malheureux dans l'intérieur du pays, car les prisons de
Dunkerque et de Bruges sont combles. Le 22 novembre,
départ d'Ypres par un temps très froid, la princesse s'arrête
à Menin pour y diner, puis descend le soir à Lille où
« elle fust reçue avec un très grand applaudissement et joie
de tous, partout » (3).

Chiflet insiste sur « la curiosité » d'Isabelle qu'il admire
beaucoup, parce qu'elle s'intéresse avec une égale vivacité
aux choses artistiques et industrielles, aux beautés de la
nature ou aux trésors d'art des églises, des monuments,
des couvents. Dans les églises, elle s'informe de ce qu'on
y possède, comme elle note ce dont on a besoin. Elle
apprécie avec un goût très sûr, ce qu'elle rencontre de beau
dans ses voyages et déplore amèrement le vandalisme dont

(1) Chiflet. T. 96, f. 123.
(2)   »   »   »
(3) Le journal de ce voyage, tenu par Chiflet, est curieux par tous les renseignements, souvent naïfs, qu'il donne, tant sur lui que sur son frère dont il
paraît très affectueusement fier. Il a soin de dire que c'est à Dunkerque que
Jean Chiflet a prêté serment entre les mains de Spinola comme médecin de
la chambre, service qu'il ne prit d'ailleurs qu'un mois après, quand le même
Spinola l'eût fait entrer officiellement dans la chambre de S. A. Les deux
frères vont ensemble inspecter les îles flottantes. A Lille ils dînent tous deux
chez un chanoine Vanbrand qui a 79 ans, n'en paraît que quarante et tient
tête aux plus jeunes devant une table bien servie. A Gand, le bon chapelain
est absolument stupéfait à la vue d'un lion que garde chez lui un certain personnage ; il n'en revient pas, il retourne plusieurs fois voir cet animal et
s'informe « de ses particularitez ». Il remarque que c'est une erreur de
croire que le lion a peur du chant du coq. Voir appendice : note XI.

elle peut toucher du doigt les traces dévastatrices. L'histoire la passionne. Elle recherche non seulement les œuvres d'art, mais tous les renseignements historiques concernant ses ancêtres et surtout son grand-père, Charles-Quint. Il est vrai qu'elle a aussi bien des ruines à constater également et le chapelain a maintes aumônes à faire.

Pendant qu'elle était à Lille, l'Infante eut avis d'un complot des hollandais se proposant de s'emparer de Gravelingue par surprise. Ils avaient cru corrompre deux soldats de la garnison qui, faisant semblant de se laisser séduire par la grosse somme qu'on leur offrait, promirent d'ouvrir les portes au chef de l'entreprise, un certain Grenu d'Armentières. Le gouverneur de Gravelingue proposait à l'Infante de laisser entrer toute la troupe de Grenu puis de s'en emparer, ou simplement de faire entrer Grenu et de se saisir de lui.

Mais qui assurait que ces cent hommes ne seraient pas suivis de beaucoup d'autres ? Comme le disait sagement Spinola « il vaut mieux un lièvre rosti sur la table qu'un cerf dans le bois ». Le pauvre Grenu, plein de confiance, entra dans la ville avec ceux qu'il croyait ses complices, pour examiner la place et on put bientôt annoncer à Isabelle que « la grive estait venue aux filets ». Cette petite aventure amusa beaucoup la cour et termina gaiement le séjour de Lille que l'Infante quitta pour Courtrai. Elle s'arrêta à Loocristi « où il y a une image miraculeuse de la Vierge et un grand essor » (1).

Le 28 novembre elle était à Gand où elle séjourna jusqu'au 14 décembre. Ce jour-là elle vint coucher à « Audenaerde, petite ville composée pour la plupart de tapissiers et tisserands, à cinq lieues de Gand, par un temps fort doux et playsant. La bourgeoisie la fust recevoir hors de la ville et la conduit avec des flambeaux jusqu'à son logis, les fronts des maisons estaient toutes tapissées. Le débit de leurs tapisseries se fait par la voie de

(1) Chiflet, f. 127 à 138.

l'Escaut qui traverse la ville et à Gand, et à Anvers et autres lieux, et en montant, à Tournai et à Douai. » (1)

La dernière étape de l'Infante est Ninove où elle va loger dans l'abbaye des Prémontrés. Enfin :

« S. A. ayant ouï la messe dans l'église pastorale où les religieux maintenant font l'office attendant que la leur qui a esté ruynée soit rebastie, et visité les religieux du Carmel et autres seigneurs Abbés dudit ordre, elle partit ce mardy pour venir coucher à Bruxelles où elle estait attendue avec grande dévotion, feux de joie et autres réjouissances que l'on fist tant pour son arrivée que pour l'heureuse naissance d'un fils en Espagne et pour le couronnement d'un fils de l'empereur au royaume de Hongrie... Le duc de Buckingham sort de Hollande avec le fils aîné du palatin qu'il emmène avec luy en Angleterre, à dessein de luy faire épouser (le nom manque).

« La nécessité de laquelle les anglais sont réduits est si grande qu'à Amsterdam ledit duc a engagé une bonne partie des joyaux de la couronne pour huit cent mille ducats. » (2)

Avec sa rentrée au palais, l'Infante retrouvait tous ses soucis financiers. La crise augmente et le 4 janvier 1626, la gouvernante écrit à son neveu que si elle n'a pas, en plus des mensualités ordinaires, une somme de un million six cents mille écus pour payer les arriérés et se remettre au courant, elle ne pourra en sortir. » (3)

Philippe IV continuait à poursuivre sa chimère favorite, et en ce moment même, sa tante recevait de lui l'invitation de chercher à gagner Mansfeld. Il a eu tant de mécomptes en Angleterre qu'il sera plus accessible à une proposition raisonnable et pourra être très utile pour une descente en Irlande, mais Isabelle se refuse à toute démarche ; elle ne veut plus avoir aucune relation avec l'aventurier. (4)

(1) Chiflet. T. 96 f. 557.
(2)   »   »   558.
(3) Corresp. de l'Infante et de Ph. IV. vol. XIX.
(4)   »   »   »

Autour d'elle, on ne semble pas trop s'apercevoir que la crise financière est intense et cet hiver de 1626 fut, selon l'expression moderne, très mondain.

Si l'Infante gardait strictement son deuil et sa vie presque monacale, elle ne prétendait nullement qu'on l'imitât autour d'elle. Il arriva même plusieurs fois qu'elle donna des fêtes au palais où elle n'assistait pas.

La cour de Bruxelles restait très brillante, très animée et très visitée. Le comte Jean de Nassau Siegen, après la prise de Bréda, avait reçu en récompense de ses services, le bel hôtel de Nassau, confisqué à Frédéric Henry. Un autre réconcilié habitait aussi Bruxelles, c'était le prince Emmanuel de Portugal qui avait épousé une sœur de Maurice de Nassau, Emilie, ardente luthérienne, au point de se refuser à accompagner son mari aux Pays-Bas, afin de n'avoir pas à saluer Isabelle. Un seigneur italien, magnifique et aimable, le marquis de Campolatro, était le boute-en-train de cette société assez cosmopolite, qui entourait l'Infante. Les fêtes se succédèrent, pour finir par un carnaval qui fit revivre les splendeurs passées.

Le marquis de Campolatro organisa des joûtes et, selon le mot de Chiflet « une course de grand appareil ». C'était un plaisir à la fois noble et populaire.

« Il envoya son déffit, dit Chiflet, par toutes les provinces quelques jours auparavant, mandant le terme de l'assignation. Il fist mettre des barrières sur le grand marché (1) au bout desquelles était sa tente avec les armes. Au milieu de la carrière était un théâtre dressé vis-à-vis de la bague pour les juges qui furent choisis (qui) furent le duc d'Arschot, le comte de Gondremart et le comte Ottavio (Visconti) et à l'autre but de la carrière, un théâtre pour les James.

« Le marquis de Campolatro comme le déffiant, rompit le premier en lice. Son appareil était tel : d'abord deux mulets chargés de lances, puis six chevaux de selle conduits par les pages, puis six trompettes.

(1) La grand'place.

» Après, suivit le comte de Hennin (duc de Bournonville)
en qualité de maistre de camp, puis le comte de Mansfeld
(fils légitime de Pierre Ernest) comme parrain. Et après,
le défiant accompagné de cinq cavaliers italiens et suivi
de quantité de valets. Son habit et la housse des chevaux
estaient de satin bleu tout chamarré de passements d'argent, les broderies estaient de mesmes avec force panaches,
et aigrettes tant sur les chevaux que sur la tête (des cavaliers)
et crouppe des chevaux.

» Voilà l'appareil du constenant. Quant aux adversaires,
les parrains qui arrivaient furent le duc de Saxe Vaymart
(Weimar) marchant avec le comte de Ritberg lesquels, à cause qu'il portaient (l'un) le deuil de son fils
qui avait été tué dans une bataille de Mansfeld contre Tilly
et celuy-cy pour la mort de son père, ils estaient vestus de
noir avec des diadèmes de (illisible) blanc et marqués le
poil de leurs chevaux, tant des six qu'on tenait à la main
que des six qu'ils montaient et les trompettes qui les entouraient estaient noires. Ils avaient pour parrain le colonel
Fauquet.

» Après eux il arriva la noblesse du pays sous la conduite du comte Jean de Nassau avec un superbe appareil
à la turquesque ; des turbans et l'habit de satin noir
passementé d'or et vair comme clinquant, ils furent devan-
cés d'un cupidon au dessus d'un char de triomphe fort
haut, faist en piramide triangulaire au dessus de laquelle
était un cupidon dans un throne et tout autour de la
pyramide sont des dépouilles des victoires d'amour.

» Cet enfant fut tiré par six esclaves. Quinze trompettes
de la dite livrée suivaient le char, puis le prince de Barbanson comme parrain à la teste de la trouppe qui estait de
25 ou 26 cavaliers, tant du pays que de Bourgogne. Le
duc de Saxe Weymar venait le dernier, couvert de satin
blanc accompagné de deux cavaliers de même livrée et
marque. Il y avait au lieu de trompettes la musique de la
ville composée de clairons, hautbois, et plusieurs autres

instruments, puis Saturne et Cupidon portés chacun sur un chameau.

« Avec cet appareil on courut la bague toute l'après dinée jusque sur le soir qu'on rompist le pasquin » (1).

L'Infante n'assistait pas à ces joûtes, dont le but était sans doute d'amuser le duc de Saxe-Weimar, venu pour s'entendre avec elle au sujet des affaires d'Allemagne. (2) Par contre, le nonce lui donna les cendres le lendemain, en sa chapelle. (3)

Pendant qu'on s'amusait autour d'elle, l'archiduchesse s'occupait avec Spinola d'un grand projet qu'elle croyait capable de changer toute la face des affaires. Elle avait été très encouragée, après son voyage à Dunkerque, en constatant que cette nouvelle amirauté, organisée par Spinola, avait produit d'excellents résultats. Par là, les côtes et la frontière se trouvaient mieux protégées. L'idée de garder la frontière opposée et en même temps de donner un avantage au commerce belge appartient-elle en principe à Spinola, ou bien l'Infante en fut-elle l'inspiratrice ? L'un et l'autre peuvent revendiquer cette gloire, tant il y avait de conformité dans leurs pensées et dans leurs actes, au point de vue du bien de la Belgique.

La Hollande avait obtenu un immense avantage, le jour où elle s'était emparée des bouches des grands fleuves de l'Europe occidentale, de l'Escaut, de la Meuse et du Rhin. Les frontières de Belgique avaient beau être fermées, le trafic se faisait toujours par les voies qu'on ne pouvait barrer et l'Allemagne y trouvait un débouché tout aussi commode que celui qu'elle avait jadis par les Pays-Bas, le Rhin devenant son unique chemin. Ainsi, tout le profit allait en Néerlande, au grand détriment de la Belgique. On pourrait ramener le commerce dans ce pays si

____

(1) Chiflet. T. 96 f. 567.

(2) « Les deux frères, ducs de Saxe Weimar qui estaient venus voir la cour s'en sont retournés. S. A. leur ayant fait présent à chacun d'un beau cheval » Chiflet, T. 96 f. 575.

(3) Chiflet. T. 96 f. 573.

on avait une voie de communication du Rhin à la Meuse. Voici comment l'explique Rubens, dans ses lettres à Peirèsc : « Le projet de la sérénissime Infante et de M. le marquis ne s'arrête pas là, ils veulent creuser un autre canal depuis la Meuse jusqu'à Hérenthals et le faire dériver dans une petite rivière qui se rend à Anvers. C'est un noble projet et dont les conséquences sont incalculables. » (1)

Dans la lettre suivante, il s'étend plus clairement sur ce projet : « Ce n'est pas une coupure du Rhin ou de la Meuse, ni la dérivation d'une rivière dans l'autre, ainsi qu'on le croyait, mais bien un nouveau canal fermé par des écluses à ses extrémités, depuis Rhynberg par Gueldre jusque Venlo, lequel sera navigable et sera alimenté au moyen d'une petite rivière qu'on appelle le Neers auprès de Gueldre. C'est un admirable projet que ce canal qui va en s'élevant vers le milieu et qui dépasse de 25 pieds le niveau du Rhin. Or le Rhin étant plus élevé que la Meuse d'environ 32 pieds, notre canal est donc plus élevé que ce dernier fleuve d'environ 60 pieds et au moyen des écluses il reste, pour ainsi dire, suspendu en l'air et se trouve alimenté par le Neers à son point le plus élevé, de manière que les bateaux pourront monter et descendre les deux extrémités par les écluses et qu'ils pourront passer du Rhin à la Meuse et réciproquement. » (2)

Si l'Infante eut la première idée de ce canal, on peut dire que Spinola en fut le créateur. Il traçait une route pour l'échange commercial des nations du centre de l'Europe avec les ports belges, qui devenait en même temps une barrière défensive contre les Provinces-Unies. L'Infante voulait le garnir de forts pour le protéger. Par ce canal on se proposait de dessécher l'Yssel, ce qui faciliterait les incursions chez les ennemis du nord.

Spinola se mit tout l'hiver à l'étude de ce gigantesque plan dont tout le monde admirait la hardiesse et le génie.

(1) Lettres de Rubens, p. 92.
(2) » p. 97.

Comme on ne pouvait douter que la Hollande ne fît tout pour empêcher l'exécution de ce canal, l'archiduchesse désigna l'armée du comte Henri de Bergh pour protéger les travailleurs. Dès le printemps on se mit à l'œuvre. « Ce sera un long ouvrage! » s'exclame un officier du comte de Bergh. (1)

L'Infante qui aurait dû espérer beaucoup de bonne volonté de la part des princes catholiques, ne rencontra auprès d'eux que mauvais vouloir. L'Evêque de Liège, le prince Ferdinand de Bavière, ne voulut à aucun prix consentir à ce que le canal passât par la principauté. On avait mis l'armée de protection au camp de Hulst.

« Le prince de Liège, écrit le même officier, a esté cause que nous avons esté inutiles jusques à présent et a faict en sorte que la rivière (le canal) ne se fera pas sur ses terres, comme on l'avait desseigné ; nous partons d'ici (de Hulst) demain, pour l'aller commencer proche de Gueldre et y travaillerons jusque Noël, et si en ce temps là, elle ne s'achève, comme il y a apparence, on se mettra incontinent après Pasques en campagne pour la parfaire entièrement avant que la sayson arrive d'assiéger quelque place. » (2)

Fréderic Henri de Nassau, commandant en chef des armées des Provinces Unies depuis la mort de son frère Maurice et héritier en même temps de sa tactique, mît tout en œuvre pour contrarier ce travail, mais ne voulant jamais risquer d'actions générales, il se contentait de harceler l'ennemi. Henri de Bergh tomba sur lui à Calcar et lui infligea une défaite qui le décida à laisser les ouvriers de l'Infante en repos.

Isabelle se réjouit fort de cette victoire. Elle souhaitait vivement voir enfin se réaliser une œuvre qui ferait époque dans son gouvernement et doterait la Belgique d'im-

(1) Le comte de Saint-Aymour au comte de Cantecroy. Besançon. Coll. Granvelle. T. 62 f. 350.

(2) Lettre du comte de Saint-Aymour au comte de Cantecroy. Bes. coll. Granvelle. T. 62 f, 324.

menses avantages. Elle envoya, aussitôt la nouvelle de la victoire reçue, de vives félicitations au vainqueur.

— « Ledit comte, écrit toujours notre jeune officier, désirait fort les voir encore (voir les ennemis) pour satysfaire au commandement que S. A. S. luy avoit faict par sa lettre de remerciement d'avoir rompu le quartier du comte de Stiron (Stirum), en laquelle elle le priait de regarder tout ce qu'il pourroit pour les incommoder et qu'il n'importait qu'il perdisse des gens pourveue qu'il en fist perdre à nos ennemis et qu'il ne deu apréhender d'avoir du malheur, que le roy et elle le sçavaient bien que les armes estaient journalières, et tout plein d'autres choses pour l'obliger et charger les ennemis. Le tout escry de ses propres et roïales mains une quantité de remerciements de la généreuse action qu'il avait faict ces jours passés.

« Une autre lettre du marquis portait le mesme ordre, si bien qu'on croit que nos ennemis ayant nouvelle de ce que dessus, se sont résolus de nous laisser travailler en paix à notre rivière, laquelle nous achèverons à moytié avant de sortir d'icy et faict des forts dessus dans lesquels on mectra de l'infanterie en garnison, pour l'achever petit à petit. » (1)

Selon son habitude de vouloir se rendre compte de tout par elle même, l'Infante partit en juin 1627 pour visiter les travaux de ce qu'on appelait « la fossa Eugénia ». Rubens

---

(1) Saint-Aymour à Cantecroy, Coll. Granvelle f. 325.

Dans une lettre écrite quelques mois plus tard, le 7 décembre, Saint-Aymour dit :

« La gelée nous refroydit tellement que nous sommes icy, sans rien faire digne de vous estre mandé, seulement nous fait-on espérer de pouvoir nous aller promener en Hollande si cette froydure augmente et continue, laquelle nous empesche de pouvoir travailler icy et aux forts, ny à la rivière, ce qui nous obligera à demeurer icy longtemps... Nous sommes icy comme de pauvres hermites et ne sçavons ce qui vient de Bruxelles dont vous estes, Monsieur, toujours bien adverty. »

En janvier, annonçant enfin le départ de son régiment pour Juliers, Saint-Aymour écrit : « On a laissé sur la rivière le régiment de Grobbendonck dans quelques forts qui ne sont guère bien achevés. »

dit qu'elle les visita d'un bout à l'autre. Saint Aymour écrit à son cousin Cantecroy à propos de cette inspection : « S. A. a visité notre rivière après avoir faict sa dévotion à N.D. de Montaigu. Partout elle a été assez mal accompagnée, veu que, sortant de Bruxelles, elle ne voulut estre suyvie que de ceux de sa maison.

» Je croyais que toute la cavalerie sortyrait pour l'accompagner à son retour, néanmoins je la tiens présentement à Maestrict sans qu'elle aye esté davantage accompagnée en retournant qu'en venant. Je crois que monsieur le marquis qui l'a accompagné en ce voyage aura consulté avec M. le comte Henri de Bergue s'il sera besoin de sortir en campagne pour achever ladite rivière ou non.» (1)

Le canal ne pût être achevé. Les événements de l'année suivante forcèrent Isabelle à laisser les travaux momentanément interrompus. Elle ne put les reprendre ensuite.

Un autre projet venait de lui être présenté par son neveu, qui en parle avec tout l'enthousiasme d'un inventeur. L'idée était, d'ailleurs, fort ingénieuse, puisqu'il s'agissait de former une armée permanente, chose inconnue jusque-là. Elle pouvait débarrasser le roi d'Espagne d'une bonne partie des frais de guerre qui l'accablaient. Il s'agissait d'imposer à chaque province de l'immense empire sur lequel régnait Philippe IV, la charge de fournir un certain nombre de soldats qu'elles entretiendraient. Ce nombre était proportionné à la richesse de la province. Avec ce système, Philippe IV assurait qu'il aurait une armée de 200000 hommes toujours sous les armes qu'il pourrait envoyer, en tout ou en partie, là où il serait nécessaire. On comprend qu'en Espagne ce plan parut excellent : l'Espagne n'avait pas la guerre en permanence chez elle, on pouvait lui demander ce nouvel effort sans qu'elle en souffrit. Mais déjà en Italie c'était moins facile ; et quant aux Pays-Bas, Isabelle n'osait trop promettre à son neveu que son projet y serait bien accueilli. Elle

(1) Lettres du comte de Saint-Aymour, f. 359.

en parla avec prudence, se gardant de refuser nettement
au roi de faire exécuter son plan tel qu'il le souhaitait.
Effectivement, les États des provinces ne refusèrent pas le
projet. Ils protestèrent de leur attachement et de leur
obéissance, assurèrent qu'ils voulaient bien entrer dans
l'union d'armes proposée, mais aux conditions suivantes et
point autrement. Et ces conditions étaient que, avant tout,
il fallait « débarrasser la Belgique de la guerre et conclure
la paix avec la Hollande, et ensuite que les soldats fournis
ne seraient point tenus à aller faire la guerre hors de leur
pays » (1). Ces conditions auraient pu être, plus tard,
attribuées à M. de la Palisse ; on voit que le maréchal avait
eu des prédécesseurs.

La crise financière prenait le caractère le plus alarmant.
L'Infante s'épuisait à exécuter les ordres du roi et, chaque
jour, sa dette grandissait. Des armées à entretenir, un canal
à creuser, des forts à construire, la flotte à maintenir en
bon état, autant de charges écrasantes avec des ressources
précaires, irrégulières et toujours insuffisantes. A Madrid,
on croyait volontiers que la gouvernante, trop bonne et
trop faible, se laissait voler et exploiter et qu'elle exagérait
ses plaintes. N'avait-elle pas passé souvent par de semblables moments un peu durs. ? Elle en était sortie cependant ; (2) mais la goutte d'eau, à force de tomber à la même
place, y creuse un trou et ainsi s'était formé un déficit
formidable qu'il fallait combler absolument, si on ne
voulait pas se trouver à la veille d'une catastrophe, car tout
faisait présager, pour 1628, une reprise plus vigoureuse de
la guerre, de la part des hollandais.

— « La misère est telle ici, écrivait Spinola au roi
d'Espagne, que pour envoyer ce courrier à V. M., nous
avons dû nous cotiser entre nous. » (3)

Les grands seigneurs belges, comme Spinola, se rui-

(1) Voir à l'appendice, note XII, la résolution des États de Namur.
(2) La correspondance de l'Infante et de Philippe IV indique bien l'état
d'esprit de Madrid.
(3) Rodriguez Villa. Spinola p. 462.

naient à entretenir les corps de troupes qu'ils comman-
daient. Le duc de Bournonville avait engagé une partie de
ses terres et vendu une poire de perle de 70000 écus. Les
autres membres de la noblesse en faisaient autant.

L'Infante proposa à Philippe IV de sacrifier une partie
de ses domaines aux Pays-Bas et après quelques difficultés,
le roi y consentit, quoiqu'il s'agit d'une portion assez considérable ; la vente qu'on en fit ne suffit pas encore à
boucher le trou béant de la dette. (1) Cette vente avait lieu
en août 1626, et c'est encore cette même année que l'archiduchesse, ne voyant aucun moyen de suffire à ces
engagements qu'augmentaient cruellement les travaux du
canal, se décida à user de ces monts de piété qu'elle venait
d'établir et à y faire porter ses joyaux.

— « S. A. S. se résout à mettre toutes ses pierreries au
mont de piété pour nous fayre donner un mois de gages
avant qu'on n'aye quelque provision d'Espagne car nous
n'avons point pour tout d'argent ! » (2) écrit Saint-Aymour.
Et le jeune officier dit vrai. L'Infante a engagé non seulement ses joyaux, mais aussi son argenterie. Les ministres
ont suivi son exemple. Ils ont même engagé leurs terres (3).
Mais le temps marche vite et au moment de commencer la
campagne d'été, en 1627, l'Infante se retrouve devant les
mêmes difficultés et elle n'a plus rien à mettre en gage.
« Je vous supplie à genoux, de m'envoyer des provisions »
écrit-elle, désespérée.

Et Isabelle ne voit qu'une solution à tant de tourments :
faire la paix ! Elle y pense, elle y travaille. Elle va tâcher
cette fois, de pousser les négociations de telle façon qu'il
faudra bien réussir. Et pour ce, elle va employer un
diplomate qui lui est tout dévoué : le grand peintre Pierre
Paul Rubens.

---

(1) Voir note XIII, la liste des biens domaniaux vendus à cette occasion.
(2) Saint-Aymour, f. 944.
(3) Correspondance de l'Inf. avec Ph. IV. Avril 1627.

CHAPITRE XIII

—

—

Au milieu des conflits toujours plus aigus suscités en
Europe, l'Infante joue un rôle considérable. Son action
mériterait une histoire spéciale. Elle est d'autant plus
remarquable qu'au moment où elle s'exerce avec le plus
d'autorité, Isabelle perd son indépendance et sa puissance
de princesse régnante. Mais à cette perte, l'Infante grandit
de tout son mérite personnel. On a confiance en elle, on
l'écoute, on lui remet les intérêts des peuples, parce qu'on
a appris à connaître sa scrupuleuse loyauté, sa droiture, sa
prudence, sa sagesse et aussi une habileté souple et douce
qui sait se servir des circonstances et des hommes, dépouil-
lée de tout amour-propre, prête à tous les sacrifices pour
arriver à un bien.

Certes, sa tâche est pénible. Au milieu des guerres incessantes, des cupidités, des mensonges, des ambitions, des
trahisons, il n'est pas facile de voir juste et de marcher
droit. Jamais peut-être les guerres ne furent plus cruelles
et les cœurs plus remplis de duplicité. Aucun traité ne
s'observait, aucune parole n'était tenue et parmi tous ces
princes sans foi, Isabelle dans sa simple franchise et sa
conscience délicate, semble un être à part qu'il fait bon
regarder à côté de tant de corruption.

Elle s'était donnée une mission pacifique et ne cessa de travailler à ce but. Celui qui pendant si longtemps avait vécu avec elle en si étroite union de pensée, Albert, ce mari qu'elle pleurait toujours, lui avait imposé, en mourant, comme dernière prière, le devoir de rendre la paix aux Pays-Bas. Que d'efforts infructueux la courageuse princesse ne fit-elle pas pour arriver à ce but ? Puis, lorsqu'elle croyait l'atteindre, tout s'effondrait, et il fallait recommencer. Elle recommençait, sans se lasser, sans se plaindre, sans reproches ni récriminations et aussi sans découragement.

C'est que la paix entre la Hollande et les Pays-Bas dépendait de beaucoup de choses et, en réalité, c'était l'affaire la plus compliquée du monde.

Il semble que rien n'eût été plus simple, entre ces deux voisins, que de s'entendre l'un et l'autre sans appeler personne en tiers. Mais c'est ce que les tiers ne voulaient pas. Une quantité de questions d'intérêt personnel, de religion, de politique, surgissaient de tous côtés, s'entrecroisant, se contrariant, changeant la face de l'Europe politique avec chaque saison. Tantôt c'est l'Angleterre qui ne veut pas que la paix se fasse sans elle entre la Hollande et les Pays-Bas, tantôt c'est le roi de Danemark qui veut intervenir dans le traité. Une autre fois, c'est l'empereur qui tient à agir avec l'Espagne ou l'Espagne qui contrarie l'empereur. Viennent ensuite les ambitions personnelles d'un Maximilien de Bavière, d'un Gustave Adolphe, les réclamations de l'ex-roi de Bohême, le palatin Frédéric et enfin Richelieu qui jette sur tous ces égoïsmes le réseau de son habileté, pour appeler tous les appétits à la curée de la Maison d'Autriche.

Entretemps on se bat un peu partout. La guerre de Trente ans poursuit ses sanglantes campagnes et, selon que l'empereur est victorieux ou vaincu, le puissant parti protestant ranime ses espoirs ou s'incline à la paix. Heureusement pour le sort de l'Église catholique, l'Empire a le dessus. Ferdinand II est vainqueur, grâce à la pléiade de grands généraux qui, depuis Bucquoy, ont soutenu ses armes. Maintenant il a Tilly, Wallenstein, Pappenheim, Montecuculi, et si l'Espagne en eut possédé autant, Richelieu aurait travaillé en vain.

Isabelle n'avait donc pas seulement à surveiller les frontières de Hollande : son sort se trouvait intimement lié à celui de l'Empire et de toutes les nations catholiques. Il était bien plus encore lié à l'Espagne, puisqu'elle n'était plus que la gouvernante des Pays-Bas et l'Espagne d'alors subissait la plus pitoyable direction, sous l'arrogant comte-duc de San Lucar.

Ses lamentables erreurs politiques, fruits de son aveugle et intransigeant orgueil, menaient le beau royaume de Philippe II au travers de toutes sortes d'aventures où, chaque fois, il laissait quelque part de territoire ou de considération. Isabelle qui était fine politique et de jugement éclairé, souffrait plus que personne de ces maladresses qui obscurcissaient l'auréole de cette patrie qu'elle aimait toujours avec ferveur. Mais que faire contre cette espèce dangereuse d'aveuglement ?

En 1624, Bertholde de T'Serclaes fit une nouvelle apparition à Bruxelles.

Ses ouvertures ne furent pas trop bien reçues à Madrid. On prétendit qu'elle manquait de discrétion. Comme on savait qu'elle possédait quelque crédit auprès de l'Infante, on chercha à lui faire tort dans l'esprit de cette princesse.

La dévouée amie de Maurice de Nassau n'était pas la seule à s'entremettre pour la paix. En ce moment, Isabelle encourageait les démarches du greffier du conseil des finances de Bruxelles et du baron de Groesbeck. (1) Tous deux ayant des amis dans les Provinces-Unies, tâchaient de créer des partisans de la paix. Groesbeck qui avait ses entrées chez le prince d'Orange, fut aidé par un cousin de Rubens, un certain Brandt, parent de la première femme du peintre, dont la personnalité plus humble lui permettait

---

(1) Jean IV, créé comte de Groesbeck par Rodolphe II en 1610, titre confirmé par Ferdinand II. Il avait épousé une Bailleul de Lesdin.

de voyager plus secrètement entre les deux pays. C'est par ce Jean Brandt que Rubens commença à s'occuper de politique et de diplomatie.

Mais toutes ces petites allées et venues n'aboutissaient pas à grand'chose. Elles prouvaient cependant à Isabelle que la paix serait conclue en un jour, si la Hollande oubliait son intolérance religieuse et si Philippe IV cessait de réclamer son retour à son obéissance, ou tout au moins concédait l'abandon nominal de son indépendance. Mais c'étaient-là deux questions brûlantes et des concessions impossibles entre le fanatisme le plus absolu et l'orgueil le plus obstiné.

L'Infante souhaitait vivement, à défaut de paix solide, de renouveler tout au moins la trève de 1609, mais dans une lettre du 14 octobre 1624, Philippe IV prévenait sa tante que, non seulement, il maintenait toutes les exigences passées, mais il se refusait aux concessions faites en 1609, c'est-à-dire, il n'admettait pas que l'on pût traiter avec les Provinces-Unies comme État indépendant, ainsi qu'on l'avait fait alors, il exigeait la liberté de conscience et l'engagement de ne plus trafiquer aux Indes. Dans ces conditions on ne pouvait aboutir et Isabelle voulut essayer d'autres moyens. Elle pensa que si l'Espagne concluait la paix avec l'Angleterre et la France, il serait plus facile ensuite de négocier, avec leur appui, à La Haye. A la vérité on n'était pas en guerre déclarée avec la France, mais on vivait sur le pied de chicane, tantôt prêt à s'embrasser, tantôt se jouant les plus mauvais tours. Avec l'Angleterre, on avait le beau rôle, puisque l'offensive venait de Charles Ier et que cette offensive se résolvait en défaites. Ce roi venait de mettre le comble à ses maladresses en se brouillant avec la France. Le 5 mars 1626, Philippe IV et Louis XIII signaient le traité de Mouzon qui aurait rassuré tout à fait l'Infante, si elle avait conservé quelqu'illusion sur la manière dont on observait les traités en ce temps. La preuve c'est que, au moment même où se signait le traité, le secrétaire d'État Herbault écrivait de Paris à l'ambassadeur de France à La Haye pour lui recommander de surveiller les agissements de l'Infante et de Bertholde de T'Serclaes. (1)

Isabelle ne se fiait donc pas entièrement aux traités du gouvernement de Louis XIII. Elle se serait fait une bien naïve illusion de croire qu'il se regardait comme lié par sa signature. Il trouverait toujours une excuse pour expliquer le soutient donné, comme par le passé, aux protestants d'Allemagne et de Hollande.

Le traité de Mouzon n'était conclu, en réalité, qu'en vue de s'unir contre l'Angleterre, que les deux puissances voulaient attaquer. Charles Ier voyant ce rapprochement des deux nations voisines, comprenait le tort qu'il avait eu de se brouiller avec l'Espagne et la nécessité d'essayer un raccommodement. Une première démarche fut faite à Madrid de la part de Buckingham, par un religieux. Une autre fut confiée au peintre Gerbier, familier du duc, qui partit pour Bruxelles. Gerbier, était un intrigant de nulle valeur morale, mais adroit, insinuant et souple, que des alliances de famille avaient placé dans le meilleur monde à Paris. Ami intime du marquis de la Vieuville, de caractère fort intrigant aussi, et, d'autre part, manquant de fortune et incapable de la faire par son talent, il cherchait l'occasion de se vendre. Lors du mariage d'Henriette de France avec Charles Ier il réussit à s'insinuer dans la faveur du duc de Buckingham et lui présenta Rubens dont il venait également de faire la connaissance. Rubens fut très bien reçu par le beau ministre qui lui commanda même son portrait et dès lors, l'intimité régna entre les deux peintres.

Le grand artiste flamand n'était cependant ni un intrigant, ni un vulgaire ambitieux, mais il faut reconnaître que son amour-propre le poussait à devenir autre chose que ce qu'il était et que la gloire de son génie ne lui suffisait pas. C'est précisément cette faveur exceptionnelle d'être le familier de tant de princes, qui lui faisait mieux sentir la distance de son origine. Son intelligence vive, une faculté

(1) Waddington. La République des Provinces-Unies, p. 64.

naturelle pour la politique, un abord sympathique et un extérieur remarquable, tout se réunissait en lui pour en faire un homme supérieur, même s'il n'eût jamais tenu de pinceau en main.

Espérait-il, par Gerbier, gagner une situation quelconque dans les affaires diplomatiques ? Ce serait, semble-t-il, faire de Rubens le complice d'un intrigant et rabaisser son caractère, mais, aimant par lui-même la politique, le grand artiste s'intéressa à tout ce que lui disait Gerbier, au courant d'une foule de choses fort importantes ou fort curieuses. Puis Gerbier se donnait comme un confident influent et sa venue à Bruxelles le prouvait. Il vint en janvier 1627 et présenta à Rubens un projet de traité qui pouvait devenir la base d'une paix solide. L'Infante après l'avoir lu fit remarquer que ce traité faisait intervenir les Provinces-Unies, et le Danemark et qu'elle ne voulait traiter qu'avec l'Angleterre seule. Gerbier, après avoir consulté son ministre, répondit qu'il abandonnerait volontiers le Danemark, mais ne pouvait en faire autant des Provinces-Unies à cause de l'étroite alliance qui avait toujours existé entre les deux pays. Retourné en Angleterre avec des meilleures assurances de l'Infante, Gerbier revint peu après en Hollande où il donna rendez-vous à Rubens. Les bonnes dispositions de l'Angleterre ne faisaient aucun doute et, par elle, on avait tout espoir de rendre les Provinces-Unies plus souples. Isabelle se laissait aller à la confiance, espérant déjà la paix, lorsque l'arrivée à Bruxelles de don Diego de Mexia, venant de Madrid, lui apprit qu'on y préparait la fameuse descente en Angleterre, rêve de tous les rois d'Espagne depuis Philippe II. Cette descente se ferait avec la participation de la France. On comptait si bien sur la conquête, qu'on se partageait déjà le pays conquis. (1)

---

(1) Pour donner une idée des illusions qu'on se faisait à la cour d'Espagne, on peut citer cette lettre du 7 août 1627, où le roi dit à sa tante qu'il est averti confidentiellement que le roi de France est très malade, que son frère en veut à ses jours et se propose d'épouser sa veuve. L'ambassadeur d'Espagne à Paris, le marquis de Mirabel propose avec une stupéfiante assurance, de

C'est en ce moment qu'arriva à Madrid la demande de l'Infante de recevoir sans tarder les pouvoirs nécessaires à la poursuite des négociations. Philippe IV ne voulant pas donner l'éveil à l'Angleterre, envoya les pouvoirs, mais comme il ne voulait pas davantage être convaincu de déloyauté par la France, il les antidata de quinze mois. La gouvernante aurait pu continuer ses démarches, si les pièces envoyées n'eussent été libellées sur un ton qui les lui fit garder pour elle. La prétention du roi d'Espagne d'exiger comme condition préalable la renonciation des Provinces-Unies au titre d'Etat libre, suffisait à empêcher toute entente première et comme il y joignait la question de la tolérance religieuse, il rendait tout essai de réconciliation impossible. Isabelle avait peut-être, bien plus à cœur que son neveu, cette dernière question, mais elle estimait qu'elle ne devait pas être déclarée question *sine qua non* et qu'il fallait tâcher, le traité une fois conclu, d'obtenir adroitement quelques premières concessions. C'était une folie de heurter de front le fanatisme des prédicants, tout puissants sur le peuple. On savait, à Bruxelles, que les Nassau étaient loin d'être aussi intolérants et Isabelle pensait qu'avec un peu d'adresse on arriverait, grâce à eux, à permettre peu à peu aux catholiques de ces provinces l'exercice de leur religion, de façon modeste et sans éclat. C'était le seul moyen de rendre aux fidèles la possibilité de garder leur foi et de s'introduire de nouveau dans cette forteresse du protestantisme. Mais Philippe IV et surtout le comte duc n'auraient pas voulu d'un moyen si humble et si peu conforme à la grandeur de l'Espagne.

De même, ni le roi ni son ministre n'admettaient que l'Infante employât pour négocier avec l'Angleterre le personnage de si peu d'importance qu'était Rubens. A leur observation, Isabelle répondit vivement que l'Angleterre se servait aussi d'un peintre et Philippe se résigna.

mettre la reine dans un couvent ou de l'envoyer en Flandre et Philippe IV est fort perplexe sur ce qu'il fera. Corresp. vol. XXII.

Elle préférait prendre un homme comme Rubens, dans des négociations où elle manquait de confiance. Quelle sûreté avait-elle qu'on ne lui jouât point quelque tour à Madrid ? Elle savait qu'on ne cessait de discuter la descente en Angleterre et volontiers, elle eut abandonné tous ces pourparlers qui répugnaient à sa droiture. Mais Rubens avait pris goût à ce rôle de diplomate. Son ambition s'émouvait à la perspective d'être l'auteur d'un traité de paix entre deux aussi grandes puissances. Avec assez de raison, il assurait à l'Infante que jamais la descente en Angleterre ne se ferait, parce que la France voulait y pousser l'Espagne seule et ne tenait pas à y risquer ses vaisseaux. Cependant les plans de l'Espagne étaient déjà faits. Spinola devait prendre le commandement de l'expédition et une maladie de Louis XIII seule, arrêtait le départ. Rubens fut chargé de répondre à Gerbier par quelques paroles dilatoires pour ne pas cesser les relations, mais il blâmait cette politique et ne s'en cachait pas dans ses lettres particulières à son confrère. (1) L'Infante qui n'aimait pas cette diplomatie malhonnête, préféra laisser là toute nouvelle négociation et donna ordre à Rubens de cesser tous rapports avec Gerbier, momentanément.

Le grand peintre obéit, quoiqu'à contre cœur ; il devait bientôt reprendre courage après un événement qui changeait la face des choses. Le duc de Buckingham, pour aider les protestants assiégés à la Rochelle, avait tenté assez imprudemment d'envahir l'île de Ré. Ce fut un désastre complet, après lequel il désira d'autant plus vivement faire la paix avec l'Espagne. En même temps que le duc renouvelait ses avances auprès de lui, Philippe IV apprenait que la France, en dépit des traités, venait de s'engager avec les Provinces-Unies, à leur verser un million de livres chaque année. Il parût au roi d'Espagne qu'il pouvait repousser tout scrupule et agir selon son intérêt.

On en était là lorsque Spinola quitta les Pays-Bas pour se rendre en Espagne.

(1) Gachard. Rubens diplomate, p. 65 et s.

Pendant toutes ces négociations, la guerre avait continué, pas bien vive peut-être, assez pour être un lourd fardeau imposé à l'Infante.

D'accord avec Spinola, depuis la prise de Bréda on s'était surtout occupé de la flotte et de la guerre aux navires hollandais. Si on avait fait quelques prises, en revanche, on avait essuyé pas mal de pertes. Pendant ce temps, l'armée hollandaise avait mis le siège devant Groll. Le comte Henry de Bergh fit quelques mouvements stratégiques pour rompre le camp de l'ennemi et prétendit n'avoir pu l'attaquer sans courir un risque de défaite ; il se retira en arrière et la ville, ne pouvant plus espérer de secours, se rendit le 26 octobre 1627. On reprocha vivement de Madrid à Spinola de n'être pas allé lui-même secourir Groll, et l'Infante dut encore défendre son fidèle général. Comme elle l'écrivait elle-même au roi, il n'avait ni troupes, ni argent, était tenu sur la côte par d'urgentes occupations, où l'ennemi louvoyait avec une nombreuse flottile, ce qui occasionnait presque chaque jour des combats.(1)

La perte de Groll était un nouveau désastre et pouvait sans doute susciter quelque mauvaise humeur à Madrid, selon le penchant général de donner tort aux vaincus. La grande faute de l'Infante et de Spinola fut d'avoir confié la défense de cette partie du pays à Henry de Bergh, qui se trouvait ainsi en contact perpétuel avec sa famille, les Nassau, pour laquelle il ne cachait pas ses

(1) Spinola ayant demandé au roi l'autorisation de venir s'expliquer lui-même à Madrid et d'exposer l'état des Pays-Bas, Philippe IV fit discuter cette demande par son conseil. Cette discussion est curieuse par l'assurance avec laquelle les conseillers décidaient de choses qu'ils connaissaient si peu et si mal. Le marquis de Montesclaros dit que si les Pays-Bas étaient en mauvais état, la faute en était à Spinola et qu'il ne ferait qu'aviver le mal en venant exposer ses prétentions à Madrid. Don Fernando Giron et le marquis de la Hinojosa déclarèrent qu'il n'y avait jamais eu au monde de guerres plus sanglantes et plus mal conduites que les guerres de Flandre. Le comte de Chinchon se montra aussi mal disposé ; tous reconnurent que Spinola pouvait venir s'expliquer et qu'on lui ferait sévèrement rendre compte de ses actes sur quoi le roi lui accorda trois mois de congé. Rodriguez Villa. Spinola, p. 472 et s.

sympathies. En outre, il était dans la Weluwe, au milieu de ses immenses domaines et le moyen de résister à la tentation de les préserver de la guerre ? Il est vrai que l'Infante, si elle avait changé le commandement du comte de Bergh, en l'envoyant, par exemple, dans le Palatinat à la place de Cordova, eut provoqué sa révolte deux ans plus tôt.

Du côté de la Hollande, la conquête de Groll avait coûté cher, aussi ne chercha-t-elle pas à en faire d'autres. Tilly, après avoir remporté plusieurs avantages sur le roi Christian de Danemark, et signé le traité de Lübeck, avait envahi les duchés de Juliers et de Berg, ce qui maintenait Frédéric Henri de Nassau à l'abri de ses frontières. Des deux côtés, belges et hollandais fortifiaient leurs rives de l'Escaut en y construisant des lignes de forts. Tout cela faisait présager, pour l'année 1628, une campagne plus sérieuse et, malheureusement, on s'obstinait à Madrid dans la voie de l'inertie et de la mauvaise volonté. Isabelle se trouvait entre l'enclume et le marteau; les belges lui reprochaient de ne pas faire la paix avec la Hollande et de soutenir une guerre désastreuse faite contre l'Espagne et non contre eux, et les espagnols accusaient l'Infante de ne pas pouvoir créer des armées, remporter des victoires et cesser de leur demander de l'argent. Pas une fois ils ne voulurent reconnaître que cette guerre ruineuse les intéressait seuls.

Déjà, en 1620 la misère des finances était si grande que le roi proposait à l'Infante d'offrir aux soldats une réduction de paie contre argent comptant. « Ils consentiront, disait-il ingénument, à une très grande réduction, car ils pensent que tout est perdu. » (1) Quant aux officiers, on s'arrangera, on sait qu'ils ont un point d'honneur qui les empêchera de déserter.

Depuis longtemps déjà, on en était venu à distribuer aux soldats des petits morceaux de bois frappés d'une empreinte, comme gage de leurs créances. De tels paiements devaient nécessairement provoquer des mécontentements.

(1) Corresp. de l'Inf. avec Ph. IV vol. XX, lettre du 15 oct. 1627.

Philippe IV continue, malgré tout, de poursuivre son projet d'union militaire ; dans les provinces d'Espagne on s'est engagé à fournir le contingent fixé. Le roi ne doute pas que sa tante n'obtienne les mêmes engagements chez elle. « Il faut bien leur dire, lui écrit-il, qu'il ne s'agit pas d'une nouvelle imposition, mais d'un accord tout à leur avantage. » (1)

Mais les belges, déjà accablés par le poids de si longues guerres, manquaient d'enthousiasme ; ils consentent bien à fournir quelque chose, mais aux conditions dont nous avons parlé plus haut. Encore est-ce fort aléatoire. « Les Flandres, écrit l'Infante, ne pourront jamais fournir plus de 15000 fantassins. Pour obtenir les fonds nécessaires pour lever et entretenir des troupes, il faut agir avec une grande prudence, et ne pas parler d'un engagement de longue durée, tout au plus de six mois. » Quant à marchander de pauvres soldats elle ne peut s'y décider, « qu'on m'envoie de l'argent, écrit-elle, je donnerai ce que pourrai ». (2) Mais on n'envoie jamais ce qu'il faudrait. L'Infante s'est engagée sur parole pour 700000 écus et ne peut y faire honneur. Le roi semble sourd. Il a un système de silence qu'il emploie quand il n'a plus rien à envoyer, qui est le plus grand tourment d'Isabelle. Rien ne lui est plus pénible que de manquer à ses engagements et ne pas payer les armées. C'est pour elle une question de conscience. Mais que faire avec un gouvernement dont le système financier repose tout entier sur l'arrivée des galions des Indes, système qui cause un désordre permanent. Déjà si préjudiciable à Philippe II, il n'a pas été changé par ses successeurs. L'apathie des uns et le fatalisme des autres achève de ruiner l'Espagne.

En réponse à ses plaintes sur sa pénurie, l'Infante reçoit les ordres du roi pour lever de nouvelles troupes, renforcer la flotte, et comme la descente en Angleterre, de concert avec la France, tarde à s'exécuter, Philippe IV poussé par

(1) Corresp. de l'Infante avec Ph. IV vol. XX, lettre du 14 oct. 1627.
(2)   »   »   »   »   lettre du 22 déc. 1628.

les nobles irlandais réfugiés auprès de lui, prie sa tante d'organiser immédiatement une flotte pour envoyer en l'île sœur, une armée de débarquement. Isabelle répond avec raison que l'affaire lui paraît dangereuse et que, en ce moment où les négociations de paix continuent, quoique sans hâte, elle ne veut envoyer là-bas qu'une troupe soi-disant licenciée, sans bannières ni fanions, ni rien qui puisse faire croire qu'elle est encore à la solde de l'Espagne. Et encore, remarque-t-elle, il ne suffit pas de jeter sur une côte une foule d'hommes. Où trouveront-ils à se nourrir ? Que feront-ils ?

Néanmoins elle prépare sa flotte, mais le roi ne donne plus d'ordres de départ et pour n'avoir pas fait de frais inutiles, Isabelle envoie cette flotte pourchasser les pêcheurs hollandais au Groënland. (1)

Elle a à peine terminé de ce côté, que Philippe IV, avec la même sérénité, envoie à sa tante l'ordre d'équiper une autre flotte qu'il a promise au roi de Pologne pour l'aider à soutenir ses vaisseaux sur la Baltique. Il faut expédier sur cette flotte 2000 wallons qu'elle doit lever immédiatement.

— « Où voulez-vous que je trouve ces hommes ? répond l'Infante. Nous sommes toujours en guerre ici et les gens des Pays-Bas refusent maintenant de partir pour se battre au loin, pendant qu'il est nécessaire de défendre leurs propres foyers. » (2)

Les belges ne voient pas de bon œil tous ces départs lointains, alors qu'ils ont tout près d'eux les ennemis les plus menaçants. Un sourd mécontentement règne partout.

— « Je redoute, écrit encore Isabelle, je redoute à chaque courrier de devoir envoyer à V. M. l'annonce de la perte de ce pays. L'armée est mécontente, les perturbateurs pourraient venir l'exciter plus encore (3). Dieu seul, com-

(1) Corresp. de l'Inf. avec Ph. IV vol. XXI, lettre du 20 mars 1627.
(2)   »   »   »   »   23 mai   »
(3) Sans cesse, des agents de la France et de la Hollande parcouraient les Pays-Bas pour y jeter la haine de l'Espagne. Ce système de corruption, oublié depuis la trève, reprenait activement.

me il l'a fait souvent, peut sauver ce pays par miracle. « Je prie V. M. de me pardonner ma franchise, mais il est de mon devoir de lui parler ainsi. » (1)

Depuis la mort de l'archiduc, Isabelle, à plusieurs reprises, avait envoyé des personnages de confiance à Madrid pour y exposer la situation pénible et dangereuse où elle se trouvait. Elle n'avait pas obtenu grand'chose. Le danger augmentait cependant et l'Infante se voyait acculée à la faillite. Son crédit n'existait plus, celui de Spinola encore moins, il avait jeté son immense fortune dans le gouffre et, à son exemple, toute la noblesse belge avait fait des sacrifices considérables. Le temps pressait, l'Infante ne pouvait pas organiser la défense indispensable à opposer aux armements considérables qu'on préparait en Hollande. Les financiers d'Anvers ne voulaient plus escompter les papiers d'Espagne. Ceux d'Allemagne restaient défiants. Une somme importante, obtenue à grand'peine à Cologne, avait été enlevée par un détachement ennemi dans le Limbourg. Dans ces conditions, l'envoi d'un homme de valeur reconnue et de parole autorisée s'imposait. Isabelle demanda la permission au roi de lui envoyer Spinola. Il lui en coûtait de se priver de son fidèle conseiller, mais elle pensait que la séparation ne serait pas longue.

Spinola, d'ailleurs, nous l'avons vu, avait sollicité du roi la permission d'aller se disculper en Espagne des accusations de négligence, de dilapidations, de maladresse, qu'on ne cessait de lancer contre lui. Dès qu'il eût reçu la permission attendue, il fit ses préparatifs de départ. L'Infante le voyait partir avec peine, mais ne doutait pas qu'au printemps il ne fut de retour, ayant obtenu par son adresse, son éloquence et surtout par les preuves qu'il apportait, les subsides tant espérés et attendus. Elle ne se rendait pas compte du véritable esprit qui régnait là-bas.

Le marquis de Balbases quitta les Pays-Bas le 3 janvier 1628 ; toute la haute noblesse le vit partir avec chagrin,

____

(1) Corresp. de l'Inf. avec Ph. IV, vol. XXI, lettre du 11 juin 1627.

peut-être avec de tristes pressentiments, les espagnols disaient tout bas qu'il ne reviendrait pas ; pour eux, c'était un gêneur de moins. Laisse-t-il aussi des regrets au cœur de quelque belle dame ? On n'a pas d'autres indices du roman de son âge mûr que les courts passages des lettres de Rubens à Peiresc.

Sans doute cet ami lui avait demandé si les bruits publics qu'on répandait étaient vrais. « Il n'a jamais été question du mariage du marquis Spinola avec la duchesse d'Arschot, répond le peintre, mais je pense qu'on a voulu dire la duchesse de Croy. Il est bien vrai que M. le marquis aime et respecte cette dame et je crois que si les grands d'Espagne pouvaient se marier à leur goût et sans en demander la permission au roi, il aurait déjà accompli son désir, mais jusqu'ici rien n'est positif et le vieux renard se voit pris au piège. La cause de ce bruit c'est que la jeune duchesse de Croy, héritière de cette maison, fille du premier mariage du duc de Croy qui a été tué, vient d'épouser le marquis de Renty. » (1)

Spinola avait perdu sa femme à peu près à l'époque où le duc de Croy, marquis d'Havré, (2) fut assassiné par un de ses pages, en vengeance d'une réprimande. Le duc, avait épousé en premières noces, Yolande de Ligne, puis, en 1617, une femme remarquable pour son esprit et sa beauté, la fille du marquis d'Urfé. La jeune duchesse ne devait pas encore avoir trente ans en 1628 et Spinola approchait de la soixantaine. Néanmoins il était encore fort séduisant par son esprit et sa bonne grâce. Le portrait qu'en a fait Rubens vers cette époque est celui d'un homme dans toute la force de l'âge. Et puis, il avait l'auréole du génie et de la victoire et c'est une auréole qui rajeunit toujours.

Spinola était à peine parti, que le bruit se répandit plus

(1) Lettres de Rubens, p. 110.
(2) Charles de Croy, dernier duc d'Arschot de la maison de Croy, étant mort sans enfants, le duché de Croy était revenu à la branche des marquis d'Havré.

précis, plus affirmatif, qu'il ne reviendrait pas en Belgique. Les vrais serviteurs de l'Infante s'en effrayaient pour elle ; ils savaient quelles haines s'amassaient, implacables contre lui, autour du roi et ils regrettaient l'imprudence commise par l'Infante en le laissant partir.

« Déjà s'est répandue la nouvelle que vous me donnez, écrit Rubens à Peiresc, que M. le marquis ne retournera point facilement en Flandre. J'ai la certitude que ce sera bien contre son attente. Il était parti avec la ferme espérance de revenir dans ce pays le plus tôt possible et c'était bien aussi l'intention de la sérénissime Infante, à qui son départ causait un extrême déplaisir. Je crois bien, quant à moi, que son absence sera plus longue qu'on ne pensait, car il ne réussira pas à changer le caractère paresseux et indolent de cette nation, qui a même l'art d'augmenter encore ce défaut naturel. Mais il faut espérer qu'il reviendra enfin continuer son assistance à la sérénissime Infante, sa qualité d'italien ne faisant pas supposer qu'on l'emploie jamais au gouvernement d'Italie. » (1)

Heureusement pour Isabelle, elle comptait encore très certainement sur le retour de son fidèle et dévoué général, sans quoi elle n'eût peut-être pas eu le courage de rester à la tête du gouvernement des Pays-Bas, dans des conditions aussi désastreuses et privée, en outre, de son meilleur soutien.

Philippe IV ne cherchait en rien à alléger le poids qui pesait sur ses épaules ; au contraire, il multipliait pour elle les difficultés. Après la prise de la Rochelle, craignant que Richelieu, pour occuper ses troupes, ne tentât quelqu'entreprise contre la Bourgogne, il donna ordre à sa tante d'envoyer immédiatement dans ce pays un corps de 6000 hommes, commandés par un bon chef. (2)

Les bons chefs, on les lui enlevait et Isabelle était, quand cet ordre lui arriva, au paroxysme d'une crise financière. « Comment envoyer une armée sans argent ? répond-elle

(1) Lettres de Rubens, p. 194.
(2) Corresp. de l'Inf. et de Ph. IV vol. XXIV.

au roi en lui démontrant que la Bourgogne n'a qu'à se débrouiller elle-même. L'Infante ne peut absolument rien envoyer, déjà elle ne sait pas s'il lui sera possible de soutenir comme il le faudrait, l'armée de Cordova.

Cependant, à Madrid, Spinola, enhardi par un accueil d'autant plus enthousiaste qu'on voulait l'endormir dans une fausse sécurité, sans s'inquiéter des perfidies secrètes, plaidait vigoureusement la cause des Pays-Bas et remettait au point les erreurs volontaires et autres. L'Infante, de son côté, ne se faisait pas faute d'exposer la vérité : dans les ports, les marins, non payés, s'enfuyaient; des vaisseaux entiers sont passés à l'ennemi. Dans les forteresses, les soldats jettent aux ennemis des billets pour leur dire qu'on ne les paie pas. Plusieurs garnisons sont entrées en pourparlers avec les adversaires, heureux de pénétrer dans le secret de cette misère. Aussi Isabelle avoue que, malgré toute son énergie, elle a peur de succomber à un découragement complet. Il lui est si pénible de toujours mendier et encore sans profit ! « Je suis dans un grand chagrin, poursuit-elle, si cet état perdure comme il est à craindre, je prévois d'autres malheurs encore. Je m'afflige de fatiguer continuellement V. M. de mes plaintes. C'est pourtant mon devoir de lui déclarer la vérité. S. M. prendra la résolution qu'elle jugera convenable ensuite. » (1)

Mais en ce moment on traversait aussi en Espagne une forte et douloureuse crise : le 8 septembre 1628, le convoi de galions rapportant les trésors de l'Inde, essuyait une tempête sur les côtes de Floride et, pour s'y soustraire, allait se jeter dans la baie de Tous les Saints, où la flotte hollandaise s'abritait également en guettant le passage des précieux navires. L'amiral hollandais, Peter Hein, vieux loup de mer qui, du coup, conquit la célébrité, attaqua les espagnols surpris et s'empara de tous les galions. Ce fut un désastre effroyable pour l'Espagne. On estima la perte à 15 millions et, blessure doublement aiguë, cet argent allait

(1) Corresp. de l'Inf. et de Ph. IV, lettre du 21 déc. 1628.

servir aux armements que les Provinces-Unies s'apprêtaient à faire pour attaquer les Pays-Bas. (1)

L'aubaine arrivait à point, car les Etats Généraux ne savaient trop où trouver les fonds nécessaires à la guerre : les dernières campagnes n'avaient rien rapporté, mais bien au contraire, coûté fort cher. Le succès de Peter Hein ranima l'ardeur des gouvernants, des généraux. Frédéric Henri de Nassau fut chargé de préparer un plan de campagne. Il proposa le siège de Bois-le-Duc.

Depuis longtemps, la Hollande convoitait cette place forte qui eut compensé la perte de Bréda, en lui assurant un point de protection et de défense qui lui manquait de ce côté. Le siège offrait de grandes difficultés, mais Frédéric Henri répondait de les vaincre. Cette cité se faisait gloire de son nom de *Pucelle du Brabant*, parce que, jamais, elle n'avait été prise. Jamais elle n'avait accepté de garnison. Les bourgeois se vantaient de pouvoir la défendre seuls et, de fait, elle possédait des remparts naturels formidables par ses polders, ses terres basses, ses cours d'eau, avec lesquels on pouvait inonder tout le pays avoisinant. C'est ce sentiment de sa force, poussé à la confiance aveugle, qui fut la cause de la perte de Bois-le-Duc.

L'Infante s'inquiétait cependant aux récits qui arrivaient d'au-delà des frontières. L'évêque de Bois-le-Duc était venu lui-même confier ses craintes à la gouvernante. (2) Mais autour d'elle on assurait que ce ne serait pas à Bois-le-Duc qu'on s'attaquerait, mais bien plutôt vers la Gueldre.

Isabelle avait à organiser, en tout cas, ses moyens de résistance et son courage faiblissait à constater son impuissance.

« Ils nous attaqueront pour la fin de mars, écrit-elle. Il n'y a pas de doute qu'ils n'aient de grands succès. S'ils attaquent Bois-le-Duc ou Bréda comme on le suppose, je ne sais comment leur résister. Nous n'avons pas d'argent pour

(1) Voir appendice, note 10.

(2) Commelyn. Hist. de Fred. Henri de Nassau p. 61. L'évêché de Bois-le-Duc était l'un des nouveaux sièges créés par Philippe II.

mettre des troupes en campagne ; nous n'avons ni poudre, ni munitions, ni chariots, ni chevaux de trait; les forteresses manquent de provisions. L'armée est si misérable que je ne sais comment elle peut y tenir. La plupart des soldats n'ont rien reçu depuis quatre mois que du pain de munition et on doit cent mille écus à ceux qui procurent ce pain. On leur donne quelques acomptes sur les coupes de bois de V. M. et sur l'argent des passe-ports. C'est miracle qu'il n'éclate pas de révoltes. A toute heure, on peut s'y attendre. En tous temps on a envoyé d'Espagne les subsides nécessaires, il est bien triste pour moi qui sert (le roi) avec tant de zèle et d'amour, qu'on me les refuse sous son gouvernement. Je suis exposée à tous les périls ainsi qu'un si grand nombre de ministres et de serviteurs fidèles. » (1)

Spinola manquait cruellement à l'Infante en ces circonstances. Il imposait à tous les généraux et son génie savait trouver toujours moyen de se tirer au mieux des plus mauvais pas. Il n'aurait pas laissé la ville de Bois-le-Duc s'endormir dans une trompeuse sécurité. Son gouverneur, Antoine Schetz, baron de Hoboken, avait vu tant de fois de semblables alertes, qu'il négligea de s'assurer des ressources nécessaires. Quand, enfin, l'approche des ennemis l'obligea à reconnaître le danger, il chercha trop tard à s'approvisionner. Déjà les hollandais coupaient presque toutes les communications; à peine eût-on le temps de faire entrer dans la place quelques centaines de soldats envoyés de Bréda. Le baron de Hoboken, brave et vaillant seigneur, manquait cependant de la science nécessaire pour lutter contre Frédéric Henri de Nassau. C'était un diplomate habile, et nul doute que, soutenu par quelque bon général, son courage eut été récompensé. Mais, dès la fin du mois, le prince d'Orange commençait à entourer la ville d'un cercle de travaux d'art, et ces inondations sur lesquelles on comptait à Bois-le-Duc comme moyen de défense, furent employées par l'assiégeant pour bloquer plus étroitement la ville.

(1) Corresp. de l'Infante avec Ph. IV. vol. XXV, lettre du 13 février 1629.

A la nouvelle de l'investissement, l'Infante, rassemblant son conseil de guerre, on décida de nommer en remplacement de Spinola, le comte Henri de Bergh, généralissime des armées des Pays-Bas. On le chargea de forcer Frédéric Henri à lever le siège et comme il fallait de l'argent et qu'on ne pouvait pas attendre le retour des messagers envoyés en Espagne pour en demander, on usa des grands moyens : on demanda un sacrifice au clergé qu'il ne refusa point. (1) L'idée de perdre Bois-le-Duc terrifiait la Belgique ; après le siège d'Ostende, aucune action guerrière ne fut prise à cœur par la nation comme celle-là. Aussi ce fut assez rapidement qu'Henri de Bergh se vit à la tête d'une belle armée, forte de trente mille hommes, dans laquelle on plaça tout l'espoir de la nation.

Malgré la rapidité qu'on mit à rassembler cette armée, on ne dût pas moins laisser le prince d'Orange poursuivre pendant deux mois les travaux du siège, sans être inquiété autrement que par quelques sorties des assiégés. Henri de Bergh, en s'approchant du camp de Frédéric Henri, le trouva si bien fortifié qu'il n'osa pas tenter une attaque avec toutes ses forces, il se borna à essayer de pénétrer dans les quartiers les plus éloignés du centre, ceux d'Ernest de Nassau et du comte de Brédérode, puis se retira. Il était cependant à la tête d'une armée aussi forte que celle des hollandais et, à ses trente mille hommes, venaient s'ajouter les corps impériaux que Ferdinand II envoyait à l'Infante, sous les commandements du comte Jean de Nassau-Siegen et du comte de Montecuculi.

Au lieu de chercher à sauver Bois-le-Duc, le généralis-

---

(1) L'Infante demandait un subside au clergé et aux grandes abbayes. Ce furent les comtes de Rœulx et d'Estaires qui reçurent la mission d'aller demander leur participation. Ils étaient chargés de leur faire remarquer avec quelle délicatesse l'Infante avait toujours procédé dans les nominations des abbés, évitant d'imposer les couvents. Elle taxe St-Vaast a 40000 florins, St Bertin et Auchin à 25000, d'autres comme Blendecq à 800 florins, etc. Mais afin de faciliter leur paiement, elle leur permet de donner « par argent sans frais ».

Papiers d'Etat et de l'Audience. N° 776.

sime prétendit essayer une diversion qui obligerait l'ennemi à lever le siège et il se jeta dans le pays de Weluwe où il s'occupa de prendre quelques petites villes. Encore arrêtat-il ses efforts devant la défense de la première petite forteresse. Frédéric Henri ne bougea point de son camp de Bois-le-Duc et le pays plat de la Weluwe devint le théâtre de toutes les horreurs du système cruel de dévastation radicale. Le comte de Bergh se figurait-il réellement qu'à la nouvelle de cet impitoyable traitement, le prince d'Orange accourrait pour défendre la Gueldre ? En tous cas, il fut trompé dans ses calculs. Au contraire, les hollandais allaient enregistrer un nouveau succès. Le 19 août 1629, le gouverneur d'Emmerich, le colonel Dieden apprenait que, par une incroyable négligence, on avait démoli un bastion des fortifications de Wesel et qu'on s'était contenté de boucher provisoirement la brèche par une palissade. Aussitôt, avec une petite troupe décidée, Dieden arriva à l'improviste, eut vite renversé la barrière et, se précipitant sur la garnison surprise, en passa la plus grande partie au fil de l'épée 1). Cette malheureuse ville, depuis la fin du XVIe siècle, avait souffert plusieurs fois toutes les horreurs de la prise. En 1610, elle tomba au pouvoir des espagnols qui la gardèrent jusqu'au jour où Dieden perpétra son coup d'audace. La perte de Wesel était désastreuse. Henri de Bergh y conservait tous les approvisionnements de son armée et, détail navrant, la caisse militaire s'y trouvait aussi. La conséquence de la prise de Wesel fut la sortie des armées espagnoles de la Weluve, abandonnant même les quelques petites villes tombées en leur pouvoir.

Isabelle, dès l'investissement de Bois-le-Duc, avait pris toutes les mesures possibles pour aider le gouverneur et les assiégés. Pendant qu'elle demandait des troupes à l'empereur, elle déclarait au roi que, si elle ne recevait pas 300.000 écus par mois, elle ne viendrait pas à bout de sou-

___

(1) Alexandre de Ligne, prince de Chimay, périt dans le massacre.

tenir ses armées « comme elle a déclaré si souvent sans être écoutée » (1) dit-elle non sans amertume. (2)

Philippe IV finit par s'inquiéter ; il écrit pour demander des secours à l'empereur, au duc de Bavière, aux princes catholiques ; il prescrit des prières publiques, il invite l'Infante à déclarer aux principaux officiers qu'il récompensera magnifiquement toute action d'éclat ; mais ce que le roi ne prévoyait pas, c'est la mollesse, la négligence, des causes plus graves encore peut-être qui anéantiront tous les efforts de l'Infante et amèneront la perte de Bois-le-Duc. Henri de Bergh n'a pas tenu, par incapacité ou mauvais vouloir, ce qu'on attendait de lui.

La prise de Wesel commençait à préoccuper la nation belge. « La perte de Wesel à produit mauvais effet sur les populations d'ici, écrit Isabelle. La liberté avec laquelle on commence à parler me donne de l'inquiétude ». (3)

Philippe IV, dès l'avis de ce malheur, avait de son côté exprimé à sa tante tous ses sentiments de crainte dans une

(1) Corresp. de l'Inf. avec Ph. IV, vol. XXV. Lettre du 3 mai 1629.

(2) Voici l'instruction que l'Infante donna à don Juan Benavidès qu'elle envoyait en Espagne pour mettre le roi au courant des événements, lors de l'investissement de Bois-le-Duc :

« Après les salutations d'usage, il dira au roi d'Espagne que le prince d'Orange a investi Bois-le-Duc avec une armée de 40000 fantassins et 5000 cavaliers. Bois-le-Duc est une des villes les plus importantes du Brabant, peuplée de fidèles catholiques, ayant beaucoup de monastères et un évêché. Si l'ennemi s'en emparait, on perdrait plus de 12 lieues de territoire. La place ne renferme que 3000 soldats. Le baron de Balanson, gouverneur de Bréda, a réussi à y introduire au moins mille hommes. L'Infante a ordonné de rassembler l'armée, d'amener les troupes du Rhin et du Palatinat et les recrues avec l'artillerie et les munitions. Elle a donné le commandement au comte Henri de Bergh, suivant la prière de la province de Brabant. Don Carlos Coloma se tiendra du côté d'Anvers, place pour laquelle on craint qu'il ne se fasse quelque tentative. Les finances sont fort embarrassées. Les subsides ont été dépensés à l'avance. On ne peut même donner une demi-paie aux troupes qui sont rassemblées. L'empereur a autorisé d'employer en Flandre les 8000 piétons et les 1000 cavaliers qu'il avait envoyés en Alsace dans la crainte de la guerre d'Italie. Don Juan communiquera les mêmes renseignements au comte de San Lucar, au marquis de Balbases, au marquis de Leganez, en les priant d'appuyer ses requêtes auprès de S. M. (Corresp. de l'Inf. et de Ph. IV vol. XXV sans date.)

(3) Corresp. de l'Inf. avec Ph. IV vol. XXVI, lettre du 9 sept. 1629.

dépêche si importante à ses yeux qu'il désigne deux secrétaires comme les seuls qui puissent la déchiffrer. Après avoir exprimé sa tristesse de la perte de Wesel et sa résignation à la volonté de Dieu, il songe au malheureux état de la Flandre « surtout si l'on doit craindre quelque soulèvement, ce que je ne puis croire de la fidélité de mes sujets. »

Le roi comprend-t-il enfin que le comte duc Olivarès le jette dans une politique funeste ? Il lui a sacrifié Spinola. Malgré les pressantes instances de l'Infante, on n'a pas voulu le renvoyer aux Pays-Bas, par un calcul de jalousie mesquine. Revenu auprès de la gouvernante, son rôle aurait été si important que sa gloire en eût encore grandi. On refusa de le laisser partir, puis, comme il était tombé malade par suite de toutes les avanies qu'il subissait, dès qu'il fut guéri, on le nomma gouverneur de Milan avec le titre de général des armées d'Italie ce qui, en ce moment, n'était pas une sinécure.

Cette petite victoire remportée par un misérable sentiment de vanité, le comte duc de San Lucar s'aperçut trop tard qu'en ôtant à l'Infante son meilleur général, alors que les affaires des Pays-Bas auraient dû primer toutes les autres, il avait commis une lourde faute. Philippe IV le sent si bien qu'il écrit aussitôt à sa tante, lui proposant de renvoyer Spinola si c'est possible ou, tout au moins, lui dire d'envoyer en Flandre tout ce qu'il pourra rassembler d'italiens. En même temps, il donne ordre au marquis d'Aytone d'arriver immédiatement à Bruxelles, (1) et comme il pourrait tarder de quelques jours, il envoie le même ordre à son ambassadeur à Paris, le marquis de Mirabel, afin d'aider l'Infante au milieu des graves embarras de la situation. Philippe joint à toutes ces mesures une somme d'argent et enfin ordonne à Henri de Bergh de venir au secours de Bois-le-Duc

(1) Don Francisco de Moncada, marquis d'Aytone. Il remplaça le comte d'Onate comme ambassadeur d'Espagne à Vienne, sous le nom de comte d'Ossone. Comme les ambassadeurs d'Espagne étaient rarement payés et qu'ils devaient dépenser beaucoup à Vienne, Aytone avait demandé son rappel et l'avait obtenu. Il se disposait à partir lorsque lui vint l'ordre du roi de se rendre immédiatement aux Pays-Bas.

sans tarder. Cette fois il voudrait que sa tante signe la paix
bien vite, avant la prise de Bois-le-Duc qu'il pressent. Il
lui donne tous les pouvoirs à cet effet, car il reconnaît
que Bois-le-Duc pris, l'Espagne tombe dans une situation
humiliée vis-à-vis de la Hollande, qui aura le droit de se
montrer diffiicle.

Hélas, tout ce beau zèle se manifestait trop tard et lorsque
la dépêche de Philippe IV arriva à Bruxelles, Bois-le-Duc
était au pouvoir de Frédéric Henri.

La reddition se fit le 14 septembre 1629. La ville avait
lutté de son mieux, mais ne pouvait résister sans secours
du dehors. On fut très irrité à Madrid contre le gouverneur,
le baron de Hoboken. Le roi parla de le faire passer en
jugement. Grâce à Isabelle qui prit son parti avec énergie,
il échappa à ce qui aurait été une injustice. Le grand coupable, c'était Henri de Bergh.

La douleur de l'Infante est immense. Dans ses lettres au
roi on sent une détresse profonde. Ce coup est de ceux dont
on ne se relève pas. Elle le subit et, à sa fierté d'espagnole
blessée, se joint la douleur de la grande catholique. Bois-
le-Duc est le centre d'une population fidèle et croyante. Son
église gothique est l'une des plus belles des Pays-Bas;
autour d'elle se pressent quantité de couvents et monastères,
et tout cela va être la proie de l'hérésie ? Elle ne s'en console pas. Chaque jour elle apprend quelque nouveau fait
qui transperce son cœur. Dans la « grande église » dès le
lendemain de la victoire, le pasteur Woet a fait un sermon
d'action de grâces que suivit le pillage du sanctuaire. Puis
ce sont les religieux et religieuses chassés et spoliés, ce sont
les prêtres menacés, s'ils osent célébrer la messe. La violence
des réformés fut telle que Louis XIII offrit un million par
an aux Etats, à condition de laisser aux catholiques le libre
exercice de leur religion. Il s'adressait à des fanatiques
énivrés de leur victoire, on refusa son or. Aussi Isabelle en
oublie sa douceur accoutumée. En apprenant qu'on donnait ordre à tous les prêtres de quitter immédiatement le
territoire de Bois-le-Duc, elle les fit sommer de rester dans

leurs emplois, sous des peines sévères s'ils désobéissaient
et, en même temps, elle fit saisir et enlever tous les prédicants dont on put s'emparer aux environs de l'Ecluse et de
Berg op Zoom. Cette mesure eut au moins un bon résultat.
Les Etats de Hollande envoyèrent à Tilbourg un député
pour traiter de ces questions graves et Isabelle obtint que
les catholiques pourraient célébrer leurs offices, mais en
secret, toutes les églises demeurant aux mains hérétiques. (1)

— « Jamais notre armée n'a été ainsi humiliée, écrit
don Carlos Coloma à Spinola. C'est une douleur amère
de voir cette cité, la plus catholique et la plus loyale que
possédait le roi en ce pays, dans les mains de telles gens. Et
sans espérance de pouvoir la reprendre jamais ! » (2)

Et l'Infante écrit à son neveu :

— « Les assiégés ont quitté la place avec armes, bagages
et artillerie. Je suis désolée. C'est une perte considérable
que nous venons de subir ; le peuple s'en réjouit. (3)

« Je redoute de grands troubles. La haine du peuple se
porte sans motif contre le Cardinal de la Cueva qu'il déteste
particulièrement, à qui il attribue tous nos malheurs.
L'ennemi veut profiter de la victoire, entreprendre de nouvelles conquêtes, comptant sur l'accord tacite du peuple.
Je n'ai pas jugé convenable de remettre la lettre au comte
Henri de Bergh ». (4)

La conduite de ce général, en effet, avait été indigne ;
tout le monde le considérait comme un traître et nous verrons qu'on n'avait pas tort.

En Hollande, la joie était à son comble ; l'ex-reine de
Bohème, la princesse Palatine et la princesse d'Orange (5)
accourent de la Haye pour assister au départ de la garni-

(1) Histoire Métalliq. des P. B. Tome II, p. 178.

(2) Rodriguez Villa, Spinola, p. 564.

(3) Le peuple se réjouissait de l'humiliation des espagnols, mais la perte
de Bois-le-Duc lui était très sensible et c'est un grief de plus contre le
gouvernement du roi.

(4) Corresp. de l'Infante et de Ph. IV. T. XXIV, lettre du 28 sept. 1629.

(5) Amélie de Solm, ancienne dame d'honneur de l'ex-reine de Bohême.

son espagnole; une foule énorme, venue de Hollande, acclamait Frédéric Henri. On frappa des médailles en l'honneur du prince, on le célébrait comme un demi-dieu. Sur son ordre, le peintre Jordæns brossa un grand tableau symbolique, pour la Maison du bois à La Haye où Nassau était représenté en triomphateur, sur un char traîné de quatre chevaux blancs. Jamais héros ne fut tant adulé (1). Comme son frère Maurice, il était devenu l'arbitre des Provinces-Unies.

Au milieu de ces cris de joie d'une part, et de la douloureuse humiliation de l'autre, une pauvre femme avait fait un acte de grand courage. Elle avait réussi à soustraire l'image miraculeuse de la Mère de Dieu, vénérée depuis des siècles à Bois-le-Duc sous le nom de la Bonne-Dame et l'avait apportée à l'Infante. Ce fut pour la pieuse princesse une vraie consolation. Elle dit qu'elle voulait honorer d'une manière éclatante la Sainte image qui lui était arrivée si heureusement. On la porterait solennellement à l'église de Saint-Géry où elle resterait exposée à la vénération publique.

Dans cette procession, Isabelle voulut que la courageuse femme qui avait sauvé l'image bénie marchât devant elle. Derrière elle suivait un groupe d'habitants de Bois-le-Duc, pleurant à chaudes larmes. (2) Le cœur de l'archiduchesse était aussi oppressé que celui de ses pauvres gens qui se voyaient privés à la fois de leur protectrice du ciel et de leur douce souveraine de la terre.

----

(1) Waddington. La rep. des Prov. Unies. T. II, p. 63.
(2) Chiflet. T. 96 f. 319.

CHAPITRE XIV

Une politique plus intelligente et moins hautaine aurait sans doute épargné toutes ces larmes aux bourgeois de Bois-le-Duc et cette douleur amère à l'Infante. Si résignée qu'elle fut à la volonté divine, elle devait éprouver, par instants, une irritation réelle contre son neveu et ses entours. D'un côté, il la chargeait de toutes les négociations politiques qu'il entreprenait, de l'autre, il lui imposait la guerre, et des ruptures de négociations perpétuelles. Cette politique contradictoire et mal raisonnée empoisonnait, on peut l'affirmer, la vie de la princesse.

Les Provinces-Unies haïssaient l'Espagne de la pire des haines, celle du fanatisme, celle de l'hérésie contre le catholicisme. (1) L'Espagne, en retour, regardait les Provinces-Unies avec le dédain méprisant qu'elle pouvait avoir contre des révoltés et proclamait bien haut que, toujours, ce pays serait pour elle un petit peuple de rebelles.

Comment espérer que jamais on concilierait deux antagonismes si violents ?

En 1628, Philippe IV écrivait encore à sa tante qu'il ne

---

(1) Waddington, qu'on n'accusera pas d'aimer l'Espagne et les catholiques, avoue que la haine et l'intolérance religieuse étaient poussées à l'excès dans les Provinces-Unies.

consentirait à une trève ou à un traité de paix qu'aux conditions suivantes : abandon de la navigation des Indes, liberté de la rivière d'Anvers, reconnaissance des droits du roi sur les Provinces-Unies, tolérance de la religion catholique.

Il semble que, au reçu de pareils programmes, Isabelle s'empressait de les cacher dans ses plus secrets tiroirs. Sans contredire le roi, elle tachait de gagner du temps, de lui démontrer doucement les difficultés à craindre, puis essayait de reprendre les pourparlers de paix d'une autre manière. Elle se souvenait des dangers courus par le malheureux chancelier Pecqius, lorsqu'il était arrivé à La Haye, quelques années auparavant, porteur de semblables conditions.

Une circonstance fortuite lui permit de reprendre tout naturellement l'entretien pacifique.

Nous avons conté comment les hollandais, usant des procédés cruels de la guerre de cette époque sanglante — car chaque chef de corps traitait ses prisonniers selon son caprice et la bonté ou la dureté de son caractère — avait fait jeter des prisonniers à la mer. L'amirauté des Pays-Bas menaça de représailles et cette menace, dit l'Infante dans une lettre au roi, suffit pour arrêter ces atrocités (1). Les Etats de Hollande effrayés, furent les premiers à demander l'échange des prisonniers. La gouvernante chargea le commissaire de Kesseler, seigneur de Marquette, de traiter cette affaire en son nom et saisit l'occasion pour essayer de renouer les négociations d'une façon prudente, sans se compromettre. Cependant, elle n'avait pas osé prendre sur elle de dire le moindre mot d'apaisement, sans la permission du roi, ce qu'elle n'obtint pas sans difficultés. Grâce à Spinola qui, à Madrid, servait l'Infante de tout son pouvoir, la permission dépassa même l'attente de la princesse, puis-

---

(1) Correspondance de l'Inf. et de Ph. IV vol. XXIII. Dans cette lettre on voit que l'Infante, contrairement à ce qu'écrivait Rubens à Peiresc, ne fit jeter aucun hollandais à la mer, mais menaça seulement les ennemis de représailles.

qu'on l'autorisait de laisser de côté le point dangereux de l'indépendance de la république. Il est vrai que Philippe IV se réservait le droit de décider en dernier ressort. (1)

Mais les hollandais ne se contentaient pas du silence sur ce point, ils exigaient, avant tout, la reconnaissance formelle de cette indépendance.

— « Je connais l'humeur de ces gens-là, écrivait Kesseler à Spinola, il faut surtout leur inspirer confiance » et il assurait que l'heure présente était à saisir pour traiter d'une bonne paix. (2) Malheureusement, à Madrid, tout a changé. Le roi d'Espagne veut la guerre, ordonne à sa tante de préparer « une vigoureuse campagne » (3) et s'il veut bien consentir à ce que Kesseler continue ses pourparlers secrets, il ne fait cette concession qu'aux conditions les plus intransigeantes, si intransigeantes, si absolues, si opposées à tout ce que pensent et veulent les hollandais, que la gouvernante n'ose même pas en parler à Kesseler. (3)

Elles sont tellement hautaines que le conseil des Flandres à Madrid les trouve lui-même trop sévères ; (4) mais le conseil ne pouvait pas lutter contre l'influence d'Olivarès sur le roi, et il semblait qu'avec les années, le comte-duc devint plus cassant, plus orgueilleux, et plus aveugle aussi. Spinola, seul contre tout ce monde, ne se lassait pas de lutter et ses raisonnements, basés sur le bon sens, la raison, la connaissance du pays, servis par une éloquence entraînante, avaient souvent raison des sophismes vaniteux du ministre. Mais dans cette lutte, Spinola amassait sur sa tête des charbons ardents, et, trop faible, il succomberait sous la masse de ses ennemis.

(1) Corresp, de l'Inf. et de Ph. IV, vol. XXIII, lettre du 1er mars 1628.
(2)   »   »   »   »   du 27 mars 1628.
(3)   »   »   »   »   du 31 mai   »
(4) Parmi les points exigés par Philippe IV, le roi voulait qu'on permit aux Capucins de revenir s'installer en Hollande afin qu'ils y exercent des missions. Cet article aurait provoqué une telle fureur dans les Provinces-Unies qu'il aurait empêché pour longtemps tout traité pacifique. Un Capucin qui faisait partie de la junte fut le premier à demander qu'on abandonnât cette condition.

Le comte-duc voulait la question religieuse réglée selon la manière qu'il imposait, par un sentiment d'amour propre personnel. Il lui plaisait d'être proclamé le restaurateur de l'Eglise catholique aux Pays-Bas, mais il ne s'inquiétait pas de savoir si c'était possible et s'il suffisait de dire : « Je veux, » pour changer le cœur d'un peuple fanatisé.

Spinola écrivait un mémoire pour indiquer au roi les moyens de ne pas heurter trop brusquement les erreurs et les idées préconçues des Provinces-Unies. Il disait avec raison que tant d'années de guerre entre elles et les Pays-Bas avait accumulé des haines qui ne pouvaient disparaître comme la brume sous un coup de soleil. Quelques années de trève ou de paix adouciraient les rapports mutuels et il serait bien plus facile alors d'obtenir quelque chose. C'était, du moins, le fond de la thèse de Spinola, qu'il défendait de son mieux, mais il parlait à des gens qui ne voulaient rien entendre et méditaient le moyen de l'éloigner à la première occasion. (1)

Au milieu de ces tiraillements et de ces changements de front, l'Infante se décidait à travailler comme elle le pouvait. Toujours sous le prétexte d'échange de prisonniers, elle avait réussi à amener à Rosendæl le bourgmestre de Rotterdam qui conférait aussi secrètement avec Kesseler. Le prince d'Orange et les Etats y donnaient leur assentiment.

Le résultat de ces conférences encouragèrent la gouvernante. Les Etats ne pouvaient traiter que pour une trève mais une trève pouvait faciliter la paix. On était convenu de laisser la question de l'indépendance de côté. Sans les prédicants, on obtiendrait facilement un arrangement donnant satisfaction aux catholiques. Mais contre cette turbulente et vociférante troupe, les Etats se sentaient impuissants. (2) En envoyant au roi ces renseignements

(1) Rodriguez Villa. Spinola, p. 480 et s.
(2) Les magistrats des Provinces-Unies, « Messeigneurs les Etats », comme on les appelait respectueusement, étaient terrorisés par les prédicants,

l'Infante écrivait qu'elle avait fait dire par Kesseler qu'elle ne pouvait rien céder des exigences royales, mais elle conseillait vivement à son neveu de consentir à quelques concessions.

Ces pourparlers eurent ce bon résultat d'empêcher les hollandais de tenter de grandes entreprises militaires contre les Pays-Bas. Frédéric Henri paraît avoir travaillé consciencieusement à la paix. Il y eut même entre lui et les Etats une chaude discussion, parce qu'on voulait qu'il allât assiéger une ville quelconque des Pays-Bas et qu'il s'y refusa en disant qu'il manquait de munitions. (1)

Tant que Spinola resta à Madrid, l'Infante eut en lui un courageux défenseur des intérêts des Pays-Bas. Elle lui écrivait souvent et le consultait sur toutes ses affaires qu'il connaissait si bien. Elle engageait son neveu à le consulter, espérant toujours que son influence contrebalancerait la funeste faveur de San Lucar. Mais Spinola n'était pas écouté, « L'ineptie politique d'Olivarès, comme le dit très justement Rodriguez Villa (2), ne voulut pas comprendre l'impitoyable vérité des avis du marquis de Balbases et on courait aveuglément à l'abîme. » D'ailleurs le grand homme devenait gênant ; le ministre parvint à le faire nommer, comme nous l'avons dit, gouverneur du Milanais. (3) C'était l'enchaîner pour longtemps loin des Pays-Bas, les guerres entre la France et la Savoie, les chicanes pour la Valteline,

devenus plutôt des tribuns populaires. Ils avouèrent à Kesseler que peu avant, des catholiques s'étant rassemblés en Zélande dans une maison particulière pour y entendre la messe, le peuple ameuté, tira sur la maison et que, sans l'intervention des magistrats, on aurait massacré les fidèles. Dans les négociations de trève passées, ajoutèrent-ils, quand Henri IV demanda le libre exercice de la religion, on ne pût l'accorder malgré toutes les obligations et le respect qu'on lui gardait. On ne pouvait mettre en exécution cet article du traité. (Corresp. vol. XXIV, lettre du 3 août 1628.)

(1) Corresp. de l'Inf. avec Ph. IV, vol. XXIV, lettre du 9 juin 1628.

(2) Rodriguez Villa. Spinola, p. 542.

(3) Rodriguez Villa. Spinola, p. 592. Le marquis de Balbases ne se consola jamais de n'avoir pu retourner aux Pays-Bas, alors que le péril était plus grand et que l'Infante avait plus besoin de lui. « On m'a tué mon honneur ! » répétait-il. Il mourut le 25 septembre 1630.

Montferrat etc. allaient occuper le petit nombre de jours qu'il avait encore à vivre.

En effet, une nouvelle puissance venait augmenter, par ses agissements plus subtils que loyaux, les complications de la politique européenne. La Savoie commençait à exécuter ce plan d'agrandissement par petites bouchées, qui lui réussit si bien, s'aidant tantôt d'un voisin, tantôt de l'autre, selon l'intérêt du moment. L'affaire de la Valteline avait mis du froid entre Charles Emmanuel et Philippe IV. Le duc s'était ligué avec Louis XIII et la république de Venise, pour chasser les espagnols de ce territoire. En 1628, il convoitait la Corse et jugeait nécessaire de se rapprocher de l'Espagne. C'est à l'Infante qu'il s'adressa pour la prier d'opérer ce raccommodement et il lui envoya un personnage aussi habile qu'intrigant, rompu aux souplesses de la diplomatie. C'était l'abbé Scaglia, neveu du cardinal de ce nom. Il arrivait vers le moment où débarquait à Bruxelles, sous le prétexte de voir Rubens, le résident de Danemark à la Haye qui, lui aussi, avait une mission secrète de son maître.

A Madrid on se méfiait de tous ces agents secondaires, on recommandait à l'Infante de les tenir à distance. Isabelle restait très prudente, mais ne dédaignait pas les renseignements sérieux, de quelque source qu'ils lui vinssent. Elle approuvait Rubens quand il lui écrivait en lui annonçant l'arrivée du danois :

— « Les intérêts du roi d'Angleterre, du roi de Danemark et des Etats des Provinces-Unies sont inséparables, tant pour la religion que pour les autres raisons d'Etat... Les intérêts étant communs, c'est donc du temps perdu que de négocier avec quelques-uns d'entre eux en particulier et il ne faut pas s'imaginer que jamais les Etats des Provinces-Unies, de leur propre volonté, céderont quoi que ce soit de leur titre d'Etats libres et moins encore qu'ils reconnaîtront le roi d'Espagne pour leur souverain, fût-ce même avec le titre seul, sans autorité. Mais on doit compter que cela ne se fera que par le moyen des rois, leurs confédérés, lesquels pourront, non pas les forcer, mais leur faire sentir la nécessité de donner quelques satisfactions au roi d'Espagne » (1).

Rubens voyait juste. L'habileté avec laquelle il menait les affaires délicates qu'on lui confiait finit par réconcilier Madrid avec lui. On oublia qu'il manquait de noble illustration et quand Isabelle proposa à son neveu de lui envoyer le grand artiste, il y consentit. Lorsqu'il arriva en Espagne, Rubens trouva le roi et le duc de Savoie unis de nouveau par une tendre amitié. Il s'agissait de disputer le Monferrat au duc de Nevers, Charles de Gonzague, et Scaglia, naguère si dédaigné, était reçu par l'Infante, sur ordre du roi, à son retour d'Angleterre, avec autant d'honneur qu'un ambassadeur déclaré. L'abbé apportait des promesses de paix. Buckingham lui avait dit tout rondement : « Faisons notre paix avec l'Espagne, arrangeons entre nous l'affaire du Palatinat, les hollandais passeront ensuite par où nous voudrons » (2)

On décida de prendre Bruxelles comme centre des négociations. Mais chaque fois que l'Infante croyait tenir la paix entre les mains, elle lui échappait par une circonstance imprévue. Buckingham fut assassiné et avec lui disparaissait la seule influence qui pût le disputer à la reine Henriette.

Lorsque Rubens quitta Madrid, il était chargé de pouvoirs pour traiter de la paix à Londres. En arrivant à Londres, il trouva que la paix avec la France était signée. On s'était impatienté des lenteurs espagnoles. Ce traité n'impliquait pas la rupture des négociations avec l'Espagne. Rubens et Scaglia les poursuivirent.

La déloyauté avec laquelle on menait toutes ces négociations froissait souvent l'Infante, dont la conscience délicate ne pouvait admettre la perfidie et la fausseté. Ses sentiments religieux furent douloureusement blessés lorsque Rubens, en revenant d'Espagne, apporta des traites avec lesquelles on devait payer le duc de Rohan qui cherchait à refaire un

(1) Gachard. Histoire diplomatique de Rubens, p. 76.
(2)   »   »   »   p. 100.

parti huguenot contre Louis XIII et s'était mis à la tête d'une petite armée de révoltés. Au grand désappointement du peintre, Isabelle prit les traites pour son usage et Rubens se vit obligé d'en solliciter d'autres. Mais quand elles arrivèrent, le duc de Rohan avait fait sa soumission au roi.

Déçu de ce côté, Philippe IV donna ordre à Rubens de poursuivre avec plus de zèle que jamais les négociations de paix avec l'Angleterre, auxquelles s'attachait très étroitement la question du Palatinat dont l'Infante possédait depuis quelque temps les plus importantes places en gage. La France, par toutes sortes d'intrigues secrètes, tâchait d'empêcher la paix de l'Angleterre avec les Pays-Bas, comme aussi de faire en sorte que Louis XIII refusât d'envoyer un plénipotentiaire à Madrid. L'apathie des juntes dirigeantes fut telle, qu'on attendit quelques mois pour faire partir l'ambassadeur espagnol pour Londres, alors que celui d'Angleterre était déjà à Bruxelles. Les anglais furent vivement froissés et Rubens davantage encore, car il s'était porté garant de l'arrivée de l'ambassadeur espagnol, aussitôt que celui de Charles Ier aurait mis le pied sur le sol belge.

Très chatouilleux sur le point d'honneur, l'artiste s'affligea fort. « Je tiens pour si mauvais ce retard, écrivait-il à l'Infante, que je maudis l'heure où je suis venu dans ce royaume et plaise à Dieu que j'en sorte bien ! » (1)

La paix finit par être conclue, don Carlos Coloma arriva à Londres en qualité d'ambassadeur du roi d'Espagne et Rubens put quitter l'Angleterre le 6 mars suivant, comblé de marques d'estime et d'honneur.

Il retrouvait à Bruxelles la même bienveillance (2).

____

(1) Gachard. Hist. dipl. de Rubens, p. 179.

(2) En revenant à Bruxelles, Rubens fut confirmé par l'Infante dans sa charge de secrétaire honoraire du conseil privé, avec les émoluments de secrétaire effectif, poste que la gouvernante donna à son fils Albert. Isabelle protégeait son peintre avec tant de sollicitude qu'elle s'interposa pour lui, lorsqu'elle apprit, au retour de Rubens de Madrid, que certaines peintures qu'il avait apportées au roi étaient restées impayées. On lui devait la somme modi-

Lorsque, après les signatures définitives, le 15 novembre 1630, on le proposa comme ministre résident des Pays-Bas à Londres, il refusa ce poste. Il venait d'épouser la jeune Hélène Fourment et la vie d'artiste grand seigneur qu'il menait dans sa belle maison d'Anvers, lui paraissait meilleure que toutes les ambassades.

Isabelle aurait pu faire des traités avec l'Europe entière, sans éprouver la centième partie des difficultés qu'elle rencontrait dans les négociations avec les Provinces-Unies. Elle en ressentait un gros souci et quand, après la prise de Bois-le-Duc, elle se lamente sur l'état du pays et dit ses grandes craintes, elle n'a pas tort. La même cause qui faisait murmurer avant la trève de 1609, revenait maintenant, plus angoissante, pour les malheureux habitants des Pays-Bas. Les malheurs de la guerre qui s'abattaient sans merci sur eux, avaient pour unique cause l'Espagne. C'est l'Espagne qu'on attaquait en eux; c'est parce que la Belgique était terre d'Espagne qu'on la considérait comme l'ennemie irréconciliable des Provinces-Unies. Séparée de l'Espagne, la Belgique pouvait faire la paix avec ses voisins et reprendre cette prospérité entrevue pendant les trop courtes années de la trève.

Voilà ce que se disaient les mécontents et ce que disaient aussi les agents, toujours plus nombreux, de France et de Hollande, qui travaillaient le pays avec l'espoir de le voir se soulever contre ses maîtres néfastes. Le mécontentement croissait chaque jour, non pas contre l'Infante, qu'on aimait et dont on connaissait le dévouement, mais contre ce gouvernement lointain et opiniâtre qui refusait la paix par orgueil.

---

que de 7500 florins. Isabelle fit passer l'état du peintre au conseil des finances. Les conseillers, défiants, demandèrent si les peintures valaient bien la somme fixée, à quoi l'Infante répondit de sa bonne plume : « Le prix de ces peintures a été convenu avec Rubens avant qu'il les fit. Elles sont déjà en Espagne à la grande satisfaction du roi qui a ordonné qu'on les paie promptement. Et comme Rubens devra revenir ici à l'arrivée à Londres de don Carlos Coloma et qu'il a besoin d'argent pour quitter la capitale, il sera bien que le jugement s'en fasse tout de suite «. Gachard. Rubens, p. 183.

Si les espagnols avaient gouverné les Pays-Bas comme ils gouvernaient les provinces d'Ibérie, les traitant sur le même pied que la Castille ou l'Andalousie, ils auraient tenu compte du caractère de la nation, des exigences de la situation, ils auraient vu en elle une nation sœur, méritant les mêmes égards. Mais, par cet aveuglement qui était comme l'héritage de Philippe II, son fils et son petit-fils et surtout leurs ministres, considérèrent toujours les Pays-Bas, non comme une province d'Espagne aussi respectable que les autres, mais comme une colonie bonne à traiter plutôt en nation conquise, dont il faut soumettre les révoltes de force. Le noble sang de Flandre et de Bourgogne avait disparu du cœur de ces descendants de leurs princes.

La cession des Pays-Bas aux archiducs continuait de rester une blessure douloureuse pour l'orgueil castillan. Aucune expérience n'avait assagi les esprits. Après la mort de l'archiduc, on voulut tout de suite, avec force, affirmer la désapprobation pour la politique d'Albert et d'Isabelle et il se fit une réaction espagnole, si intempestive qu'il s'en fallut de peu qu'elle ne produisît un nouveau soulèvement des gueux : Isabelle seule l'empêcha, grâce à l'affection qu'on lui portait. La politique espagnole touchait plus vivement la noblesse. Mais cette noblesse restait attachée à l'Infante. L'archiduchesse était un peu comme la mère de cette nombreuse et illustre société. Depuis trente ans qu'elle était en Belgique, pas une fille de l'aristocratie, pas un fils de famille qui n'eussent vécu au palais comme ménine, page, dame d'honneur, officier de la cour, et tant d'années passées sans que rien vienne troubler ces bonnes relations, créaient un lien solide que personne n'aurait eu le cœur de briser. La dignité si simple, mais si imposante avec laquelle Isabelle était descendue du siège d'un souverain pour redevenir une obéissante sujette, avait frappé d'admiration cette noblesse orgueilleuse. La manière dont elle employa tout ce qui lui restait de pouvoirs pour adoucir les coups qui venaient d'Espagne acheva de lui attacher solidement les cœurs.

Mais elle ne pouvait pas, malgré toute sa charitable industrie, empêcher les yeux de voir et les cœurs de s'aigrir. Elle ne pouvait pas davantage empêcher certains espagnols d'abuser de leur situation prépondérante et de faire, par leur conduite, détester leur nation.

Elle eut cependant le courage de signaler plusieurs fois à Madrid le danger de cette politique outrancière. Mais on recevait ses avis comme ceux d'une personne acquise à une mauvaise cause, qu'excusait son âge et sa trop grande bonté. Lorsqu'on créa, aussitôt après la mort de l'archiduc, la junte de guerre, on n'y plaça que des espagnols comme nous l'avons dit. Plusieurs arrivaient aux Pays-Bas sans les connaître ou, comme le Cardinal de la Cueva (1), n'avaient aucune des qualités requises pour cette charge. L'exclusion de tout homme de guerre du pays fut certainement le plus grand grief que la noblesse et les officiers belges conçurent contre l'Espagne. Cette exclusion leur était comme un soufflet sur la joue. L'Infante se plaignit vivement. Elle réclama la moitié des places du conseil pour les belges, le roi le lui refusa nettement. (2) On y avait mis Spinola, heureusement, et tant qu'il y fut, les choses ne marchèrent pas trop mal, son autorité s'imposait. Mais après son départ, la junte de guerre devint un vrai foyer de vexations, de passe-droits, d'espionnage, et ses racontars passionnés et inexacts allèrent trop souvent exciter encore le roi et le comte-duc contre le peuple belge. Elle prétendit primer tous les conseils du pays et le Cardinal de la Cueva qui, jusqu'au départ de Spinola, n'avait guère fait parler de lui, commença à prendre une arrogance et des exigences qui produisirent le plus détestable effet.

Le roi commettait la même faute à Madrid en composant le conseil qui avait à s'occuper de l'administration des

____

(1) Alonso de la Cueva, marquis de Bedmar, Cardinal, d'abord ambassadeur de Philippe IV à Venise, dut quitter cette ville en 1618 pour avoir trempé dans la conspiration qui avait pour but de livrer la république à son maître. Il vint aussitôt après aux Pays-Bas.

(2) Corresp. de l'Infante avec Ph. IV*, lettre du 11 avril 1624.

Pays-Bas, uniquement d'espagnols. Pour plusieurs d'entre eux, la Belgique leur était complètement inconnue. Il eut été d'une sagesse logique d'y appeler quelques habitants d'un pays qu'on devait gouverner.

C'est surtout à l'armée que ces mesures impolitiques faisaient du mal. Il eut fallu beaucoup de tact, de modération, de justice, pour maintenir une certaine concorde entre tant de nationalités différentes et entre ces officiers férus du plus ombrageux point d'honneur, tel qu'il était compris à cette époque. C'est ce que ne daigna jamais faire le gouvernement de Madrid. Une question seule révolutionna plus d'une fois l'armée et fit naître un grand mécontentement parmi les belges. Elle fut certainement une des causes qui dégoûta Henri de Bergh du service du roi. C'était la question de l'avant-garde. Ce poste était considéré comme poste d'honneur. Le roi exigea qu'il fut toujours donné aux espagnols. Cette partialité révolta officiers et soldats. Plusieurs régiments se mutinèrent.

Philippe IV s'entêta, qnoiqu'il se rendît compte qu'il agissait sans justice. « En cas de querelle de préséance, écrivait-il à sa tante, entre les capitaines espagnols et les capitaines du pays, il faut toujours donner la préséance aux espagnols, mais par prudence ne manifestez pas ouvertement cette politique. » (1) L'ordre n'était pas facile à exécuter. La petitesse de ces mesures déplaisait à l'esprit large de l'Infante. Elle répondit au roi que dans les différends entré les officiers du pays et ceux d'Espagne, mieux valait employer la douceur et la modération. (3) Mais ces conseils n'étaient guère écoutés. Au contraire, on y voyait

(1) Corresp. de l'Inf. et de Ph. IV, vol. XVI, lettre du 26 nov. 1624.

(2) En 1628, Philippe IV restaura dans sa capitale l'ancien conseil des Flandres qui s'attribua une autorité illimitée. Désormais, presque tout dépendit de cette assemblée, composée en majorité de seigneurs espagnols n'ayant jamais été dans les provinces qu'ils légiféraient. Les *consultes* de Madrid primèrent les décisions des conseils de Bruxelles. On se figure aisément les inconvénients de ce système, quand on songe non seulement à l'incompétence des ministres, mais encore au temps qu'il fallait pour corrrespondre. Waddington. La république des Prov. Unies, p. 99.

(3) Corresp. de l'Inf. avec Ph. IV, vol. XVII, lettre du 2 janvier 1645.

une partialité fâcheuse de la gouvernante pour les belges.
Philippe IV, à ces avis, ne montrait que plus de raideur.
Il insistait auprès de l'Infante, pour qu'elle favorisât la
nation espagnole en tout, de façon qu'elle primât sur tout
autre. (1) Et il surveille soigneusement l'exécution de tels
ordres. Il paraît toujours plus inconciliant, il écoute, lui et
Olivarès, tous les racontars que les esprits malveillants,
jaloux ou mécontents, vont lui débiter. Et sur une parole
sans fondement, il part : « Est-ce vrai, écrit-il que les
espagnols ont été systématiquement éloignés du combat ?
En ce cas, je ne saurais assez exprimer mon profond
dégoût d'un pareil procédé ! » (2)

— « J'ai fait faire une enquête, répond doucement Isabelle. Le comte Henri de Bergh a toujours traité la nation
espagnole avec les plus grands égards. Quand on marche
contre l'ennemi, on lui donne toujours l'aile droite, ses
capitaines ont toujours la priorité. Au contraire, on se plaint
de mes préférences pour les espagnols. (3) »

Il est dur de se voir supplanté dans son propre pays.
Aussi officiers et soldats commencent à se fâcher. Une
animadversion grandissante pour tout ce qui est espagnol
naît de cette maladroite conduite. Au moment où l'ennemi
est plus menaçant et les troupes mal payées et à peine
nourries, cette manière d'agir devient coupable autant
que puérile.

Henri de Bergh exprime vivement sa façon de penser.

— « Je croyais, dit-il, après ma victoire, que tout le
monde serait content et me rendrait grâces et personne
n'est satisfait. Les espagnols, partout, se plaignent de
n'avoir pas été menés au combat. Je ne prenais avec moi
que peu d'infanterie, je fis demander aux espagnols quinze
ou vingt d'entre eux, ils refusèrent sous prétexte qu'il n'y

(1) Corresp. de l'Inf. avec Ph. IV, vol. XVIII du 23 sept. 1625.
(2) La discussion s'était élevée après les succès que le comte de Bergh avait
eus dans une campagne au pays de Clèves, à propos d'une surprise que le
général avait tenté avec un petit nombre de soldats.
(3) Corresp. vol. XX, lettre du 14 nov. 1626.

aurait pas de capitaine (de leur nation). Je demandai alors au comte Jean de Saldana de venir, il prétendit qu'on l'avait prévenu trop tard. Je déclare que, très mécontent de toutes ces criailleries, je ne tenterai plus de surprises. » (1)

On fait toutes sortes de rapports au roi afin de l'entraîner toujours davantage dans cette voie malencontreuse. On lui a dit que les officiers belges vivaient dans un luxe et une dépense scandaleux.

— « Je m'étonne qu'on aie rapporté de telles choses à Votre Majesté, répond Isabelle. Les officiers des Pays-Bas sont très modestes dans leur table et leurs parures. Le rapport adressé à Votre Majesté est tout à fait faux. Il est vrai que les gens du pays aiment les dépenses de table, mais il serait difficile de les en empêcher et ils s'y adonnent moins qu'autrefois. » (2)

Mais voici une exigence plus grave encore. Le roi veut qu'on enlève la garde des forteresses aux personnages belges à qui elles sont confiées. L'exécution d'un tel ordre amènerait infailliblement des émeutes.

— « Ce serait la cause de troubles dangereux dans le pays, retorque l'Infante. Il faut respecter les coutumes. Enlever les clefs des mains de ceux qui ont le privilège de les garder, c'est dangereux. C'est se donner de grands embarras pour de petites raisons. » (3)

On ne se rend pas compte à Madrid des désastreux effets de toutes ces petites vexations irritantes. Si encore ceux qui sont l'objet de tant de faveurs savaient les accepter sans morgue et sans en faire étalage ? Mais non, se sachant soutenus, ils dédaignent de faire la moindre concession. Parmi le peuple belge, la haine croît pour les étrangers insolents et accapareurs et cette haine envahit aussi bien le bourgeois que le noble, parce que chacun se heurte à l'ingérence espagnole. Quand il y a moyen de leur faire sentir qu'on ne les aime pas, on ne manque pas une si belle occa-

(1) Corresp. T. XX, lettre de 1626.
(2)   »   T. XXI » du 27 février 1627.
(3) Corresp. de l'Inf. avec Ph. IV, lettre du 28 Fév. 1627, vol. XXI.

sion et Philippe IV se plaint véhémentement que les espagnols ne veulent plus aller aux Pays-Bas où on ne les reçoit pas assez bien à leur gré.

« Il faut les soigner et les payer toujours très exactement dit-il, il faut les *honorer*. »

— « Je les traite pourtant de mon mieux, répond l'Infante, toujours patiente. Après le siège de Bréda, les trois tercios espagnols qui restaient ont été logés chez les paysans, puis on a mis les uns dans les petites villes du pays de Juliers et les autres dans les villes de Malines, Termonde, Grammont et Alost. Malgré la rareté de l'argent, ils ont toujours reçu leur nourriture » (1)

Combien cette faveur d'être payé régulièrement devait exciter la jalousie des autres régiments, mangeant du pain noir et grelottant en pourpoints troués !

Le dialogue continue : « Il faut, ordonne le roi, maintenir le privilège exceptionnel dont jouissent les espagnols depuis le gouvernement de don Juan d'Autriche. La nation espagnole supporte difficilement qu'on aie mis les Wallons sur le même pied qu'elle et qu'on ait introduit (dans l'armée) des tercios uniquement composés d'italiens. Don Juan d'Autriche, à la répartition de l'argent, donnait toujours une paie entière aux espagnols. On leur donnait les meilleurs logements, on ne leur disputait jamais l'avant-garde. Sans doute, continue le roi, il serait long et difficile de revenir à ces usages, mais pour ce qui est de la prééminence dans les postes, le roi ne peut consentir à la moindre indécision en ce point. Il faut soutenir les officiers, car il est juste que dans l'armée que S.M. paie avec son argent, celle-ci occupe le premier rang. » (2)

L'argent d'Espagne payait aussi le sang belge, et encore ce sang était-il mal payé, mais Philippe ne faisait pas de réflexions de ce genre. Aussi les querelles devenaient de plus en plus fréquentes. L'énergie, la décision, l'autorité de Spinola pouvaient les prévenir ou les apaiser. On le savait

(1) Corresp. de l'Inf. avec Ph. IV, lettre du 23 mai 1627, vol. XXI.
(2) Corresp. de l'Inf. et de Ph. IV, vol. XXII, lettre du 20 oct. 1627.

juste et impartial et il n'était pas espagnol. Après son
départ, l'Infante se trouvait seule, ayant à lutter pour la
justice, contre son conseil de guerre, qui partageait les
erreurs de Madrid et obligée de calmer l'irritation croissante des généraux non espagnols. (1)

Après l'armée, c'est le commerce qu'on mécontente. Des
mesures douanières mal calculées, des règlements pour le
fisc et les transactions, n'ayant pour bases qu'une connaissance très insuffisante du pays,provoquèrent de vives réclamations. On avait pris d'anciens tableaux dont les chiffres
n'étaient plus exacts, sans tenir compte de la perte subie
nécessairement par l'échange des monnaies, l'une des plus
grandes difficultés du commerce. « Le commerce d'Espagne, le seul qui nous reste,nous est complètement interdit,
gémissent les trafiquants. » (2) On faisait les mêmes plaintes dans tous les centres industriels. Si la noblesse ne se
plaignait pas aussi ouvertement, elle n'en était pas moins
mécontente. Toutes les places où le roi pouvait mettre un
espagnol, toutes les dignités qu'il pouvait octroyer sans
passer par sa tante, étaient peu à peu enlevées aux belges.
Isabelle combattait ces mesures de toutes ses forces et grâce
à sa ténacité, le gouvernement des provinces et de la plupart des grandes villes restait acquis aux seigneurs du
pays. Néanmoins,déjà, elle avait dû céder quelques postes,
et, pour l'armée, elle était impuissante à lutter contre le
conseil de guerre. L'un des membres surtout se rendait
chaque jour plus insupportable. C'était le Cardinal de la
Cueva. Ce personnage vaniteux et encombrant aurait voulu
régir tout le pays et trouver dans Isabelle un instrument
docile, disposé à pousser la politique espagnole dans ses
dernières limites. Il exerça la patience de l'Infante jusqu'à
l'héroïsme. En sa double qualité d'ambassadeur du roi

(1) En août 1627, un italien, le marquis de Campolatro se pritde querelle
avec don Coloma Ladron, toujours à propos de l'avant-garde. Isabelle fut
obligée, malgré son désir intime, de sévir contre Campolatro « afin que dorénavant, on ne dispute plus l'avant-garde aux espagnols ». Corresp.
vol. XXII, 23 août 1627.

(2) Corresp. vol. XXIII 1628.

d'Espagne et de membre de la junte de guerre, il prit des allures dictatoriales et s'adjugea une autorité qui annihilait toutes les autres, y compris celle de la gouvernante, qu'il effaçait encore par les honneurs qu'il exigeait. Son faste était royal.

Il voulut accaparer tous les pouvoirs et commença sans s'inquiéter de ce que pensait l'Infante, par dissoudre le Conseil d'État. Nous avons vu que ce Conseil qui ne travaillait plus guère, se composait de membres de la haute noblesse. Ceux-ci consentaient bien à ne plus être qu'un conseil honoraire, mais tenaient malgré cela, à garder leur titre et leur fonction illusoire. La supprimer, c'était leur faire affront et offenser gravement tous ceux qui, jusque-là, s'en glorifiaient. La Cueva s'en souciait peu. Il décida que, pour gouverner, il n'y aurait plus que deux juntes qui réuniraient dans leurs mains toutes les branches de l'administration. L'une, la junte de guerre, ne comprenait que des espagnols, comme nous l'avons dit ; l'autre, sous le nom de conseil adjoint, comprenait quelques belges, mais ceux-ci, tel le président Roose, étaient des hommes dévoués avant tout à l'Espagne. Le Cardinal avait la haute direction de l'une et l'autre junte.

Cette omnipotence, exercée sans délicatesse, avec insolence même, semblait un défi jeté à toute la nation.

La Cueva devint le point de mire de la haine de tout le pays. Il incarna, aux yeux du peuple, l'odieux régime espagnol, il devint si antipathique que sa vue seule provoquait des échauffourées populaires. Il faut au peuple qui souffre une personnalité à laquelle on attribue cette souffrance. Et le peuple comprenait très bien que l'Espagne seule lui valait cette guerre perpétuelle. Séparé de l'Espagne, il devenait le meilleur ami de ses voisins.

Isabelle s'inquiétait. Elle suivait d'un œil attentif la marche de cette traînée de révolte. Si elle ne pouvait changer tout à fait la politique de son neveu, au moins fallait-il faire disparaître l'un des principaux fauteurs de troubles. Elle se plaignit vivement à Madrid et demanda qu'on rap-

pelât l'ambassadeur, ne cachant pas ses craintes, disant
même que le peuple belge traiterait avec les hollandais, si
ceux-ci s'avançaient dans les Pays-Bas espagnols. Le ministre de France à Bruxelles, Beautru, disait aussi que « le
peuple estait en mauvaise posture et en estat, selon l'avis
des plus intelligents, d'escouter d'autres gens que les espagnols ». (1) L'intolérance religieuse de la Hollande sauva
certainement les belges de la trahison envers leurs princes,
mais, de tous côtés, on pressentait qu'il ne faudrait que
peu d'efforts pour les détacher définitivement de l'Espagne.

A tous ces ennuis, l'Infante devait ajouter encore ceux
que lui causaient le nonce du Pape, au moins aussi altier et
insolent que la Cueva. C'était Fabio de Lagonissa, archevêque de Conza. Fastueux et dépensier comme le Cardinal, il en vint au point de menacer la pieuse Infante de la
mettre en interdit, elle et sa cour, si elle le contrecarrait encore dans ses démêlés avec le clergé et les évêques des Pays-
Bas. Le Pape, malgré les prières de l'Infante et les instances
de Philippe IV, ne se pressait pas de le rappeler, croyant à
une certaine mauvaise humeur du roi, à cause de l'attitude
prise par le Saint-Siège dans les affaires d'Italie. Il fallut
plus d'un an de négociations pour obtenir ce rappel. A
peine cette affaire était-elle arrangée, qu'Isabelle avait à
négocier un autre départ. Mais elle eût beau donner des
preuves de l'incapacité de la Cueva et du tort qu'il faisait à
l'Espagne, on n'écoutait guère ses plaintes. Il en fut tout
autrement lorsque la nouvelle parvint à Madrid de la prise
de Wesel et du danger imminent que courait Bois-le-Duc
assiégé.

— « L'Infante manque de conseiller » écrit Philippe IV
à son ambassadeur à Vienne, le marquis d'Aytona, et il lui
intime l'ordre de partir immédiatement pour Bruxelles, et
comme il a peur qu'Aytona n'arrive pas assez vite, il veut
que son ambassadeur en France accourre auprès de sa
tante. Par le même courrier, Philippe IV invitait le Cardi-

(1) Lettre de Beautru à Richelieu du 11 janvier 163o, citée par Th. Juste :
Le compromis des nobles de 1633, p. 37.

nal à partir immédiatement pour Rome. Mais la Cueva ne se déplaçait pas aussi facilement. Son orgueil se trouvait fort mortifié d'être envoyé au loin, alors qu'il croyait avoir un grand rôle à jouer aux Pays-Bas. D'autant plus mortifié que le roi faisait venir d'autres conseillers de choix, comme si lui-même n'avait aucune valeur. Bois-le-Duc succomba et la déception du peuple à cette défaite, se tourna contre le Cardinal de la Cueva. « La haine du peuple se porte sans motif contre le Cardinal de la Cueva qu'il déteste particulièrement et auquel il attribue tous ses malheurs » dit l'Infante (1) à son neveu.

Les marquis d'Aytona et de Mirabel arrivèrent à Bruxelles à la fin de novembre 1629. L'Infante ordonna que désormais les séances du conseil se tiendraient au palais et non plus chez le Cardinal. (2) L'infortuné La Cueva, cette fois, ne demandait pas mieux que de quitter au plus vite un pays où il ne recevait plus que des affronts, mais il était si criblé de dettes que ses créanciers le surveillaient pour l'empêcher de partir. « Il attend qu'on paie ses dettes » écrit Isabelle, mais comme elle n'avait pas même assez d'argent à donner à Mirabel et à Aytona — « et ce sont des personnages à qui l'on ne doit pas donner peu » (3) elle laissait La Cueva se morfondre. Cette fois, c'est le roi d'Espagne qui souhaite le prompt départ du Cardinal. Il commence à s'apercevoir que la politique qu'il a suivie aveuglément sous l'inspiration du comte-duc est une politique désastreuse pour ses intérêts, il ordonne à l'Infante d'éloigner immédiatement le Cardinal et de lui ôter le maniement de toutes les affaires (4). Il est en complète disgrâce.

Isabelle, malgré tout ce que La Cueva lui a fait souffrir, trouve cet ordre bien dur pour le malheureux prélat. Elle cherche à le défendre auprès du roi, à atténuer ses

(1) Corresp. de l'Inf. et de Ph. IV. vol. XXVI, lettre du 28 sept. 1629.
(2)   »   »   »   lettre du 15 nov. 1629.
(3)   »   »   »   »
(4)   »   »   »   lettre du 11 déc. 1629.

torts.(5) Mais le mal est fait, autant par la faute du roi que par celle de ses créatures ; il serait difficile de le réparer.

Une des premières conséquences du système espagnol fut la défection du comte Henri de Bergh. Avec un peu d'habileté on pouvait l'arrêter. Il suffisait de ne pas blesser son amour propre très sensible, et, au contraire, on semblait prendre plaisir à l'exaspérer. D'humeur ombrageuse, susceptible, ambitieux, jouisseur, chaque jour pour ainsi dire, depuis les cinq ou six dernières années, il avait reçu de cuisantes piqûres. L'Infante qui le connaissait le ménageait fort, car il était, après Spinola, son meilleur général. Mais elle ne pouvait empêcher le contact journalier avec les officiers espagnols et faire oublier leurs procédés. Ce que ses efforts pour apaiser Henri de Bergh auraient pu produire, se trouvait annihilé et détruit par l'entourage du comte. Il tenait de près aux Nassau par sa mère Marie, sœur du Taciturne, luthérienne dans l'âme. Si elle n'avait pu empêcher que ses fils fussent élevés dans la religion de leur père, du moins avait-elle pu faire de ses filles des sectatrices ardentes du réformateur. Henri de Bergh d'ailleurs n'avait rien d'un dévot et ses sœurs avec lesquelles il vivait, lui imposaient leur religion, leur culte dans son propre foyer avec la société de nombreux pasteurs, sans que jamais il se plaignît. Ces femmes dont la réputation sous le rapport des mœurs, donna lieu aux pires soupçons, restaient en relations étroites et suivies avec les Nassau de Hollande (2). Sans doute, en ces temps troublés on voyait souvent des

(5) « Il me paraît que le Cardinal étant de si grande qualité, de si grand mérite, ayant montré tant de zèle et d'équité au service de V. M., il serait fâcheux de l'exclure des affaires pour le peu de temps qu'il doit séjourner ici. Je lui ai ordonné de se rendre au conseil jusqu'à son départ. » Lettre du 24 janvier 1630.

(1) Le malheureux La Cueva vendit ses meubles pour payer ses dettes et comme cela ne suffisait pas, l'Infante lui vint en aide, afin qu'il pût quitter les Pays-Bas. Il dut partir en secret de peur que la populace, toujours furieuse, ne l'assaillît à son départ.

(2) Plusieurs membres de la famille de Nassau étaient revenus au catholicisme. Le comte Jean de Nassau Hadamar et Jean de Nassau Siegen furent des défections sensibles pour les Nassau protestants.

familles partagées ainsi dans leur foi, mais le général, à la tête d'une armée catholique destinée à combattre les hollandais, avait une situation à sauvegarder. Or, depuis que la guerre contre les Provinces-Unies reprenait plus vivement, la conduite de Bergh était étrange. On ne fit d'abord pas grande attention à certains mouvements maladroits de troupes, à des arrivées après coup, à des retraites trop rapides ; mais après les campagnes de 1627 et 1628, il fallût bien reconnaître cette mollesse d'attaque, ces hésitations, ces contradictions. Lors du siège de Bréda, Bergh n'aurait pu mieux servir les hollandais. A la prise de Groll, un cri général s'éleva contre lui, la perte de cette place importante était due à sa négligence. Il cherchait à expliquer habilement sa conduite, mais alors, c'est qu'il était incapable ; c'est que sa réputation de chef d'armée de valeur était surfaite et qu'il n'avait pas la science militaire qu'on lui attribuait ?

Mais lorsque les prises successives de Wesel et de Bois-le-Duc vinrent donner un coup si grave à la situation de l'Espagne dans les Pays-Bas, au point qu'on craignit un instant les pires catastrophes, de tous côtés s'éleva contre Henri de Bergh, l'accusation d'avoir trahi.

Sa conduite était inexplicable. Avec les troupes impériales de Montecuculi et de Jean de Nassau, il était bien supérieur en nombre à l'armée que Frédéric Henri tenait devant Bois-le-Duc. Au lieu de tenter une attaque vigoureuse, il s'amuse à dévaster un autre pays, sans profit pour personne, il ne sait pas même garder Wesel qui est son magasin de munitions, le dépôt du trésor de guerre. Il ne fait rien, rien qui puisse être utile et la belle ville de Bois-le-Duc tombe, dernier rempart du Brabant, livrée pour ainsi dire, par l'inertie du généralissime.

Aussi quels reproches s'élèvent, quelle clameur de toutes parts ! Quel triomphe pour les mécontents dont l'Infante s'effraie ! (1) Isabelle en est consternée. Sa bonté toujours

(1) On mettra sans doute un frein à l'insolence des mécontents. Ils crient que cet état va devenir indépendant et qu'il décidera lui-même de la paix ou de la guerre. » Corresp. vol. XXVI 1629. novembre.

charitable ne pouvait ajouter foi à tout ce qu'on disait jusqu'ici, mais maintenant il faut bien qu'elle se rende. Elle
écrit à son neveu : « On parle de la conduite du comte
Henri de Bergh. On a sur lui de grands soupçons. Tout
le temps qu'il s'est trouvé dans la Weluwe, il n'a pas élevé
de fortifications. L'armée est restée oisive. A Duisbourg, il
ne se trouvait pas plus de 15o soldats. Le comte de Montecuculi a conseillé au comte Henri de Bergh d'assiéger cette
ville, mais il a répondu qu'il la savait très forte. Il n'est
pourtant place si forte qui se puisse défendre sans soldats,
semble-t-il. Quand il a pris Amersfoort, il aurait pu prendre Utrecht. Le comte Henri de Bergh s'excuse en disant
qu'il n'avait pas de munitions, mais on en avait envoyé
une bonne quantité. La facilité de prendre Utrecht se
confirme de partout. Le baron de Grobbendonck y avait
une parente qui a rapporté qu'il n'y avait pas un soldat. Il
est certain que si le comte Henri eut marché sur Utrecht,
l'ennemi eut été obligé d'abandonner Bois-le-Duc. Telle a
été l'impéritie du comte de Bergh, que les hollandais
eussent pu entrer dans le cœur du pays sans rencontrer de
résistance. Partout les portes se fussent ouvertes, par crainte
ou par trahison. On reproche au comte de Bergh ses lenteurs dans les négociations de la trève. Il a voulu que cette
affaire passât par ses mains. On a encore là des motifs de
grands soupçons car, plus on attendra, plus il sera difficile
à l'empereur de s'entretenir dans la Weluwe. » (1)

L'Infante, en effet, n'avait pas cessé de négocier la paix
par le moyen du commissaire Kesseler, et la demande que
lui avait faite le comte Henri de Bergh de lui remettre cette
affaire à conduire lui avait paru très avantageuse. En sa
qualité de cousin germain du prince d'Orange, elle avait
cru qu'il pourrait beaucoup plus que tout autre. Maintenant elle ne savait plus que penser, elle se refusait encore
à croire toutes les horreurs qu'on disait de lui, on
l'accusait des vices les plus hideux et on y ajoutait la

____

(1) Corresp. de l'Inf. et de Ph. IV, vol. XXVI, novembre 1629.

trahison et l'hérésie. Cependant les autres généraux ne se cachaient pas pour dire toute leur pensée. « Il est réputé de tout le monde incapable de conduire une armée et traître déclaré, écrit le marquis d'Aytona à Philippe IV, et le comte Jean de Nassau et les autres officiers ne parlent pas autrement de lui » (1) Le roi voudrait, à la première nouvelle de cette conduite coupable, que l'Infante mît tout de suite le comte de Bergh en accusation, mais Isabelle, toujours prudente et modérée, fait observer que ce serait un grand danger d'exaspérer cet homme déjà aigri. Il n'est pas auprès d'elle, mais sur les frontières des Provinces-Unies avec une forte armée qu'il pourrait amener toute entière à l'ennemi. Les marquis de Mirabel et d'Aytona sont aussi d'avis qu'il vaut mieux temporiser et le roi finit par se ranger de l'avis général. On sent une certaine détente dans sa raideur vis-à-vis des Pays-Bas. On devine une crainte salutaire du réveil de ce lion de Flandre qu'il a cru trop facilement museler et il songe à une chose étonnante : il va venir lui-même aux Pays-Bas.

Lorsqu'on pense que depuis l'abdication de Charles-Quint, nul roi d'Espagne n'avait mis les pieds dans le bel héritage de Bourgogne, on se dit que Philippe IV se prépare à un acte si extraordinaire qu'il est trop difficile à réaliser. On avait raison de douter, Philippe IV ne vint pas.

-----

(1) Biographie nationale. Art. Aytona, par Gachard.

CHAPITRE XV

La première victime des défaites espagnoles devait nécessairement être l'Eglise catholique. La piété de l'Infante
s'en affligeait profondément. Elle voyait tomber une à une
aux mains des hérétiques, ces belles villes des Flandres si
pleines de foi. Sans pitié pour les croyances des vaincus, la
première chose que faisaient les vainqueurs était l'imposition brutale de leurs erreurs. Aucun essai de persuasion ou
de discussion. A l'heure même, prêtres et religieux étaient
chassés, églises et couvents pillés, spoliés, dépouillés et les
prédicants montaient à l'assaut des chaires de l'antique
vérité, alors que le dernier coup de canon fumait encore.
Rarement aucune nation fut plus intolérante. Peut-être y
vit-on moins qu'ailleurs les supplices et les martyrs — elle
eut cependant ses heures de cruautés et l'on n'oublie pas
Gorcum — mais, en revanche, elle fut froidement, posé-
ment impitoyable. Jamais peuple n'embrassa aussi subitement et complètement une religion nouvelle et l'on peut
dire de la Hollande ce qu'un auteur qui a étudié à fond les
nations du Nord (1) dit de la Suède et de la Norwège. Ces
peuples n'avaient pas été christianisés à fond ; le paga-
nisme demeurait au fond de ces âmes froides, maté-

---

(1) Bellessort.

rielles, sans idéal et il ne fallut qu'un petit effort pour les ramener au culte froid et commode des âmes qui n'aiment pas se gêner. Isabelle, dans une de ses lettres, dit que ces populations manquaient de prêtres et de couvents, et elle touchait du doigt la plaie qui les grangenait. Cet absolutisme avait son centre surtout dans les populations maritimes et elles surent contraindre tout le reste des Provinces-Unies à marcher avec elles dans cette voie. Leurs meilleurs amis ceux même qu'elles auraient eu intérêt à satisfaire, échouèrent dans leurs démarches. Henri IV, Louis XIII, le Cardinal de Richelieu, ne purent même obtenir la plus minime concession, la tolérance bien restreinte du culte secret. Et c'est une leçon que ce petit peuple donnait à tant de grandes puissances. Sa volonté obstinée, tout d'un bloc, rigide comme une pierre, obtint, dans tous ses traités, tout ce qu'elle voulut, en religion, en libertés commerciales, en extension mondiale, contre une puissance comme l'Espagne, contre même ses alliés, qui eussent souhaité qu'elle fît des concessions. Sans doute elle eut pour elle les circonstances ; son grand art fut d'en profiter et de n'avoir pas peur.

Les Etats des Provinces-Unies, cependant, ne pourraient pas toujours agir avec la même violence. Alors que la résistance religieuse avait été presque nulle dans les conquêtes faites au nord de la Flandre, dans les provinces maritimes, à l'Ecluse, à Berg-op-Zoom, elle ne trouvait plus la même souplesse dans le Brabant. Cette province, foncièrement catholique, ne voulait pas abandonner sa foi. Elle était bien résolue à donner l'exemple d'une fidélité inébranlable et non sans mérite. L'évêque de Bois-le-Duc en montra la voie à ses ouailles. Refusant l'évêché de Gand, que l'Infante lui offrait, il préféra demeurer dans son diocèse, quoique spolié de tout ce qui appartenait à son évêché. Beaucoup de membres du clergé l'imitèrent. (1)

(1) Cette courageuse résistance du Brabant hollandais à une persécution sourde et continue eut déjà comme récompense de préserver le pays de la persécution violente. On n'osa pas sévir comme jadis, on le fit ailleurs. Pen-

Isabelle ne pouvait abandonner un peuple si vaillant.
Aussitôt après la prise de Bois-le-Duc, elle exposa à son
neveu l'état lamentable de cette partie du pays ; Philippe IV
répondit à son appel. Comme elle pouvait s'y attendre, le
roi ne faisait que corroborer ce qu'elle voulait faire elle-
même. La gouvernante devait veiller à ce que le clergé
continuât d'exister comme corps hiérarchique, seul moyen
de le garder entier. Elle devait voir à ce que les sièges épis-
copaux ne restent pas sans évêques, à ce que les paroisses
aient leurs curés. Elle devait y envoyer des missionnaires,
et le roi destinait des subsides spéciaux à ces œuvres importantes. (1)

Malgré les grandes difficultés qu'elle rencontrait pour
l'exécution de tels ordres, Isabelle n'y manquait pas. Mais
ces mesures étaient trop souvent rendues impuissantes. Le
clergé des Pays-Bas espagnols commença à avoir grand
peur des suites de la misère extrême des catholiques dans
les nouvelles conquêtes hollandaises.

Le clergé vénérait l'Infante, mais la séparait nettement
du gouvernement de Madrid. Ce gouvernement, il le voyait
maintenant, menait la Belgique à l'abîme. Il exaspérait le
peuple et son impuissance à se défendre de ses ennemis
menaçait l'Église belge de la ruine complète, si les hollandais, comme tout le faisait craindre, s'emparaient du reste
du pays. Le gouvernement de Madrid avait agi avec la plus
complète maladresse. On avait un bon chef militaire, le
seul qui eut tenu tête aux Nassau, et le roi ne voulait plus
qu'il revienne aux Pays-Bas. Une sombre inquiétude
régnait dans le pays. La guerre devenait un épouvantail
affolant, elle avait ramené la Belgique aux pires jours de
Philippe II. Le commerce et l'industrie étaient ruinés et
non seulement la guerre menaçait les frontières, mais il

dant de longs siècles, cette fidélité à la foi mit les catholiques brabançons
hors la loi. Ils y gagnèrent au moins la liberté de conscience. Depuis peu
d'années enfin, l'ostracisme dont ils étaient frappés a disparu, et comme les
autres hollandais, ils ont acquis droit de cité chez eux.

(1) Corresp. de l'Inf. avec Ph. IV, vol. XXVI, lettre du 8 janvier 1623.

fallait encore subir la présence de ces régiments étrangers qui n'avaient pas beaucoup plus d'égards pour les belges que pour les ennemis. L'arrogance de la Cueva survenant après les décrets d'un Olivarès, devaient achever ce lent travail de dégoût et de désaffection pour le régime espagnol. Volontiers on se figurait que le pays, une fois délivré de ces étrangers, redeviendrait heureux et paisible. Ce sentiment, habilement exploité par les français et les hollandais, s'implantait de manière à effrayer sérieusement l'Infante. Elle s'en effrayait d'autant plus que le clergé, jusque-là plein de loyalisme, se laissait entraîner aussi. (1) L'archevêque de Malines, Jacques Boonen, cet homme qui avait toute sa confiance, se mettait à la tête des mécontents. (2) Ce mouvement se dessinait comme général. Toutes les classes de la société y prenaient part, des conciliabules étaient signalés partout. On a dit alors que le clergé et la noblesse rêvaient de faire des Pays-Bas espagnols une république indépendante, mais liée aux Provinces-Unies. On peut douter de cette assertion. La question religieuse seule eut empêché cette union, mais que l'idée d'un État indépendant n'ait pas germé dans quelques têtes plus chaudes, la chose est certaine. En réalité, dans ce mouvement des esprits en Belgique, il y avait deux courants : l'un qui avait à sa tête Henri de Bergh et Warfusée, auxquels se joignirent timidement quelques nobles, inclinait

(1) En 1629, Aytona, dont le coup d'œil en politique était judicieux et clairvoyant, écrivait au comte-duc de San Lucar que le peuple belge aime le roi mais a horreur du gouvernement des juntes. » Si Mirabel et lui doivent continuer ce système, c'en sera fait des provinces. Si au contraire, ils peuvent inaugurer un meilleur régime, elles donneront leur sang et leur argent pour le service de Sa Majesté. Il faut traiter les belges comme de bons frères. Peut-être faut-il en appeler dans les conseils pour leur inspirer confiance. »
Waddington : La rep. des Provinces-Unies, p. 103.

(2) Jacques Boonen se distingua par son savoir, son mérite et sa piété. Il fut d'abord évêque de Gand, puis archevêque de Malines. Il s'occupa beaucoup de la réorganisation et de la direction des affaires religieuses sous le gouvernement d'Isabelle, dont il avait toute la confiance. Malheureusement sa bonne foi se laissa surprendre par certaines théories jansénistes, mais il reconnut sincèrement ses erreurs et deux ans avant sa mort, se réconcilia solennellement avec l'Eglise.

pour une séparation avec l'Espagne. Ce qu'on appela la ligue wallonne a pu être très sollicitée par la France, mais la masse du pays ne voulait qu'un changement de direction dans le gouvernement de Madrid, réclamant comme le dit Aytona « d'être traitée en bons frères ». Il est vrai que, faute de voir ses réclamations écoutées, elle aurait pu jeter sa fidélité par-dessus bord, et c'était, en effet, un danger.

Pour le moment, on se contentait de dire que si le roi d'Espagne laissait les États des provinces traiter directement de la paix avec la Hollande, on réussirait à faire la paix. Le roi n'a qu'à régler lui-même les affaires du Palatinat, de Juliers, de l'Empire, mais qu'il mette la Belgique en dehors de sa politique particulière, qui ne regarde pas l'héritage de Bourgogne. Ainsi chacun pensait à part soi dans tous les rangs de la nation belge et lorsque quelques-uns émirent ces idées tout haut, tous les trouvèrent justes et raisonnables. Une grande réunion de la noblesse et du clergé fut signalée à l'Infante, ensuite de laquelle, on lui demanda de recevoir un groupe de personnages députés par cette assemblée.

La plus grande douleur que puisse ressentir un cœur généreux, c'est l'impuissance à faire le bien qu'on voit nécessaire et qu'on ne peut réaliser. Cette douleur, Isabelle l'éprouvait chaque année davantage, à mesure que se resserrait autour d'elle les mailles du despotisme espagnol dont elle voyait les ravages sans avoir le moyen de les empêcher. Son énergie s'usait dans cette lutte, surtout depuis le départ de Spinola. Cette belle maîtrise d'elle-même, apprise de son père Philippe II, lui échappait maintenant quelquefois, lorsque son cœur était trop vivement atteint. Ce fut avec une émotion profonde qu'elle reçut les délégués de l'assemblée. On les avait choisis cependant, en pensant à elle, puisque c'étaient les deux hommes que, peut-être, elle aimait le mieux parmi ses serviteurs : l'archevêque de Malines, Jacques Boonen, son dévoué collaborateur en œuvres pies et Philippe

Charles de Ligne, prince-comte d'Arenberg, duc d'Arschot, le plus grand seigneur du royaume et son plus fidèle conseiller. (1) Eux seuls, d'ailleurs, étaient capables d'oser parler franchement à la gouvernante. Ils lui dirent toute la vérité. Les désastres du pays avaient l'Espagne pour cause première. C'est elle, qui, par une défiance bien maladroite, avait confié les principales charges politiques et militaires à ses nationaux en les ôtant aux indigènes. « Ces étrangers se sont enrichis à mesure que vos peuples sont tombés dans la pauvreté et il semble que tout se dispose dans le païs à courir sus à cette nation universellement haïe. Que produirait un pareil désordre, sinon la ruine entière de notre religion, la chute certaine de l'État et un esclavage qui nous serait d'autant plus rude, que le joug nous en serait imposé par des maîtres d'une religion différente de la nôtre ? Si nos trésors sont épuisés, nous avons encore une ressource dans notre courage qui a défendu autrefois avec tant de gloire contre tous nos ennemis, et notre patrie et nos familles. » (2)

Les députés finissaient en conjurant Isabelle d'envoyer sans délai auprès du roi une personne influente qui le supplierait de ne plus envoyer d'armée aux Pays-Bas et de confier la défense de leur patrie aux habitants eux-mêmes qui se chargeaient de le sauver de l'esclavage religieux qu'ils subiraient certainement, si on continuait les mêmes errements.

Isabelle pleura à ouïr ce discours. Elle pleura comme espagnole et comme belge. Elle ne savait que trop combien les deux députés disaient vrai. Le départ des armées espagnoles aurait ôté à la Hollande tout motif de guerroyer, mais quelle erreur d'espérer que jamais Madrid consentît à reprendre ses soldats ? C'était cependant le nœud de la question.

(1) Philippe Charles de Ligne, fils de Charles, premier duc d'Archot de la maison de Ligne et d'Anne de Croy, né le 18 octobre 1587 au château de Barbançon. Brillant officier, et homme politique éminent, il avait une influence énorme dans les Pays-Bas.

(2) Mercure de France. Année 1629. Tome XV, p. 714 et s.

Tous trois jugèrent que la gravité de la situation exigeait l'envoi d'un homme considérable par sa situation et sa connaissance des affaires et le choix de l'Infante se porta sur Jean de Croy, comte de Solre, fils de ce Philippe dont le dévouement aux archiducs ne s'était jamais démenti. Le comte partit immédiatement. (1) Son arrivée à Madrid pourrait se comparer à l'effet produit par un coup de pied dans une fourmillière. Réveillés brusquement de leur quiétude obstinée, les ministres et les juntes s'affolèrent. Ils revirent à l'horizon la visite des gueux à Marguerite de Parme et le comte-duc commença à entrevoir que sa politique pouvait n'être pas la bonne. Telle était la frayeur causée par ce que disait Solre, qu'au lieu de se fâcher contre les insolents, on se fit aimable et bienveillant. Philippe IV remit à l'ambassadeur la lettre la plus affectueuse qu'il eut jamais écrite aux belges. Il y appelait les États de Brabant, les âmes de la monarchie par leur fidélité et leur dévouement et, plus adroit qu'il ne l'avait jamais été, il annonçait son arrivée prochaine. Il ne pouvait plus habilement empêcher les Pays-Bas de réclamer le départ des troupes espagnoles. Ce n'était pas au moment où il paraîtrait qu'on chasserait son armée. D'ailleurs, l'idée que le souverain allait venir, qu'il pourrait voir la vérité, la toucher du doigt rassérénait les mécontents. Et Solre n'apportait pas seulement de belles paroles ; il était chargé de remettre à l'Infante des lettres de change pour quatre millions et demi avec la promesse de paiements réguliers dont il donnait la liste. L'espoir revint de voir l'Espagne entrer dans une voie de conciliation et de bon vouloir, on oublia les pensées de révolte. Isabelle donna aussitôt des ordres pour la restauration des forteresses, leurs approvisionnements, la réorganisation de l'armée ; on crut que tout allait bien marcher. Le marquis de Leganez qui, nous allons le voir,

---

(1) L'ambassade de Jean de Croy causa tant de contentement dans le pays qu'on frappa une médaille à cette occasion, représentant un vaisseau naviguant à pleines voiles sur la mer de l'espérance.

Hist. Métall. des P. B. tome II. p. 186.

prenait d'une main vigoureuse, la direction des affaires aux
Pays-Bas, avait conseillé à Madrid de charger le comte de
Solre de proposer à l'Infante une adroite distribution de
« mercèdes » aux personnages influents en Belgique et ce
conseil n'avait pas été oublié. (1)

Cet ensemble de mesures utiles et l'apaisement des craintes de mutinerie des soldats avait soulagé les inquiétudes
momentanées. Malheureusement le voyage du comte de
Solre n'avait été qu'un coup de fouet, réveillant l'indolence
hautaine d'Olivarès. Cette visite prochaine du roi, on n'en
parlait plus ; les subsides ne reparurent pas comme il l'avait
promis. On commença à douter de la sincérité des belles
paroles royales. De fait, Olivarès ne voulait pas que Philippe IV allât aux Pays-Bas. Le jeune roi, dont il fut
toujours le mauvais inspirateur, a eu réellement le désir de
venir, mais il était incapable de vouloir longtemps une
chose que le comte-duc ne voulait pas et ce dernier, aussi
bien que tous les membres de la junte de Madrid n'entendaient pas laisser le roi quitter le sol d'Espagne. Le ministre
se fiait, pour arranger les choses, à tous les hommes liges
dont il avait entouré l'Infante. Beautru, ambassadeur de
France à Bruxelles, écrivait à Richelieu en plaisantant : « Il
y a à Bruxelles cinq ambassadeurs d'Espagne, savoir : le
cardinal de la Cueva, le marquis de Mirabel (2), le marquis
d'Aytona, le comte d'Osastro et le comte de Solre, dont
ceux du pays se moquent, disant hardiment qu'il faudrait
bien des ambassadeurs d'Espagne pour reprendre Bois-le-
Duc. » (3)

Le mécontentement revint, d'autant plus vif qu'on avait
davantage espéré. Les étrangers, chargés d'attiser le feu
pour la Hollande et la France, se remirent au travail, avec
un succès plus grand que jadis. Les progrès de ces mau-

(1) Papiers du président Roose, vol. I, f. 25.

(2) Ambassadeur d'Espagne à Paris, mais Philippe IV lui avait donné
ordre de demeurer auprès de l'Infante dans les circonstances graves où elle
se trouvait.

(3) Mémoires de Richelieu. Coll. Petitot, T. 5 p. 375.

vaises dispositions en vinrent au point d'inquiéter les espagnols de bon sens établis aux Pays-Bas.

« Jamais on n'a vu ce pays dans un danger si pressant,
écrivait don Carlos de Coloma au secrétaire Villela.
Si S. M. pense qu'elle pourra tenir tête à ce danger,
elle se trompe. Nous ne sommes plus qu'un staferme (1)
que tout le monde charge des fautes des autres. Si je n'y
tenais la main, mes troupes tourneraient à rien tant les
soldats sont mécontents. Bref, sachez que si le marquis
(Spinola) ne vient pas, ou si on n'envoie à son défaut
quelque personnage revêtu de l'autorité suprême, tout sera
perdu et le roi verra ce qui fut ses plus fidèles sujets, se
séparer de lui. » (2)

La fureur populaire était telle que ce même Coloma,
allié par sa mère et sa femme à tant de familles belges (3),
faillit un jour en être victime et, dans cette même lettre, il
racontait à Villela comment il avait pu s'y soustraire par la
fuite. Sous cette impression, il se demandait si l'Infante ne
ferait pas chose prudente de quitter les Pays-Bas. Dans la
persuasion que l'armée de Frédéric Henri viendrait assiéger Anvers, il ne doutait pas de sa prise et par suite de
l'envahissement total de la Belgique.

« La fidélité qu'on garde ici au roi, remarquait encore
très judicieusement Coloma, n'est pas l'amour, ni même
l'espérance des profits, mais seulement la sécurité qu'on se
figure avoir (par lui) ; sécurité du foyer qui paraît naturellement d'autant plus assurée que le roi est plus puissant.
Tel le nôtre. Mais s'ils s'aperçoivent qu'ils sont plus en
sûreté avec les rebelles qu'avec nous, ils iront sans hésiter
se mettre sous leur protection. Les trois dernières défaites
ont plus impressionné tout ce monde que les soixante dernières années de guerre. Ce que nous voyons est à faire

(1) Allusion au jeu populaire d'un mannequin sur un pivot qu'on fait
tourner en le frappant.
(2) Rodriguez Villa. Spinola, p. 564.
(3) Les Coloma étaient déjà en Belgique, depuis l'an 1585 et possédaient les
baronnies de Bornhem et de Moriensart.

pleurer. L'Infante disait hier au secrétaire Pedro de San Juan qu'à la dernière procession elle avait craint tout le temps de voir le Cardinal (de la Cueva) assassiné à côté d'elle. J'ai été menacé aussi par les gens du marché. Votre Excellence me dira qu'on craindrait moins à Constantinople ou au Maroc, de gens auxquels on n'a jamais rien fait de mal. » Et Coloma demandait à nouveau une armée forte, bien payée et bien commandée et surtout le retour de Spinola. (1) « A moins qu'on ne nous donne le roi ou une personne de sang royal, la plus royale qu'on puisse trouver, car si on n'oppose pas à Lucifer un Saint Michel de haute marque, tout est perdu ! » (2)

A plusieurs reprises, Coloma renouvelle la demande de renvoyer Spinola, et il n'est pas le seul, c'est le désir universel. Les espagnols savent que si Spinola eut été aux Pays-Bas pendant le siège de Bois-le-Duc, Henri de Bergh n'aurait pas osé agir comme il l'a fait. Tout le monde reconnaissait que l'armée manquait de généraux de talent, capables de se mesurer avec le prince d'Orange. Henri de Bergh peut encore trouver quelqu'affection parmi la noblesse des Pays-Bas, mais il a perdu son auréole de guerrier de talent depuis sa dernière campagne et Coloma, gouverneur de Cambray, employé à des ambassades, n'avait pas le génie qu'il fallait pour être à la tête de toutes les opérations militaires, quoiqu'il fut un bon général.

La marquis de Mirabel dut aller reprendre son poste en France et Aytona demeura seul près de l'Infante. Rarement Philippe IV avait eu la main aussi heureuse. Il ne

---

(1) Rodriguez Villa. Spinola, p. 565.

(2) Le marquis de Mirabel, écrivant au comte-duc de San Lucar disait : « Je le déclare franchement à V. E. ni les seigneurs, ni le peuple de ce pays n'ont un grand amour pour nous et sont peu affectionnés au service de S. M. Nos plus grands ennemis ne sont pas les hollandais, mais nous-mêmes et les ministres qui assistent S. M. Je n'ai jamais vu telle opposition et désaffection. C'est arrivé au point que je ne sais comment on pourrait remédier à telle situation et rendre l'autorité à la personne de S. M. Quand il n'y aurait pas d'autre raison à sa venue, elle suffirait. » (Rodriguez Villa. p. 574)

Voir appendice : Note 11. Lettre du roi à Spinola.

pouvait mieux choisir un conseiller et un aide pour sa tante
dans les circonstances difficiles où elle se trouvait. Esprit
judicieux, calme, clairvoyant, Aytona n'avait rien de l'arrogance de ses prédécesseurs et voyait depuis longtemps, même lorsqu'il était à Vienne, le danger de la politique vexa-
toire de Madrid aux Pays-Bas. Il fallait immédiatement,
selon lui, apaiser l'exaspération croissante contre les espagnols et détourner les esprits des conspirations. La tâche
était difficile, il s'y mit avec zèle. L'ambassadeur d'Espagne
à Bruxelles, depuis la mort de l'archiduc, était plutôt un
conseiller pour l'Infante, et un surveillant muni de grands
pouvoirs pour les espagnols résidant aux Pays-Bas. Il devait
aussi diriger l'emploi de l'argent qu'on envoyait de Madrid
et tenir le roi au courant de tout ce qui se passait en Belgique. Toutes ces missions lui conféraient une grande autorité
et de la conduite prudente ou imprudente de l'ambassadeur
du roi à Bruxelles, dépendait en grande partie les sentiments du peuple pour l'Espagne.

Aytona se montra à la hauteur de la tâche qui lui était
assignée, il se trouvait en parfaite conformité de sentiments
avec l'Infante, trop heureuse, après avoir tant souffert par
les ambassadeurs de son neveu, de trouver enfin un homme
qui s'associerait à cette œuvre difficile d'obéir au roi tout
en faisant le moins possible ce qu'il commande. Aytona,
lui, n'avait pas peur d'écrire là-bas ce qu'il pensait. (1) Lui

(1) Aytona écrivait à Olivarès le 5 décembre 1629 : « Il n'y a pas d'autre
moyen d'imprimer une bonne direction aux choses du service du roi que de
confier aux nationaux le salut de leur patrie et de leur religion et je ne sais
comment nous pourrons conserver ces provinces en la dévotion de S. M. si
nous montrons de la défiance aux gens du pays et ne les faisons participer au
gouvernement. Alors même que S. M. aurait une armée puissante et à la
solde de laquelle l'Espagne pourvoirait régulièrement, je jugerais pour être
périlleux de traiter mal et de dédaigner ces gens que la France, la Hollande,
l'Angleterre excitent à nous expulser et auxquels elles offrent leur assistance
pour cela. Je puis assurer d'ailleurs à V. E. que je n'en connais aucun dans
lequel on ne doive selon moi, placer autant de confiance qu'en nous-mêmes »
Biographie Nationale. Art. Aytona, p. 579. Aytona se plaint aussi des res-
trictions apportées au pouvoir des gouverneurs et généraux qui doivent toujours attendre les ordres de Madrid, ce qui empêche toute action rapide et
énergique.

aussi réclamait le marquis de Balbases et peut-être eut-il
obtenu son retour, car le roi maintenant le désirait également, mais on l'avait chargé des affaires de Casal et de la
Valteline et il ne pouvait les abandonner immédiatement.
Sa mort arriva sur ces entrefaites et c'est alors que Philippe IV, pour le remplacer, eut la néfaste idée d'envoyer aux
Pays-Bas, pour commander les armées, le dernier général
qu'il eut dû choisir : le marquis de Santa Cruz.

Malgré la bonne entente qui règne entre Isabelle et le
marquis d'Aytona, celle-ci ne prétend pas abandonner tout
entre ses mains, elle entend rester la gouvernante avec
les pouvoirs de sa charge et elle entend aussi qu'Aytona
demeure dans les limites de sa mission. Elle est très énergique quand il s'agit de défendre ses droits.

Elle a accepté la responsabilité du pouvoir et ne consentira pas à ce que d'autres l'exercent à sa place et sous son
nom. Nous avons vu comment, dès la mort de l'archiduc,
elle avait réglé les affaires de son gouvernement de façon à
ce que toutes passent par ses mains et qu'elle les décidât en
dernier ressort. Même avec Aytona, elle n'abdique pas, et
le ministre doit user de grands ménagements pour ne pas
la froisser. (1) Lorsque Spinola eut quitté la Belgique,
Philippe IV indiqua à sa tante son ambassadeur auprès
d'elle, comme le personnage désigné pour remplacer
l'absent dans sa charge de majordome du palais. Isabelle
n'admet pas qu'on lui impose, pour sa maison, d'autres
que ceux qu'elle choisit elle-même. Elle tient d'autant plus
à cette liberté que ces charges sont des compensations
qu'elle peut donner aux belges blessés et aigris par les
passe-droits de l'Espagne. « Je pense que la place de
majordome du palais est incompatible avec celle d'ambassadeur, écrit-elle à son neveu. En l'absence du premier
c'est le plus ancien qui est désigné. En agir autrement

(1) Aytona écrivant à Pierre Roose, à propos de la distribution des mercèdes qu'il conseille au roi de faire aux belges, recommande de faire les choses
avec prudence, pour ne pas blesser l'autorité de l'Infante. Papiers de Roose,
v. 1 f. 25.

serait s'exposer à de graves inconvénients. Ce que j'en dis n'est nullement contre le marquis d'Aytona. La place de majordome étant libre, il n'y aurait pas pour moi de choix plus agréable. » (1)

Cette résistance passive, ferme et douce à la fois, contre laquelle se butte à chaque instant le gouvernement de Madrid ne laissa pas que d'agacer à la longue. Trop souvent l'Infante a déjoué des plans qu'on croyait avoir bien combiné. Comme il serait difficile de la traiter avec un ton autoritaire et qu'on sent Isabelle décidée à continuer dans la voie qu'elle a suivie jusque-là, on commence à montrer une grande sollicitude pour sa santé, on prend des airs de commisération ; elle se fait vieille et devient trop bonne ; elle est faible, beaucoup trop faible pour tout son entourage belge qui la domine. C'est cette partialité extrême qu'elle n'a cessé de montrer pour les gens des Pays-Bas qui a encouragé les mécontents, provoqué ces murmures contre l'Espagne qu'elle n'a plus la force de réprimer. On est enchanté d'avoir trouvé ce moyen commode de rejeter sur le prochain sa propre faute.

Isabelle est fine et connaît à fond son neveu et ses ministres. Répondant à une lettre de Philippe IV, dans laquelle il lui témoigne une sollicitude inattendue pour sa santé et la prie de ne pas se fatiguer, elle écrit de sa plume alerte : « Je remercie beaucoup Votre Majesté de sa commisération pour les peines que j'éprouve. J'ai ressenti certainement un de mes plus grands chagrins. Voir chasser la religion sacrée d'une de nos villes importantes a été pour moi une profonde douleur, mais ni moi, ni mes ministres, n'avons rien à nous reprocher. Le travail personnel que je m'impose est facile. Je m'y livre pour l'amour de Dieu et de Votre Majesté. La bonne ou la mauvaise fortune dépendent, au surplus, de la volonté divine. » (2)

Philippe IV n'insiste pas. Malgré tout, il sent bien que l'Infante maintient mieux les Pays-Bas sous son obéissance

(1) Corresp. de l'Infante avec Ph. vol. XXVIII, Lettre du 14 janvier 1630.
(2) Corresp. de l'Inf. et de Ph. IV. Lettre du 24 janvier 1630 v. XXVII.

que ne l'obtiendraient tous ses conseillers avec leurs violences. En ce moment que ferait-il sans elle ? C'est encore à son avis qu'il doit recourir pour la prier de lui indiquer quel est le général qu'elle croit le plus capable d'accepter la lourde responsabilité de la défense des Pays-Bas. Il en vient même à reconnaître qu'il faut donner « à un personnage des Flandres » (1) l'une des hautes charges de l'armée.

Les bons généraux se font rares dans son armée de « par deçà » : Spinola parti, Henri de Bergh traitre, Cordova bloqué au Palatinat, il ne reste que Coloma qui, bon général, n'est cependant pas de force à assumer la charge de la direction suprême de la guerre. Tout de suite, Isabelle pense à Tilly. Elle y avait pensé depuis longtemps. Elle voyait avec peine le grand homme de guerre déployer loin de sa patrie un génie qui aurait sauvé la Belgique. Toujours elle avait gardé avec lui les relations les plus suivies. Sa correspondance avec le général est considérable. Elle le tient au courant de tout ce qui se passe aux Pays-Bas et suit avec un vif intérêt la marche de la guerre en Allemagne. Souvent elle lui envoyait des agents chargés de conférer avec lui sur les choses de la guerre et aussi de recueillir ses avis et ses conseils. (2) Tilly et elle cherchaient toujours à agir dans leurs plans de campagnes, de façon à ce que leur action commune soit d'autant plus efficace. S'ils ne réussissaient pas comme ils le souhaitaient, ils avaient cependant, plus d'une fois, empêché l'ennemi de remporter des avantages décisifs.

Depuis le départ de Spinola, à plusieurs reprises, l'Infante avait tâché d'obtenir de l'empereur qu'on lui rendît Tilly. Elle ne l'avait pas obtenu et le grand général lui avait témoigné souvent son vif désir de revenir aux Pays-Bas pour les défendre sous ses ordres.

Isabelle répondit donc à son neveu que, à son avis, Tilly était le meilleur chef d'armée qu'on puisse souhaiter pour

(1) Corresp. de l'Inf. et de Ph. IV, vol. XXVIII, lettre de février 1630.
(2) Une partie de cette correspondance se trouve à l'appendice de l'Histoire de Tilly par le comte de Villermont, Tome II.

elle. A quoi le roi d'Espagne réplique que, déjà plusieurs fois, l'empereur et le duc de Bavière avaient refusé de céder Tilly et qu'il y avait peu à espérer sur le succès de nouvelles démarches. (1)

L'Infante ne demandait que la permission de les reprendre et Philippe, en lui donnant cette autorisation, par un de ces revirements qu'on rencontre souvent dans sa correspondance, la presse maintenant d'user de tous les moyens pour réussir.

Ferdinand II ne s'y opposait pas. Il écrivit à l'Infante qu'il ne demandait pas mieux que de lui être agréable, il écrivit même au duc de Bavière pour l'engager à accéder au désir de « sa bonne cousine ». Mais Maximilien avait trop besoin d'un homme comme Tilly pour le laisser partir (2). Il répondit qu'il manquait de généraux. Isabelle, sans se rebuter, pria l'empereur de donner au duc des généraux capables de remplacer Tilly. Ferdinand offrit ses meilleurs chefs d'armée, le comte d'Anholt et Gallas. Maximilien se refusa énergiquement à cet échange. Forte du désir de Tilly qui comprenait sa détresse et dont le patriotisme s'affligeait, la princesse envoya un nouvel agent au chef de la ligue catholique (3). Il devait d'abord lui demander d'entrer dans une ligue contre la Hollande

(1) Corresp. de l'Inf. et de Ph. IV, vol. XXVIII.

(2) Comte de Villermont. Tilly. Tome II. Appendice, p. 415 et s.

(3) Le P. Philippe de Bruxelles, Capucin, négociateur habile et personnage discret et prudent, avait été souvent employé par l'Infante pour des missions de confiance. En 1628, elle demandait à Rome pour ce Père la permission de voyager à cheval et en voiture, de manier de l'argent, etc. « Le Père Philippe, écrit-elle au roi, s'est rendu en Bavière avec la plus grande promptitude. Il a pressé Tilly de venir en Flandre. Celui-ci a répondu qu'il ne le pouvait sans permission expresse du duc de Bavière ; quant à lui, il était dans les meilleures dispositions et peu lui importait le titre qu'on lui donnerait. De son côté, Jacques Bruneau (agent de l'Infante à Vienne) écrit que l'empereur désirerait vivement que Tilly prît le commandement de l'armée espagnole en Flandre. J'ai envoyé au duc de Bavière Monsieur de Custine, personnage de grand talent et au courant de la négociation. Le duc de Bavière a répondu ce que V. M. verra par la copie ci-jointe. Ce qui nous est favorable, c'est que Tilly a écrit à l'électeur de Cologne et au duc de Bavière pour leur exprimer son désir de venir en Flandre, mais ils n'ont pas accueilli sa demande et ils ont

qu'elle voulait essayer de former et ensuite, réclamer Tilly. Le duc répondit qu'il ne demandait pas mieux que de conclure une ligue, mais que sa qualité de chef de l'armée catholique ne lui permettait pas de s'engager, puisqu'il engageait en même temps tous les princes faisant partie de cette ligue et que plusieurs se refuseraient à combattre la Hollande (1). Quant à Tilly, il n'y avait pas moyen de vaincre la résistance du duc de Bavière, quelques bons arguments qu'on puisse lui présenter.

L'Infante aurait d'autant plus vivement désiré posséder Tilly qu'elle le savait en conformité d'idées et de sentiments avec elle. Lorsqu'elle proposait une ligue contre la Hollande à Maximilien, Tilly écrivait au grand maître de l'ordre Teutonique, comte Stadion, pour lui exprimer le souhait de le voir bientôt, afin de lui communiquer les propositions qu'il voudrait faire aux chefs du parti catholique, dans le but d'arrêter les progrès de la Hollande qu'il prévoie se continuer, si on ne vient en aide à l'Infante. Il faudrait une assemblée de tous les princes allemands à laquelle assisteraient l'empereur et le duc de Bavière, où se discuteraient les moyens d'imposer la paix aux Provinces-Unies. (2) Ce moyen ne paraît pas avoir plu à ceux auxquels Tilly le proposait, car il ne se fit aucune réunion en Allemagne et la guerre continua sur le même pied qu'avant.

Le roi d'Espagne écrivait alors à sa tante pour lui proposer de mettre le marquis d'Aytona à la tête de l'armée espagnole. L'Infante trouve que l'ambassadeur de Philippe IV lui rend de grands services dans l'administration et le gouvernement et le marquis, de son côté, s'effraie de la responsabilité qu'on veut lui imposer. Lui qui n'a plus fait la guerre depuis sa prime jeunesse assumerait la charge de diriger une campagne comme celle qui va commencer ? Car tout s'annonce pour une reprise de guerre plus vio-

ajouté que les ministres espagnols lui donneraient tant d'embarras qu'il y perdrait sa réputation. » Corresp. lettre du 29 avril 1630.

(1) Gachard. La bibliothèque de Madrid et de l'Escurial, p. 159.
(2) Comte de Villermont. Tilly. T. II. Appendice p. 416 et 417.

lente qu'elle n'a encore jamais été. La Hollande est grisée de ses succès, elle veut l'écrasement de la Belgique espagnole et ne cessera de tirer le canon qu'elle n'y soit arrivée.

Avec une modestie qui l'honore, Aytona demande s'il est capable de mener à bien une telle entreprise. « Je ne suis soldat que par l'âme, écrit-il à Olivarès, par le désir et par quelques connaissances théoriques... Pour commencer ce métier, j'ai déjà 43 ans et la faute de tout mauvais succès que j'aurais, retomberait sur Votre Excellence, parce que tout le monde sait que je suis sa créature et que je dépends d'elle. » (1)

Les craintes d'Aytona étaient d'autant plus sérieuses qu'on n'avait plus à compter sur Henri de Bergh. On ne savait plus que faire avec lui. Le conseil d'État, consulté par l'Infante, reconnaissait que le comte de Bergh était soupçonné avec quelque fondement, de crimes atroces, d'hérésie propagée dans la province de Gueldre, d'inceste, d'entente avec l'ennemi. Mais de tous ces crimes, on n'avait aucune preuve absolue et comment alors mettre en accusation un homme de ce rang, qui s'était fait dans la province de Gueldre de nombreux partisans, avait une armée bien en main et pouvait soulever la Gueldre par le seul appel qu'il ferait en dénonçant les espagnols comme ses accusateurs ? (2) Le démettre simplement de sa charge de général de la cavalerie des Pays-Bas était achever de le détacher du service du roi. Un seul moyen restait : l'appeler en Espagne pour lui donner une charge ou une mission. Ainsi Philippe II avait fait avec Montigny ; mais Henri de Bergh se souviendrait de Montigny et refuserait de partir pour l'Espagne.

La faiblesse du gouvernement et sa situation étaient telles qu'on se résolut à laisser Henri de Bergh où il était, en se gardant d'avoir l'air de le soupçonner.

D'un autre côté, on renforcerait le corps d'armée du comte Jean de Nassau, hiverné non loin de la Gueldre.

(1) Biographie Nation. Art. Aytona, p. 582.
(2) Corresp. de l'Inf. avec Ph. II, vol. XXVIII, lettre du 5 mars 1630.

Jean de Nassau n'aime pas Bergh, il le surveillera et l'empêchera de pactiser davantage avec l'ennemi. Le conseil de
guerre comme le conseil d'Etat, étaient également d'avis
qu'on ne saurait être trop prudent avec un personnage
de l'humeur d'Henri de Bergh. Effectivement, il ne pouvait
ignorer complètement ce qu'on disait de lui et il s'en
inquiétait. Que voulait-il ? Que pensait-il ? On savait
seulement qu'il avait grand peur de perdre sa place de
général de la cavalerie des Pays-Bas. Susceptible, ombrageux et frondeur comme on le connaissait, il parût à
Isabelle qu'il valait mieux le ménager. Philippe IV avait
envoyé à sa tante pour remplacer Bergh, don Diego Mexia,
marquis de Leganez qui déjà avait combattu aux Pays-
Bas, elle n'osa lui donner immédiatement cette charge et
lui conseilla d'aller trouver le comte de Bergh dans son
camp. Leganez obéit mais vît le général dans de telles
dispositions qu'il s'empressa de le rassurer. L'Infante, ren-
seignée par don Diego, écrivit au comte Henri qu'il
pouvait se tranquilliser, qu'elle avait grande estime pour sa
personne et qu'elle aurait soin de lui conserver ses honneurs et dignités. (1) « Ce serait le réduire au désespoir
que de lui enlever cette charge » mande Isabelle à son
neveu. Et dans une autre lettre, elle dit encore : « L'affaire
est extrêmement grave, car les gens du pays prendront
fait et cause pour lui et sa culpabilité n'est pas démon-
trée. » (2)

Leganez aussi constate le mauvais état de l'armée. C'est
l'avis général. Depuis le départ de Spinola, les tiraillements
entre nationaux, les désordres que ne répriment plus la
main puissante d'un chef suprême, n'ont fait qu'augmenter.
L'Infante le comprend très bien, mais que peut-elle faire ?
Ce n'est pas qu'elle jette le manche après la cognée, au
contraire, elle cherche à suppléer à l'absence de Spinola par
un redoublement d'activité, mais elle ne peut cependant
prendre l'épée et marcher à la tête de ses troupes. Faute de

(1) Correspondance de l'Inf. et de Ph. IV, lettre du 17 juillet 1630.
(2)   »   »   »   »

mieux, elle prit le parti de diviser les affaires de guerre. Aytona reçut la surveillance de l'amirauté avec Dunkerque comme siège de son commandement. Jean de Nassau eut la charge de défendre le Rhin. Isabelle avait obtenu que Tilly s'avançât avec son armée de ce côté, pour la soutenir et l'aider à l'occasion. Malheureusement Tilly avait à dos Gustave Adolphe, dont la brillante et courte carrière arrivait à son apogée et, ne pouvant risquer de se laisser surprendre, le comte flamand dut revenir en arrière.

Jean de Nassau, cherchant à couper la route à l'armée hollandaise que commandait de ce côté son propre frère, voulut se porter en embuscade au devant de lui, lorsqu'un corps de troupes, sous le commandement du colonel d'Iselstein passant à sa portée, Jean de Nassau commença une attaque prématurée qui, n'ayant fait aucun mal à Iselstein, celui-ci prit l'offensive, tomba avec furie sur le petit corps qu'avait avec lui le général belge et après avoir dispersé ses hommes affolés, s'empara de lui. Jean de Nassau avait reçu trois blessures. On le transporta à Wesel où les soins les plus fraternels lui furent prodigués puisque ce fut Guillaume son frère qui vint en personne le visiter et veiller à ce qu'il ne manquât de rien. (1) Mais l'intrépide guerrier se désolait de se voir prisonnier et inutile, à l'heure où l'Infante avait le plus besoin de lui. Sa première parole fut pour demander qu'on traitât immédiatement de sa rançon et qu'on le reconduisit aussitôt qu'elle serait payée, à Rhinberg au milieu de son armée. Il fallut payer dix milles rixdales pour libérer l'illustre prisonnier, qui ne se trouva libre et guéri qu'à la fin de l'automne, alors qu'il n'y avait plus rien à faire pour effacer les revers éprouvés. (2)

(1) Commelyn. Hist, de Fr. Henri de Nassau, p. 132.

(2) « Le comte Jean de Nassau, écrit l'Infante, est sorti de prison et se trouve à la cour. C'est un cavalier de grand talent et qui nous est bien nécessaire. En outre il mérite que Votre Majesté lui accorde quelques faveurs, pour les blessures qu'il a reçues à notre service. On dit que l'empereur lui destine quelque haut emploi. Comme je désire le garder ici, je propose à V. M. de le nommer général des allemands qui servent en Flandre

L'Infante a cette cruelle destinée que, si elle subit des malheurs aux Pays-Bas, aussitôt, à Madrid, loin de la plaindre, on redouble ses épreuves par des procédés blessants. Si on n'ose pas l'accuser formellement d'être la cause des pertes faites, on prend des mesures qui la froissent. Sous le prétexte de la décharger d'un lourd fardeau, on veut lui ôter la gestion des finances. C'est lui retrancher la part la plus importante de son autorité, c'est lui imposer une humiliation comme on le ferait à un gérant infidèle. Sous une forme digne et modérée, sa réponse vibre de sourde indignation.

« Je reconnais, dit-elle, l'intérêt que V. M. porte à ses propriétés. Elle est bien digne de louanges, mais moi aussi je leur porte le même amour et je n'ai jamais manqué à mes devoirs. Je me conformerai aux ordres de S. M. pour les finances. » Mais ces ordres, elle les exécutera comme elle le jugera bon, elle ne se laissera pas humilier comme si elle était coupable. Elle a bien administré l'argent du roi jusqu'ici, elle continuera à l'administrer. Elle s'explique : « C'est à dire, après avoir payé les ministres et tous les autres employés, je consacrerai tout le reste des subsides à l'armée. En agir autrement serait s'exposer à la rébellion des ministres eux-mêmes. Dans ce pays, les mœurs ne permettent pas de mettre la main sur les emplois et il faut payer les employés jusqu'au jour où une enquête démontrerait qu'ils se sont mal conduits. J'éviterai toute gratification qui paraîtrait superflue. Et pourtant elles nous sont si nécessaires que je redoute une défaillance générale ; de même pour les pensions et récompenses pécuniaires, je me conformerai aux ordres de V. M., mais je suis convaincue que l'avenir prouvera combien il est malheureux que ceux qui commandent les armées de V. M. ne puissent récompenser ceux qui se distinguent à son service. Si comme V. M. s'y engage, les subsides arrivent ponctuellement

avec une solde de 500 écus par mois. (Correspondance de l'Inf. avec Ph. IV vol. XXVIII, lettre du 28 nov. 1630.)

à l'avenir, on pourra éviter beaucoup d'abus, mais il ne faut pas se montrer trop exigeant. Dans une aussi grande machine, il est impossible d'avoir la perfection. Les hollandais qui sont si attentifs, souffrent eux-mêmes de beaucoup de désastres. J'enverrai les rapports à la justice militaire comme V.M. le veut, mais je ne puis que prier V. M. d'en agir avec circonspection. Je connais l'âme du pays, le caractère des habitants et il serait dangereux, dans les circonstances actuelles, de trop serrer le frein. Dans les dépenses extraordinaires, le mieux sera de s'imposer le plus d'économies qu'on le pourra. Je n'y ai jamais manqué. Pour satisfaire aux besoins du service de V. M. j'ai pris souvent sur mon avoir particulier. Aujourd'hui encore je dois plus de 400.000 florins. J'ai sacrifié le revenu que j'avais sur les douanes d'Anvers... » (1)

On sent que la princesse est profondément blessée. Mais elle ne cèdera pas la moindre partie de ses droits de gouvernante. Elle ne consentira jamais à être un mannequin uniquement de parade. Elle est peut-être aussi froissée de cette tentative de lui retirer la gestion des finances, que de voir le roi d'Espagne la traiter comme si elle n'était plus qu'une vieille femme à l'intelligence affaiblie. Elle se défendra toujours sur cette question de ses droits de gouvernante, parce qu'elle sent que le jour où elle les abandonnerait, la dernière digue qui s'oppose au flot espagnol sera rompue et les Pays-Bas révoltés, chasseront leurs oppresseurs.

---

(1) Corresp. de l'Inf. et de Ph. IV vol. XXIX, lettre du 19 février 1631.

CHAPITRE XVI

—

—

Il était dit que l'Infante Isabelle recevrait toujours des
hôtes inattendus, perturbateurs de son existence intime.
Un beau jour de juillet 1631, un gentilhomme français
entrait à franc étrier à Bruxelles et demandait à présenter
un message important à la gouvernante. Reçu par elle, il
lui remettait des lettres des ducs d'Orléans et de Lorraine,
lui demandant si elle consentirait à recevoir aux Pays-Bas
la reine Marie de Médicis, au cas où cette princesse se
verrait forcée de fuir la France. L'Infante connaissait la
présence de Gaston d'Orléans à Nancy. Il y avait quelques
mois que le frère de Louis XIII faisait cause commune
avec sa mère pour essayer de renverser Richelieu. Mais ni
l'un ni l'autre n'étaient de taille à entrer en lutte avec le
grand ministre. La *journée des dupes* le prouva. A la suite
de cette aventure, Monsieur se sauva en Bourgogne et de
là abordait à Nancy, où l'humeur galante de cette cour
frivole ne pouvait manquer de charmer le plus frivole des
princes.

Marie de Médicis, vaincue moralement, humiliée et
irritée, se voyait gardée à vue à Compiègne, d'où elle
intriguait sans cesse dans l'espoir d'une revanche. Elle crût
en avoir trouvé les moyens lorsqu'un gentilhomme de son
fils Gaston, le sieur de Besançon, vint lui conseiller de se

retirer dans une place forte de la frontière des Pays-Bas
qui servirait ainsi de point de ralliement au parti toujours
grandissant des mécontents et des ennemis du Cardinal.
Besançon désignait La Capelle, où commandait le fils du
marquis de Vardes (1) qui s'empresserait de la recevoir.
Marie de Médicis se laissa facilement convaincre et l'on
commença à organiser secrètement cette fuite. C'est alors
que Gaston avait envoyé un de ses partisans, Achille
d'Etampes, dit le commandant de Valençay, à Bruxelles,
pour sonder l'Infante sur un séjour éventuel de la reine-
mère à Bruxelles. L'Infante avait reçu un premier messager, lorsque Gaston était encore en Bourgogne,demandant
aide et secours. Consulté sur la conduite à tenir, le roi
d'Espagne avait recommandé à sa tante une grande circonspection, tout en l'approuvant de ce qu'elle avait
envoyé de l'argent au duc d'Orléans. (2)

Philippe IV, qui négociait une alliance de tous les gendres de Marie de Médicis contre Richelieu, voulait, avant
de se compromettre, être sûr de ses alliés. Le duc de Lorraine se lançait assez imprudemment dans les affaires de
Gaston. Mais il y avait intérêt. Dans un premier séjour
fait en 1629 à la cour de Lorraine, Monsieur s'était épris
de la belle Marguerite, la sœur du duc et, oubliant auprès
de cette jeunesse de 15 ans, la fière Marie de Mantoue, il
avait pu faire espérer à la famille de Lorraine une alliance
qui excita toute son ambition. On n'oubliait pas que
Louis XIII, de santé faible et sans héritier, venant à disparaître, Gaston devenait roi de France. Après le départ
du duc d'Orléans, en 1629, la cour de Nancy put croire
que le souvenir de Marguerite s'était effacé de ce cœur
volage, mais ses espérances se réveillèrent en 1631, lorsque

(1) Le jeune marquis de Vardes avait épousé Jacqueline de Beuil,
ancienne maîtresse de Henri IV et mère du comte de Moret,l'ami de Gaston,
et qui l'avait suivi dans sa fuite.

(2) Philippe IV disait dans une lettre à sa tante qu'il approuvait le secours
d'argent donné au duc d'Orléans et l'envoi qu'elle lui avait fait d'une personne de bon conseil, mais que pour le moment, il ne désirait pas aller plus
oin. Simancas. Estado 2045 f. 13.

Gaston, réfugié en Bourgogne, écrivait au duc Charles pour lui demander asile et protection. Charles mit comme condition le mariage de sa sœur et Gaston accepta la condition de fort bon cœur. Il est vrai que le mariage d'un fils de France, au point de vue légal, devait avoir l'approbation du roi, mais les intéressés se persuadèrent que le roi donnerait son approbation, le mariage conclu, sinon aussitôt, du moins par la force du fait accompli.

Isabelle avait envoyé en Lorraine un homme prudent, Jacques de Brecht (1) qui devait donner quelques sages conseils à ce monde évaporé et léger. Pour toute réponse, on fit partir Valençay pour Bruxelles, avec la mission narrée plus haut et on pria Jacques de Brecht de demander à l'Infante sa flotte de Dunkerque pour faire quelques expéditions sur les côtes de France. Gaston allait si vite en besogne que la gouvernante et Aytona eurent peur de se compromettre en négociant ouvertement avec l'envoyé de gens si peu circonspects. Tout autour d'eux, Richelieu semait les espions. Rubens fut chargé de voir Valençay et de discuter avec lui. Les conseillers d'Isabelle, sans se dissimuler la gravité de l'acte qu'on poserait en recevant la reine-mère, reconnaissaient qu'on ne pouvait refuser de la recevoir. On envoya à Madrid demander l'avis du roi. En attendant sa réponse, Monsieur fut prévenu qu'on se réglerait sur l'avis du roi d'Espagne, mais que la reine-mère pouvait être assurée d'une honorable amitié dans les Pays-Bas, si les événements ne lui permettaient pas d'attendre la décision du roi. (2)

On supposait à Bruxelles que cette réponse calmerait les esprits et qu'on pourrait attendre sans inquiétude les instructions de Madrid lorsque, tout à coup, dans la journée du 20 juillet, un courrier du gouverneur du Hainaut (3)

____

(1) Fils de Jean, bourgmestre d'Anvers au commencement du XVIIe siècle.

(2) Lettre du marquis d'Aytona citée dans la Biog. Nat. Piot. Art. Aytona.

(3) Guillaume de Melun, prince d'Epinoy.

arriva au palais annonçant, que, la veille au soir, Marie de Médicis était venue loger à Etrun, village à une lieue d'Avesnes et comptait prendre gîte à Avesnes le lendemain. Le prince d'Epinoy demandait ce qu'il devait faire.

Marie de Médicis ne comptait pas entrer aussi brusquement aux Pays-Bas. Elle avait réussi à tromper la surveillance de ses gardes à Compiègne et avec seulement deux gentilshommes, une dame d'honneur et son aumônier, elle s'était dirigée, dans le carrosse d'une châtelaine du voisinage, vers La Capelle, à grande vitesse de relais préparés. Mais auprès de cette ville elle trouva le jeune Vardes fort déconfit, car son père, la veille, y était arrivé subitement et après en avoir fait sortir son fils, en avait fait fermer toutes les portes. Il ne fallait plus songer à retourner à Compiègne et la reine-mère, sans hésiter, fit atteler des chevaux frais à son carrosse et franchit la frontière.

C'était donc tout à fait par aventure que la reine de France arrivait en Belgique et l'on s'attendait si peu à cette venue que le gouverneur d'Avesnes, baron de Crèvecœur, assistait aux Etats de Hainaut à Mons. On a donc accusé fort à tort l'Infante d'avoir favorisé la fuite de la reine-mère. S'il y eut visite qu'elle reçût comme on reçoit une tuile sur la tête, ce fut cette visite-là. Elle était loin de prévoir cependant, combien elle bouleverserait les affaires intérieures et extérieures des Pays-Bas et troublerait le calme de ses dernières années.

Marie de Médicis arriva à Avesnes dans l'après-midi du 20 et, aussitôt envoya à l'Infante le baron de Guesprez pour lui faire part de cette arrivée. Un autre de ses gentilshommes fut expédié en même temps aux ducs de Lorraine et d'Orléans. Mais déjà Isabelle avait donné ordre au prince d'Epinoy de se rendre à Avesnes « comme de lui-même » (1) pour complimenter la royale voyageuse, puis, le 24 fit partir la marquise de Mirabel, en ce moment à Bruxelles, pour aller saluer la reine de sa part. Le 25, elle envoyait en outre le marquis d'Aytona.

(1) Gachard. Rubens dipl. p. 209.

Mais, pour bien prouver au roi de France qu'elle n'avait rien su des projets de sa mère et n'y était mêlée en rien, elle chargea le doyen de Cambrai, François de Carondelet, d'aller trouver Louis XIII, afin de lui donner connaissance de cet événement. Enfin, elle prévenait le Pape et tous les princes en relations d'amitié avec l'Espagne.

Philippe IV, naturellement, avait été averti le premier et en toute hâte par un courrier extraordinaire.

Isabelle et Aytona étaient fort embarrassés, ne sachant trop que faire. Isabelle, toujours généreuse, voulait traiter la reine-mère avec tous les honneurs dus à son haut rang, mais Aytona ne se dissimulait pas les dangers d'être trop aimable. Il voulut parler lui-même à Marie de Médicis qui lui indiqua le marquis de la Vieuville pour conférer avec lui (1). Comme Aytona ne pouvait séjourner à Avesnes, ayant à se rendre à Dunkerque, il désigna Rubens pour le représenter. La Vieuville avait demandé le prince de Barbançon, mais Aytona, sachant les mauvaises dispositions de Madrid à l'égard de la noblesse belge (2) choisit Rubens que la reine-mère appréciait beaucoup.

Avant de quitter Avesnes, le marquis d'Aytona proposa à la reine de s'installer à Mons. Avesnes n'était que de peu d'importance et fort près des frontières, un coup de main pouvait facilement se pratiquer. Marie de Médicis y consentit. Sa suite s'augmentait tous les jours. (3) Tout ce qui avait à se plaindre du Cardinal arrivait aux Pays-Bas. Agité et loquace, ce monde se trouvait aussi heureux que si la fuite de la reine-mère eut été la plus grande victoire.

On s'installa bruyamment à Mons et tout de suite on se mit à intriguer. Marie de Médicis et sa maison fut logée au palais du gouverneur, chez le prince et la princesse d'Epi-

(1) La Vieuville, ancien surintendant des finances sous Henri IV, renversé par Richelieu, devenu ainsi son ardent ennemi, était accouru se mettre au service de la reine dès la nouvelle de sa fuite.

(2) Henrard. Marie de Médicis dans les Pays-Bas, p. 78.

(3) Voir dans l'ouvrage de l'auteur : Grands seigneurs d'autrefois, les détails sur le séjour de la reine-mère à Mons, p. 192. Voir aussi Henrard déjà cité, chap. IV.

noy où l'Infante avait envoyé quantité de hardes et affiquets pour les offrir en cas que la souveraine errante eut manqué de quelque commodité.

Tout en s'installant, on politiquait, et Rubens, âme d'artiste, facile à émouvoir, se laissait entraîner par tout ce qu'on lui disait. La lettre qu'il écrivît le 1er août, au comte duc, reflète cet enthousiasme des exilés se figurant, à force de se griser eux-mêmes d'espérances, que la France entière était derrière eux.

Monsieur est à Sedan occupé à s'entendre avec le duc de Bouillon qui va lui amener 4000 hommes de pied et 1500 chevaux ; Monsieur de Vateville, un suisse, lui amènera 4000 fantassins; un personnage qui doit garder l'anonymat promet 3000 fantassins et 500 chevaux, « de plus une infinité de personnes appartenant à la noblesse française s'offrent à faire des levées pour Monsieur en tel nombre qu'il se trouve en peine pour s'en excuser. » (1) Ce n'est pas tout : quantités de gouverneurs de forteresses ouvriront leurs portes : Reims, Calais, les villes de Picardie, le Poitou sont acquis et seront remis aux mains du prince ! La meilleure partie de la noblesse est pour lui. Le malheur, c'est qu'on n'a pas d'argent et Rubens ne comprend peut-être pas assez que c'est la raison pour laquelle on sourit tant à l'Espagne. Le grand peintre dit que le duc d'Orléans demande une somme si petite qu'elle en est incroyable et le prince a des amis dévoués comme le marquis de la Vieuville qui, ayant ses biens confisqués, donne néanmoins cinquante mille pistoles. « Il m'a dit que s'il se trouvait avec la commodité accoutumée il ne ferait pas difficulté d'aider un ami d'une somme comme celle qu'il prétend pour Monsieur : ce qui me paraît une parole très généreuse et qui devrait porter le monarque le plus grand du monde à faire plus encore qu'il s'agit de son beau-frère et de sa belle-mère et aussi pour ne le céder pas en magnanimité à un simple particulier. » (2)

(1) Gachard. Rubens dipl. p. 216.
(2) Gachard.   Id.   p. 213.

Aytona se rencontrait avec Rubens pour conseiller de profiter de l'occasion contre « les ennemis les plus déclarés de Votre Majesté et ceux qui sont le plus opposés à sa grandeur, car jamais on n'a vu, comme aujourd'hui, Votre Majesté disposer d'une reine qui pendant de longues années a gouverné la France, qui y a tant de gens à sa dévotion, et d'un frère de roi, lequel est présentement l'héritier présomptif de cette couronne. (1) »

En Espagne, on se montrait plus froid : C'est du verbiage italien, disait dédaigneusement Olivarès en lisant la lettre de Rubens. Le conseil d'Etat, rassemblé sur l'ordre de Philippe IV, repoussa toute intervention ou action contre la France. On avait discuté cependant, car l'occasion était tentante, mais, comme l'écrivait le roi d'Espagne à l'Infante, il serait dangereux de se mettre une nouvelle guerre sur les bras.

— « Je me vois compromis aujourd'hui, dit-il, le Cardinal Richelieu va, publiant partout que la reine-mère entretient des intelligences avec moi. Je crains que tout le monde n'ajoute foi aux affirmations du Cardinal en voyant la reine-mère en Flandre. C'est sans doute ce que le Cardinal a voulu. Il discrédite ainsi la reine-mère en la donnant comme espagnole et il excite les français contre nous. La situation est assez mauvaise pour moi, car le roi de France pourrait avoir des raisons suffisantes pour m'attaquer en Flandre tandis que je n'en ai point. Il serait donc plus convenable que la reine-mère passât dans quelque ville impériale. Il est de la haute dignité de l'empereur de s'interposer entre les princes quand ils sont désunis. J'espère que la reine-mère approuvera ma détermination. Une fois en Allemagne, je m'engage à soutenir la reine-mère et Monsieur dans leur querelle contre le roi de France, mais il faut que tous deux indiquent catégoriquement et par écrit quels sont leurs moyens d'action et leurs espérances, car il ne faut pas se compromettre et jeter de l'argent inutilement. Pour le moment il ne s'agit nulle-

(1) Gachard. Hist. dipl. de Rubens, p. 222.

ment d'un secours armé, il est bon que les ministres le sachent. On s'en tiendra aux négociations. Tout au plus pourrais-je, d'une façon détournée, prêter le secours de la marine. » (1) Philippe IV terminait en disant qu'il avait écrit au Pape et à tous les princes catholiques.

Une seconde lettre de la même date proposait à l'Infante de réunir les fondés de pouvoir de la reine-mère, des rois d'Espagne et d'Angleterre, des ducs de Lorraine et de Savoie, afin d'examiner dans quelle mesure on pourrait aider le duc d'Orléans. L'Infante y était aussi autorisée à remettre à Monsieur un à-compte de cent mille écus.

Une autre considération refroidissait le zèle du roi d'Espagne vis-à-vis de Monsieur. S'il venait à épouser Marguerite de Lorraine, comme le bruit en courait, ce mariage aurait de grands inconvénients pour les Pays-Bas.

— « Si Monsieur épousait la princesse, disait Philippe IV, la Lorraine pourrait revenir à la France et je perdrais ainsi un passage qui m'est nécessaire. Il serait bien difficile de rendre le Palatinat au roi d'Angleterre (2) ce qu'il ne faut pas manquer de dire à Londres. Il faut donc s'autoriser de l'appui qu'on donne à Monsieur pour le détourner de ce mariage et lui en proposer un autre comme celui de la sœur du grand-duc de Florence, projet qui a l'approbation de la reine-mère » (3)

Mais l'Infante n'avait pas le temps d'attendre le retour de ses courriers. Elle devait prendre un parti. Philippe IV n'aimait pas que la foule des français qui se pressait déjà autour de la reine-mère fut témoin des tiraillements intestins qui, en ce moment, se faisaient sentir dans les Etats du Hainaut. Cette province où, justement, les plus grands seigneurs des Flandres avaient leurs châteaux, se trouvait aussi le centre des frondeurs et mécontents depuis de

(1) Corresp. de l'Infante avec Ph. IV. vol. XXIV, lettre du 13 août 1631.

(2) C'est-à-dire que Philippe IV, privé du passage en Lorraine, voulait se réserver la voie du Palatinat en gardant les places fortes qu'on lui avait remises en gage.

(3) Corresp. de l'Inf. et de Ph. IV, vol. XXIV, lettre du 13 août 1631.

longues années. En ce moment, la gouvernante venait, bien involontairement, de susciter la colère du prince d'Epinoy. Ce dernier occupait la charge de gouverneur du Hainaut pendant la minorité du jeune comte de Bucquoy (1) qui en avait la survivance de son père. Le moment venait de remettre ce gouvernement au titulaire effectif et Isabelle avait espéré obtenir, pour Guillaume de Melun, la grandesse d'Espagne en compensation de la charge qu'on lui enlevait. Philippe IV, par une très malencontreuse mauvaise humeur contre la noblesse belge, refusa, et le prince d'Epinoy en conçut un vif ressentiment.

Il partit même de Bruxelles avec quelqu'éclat, alors cependant que l'Infante avait fait tous ses efforts pour empêcher ce froissement.

Mieux valait donc que la reine-mère fut l'hôte de l'Infante et vint à Bruxelles. Isabelle voulut aller chercher elle-même son illustre visiteuse et nous laisserons encore Chiflet nous conter ce voyage et cette réception. Il nous a déjà dit qu'il faisait partie de la suite de la princesse et ce récit d'un témoin oculaire complète trop bien l'histoire intime de l'Infante pour que nous hésitions à le reproduire dans sa naïve sincérité.

« Le vendredy huictième d'aoust 1631, S. M. partit de Bruxelles pour aller à Mariemont, elle disna à Nivelles et arriva à Mariemont sur les sept heures du soir.

« Le lendemain neufyème, entre six et sept heures du matin, S. A. se rendist de son château et traversa à pied les jardins et parc pour aller ouyr la messe en une chapelle dicte de N. D. de Montaigu, laquelle messe basse fuct dicte par le sieur de Mansfeldt, maître des cérémonies de la chapelle de S. A. (2) Au retour, S. A. se détourna un peu de son chemin pour aller voir une fontaine du parc, dite de l'amphithéâtre, eau de laquelle est médicinale et tient beaucoup de la vertu des eaux de Spa.

« L'après disnée, par les cinq heures du soir, S. M. par-

(1) Fils du célèbre général.
(2) L'un des plus jeunes fils légitimes de Pierre-Ernest.

tict en carosse pour aller à l'abbaye d'Aulne ouyr les vespres. C'est une abbaye de religieux de l'ordre de Citeaux,
située hors du parc de Mariemont. (Autrefois on y voyait
la sépulture de Messire Elion de Trazegnies au milieu
de ses deux femmes mais elle fust ruynée par les français
en 1552.)

« Le dimanche dixième, S. A. alla à Bins (Binche) à
deux lieues de Mariemont où elle ouyt une basse messe en
la chapelle où repose le corps de St Ursmer, patron dudit
lieu, après laquelle elle ouyt encore une grand'messe chantée par les chanoines de l'église, puis S. A. retourna à Mariemont.

« A l'entrée et sortir de la ville de Bins, les bourgeois
estaient en armes, parties dehors à bannières desployées,
parties dedans et firent de beaux saluts de mousquetades.

« Lundy unsyième, S.A. partist de Mariemont avec toute
sa cour pour aller à Mons, convoyée de la compagnie de
deux cents cuirassiés du capitaine d'Andia. A demi-lieues de
Mons, elle mit pied à terre pour faire ses prières en une
chapelle dicte de N. D. de Bon Vouloir ; puis, passant
oultre, elle fuct incontinent rencontrée par la royne-mère
de France. Elles descendirent toutes deux de leurs carosses, s'embrassèrent et se baisèrent. La royne remercia S.A.
de la faveur qu'elle lui faisait de la recevoir dans son pays
et après quelques compliments la royne remonta dans son
carosse et s'assit à rebours sur le devant. S. A. entra dans
le mesme carosse et s'assit à la portière droite, son visage
tourné vers la royne mère (nonobstant que la royne la
pressa fort de se mettre dans le fond) et entrèrent de cette
façon dans la ville de Mons, les bourgeois de laquelle
estaient aussi, parties hors de la ville, (en esquadron) parties en ordre par les rues. La compagnie d'Andia entra la
première, puis les trains des deux princesses pesles-mesles
qui consistaient en grandes quantités de chevaux et de
carosses.

« Après suivaient dans un mesme carosse, le Cardinal

de la Cueva, le nonce du Pape et l'archevêque de Césarée, grand aumônier de S. A.

« Après suivaient six maîtres d'hostel de S. A. à cheval, trois à trois et baston en la main, à sçavoir M. Dandelot, le comte de Rœulx, le comte de Noyelle, le comte de Grimberghe, don Francisco Zapata et Luys Philippe de Guevarra.

« Après survient à cheval de front, le marquis d'Aytona ambassadeur du roi, au milieu, le comte de Gamalie (Gamaliera) grand écuyer de S. A. à droite et le marquis de La Viefville, français, à gauche.

« Après suivaient les deux princesses en carosse comme cy dessus, puis les dames de la royne en carosse, puis les dames de S. A. en trois carosses, puis six pages de S. A. dans un carosse. ceux de la royne estaient à cheval devant.

« Pour arrière-garde marchait don Philippe Albert de Velasco, à la teste de deux cents cuirassiés qui est la compagnie de lanciers ancienne et ordinaire de S. A., laquelle elle envoya à la royne pour sa garde, aussitôt qu'elle fust entrée aux Pays-Bas.

« La royne estant arrivée au château, demeure du prince d'Epinoy, S. A. prist congé d'elle, entrant en son propre carosse pour s'en venir en l'Oste St-Guislain qui luy estait destiné pour logis.

« Mardy douzième jour de St-Alexis, S. A. ouyt la messe dans un petit oratoire joignant sa chambre et après l'Evangile (selon sa coutume) elle fist offrande de soixante-six pièces d'or à coing du roy desnotant le nombre de 65 années qu'elle accomplissait ce jour-là et de l'année nouvelle dans laquelle elle entrait.

« Après, sur les neuf heures. elle alla entendre la messe à Sainte-Vaudru où les dames chanoinesses la reçurent avec tout respects comme leur abbesse en qualité de comtesse de Haynau.

« De là, S. A. retourna en son logis, puis s'en alla disné avec la royne, sans dames, aussy ne menât-elle que trois de ses dames pour la servir, sçavoir mademoiselle d'Arschot pour tranchant, mademoiselle de Bruay pour servir et dona Blanca Coloma pour panetier et le comte de Cantecroy (1) menin de S. A. pour porter la couppe.

« La royne fust assise à droicte et l'Infante à gauche de la table tout d'un mesme costé et furent servies par leurs dames à plats et couppes couvertes.

« Après disné, S. A. s'en vînt en son hostel pour un peu reposer. Une heure après, la royne la vint trouver et entrèrent ensemble dans le carosse de la royne pour aller à Mariemont.

« La sortie des princesses de Mons fust semblable à l'entrée, quant à l'ordonnance sinon que S. A. fust assise en la pouppe du carosse, la royne l'en ayant prié.

« A l'arrivée à Mariemont, S. A. mena la royne au quartier qu'on avait préparé pour elle, lequel estait tendu de tapisseries lamées de soye ouvrée à la chinoise, de diverses sortes de fleurs, fruicts et animaux, le lict de mesme, avec de belles et variées peintures anciennes sur les portes et cheminées.

« Incontinent après, entra dans le château don Diego Sarmiento, suivi d'une compagnie d'infanterie d'Espagne de deux cents testes, enseignes desployées et tambours battans avec plusieurs chevaux de parade menés en mains, et les chariots de bagages en queue, et passèrent montre devant les fenêtres du quartier de la royne puis allèrent prendre leur poste pour la garde de la nuict avec les deux compagnies de cavallerie cy dessus mentionnées oultre et par dessus, la garde ordinaire de S. A. d'archiers et d'albardiers qui l'accompagnent toujours.

« Les domestiques de la royne furent logés en plupart dans le château, ceulx de l'Infante leur ayant quitté leurs quartiers pour aller loger à Bins et aux villages circumvoisins avec beaucoup d'incommodité.

« La royne et l'Infante soupèrent séparément chacune en

(1) Fils de Caroline d'Autriche. C'est lui qui devait plus tard épouser la célèbre Béatrix de Cuzance.

son quartier et leurs dames à l'estat toutes ensembles, comme firent aussy les cavalliers et domestiques intérieurs de l'une et l'autre en l'estat des cavalliers.

« Le lendemain matin, la royne partit de son quartier pour venir ouyr la messe à l'oratoire de S. A. où elles se rencontrèrent. L'appuy d'oratoire estait couvert de velours noir avec deux carreaux de mesme dessus et deux devant à terre sur le tapis. Après les compliments de part et d'autres, la royne se mict à genoux sur le carreau à la main droite et S. A. sur le tapis devant le carreau, nonobstant que la royne la pressât fort de s'agenouiller au-dessus du carreau mais S. A. s'en refusa comme ne le faisant jamais et quelle part qu'elle soit en public ou en particulier, s'agenouillant toujours sur le tapis devant son carreau pour sa grande humilité et dévotion.

« La messe achevée, la royne entra dans le quartier de S. A. pour la veoir où S. A. l'entretînt de la beauté du lieu, de la vue, du jardinage, du parc et des fontaines. Madame Marie, royne de Hongrie, sœur de l'empereur Charles V avait aultrefois faict choix de ceste place pour sa récréation et luy avait donné son nom. Les anciens bastiments ont esté beaucoup augmenté depuis par feu l'archiduc Albert et depuis sa mort par la Sérénissime Infante.

« Après on monta en carosse pour aller à Bruxelles en même ordre et façon que la partie de Mons.

« Le disner fust à Alsemberg, petit village à trois lieues de Bruxelles où la royne disna retirée en la maison de Vindellino en une chambre haulte et S. A. en une chambre basse. Les domestiques de la royne et de S. A. à l'estat pesles-mesles et y eust grande haste.

« Sur le soir, comme on approchait de la ville de Bruxelles, les princesses furent rencontrées près d'Anderlecht par un escadron de 4000 bourgeois qui firent de beaux saluts. Proche la porte de la ville un aultre escadron de bourgeois fist de mesme.

« Oultre, les deux portes de la ville estaient soubs un théâtre paré de rouge, ceux du magistrat d'où ils sortirent pour bien saluer la royne quand elle arriva et de là, cinquante ou soixante bourgeois accompagnèrent les carosses chacun un flambeau blanc à la main jusqu'au palais. Devant la maison de ville, il y avait fort bonne musique et toutes les places et rues estaient remplies de falots qui rendaient une grande clarté.

« Quand la royne et S. A. furent arrivées au palais elles mirent pied à terre et montèrent les deux ensemble la royne à droite, l'Infante à gauche. Au-dessus du premier degré, à la porte du grand salon, la marquise d'Autriche, comtesse douairière de Cantecroy accompagnée de quelques dames de la ville, (lesquelles avaient été remarquées (désignées) à cet effet par commandements de S. A.) reçut la royne avec compliments respectueux et l'accompagna jusque dans son quartier orné et très richement où S. A. la laissa et se retira au sien. Toute la nuit la ville retentit de coups de canon.

« Ce même soir, le sieur de Locquenghien, sergent major de la ville s'estant présenté à S. A. pour recevoir le mot de la garde à l'ordinaire, S. A. l'envoya demander à la royne, laquelle le donna.

« Jeudi 14ᵉ d'aoust, sur le midy, après la messe, S. A. se rendit au quartier de la royne pour luy donner le bonjour, elle la trouva en coiffe, mais non encore toute habillée. La royne la reconduisit de cet estat jusques à la seconde antichambre et après estre habillée ouyt la messe en son oratoire et puis disna seule en publicq.

« Sur les quatre heures la royne est allée à la chapelle du palais ouyr les vespres (dans l'oratoire de l'archiduc qui correspond à son quartier. S. A. estant à son oratoire à gauche.) Il y avait bonne musique. Après les vespres, le conseil du roy, d'estat, puis des finances, de la chambre et aultres allèrent saluer la royne les uns après les aultres.

« Vendredy 15 à la grande messe, le Père Suffren, Jésuite, confesseur et prédicateur de la royne fit une très belle prédication, laquelle il commence par ces parolles : Madame et vous Sérénissime princesse.

« Après le disner la royne et l'Infante allèrent ensemble

à N. D. de Laeken en dehors à une demy lieue de la ville. (1)

« Le 17 aoust se fict en l'église Sainte-Goulle (Gudule) une procession générale, instituée le dimanche après l'Assomption par les confrères de S. A. La royne y ayant esté invitée et accordée d'y assister, despuis elle changea d'avis fust ouyr la messe aux Jésuites et s'en alla de là dans la maison du prince de Ligne, chez lequel elle vist passer la procession par une fenêtre. (2) Lorsque S. A. fust à son endroict, elle luy fist une révérence fort profonde et la royne de mesme salua.

« Pendant le séjour de la royne à Bruxelles, elle a presque toujours mangé en publicq. Je fust curieux de la veoir disner aussy et fust estonné de voir comme elle estait servie par personnes de peu de qualité, c'est-à-dire par des cuisinières et valets de chambre, cochers et autres qui se donnaient la coupe de main en main. On m'avait desja asseuré que par les chemins, les laquais à pié qui accompagnent le carosse, mettaient la main sur la portière et luy prestaient la main quand elle voulait entrer ou sortir d'iceluy.

« Le 19, la royne fust aux Jésuites où les escholiers luy présentèrent force êpigrammes.

« Le 22 aoust, S. A. fist voir tout le parc à la royne et l'accompagna toujours et fist une remarque inopinée que ledit parc avait esté achevé à tel jour, il y avait justement deux cents ans, disant qu'elle avait encore achepté des acquisitions faictes sur les particuliers de toutes les pièces d'iceluy. Aussy que les grands arbres dudict parc estaient dès ce temps-là. Quand elle arriva dans l'enclos de la vigne au-dessus de laquelle est la volerie de S. A. en laquelle on nourrit toutes sortes d'oyseaux, la royne admira ceste variété et dit qu'à présent à Paris, les dames s'estaient ren-

(1) Chiflet. T. 67 f. 69 et s.

(2) Dans un autre endroit, Chiflet dit que la reine-mère avait mis un loup pour voir passer cette procession et qu'elle l'ôta lorsque le Saint-Sacrement s'approcha. Elle le remit après avoir salué l'Infante.

dues si curieuses de poules, qu'il y en avaient de telles qui se vendaient cinquante escuz dans Paris, tant la recherche avide des dames les avaient rendues rares.

« 25 aoust, arriva d'Espagne un courrier extraordinaire par lequel le roy mandait à S. A. de faire à la royne un accueil tel qu'on le pouvait faire à sa propre personne. En effet S. A. qui est princesse généreuse et sçait comme il faut traicter avec tout le monde, avait desja prévenu à tout...

« 26 aoust. Comme la royne pour n'estre à charge à S.A. qui déffraie toute sa suite à mille escuz par jour, avait tésmoigné de désirer faire séjour ailleurs, S. A. l'a mise au choix de telle ville que bon luy semblera, mais la royne n'en trouvant point à la fin de si commode que Bruxelles pour les avantages qu'en tiraient ses gens et qui à cet effest, ont appréhension d'en sortir, elle tesmoigna d'y vouloir séjourner.

« Le 26 et le 27 aoust, la royne se trouva un peu incommodée d'un rhume qu'elle dit avoir gagné à la maison des Annonciades où S. A. l'avait conduite. De sorte que de là en avant elle lairait faire à la royne ce que bon luy semblerait, n'osant plus l'inviter puisque elle s'estait trouvé mal d'estre sortie. » (1)

Il n'était pas toujours facile de traiter Marie de Médicis, personne fantasque, quinteuse, aimant ses aises, douillette toujours en alarmes pour sa santé et, enfin, pleine de préjugés et de superstitions, en un mot l'opposé, en tout, de l'Infante. Il fallait la patience charitable d'Isabelle pour ne

(1) Chiflet, T. 96 f. 188 et s. Voici encore un fait cité par le même qui montre combien l'Infante savait maintenir l'ordre autour d'elle. « Jour de feste de St. Augustin, S. A. fut ouyr la messe aux Augustins célébrée pontificalement par l'archevêque de Malines. Pendant la messe, comme le banc des chapelains de l'Oratoire estait vuide à cause que pour lors le nombre en estait fort petit et que ceux qui s'y trouvaient furent occupés d'assister l'archevêque. le prieur des Augustins soit par mesgarde, soit par affectation s'assit en ce banc dont S. A. ayant esté advertie, elle commanda a l'instant à l'archevêque de Césarée, son grand aumônier, de luy envoyer dire qu'il sortit de là. Le maistre des cérémonies, M. Charles de Mansfeld, vicaire général de l'armée. exécuta le commandement et advertit le prieur de se retirer dans ses formes de la part de S. A. »

jamais perdre son calme au milieu de ces alternatives de sourires ou de larmes. L'Infante espérait encore alors, que la reine mère, se conformant au désir de Philippe IV, irait se réfugier dans une ville de l'Empire. Mais fidèle à remplir largement ses devoirs d'hospitalité, elle cherchait à amuser sa royale visiteuse et l'amena à Anvers le 4 septembre, où lui était préparée une réception magnifique dont on peut voir le récit détaillé dans le Mercure de France de cette année. Renaudot devait y posséder un reporter excellent. Un autre motif que celui de montrer Anvers à Marie de Médicis, décidait la gouvernante à venir dans cette ville. Elle voulait assister au départ d'une expédition navale contre la Hollande, que préparait Jean de Nassau, de concert avec le nouveau général envoyé par l'Espagne, le déplorable Santa Cruz qui devait appuyer sur terre, la flottille du comte Jean. Ce dernier avait avec lui le prince de Barbançon. Leur plan était de partir un soir avec cinquante barques bien armées, d'occuper les îles de la Platte et de la Brille et de s'y établir solidement en attendant Santa Cruz qui prendrait ainsi les ennemis entre deux feux.

Le départ fut joyeux, on s'en allait fièrement aux yeux de deux illustres princesses et d'un essaim de nobles dames ; on dit même que Marie de Médicis, sollicitée de bénir la flotte, y consentit après quelques cérémonies. Si vraiment il en fut comme le conte Chiflet, cette bénédiction ne porta bonheur qu'aux hollandais. Un brouillard épais retarda la navigation, la rencontre de quelques vaisseaux ennemis vint encore l'arrêter et enfin Santa Cruz ne se montra point. Les hollandais tombèrent sur les espagnols et à leur tour, les prirent par mer et par terre, la plus grande partie des barques fut coulée à fond et les soldats périrent en grand nombre. Il s'en fallut de peu que Jean de Nassau ne fut encore fait prisonnier. Ce malheur arrêta les réjouissances. Marie de Médicis, pour se distraire, fit faire son portrait par Rubens (1) et les deux princesses rentrèrent à Bruxelles après un mois de séjour à Anvers.

(1) C'est le portrait qui se trouve au musée de Munich.

A Madrid, on avait commencé par être très mécontent de l'accueil fait à la reine mère par Isabelle. Celle-ci s'en expliqua avec son neveu. Elle n'avait pu se soustraire à l'obligation de recevoir la reine de France selon son rang, quelqu'imprévue que fût sa visite, et quant à l'envoyer à Aix-la-Chapelle, elle s'y refusait. « Il ne me paraît pas convenable que la reine-mère aille y résider. Ce n'est ni sûr ni décent et cela n'avancerait en rien sa cause... Et quelle honte ne serait-ce pas pour nous ? Les français ne manqueraient pas de publier partout que nous avons eu peur d'eux. » (1)

Ce bon accueil fait par l'Infante à la reine-mère ranimait l'ardeur de Gaston d'Orléans pour se faire une armée, aidé en cela par le duc de Lorraine. Tous deux, avec leur légèreté coutumière, disaient bien haut que cette armée allait combattre le Cardinal. De tous côtés accourait vers Gaston, la partie la moins estimable de la noblesse française. Jeunes gens tarés ou à bout de ressources, ambitieux sans scrupules, bretteurs et viveurs, il s'en trouvait peu dans le nombre qui n'eût aucune peccadile à se reprocher. Tout cela parlait haut, se montait la tête, se suggestionnant. On croyait fermement que l'empereur allait venir à l'appel de Monsieur, on disait même que Gaston, par dévouement à son parti, renoncerait à Marguerite de Lorraine pour épouser une archiduchesse d'Autriche, mariage que sa mère négociait.

Richelieu n'était pas homme à se laisser intimider par quelques étourdis. Une menace énergique au duc de Lorraine suffit pour l'assagir. Il protesta qu'il n'assemblait de troupes que pour aller secourir l'empereur. La défaite de Ferdinand II à Leipzig survenant, Charles IV courut rejoindre Tilly. Le séjour du duc d'Orléans ne pouvait plus se prolonger en Lorraine. Ce fut avec effroi qu'Isabelle vît arriver Le Coigneulx (2) demandant asile aux Pays-Bas

(1) Corresp. de l'Inf. et de Ph. IV, vol. XXVIII.

(2) Le Coigneulx, chancelier de Monsieur, d'extraction obscure « l'air d'un arracheur de dents » dit Tallemant des Réaulx. Homme avide et ambitieux,

pour lui et trois à quatre cents chevaux qu'il voulait garder avec lui. Accorder cet asile, n'était-ce pas provoquer le Cardinal, au moment même où une armée française se trouvait rassemblée si près des frontières ? Le danger était grand, car Gaston, avec son sans-gêne habituel, avait encore trois régiments recrutés dans le pays de Liège qui n'auraient aucun scrupule de séjourner dans le Luxembourg s'ils y voyaient leur avantage. Le comte d'Emden était alors gouverneur du Luxembourg et, fort en peine, demandait des instructions à l'Infante, non moins alarmée. On disait que le roi de France se proposait de concentrer ses troupes à Charleville pour marcher sur la petite armée de Gaston, laquelle ne voulait pas quitter les environs de Montmédy. Effectivement, une rencontre eut lieu à la fin d'octobre, non loin de Florenville, où le colonel Mars, commandant l'armée de Monsieur, fut mis en pièces par le maréchal de la Fare et le comte de Grandpré, gouverneur de Mouzon. Le maréchal de Caumont la Force, après cette victoire, envoya des excuses assez impertinentes au gouverneur du Luxembourg, pour être venu se battre ès Pays-Bas et continua de s'avancer jusque tout près d'Arlon, puis rétrogadait jusque Mouzon, sans commettre aucune déprédation sur le territoire de l'Infante. Ce n'en était pas moins un avis indirect. Gaston qui avait quitté la Lorraine et se trouvait à Valferdange, retourna à Nancy malgré les conseils de prudence qu'Isabelle lui envoyait. Il y était retombé sous le charme de la princesse Marguerite.

L'agent français à Bruxelles fit des excuses de la part du roi, assura que le maréchal avait agi sans ses ordres en entrant sur le territoire des Pays-Bas. Il fallut bien accepter ses excuses. On discuta dans les conseils de Bruxelles et de Madrid à ce sujet, et on reconnut qu'une menace était trop dangereuse en ce moment.

---

sans scrupule mais habile, il s'était emparé de l'esprit de Gaston qu'il dominait complètement et faisait agir pour ses propres intérêts, voulant arriver à jouer un rôle prépondérant en France.

L'échec de Sedan (1) arrivant peu après, avait encore rendu la situation de Monsieur et de l'émigration française plus précaire et, en même temps, avait compromis l'Infante aux yeux de la France. Philippe IV n'était pas content. Il reprochait à sa tante d'agir sans le prévenir et lui envoyait les recommandations pressantes pour qu'on ne s'engageât pas trop avant. « Que ferai-je, disait le roi avec raison, si j'avais deux guerres à la fois, une avec la Hollande et l'autre avec la France. » (2)

Les ennuis pleuvaient de tous côtés. L'armée de Gaston, sous le commandement d'un certain Trouillet, refoulée par l'armée française, voulait se cantonner dans le Luxembourg, ce qui offrait le double désagrément de froisser le roi de France et de laisser le pays en proie à toutes les déprédations d'une armée mal payée et indisciplinée.

Aussi l'Infante se montrait-elle plus réservée à secourir Gaston autrement qu'en se montrant envers sa mère une hôtesse aimable et empressée. (3) Richelieu par son habi-

(1) Gaston, de concert avec le duc de Bouillon, projeta de prendre Sedan comme place forte pour lui et ses armées et, après quelques hésitations, l'Infante promit de participer à l'entreprise qu'on croyait organisée fort secrètement. Mais Richelieu avait de nombreux espions, tant auprès du duc d'Orléans qu'à Bruxelles et dans tous les Pays-Bas. Avisé du complot, il envoya le maréchal de la Fare s'emparer de la ville, et l'armée des conjurés dut se reculer précipitamment en arrière. Ces succès du Cardinal arrêtèrent en partie le mouvement qui se dessinait en faveur de Gaston.

(2) Corresp. de l'Inf. avec Ph. IV, vol. XXIX. 14 déc. 1631.

(3) Voici un trait assez amusant des attentions de l'Infante pour la reine-mère, conté par Henrard (p. 141). Le soir de la fête de St Nicolas, le 6 décembre, vers 11 heures, une des filles de Marie de Médicis en préparant le lit de sa maîtresse, découvrit tout à coup, sous la couverture, un objet assez volumineux dont elle ne saisit ni la forme ni l'usage mais dont la vue lui fit aussitôt pousser des cris de terreur. Elle courut, toute émue trouver la reine qui, à cette nouvelle, changea de visage et ordonna à M. de la Mazure de voir ce que cela pouvait être. Le lieutenant des gardes n'était pas des plus rassurés, car l'idée lui vint, comme aux autres, de quelque machine infernale que le Cardinal de Richelieu avait trouvé moyen de faire glisser dans le lit de la reine et qui devait agir pendant son sommeil. Aussi fut-ce avec les plus grandes précautions qu'il enleva et vint déposer sur la table un objet ayant la forme d'un soulier à la mode de l'époque, mais de dimensions colossales et que l'on reconnût être un scriban où se trouvaient réunis tous les objets nécessaires pour écrire et dessiner, règles, compas, perce-lettres, etc., le tout

leté incomparable, effrayant les uns, gagnant les autres, réussissait à détacher du parti de Monsieur et de la reine-mère tous ceux sur lesquels mère et fils croyaient pouvoir compter. De tous les gendres de Marie de Médicis, aucun ne se souciait de mettre flamberge au vent en son honneur. Le grand ministre venait de remporter une dernière victoire sur le duc de Lorraine, en faisant mine de vouloir conquérir son duché. A cette menace, Charles IV, laissant là les troupes impériales, s'était hâté de venir traiter avec Louis XIII et signait le traité de Vic avec une piteuse promesse de ne plus rien entreprendre ni comploter contre la France, ni directement, ni en soutenant ses ennemis.

Gaston était sollicité par Le Coigneulx de se réconcilier aussi avec son frère, mais un autre de ses favoris, non moins puissant sur son esprit, le beau Puylaurens, le sollicitait en sens contraire et paraissait devoir l'emporter. C'est que Le Coigneulx n'avait en ce moment à faire valoir que des raisons d'ambition et Puylaurens parlait à son cœur. Puylaurens avait fait si bien la conquête de la sœur de Marguerite, la belle Henriette de Lorraine, que son mari, le prince de Phalsbourg s'en était allé se faire tuer en Allemagne. On disait que Puylaurens finirait par épouser la princesse. Tout naturellement favorisait-il les amours de Gaston et de Marguerite, que Le Coigneulx blâmait fort. Aussi Le Coigneulx se vit-il bientôt congédié pendant que Puylaurens et la princesse de Phalsbourg préparaient le mariage secret de Monsieur et de Marguerite.

Trois jours avant la signature du traité de Vic, dans une chapelle intérieure du couvent de St-Romain, un bénédictin, le Père Albin Tellier, unissait les deux imprudents en présence de M. de Vaudémont, père de Marguerite, de sa tante, l'abbesse de Remiremont, de sa gouvernante, Mada-

entouré d'un chapelet dont les grains étaient des diamants. Après avoir bien examiné ce cadeau et s'être longuement étonné de son apparition mystérieuse, on se souvint que le soir même, pendant une visite de l'Infante, Mme de Villerval qui l'accompagnait, s'était approchée de la ruelle du lit, sous prétexte de renouer les cordons de son soulier ; l'archiduchesse avait joué pour la reine le rôle du bon St. Nicolas.

me de la Neuvillette, du comte de Moret et de Puylaurens. Le duc de Lorraine jura qu'il avait ignoré complètement ce mariage en signant le traité de Vic. On peut en douter et ce ne serait pas la première fois qu'il aurait menti. En attendant, le jeune ménage devait se séparer en pleine lune de miel, car le duc d'Orléans ne pouvait plus séjourner en Lorraine et, encore moins, déclarer son mariage. Son refuge tout naturel était les possessions d'Espagne et comme l'Infante, malgré ses invites, ne paraissait pas très empressée à le recevoir, il parla d'aller à Besançon. Les conseillers de l'Infante, après mûres réflexions, engagèrent la gouvernante à proposer à la reine-mère, l'Italie, comme séjour pour le duc d'Orléans.

— « Tout ceci me paraît bien, écrit l'Infante en marge de la délibération, et je le transmettrai à la reine, mais je crains qu'il ne soit bien tard, car j'ai appris qu'elle attendait son fils prochainement. (1)

En effet, sans plus rien demander, Gaston se dirigeait vers Bruxelles après avoir follement rejeté les propositions d'accommodement que Louis XIII lui envoyait par l'intermédiaire du duc de Lorraine. Les jeunes fous qui l'entouraient n'avaient pas envie de rentrer en France sans avoir gagné autre chose que le ridicule de leur vaine équipée.

La reine-mère, déjà depuis son retour d'Anvers, n'habitait plus le palais, ne voulant pas, avait-elle dit, être à charge de l'Infante (2). Les questions de caractère et d'étiquette faisaient également désirer à l'une et l'autre cette séparation. L'Infante n'insista point pour garder chez elle la reine, et surtout sa suite difficile et brouillonne. Parmi les habitations qu'on mît à sa disposition, Marie de Médicis choisit l'hôtel d'Alexandre de Hennin, duc de Bournonville, dont nous avons dit la liaison avec Ernest de Mansfeld. Cet hôtel, rebâti à l'époque du mariage du duc

____

(1) Henrard. M. de M. dans les A. p. 159.

(2) Les comptes de la chambre de Lille, R. 2968 renseignent que la dépense du palais, pendant le séjour de la reine-mère, du 26 juillet au 17 octobre, se monte à 81893 livres.

passait pour l'un des plus beaux de Bruxelles. (1) La reine s'y établit cependant de fort mauvaise humeur, parce que justement à son arrivée, un vent de tempête faisait fumer toutes les cheminées.

Jamais la cour de l'Infante ne fut si animée, si agitée, si remplie de péripéties de toutes espèces que pendant les trois dernières années de sa vie. Aux affaires de guerre, aux négociations de paix, s'ajoutaient le séjour de la reine-mère et tout ce qui s'ensuivait, et Bruxelles, rempli de français de toutes classes, voyait arriver sans cesse des ambassadeurs, des princes étrangers, car, partout alors en Europe, les événements graves se précipitaient et se répercutaient à la cour d'Isabelle. C'est le roi de Pologne, toujours vaincu par Gustave-Adolphe, qui envoie supplier l'Infante d'agir auprès de l'empereur et de la ligue catholique en sa faveur. Il est logé chez Godefroid de Berghe, comte de Grimberghe et paraît se plaire si bien, qu'il ne fait pas mine de vouloir partir, ce qui ne va guère à Isabelle qui doit payer les frais. « S. A. note Chiflet (2) parlant pendant le discours de l'ambadasseur de Pologne, dit qu'il y avait huit jours qu'il avait pris congé d'elle et que cependant il ne s'en allait point et se faisait défrayer comme du passé. Qu'il s'estait entretenu par deça pour son plaisir et qu'en moins d'une heure il lui eust bien dict tout ce qu'il avait voulu lui dire en plusieurs audiences. »

Sans aucun doute, cette tirade ne devait pas rester secrète, car le lendemain, Chiflet mentionne le départ du personnage. Il s'amusait à Bruxelles, et, vraiment, on n'y engendrait pas la mélancolie. Avec l'hiver, les fêtes reprenaient, plus animées que jamais, par ce contingent de jeunes et brillants cavaliers de France, dont forcément nous devons, sans nous étendre par trop, taire la chronique piquante — trop piquante — qui défrayait les cercles d'alors.

(1) Actuellement l'hôtel de Mérode, rue aux Laines.
(2) Chiflet, T. 96 f. 193.

Les fêtes de la neige reviennent animer les places de la ville.

« Estant tombé de la neige en abondance, nous dit toujours Chiffet, tous les cavalliers se mirent en debvoir pour courre le traineau et faire avoir ce passe-temps à la royne que S. A. souhaitait luy pouvoir donner depuis longtemps. L'estant allée prendre à cet effect à son logis, pour la conduire sur la place du Sablon en la maison du comte de Warfusée et luy faire veoir à son ayse les cavalliers qui couraient avec chacun sa dame. La royne avoua que c'estait une chose belle à veoir et qu'en France il ne se voyait rien de semblable.

« Le même jour, S. A. déclara aux chevaliers de la Toison d'Or deux mercèdes que le roy leur a faictes. La première de pouvoir porter le grand manteau de l'ordre le jour de feste de St André, apostre, et aux assemblées capitulaires. L'autre de se couvrir à toutes les festes et solennitez auxquelles ils porteront le collier. » (1)

Un autre visiteur, c'est le duc de Neubourg, poursuivant toujours l'éternelle affaire de la succession de Juliers que l'Infante cherche, avec non moins de persévérance, à conclure sans y jamais parvenir. Aussi le duc de Neubourg est devenu un familier du palais et c'est lui qui reçoit le jeune Cantecroy dans les rangs des chevaliers de la Toison d'or.

D'autres quémandeurs accourent réclamer le secours de l'autorité et de l'influence de l'Infante. Les succès de Gustave Adolphe ont été désastreux pour les catholiques allemands, tous ces évêchés de l'Allemagne occidentale où jadis il faisait si bon vivre sous la crosse, sont la proie du plus cruel vainqueur. Comme toujours, c'est vers Isabelle qu'on se tourne, on espère qu'elle ranimera les populations allemandes terrorisées et qu'elle obtiendra de l'empereur et de Maximilien de Bavière qu'ils emploient toutes leurs forces pour chasser ce cruel vainqueur.

On dépêche à la princesse l'évêque d'Osnabrück :

_____

(1) Chiflet. T. 96, f. 193.

« Ce 25 janvier arriva à Bruxelles l'évecque d'Osnabrük, de la maison de Bavière, avec le Père Maximilien de Bavière, Jésuite, son frère, plusieurs Chanoines et cavalliers au nombre de soixante et s'en alla loger à la maison du comte de Rœulx qui luy estait destinée. Il arriva sur les 5 heures du soir et n'eut pas audience à cause que S. A. estait avec la royne au palais d'où elles regardaient ensemble les cavalliers qui couraient les traînaux dans le pré du parc.

« Comme on demanda à S. A. quel accueil on feroit au dict évecque, elle dit qu'elle sçavait déja ce qu'il avait à lui dire et que c'estait pour penser luy faire croire que le duc de Bavière tenait le party de l'empereur que Dieu grâces ! On sçavait toutes leurs menées. Par là que S. A. tesmoignait sa venue ne luy estre pas très aggréable ainsy qu'il me fust raconté.

« J'appris que le subject de son ambassade estait pour tesmoigner à S. A. que le duc de Bavière et les autres électeurs catholiques ne manquaient pas d'affection pour l'empereur mais que Bavière et Coulongne estaient contraints de se tenir neutres à cause que l'empereur n'avait pas de force assez pour les secourir s'ils estaient attaqués et que celuy de Trèves estait contraint de s'ayder de la protection des français pour sa conservation.

« Ce 26 l'évecque d'Osnabrük eut audience de S. A. au six heures et demie du soir et fist son compliment qui contenoit le subject de sa venue et les recommandations de plusieurs archevecques et évecques à S. A. (entre autre de ceux de Mayence, Würtzbourg et Bamberg) à laquelle il parla tousjours en italien et S. A. en espagnol. L'audience dura un petit quart d'heure. (1)

(1) Chiflet, T. 96, f. 193.
(1) Chiflet met ici en note : Ledit evecque estant arrivé à Bruxelles prétendit d'estre logé dans le palais. On respondit que les ambassadeurs n'y logeaient pas et que celuy de Pologne qui ne faisait que de sortir n'y avait logé. Il dit qu'il estoit prince. On lui respondit que ceux de la maison de Bavière ne le cognoissaient pas pour tel, son père s'estoit mésallié et même qu'il estoit maitre d'hotel de l'archevesque de Colongne de la maison de Bavière. Et sur ce qu'il dit qu'il estait souverain en qualité d'evecque

« En mesme temps que l'évecque d'Osnabrük estoit par deça, celuy de Würtzbourg avait esté depesché en France pour les raisons suivantes : 1° Pour remontrer au roy très chrestien les maux que souffroit la religion catholique. 2° Pour le prier de renoncer aux confédérations qu'il avait avec les hérétiques, nommément avec le suédois. 3° Que s'il ne voulait pas y renoncer, du moins qu'il l'interpellât de les laisser en paix et de se retirer. 4°Que reffus de cela, il ne l'assistast point ou qu'il ne trouvast pas mauvais que les catholiques intéressés s'aydassent des armes d'Espagne.

«Au premier, l'évecque de Würtzbourg dit que le roy jecta les larmes ; au deuxième il ne fust rien respondu, le reste ne fut pas trouvé mauvais. Mais le roy de Suède s'est moqué des lettres du françois. L'Évecque de Würtzbourg dit au retour que de France il avait apporté tant de paroles bien agencées et de témoignages de bonne volonté qu'on les tiendrait pour des pires si l'on en voyait les effets. Que le Cardinal de Richelieu avoit un bel extérieur, mais qu'il n'avoit la foy que comme l'ennemy des chrétiens ». (1)

Tout ce passage de Chiflet paraît assez obscur, il reflète la pensée de l'Infante et de ses ministres qui désiraient aider les catholiques d'Allemagne, mais étaient vexés de voir que, tout en députant à Bruxelles l'évêque d'Osnabrük, ils avaient aussi envoyé vers Richelieu. Or, Richelieu pouvait user de son influence sur la ligue protestante et sur Gustave Adolphe et obtenir plus que l'Infante ne le pourrait de l'empereur et de Maximilien, qui avaient à combattre un ennemi aussi habile et aussi hardi que le roi de Suède. De là, une certaine mauvaise humeur, d'autant plus que, dans une réunion récente à Cologne, les évèques rassemblés avaient examiné la question de savoir qui donnerait le plus de garanties à l'Église, du duc de Bavière ou des Habsbourg. Chiflet s'en indigne et constate avec satisfaction qu'on y a reconnu « que les princes de cette maison là (les Habs-

d'Osnabrück, on dit qu'en Allemagne nous ne cognoisçons d'autres souverains que les Electeurs.

(1) Chiflet. T. 96 f 194

bourg) n'avaient point au monde d'intérêt plus grand que celuy de la religion catholique et que c'estait fait du christianisme si on pensait qu'il en fust autrement ».

On était fort inquiet à Bruxelles de l'effort hardi et victorieux du Cardinal de Richelieu pour entourer la maison d'Autriche d'une ceinture d'ennemis. Par ses adroites menées diplomatiques, il soutenait Gustave-Adolphe qui, vainqueur à Leipzig, menaçait le Palatinat et pouvait se concerter avec la Hollande pour une attaque simultanée des Pays-Bas. « Heureusement, dit Chiflet, le prince d'Orange est jaloux du Suédois ».

L'Infante faisait prier. « Quinze jours durant, il y eut grand jubilé avec trois processions générales auxquelles leurs Majestés assistèrent avec grande dévotion. On a deffendu les danses et les mascarades ». (1)

Et le chroniqueur continue l'énumération des bruits alarmants qui arrivent de toutes parts et des préparatifs guerriers du roi d'Espagne, qui envoie don Gonzalez de Cordova avec deux millions pour la guerre, que tous pensaient devoir reprendre au printemps prochain, plus violente que jamais. (2)

---

(1) Chiflet. V. 96 p. 196.

(2) Chiflet. T. 96 p. 195. « D'Allemagne on nous mande que le roi de Suède continue à amasser de grands thrésors (ceux qu'il pille dans les couvents et églises,) et qu'il les envoie en Suède. Les vieilles religieuses qu'il trouve dans les couvents il les y laisse, mais il fait marier les jeunes. Dans un grand repas à Leipzig, la reine de Suède parut avec une couronne et des colliers faits de joyaux pillés dans les couvents et églises ».

CHAPITRE XVII

—

—

L'arrivée du duc d'Orléans à Bruxelles allait certainement créer de nouveaux embarras à l'Infante. Elle s'y
attendait et se résignait. Elle avait d'ailleurs beaucoup
d'illusions sur Monsieur, illusions que sa mère avaient
soigneusement entretenues. Puis donc qu'il fallait recevoir
Gaston, Isabelle décida qu'on le recevrait le mieux possible. Le marquis de Mirabel fut chargé de régler le céré-
monial et l'étiquette dont on userait pour ce frère de roi
et après avoir donné ses ordres, il partit pour Namur avec
un premier groupe de gentilshommes, afin d'y attendre le
prince, mais il le rencontra déjà à Wavre. Toujours pressé
de voir ses désirs accomplis, Gaston avait traversé la Belgique à franc étrier, s'arrêtant à peine à Namur, où le duc
d'Arschot, gouverneur de la ville, pensait le retenir quelques jours, et, toujours courant, il gagnait Bruxelles.

On y était prêt, heureusement, et c'est Chiflet qui nous
l'assure :

« Le 28 janvier, le duc d'Orléans fist son entrée à Bruxelles où il fust receu avec la mesme pompe que sa mère,
hormis que l'Infante ne luy fust pas au devant et qu'on ne
fist pas de feux de joye.

« Trois mille soldats bourgeois le receurent hors de la
ville, conduits par le sieur de Locquenghien, sergent-ma-

jor. Le duc d'Orléans passant à travers de cette belle
assemblée, eust toujours le chappeau à la main, les remercia de leur bonne volonté et dit encore n'avoir point veu
de plus belle bourgeoisie ny qui maniast mieux les armes.
Tous baissèrent les enseignes et les piques une fois, au lieu
que quand la royne passa, on les baissa par trois fois, à
cause que S. A. y estait présente. Le duc estait monté sur
un cheval d'Espagne, un des quatre Mores (cape de More ?)
que S. A. luy avaient envoyés avec tous les harnachemens
dorés. Les marquis d'Aytona et de Mirabel firent tous
debvoirs pour luy persuader d'aller saluer la royne avant
toute œuvre. Mais il voulut obéir à la bienséance. (1)

« Il arriva avec environ cent cavalliers de sa suite à cheval,
entre autres le duc d'Elbeuf ; le reste de son train qui contenait quatre cents chevaux estait desja entré auparavant.

« A la porte de la ville on luy fist compliment, mais les
consuls ne luy rendirent point ces mesmes debvoirs comme
ils avaient fait à sa mère. Trois cents cavalliers des nostres luy
furent au devant qui faisoient l'avant garde et la compagnie
des gardes, l'arrière-garde. Monsieur et ses gens estoient
au milieu. Il était couvert d'un buffle bordé simplement de
trois galons d'argent, les manches ouvertes, sans manteau
et se faisait recognoistre parmy tous par sa façon asseurée
et royale. Le marquis d'Aytona l'accompagnait et devant
luy marchaient le marquis de Mirabel, le comte Jean
de Nassau, le baron de Barbançon, le comte de Bucquoy, le
comte de Salazar et autres cavalliers. L'ordre que S. A. avait
donné estait que sans dire à Monsieur ou l'on le menait on
le conduisit droict à la royne sa mère, à laquelle il avait dit
adieu la dernière fois il y a justement un an à tel jour.
Mais soit que la royne l'eut ordonné autrement ou que la
bienséance le voulust ainsy, Monsieur vint descendre droict

(1) Chiflet a mis en marge cette note : Le sergent major avait esté prié par
la royne de ne permettre qu'on tirast tandis que le prince passerait. Et ce,
pour éviter quelque sinistre accident, ce qui fut observé religieusement. Mais
après qu'il fut passé on fist trois décharges d'un très bel ordre. Et une tour
de feu artificiel fust allumée.

au palais où, après avoir faict la révérence à S. A. il luy demanda congé pour aller saluer sa mère.

« L'Infante le vint recevoir à la première chambre qu'on dit la chambre des huissiers, et il la ramena à la voisine qui est du costé du parc où elle avait faict préparer un dais et deux sièges, et y vint non point du long des autres mais par la galerie. A l'entrée, comme elle se présenta, Monsieur luy fist une longue révérence et son compliment. S. A. luy dict de très bonne grâce qu'il luy faschait qu'avant que de luy dire la bienvenue elle se voyait obligée de luy faire une plainte, de quoy il n'estait aller saluer la royne premièrement. Puis elle l'asseura qu'il estait le très bien venu. Après quoy S. A. l'ayant fait asseoir, il luy demanda congé de saluer les dames, ce qu'il fist, sans en oublier aucune hormis quelques vieilles espagnoles, entre autre la marquise de Sainte Croix (Santa Cruz) lesquelles ayant recongneu à leurs habits et cœffures, il se retourna et dit : « Ce sont des espagnoles, on ne les baise point.

« Après cela il s'assit derechef et aussitot pria S. A. de le licencier pour aller saluer la royne sa mère en son logis. Surquoy S. A. se retirant, il protesta toujours de la vouloir accompagner dans sa chambre. L'Infante le pria instamment que non. Sur quoy le marquis de Mirabel luy ayant dit à l'oreille que telle cérémonie ne s'observait pas, il se retira et s'en alla veoir sa mère ».

Chiflet dit ensuite combien le duc fut aimable pour le général de Santa Cruz et le comte Octavio de Gandera dont il voulait gagner les bonnes grâces, puis il continue son récit :

« Le soir quand il fust en sa chambre, S. A. lui envoya un cabinet d'esbène tout rempli de gants d'ambre et d'autres senteurs et parfums et outre ce, un coffre couvert de satin cramoisy et brodé, rempli de chemises, mouchoirs, fraises, collerettes, dentelles et rabats à pointes, dont il y avait une douzaine qui coustait mille cinquante florins. Comme S. A. avait pourvu à tout ce qui lui estait nécessaire jusques en la courtine qui luy fust préparée en la chapelle. Je fus ordonné par monsieur l'Archevecque de Césarée de la part de S. A. pour servir de chapelain à Monsieur pour le lendemain, car après, les aumoniers de la royne firent ce debvoir.

« Le lendemain donc, je célébray la messe de Monsieur entre dix et onze, à laquelle il assista seul dans la courtine, les aumoniers de la royne à son costé et tout le reste de la suite en confusion. La courtine estait de damas cramoisy et telle que S. A. avait accoustumé de s'en servir aux jours solennels avant sa viduité, lorsque le feu archiduc et elle entendaient la messe là. Cette courtine est un baldaquin ou dais de forme quarrée comme un ciel de lit avec des pentes frangées et des ridaux coulans de toutes sortes, dans icelle; au milieu il y a un appuis d'oratoire couvert d'un grand drap de velours cramoisi, devant l'appui, un coussin de velours de mesme, et derrière le carreau, au fond de la courtine, une chaise à bras. Ainsy nos princes ont accoutusmé d'ouyr la messe avec solennité. Laditte courtine fust ordonnée par M. d'Andelot qui la fist attacher en sa présence, pour observer la ponctualité dont il a accoustumé d'user en tout ce qui touche le service des princes.

« A l'entrée du disner, S. A. avait mis ordre qu'on donnast à Monsieur une aubade de trompettes et de tambourins, puis des mesmes trompettes et des fifres, les meilleurs que nous eussions. Il fust commandé que tous les jours on ne manquast point à luy donner la mesme salve ». (1)

Gaston occupait les appartemeuts de l'archiduc Albert et l'Infante le défrayait royalement.

— « Il y avait des tables préparées pour sa personne et toute sa cour dit l'auteur de ses mémoires. (2) Outre celle de Monsieur, le sieur de Puylaurens en tenait une qui estait de quinze couverts. Les maîtres d'hôtel, contrôleurs généraux, gentilshommes ordinaires et appointés avaient la leur qui était pour vingt personnes. Il y en avait encore

(1) Chiflet. T. 96 f 197.
(2) Mémoires de Gaston d'Orléans. p. 590.

une autre de trente couverts pour la noblesse qui avait suivi Monsieur et qui n'était pas à ses gages. Les officiers de la chambre et de la garderobe avaient aussi la leur à part, et il y en avait encore une particulière pour les mesmes officiers. (1) »

On comprend que pareille troupe de brillants et fringants gentilshommes mît le palais en révolution et l'existence paisible d'Isabelle dut en être quelque peu troublée. Chaque jour amenait de nouveaux français à Bruxelles et non des moins intrigants, telle la marquise de Fargis qui, renvoyée de la cour d'Espagne, avait été exécutée en effigie à Paris, en place de grève et nombre d'autres sur lesquels les mémoires du temps disent plus de mal que de bien. La noblesse belge, entraînée, ouvrait au large ses hôtels ; ce ne sont que concerts, bals, collations, courses en traîneaux, fêtes de nuit et de jour. Bal chez le comte de Grimberghe, bal chez le comte de Lalaing, grand dîner chez Baradas, réceptions chez la princesse de Chimay, chez la comtesse Jean de Nassau, (2) fêtes partout.

l'Infante n'y contredit pas. Elle admet très bien que la noblesse ne puisse imiter sa vie de nonne, à condition cependant qu'on n'oublie pas cette morale que son exemple et sa surveillance ont si bien acclimatée à sa cour. (3) Et avec cette nuée de français légers, la surveillance est plus difficile

(1) Chiflet qui dit à peu près la même chose, ajoute : A tout cela M. d'Andelot mit ordre, de sorte qu'il n'en naissait aucune confusion.

(2) L'Infante avait confisqué l'hôtel de Nassau après la mort de Philippe de Buren et ce fût à Jean de Nassau qu'elle le donna en récompense.

(3) Il est certain qu'en ce moment il y avait à la cour beaucoup de dames de beauté rare. Marigny, dans ses lettres à Gaston d'Orléans, le dit assez. Le « roman de la cour » célèbre cet essaim de déesses dans le langage hyperbolique du temps, mais il ne faudrait pas croire que Bruxelles fût l'île de Cythère que semble décrire l'enthousiaste auteur. C'est un roman à clef, et tous les amours qu'il raconte sont ceux de bons ménages de la suite de l'Infante ou de fiancés absolument corrects. Tel Alcante enlevant une Sylvanire dans son char, n'est autre que le marquis X, ramenant dans son carrosse sa femme qu'il a été chercher au palais. Dans les quadrilles en traîneaux des fêtes de nuit, c'était ordinairement le mari qui conduisait sa femme. Les scandales de mœurs ont été excessivement rares pendant la vie de l'Infante.

et l'entraînement à redouter. Les belges et les espagnols ne voyaient pas de très bon œil l'arrivée de tous ces cavaliers hardis et séduisants. Isabelle pas davantage. Elle sut agir quand il le fallait avec une énergie suffisante pour rendre prudents les plus écervelés. Elle n'hésita pas à faire prendre dans l'hôtel paternel, les deux filles du prince de Chimay, dont elle n'approuvait pas la conduite et dont la mère, tête à l'évent (1) ne tenait pas compte de ses remontrances ni de celles de ses beaux frères, le duc d'Arschot et le Capucin, Père Charles d'Arenberg. Elle garda les jeunes filles au palais jusqu'à ce qu'elle eût l'assurance qu'il n'y avait plus rien à craindre. (2)

Les ménines, dont elle avait à cœur la bonne réputation et qu'elle aimait d'une affection toute maternelle, ne voyaient les cavaliers de la cour qu'aux audiences publiques, au dîner de l'Infante et dans les réceptions. Malgré cela, cette jeunesse étourdie réussit à établir, des fenêtres de son quartier, tout un langage de signes qui s'échangeaient entre les ménines et les cavaliers qui se promenaient dans la cour. Il y eût même des paniers descendus au moyen d'une corde, dans laquelle on mettait des billets doux.

La princesse ne gronda personne, mais un beau matin les ménines aperçurent toutes les fenêtres garnies de jalousies à l'espagnole, les barrant par le bas. Elles pouvaient désormais voir le ciel, mais non plus les tentateurs de la terre.

Gaston d'Orléans était, en tout, l'opposé de son frère Louis. Son extérieur sympathique, l'agrément de sa personne, sa conversation vive et aimable, tout en lui séduisait au premier abord, et ceux qui n'avaient pas sondé le fond de son caractère personnel, frivole, sans morale, restaient sous son charme. L'Infante se prit d'une vraie affection pour

(1) Veuve d'Alexandre de Chimay, sœur du comte d'Egmont, qui se compromit si légèrement avec la France.

(2) Toute cette histoire se trouve dans : *Grands seigneurs d'autrefois : le duc de Bournonville*. chap. VI et VII.

lui et il semble qu'il aima aussi cette princesse autant que son cœur égoïste en était capable.

Elle dut cependant trouver que, pour un nouveau marié comme lui, il oubliait beaucoup sa femme. Il se déclara toute de suite le cavalier servant de dona Blanca Coloma, fille du général don Carlos Coloma et l'une des plus belles personnes de la cour. (1) Mais il était reçu à cette époque que le fait de se déclarer cavalier servant d'une dame, n'impliquait aucune mauvaise arrière-pensée et Marigny, dix ans après, pouvait écrire à Gaston en parlant de Blanca Coloma : « Elle a toujours cet air impérieux qu'elle avoit de vostre temps, mais bien qu'elle n'ayt plus l'humeur farouche (car cinq ou six années de mariage l'ont mise à la royson) sa vertu n'est pas moins austère ». (2) A l'exemple de Gaston, ses gentilshommes se choisirent une dame à servir. Puylaurens prit Mademoiselle de Chimay, d'autres se déclarèrent pour Mademoiselle de Grimberghe, pour Mademoiselle de Hornes, pour la belle Croy-Solre, la douce Claire Marie de Nassau, les sémillantes Warfusée; le choix était grand et vraiment la cour de Bruxelles semblait un parterre où les belles fleurs se pressaient à l'envi.

L'Infante est naturellement indulgente pour Monsieur qui a pour elle des attentions aimables dont elle est fort touchée. Lui, est enchanté pour le moment de la vie qu'il mène; il a arrangé son temps de façon très variée (3) et

(1) Elle épousa Jacques Procope de Lalaing, comte de Renneberg.

(2) Lettre de Marigny. Cabinet hist. IXe année, t. IX.

(3) Voici quelques lignes de Marigny qui nomme ainsi les français réfugiés à Bruxelles :

> Vostre bon béquillant Person
> Et le beau comte de Lusson
> Le comte de Meille, homme tendre
> Qu'ils ont entrepris parfois,
> Le jeune chevalier de Foix
> La Suze et le gros Romainville
> Le sage comte de Tourville
> Saint Mars, Beauvais, le grand Mailly
> Le vert défenseur Chamilly
> Sallier, le baron Rivière
> Le maistre de camp Cunelière

c'est encore Chiflet qui va nous conter ses occupations. (1)
Il visite régulièrement les couvents et les églises, il accompagne très sagement l'Infante dans ses pèlerinages, il fait même avec elle le jubilé qu'on vient de publier et pour lequel il faut visiter à pied les églises de Sainte-Catherine et de Sainte-Gudule, plusieurs fois. Isabelle exécute très consciencieusement les conditions imposées et se rend à pied aux deux églises. « Monsieur accompagna tousjours S. A. et comme il y a tousjours quelques cavalliers qui font aussy compagnie aux dames de S. A. il accompagna tousjours dona Blanca Coloma ». (2)

D'autres fois le prince se promenait en carrosse. Il fait ce qu'on appelait alors : « le tour des bateaux », promenade très à la mode et fréquentée beaucoup par les français. Elle longeait le canal de Willebroeck et existe encore sous le nom d'Allée verte.

Un jour, se promenant ainsi dans son carosse avec trois de ses gentilshommes et quatre seigneurs espagnols, l'un d'eux fit la remarque qu'on se trouvait quatre contre quatre, beau

> Dolac, Ravenelle, Baudis
> Ravenelle, Baudis et Dolac
> Et le marquis de Basilac
> Et le moribond Saint-Estienne
> Sec comme une cane indienne
> Fourmentane, Vilars, Ricou
> Cent autres officiers qui tous
> Ont faict et feron bien paroitre
> Qu'ilz savent bien servir leur maistre
> Portent très grand respect au nom
> De mon aymable et bien aymé Gaston, etc.

(1) « Monsieur ayant désiré assister à la messe chantée de S. A. sans estre aperceu, on fist boucher les fenestres de l'Oratoire du feu archiduc et ne laissa ouverte que celle qui regarde sur l'autel, avec un crespe contre icelle pour n'estre aperçeu. Cependant un quart d'heure après la messe commencée, Monsieur sortit de l'Oratoire et se vint mettre en la place la plus apparente à l'appointe de la fenestre ou estoit S. A. et de celle ou estoient les dames, ou ayant demeuré un quart d'heure, il sortit de l'église et s'en alla en ville. S. A. dit qu'il l'avoit fait rire de bon cœur car celuy qui ne vouloit pas estre veu il y avoit un quart d'heure, se venoit exposer en la place la plus descouverte ». Chiflet, t. 96, f. 199.
(2) Chiflet, t. 96, f. 202.

chiffre pour se battre, à quoi Gaston répondit vivement qu'il espérait bien qu'on ne se battrait jamais entre français et espagnols. « Il alloit ainsy sans aucune suite, dit Chiflet, par où il se mocquoit du Cardinal de Richelieu qui se faisoit garder par tant d'arquebusiers, se tenant plus assuré que lui avec tous ses gardes ». (1)

Il va se promener à Anvers, presqu'incognito, en revient tout simplement « par une frégate jusque Willebroek puis sur une charrette rencontrée de hasard ».

Il aime aussi surprendre les gens sans se soucier de les mettre dans l'embarras. Il arriva un soir chez Monsieur d'Andelot, majordome de l'Infante, dans l'intention de s'inviter à souper. Mais d'Andelot ne soupe jamais et, dit Chiflet « se trouve fort supris, mais il ne laisse de mettre ordre à tout si promptement que Monsieur fist très bonne chère et eût toutes sortes de satisfactions et de bonne volonté de Monsieur d'Andelot qui, pour lors, avoit d'excellent vin d'Arbois dont Monsieur en beut à souhait et s'en trouva si bien que le 26 (février) suivant il y retourna disner de la mesme façon en surprenant Monsieur d'Andelot au point qu'il estait de se mettre à table et depuis encore le troisième jour de mars suivant. Derechef le 6. Derechef le 12. Derechef le vendredy 19. Derechef le 7 avril. Encore le 20 avril, puis le 27. Encore le 2 mai, puis le 6, puis le 15, puis le 17 ». (2)

Chiflet ne dit pas jusqu'à quel point Monsieur d'Andelot apprécia l'honneur de tant de visites.

« Quelques jours auparavant, Monsieur ayant esté visiter la marquise d'Autriche, comme la plus qualifiée de toutes les autres et parente de la royne et de S. A., il fust visiter par après toutes les dames à tour ».

C'est l'être le plus fantasque qui soit.

« Le marquis de la Vièville estant venu faire la révérence à Monsieur, il fust très favorablement accueilli avec de très

<hr>

(1) Chiflet, t. 96, f. 199.
(2) Chiflet, t. 96, f. 202.

bonnes paroles, dontla royne advertie, elle pria son fils de ne se fier en luy. En sorte que Monsieur la seconde fois luy fist maigre mine et luy tourna le dos. Depuis, on dit que derechef il le receut mieux, en sorte qu'on parlait fort diversement de la variété des affections de Monsieur ».

Une mode sanglante, jusque là presqu'inconnue aux Pays-Bas vint s'implanter avec les jeunes français. C'est la manie du duel. Belges et espagnols, malgré l'antagonisme perpétuel existant entre eux, ne donnaient pas dans ce travers. Leur conscience de chrétiens s'y opposait et l'on vit même, lors du combat de Jean de Nassau contre Bréauté, Jean consulter des prêtres avant de savoir s'il pouvait accepter ce défi qui fût regardé, non comme un duel, mais comme un combat de guerre. (1) Rubens, écrivant à Peiresc, après avoir dit que le duel fauche la fleur de la noblesse française, ajoute avec une pointe d'orgueil : « C'est contre l'ennemi étranger qu'on se bat ici et le plus brave est celui qui se comporte le mieux au service du roi. Quant au reste, nous vivons en paix et si quelqu'un sort des limites de la modération, il est banni de la cour et détesté de tout le monde. Notre sérénissime Infante et Monsieur le marquis (Spinola) voulant que l'on déclare détestables et déshonorantes toutes querelles particulières ». (2) L'archiduc Albert était impitoyable pour les bretteurs. S'il apprenait que l'un ou l'autre gentilhomme en eût provoqué un autre, il envoyait prévenir les magistrats, qui faisaient arrêter les duellistes s'ils refusaient de s'accommoder. Souvent, il ordonnait que le conflit fut jugé par un tribunal d'arbitrage. (3)

Peu d'années plus tard, Rubens n'aurait pu faire valoir ainsi la raison belge. Ses compatriotes devenaient susceptibles comme autant de d'Artagnan. Monsieur n'était pas de huit jours à Bruxelles que quatre de ses gentilshommes provoquaient quatre gentilshommes de la reine-mère, se battaient à Anderlecht et deux de ces malheureux étaient tués.

(1) Voir Baetens. Jean de Nassau Siegen, art. déjà cité.
(2) Lettres de Rubens, p. 31.
(3) Secrétairerie d'Etat et de guerre, n° 635, f. 314, 353, etc.

Peu de jours après, c'est le jeune duc de Roannès (1) qui provoquait son cousin le duc d'Elbeuf, et Monsieur, qui tient à garder indemne à côté de lui deux personnages aussi considérables, les met aux arrêts jusqu'à ce qu'il ait arrangé la querelle. Dès lors il y a des rencontres tous les jours et ce ne sont plus seulement les français, ce sont les belges les plus sages jusque là; c'est le duc de Bournonville, Claude de Lannoy, comte de la Motterie, le jeune Bucquoy, bien d'autres, et l'Infante, pour arrêter ce funeste courant, montre la même énergie que son époux, n'hésitant pas à bannir de sa cour ceux qui s'étaient battus en duel.

Mais elle préfère de beaucoup n'avoir à montrer que son bon sourire et c'est la plus aimable des maîtresses de maison. Elle a pour ses hôtes ces délicatesses charmantes qui viennent du cœur.

— « Comme c'estoit le premier dimanche de Caresme (29 février) auquel jour se tient à Bruxelles, en la maison de ville, une foire de verres, de glaces, de mirouers, de porcelaines, de bources et autres telles raretez, et que les cavaliers ont accoutumez à tel jour d'envoyer à leurs dames pour valentinages, S. A. envoya à la royne, de la part de Monsieur, qu'elle dist estre son Valentin, une douzaine de grandes mandes (?) pleines desdites raretez et de confitures, senteurs et bouquets, en valeur, le tout, de plus de mille pistoles ». (2)

A la mi-carême, voici un autre usage bruxellois.

— « A tel jour, on a coustume de faire les présents accompagnés d'un homme sur un hareng tourné à rebours avec une verge en main, fouettant ledict hareng et cet homme, on l'appelle le graef, c'est-à-dire le comte. S. A. donc, pour n'oublier la bonne coustume envoya à la

(1) Henry Gouffier, marquis de Boissy, duc de Roannès après la mort de son père. Il était fils de Claude Éléonore de Lorraine Elbeuf et avait épousé Anne Marie Hennequin, l'une des femmes les plus distinguées de son temps. Son fils fut l'ami de Pascal et sa fille, devenue plus tard duchesse de La Feuillade, avait inspiré, dit on, une passion toute platonique à l'illustre auteur des *Pensées*.

(2) Chiflet, t. 96, f. 202.

royne un graef accompagné de beaux présents de la valeur de deux mille ducats ». (1)

Parfois l'humeur gaie d'autrefois revient avec l'occasion de quelqu'une de ces bonnes surprises, de ces malicieuses plaisanteries qu'elle aimait tant.

De même qu'elle faisait garnir de roses les buissons dépouillés du parc, pour surprendre le prince de Pologne, de même elle est ravie quand elle peut jouer quelque tour d'écolier à Gaston. Ce dernier n'a garde de manquer l'heure du dîner de l'Infante, nous conte toujours Chiflet, parce qu'il sait qu'à cette heure, toutes les dames de la cour s'y trouvent. Mais l'étiquette ne permet pas qu'il assiste ouvertement à cette cérémonie ; il se cache dans les antichambres, causant avec l'une ou l'autre qui passe et venant risquer un œil à la porte. L'Infante l'ayant un jour aperçu, mit quelques pâtisseries sur une assiette et dit à une de ses dames : « Allez porter ceci à ce pauvre qui se cache là-bas, pour qu'il ne meure pas de faim ». Une fois elle lui envoya une assiette de beaux fruits en cire qu'elle avait fait faire exprès. Le prince mordit à belles dents à cette pomme de paradis, à la grande joie de l'assemblée.

Si nous en croyons toujours Chiflet, Isabelle avait l'appétit robuste de son père et de son grand père et ce n'était pas sans inconvénient.

« S. A. tomba malade (après la mi-carême) d'une ophtalmie à cause de trop d'aulx et d'oignons qu'elle mangeoit d'ordinaire et qu'on luy préparoit en son quartier avec sausses fortes et espiceries. Elle fust saignée ce mesme jour et derechef le lendemain, à cause que la première saignée ayant esté mal faiste, elle avoit peu saigné. Ce fust ceste fois par maistre Jean du Sablon (comme Calvé (2) l'ayant manqué le jour précédent) le sang sortit avec une telle impétuosité que la manchette de mon frère qui tenoit la chandelle en fust teinte toute entière. Le lendemain elle ne laissa pas que de vacquer à la cérémonie ordinaire et

(1) Chiflet, t. 96, f. 205.
(2) Son chirurgien ordinaire.

bonne coustume qu'elle a de donner à disner et servir à table neuf pauvres vieilles femmes à tel jour. La cérémonie se fist dans la chambre qui regarde le parc où S. A. avoit reçu Monsieur à son arrivée. Monsieur vit aussy ceste cérémonie et la pluspart des cavalliers français qui admirèrent la grande modestie et piété de S. A. ». (1)

Monsieur est le fidèle cavalier de l'Infante, partout où elle va, soit lorsqu'elle fait son jubilé à pied, d'église à église, soit lorsqu'elle va à Hal. Il galope alors à sa portière mais, dit Chiflet, non sans malice « dans le carrosse estoit dona Blanca Coloma ».

Avec le printemps, on reprenait les grands projets de politique contre le Cardinal. Monsieur s'y prépare avec la même légèreté qu'il met à faire la cour aux dames. Il demande à l'Infante la permission de donner un souper à tous les cavaliers de la cour sous les ombrages naissants du parc. On est au 16 mai. Monsieur d'Andelot chargé d'organiser cette fête « fist tout apprester splendidement ». Au milieu du festin, Monsieur se leva le verre à la main, se fist accompagner aux flambeaux dans le pré, au devant des fenestres du palais et porta là une *dringue* à la santé de S. A. Tous les cavaliers de sa suyte firent raison avec le mesme ordre, après quoy il alla achever de souper ». (2)

Gaston d'Orléans terminait ainsi de la façon la plus galante son premier séjour à Bruxelles, où il laissait de bons souvenirs, que sa conduite dans le midi allait effacer.

Le lendemain déjà s'ébranlait sa maison et, pour ce départ, l'Infante préparait de nouveaux cadeaux. Lorsque les gens de Monsieur vinrent prendre congé de S. A. elle leur remit « un beau présent d'enseignes de diamants ou des chaisnes d'or, à chascun selon sa qualité ou le bon service qu'il avoit rendu à Monsieur, S. A. ayant déclaré qu'elle leur offroit telles recognoissances pour l'assiduité avec laquelle ils servoient leur maistre et pour leur fidélité ».

(1) Chiflet, t. 96, f. 206.
(2) Chiflet, t. 96, f. 208.

« A Monsieur, elle fist présent d'un coffre grand comme un bon coffre de mulet, couvert de peau d'ambre brodée tout en large d'une très belle façon ; la serrure, les anses, charnières, clefs, crochets et autres garnitures d'or massif. Dans ce coffre estoient deux habits à la française, un de peau d'ambre et l'autre de satin, tous deux brodés richement. Et avec ce, un assortiment de linges, les plus beaux et les plus fins qui se fussent veu de long temps au Pays-Bas.

» S. A. fist encore remplir un autre grand coffre de toutes sortes de confitures exquises qu'elle ordonna estre chargé avec son bagage, à son insceu, afin que il ne le mangea (tout de suite) sinon en campagne, où elles luy feroient bien plus de bien que en ville. Ces présents que S. A. fist tant à Monsieur qu'à ses domestiques ont esté estimés à plus de soixante mille escus ». (1)

Ainsi, dans ses dons, l'Infante mettait toute la délicatesse de son cœur, délicatesse qui brille encore dans cette défense expresse, faite avec menaces de peines sévères, à toute sa maison, gentilshommes, officiers et même simples domestiques, d'accepter quoique ce soit, cadeaux ou gratifications. « L'état de ses affaires ne lui permet pas de faire des présents et ce qu'il pourrait avoir à donner sera mieux employé auprès de ceux qui le servent fidèlement, et qu'il est obligé d'entretenir » disait la princesse. Quelques dames seulement, eurent la permission de recevoir des petits anneaux ou autres choses semblables de peu de prix. (2)

Gaston partait en guerre après les péripéties les plus diverses. Pendant qu'il s'empressait auprès de dona Blanca Coloma ou soupait chez le bon d'Andelot, il suivait ailleurs le cours de ses intrigues.

Nous avons dit que Richelieu, avec ce génie politique, sinon scrupuleux, qui le guidait, avait formé une véritable coalition contre la maison d'Autriche, coalition qui se ren-

(1) Chiflet, t. 96, f. 208.
(2) Chiflet, t. 96, f. 208.

forçait par les victoires de Gustave Adolphe sur les armées impériales.

Philippe IV et l'Infante regardaient le séjour chez eux de la reine-mère et de Monsieur comme un grand avantage, parce que, grâce à eux, une fermentation de révolte continuait à agiter la France et embarrassait fort Richelieu. Aussi Isabelle s'effraya-t-elle en apprenant que le ministre tout-puissant se proposait de réconcilier la reine-mère et Gaston avec Louis XIII. Cette nouvelle, envoyée à Madrid à la fin de l'année 1631, y provoqua une vive émotion et le 17 janvier 1632, Philippe IV écrivait à sa tante que, en présence des intrigues de la France, il se décidait à agir énergiquement. Il priait l'Infante de se mettre immédiatement à l'œuvre pour former une forte armée à la tête de laquelle il était décidé à se mettre lui-même. Il lui recommandait de chercher après les vieux soldats expérimentés et de tâcher d'avoir des régiments aguerris. Il lui indiquait quelques officiers de valeur à qui les confier et, enfin, feignant d'ignorer toutes les accusations portées contre Henri de Bergh, il lui écrivait une lettre très flatteuse dans laquelle il l'assurait qu'il comptait sur lui.

L'Infante se mit aussitôt en mesure d'exécuter les ordres royaux, tout en prévenant son neveu qu'ils ne pourraient être bien remplis qu'au moyen de beaucoup d'argent. Elle ne croyait guère à ce beau zèle militaire qui ferait sortir Philippe IV de son royaume.

Les levées devenaient difficiles à faire. Aux Pays-Bas, on ne trouvait plus personne et la Bourgogne, travaillée par les agents de Richelieu, ne fournissait plus de soldats. Et ce n'est pas seulement la Bourgogne qui est travaillée. Il y a des agents du Cardinal partout en Belgique. Pas un jour où on ne désigne à Isabelle quelqu'espion surpris en train de suborner un sujet de l'Espagne. Déjà on signalait à la gouvernante des réunions secrètes de la noblesse qui se rencontrait chez le vicomte de Gand (1) à Bruxelles, avec

____

(1) Philippe Lamoral de Gand, comte d'Isenghien.

des individus suspects venant de France. Un autre jour c'est un personnage mystérieux qui guette dans la cour même de la reine-mère le messager venant de France avec sa correspondance, s'en empare en le menaçant de son pistolet, puis disparaît avec son butin. Rien n'arrête leur hardiesse et leur audace et l'Infante se sent environnée partout d'ennemis de l'Espagne.

Mais à la trahison, elle n'opposera jamais que la loyauté et la franchise. (1) La reine-mère d'ailleurs n'avait aucun désir de se réconcilier avec son fils, aussi longtemps qu'il se refuserait à renvoyer Richelieu. A aucun prix, elle ne pardonnerait au Cardinal et lorsqu'on lui demandait si elle accepterait ses offres d'accommodement : — « C'est une plaisanterie du Cardinal », répondait Marie de Médicis.

Gaston, lui, variait selon que le vent soufflait du nord ou du midi. En février 1632, il suppliait Isabelle de tout faire pour détourner le roi d'Espagne d'attaquer la France (2) ; ce qui ne l'empêchait pas de fomenter des brouilles partout où il le pouvait dans sa patrie et même de préparer cette expédition du midi qui devait coûter la vie à l'infortuné Montmorency.

Bien plus, c'étaient les partisans même de Monsieur qui levaient les soldats dans le nord de la France pour les armées de l'Infante, ou envoyaient aux Pays-Bas des déserteurs que les gouverneurs d'Espagne avaient ordre de laisser entrer et auxquels ils distribuaient quartiers et rations. (3)

Tous les partisans de Gaston et de la reine-mère travaillaient tant qu'ils pouvaient à corrompre les officiers des garnisons et commandants de place. On comptait sur Calais, sur Toul, sur Verdun, on espérait encore ailleurs et Richelieu, qui n'ignorait rien de ces menées, était en ce moment

---

(1) Elle empêcha Philippe IV de charger don Gonzalez de Cordova de se proposer comme intermédiaire à Richelieu entre le roi et sa mère, lorsqu'il passa par Paris. « C'est une inconvenance » écrit Isabelle.

(2) Correspondance de l'Infante et de Philippe IV, janvier et février 1632.

(3) Correspondance de l'Infante et de Philippe IV, janvier et février 1632.

fort inquiet de la tournure que prenaient les événements intérieurs.

Mais le Cardinal savait le moyen d'effrayer les audaces et de faire rentrer les complots au plus profond des cœurs. Il avait sous la main le maréchal de Marillac, en prison depuis la journée des dupes. Personne, et le maréchal moins, que tout autre, ne pensait qu'il paierait de sa tête l'imprudence de s'être montré ennemi du grand ministre. Richelieu fit commencer son procès, l'accusa de concussion, et l'infortuné était décapité avant même qu'on aie su à Bruxelles qu'il paraissait devant ses juges.

Cette fois le Cardinal avait manqué son but. La mort du maréchal indigna tous les gens de bon sens et souleva contre lui la famille et les amis de la victime.

Il s'en souciait peu, content d'avoir prouvé une fois de plus le danger de s'opposer à lui et, sans perdre de temps, envoya en Lorraine un ambassadeur chargé de reprocher au duc Charles ses manquements au traité de Vic et de le menacer d'envoyer l'armée française lui rafraîchir la mémoire. Le duc, plein de craintes, se hâta de prévenir l'Infante. Celle-ci ne pouvait guère lui refuser assistance. L'attitude de l'Espagne, comme la sienne, vis-à-vis des réfugiés français, la compromettait trop pour qu'elle put reculer. Elle fit hâter le départ des troupes destinées au Palatinat, avec ordre de se tenir vers les frontières de Lorraine afin de secourir Charles IV dans le cas où il serait attaqué. Le comte d'Emden, gouverneur du Luxembourg, reçut le même ordre pour les troupes dont il disposait. Enfin Isabelle envoya engager le duc d'Orléans à mettre à exécution le plus tôt possible, son projet de révolte dans le midi. Cette révolte ferait sans doute une heureuse diversion, en obligeant Richelieu à tourner toute son attention de ce côté, mais elle aurait aussi l'inappréciable avantage de débarrasser le Luxembourg de l'armée de Monsieur qui, n'étant pas payée, se livrait au brigandage le plus désastreux pour cette malheureuse province.

Gaston était alors à Trèves. Il avait quitté Bruxelles le

18 mai 1632 bien pourvu par l'Infante de doublons d'Espagne, et par sa mère de vœux et de bénédictions. Il pensait prendre le commandement de sa petite armée et la joindre à celle de l'Infante, commandée par Cordova et à celle du comte d'Emden. Cette combinaison d'unir les trois armées se faisait en secret, car on ne voulait pas avoir l'air de déclarer la guerre ouvertement à la France, qui ne tenait pas plus à faire campagne contre les Pays-Bas, et la guerre qu'on se faisait était surtout une guerre diplomatique. Mais Richelieu n'usait pas de diplomatie avec la Lorraine et Louis XIII ne pardonnait pas le mariage de son frère, quoiqu'il déclarât bien haut qu'il n'existait pas. Monsieur avait à peine quitté le pays de Moselle qu'une armée française envahissait le duché de Lorraine, prenant possession de Coblence et d'Ehrenbreitstein que lui livrait l'archevêque de Trèves (1) et ne s'arrêtait qu'après avoir pénétré assez avant dans le pays pour empêcher son souverain de faire le moindre effort en faveur du duc d'Orléans. Charles IV eut beau protester, affirmer son dévouement, ce fut en vain.

Pendant qu'il intimidait ainsi les Lorrains, le Cardinal quittait Paris avec le roi, le jour même de l'exécution de Marillac, sous prétexte d'un simple voyage, et tous deux, entrant à Calais, y brisaient le gouverneur, détruisant par ce coup imprévu, une partie des plans de Monsieur, qui comptait sur cette ville que sa proximité des Pays-Bas lui rendait doublement utile.

---

(1) Les évêques du Rhin et des Trois Evêchés espéraient par là obtenir de Richelieu sa protection contre Gustave Adolphe. L'Infante fut très blessée de cet acte qu'elle regarda comme une trahison envers l'empire.

CHAPITRE XVIII

—

—

L'année 1632 se levait, couverte des plus sombres nuages. La guerre se préparait partout. En Allemagne, où Gustave Adolphe allait se mesurer contre Tilly dans un suprême effort, en France où l'insurrection du Midi obligeait Richelieu à scinder son armée, prête à allumer ses canons vers la Lorraine et enfin en Hollande où l'on voulait abattre l'Espagne par une dernière victoire.

La situation de l'Infante était lamentable. Il fallait toute sa force de caractère pour résister à de si écrasants soucis et à un labeur sans merci.

Si encore elle avait eu à côté d'elle un homme comme Spinola pour la soutenir et l'aider ? Mais elle ne pouvait compter que sur le marquis d'Aytona et quoiqu'il se rencontrât sur beaucoup de points avec elle, il aimait à garder, vis-à-vis de la gouvernante, une indépendance dont elle fut parfois froissée. Le plan du gouvernement de Madrid, poursuivi depuis la mort de l'archiduc, avait été suivi sans arrêt. Il était arrivé à ce résultat voulu que l'Infante n'avait plus d'autre conseil, pour l'aider dans les affaires, que le conseil de guerre dont tous les membres étaient espagnols ou inféodés à Madrid. Assuré de son omnipotence, le conseil prenait vis-à-vis d'Isabelle une attitude indépendante qui exerça plus d'une fois sa patience. Comme nous l'avons dit, elle ne consentit jamais à céder une part de pouvoir, parce qu'elle se croyait responsable de tout ce qui se ferait sous son nom. Les affaires militaires donnaient lieu à de fréquents conflits, mais la princesse n'entendait pas qu'on lui manquât de respect et elle se plaignit vivement à son neveu des agissements de la junte. Il faut rendre à Philippe IV cette justice qu'il soutint sa tante aussitôt. Il lui écrivit qu'elle devait passer outre à l'avis du conseil quand on ne voulait pas accepter son propre avis ni se ranger à sa volonté. « J'ai la plus grande confiance en Votre Altesse, écrivit le roi, et je suis on ne peut plus satisfait de la manière dont vous dirigez les affaires. Aussi je vous prie d'user de votre autorité au plus grand profit du service de Dieu et du mien ». (1)

Le projet d'unir les armées de Cordova, du comte d'Emden, de Gaston d'Orléans et du duc de Lorraine n'avait pu aboutir. La marche en avant de l'armée française dispersait tout le monde. Gaston partait pour le midi. Charles de Lorraine n'osait faire mine de ramener ses soldats chez lui et suivait la fortune de Tilly. Comme l'armée hollandaise s'ébranlait, Isabelle rappela le comte d'Emden pour se joindre aux régiments qu'elle envoyait au devant de l'ennemi. Cordova qui attendait dans le Palatinat et Pappenheim qui errait sur le Rhin, reçurent ordre de se tenir prêts à arriver au premier signal.

L'archiduchesse était fort en peine de ce qu'elle allait faire avec le comte Henri de Bergh. Lui donner un commandement ou le mettre de côté étaient également dangereux. L'Infante avait si peu de confiance en lui qu'elle n'avait pas voulu lui remettre une lettre de félicitations que Philippe IV lui envoyait un an auparavant, à propos de quelques faits militaires. Elle ne doutait pas de sa forfaiture et cependant, il eut été si dangereux de s'en faire un ennemi qu'elle agissait comme avec le meilleur de ses officiers. Elle

(1) Corresp. de l'Inf. et de Ph. IV, vol. XXIX, 24 Janvier 1632.

consentit à être la marraine de sa fille (1) et chercha à ne rien changer dans les rapports indispensables qu'elle avait avec lui. Longtemps, elle avait refusé de croire à toutes les horreurs qu'on disait contre lui. Mais Bergh tout en se disant vivement blessé de la froideur qu'on lui témoignait aux Pays-Bas, se rapprochait toujours de sa famille de Hollande et ne faisait rien pour imposer silence aux mauvais bruits.

La nécessité força l'Infante à tenter une nouvelle démarche. Bergh, en séjournant dans la Gueldre avec son armée, obstruait les plans des généraux espagnols, et son inertie pouvait favoriser beaucoup les hollandais. Peut-être un rappel à l'honneur, une parole de bienveillance le toucherait encore ?

— « Mon cousin, lui écrivait la princesse, je vous ai bien voulu faire ceste pour vous dire que vous veniez incontinent en ceste ville et que vous vous pouvez assurer que vous y serez fort bien reçeu et que vous trouverez en moy la mesme volonté que vous y avez toujours trouvé ». (2)

L'appel resta sans réponse, Henri de Bergh ne vint pas, la trahison était déjà consommée.

L'état des armées espagnoles aux Pays-Bas, si nous en croyons un rapport envoyé à Philippe IV par un de ces nombreux agents secondaires qu'il employait si volontiers, n'était rien moins que brillant ; l'auteur de ce mémoire, un certain frère Lelio Brancaccio, après avoir signalé une désertion d'espágnols qu'il attribue à un paiement trop tardif et aux mauvais logements, continue ainsi :

« Les gouverneurs de provinces et de places préfèrent plaire à un bourgeois plutôt qu'à tous les soldats qu'il y a. Les gouverneurs ne font aucune diligence pour empêcher les désertions ; les échecs de ces dernières années à la guerre leur ont inspiré peu de courage à assister les soldats. La majeure partie de ces derniers, quand ils reçoivent de l'ar-

(1) Il avait épousé un an auparavant Hyeronime Catherine comtesse de Spaur, dont il eût cinq filles.
(2) Henrard. Marie de Médicis dans les Pays-Bas, p. 228.

gent, le jouent ou le dépensent mal, ou bien ils sont forcés de payer la vivandière et sont réduits pendant des mois entiers à ne manger que du pain de munition, mauvais et dur, ce qui fait qu'il déserte ou devient malade.

« Les Etats de Hollande paient leurs soldats chaque semaine; avec la paie ils donnent du pain de munition et ainsi ils les conservent, bien que ces soldats ne soient pas leurs vassaux, Votre majesté dépense beaucoup plus qu'eux, mais comme l'argent n'arrive pas à temps, on voit quantité de ces malheureux mourir de faim ou déserter.

« Je ferai remarquer à Votre Majesté que si le soldat avait assez de sagesse pour garder son argent et le répartir économiquement pour les besoins d'un si long espace de temps, il s'appliquerait à un autre métier et non à celuy de soldat.

« Les longues guerres ont rendu le soldat du pays très grossier, la campagne a esté ravagée et aucun soldat espagnol ou italien ne peu sortir de sa garnison sans risque d'être tué ou dévalisé.

« Pour que l'argent arrive sûrement aux mains du soldat, on pourrait le donner aux alferez des compagnies qui paieraient jour par jour.

« Il y a tant de malades que les frais de l'hôpital sont énormes ». (1)

Le même Frère Lelio engage le roi à exiger du général qu'il vient d'envoyer aux Pays-Bas, Santa Cruz, plus de surveillance pour le bien-être des soldats.

Mais Santa Cruz n'était pas capable de cette surveillance. Au moment où les armées partaient en campagne frère Lelio écrit :

« Le général de la cavalerie à dit au marquis de Santa Cruz qu'il n'obéirait à aucun des mestres de camp généraux, parce que don Luis de Velasco n'obéissait pas au marquis Spinola. Les mestres de camp refusent de s'obéir l'un à l'autre, les capitaines de cavalerie espagnols ne veulent pas recevoir d'ordres des mestres de camp des nations ». (2)

(1) Simancas Estado 2046, f. 101.
(2) Simancas Estado, f. 14 ». Il faut que V. M. écrive à Madame l'In-

Désunion entre les chefs, misère des soldats, que pouvait-on espérer d'une telle armée ? C'est avec cette troupe indisciplinée, maraudeuse et sans cohésion qu'il fallait marcher à l'ennemi sous la direction d'un général, le plus incapable que l'Espagne ait jamais envoyé aux Pays-Bas.

Déjà vieux, plein de morgue et de confiance en lui-même, Santa Cruz n'avait aucune des qualités que la situation exigeait. Aytona aurait pu avantageusement prendre sa place, mais le roi ayant envoyé Santa Cruz, le marquis se cantonnait dans la direction de la flotte où il faisait merveille.

Isabelle ne se faisait pas d'illusions sur la valeur de cette armée, elle ne s'attendait pas cependant à la série de défaites qui allaient se succéder dans cette année néfaste.

Les hollandais avaient préparé avec soin cette campagne. Profitant des dispositions irritées de la population contre les espagnols, ils redoublaient de menées secrètes pour exciter encore les esprits, surtout dans le Brabant, en Gueldre, et partout où ils espéraient que les porteraient leurs pas vainqueurs. Dans un manifeste répandu à profusion dans ces pays ils se faisaient doux et aimables, rassuraient les bonnes gens sur la manière dont ils seraient traités, leur promettant d'en agir bien autrement que leurs maîtres actuels et assurant qu'ils respecteraient la liberté de conscience, laisseraient l'exercice de la religion se faire partout et ne toucheraient à aucun de leurs privilèges et coutumes. (1) Dans la Gueldre, Henri de Bergh « cuisinait » dans le même sens les populations, et sa parole était d'autant plus écoutée qu'il avait toujours agi dans ce pays avec toute la douceur que pouvait en comporter les mœurs militaires du temps.

fante, insistait Lelio et lui dise combien les ministres de par de là se font de tort avec leur désunion dans les matières et occasions présentes et que V. M. ayant l'expérience de la grande prudence et du zèle de S. A. ne voit pas de moyen plus efficace que d'engager S. A. à user de son autorité pour résoudre, disposer et faire exécuter ce qui convient au service de Dieu et au bien des provinces confiées à sa charge. On pourra alors espérer que Dieu favorisera son zèle et la grande discrétion avec laquelle S. A. considère toutes choses.

(1) Commelyn, Histoire de Frédéric Henri, p. 147.

D'autre part, de vastes plans s'étaient élaborés entre les puissances ennemies de la maison d'Autriche. Richelieu, naturellement, se trouvait à la tête de celles-là. On avait décidé l'écrasement définitif de l'Espagne, d'où suivrait la chute des Habsbourg.

Le chancelier de Gustave Adolphe, Oxenstiern était allé à Paris s'entendre avec le roi et son ministre, en vue d'une attaque simultanée des armées des rois de Suède et de France et de Frédéric Henri. Ce dernier aurait pris l'offensive en Brabant pendant que Gustave Adolphe attaquait le Palatinat. La France, établie en Lorraine, menaçait les frontières de ce côté. Enfin Louis XIII envoyait un fort subside aux Etats et leur promettait en outre un million s'ils en avaient besoin dans le courant de la campagne.

— « J'irais jusqu'à Bruxelles baiser la main de l'Infante et la forcer à traîter avec moi ! » s'écriait gaiement le prince d'Orange en montant à cheval pour prendre le commandement de l'armée (1). Avait-il dit vrai ? On pouvait le craindre. Le début de la campagne était plutôt une marche triomphale ; à peine un simulacre de résistance dans les villes qui se rendaient l'une après l'autre. Venlo, Stralees, Ruremonde, Mæseyck, Sittard, se soumirent en quelques jours. Frédéric Henri choisit Mæseyck comme dépôt d'approvisionnement.

L'Infante apprit tous ces revers à peu près à l'heure où on lui annonçait la mise en branle de l'armée hollandaise. Qu'avait-elle sous la main pour opposer à ce vainqueur, enhardi par cette course à la victoire ? Rien que le comte de Bergh qui dormait au fond de la Gueldre. Elle avait eu l'imprudence de laisser le conseil de guerre envoyer Santa Cruz et Cordova dans le Palatinat, alors qu'on pensait avoir à y soutenir les ducs d'Orléans et de Lorraine. Elle

______

(1) On disait aussi que le prince d'Orange voulait venir piller la riche chapelle du palais et les monts de piété qui recélaient en ce moment les joyaux et argenterie d'Isabelle et de toute la noblesse belge. « Qu'il vienne donc, dans mon oratoire, dit la princesse, mais au lieu d'or il n'y trouvera plus que du bois. » Chiflet, T. 96, f. 310.

rappela en hâte les deux généraux et demanda avec instance à l'empereur de lui envoyer des secours.

Santa Cruz et Cordova se rejoignirent à Tirlemont. De là, ils essayèrent de passer la Meuse à Haren et n'y parvinrent pas ; peut-être le fleuve était-il encore trop gonflé par les pluies. Ils n'essayèrent pas de faire un pont de bateaux et revinrent sur leurs pas, non sans avoir essuyé plus d'une escarmouche de l'ennemi, toujours à son avantage.

Frédéric Henri venait de mettre le siège devant Mæstricht. Il serait difficile de peindre la consternation des Pays-Bas tout entiers à cette nouvelle. C'était la dernière ville forte du Brabant qui ne fut pas aux mains de la Hollande, c'était le dernier boulevard capable d'arrêter l'ennemi, de l'empêcher d'envahir la Belgique. Mæstricht pris, il semblait à tous que plus rien ne pourrait s'opposer au prince d'Orange s'emparant de tout l'héritage de Bourgogne. Ce fut une angoisse générale, arrêtant pour ainsi dire la vie dans tous les cœurs. Qui avait-on pour défendre la patrie ? Un incapable, Santa Cruz ; un espagnol qui ne pouvait s'entendre avec les belges, Cordova. Tous deux se préoccupant bien plus de ces querelles de nationalité, de préséance, de susceptibilités mesquines, que de courir sus à l'ennemi. Il fallait que ces malheureuses dissensions fussent bien aiguës pour que Philippe IV se décidât, sur les plaintes amères de sa tante, à envoyer lui-même à Santa Cruz une sévère admonestation (1). Il est vrai que peu de jours après, il écrivait à l'Infante pour lui recommander de maintenir toujours la supériorité espagnole et de ne donner qu'aux espagnols les charges de mestres de camp. (2

C'est alors que la noble princesse prit une résolution touchante et héroïque. Malgré son âge et sa santé délabrée, elle voulait partir pour l'armée. Quand on la verrait, tous comprendraient qu'il fallait vaincre où mourir. Elle parlerait à tous, elle conjurerait les uns et les autres d'oublier leurs querelles, elle encouragerait les découragés, survei -

(1) Corresp. de l'Inf. et de Ph. IV, vol. XXIX.
(2) Corresp. de l'Inf. et de Ph. IV, vol. XXIX.

lerait les négligents. S'il le fallait, elle tirerait elle-même le canon pour défendre Mæstricht. Il lui paraissait impossible qu'on résistât à ses exhortations, à ses ordres, à ses prières et qu'on laissât tomber la dernière forteresse brabançonne sans tenter un effort désespéré. Mais c'était là une résolution plus généreuse qu'utile, dangereuse même, car l'autorité de la gouvernante pouvait être méconnue et par là amoindrie, les deux généraux en chef ne l'écouteraient pas. Tout le monde se réunit pour l'empêcher de partir. Le roi lui-même la pria de se conserver pour le bien d'un pays auquel elle était plus que jamais nécessaire (1)

Devant cette avis unanime, l'Infante se résigna à abandonner son projet et puisqu'on ne veut pas qu'elle montre l'exemple de l'intrépidité et de l'énergie, elle emploiera toutes ses forces à prier. Elle sera l'Orante, le Moïse qui tient ses bras levés vers le ciel jusqu'à la fin des batailles ; peut-être obtiendra-t-elle pitié pour son peuple. « Elle fait de grandes prières, dit Chiflet, pour le succès des armes du roy et advancement de la foy catholique. »

Pas de jours qu'on ne la voie, par les rues, sur les grands chemins, souvent à pied par le soleil ou la pluie, allant à tous les sanctuaires implorer miséricorde.

Le 24 juin, elle est aux Augustins où l'on vénère l'image de N. D. du Bon Succès. Elle entend les vêpres aux pieds de la statue miraculeuse, plongée dans la plus ardente oraison. « Après la procession et la bénédiction qui se fit avec le Saint Sacrement, S. A. s'adressa encore à haute voix devant tout le peuple à l'image de N. D., et là, à deux genouls, pria assez longuement pour son pauvre peuple à sa très grande édification ». (2)

(1) Corresp. de l'Inf. et de Ph. IV, vol. XXX, 24 juin 1632.
(2) Samedy S. A. fut à Sainte-Gudule aux premières vespres de la feste du St Sacrement de miracle. Et le dimanche, le lendemain, à la procession. C'est la coustume à Bruxelles de laisser le St Sacrement exposé jusques à l'octave et là on le resserre solennellement après le Salut. Mais pour les nécessités publiques contre cette pratique ordinaire on le laissa sur l'hôtel exposé jusqu'à la quinzaine que fut le dimanche 1er août et lors se fit une procession solennelle comme celle du jour, à laquelle S. A. assista. Il se faisait une chaleur

« Le 4 juillet, elle fait les prières de 40 heures au Sablon, le 5, elle va à Hal ; le 6, à Saint-Géry ; le 15 elle rassemble les petits enfants de la ville pour ouyr la messe et apaiser l'ire de Dieu (1). » Ainsi la bonne Infante cherchait à détourner de son pays d'adoption les châtiments du ciel, tout en ne négligeant rien pour les éloigner par son travail. Elle espérait en l'arrivée de Papenheim, le meilleur général de cavalerie de l'Empire, que Ferdinand II lui envoyait avec 19000 fantassins et 5000 chevaux. Un tel contingent sous un tel chef devait assurer la victoire et Chiflet nous dit que l'annonce de ce secours et le nom seul de Papenheim décidèrent le comte de Culembourg et les Etats à tenter une démarche près du prince d'Orange, pour l'engager à lever le siège de Mæstricht. Ils partirent fort mécontents de ce que Frédéric Henri ne voulut pas suivre leur conseil. Ils s'étaient arrêtés chez le comte Albert de Bergh, neveu de Henri, qui avait chez lui son oncle, lequel, si nous en croyons toujours Chiflet, passait par une crise de remords. Henri de Bergh, impressionnable et versatile, avait des retours de conscience et peut-être en voyant les succès des Provinces-Unies, regretta-t-il d'y avoir coopéré. N'osant sans doute pas écrire directement à l'Infante, il pria son neveu de s'entremettre et Albert envoya son confesseur, un Cordelier, avec une lettre à l'Infante par laquelle Henri demandait pardon du passé, implorait la bonté du roi, protestait qu'il ne solliciterait plus jamais charges ou titres et n'exprimait qu'un désir, celui de finir ses jours dans la retraite de ses terres. (2)

extrême, mais S. A. y avait pourveu si prudemment qu'elle vint à l'église à huit heures au lieu qu'autrefois elle ne venait qu'à dix. Chiflet, T. 96, f. 210-211.

(1) Chiflet, T. 96, f. 210-211.

(2) Chiflet, T. 96, f. 212. « Environ ce jour dit Chiflet, le comte Othon de Nassau, prisonnier, ayant payé sa rançon, sortit de Bruxelles pour s'en retourner en Allemagne avec passeport. Il prit congé de S. A. laquelle lui ayant dit qu'elle espérait qu'un jour il changerait de religion et de parti, il répondit que Dieu estait tout puisssant et qu'il ne disait pas que ce qu'on luy proposait ne se peut faire, mais que présentement il ne le pourrait, parce que cela luy serait imputé à manquement ou bassesse de courage. Qu'il aymerait mieux

Malheureusement ces bonnes dispositions ne durèrent pas longtemps ainsi que nous allons le voir.

Papenheim ayant installé son camp, arriva à Bruxelles se mettre à la disposition de l'Infante et signa un engagement dans lequel il promettait de servir le roi d'Espagne jusqu'à la fin de novembre « moyennant la somme de 500000 patacons et de s'efforcer de faire lever le siège de Mæstricht, puis d'aller reconquérir le Palatinat au nom du roi catholique. L'Infante donna au général de l'Empire une enseigne de diamants et il partit aussitôt pour commencer l'exécution de son traité.

L'accueil que firent à Papenheim les deux généraux espagnols n'était rien moins que cordial. Chiflet nous en donne l'explication. Au moment où le commandant de l'armée impériale se rendait à Mæstricht, l'Infante recevait de son neveu un courrier extraordinaire, portant l'ordre de donner le commandement général de toute l'armée à Cordova et de rappeler Santa Cruz. Le roi reconnaissait enfin l'incapacité du général. Isabelle exécuta l'ordre, mais, toujours bonne, croyant atténuer la peine infligée au vieux soldat, elle lui envoyait, avec la révocation, sa nomination de grand maître de sa maison, place alors vacante. Ni Cordova ni Santa Cruz n'obéirent. Cordova refusa le poste de généralissime et laissa à son compatriote son commandement (1). L'humiliation infligée à un noble espagnol se doublait de la jalousie que leur donnait Papenheim, dont la renommée acquise en Allemagne comme homme de guerre semblait une ironie cruelle pour leurs défaites. Ils ne comprirent ni leur devoir, ni le moyen de relever leur réputation et au lieu d'aider l'allemand, ils se cantonnèrent dans une inertie farouche. Campés en face de Frédéric Henri, ils se con-

mourir que de faire comme le comte Henri qui avait lâchement abandonné son prince. Que pour l'advenir il n'y avait rien que Dieu ne peust faire. »

(1) Chiflet, T. 90, f. 211. Par le même courrier, le roi d'Espagne signifiait impérieusement au Cardinal de la Cueva de quitter immédiatement les Pays-Bas, de se rendre à Rome et de ne s'y mêler d'aucune affaire. Cueva, jusque là, s'entêtait à rester aux Pays-Bas où sa vue seule excitait des émeutes. Cette fois, il n'osa plus désobéir.

tentaient de le surveiller sans rien tenter pour ralentir seulement ses travaux.

Papenheim, au contraire, dès son arrivée, avait poussé des reconnaissances tout autour de la ville, étudiant les positions faibles du camp ennemi et préparant ses moyens d'attaque. Il ne doutait pas du concours des deux espagnols et les fit prévenir qu'il allait tenter un assaut, les priant d'exécuter tels mouvements qu'il indiquait pour lui donner assistance. Ni l'un ni l'autre ne bougea.

Papenheim commença l'assaut avec sa bravoure habituelle, secondé par une troupe aguerrie et exercée. Deux fois il revint à la charge, toujours repoussé par une armée d'égale valeur, ayant pour elle l'avantage de ses retranchements. Ne voyant pas venir les généraux alliés, il leur envoya, au milieu du combat, un appel suprême, il suffisait d'un renfort pour remporter l'avantage. Mais il reçut seulement cette dédaigneuse réponse « que le roi, leur maître, lui avait donné cinq cent mille patacons pour venir combler les fossés hollandais de lansquenets et de restres ». (1)

Et lorsque, faute d'assistance, Papenheim dut battre en retraite, Santa Cruz, dit-on, remarqua en riant « qu'il se doutait bien que Papenheim n'avait pas affaire à des personnes portant mitaines ». (2)

Mæstricht cependant résistait courageusement. Elle avait pour gouverner un vaillant officier : le baron de Leede (3) et ses habitants, comme sa garnison, firent les efforts les plus héroïques pour se défendre. Canonnade ininterrompue, sorties désespérées, contre mines, essais d'engins de toutes sortes, tous les moyens de résistance furent employés, mais que peut faire une ville comme l'était Mæstricht contre un habile général, une armée forte et bien campée et l'absence de tout secours. Pas un seul jour les travaux d'approche de Frédéric Henri ne furent interrompus et le baron de Leede dut s'avouer que personne ne viendrait

(1) Th. Juste. Le compromis des nobles, p. 43.
(2) Commelyn, Hist. de Frédéric Henri.
(3) Guillaume Bette, fils de Jean et de Jeanne de Berghe de Grimberghe.

à son secours. Il fallait se rendre. Il était à bout de ressources. Le 23 août il signait une capitulation honorable pour lui, mais désastreuse pour les Pays-Bas.

— « Jamais, à aucune époque de l'histoire militaire de l'Espagne, ses généraux n'avaient montré une telle impuissance, une aussi complète impéritie; leur armée, plus nombreuse et aussi aguerrie que celle des Provinces-Unies, et n'ayant pas comme elle, a continuer sans relâche les difficiles opérations d'un siège, avait vu, sous ses yeux, tomber au pouvoir de l'ennemi une ville aussi importante par sa situation que par la force des remparts qui l'entouraient, sans qu'un effort réellement sérieux eût été fait pour la sauver. C'était plus que de l'incapacité, c'était presque de la trahison ». (1)

Un cri de réprobation universelle s'éleva de toutes parts en Belgique contre Santa Cruz. Depuis qu'il était venu prendre le commandement des armées, ses jours étaient marqués uniquement par des revers.

On reporta sur lui toute la haine accumulée contre les espagnols, si bien qu'Isabelle fut obligée de lui faire quitter le pays immédiatement. Pourquoi la vindicte publique s'attacha t'elle au seul Santa Cruz ? Cordova ayant manqué autant à son devoir qu'à la discipline, en refusant d'obéir à l'Infante. Les belges virent don Gonzalez sans trop de mécontentement, remplacer le général en fuite. Celui-ci ne put empêcher le prince d'Orange de poursuivre ses avantages, de s'emparer de Limbourg, de Weert et, pour couronner sa campagne, de ravager effroyablement le Brabant, mettant tout le plat pays à contribution jusqu'aux portes de Namur, afin de montrer aux belges terrifiés le sort qui les attendait (2). C'est du moins ce que le vainqueur leur dit dans une nouvelle proclamation qui suivit ce succès.

---

(1) Henrard, Marie de Médicis dans les P.-B., p. 262.

(2) La panique fut générale. On s'attendait à ce que le prince d'Orange vînt jusqu'à Bruxelles, et comme on demandait à l'Infante où elle se retirerait si l'ennemi se montrait autour de la ville, elle répondit vivement : Je ne quitterai Bruxelles qu'à la tête de l'armée du roi. Chiflet, T. 96, f. 217.

On y invitait les belges à achever de chasser leurs tyrans hors de chez eux et de s'unir aux pays libres de Néerlande. S'ils persistaient à demeurer fidèles à des maîtres aussi impitoyables, ils seraient traités comme eux, en ennemis.

Au contraire, la liberté la plus complète serait assurée à la Belgique catholique. Et, en effet, dans les villes qui venaient de tomber au pouvoir de Frédéric Henri, aucun changement, aucune violence, aucune persécution. Seuls, les prédicants eurent latitude de se créer des adeptes s'ils le pouvaient.

Cette proclamation, en ce moment, pouvait accentuer encore le mouvement insurrectionnel qui se produisait partout autour de l'Infante.

Quelle avait été la marche de ce mouvement ? C'est ce que nous allons exposer.

Nous avons dit comment le roi d'Espagne et ses ministres, par la manière dont ils agissaient envers les belges, avaient soulevé le mécontentement. Isabelle, de son côté, s'efforçant d'atténuer les mesures impolitiques et de calmer les irritations, avait enrayé la montée de colère contre le gouvernement de Madrid. Mais précisément, parce qu'on la sentait être la seule barrière au despotisme le plus insupportable, se disait-on chaque jour plus sérieusement qu'elle morte, c'était l'oppression, et qu'il ne fallait pas attendre cette heure de deuil pour agir. La continuation de la guerre se faisait uniquement pour des causes étrangères aux Pays-Bas, que cette guerre ruinait. Le commerce s'effondrait et, en même temps le commerce de Hollande souffrait tout autant. Lui aussi désirait ardemment la paix. Mais il ne pouvait la désirer avec l'Espagne. Il fallait donc que les Pays-Bas se débarrassent de leur maratre, de cette patrie lointaine qui ne leur faisait que du mal. De là une intense propagande, par tous les moyens, à tous les instants, pour détacher peu à peu la Belgique de l'Espagne. La France travaillait de son côté, et avec plus d'adresse et de succès. Du côté de la Hollande, la question religieuse se dressait, tandis que, de la France, on n'avait rien à craindre.

La noblesse, tout naturellement, était portée bien davantage vers la France que vers cette république bourgeoise et puritaine qui affectait de dédaigner les titres et les distinctions. Si le peuple était mécontent, la noblesse l'était encore bien plus. Nous avons déjà dit comment elle se trouvait reléguée dans beaucoup de postes, derrière les espagnols. Lorsque Santa Cruz arriva aux Pays-Bas et fut nommé général des troupes espagnoles en remplacement du comte Henri de Bergh, l'affront fait à Bergh fut ressenti de toute la noblesse. On oublia les accusations que tous, cependant, avaient répétées, pour ne voir que le fait d'un étranger incapable mis à la tête d'une armée que pouvait aussi bien commander un homme du pays. Santa Cruz arrivait avec une réputation d'insuffisance bien établie. Personne n'eut trouvé à redire de voir le comte Jean de Nassau au lieu et place d'Henri de Bergh. Il était presque du pays. Le désastre de la Briele était dû à Santa Cruz, et non à lui.

Le général espagnol mit le comble à l'aversion violente qu'on avait contre lui, en se montrant plus partial que jamais pour ses compatriotes. Beaucoup de griefs de ce genre mécontentaient la noblesse. Il était bien facile aux agents de Richelieu de les exploiter dans un sens de rébellion ouverte. Et ces agents étaient partout. L'entourage de la reine mère et de Gaston d'Orléans en était rempli. Il est vrai qu'il ne se composait pas de l'élite de la France. Le marquis de la Vieuville, arrivé avec la reine mère comme personnage de toute confiance, fut convaincu d'excitation à la révolte et l'Infante dut le chasser des Pays-Bas (1).

(1) Voici ce que dit Chiflet, T. 96, f. 210. « Ce même jour (4 août) on fist commandement au marquis de la Vieuville cy devant surintendant des finances de France, de sortir dans trois jours hors des États du roy catholique. L'affaire passa par le conseil et S. A. luy prolongea son terme jusqu'à l'octave. J'appris qu'il était soupçonné d'avoir faict jeter peu de jours auparavant des lettres à la porte des principaux seigneurs du pays pour lors estant à Bruxelles, par lesquelles on les advertissait secrètement de se sauver en diligence à cause qu'il y avait un conseil supérieur qui avait résolu de se saisir de leurs personnes. Eux, sans s'esmouvoir, apportèrent tous leurs lettres à S. A. et se moquèrent de tels divertissements.

« On me dit aussi que le dit marquis de la Vieuville avait tenu des discours

On disait aussi que la marquise du Fargis était à la solde du Cardinal. Bien d'autres encore ne demandaient qu'à être achetés; intriguants et besoigneux, ils acceptaient de toutes mains.

Henri de Bergh n'avait pas attendu si longtemps pour achever sa trahison. Au moment où il venait de recevoir cette marque d'affection de l'Infante, qui consentait à être la marraine de sa fille, il se laissait entraîner par Warfusée à la félonie. Lui aussi, Warfusée, avait été comblé de bienfaits, avec sa famille, par l'archiduchesse, mais il était de ces âmes dévoyées, sans loyauté ni morale, qui n'hésitent devant aucune bassesse quand il s'agit de satisfaire ses vices. Pour suffire à ses dépenses, étant chef des finances de l'Infante, il commit des malversations. Pour prévenir la découverte de son crime, il se jeta à corps perdu dans l'intrigue étrangère.

Au commencement d'avril 1632, il se rendit secrètement à La Haye auprès du prince d'Orange qui le logea avec le plus grand mystère dans son palais neuf, où il séjourna huit jours à conférer avec Frédéric Henri, le Pensionnaire de Hollande, Adrien Pauw, et le ministre de France, Beaugy (1). Il venait en son nom et au nom d'Henri de Bergh demander l'assistance des Etats et du roi de France, moyennant quoi ils se chargeaient de soulever la plupart des provinces belges et d'en chasser les espagnols. Il fut décidé que le Brabant, le Limbourg, la Gueldre, la Flandre et la seigneurie de Malines seraient annexées aux Provinces-Unies, on leur garantirait la liberté religieuse et le maintien de leurs privilèges. Le prince d'Orange serait in-

---

scandaleux et séditieux jusqu'à dire que les Pays-Bas ne seraient pas en repos qu'ils ne fussent partagez entre les français et les hollandais et qu'ils ne convenaient pas aux espagnols qui estaient trop esloignés d'eux pour soingner à leur conservation. »

(1) L'histoire de Frédéric Henri et d'autres histoires du temps parlent d'un personnage mystérieux venu en effet à La Haye, et quelques historiens modernes ont pensé que c'était Henri de Bergh, mais Gachard affirme avoir eu en main, dans les archives des ambassadeurs de France, la preuve que c'était le comte de Warfusée.

vesti de la dignité de gouverneur et amiral général de l'Union. Les Etats généraux se tiendraient à La Haye. Le conseil d'Etat serait renforcé de membres à nommer par les nouvelles provinces. Les Etats généraux contracteraient une étroite et perpétuelle alliance avec le roi très chrétien contre l'Espagne et la maison d'Autriche. Il (le roi) recevrait pour sa part le duché de Luxembourg, les comtés d'Artois, de Hainaut et de Namur, les chatellenies de Lille, Douai et Orchies, de Cambrai et du Cambrésis et Richelieu se verrait offrir, comme épingles, la terre du Quesnoy avec toutes ses dépendances et la forêt de Mormal, le tout valant cent mille livres de revenu (1). Beaugy partit immédiatement pour Paris, afin d'y conférer sur une affaire trop importante pour être traitée par correspondance.

Ce marchandage à deniers comptants était particulièrement vil ; c'est peu après que Bergh, ayant reçu les 800000 écus qui devaient être les arrhes de sa trahison, livrait Venlo, Stralees et Ruremonde, dont il aurait dû être le défenseur. Nous avons vu que des remords suivirent cette trahison, mais ils furent vite oubliés. Warfusée veillait sur son compagnon, dont il connaissait les hésitations et peu après, tous deux étaient à Liége, où Bergh se fit recevoir d'un métier pour avoir droit de bourgeoisie.

A peine arrivé dans la principauté épiscopale, Henri de Bergh lança un manifeste où, après avoir exposé tout au long ses griefs contre l'Espagne, il cherchait à provoquer dans l'armée, l'exode en masse de tout ce qui n'était pas espagnol. Par un reste de pudeur, il protestait de son respect et de son dévouement pour l'Infante, disant qu'il savait combien elle avait travaillé à remédier aux maux causés par

---

(1) Les deux traîtres ne s'étaient pas oubliés dans la distribution des aubaines. Bergh demandait la charge de maréchal de France, l'ordre du Saint-Esprit, cent mille écus en argent comptant, l'argent nécessaire pour lever et solder 2000 chevaux ; vingt mille philippes de pension annuelle, le gouvernement du Luxembourg, la vente et dépouille de 2000 bonniers de bois en province de Namur, la jouissance de la moitié des salines de Bourgogne, les terres de Fleurus et de Nast. Warfusée n'était pas moins exigeant. Gachard. Bibl. Nat. Arch. Bergh, p. 197.

les espagnols et il proposait à la Belgique de chasser les espagnols, de faire la paix avec la Hollande, et de se placer sous le gouvernement indépendant de l'Infante. Il mentait ici, puisqu'il avait été décidé à La Haye qu'après le départ des espagnols, on prierait l'Infante de ne plus s'occuper du gouvernement. Des brochures envoyées partout expliquaient plus en détail le motif de tant de colère.

A cet appel public à la révolte, Isabelle répondit immédiatement par un appel à la paix. Elle envoya le manifeste de Bergh à tous les Etats des provinces pour dénoncer cette trahison et conjurer ses sujets de lui rester fidèles. Mais le danger ne venait pas seulement de ce côté ; on lui signalait chaque jour des menées où se trouvaient mêlés ceux qu'elle croyait ses plus dévoués serviteurs (1).

Lors de l'arrivée de la reine mère aux Pays-Bas, l'Infante avait envoyé prévenir Louis XIII de cet événement et avait choisi pour ce message l'homme qu'elle aurait dû désigner en dernier lieu. C'était le doyen de Cambrai, François Carondelet, noble de sang mais point noble d'âme. Ambitieux, vénal, rancunier, il ne pardonnait pas au gouvernement de Philippe IV de ne pas lui avoir donné l'évêché de Saint-Omer qu'il convoitait. Il ne fallut pas longtemps à Richelieu pour le percer à jour et deviner en lui un instrument docile pour ses desseins. Il était l'intermédiaire le plus apte à porter à la noblesse mécontente les conseils perfides du Cardinal. Mieux qu'Henri de Bergh, qui s'était compromis trop vite, il pouvait réunir la noblesse wallonne et tramer un complot bien organisé qui achèverait la ruine de l'Espagne aux Pays-Bas. On ne

(1) « Il me fust dit en mesme temps par un français de qualité, prebstre et personnage de bonne vie et de grand mérite que le Cardinal sollicitait par corruption à débaucher la fidélité des vassaux du roy catholique et que les assemblées ou menées se trouvaient chez le visconte de Gand à Bruxelles, entre les ducs d'Arschot et de Bournonville, le prince d'Epinoy, le comte d'Egmont et ledit viscomte de Gand, tous alliés fort proche et la pluspart malcontents ; ce qui augmentait la créance de ceste affaire estait que le duc d'Arschot ne se trouva pas à Namur ville capitale de son gouvernement, le jour que Monsieur y arrivast qui fut le 27 du courant, ce qui fut bien remarqué ». Chifl. T. 96, f. 198.

soupçonnerait pas l'ambassadeur de l'Infante même, d'avoir trahi à ce point son mandat.

Effectivement, le doyen de Cambrai, pendant quelques temps, put agir sans provoquer le moindre soupçon. Il s'aboucha avec le prince d'Epinoy qui, retiré dans sa terre de Biez, rongeait son frein et entretenait sa colère dans la solitude. Lorsqu'il avait dû remettre le gouvernement du Hainaut au jeune Bucquoy, il comptait bien recevoir un dédommagement honorable, et surtout la grandesse d'Espagne qu'il n'avait pas et qu'il désirait vivement. Mais le roi lui refusa toute faveur. On accusait Epinoy de n'avoir rien fait pour apaiser les Etats de Hainaut pendant son gouvernement et, au contraire, de les avoir plutôt soutenus dans la conduite frondeuse et boudeuse qu'ils avaient toujours gardée vis-à-vis du roi et de ses ministres. Epinoy ne put accepter ce qu'il regardait comme un affront et, quittant brusquement la cour de l'Infante, emmenant avec lui sa famille, il alla s'enfermer à Biez en jurant de se venger.

Il écouta donc avec complaisance les avances du Cardinal. Carondelet acquit ensuite le comte Louis d'Egmont, petit-fils du vainqueur de Gravelines, qui n'avait en rien hérité de l'âme de son grand-père. Malgré tous les honneurs dont l'Espagne l'avait comblé, il accueillit avec empressement des ouvertures qui flattaient son ambition. Léger, vain, sans élévation de caractère, il ne s'embarrassait pas de scrupules. Ce petit groupe devait facilement s'agrandir. Toute cette noblesse était alliée tant de fois qu'elle ne formait, pour ainsi dire, qu'une famille. On acquit facilement le prince de Barbanson qui, lui aussi, gardait dans son cœur, une cruelle blessure d'amour propre. Albert de Ligne, prince de Barbanson, homme de guerre non sans valeur, avait combattu pour le service du roi d'Espagne depuis qu'il savait tenir une épée. Ayant eu mission de lever des régiments en Allemagne, il avait été chargé de les tenir en observation auprès de Bois-le-duc pendant le siège. Ce commandement lui fut tout-à-coup retiré pour des raisons que nous ne connaissons pas. Barbançon, l'âme ulcérée, s'en vint en Hainaut, exhalant sa mauvaise humeur en toute occasion, et lors d'une réunion des Etats de cette province, se lança dans une diatribe furieuse contre le régime espagnol. Il fut une recrue facile pour Carondelet. On comprend moins comment le duc de Bournonville se laissa entraîner à partager les conciliabules qu'on tenait chez l'un ou l'autre des conjurés. Alexandre de Hennin, duc de Bournonville, n'avait aucun motif pour entrer dans cette ligue. Plus que tout autre, il avait été comblé de bienfaits par l'Infante, qui aimait tendrement sa femme, sœur du prince d'Epinoy. Auprès de ces quatre chefs se groupaient quelques recrues hésitantes.

Que voulaient ces mécontents ? Eurent-il vraiment la pensée de se révolter contre le roi d'Espagne, de chasser tous les espagnols et de proclamer la Belgique Etat libre comme l'avaient fait leurs voisins du Nord ?

Il serait difficile de l'affirmer et de dire exactement jusqu'où alla leur culpabilité. Si Carondelet et même Guillaume de Melun eurent cette pensée, elle ne dut pas être développée dans toute sa crudité aux membres de la ligue et lorsqu'on a étudié à fond les papiers du président Roose (1) on est tenté de se demander si le procès de 1634 n'a pas été un moyen, pour le gouvernement espagnol, d'empêcher la noblesse, sous le coup de la terreur, de se détacher davantage de l'Espagne, alors que l'Infante n'était plus là pour la retenir.

Les réunions des soi-disant conjurés furent très rares.

---

(1) Les archives du royaume de Belgique conservent l'intégralité de ce procès. (Cartulaires et manuscrits : papiers du Président Roose). Nous avons étudié à fond cette affaire dans : *Grands seigneurs d'autrefois* et il nous semble que ce complot a été fortement exagéré par le Président Roose qui y voyait un moyen de se faire bien voir du roi d'Espagne et, en même temps, de donner un coup de caveçon à cette haute noblesse qui le regardait comme en dessous d'elle. Il y eut de graves imprudences commises, mais aucune preuve convaincante ne fut recueillie. Ce qui prouve que les juges eux-mêmes n'étaient pas sûrs du crime, c'est qu'on ne condamna à mort que ceux qui s'étaient sauvés, comme Bournonville, le moins coupable de tous cependant.

Mais comme ils restaient en rapports fréquents avec Henri de Bergh, on pouvait en déduire qu'ils partageaient sa trahison. On attribuait à ces rapports un but politique alors que, d'après la défense présentée plus tard par Barbançon, ils n'étaient que la continuation d'une ancienne liaison de parenté et d'affection. Le prince de Barbançon avait passé sa jeunesse auprès d'Henri de Bergh et Herman de Bergh, fils aîné d'Henri, était gentilhomme du prince.

Quant à la ligue wallonne, elle exista réellement et elle ne se cacha pas d'être née pour s'opposer par tous les moyens en son pouvoir, aux envahissements espagnols. Alla-t-elle plus loin, il est bien difficile de le savoir. Le procès de 1634 est plein d'obscurités, d'hésitations et de mystères et a trop l'air d'une revanche de Pierre Roose et du gouvernement de Madrid, pour n'être pas entachée de partialité.

Il y eût cependant des traitres et Carondelet fut l'un d'eux. Au mois de mai 1632, profitant du voisinage de Louis XIII, venu à Amiens, comme nous l'avons dit, pour empêcher Valençay de livrer Calais au duc d'Orléans, Carondelet alla secrètement trouver le roi et Richelieu. Il leur affirma qu'une armée française, entrant en Hainaut, suffirait pour soulever tout le pays qui n'attendait qu'un prétexte pour chasser les espagnols. Il promit qu'on remettrait au roi de France les villes d'Avesnes, Bouchain, Le Quesnoy et quelques autres, *quand elles seraient acquises au projet*, aveu implicite qu'on n'avait pas l'unanimité des belges. Richelieu le comprit et se garda de s'engager davantage. Il trouvait que les seigneurs belges montraient peu d'ardeur. Il conseilla à Carondelet d'exciter leur ambition et leur cupidité en leur faisant entrevoir la possibilité de se tailler des principautés indépendantes dans leur patrie démembrée. Epinoy et Egmont surtout parurent envisager une telle perspective avec plaisir. Encore rien ne prouve que Guillaume de Melun ait pensé à la réaliser.

Cependant une ligue, même sans idée de trahison, et uniquement fondée pour combattre l'espagnolisation de la

Belgique, ne pouvait réussir si elle n'avait pour chef le duc d'Arschot. Personne n'était aussi populaire que lui et n'avait autant d'influence dans toutes les classes de la société.

Par cette influence, il occupait la situation la plus haute aux Pays-Bas après l'Infante. Grand d'Espagne, chevalier de la Toison d'or, grand fauconier, grand veneur, gouverneur du comté de Namur, conseiller d'Etat, chargé souvent d'ambassades et plusieurs fois général, possédant les plus beaux domaines des Pays-Bas, il était vraiment le personnage le plus en vue et aussi le plus considéré. Très sympathique, aimable, sans morgue, il brillait par de grandes qualités comme homme politique ; il était modéré, prudent, mais décidé s'il fallait agir, en un mot la naissance seule ne l'avait pas fait ce qu'il était, mais avait simplement contribué à rehausser son mérite personnel.

Isabelle lui vouait autant de confiance que d'affection. Souvent elle recourait à ses lumières, elle le traitait comme un ami sur lequel on peut compter et, fréquemment, lui ouvrait son cœur, lorsque ses peines le remplissaient de trop d'amertume.

Un tel homme à la tête de la ligue wallonne entrainait avec lui toute la Belgique. On s'efforça de le gagner. Il avait d'étroites alliances avec les chefs de cette ligue. Sa première femme était la sœur du prince d'Epinoy et de la duchesse de Bournonville, sa seconde femme était la sœur de la comtesse d'Egmont. Comme Barbançon, il était Ligne et Ernestine d'Arenberg, la femme de Guillaume de Melun était la sœur du duc d'Arschot. Enfin, en ce moment même, on préparait le mariage de Mademoiselle d'Arschot avec le prince de Chimai, fils d'Alexandre de Ligne Arenberg, prince de Chimai et de Madeleine d'Egmont, sœur de Louis.

On pouvait donc exercer sur le duc d'Arschot une véritable pression de famille. On ne s'en fit pas faute. Ernestine d'Arenberg, qui partageait l'animosité de son mari, le prince d'Epinoy, contre les espagnols, mit tout en œuvre pour convaincre son frère. Le frère du duc, le Père Charles d'Arenberg, pieux capucin cependant, mais blessé lui aussi des agissements étrangers, intervint pour sa part.

Philippe d'Arschot résista. Son affection pour l'Infante l'empêchait de se jeter dans une intrigue qui allait cruellement la blesser. Personne, dans cette noblesse mécontente, ne songeait à unir l'Infante à la haine contre l'Espagne. Tous lui rendaient justice, tous l'aimaient. S'il eût fallu la défendre personnellement, tous se seraient laissé hacher en pièces pour elle, mais pouvait-on lui sacrifier une nation entière et ne rien tenter pour sauver le pays, uniquement afin d'empêcher qu'elle ne pleure ?

Le duc d'Arschot partageait avec sa famille son antipathie pour les espagnols, en tant qu'envahisseurs de la Belgique, mais n'avait rien de personnel à leur reprocher. Il résista à toutes les supplications qui avaient pour but de lui faire prendre une attitude ouvertement agressive, mais ne refusa point d'assister à quelques conciliabules, concession qui lui coûta bien cher. Il s'opposa cependant à ce qu'on se servit de l'occasion du mariage de sa fille avec le prince de Chimai pour en faire une réunion de conspiration et, en définitive, on n'a de preuves à montrer de sa participation à la conjuration, que deux lettres, la première du 20 juin, adressée au prince d'Epinoy, où il le prie de lui désigner un endroit, à mi chemin entre Namur où il allait et Biez, afin de pouvoir lui communiquer « certaines affaires de grande importance » et l'autre, écrite quelques jours plus tard, dont voici la teneur :

« Monsieur, aussitôt mon arrivée en ce lieu, je fus faire rapport à S. A. de ma négociation à Namur touchant l'aide ou subside extraordinaire demandé. Elle me demanda la larme à l'œil si j'avais reçeu la lettre escripte de sa main et aussi signée de sa main, chose extraordinaire, pour laquelle elle me mandait à Bruxelles ; je luis dis l'aïant seulement receu le lendemain que l'on me l'envoya de Namur. Elle me dit doncques et conjura avec les plus instantes prières que je ne la voulusse abandonner ; je n'ay pu ny avecq ma réputation ny avecq mon debvoir luy refuser. C'est ce qui m'empesche d'aller à Beuvrages selon que je vous dist.

« Il faut que ma femme aye un peu de pacience, l'estat présent des affaires ne peust porter demeurer en un mesme estre, le secours de Mæstricht, lequel selon les apparences l'on peust espérer, changera la face des affaires, mais point en moy ne pourra jamais changer la profession que je fais d'estre Monsieur, votre bien humble frère et serviteur.

« Le duc d'Arschot, prince d'Arenberg. »

Mais pendant que le duc d'Arschot se rendait à Namur pour faire voter les aydes, comme il le dit dans sa lettre, l'Infante recevait des confidences qui l'émouvaient profondément.

Le baron d'Hoboken qui faisait partie de la ligue, avait confié au marquis de La Vieuville le but de cette association. Richelieu en étant pour ainsi dire l'instigateur, La Vieuville se hâta de prévenir la reine mère qui, à son tour, courut le dire à l'Infante. Sous le coup d'une nouvelle que son passage par tant de bouches avait encore exagérée et qui la blessa au cœur, la princesse écrivit au duc d'Arschot pour le rappeler auprès d'elle, et, quand elle le vit, elle lui fit en pleurant les instances les plus touchantes pour qu'il ne l'abandonnât point.

Très ému lui-même, Arschot jura très sincèrement à l'Infante qu'il ne l'abandonnerait pas, qu'il l'aiderait de toutes ses forces à traverser la tempête et elle le crut, parce qu'elle le savait loyal et dévoué. De tous les seigneurs de sa cour, aucun n'était plus affectionné à l'archiduchesse. S'il avait jamais eu quelque velléité de se détacher de l'Espagne, il voyait trop l'avortement de ce mouvement factice pour s'y engager davantage. Toutes les intrigues de Carondelet, les appels de Bergh et de Warfusée ne parvenaient pas à susciter un mouvement populaire. Les Etats des provinces, après avoir reçu la lettre de l'Infante, protestèrent de leur fidélité. Tous les gens sérieux du pays avaient beaucoup plus de confiance dans le résultat de représentations persévérantes au roi, que dans l'espoir de changer la face des choses par les moyens violents. Richelieu constatait que le mouvement insurrectionnel était insignifiant ; il prit prétexte de l'arrivée de Monsieur en France et des troubles du Languedoc, pour s'excuser de ne pas envoyer d'armée. Le duc d'Arschot connaissait tout cela et aussi le découragement qui se glissait parmi les membres de la ligue, il conseilla à l'Infante d'ignorer les imprudences commises et de ramener à elle toute cette noblesse qui lui était dévouée, malgré tout, en convoquant les chevaliers de la Toison d'or à Bruxelles. La gouvernante n'avait d'ailleurs pas d'autre alternative : elle devait punir ou ignorer. Elle préféra ce dernier moyen, parce qu'elle se refusait à croire à la réalité d'un vrai complot.

Isabelle reçut tous les chevaliers avec sa bonne grâce accoutumée, avec une plus affectueuse bienveillance peut-être et sans leur parler de ses craintes, ni leur laisser soupçonner la moindre méfiance, elle leur dit résolument qu'elle comptait sur eux dans les mauvais jours actuels (1). La manière dont elle parla, le cœur ému, frémissant, toucha ces hommes qui tant de fois avaient reçu d'elle des marques de bonté et ce fut avec un élan sincère que presque tous promirent à l'Infante une entière fidélité. Pas tous cependant, car Epinoy et Egmont gardaient, l'un ses griefs, l'autre sa folle ambition, mais comme l'avait pensé d'Arschot, elle avait ramené du coup la majorité de ceux que la crainte de l'avenir tourmentait, et étouffé en même temps le complot dans l'œuf.

Tout n'était pas apaisé cependant. Le doyen Carondelet ne désarmait pas. Il était trop compromis et aussi trop engagé envers Richelieu. Son frère, Georges de Carondelet, baron de Noyelles, gouverneur de Bouchain, avait été signalé à l'Infante comme projetant de livrer cette place aux français. Le comte de Bucquoy, gouverneur du Hainaut, reçut l'ordre de la gouvernante de renforcer la garnison de Bouchain et d'y mettre un officier sûr, mais lorsque le

____

(1) Le prince d'Epinoy avait hésité à se rendre à la convocation, craignant qu'elle ne soit un guet apens, puis, se persuadant que l'Infante ignorait tout, il se décida à paraître au palais.

jeune comte voulut exécuter cet ordre, Noyelles refusa de recevoir la compagnie et son capitaine, ailleurs que dans la citadelle. Sur les plaintes de Bucquoy, Isabelle appela à Bruxelles Carondelet. Avisé par quelques amis qu'il serait dangereux pour lui d'y aller, Noyelles resta à Bouchain, soutenu par le prince d'Epinoy qui envoya même un cartel à Bucquoy parce qu'il lui faisait une injure personnelle en attaquant un de ses alliés. Le doyen de Cambrai avait été rejoindre devant Mæstricht, son troisième frère, le sieur de Maulde.

A la nouvelle que peut-être on allait exercer des mesures de rigueur contre leur frère, ils quittèrent précipitamment le camp, Maulde négligeant même de solliciter une permission. Ils arrivèrent à Bruxelles où ils se cachèrent dans l'hôtel du prince d'Epinoy, d'où ils repartirent secrètement à l'aube pour se retirer, l'un à Avesnes, l'autre auprès de son frère à Bouchain. (1)

Ce que Richelieu n'avait pu réussir, le peintre Gerbier voulut le reprendre sous la protection du roi d'Angleterre et peut-être aurait-on ignoré cette nouvelle tentative qui rencontra peu d'adhérents, (2) si la légèreté du comte d'Eg-

(1) « L'intelligence du dist gouverneur de Bouchain fut découverte par présomption à cause qu'on l'avait veu quelque temps auparavant masqué, s'aller joindre à deux autres personnes masquées que l'on tenait que l'un estait le prince d'Epinoy. Et que le doyen de Cambrai avait fait deux ou trois voyages auprès du Cardinal de Richelieu pour la Royne mère laquelle n'en estait guière satisfaite pour le bien que le sieur doyen disait dudit Cardinal. Mais en même temps que le jeu se devait jouer ledit doyen fit plusieurs voyages secrets, mesme à Bruxelles, et estant appelé à Cambrai par ceux du chappitre, il n'y voulût point aller. En mesme temps un autre de leurs frères sergent major au service du Roy sortit du camp devant Mæstricht et vint protester à S. A qu'il ne trempait point aux pratiques de ses frères ainsi que s'il savait qu'ils fussent traitres il les poignarderait de sa main propre. Cependant S. A. ayant sceu qu'il estait sorty du camp sans congé eust subjet de se déffier de luy aussy bien que des autres. » Chiflet, T. 96, f. 212.

(2) Gerbier réunissait mystérieusement chez lui quelques personnages comme Egmont, Epinoy, Hoboken, Barbançon. Mais il ne semble pas qu'il ait eu l'aveu du roi d'Angleterre pour faire ces intrigues. Il promit la protection de Charles Ier sans être sûr de l'avoir et probablement ces conciliabules n'allèrent pas plus loin que quelques conversations où s'élaborèrent les projets les plus extravagants et les moins praticables. Le général Henrard, dans

mont et les discours imprudents de Barbançon n'eussent donné l'éveil. On eut peur, dans les conseils de la gouvernante, et on pensa même un instant à s'assurer de quelques-uns de ces meneurs. Egmont, prévenu, se sauva dans sa terre de Hierges, d'où il écrivit à l'Infante pour lui demander la permission de quitter la cour, ce qui était un peu tard (1). Isabelle répondit par un refus et comme Egmont ne revenait pas, elle voulut lui envoyer un jésuite, jadis son compagnon de voyage en Espagne, le Père Baulers, pour sonder ses intentions et essayer de le ramener. Mais le comte était de ses hommes qui, une fois lancés sur une mauvaise pente, s'y laissent rouler jusqu'au bout, en aveugles. Ne se croyant pas en sûreté à Hierges, il alla se réfugier à Charleville et achevait de s'y compromettre. L'Infante, malgré toute sa bonne volonté, ne pouvait plus que le traiter en rebelle. Egmont l'était, il avait reçu 60000 florins de Richelieu pour lever des troupes et avait quitté Charleville pour Saint-Quentin, quartier général fixé par Richelieu pour mener plus vivement ses intrigues (2)

Marie de Médicis aux Pays-Bas, chapitre XI, conte très clairement cette conjuration embryonnaire.

(1) Hierges appartenait à son beau père, le comte Florent de Berlaymont dont il l'avait hérité.

(2) Egmont avait emmené avec lui sa femme, Isabelle de Berlaymont, mais la justice en ce temps, était expéditive lorsqu'il s'agissait de désertion, et la confiscation des biens, préalable à tout jugement, était le premier acte qu'elle posait. Le seul moyen d'échapper à ce désastre était, pour Egmont, de faire rentrer sa femme en Belgique. L'Infante, toujours bonne, envoya, pour la prendre, la comtesse de Gamaliera avec un de ses carosses et des archers de sa garde. Arrivée à Bruxelles, elle s'en vint tout droit au couvent où sa mère, fondatrice de cet ordre, vivait dans la retraite. C'était une femme de tête. Elle était fâchée de ce que sa fille ait pris part à la rebellion de son mari et ne voulut pas la voir. Elle la fit conduire dans le quartier qu'elle lui réservait et l'y enferma à clef. « Plusieurs, dit Chiflet, à qui nous empruntons ces détails, tenaient que la comtesse de Berlaymont avait esté auteur de cet arrest pour sauver les biens de sa fille ; à cause que le comte d'Egmont ne pouvant vendre ses propres biens pour estre substitués, la voulait obliger à consentir à l'ahiénation des siens. Autres disaient que la comtesse d'Egmont avait aussy consenti à son arrest et estait expressement venu à Arsy (sur la frontière). La plus saine partie croyait que c'estait une invention de Madame de Berlaymont pour empescher la confiscation des biens, tant de son mary que de la femme,

5oooo pistoles furent données à Berruyer, l'un des agents les plus habiles du Cardinal, pour acheter les gouverneurs des places frontières et enfin Noyelles promit qu'il laisserait entrer à Bouchain 23o hommes, ce qui se fit le 16 août 1632 (1). En même temps, une armée française s'avançait vers Saint-Quentin sous le commandement de M. d'Hauterive, le frère du garde des sceaux Chateauneuf, lequel était en même temps chargé d'achever l'adhésion de la noblesse belge qu'on croyait acquise toute entière en haine de l'Espagne.

Mais l'Infante avait ressaisi son empire à la réunion des chevaliers de la Toison d'or et, d'Hauterive eut la déception de voir la noblesse ne répondre que par de vagues politesses à ses offres brillantes. Isabelle, conseillée encore par le duc d'Arschot, venait de prendre une résolution très grave, car elle passait sur l'autorisation royale qu'elle savait contraire à ce qu'elle allait faire. Elle assemblait les Etats généraux.

à cause que le comte d'Egmont levait les armes contre le roy et que sa femme avait contribué aux praticques avec les estrangers voire avec le Cardinal de Richelieu et le garde des sceaux, nos plus grands ennemis. » T. 96, f. 214.

(1) Ces 23o hommes n'étaient armés que d'épées afin qu'on puisse s'excuser en cas de non réussite, sur ce que ce n'étaient que des soldats licenciés, passant là par hasard. Le sieur de Maulde n'en était pas moins à leur tête.

CHAPITRE XIX

—

Situation des Pays-Bas à la convocation des Etats-Généraux. — Négociations de paix reprises. — Mauvaise humeur royale.

—

L'Infante, âme loyale et sincère, espérait toujours la paix, ne pouvant s'imaginer qu'on puisse vouloir la guerre, uniquement par la raison que le voisin vous déplaît. Elle se figurait que Frédéric Henri de Nassau n'avait pas, comme son frère, l'amour de la guerre au point de ne vouloir se rendre à la saine raison. Si on avait pu enlever au prince d'Orange ses entours, peut-être serait-on arrivé à le gagner, mais il avait près de lui une garde soupçonneuse et vigilante, inféodée à Richelieu, ayant au cœur une haine inextinguible pour l'Espagne.

C'est que, en réalité, la situation des Provinces-Unies se trouvait, en 1630, fort précaire, et son avenir politique se montrait sombre et incertain (1). La chance, en Allemagne, favorisait alors l'empire. Les victoires des généraux de Ferdinand II, Tilly, Wallenstein, Papenheim, Montecuculi, en écrasant le Danemark, dispersait le corps évangélique. Bethlen Gabor soumis, devenu soldat impérial, renforçait encore l'alliance catholique. La ligue catholique pouvait demander raison à la Hollande de l'appui donné au Palatin et des encouragements envoyés à Gustave Adolphe.

A l'intérieur, les Provinces-Unies se trouvaient en pleine crise religieuse par la querelle des Arminiens et des Gomaristes qui dégénérait en lutte politique, les Arminiens repré-

(1) Waddington. La République des Prov.-Unies, T. I, p. 55.

sentant le parti Nassau, combattu par le parti bourgeois, Gomariste, revenu au pouvoir grâce à l'élection de l'un d'eux, Adrien De Pauw, élu grand Pensionnaire en 1630.

Mais Frédéric Henri n'avait nulle envie de faire décapiter De Pauw comme son frère l'avait fait avec Olden Barneveld. Son caractère plus souple, moins ambitieux, n'aspirait pas à la suprématie absolue. Il ne ressemblait à Maurice que par sa passion pour la guerre, conscient du mérite qu'il y déployait, et la guerre était une plaie épuisant les forces vives de la jeune République. Celle-ci commençait seulement à étendre son commerce et sa navigation, à en retirer un bénéfice croissant, mais cet or qui affluait appartenait aux particuliers. L'Etat restait fort besoigneux. La compagnie des Indes emportait tous les bénéfices et manquait de générosité patriotique. « La lésine et l'avarice, dit un auteur, favorable cependant à la Hollande, sont des défauts très répandus chez les hommes de ce temps et de ce pays ». (1)

Les Provinces-Unies s'habituaient trop aisément au système commode de quémander auprès des amis et l'exploitait habilement. Mais il arrive un moment où les amis se lassent ou disparaissent, et la France et l'Angleterre commençaient à trouver qu'on leur demandait beaucoup.

A la diète de Ratisbonne, en juillet 1630, les Provinces-Unies n'avaient pas été soutenues comme elles l'espéraient. Elles rencontrèrent de la défiance et ne réussirent pas à brouiller Tilly et Wallenstein avec la ligue catholique, ce qu'elles avaient cherché. Au contraire, la République batave se vit signalée par Ferdinand II parmi les agresseurs de l'Empire. On ne s'occupa des Provinces-Unies que pour régler la question toujours pendante des duchés. On ne la régla que provisoirement, assura-t-on alors, mais ce provisoire pouvait devenir définitif. L'électeur de Brandebourg gardait le duché de Clèves et le comté de la Marck, et le duc de Neubourg recevait les duchés de Berg et Juliers avec

(1) Waddington. La République des Provinces-Unies, p. 113.

Ravenstein. Le comté de Ravensberg restait indivis. Comme l'Espagne et la Hollande occupaient toutes deux des villes dans ces pays, le duc de Neubourg entreprit de régler encore cette question d'occupation, chose facile, car l'Infante, comme les Etats, ne demandaient pas mieux. L'Espagne rendit Juliers, Orsay et Sittard où elle tenait garnison et la Hollande quitta Wesel, Burich, Rees et Emmerich, mais put garder Emden et Lieroort. (1)

Ce traité débarassait l'Infante du souci de conserver des forces de ce côté, ce qui lui était une grosse dépense, mais il n'adoucit pas l'humeur agressive de ses voisins.

Ils s'efforçaient d'amener la France à rompre ouvertement avec les Pays-Bas. Richelieu continuait de lui donner ses millions, mais ne voulait pas s'engager à une déclaration de guerre. Au commencement de l'an 1631, les Etats de Hollande envoyèrent une ambassade au Cardinal pour lui représenter l'état de détresse profonde dans lequel se trouvait l'Infante et le mécontentement toujours grandissant des Pays-Bas. C'était, assuraient les envoyés, une occasion unique. Depuis cent ans, il ne s'en était pas présenté une aussi belle. Jamais meilleur moment ne s'offrait pour reprendre à l'Espagne tout ce qui avait jadis appartenu à la couronne de France. Richelieu ne se laissa pas séduire, il répondit que, pour attaquer sérieusement les Pays-Bas, il fallait qu'il fut assuré de l'alliance et du concours de tous les adversaires de la maison d'Autriche.

L'heure n'était pas pour lui aussi favorable qu'on le croyait en Hollande. Il avait fort à faire en ce moment à déjouer les menées de la reine mère et du duc d'Orléans, voire même de la jeune reine Anne, qui se montrait beaucoup plus dévouée à son frère qu'à son époux. La fuite de Marie de Médicis aux Pays-Bas et la retraite de Monsieur en Bourgogne changèrent subitement la face des choses. Richelieu pouvait élever des griefs sérieux qu'il se garda bien de négliger. Les principaux conseillers de Gaston

(1) Waddington. La République des Provinces-Unies, p. 117.

n'échappèrent que par la fuite à l'échafaud et l'infortuné Marillac paya pour tout le monde.

L'hospitalité donnée à ses ennemis aux Pays-Bas ne décidèrent pas davantage Richelieu à une action guerrière; il avait d'autres manières de se venger qu'il croyait plus adroites, en quoi, d'ailleurs, il fut trompé. Il pensait qu'il lui serait facile de créer un groupe influent de mécontents, et nous avons vu plus haut comment ses efforts, ses menées secrètes et son or ne réussirent qu'à séduire Bergh, Warfusée, les Carondelet et le comte d'Egmont sans arriver à créer dans les Pays-Bas espagnols une véritable agitation. La conduite adroite de l'Infante, les conseils avisés du duc d'Arschot eurent raison des mauvaises humeurs et le puissant Cardinal en fut pour ses frais. Malheureusement pour qu'un complet apaisement se fît, il eut fallu deux choses qui n'existaient pas. Il eut fallu que la personne de l'Infante eut garanti pour l'avenir la politique qu'elle suivait, et son âge ne pouvait faire espérer beaucoup d'années pour elle, l'Infant qui lui succéderait était espagnol jusqu'aux moëlles. En second lieu, Madrid aurait dû changer sa manière d'agir, et personne ne croyait à un tel changement. Au contraire, on eut dit que là-bas on se faisait un plaisir de jeter l'huile sur le feu. Les représentations sages de la gouvernante, comme les conseils de prudence d'Aytona n'étaient pas plus écoutés que le vent qui passe et comme l'Infante, dans l'espoir d'éclairer mieux son frère, lui envoyait des personnes ayant sa confiance, chargées d'expliquer à Philippe IV ce qu'elle voulait qu'il sache, le roi trouva ces ambassades mauvaises. En 1629, Isabelle avait envoyé le comte de Solre, en 1630 ce fut Charles de Bonnière, baron d'Auchy qu'elle dépêcha à Madrid. En 1631 ce fut don Geronimo Walter Capata.

Ces gens qui venaient ainsi troubler la quiétude du roi et les projets de ses ministres commencèrent à devenir importuns (1). Philippe IV dit assez sèchement à sa tante,

(1) Rubens, qui avait connu Philippe IV à Madrid d'une manière assez intime pour le bien juger, disait dans une de ses lettres : J'ai pitié du roi, doué

dans une de ses lettres, que ces visites ne lui plaisent pas et l'Infante répond aussitôt qu'elle ne lui enverra plus d'ambassade extraordinaire puisque telle est sa volonté, mais qu'il y a bien des occasions où il serait nécessaire de parler au roi de vive voix. (1)

Depuis longtemps l'Infante était pliée à ce métier si peu consolant de louvoyer à travers mille écueils. Mais il arrivait des bourrasques où toute son adresse ne pouvait empêcher la barque de frôler le naufrage. L'une de ces bourrasques fut l'arrivée de Santa-Cruz dont nous avons déjà narré le rôle piteux joué dans la campagne de 1632. Isabelle avait tout fait pour empêcher la venue de cet espagnol. Elle n'y avait pas réussi. Elle prévoyait cependant que l'armée, commandée par deux espagnols, allait devenir un vrai chaos de disputes et de colères. Elle fut véritablement consternée lorsqu'elle dût constater que loin d'atténuer ce choix malencontreux par quelque mesure apaisante, Philippe IV l'aggravait en donnant à son élu des prérogatives que nul n'avait eu avant lui. Santa Cruz recevait tout pouvoir sur les finances militaires, aucune dépense pour l'armée ne devait se faire sans sa signature, aucun paiement sans son ordre. On le mettait ainsi presqu'au dessus de l'Infante et d'Aytona. (2)

Si nous ajoutons que Santa Cruz n'employa sa toute puissance qu'à achever de désorganiser l'armée et à faire renaître toutes les rivalités et questions de préséance entre les espagnols et les autres soldats, nous aurons fait comprendre combien l'armée dont disposait l'Infante se trouvait inférieure de toutes façons à l'armée hollandaise.

La gouvernante et le marquis d'Aytona s'en désolaient et s'épuisaient à représenter au roi le danger de sa politique,

par la nature de toutes les qualités du corps et de l'esprit (ce dont j'ai pu me convaincre dans mes rapports journaliers avec lui) ce prince serait assurément capable dans toute espèce de fortune, s'il ne se défiait pas de lui-même et s'il n'avait pas trop de déférence pour ses ministres. Gachet, Corresp. de Rubens, p. 226.

(1) Corresp. de Phil. IV et de l'Inf. vol. XXIX lettre du 30 avril 1632.
(2)   »   »   » lettre du 11 juillet 1631.

sans y réussir. (1) Isabelle avait pu espérer que l'entrée de Pierre Roose au conseil des Flandres à Madrid lui serait favorable, elle dut bientôt reconnaître qu'elle s'était trompée (2). Homme d'une rare intelligence, mais dont l'ambition dépassait le patriotisme, il voulait arriver très haut. Simple avocat fiscal, il atteignait rapidement la charge de conseiller d'Etat des Flandres au conseil suprême de Madrid, où le roi l'avait appelé comme ayant donné des preuves de son zèle pour la politique espagnole. Dans ce conseil, Roose redoubla de complaisance et, loin de servir ses compatriotes, il fut l'un des premiers à les faire suspecter.

Richelieu avait organisé très habilement ses menées aux Pays-Bas, il y avait envoyé ses meilleurs agents : d'Hauterive, le frère du garde des sceaux Chateauneuf et Berruyer que ses longs séjours en Hollande et en Belgique avaient familiarisé avec le caractère du pays. Le Cardinal croyait les esprits beaucoup plus excités et irrités, se fiant aux dires de quelques mécontents, mais nous avons vu comment la réunion à Bruxelles des chevaliers de la Toison d'or avait déjoué les calculs du perfide voisin, déjà fort déçu par le refus du duc d'Arschot d'entrer dans la ligue. Les Carondelet se voyaient dans une situation dangereuse. Le doyen de Cambrai, absolument compromis des deux côtés, ne pouvait que poursuivre son chemin de traîtrise, puisque, aux Pays-Bas, il n'osait plus espérer de bons traite-

(1) « J'ai reçu l'ordre de Votre Majesté de ne plus vendre ses domaines. Cette défense m'est arrivée au moment où j'avais le plus besoin d'argent pour des dépenses qui ne souffrent pas de retards. On s'expose à perdre le pays et alors tout le domaine de Votre Majesté sera un cadeau qu'on fera aux ennemis. Je la supplie donc de revenir sur sa décision. On ne peut pas se fier aux subsides. Il faut deux mois pour qu'ils arrivent. Le retard souvent est aussi fâcheux que serait le refus. Il faut absolument ici une grosse somme en réserve, surtout maintenant que le roi de Suède s'est emparé de Francfort, que toutes les relations commerciales sont bouleversées. On se demande comment l'armée de don Gonzalez de Cordova pourra subsister en Allemagne. Plus d'une fois les ressources venues du domaine nous ont tirés de graves embarras. » Correspondance, vol. XXIX lettre du 1er mai 1632.

(2) Né à Anvers en 1586, fils de Jean et de Marie de Kinschot. Son tombeau se voit à Bruxelles, à l'église de Sainte-Gudule, chapelle du SS. de Miracle.

ments. Il paya d'audace, et, en juin, alla offrir au Cardinal les villes de Bouchain, Avesnes, Le Quesnoy, Philippeville et Mariembourg, assurant que tous les gouverneurs en étaient gagnés. Il demandait pour seule condition, d'avoir une armée de secours de six mille fantassins et six cents chevaux. Mais lorsque d'Hauterive arriva le 24 août, sur l'ordre du Cardinal, pour prendre les dispositions nécessaires, il ne trouva plus de vestiges de la ligue wallonne. Les uns s'étaient éclipsés, les autres, revenus à l'Infante, ne voulaient plus rien écouter et Georges de Carondelet lui-même s'était hâté de renvoyer les soldats français arrivés à Bouchain.

Malgré le revirement opéré dans la noblesse, l'Infante restait fort effrayée. De tous côtés lui arrivaient des avis directs ou voilés, elle sentait qu'un travail acharné se faisait dans l'ombre pour détacher le peuple de ses souverains. Ses conseils étaient tout aussi impressionnés et ne savaient trop quel remède apporter au mal, lorsque le duc d'Arschot proposa la convocation des Etats Généraux. Depuis longtemps le pays réclamait cette assemblée qu'il regardait comme le meilleur moyen de parer au danger, mais l'on sait l'horreur que tous les rois d'Espagne eurent pour elle. Ce régime parlementaire, qui permettait de discuter les actes du pouvoir suprême et de lui présenter les griefs de la nation, paraissait aux souverains presqu'une rébellion. Entre l'esprit espagnol, sa conception autocratique du pouvoir royal et la liberté de l'esprit belge, il existait un si violent contraste, qu'il devait nécessairement s'ensuivre des heurts douloureux. La convocation des Etats Généraux avait été réclamée impérieusement par les mécontents, qui se faisaient une arme du refus qu'on y opposait de Madrid. Aytona, au mois de juin 1632, avait écrit à Philippe IV pour lui proposer cette réunion comme étant le vœu général des Pays-Bas et le seul moyen d'apaisement. Il démontrait comment les Etats Généraux rassemblés, par le fait seul de leur réunion, fermeraient la bouche aux mécontents et les obligeraient à se conformer aux dispositions qui seraient prises ; par ce moyen, on ramènerait la nation à l'unité de

vues et d'obéissance, car la majorité du pays ne voulait pas
plus de la France que de la Hollande et elle ne demandait,
en retour de sa fidélité, qu'une protection plus efficace pour
son peuple et ses intérêts. Aytona eût beau être éloquent,
il ne réussit qu'à se rendre aussi suspect que l'Infante à
Madrid, et on ne lui répondit pas. Il fallait cependant agir.
Isabelle prit un grand parti. Elle convoqua les Etats Généraux sans attendre l'autorisation du roi. L'acte était hardi,
d'autant plus hardi que les convocations lancées, elle
avait reçu une lettre de Philippe IV s'opposant à toute
réunion. (1) La lettre arrivait trop tard et le 7 septembre
1632, on ouvrait à Bruxelles les Etats Généraux.

L'Infante devait s'attendre à une grande irritation à
Madrid, d'autant plus que ce coup d'audace avait encore
été précédé du refus, fait par elle, de suivre les ordres
royaux concernant Henri de Bergh. Philippe IV aurait
voulu qu'on rassemblât un conseil pour examiner la conduite du coupable et, ensuite, le juger. Mais cette mesure,
en ce moment, offrait le grand danger de ranimer tous les
griefs et toutes les plaintes, alors que l'apaisement était en
bonne voie, et la gouvernante s'excusa de ne pouvoir obéir.

Elle écrivit aussi à son neveu pour expliquer comment
elle s'était vue forcée de réunir les Etats Généraux : « Au
milieu des difficultés amenées par la prise de Maestricht,
devant les grands périls qui menacent non seulement ce
pays, mais toute la monarchie et la religion catholique, j'ai
jugé qu'il fallait se résoudre à réunir les provinces, afin de
les obliger à tenter les plus grands efforts pour le service de
V. M. et leur propre défense. Elles ont donc été convoquées.
Le zèle qu'elles montrent est si vif que ce serait les désobli-
ger que de les dissoudre maintenant. Il paraît plus sûr de
les laisser réunies. Ces jours passés, elles ont reçu des

(1) Bien que les dernières démonstrations (des Etats Généraux) montrent combien ils aiment et respectent V.A., c'est un sujet extrêmement grave. Autant que
possible, il vaut mieux éviter ces assemblées qui se lancent toujours dans des
nouveautés et troublent le cours ordinaire des affaires. Corresp. vol. XXX,
lettre du 29 août 1632.

lettres des Etats de Hollande avec de grandes promesses. Elles m'ont apporté ces lettres, me demandant de négocier, afin que le peuple puisse voir, avant de lui demander les subsides nouveaux, les efforts tentés pour la paix. Je l'ai permis comme le fit le comte de Fuentès, en 1595, et mon cousin, en 1600. Si les provinces restent fidèles, il n'y a pas d'inconvénients à leur accorder cette autorisation. Si elles ont de mauvaises intentions, elles se passeront de nos pouvoirs et négocieront sans nous. Au surplus, les provinces étaient déjà rassemblées quand j'ai reçu les dépêches de V. M. » (1)

Lorsque Isabelle écrivait ces lignes, elle était sous le coup de la prise toute récente de Maestricht, suivie de celle de Limbourg, de plusieurs autres petites places et de l'envahissement de tout le pays jusque près de Namur. A ce désastre qui l'émouvait au plus profond de son âme, s'ajoutait l'indignation générale contre Santa Cruz, qui se manifestait avec une violence inouïe. Ce dernier malheur avait décidé Philippe IV à rappeler immédiatement son triste général, mais telle était la désorganisation de l'armée et le découragement des officiers, que don Gonzalès de Cordova, appelé à remplacer Santa Cruz, ne voulut pas accepter cette responsabilité. Aytona fut supplié alors par l'Infante de se charger de ce commandement. Elle eût grand'peine à le décider. Homme de conscience et de devoir, il ne voulait pas assumer l'exécution d'un travail qu'il ne croyait pas pouvoir exécuter. Il prétendait qu'ayant quitté la guerre pour la diplomatie depuis trente ans, il avait peur de n'être pas à la hauteur de sa mission. Finalement, il se dévoua lorsqu'il fut assuré que personne ne se dévouerait à sa place, mais ce surcroît de responsabilité l'inquiétait et loin de calmer l'Infante dans ses craintes, il les redoublait par son pessimisme.

Il fût un moment où, sous l'empire de tant d'inquiétude et de cruels soucis, il semble qu'Isabelle ait perdu ce calme

(1) Corresp. de Ph. IV et de l'Inf. vol. XXX, lettre du 24 sept. 1632.

souverain que les plus cruelles épreuves n'avaient jamais ébranlé. Il est vrai qu'avec l'âge, elle se lassait de lutter. Elle n'avait consenti à se charger de ce fardeau si lourd et si peu consolant pour elle, du gouvernement des Pays-Bas, qu'à la prière de son époux mourant, il lui semblait qu'elle avait rempli largement sa promesse et qu'un peu de repos lui était permis. C'est pourquoi elle n'avait pas repoussé, comme elle l'eût fait quelques années plus tôt, la proposition de Philippe IV de lui envoyer son frère, le Cardinal Infant Ferdinand, pour l'aider sa vie durant et lui succéder après sa mort.

C'est en 1627 que Philippe IV en avait parlé pour la première fois, (1) mais selon les habitudes de sa cour, la décision prise ne s'exécutait pas, du moins s'y préparait-on avec une sage lenteur et, tout d'abord, Isabelle n'insista point pour qu'on se hâtat. Elle savait fort bien que l'Infant arriverait avec la mission de soutenir impitoyablement la politique espagnole et que ce serait un brandon de discorde de plus. Mais sous l'empire de l'affolement qui paraît avoir un instant saisi tout le monde, elle demande avec instance son neveu. Espérait-elle opposer cette pourpre royale à celle du ministre français ? Malheureusement, après trois ans de préparatifs, le Cardinal Infant s'étant mis en route, reçut avis de son frère de s'arrêter sur les frontières de France, afin d'y observer l'agitation que le duc d'Orléans tâchait de créer dans le midi et de l'y aider au besoin. Don Ferdinand observa de longs mois, puis ayant reconnu l'avortement de la campagne du Languedoc et constaté la misérable conduite de Gaston, il se décida à franchir la mer et gagna l'Italie. Là, nouvel arrêt. Il annonce que la mauvaise saison approche et que les Alpes lui paraissent dange-

(1) « Le courrier extraordinaire d'Espagne nous a apporté de grandes nouvelles. Le prince Cardinal, frère du roi, viendrait dans notre pays et aurait la survivance de la sérénissime Infante pour ce gouvernement. Ce jeune prince se préparerait ainsi avec les lumières et l'appui de sa tante et se rendrait propre au mouvement des affaires. En outre on éviterait les désagréments inséparables d'un interrègne. » Gachet. Lettres inédites de Rubens. Lettre du 1ᵉʳ juillet 1627, p. 128.

reuses à traverser. On n'était encore cependant qu'à la fin de septembre.

Isabelle cette fois, perd patience.

— « Eh ! s'écrie-t-elle dans une lettre à Philippe IV, ce ne serait pas la première fois que des princes de la maison d'Espagne passent les Alpes en hiver ! L'archiduc Albert les a passées dans cette saison et moi aussi. Le meilleur passage est par le mont Cenis en Savoie. Il arrivera en Bourgogne où il trouvera des soldats, il en trouvera aussi en Alsace. Qu'il apporte un million et demi, c'est urgent. Pour moi je désire 250.000 écus qui doivent subvenir à mes besoins ». (1)

On s'explique facilement cette nervosité de l'Infante qui se voit entourée de périls et se heurte sans cesse à la lenteur la plus incompréhensible ou à des niaiseries capables de raviver les mécontentements. Alors qu'elle attend d'Espagne un coup de main vigoureux et rapide, elle reçoit de Philippe IV des ordres minutieux et impératifs pour le maintien des espagnols aux postes d'honneur, pour qu'on change le nom du conseil en celui de junte et autres puérilités propres à mettre de nouveau le feu aux poudres. Isabelle répond nettement qu'il lui est impossible de faire ce que demande le roi. (2)

Les Etats généraux consolaient un peu la gouvernante de ses nombreux déboires. L'esprit de l'assemblée était excellent. Les quelques discussions du début ne portaient que sur des difficultés à régler quant à la composition de la réunion, aux pouvoirs des députés, etc. Les Etats généraux, assemblés rarement, n'avaient pas de règlements assez

----

(1) Corresp. Lettre du 24 sept. 1632. L'Infante avait dû souvent faire elle même de gros sacrifices. Lors du siège de Bois-le-duc, dans un moment de disette complète, elle avait mis en gage les joyaux de son mari et n'avait pu encore les dégager ni même payer les intérêts. Dans une lettre de la même date, elle demandait la permission de vendre une part du domaine pour payer ce gage.

(2) « Il est impossible ici d'agir de cette façon à cause de la haine que les autres nations portent aux espagnols. Il faut donner les avant-postes tour à tour ». Lettre du 24 sept. 1632.

fixes ni aucune loi désignant exactement qui pouvait siéger ou qui n'y avait pas droit. Isabelle dut user de son autorité pour fixer le nombre et la qualité des députés. Vu la gravité des circonstances et la grande prudence à observer vis-à-vis des espions hollandais et français qui pullulaient aux Pays-Bas, Isabelle voulut que les séances se fissent à huis-clos et qu'il fut défendu aux députés de rendre compte à leurs commettants de ce qui s'y passait. Cette exigence ne fut pas acceptée sans résistance, mais on reconnut cependant qu'elle était nécessaire en ce moment. Comme corollaire de cette première mesure, les députés durent promettre de ne pas donner leur mandat à un autre pendant tout le temps que siégeraient les Etats.

On exigea d'eux le serment de garder le silence sur les délibérations et Ferdinand Boischot, seigneur de Saventhem, homme prudent et respecté, fut mis à la disposition de l'assemblée pour servir d'intermédiaire avec l'Infante(1). Ainsi qu'on pouvait s'y attendre, l'assemblée ne fut pas plutôt réunie qu'elle songea à faire la paix. Comme en 1600, elle se crut capable de la conclure par son habileté autant que par la facilité qu'elle ne doutait pas rencontrer du côté de la Hollande. Dans ce but, elle écrivit une pétition à l'Infante pour obtenir la permission de traiter directement avec les Provinces-Unies. Une députation se rendit auprès d'elle pour la lui remettre. Elle promit d'y prendre égard. (2)

En Hollande il existait un fort parti pour la paix. Cette bourgeoisie, presque toute livrée au commerce, désirait ardemment la cessation d'un état de choses qui faisait le plus grand tort aux affaires. En revanche, le parti militaire s'unissait à la haine des prédicants pour continuer la guerre. Mais la bourgeoisie pacifique dominait dans le gouvernement et, comme Richelieu, était persuadée que toute la Belgique n'attendait qu'un signal pour se soulever. Dès qu'on sut à La Haye que les Etats généraux se trouvaient

(1) Théodore Juste. Les Etats généraux, p. 81.
(2) Théodore Juste. Les Etats généraux, p. 82.

réunis, on se hâta de leur écrire pour leur offrir le secours qu'ils pouvaient désirer, s'ils voulaient chasser les espagnols. On leur promettait ensuite liberté pleine et entière.

Les Etats généraux ne retinrent de cette lettre qu'une chose : on désirait entrer en négociation avec eux.

En demandant l'autorisation à l'Infante de commencer ces négociations, il est certain qu'ils sortaient de leur rôle et usurpaient celui du pouvoir exécutif.

Cette insistance des Etats généraux, dès les premières réunions, pour reprendre en main les pourparlers de paix, ne venait-elle pas d'une pression secrète de la ligue wallonne ? Le duc d'Arschot, en se mettant à la tête de ceux qui voulaient traiter de la paix, était-il réellement en dehors de cette ligue ? N'avait-il aucune relation avec le prince d'Orange ?

Certains historiens ont cru devoir rapprocher ces premières réunions des Etats généraux avec l'apparition d'un manifeste de Frédéric Henri, promettant l'appui de la Hollande et le secours de ses armées aux provinces belges qui se détacheraient de l'Espagne, mais rien n'est moins prouvé (1). Pierre Roose a adopté cette thèse plus tard, quand il a voulu incriminer le duc d'Arschot et le jeter à jamais en bas du piédestal où sa conduite patriotique l'avait élevé. Il fallait, coûte que coûte, renverser le duc d'Arschot pour arriver plus sûrement à la condamnation de tous ses nobles alliés. Pierre Roose était assez habile et assez fort pour y parvenir.

Il est une explication si naturelle et si plausible au désir des Etats Généraux, de traiter de la paix, qu'elle prime

(1) C'était Berruyer qui, d'après les instructions de Richelieu, avait engagé le prince à publier cette déclaration, en lui promettant qu'aussitôt la révolte bien caractérisée dans les Pays-Bas, le roi de France entrerait avec une armée en Artois. Berruyer, on s'en souvient, était au courant de la conspiration des nobles, et les 50000 pistoles qu'il avait été chargé de distribuer se trouvaient déjà entre les mains des conjurés. La déclaration du prince d'Orange devait, croyait-il, être une avance faite à l'assemblée des Etats généraux. Elle y répondit en manifestant le désir de se substituer au gouvernement de l'Infante pour négocier la paix. Henrard, Marie de M. dans les P.-B. p. 267.

toutes les autres. Le peuple belge, depuis Philippe II, restait persuadé que la guerre perpétuelle dont il se mourait était une guerre à l'Espagne, mais non faite contre lui. Par conséquent, s'il pouvait parvenir à traiter directement avec les Provinces Unies, il ne doutait pas d'arriver à conclure la paix. Ainsi avaient pensé déjà les Etats Généraux de 1606. Erreur assez naïve, mais fortement enracinée, car ils ne pouvaient pas traiter avec indépendance de la paix, tant qu'ils demeuraient sujets du roi d'Espagne. Mais la Hollande cherchait toujours à les maintenir dans cette illusion, espérant qu'enfin ils briseraient la chaîne qui les attachait aux Habsbourg.

Isabelle ne crut pas devoir prendre en mauvaise part la requête des Etats Généraux. Les dispositions de cette assemblée la satisfaisaient complètement. La demande d'aides extraordinaires avait été acceptée sans aucune opposition. On reconnaissait que, si les démarches pour la paix étaient sans résultat, la guerre serait plus violente que jamais, et il fallait tout prévoir.

L'Infante demanda quelques jours pour réfléchir et consulter. Aytona conseilla d'accepter. Un refus aurait fourni aux adversaires de l'Espagne une trop belle occasion de se répandre en plaintes et en accusations. De là pouvait résulter une entente secrète des Etats Généraux avec les Provinces Unies. L'heure était grave, la nervosité du pays atteignait le maximum de tension d'où pouvait surgir la révolte. Isabelle donna l'autorisation. Trois délégués furent désignés pour se mettre en communication avec le prince d'Orange. C'étaient Gérard, baron de Schartzenberg, justicier des nobles du Luxembourg, Guillaume de Blasere, seigneur de Hellebus, gouverneur du château de Gand, et Jacques Edelheer, pensionnaire de la ville d'Anvers.

Le premier entretien qu'eurent les trois délégués avec Frédéric-Henri leur ôta toute illusion sur la facilité espérée de faire la paix.

Le prince d'Orange les força à écouter les conditions préliminaires que les Provinces Unies exigeaient comme bases des pourparlers. Ils essayèrent de refuser, de ne rien entendre, sous prétexte qu'ils n'y étaient pas autorisés, mais il fallut bien céder et entendre l'exposé des exigences qu'ils devaient rapporter à leurs mandants. En premier lieu, les Provinces Unies ne consentaient à traiter avec les Etats Généraux que directement, d'Etat à Etat, et tout à fait en dehors du gouvernement royal. Parmi les neuf points suivants, les plus importants imposaient le renvoi hors des Pays-Bas, de toute la gendarmerie espagnole, le démantellement de toutes les forteresses et l'occupation mixte de toutes les villes maritimes (1).

Grande fut l'indignation de l'Infante en recevant cet ultimatum.

« Des demandes semblables, s'écria-t-elle, sont des suggestions de Bergh et de Warfusée, fomentées de quelquesuns de par deça, qui même n'épargnent à cette fin leur argent ! »

Les députés des Etats reconnaissaient aussi que ces conditions étaient « fort dures et odieuses ». En même temps apparaissait un nouveau manifeste, répandu à profusion dans toute la Belgique, dans lequel on recommençait les appels à la révolte et les promesses les plus fallacieuses. Il ne provoqua aucune émotion. Les populations catholiques des Pays-Bas n'éprouvaient pas de sympathie pour la calviniste république.

Les Etats Généraux trouvaient aussi fort impertinente la conduite des hollandais, mais avaient plus peur encore de voir l'Infante refuser de continuer de tels pourparlers. Ils envoyèrent leurs meilleurs orateurs à la gouvernante, pour la supplier de ne pas rompre, et elle céda, moyennant certaines conditions.

Une députation de dix membres, à la tête de laquelle se trouvaient le duc d'Arschot et Jacques Boonen, archevêque de Malines, fut autorisée à conférer à Maestricht avec le

(1) Th. Juste. Les Etats.

prince d'Orange. Leur mission devait se borner à proposer pour base du traité, la trève de 1609, et de ne pas s'en écarter. Ce n'étaient donc pas les Etats Généraux, mais bien le gouvernement espagnol qui négociait en réalité. Les Etats Généraux, de leur côté, pouvaient se faire l'illusion de négocier seuls, puisque eux seuls envoyaient des fondés de pouvoir et qu'eux seuls avaient dressé le projet de traité que l'Infante approuvait, parce qu'il restait strictement limité au programme espagnol.

L'arrivée de l'imposante ambassade des Etats Généraux à Maestricht, rendit à ses membres toute leur espérance. Ils furent admirablement accueillis par Frédéric-Henri et dès les premiers jours, un banquet somptueux réunit chez le prince d'Orange, dans la maison du commandeur de l'ordre teutonique, la députation belge et les principaux seigneurs alors à Maestricht.(1) Par un raffinement d'amabilité, Frédéric-Henri, dont la place de maître de maison était au haut bout de la table, l'avait laissée vide, pour venir s'asseoir tout familièrement entre le duc d'Arschot et le pensionnaire d'Anvers. Il fallait surtout gagner le bon duc qui se laissait prendre à tant de gentillesse. Aussi, à la fin du banquet, animé par la bonne chère, les vins généreux et l'excitation d'adroites louanges, d'Arschot, après avoir porté un toast à son aimable amphytrion, se lança dans une harangue en l'honneur de la paix, reprise par Schartzenberg, également fort animé, à laquelle Frédéric-Henri répondit ironiquement : « La Castille est un si beau pays, pourquoi les Espagnols n'y retournent-ils pas ? »

Une dispute faillit s'ensuivre, coupée court par le duc de Bouillon.

D'Arschot crut devoir rendre le banquet aux hollandais, ce qu'il fit au couvent de Saint-Servais et là, vers la fin du repas, les langues se délièrent de nouveau, les esprits

---

(1) Voir appendice, Note XIV, description de ce banquet, par la Gazette de France. XVII

s'échauffèrent et, de part et d'autre, on parla du départ des Espagnols comme d'une chose désirée de tous, des deux côtés de la Meuse.

Ces paroles, dites en l'air, par des gens dont la tête était fortement troublée par de fortes libations, devaient être plus tard une des grandes preuves de Roose dans ses accusations contre le duc d'Arschot. Ces deux banquets furent signalés à Madrid comme une audacieuse manifestation de l'esprit de révolte de la noblesse belge. Frédéric-Henri, qui se montra alors aussi adroit que spirituel, partit après ces festins homériques, se gardant bien de prendre part personnellement aux négociations qui devaient être menées par des députés des Etats hollandais.

Le réveil de ce joyeux début fut assez désagréable. On ne se trouvait plus devant un prince bon vivant, mais vis-à-vis de bourgeois obstinés, bien décidés à ne pas reculer d'un pas, dans leurs prétentions. Ils déclarèrent qu'ils n'acceptaient aucune immixtion de l'Infante ou du roi d'Espagne, ni directe, ni indirecte, dans les négociations. Ils ne voulaient traiter qu'avec les Etats Généraux, se persuadant toujours que ceux-ci, devant cette fermeté, abandonneraient l'Espagne. Bergh et Warfusée les entretenaient dans cette erreur et les poussaient à ne pas céder. Au bout de six semaines de très vives discussions, on en était au même point que le premier jour, puis comme la peste avait éclaté à Maestricht, les hollandais déclarèrent qu'ils voulaient retourner à La Haye, où on continuerait les négociations. Les belges demandèrent qu'on choisît une autre ville plus proche, mais les hollandais se refusèrent même à cette concession.

Revenus à Bruxelles, les députés eurent quelque peine à obtenir cette nouvelle autorisation de l'Infante, qui pressentait que tous ces incidents allaient accumuler sur sa tête les foudres de Madrid. Elle céda pourtant encore, sur les instances du duc d'Arschot, qui obtint même le pouvoir de traiter avec la Hollande d'Etat à Etat.

Isabelle assumait là une grosse responsabilité qui paraît

même à première vue une faiblesse. C'est ce dont les espagnols ne se firent pas faute de l'accuser. Ils prétendaient
montrer par là combien elle était impuissante à enrayer les
aspirations ambitieuses des mécontents. En réalité, l'Infante voulait montrer aux Etats généraux la plus noble et
la plus entière confiance, parce qu'elle constatait, depuis
leur réunion, qu'ils se montraient les plus fidèles sujets que
le roi d'Espagne puisse désirer. Elle pensait que cette marque d'estime attacherait les députés des provinces à sa dy-
nastie, qu'elle représentait, et cette conduite fut plus habile
que le refus qu'on souhaitait à Madrid. Les Etats généraux
s'efforcèrent toujours d'user envers l'Infante de la plus respectueuse déférence. Il eut peut-être été imprudent de
sonder plus avant les cœurs et de rechercher si cette déférence ne s'adressait qu'à la seule archiduchesse.

Les Etats ne se faisaient pas illusion sur ce que Philippe IV pouvait penser de tous ces événements. Afin de se
le rendre favorable, ils lui écrivirent directement et en
dehors de la gouvernante, pour lui expliquer les graves motifs qui avaient provoqué leur réunion. Ils faisaient un
tableau de la situation déplorable du pays, capable, espé-
raient-ils, d'ouvrir les yeux à leur souverain.

Malgré ses termes respectueux, la lettre fut très mal reçue
à Madrid. Philippe IV s'étonna que sa tante ait autorisé
cette assemblée à lui écrire directement et déclara qu'il ne
lui répondrait rien, mais seulement ferait parvenir par l'Infante ce qu'il croirait devoir dire. C'est que, à Madrid, la
colère provoquée par la nouvelle de la convocation des
Etats généraux ne se calmait pas. Elle fut telle que, dans
un premier moment de fureur, Philippe IV voulut révo-
quer les pouvoirs qu'il avait donnés à la gouvernante pour
conclure la paix, en 1629.

Heureusement pour Isabelle, il ne suivit pas ce premier
moment de transport qui aurait été pour elle une injure
aussi cruelle qu'imméritée. En revanche, il expédia immédiatement Pierre Roose aux Pays-Bas, avec les instructions
les plus sévères et les plus minutieuses sur ce qu'il avait à

faire là-bas. Il devait soutenir la politique royale envers et contre tous et surveiller à la fois l'Infante et ses ministres, en renseignant la cour de Madrid très exactement sur ce qui pouvait l'intéresser.

Roose apportait aussi une grosse somme d'argent, destinée à former une réserve dont il devait, seul, avoir la clef. (1)

Si Philippe IV ne retira pas à sa tante les pouvoirs de conclure la paix, il ne lui ménagea pas le blâme. Il a bien des choses à lui reprocher. Non seulement il est très mécontent qu'elle ait convoqué les Etats généraux sans le consulter, mais il est encore bien plus faché qu'elle ait autorisé des députés de cette assemblée à se rendre à Mæstricht pour entamer des négociations de paix.

« C'est ainsi, dit-il, qu'autrefois, dans une circonstance semblable, on a commencé la révolte dans le pays. Aussi j'espère que V. A. saura maintenir l'autorité royale ». (2)

Entre la gouvernante et les Etats généraux, la bonne entente était complète. L'Infante suivait journellement les travaux de l'assemblée et recevait ses députés, chaque fois qu'ils se présentaient. Un jour que l'évêque de Namur s'excusait sur l'importunité de leurs fréquentes audiences, la princesse répondit très gracieusement : « Tout ce qui me vient de l'assemblée m'est agréable, car le roi et moi en avons pleine satisfaction ». (3) Peut-être Isabelle s'avançait-elle beaucoup en joignant la satisfaction du roi à la sienne.

Si les Etats généraux se montraient très respectueux de

(1) « Beaucoup étaient d'avis de déposer cet argent au château d'Anvers, de n'en donner que quatre clefs, au marquis d'Aytona, au commandeur du château, à l'inspecteur général et au payeur général, mais je crains que les soldats de la garnison ne tentent quelqu'émeute, s'ils savent qu'il y a de l'argent dans la forteresse. Je m'en rapporte donc à V. A. pour choisir l'emplacement du trésor et je lui recommande d'en donner la clef au Président Roose».Corresp. de Philippe IV et de l'Inf. vol XXX, Lettre du 8 sept. 1632.

(2) Corresp. vol. XXX. Lettre du 11 décembre 1632. Dans une autre lettre de la même date, le roi dit de nouveau « mais je désapprouve encore une fois V. A. d'avoir toléré les négociations des provinces ».

(3) Théod. Juste. Les Etats généraux, p. 89.

suivre ses avis et de demander ses conseils, Isabelle, de son côté, s'efforçait de ne pas les froisser, car elle savait ce genre de monde fort infatué de ses pouvoirs et, par conséquent, susceptible. Dès les premiers jours une querelle avait surgi avec le premier maître d'hôtel, d'Andelot, lequel avec le dédain du grand seigneur pour les robins, avait laissé attendre dans la dernière antichambre, une députation de l'assemblée. Les Etats aussitôt, adressèrent à l'Infante une plainte vive, réclamant, pour ses membres, le droit d'attendre dans la première antichambre, réservée aux personnes de marque. Isabelle s'empressa de donner satisfaction aux réclamants, comme elle le fit encore peu après, lorsqu'ils firent observer à la gouvernante qu'ils ne trouvaient pas séant qu'elle leur envoyât ses communications par simples lettres et qu'ils la priaient désormais de se servir d'un membre du conseil d'État comme messager.

CHAPITRE XX

—

Loyalisme des Etats généraux. — Incidents français. — Arrivée de
Pierre Roose aux Pays-Bas. — Exigences hollandaises. — Campagne de 1633. Fin des négociations de paix.

—

L'Infante pouvait se féliciter chaque jour d'avoir pris
sur elle la convocation des Etats généraux. Cet acte de politique généreuse, dans les circonstances où se trouvait la
gouvernante et les Pays-Bas, produisait le meilleur effet. Il
fermait la bouche aux mécontents, déjouait les intrigues
étrangères et la preuve de l'habileté de cette conduite ne
tarda pas à se faire.

Une guerre de pamphlets violents se poursuivait entre les
partisans de la reine mère et les scribes à la solde du Cardinal. Un factum paru à Bruxelles, plus méchant que les
autres, fut le motif que prit Richelieu pour réclamer à l'Infante l'extradition de deux conseillers de Marie de Médicis.
le Père Chanteloup de l'Oratoire et l'abbé de Morgues de
Saint-Germain, tous deux à Bruxelles, auprès de la reine.

Isabelle répondit qu'elle connaissait trop bien les devoirs
de l'hospitalité pour livrer deux personnes respectables,
placées sous sa protection et serviteurs de la reine mère.

Richelieu prévoyait ce refus, il l'attendait, mais il avait
pris ce prétexte pour que son envoyé eut un motif plausible de séjourner à Bruxelles. En réalité, le ministre voulait s'assurer du véritable esprit des Etats généraux, et en
leur donnant occasion de faire acte de souveraineté, il voulait savoir s'il allait trouver un allié en eux.

L'envoyé de Richelieu, un sieur de Rogles, « homme de petite condition » selon le marquis d'Aytona, portant une lettre de Louis XIII aux Etats généraux, leur demanda audience. L'assemblée répondit qu'elle n'accorderait cette audience qu'avec la permission de l'Infante. Celle-ci prévenue, leur défendit de recevoir Rogles, s'il venait pour parler d'affaires.

Avant même d'avoir reçu de réponse à sa requête, Rogles s'était joint au résident français à Bruxelles, le sieur Hubert, lequel vint à l'hôtel de ville où siégeaient les Etats, et profitant de ce qu'un membre arrivait en retard, se précipita derrière lui quand on ouvrit la porte, et, bousculant l'huissier, pénétra dans la salle où il se mit aussitôt à parler.

Mais les députés, se levant tous ensemble, lui ordonnèrent de partir. Hubert continua de discourir, interrompu par trois fois, à cause des cris de l'assemblée. Poussé peu à peu jusqu'à la porte, sans qu'on parvint à le faire taire, il fut enfin mis dehors, mais il s'installa dans la galerie voisine, prêt à recommencer. C'est là que vinrent le trouver deux députés pour lui remontrer fort courtoisement que les Etats Généraux ne pouvaient recevoir aucun envoyé de princes souverains sans la permission de S. A., à quoi Hubert répondit avec jactance qu'il n'y avait pas de pays au monde où l'on refusât de recevoir les envoyés du roi de France. Les députés repartirent que, si le roi de France avait à faire dire quelque chose au pays, l'Infante et le conseil d'Etat étaient là pour écouter les ambassadeurs, et comme Hubert voulait reprendre son discours, ils le quittèrent en lui disant qu'ils ne pouvaient l'entendre et que rien ne se traitait dans l'assemblée sans la permission de la gouvernante. Loin de se laisser intimider, les deux agents français se trouvaient encore à la porte de l'assemblée le lendemain matin. Ayant aperçu l'évêque d'Ypres et deux autres députés, ils voulurent leur remettre les lettres du roi aux Etats Généraux. L'évêque refusa de les toucher. Ils les déposèrent alors sur une table, mais l'huissier courut après eux pour les leur remettre et, comme ils repoussaient les missives, elles tombèrent par terre. On les ramassa et on les porta à l'Infante, à qui l'assemblée fit connaître ce qui venait de se passer. (1)

Rogles, sur invitation de l'audiencier Verreycken, avait regagné la France et Isabelle se plaignit, par son ministre, de l'audace du résident Hubert, dont elle demandait le rappel.

Boischot alla, de la part de S. A., remercier les Etats de leur conduite ferme et loyale ; elle venait par là de recevoir une nouvelle preuve des bonnes dispositions du pays.

Elle ne recevait pas les mêmes consolations des négociations de paix.

Le 12 décembre 1632, on les avait reprises à La Haye et aussitôt les discussions recommençaient sur le ton le moins pacifique. Les députés belges déclarèrent dès le début qu'ils se refusaient à prendre pour base des débats, les neuf articles présentés par les Provinces Unies, parce qu'ils « les auraient forcés à se départir de l'obéissance à leurs princes naturels ». Les hollandais furent aussi surpris que mécontents de cette déclaration qui bouleversait tout ce qu'ils croyaient des véritables sentiments de la Belgique. Les députés belges les prévenaient très franchement que la seule façon d'arriver à un résultat sérieux serait d'attendre la ratification du roi d'Espagne ; sans elle, la paix serait impossible. (2)

Au lieu de modérer leurs prétentions, les hollandais, vexés, les renforcèrent. Ils remirent aux députés, le 25 décembre suivant, un mémorandum, en vingt-cinq articles, qui ne pouvait être accepté des Etats sans une véritable révolution. (3) Les belges répondirent dès le lendemain, que de

(1) Henrard, Marie de M. dans les P.-B., p., 275 etc.

(2) Waddington. La Rép. des Prov. U. Tome Ier, p. 189.

(3) L'article concernant la religion devait, à lui seul, empêcher les Etats généraux de rien accepter. La tolérance qu'on voulait que la Belgique reconnût au libre exercice de la religion réformée suffisait pour susciter toutes les défiances. On la promettait ainsi, il est vrai, dans les Provinces Unies, mais on savait que ce ne pouvait être. L'idée d'offices catholiques publics dans ces pays eut soulevé le peuple fanatisé.

pareilles exigences étaient exhorbitantes et que, seul, le roi
d'Espagne pouvait y faire droit en quelque mesure. Il fallait,
par conséquent, lui demander son autorisation. (1)

On devait aller consulter l'Infante. Le duc d'Arschot,
l'archevêque de Malines et deux autres quittèrent La Haye
pour rentrer à Bruxelles.

Pendant un mois, Isabelle et ses conseillers cherchèrent
le moyen de sortir de cette impasse sans rompre les pourparlers. Enfin on crut avoir trouvé une solution satisfai-
sante pour tous : Les Etats généraux, par une lettre
officielle, protestèrent qu'ils ne voulaient traiter avec les
Provinces Unies que comme sujets du roi d'Espagne,
toujours fidèles et obéissants, puis, dès le lendemain, l'Infante, par un acte signé de sa main, consentit à substituer
les Etats généraux à elle-même, pour négocier la paix avec
les Provinces Unies, selon les pouvoirs qu'elle avait reçus
du roi, en 1629.

C'est vers ce moment que Pierre Roose arriva aux Pays-
Bas avec une mission que sa dignité et son patriotisme
auraient dû lui faire repousser. Mais, loin de là, le Président
s'était fait l'homme lige du comte-duc, le principal et le plus
ardent promoteur de toutes les mesures persécutrices ou
oppressives qui venaient d'Espagne. Pierre Roose venait
avec l'ordre de tout employer pour hâter la dissolution des
Etats généraux et, en attendant, de les déconsidérer par tous
les moyens, mais surtout par l'inertie, la lenteur, la négligence à exécuter les mesures que prendrait l'assemblée
pour le bien public, mesures dont l'exécution incombait
aux ministres belges. Ainsi Roose rendrait stérile la réunion
dont l'inutilité se montrerait par là aux yeux du pays. Peu
importait que sa patrie en souffrît. C'est ainsi, pour ne
citer qu'un fait, qu'il fit attendre pendant dix mois, malgré
les réclamations de l'assemblée, les placarts contre les dé-

(1) Le seul point du retrait des troupes espagnoles des Pays-Bas ne pouvait
se traiter sans le principal intéressé, c'est-à-dire le roi. Les hollandais n'étaient
pas assez naïfs pour l'ignorer, mais ils espéraient qu'en se montrant tenaces
et irréductibles, ils provoqueraient la révolte lente à se montrer.

sordres des gens de guerre qui, pendant ce long espace
de temps, continuaient de ruiner les campagnes et de commettre mille atrocités. Pierre Roose nous l'avons dit avait
reçu également des ordres précis concernant la haute noblesse et il n'était pas homme à les atténuer. On pouvait
dès les débuts du Président aux Pays-Bas, pressentir ce qui
arriverait. Plus le roi l'avait comblée de pouvoirs, plus la
noblesse le regardait avec méfiance et hostilité et la conduite de Roose n'était pas pour l'amadouer. Dès son arrivée, une lutte sourde s'engagea entre l'homme de Madrid,
l'homme du comte duc plus encore que du roi, et les aris-
tocrates patriotes. A peine entré au conseil, son attitude se
dessine. La première escarmouche éclate sur la question de
préséance. Roose, président du conseil suprême, doit avoir
la première place au conseil d'Etat et, comme l'Infante
ne lui donne pas raison immédiatement, il se plaint à
Madrid. (1) Vainqueur, il aura la première place, puisqu'ainsi le veut le roi, mais il n'aura pas pour cela la considération à laquelle il aspire ; aussi se plaint-il amèrement
à Madrid de ceux qu'il appelle déjà ses ennemis (2) et Olivarès, au conseil de Flandre, déclare que, sans le retour de
Pierre Roose aux Pays-Bas, l'Espagne eut perdu le peu
qui lui reste par-delà. On charge le marquis de Leganez de
dire aux belges alors à Madrid, au baron d'Auchy, au
comte de Solre et autres, que S. M. tiendra pour *déser-
vice* à sa couronne, tout manque de courtoisie envers
Roose. » (3)

(1) « Le roi d'Espagne a reçu le rapport du Président Roose au sujet des
démarches des provinces pour la trève. Le ministre est un homme utile. Il le
prouve dans ses œuvres ; aussi est-il juste de l'honorer et de l'estimer pour
qu'il serve mieux encore. On ne saurait trop, dans ce pays, avancer ceux qui
ont du zèle. Aussi faut-il lui donner raison pour la prétention de préséance au
conseil d'Etat. » Corresp. de Philippe IV et de l'Infante, vol. XXX, lettre du
16 avril 1633.

(2) « S. A. a pu voir avec quelle sagesse et quelle expérience, le Président
Roose s'emploie à son service. Je la prie donc et lui recommande d'estimer,
d'honorer et de favoriser un tel ministre et de le protéger contre tous ses
ennemis. Corresp. vol. XXX, 22 juin 1633.

(3) Isabelle elle-même n'était pas libre de se soustraire au contrôle du

Mais celui que le Président déteste le plus, c'est le duc d'Arschot. Il est le chef de la noblesse, l'homme le plus populaire du pays, le meilleur conseil de l'Infante. Entre Pierre Roose et le duc existe un conflit latent jusqu'au jour où, patient dans sa haine, Roose enfin pourra l'emporter. Le duc d'Arschot est fier, trop fier de sa grandeur, il a pour la nobesse de robe ce dédain blessant du grand seigneur et il ne se cache pas pour l'exprimer à haute voix. Il perdra la vie à ce jeu dangereux.

Pierre Roose fût devenu donc le véritable chef du gouvernement des Pays-Bas, si l'Infante eut obéi aveuglément aux ordres de Madrid, mais, tout en gardant les formes du plus respectueux mandataire, elle savait à l'occasion agir par elle-même et Aytona la soutenait. Lui aussi ne pouvait guère sympathiser avec Roose, qu'il soupçonnait de le desservir auprès du roi (1). Comme Spinola, il subissait à son tour la même persécution à coups d'épingles.

On pourrait donc, non sans vraisemblance, attribuer à l'influence du Président, le malencontreux envoi de Rubens à La Haye. L'Infante, on le sait, avait une grande sympathie pour le grand peintre et l'estimait autant comme artiste que comme diplomate. D'un autre côté, elle jugeait le prince d'Orange avec une grande indulgence et s'imaginait, sans beaucoup de preuves, qu'il lui était personnellement favorable. Elle pensait toujours que, si elle pouvait lui faire parler par quelque confident adroit et sûr, elle avancerait beaucoup les choses et, tout de suite après la prise

Président. Dans une séance du conseil d'Etat à Madrid, du 21 sept. 1633, le comte duc Olivarès dit au roi : Il sera bon que V. M. écrive une lettre particulière à S. A. pour la prier instamment de ne résoudre aucune affaire de quelqu'espèce qu'elle soit, sinon après consultes paraphées et signées, parce qu'il le convient ainsi au service de V. M. Henrard. M. de M. p. 351.

(1) Dans une lettre à Olivarès, Aytona se plaint vivement des reproches qu'il reçoit du cabinet de Madrid, il dit qu'il ne sait plus que faire, étant également menacé, s'il suit les ordres du roi où s'il ne les suit pas. « S. M. croit trop facilement à la trahison et je n'ose rien risquer de peur d'en être accusé » dit-il et il termine par une phrase que Spinola répéta souvent : « Je me vois si malheureux que je ne trouve d'autre remède que dans la mort. »

Henrard, M. de M. p. 350.

de Mæstricht, elle lui envoya Rubens en secret. Rubens connaissait très bien le prince et, peut-être, en causant avec lui, aiderait-il à la paix. Ces démarches assez imprudentes, avaient été généralement blâmées.

Rubens aimait beaucoup à changer sa palette contre la plume du diplomate et se mettait volontiers en avant pour entreprendre une négociation. Il n'avait abouti à rien à Mæstricht mais, peu de temps après, Isabelle lui ayant demandé quelques renseignements sur ses précédentes missions à La Haye, il s'empressa de faire observer qu'il valait mieux qu'il portât lui-même aux députés les explications qu'ils désiraient. L'Infante aurait dû réfléchir que la présence de Rubens, ne faisant pas partie de la députation des Etats, pouvait paraître insolite. Elle se laissa entraîner — peut-être par les conseils de Roose — à envoyer le peintre à La Haye. Il pourrait, disait-on, être utile par les nombreuses relations qu'il y a. Aussitôt et sans prévenir personne, Rubens écrivit au prince d'Orange pour lui demander un passe port.

L'Infante ou, tout au moins Rubens, auraient dû, au préalable, prévenir le chef de la députation. Mais on négligea cette démarche et lorsque le duc d'Arschot connut l'envoi de Rubens, il entra dans une violente colère. Il n'aimait pas Rubens—les motifs de cette aversion ne nous sont pas parvenus — et sa présence à La Haye lui paraissait tout au moins suspecte. Pourquoi envoyait-on cet homme en dehors de la députation belge ? Etait-ce pour la surveiller ? On savait que c'était un homme tout dévoué au roi d'Espagne et à l'Infante, allait-on s'en servir comme d'un espion ? Arschot était d'autant plus froissé qu'il n'avait appris le projet d'envoyer Rubens à La Haye que par les hollandais. Les Etats généraux partagèrent les sentiments du duc et envoyèrent à l'Infante l'évêque d'Ypres et le baron d'Hoboken pour lui représenter que l'assemblée n'était pas contente de voir Rubens à La Haye. Isabelle assura qu'elle ne l'envoyait que pour le mettre à la disposition des négociateurs, auxquels il pourrait être très utile là-bas.

Rubens aurait prudemment agi, en priant l'Infante de
le laisser chez lui, mais croyant effacer le mécontentement
du duc d'Arschot, il lui écrivit une lettre très humble et cor-
recte, où il donnait à nouveau les explications déjà émises
par la gouvernante.

Arschot y répondit sur le ton le plus hautain (1) et bientôt le public, au courant de cet échange de correspondance,
s'en émut fort. Le duc avait envoyé copie des deux lettres
aux Etats, ceux-ci les présentèrent à l'Infante et à Aytona
en y ajoutant que cette forme de procéder de Rubens leur
était désagréable.

Il ne restait plus à l'illustre peintre qu'à rentrer chez lui
et si Roose avait espéré obtenir par lui des renseignements
sur les agissements des députés, il se vit déçu dans son
attente. Les négociations se continuaient non sans peine.
Comme en 1609, si les Pays-Bas et les Provinces-Unies
avaient pu traiter seuls à seuls, la paix eut vite été conclue,
mais il y avait trop de monde autour d'eux, prétendant se
mêler à la négociation. Les Etats généraux ne voulaient
rien faire sans leur souverain Philippe IV et Richelieu travaillait de tout son pouvoir les Etats des Provinces-Unies.
Il envoya un de ses plus fins limiers, le baron Hercule

(1) Voici la lettre du duc d'Arschot : Monsieur Rubens. J'ai veu par vostre
billet le marryssement que vous avez de ce que j'aurais monstré du ressentiment sur la demande de votre passe port, et que vous marchez de bon pied et
me priez de croire que vous rendrez toujours bon compte de vos actions.
J'eusse bien pù admettre de vous faire l'honneur de vous respondre, pour
avoir si notablement manqué à vostre debvoir de venir me trouver en personne, sans faire le confident a m'escrire ce billet qui est bon pour personnes
égales, puisque j'ay esté depuis onze heures jusques à douze heures et demie
à la taverne (à l'hôtel où il logeait) et j'y suis retourné le soir à cinq heures et
demie et vous avez eu assez de loysir pour me parler. Néantmoins je vous
diray que toute l'assemblée qui a esté à Bruxelles a trouvé très estrange
qu'après avoir supplié S. A. et requis le marquis d'Aytona de vous mander
pour nous communiquer vos papiers, lesquels vous m'escrivez avoir, ce qu'ils
nous promirent, au lieu de ce, vous ayez demandé un passe port ; n'important fort peu de quel pied vous marchez et quel compte vous pouvez rendre
de vos actions. Tout ce que je puis vous dire c'est que je seray bien ayse que
vous appreniez d'ores en avant comme doibvent escrire à des gens de ma sorte
ceux de la vostre. Gachard, Hist. dipl. de Rubens, p. 248.

de Charnacé pour arrêter autant que possible toute entente entre les traitants. Sous son inspiration on souleva une question à laquelle on n'avait pas pensé jusqu'alors. On examina la validité du pouvoir de l'Infante, datant de 1629, et on prétendit qu'elle devait le faire renouveler, puis on voulut qu'elle changeât quelques mots à l'autorisation donnée par elle aux Etats généraux pour traiter la paix en son lieu et place. C'était une réponse au refus fait par les députés belges de promettre le renvoi des armées espagnoles du pays, promesse qu'ils ne pouvaient pas faire sans l'autorisation du roi.

Isabelle redemanda des pouvoirs, mais à Madrid, on était bien résolu de les lui faire attendre si longtemps qu'ils deviendraient inutiles.

Le duc d'Arschot montrait un véritable dévouement à cette œuvre de paix qu'il désirait ardemment voir réussir. Il déployait de grandes qualités diplomatiques au milieu de tant de difficultés. Son attitude avait fini par en imposer aux hollandais qui paraissaient se lasser de leurs exagérations hors mesure. Il semblait que les pourparlers allaient prendre un tour plus amical et qu'on pouvait enfin espérer une entente, lorsque, d'Espagne, surgit une fusée inattendue qui remit le feu aux poudres. Philippe IV exigeait que la Hollande lui rendît la ville de Pernambouc au Brésil.

Pour comprendre ce que cette exigence avait de déraisonnable en cet instant, il faut se rappeler que cette ville était la première conquête hollandaise sur la côte d'Amérique, la nation étant fermement résolue à se créer des colonies. Elle venait, dans ce but, de fonder une compagnie des Indes pour laquelle Pernambouc était le premier comptoir. Croire que les hollandais rendraient une si précieuse conquête était presqu'enfantin. Le roi, il est vrai, offrait une somme d'argent, mais sans aucune comparaison avec la valeur de la ville. A un autre point de vue, cette réclamation de l'Espagne, intéressant uniquement ce pays, venait de la façon la plus irritante et la plus malencontreuse s'introduire en intruse dans les négociations. Quel intérêt les députés belges avaient-ils à la soutenir ?

A Madrid on se doutait bien que la question de Pernambouc deviendrait une pierre d'achoppement et on y comptait.

Il semble que jamais traité de paix ne fut discuté avec autant de mauvaise volonté. Seuls, les députés des États généraux travaillaient avec conscience et courage, mais ils n'étaient pas soutenus et si on n'avait écouté à la Haye que le prince d'Orange, depuis longtemps on les eût prié de retourner chez eux. Mais le parti commercial tenait à la paix et tachait d'y incliner les Etats.

Frédéric-Henri subissait l'influence de la France et en particulier celle de Charnacé. L'habile diplomate, dit son historien, lui représentait fortement combien un guerrier comme lui perd de prestige dans la paix. Il lui disait « qu'il devait se souvenir de tous les plus grands hommes qui ont jamais esté, lesquels avaient plus perdu d'autorité et d'estime en deux années de paix qu'ils n'en avaient gagné en vingt ans de guerre ». (1) Frédéric-Henri se laissait-il séduire par de tels discours et les millions qui les accompagnaient n'avaient-ils pas une plus réelle influence ? Les discours accompagnés de millions sont généralement fort éloquents et Charnacé pouvait promettre, outre le million annuel, un million et demi en sus. Si ce subside paraissait insuffisant, le baron Hercule avait toute une gradation de promesses et d'offres qui finissait par un plan de partage des Pays-Bas espagnols. Richelieu ne doutait pas de son succès et espérait ne pas devoir arriver aux ultimes propositions, mais Hauterive avait connu le programme de Charnacé et il partageait la disgrâce de son frère, le garde des sceaux. Il ne résista pas au plaisir de faire connaître les instructions de Charnacé au prince d'Orange qui, naturellement, attendit qu'on fit les plus belles offres. (2)

(1) Groen van Prinsterer. Archives de la maison d'Orange, 2ᵐᵉ série, tome III, lettre CCCCXCIII. mars 1633.

(2) Henrard, M. de M., p. 352.

Tout en continuant d'entretenir les députés belges dans
l'espérance de la paix, Frédéric-Henri, par Charnacé, faisait
dire à Richelieu, en réponse à ses avances, qu'il voulait bien
conquérir la Belgique, sans en rien garder pour lui, et la
lui remettre ensuite entre les mains. Il saurait bien se faire
payer de ses peines autrement. Ainsi, tout en négociant
la paix, on parlait de guerre et, le 27 avril 1633, le prince
d'Orange entrait en campagne à la tête d'une armée de
25.000 fantassins et de 5.000 chevaux.

Aytona avait employé tout l'hiver à réorganiser l'armée
avec soin et l'avait mise sur un bon pied. Elle était exercée,
l'artillerie bien fournie, les munitions de vivres et de guerre
réparties et emmagasinées en prévision de toute éventualité.
Le général en chef voulait être prêt à recevoir l'ennemi dès
qu'il bougerait. Mais avant de partir, il prévint l'Infante
qu'il était nécessaire de remplacer, à Bouchain, le gouverneur Carondelet, dans lequel on ne pouvait avoir confiance.
Il fallait être sûr des frontiéres et Aytona lui-même voulut
présider à ce changement. L'attitude des Carondelet l'exigeait. Pendant l'hiver, Isabelle avait encore essayé de
ramener les égarés par la douceur et avait invité le doyen
de Cambrai à venir à Bruxelles, en lui promettant toutes
garanties pour sa liberté ; au lieu de venir, le doyen s'était
réfugié en France. Quant à son frère, le gouverneur de
Bouchain, il était notoire qu'il n'avait cessé d'entretenir des
relations avec toutes sortes d'agents français. Bien plus, il
s'était refusé à laisser entrer dans la ville, le régiment que
l'Infante lui envoyait pour renforcer la garnison.

Aytona arriva à Bouchain, muni d'un ordre de l'Infante
enjoignant à Carondelet de recevoir la garnison que le
marquis d'Aytona jugeait bon de lui imposer. Il ne s'y
opposa plus et Aytona allait quitter le pays, rassuré, lorsqu'une lettre interceptée lui apprit que le baron de Noyelles
était un véritable traître. Il envoya aussitôt un de ses
officiers, le major Apelman, pour se saisir du gouverneur.
Apelman pénétra avec quelques hommes jusqu'à lui, mais
lorsqu'il sut qu'on venait l'arrêter, Carondelet, saisi de

fureur, se précipita, un couteau à la main, sur les soldats, en tua deux et en blessa plusieurs autres, ce que voyant, les autres hommes se jetèrent sur lui et l'un d'eux l'assomma avec son arquebuse.

A cette nouvelle, tous les Carondelet s'enfuirent ou se cachèrent et Aytona revint à Bruxelles, d'où il alla immédiatement prendre le commandement de ses troupes. (1) Elles n'étaient pas, à beaucoup près, aussi fortes que celles de Frédéric-Henri. Elles ne comptaient que 12.000 piétons, 6.000 cavaliers et 18 pièces d'artillerie.

Aussi n'essaya-t-il point de déloger le prince d'Orange qui venait de mettre le siège devant Rhinberg. Il se contenta de marcher de ce côté, de reprendre quelques petites villes comme Slevenswerth et Montfort, vint s'assurer du bon état de la ville de Gueldre, dont il renforça la garnison, et dans cette promenade militaire, sans risquer de grandes batailles, arriva cependant à déjouer tous les plans du prince d'Orange, qui ne put pénétrer dans les Pays-Bas comme il se l'était proposé. D'ailleurs, ni le marquis, ni Frédéric-Henri n'avaient envie d'exposer trop leurs armées au moment où l'on négociait la paix. Les résultats de la campagne furent nuls ; sans doute Rhinberg revint à la Hollande, mais l'armée espagnole avait repris d'autres forts, et la surprise que tenta Guillaume de Nassau vers les Flandres et les forts de Philippine et de l'Etoile dont il s'empara, ne changèrent rien à la situation générale. C'était cependant un succès dont l'Infante éprouva une certaine mortification, d'autant plus vive qu'on aurait pu éviter cette reprise d'hostilité, due à une manœuvre intempestive du Président Roose.

Laissant à Aytona l'attaque par le fer et le feu, Roose se réservait la guerre de plume. Jamais, à aucun temps, on ne s'était injurié par la presse comme on le faisait alors.

(1) Les Etats généraux, après l'affaire de Bouchain, envoyèrent une députation féliciter l'Infante, « C'est un coup de la Providence, répondit la princesse, qui a coupé la broche à beaucoup de menées que le temps découvrira. Henrard, Marie de M. dans les P.-B. p. 257.

Cette manie des humanistes avait pris avec Luther et ses sectateurs un développement formidable. La polémique à coups d'injures paraissait la seule bonne, les arguments n'étant victorieux qu'autant qu'ils étaient accompagnés de plus de violence. On usait encore de ce moyen au commencement du XVIIᵉ siècle. Il est même étonnant que le public pût encore goûter ce genre de discussion et s'émût autant de chaque nouveau factum.

Peu avant l'arrivée de Roose aux Pays-Bas, Ericius Puteanus, l'illustre latiniste de l'Université de Louvain, avait publié sans penser à mal, et uniquement par esprit de pacification, une brochure très bien faite et fortement pensée, dans laquelle il mettait en parallèle les malheurs de la guerre et les bienfaits de la paix, au point de vue spécial des Pays-Bas.

Il montrait les tristesses de cette guerre presque fratricide, poursuivie sans passion, et comme de force, par deux peuples faits pour s'entendre, et il finissait en exprimant les vœux les plus pressants pour la conclusion d'une trêve. L'illustration de l'auteur et la sagesse, autant que l'élégance de son discours produisirent un grand effet.

Une telle brochure devait naturellement mécontenter Roose, dont elle combattait toute la politique ; il effraya le conseil d'Etat en assurant que cet opuscule allait donner aux hollandais de nouvelles raisons de se montrer intraitables, puisqu'il prouvait combien les belges désiraient la paix. On fit saisir tous les exemplaires qu'on put trouver, mais on ne les saisit pas tous. Beaucoup étaient déjà en Hollande, où on ne manqua pas de remarquer, par cette conduite affolée, combien le gouvernement de l'Infante avait peur de ses ennemis.

Roose jugea que la suppression de la brochure ne suffisait pas et qu'il était nécessaire d'y répondre pour en effacer la mauvaise impression. Sous sa dictée parurent deux factums. L'une, intitulée : *Remarques de Religion et d'Etat*, contenait un panégyrique enthousiaste de Philippe IV, qui s'associait avec une grêle d'accusations passionnées contre les Provincee-Unies. L'autre, due à la plume de Gaspard Barleus, n'était qu'un tissu d'injures contre les mêmes provinces et finalement, on y annonçait la rupture de toutes les négociations.

Rien ne pouvait être plus maladroit que cette publication, (1) alors que tout le pays suivait avec angoisse les pourparlers, dans l'espérance de la paix et que la conduite des Etats généraux et de ses députés à La Haye était en complète opposition avec ces deux libelles. Qu'allaient penser les hollandais ? Les Etats généraux en furent indignés. Il y eut une série de séances tumultueuses, à la suite desquelles une députation fut envoyée à l'Infante pour la prier de désavouer publiquement les deux factums ou bien de rappeler les députés de La Haye, car l'assemblée ne voulait pas être accusée de duplicité.

La colère était d'autant plus forte que les Etats de Hollande, pour répondre à ces attaques, avaient envoyé Guillaume de Nassau en Flandre et qu'il en résultait la perte de deux forts. C'était payer cher quelques feuillets sans valeur et Isabelle en était d'autant plus affligée qu'elle ne pouvait rien y faire. La démarche des Etats généraux la mettait dans une situation pénible. Elle ne pouvait pas démasquer Roose, l'inspirateur de Barleus, et encore moins le désavouer.

Sans répondre directement à la première requête des Etats, elle assura que la procuration de Philippe IV, attendue depuis si longtemps, allait bientôt arriver ; qu'elle jugeait par les lettres du roi, que son désir le plus ardent était de voir ses bons vassaux en repos et tranquillité ; qu'il importait donc en ce moment de continuer les négociations avec la Hollande et d'y laisser les délégués de l'Assemblée. (2)

Mais avant cet incident, le 1er avril 1633, les Etats de Hol-

(1) Il ne faut pas oublier qu'alors la moindre brochure ne pouvait se publier sans la permission du souverain qui prenait par là la responsabilité de la publication.

(2) Henrard, M. de M., p. 359.

lande avaient remis aux députés belges une note qu'ils appe-
laient leur ultimatum et dans laquelle, en dix-huit points,
ils alignaient les conditions définitives auxquelles ils consentaient à la paix. Ces conditions étaient exactement les
mêmes qu'au début des négociations : le renvoi des troupes
espagnoles, la ratification des Etats généraux substitués à
l'Infante — donc agissant en souverains — les questions de
la navigation de l'Escaut et des pays à reconnaître neutres,
toutes à l'avantage des Provinces-Unies, et enfin la prétention, malgré la paix, de pouvoir continuer la guerre contre
l'Espagne aux Indes. Les députés belges furent atterrés. (1)

Tout leur travail était anéanti d'un seul coup. On
ne leur donnait que quatorze jours pour répondre. Ils
partirent pour Bruxelles, sans espoir d'obtenir des concessions aussi exhorbitantes.

Malgré ses dispositions pacifiques, Isabelle fut si indignée
à son tour qu'elle commença par refuser la permission aux
députés de retourner à La Haye. Il fallut de longues représentations pour la faire changer d'avis et faire briller à
ses yeux un vague espoir de changement de la part de la
Hollande. Elle consentit enfin, mais en passant par-dessus
le Président Roose, qui refusa le vidimus à la nouvelle
instruction donnée par l'Infante au duc d'Arschot. Isabelle
ne pouvait pas répondre bien favorablement à l'ultimatum
hollandais, tout au plus osât-elle modifier quelques points
de détail. Elle ne pouvait biffer la clause de la reddition de Pernambouc, et, pas davantage, montrer le
renouvellement de ses pouvoirs que le roi se gardait de lui
renvoyer.

Afin de remplacer ce document, l'Infante, par déclaration
spéciale, certifiait que le roi approuvait les conférences
tenues en son nom et elle s'engageait à réclamer une fois de
plus la rénovation de ses pouvoirs.

Une telle réponse ne pouvait contenter les hollandais;
elle eut pour effet de les rendre plus exigeants. Ils décla-

____

(1) Waddington : Les Pr. Unies, p. 196.

rèrent qu'ils ne voulaient plus entendre parler de Pernambouc. (1) Le duc d'Arschot revint à Bruxelles, mais l'Infante
avait fait les dernières concessions possibles. De son côté,
Frédéric-Henri, qui déjà assiégeait Rhinberg, écrivit aux
Etats de Hollande de ne rien concéder. Arschot, revenu à
La Haye, après avoir conféré avec les députés des deux
pays, reconnut qu'on se trouvait devant une situation
inextricable et on décida de suspendre les séances. Quatre
députés belges restèrent à La Haye pour attester par leur
présence que tout n'était pas entièrement rompu. (2)

Revenus à Bruxelles, les députés examinèrent la situation
avec les Etats généraux et on reconnut que le seul moyen de
sortir de ce cercle vicieux était d'envoyer à Madrid les deux
chefs de l'assemblée, le duc d'Arschot et l'évêque d'Ypres,
afin de persuader à Philippe IV de faire quelques concessions, en lui mettant sous les yeux l'état grave du pays.

Mais Isabelle craignait, non sans raison, qu'un mauvais
accueil ne fut fait aux deux ambassadeurs et réussit à les
dissuader de partir.

L'été passa dans cet assoupissement diplomatique que
remplissait seulement les échos de la guerre prudente,
menée par les deux nations ennemies ; en octobre, les

---

(1) Pour montrer combien Philippe IV et ses ministres se rendaient peu
compte de la situation, voici un extrait d'une lettre que le roi écrivait à sa
tante en juin 1633 (vol. XXX).« J'ai reçu les dépêches du Président Roose au
sujet de la trêve, Il ne croit pas que les hollandais y consentiront. Je désire
vivement la paix pour le repos de mes sujets, mais la trêve à de telles conditions me paraît peu honorable. D'un autre côté, la continuation de la guerre
est dangereuse ; on ne peut en de pareilles circonstances que s'en rapporter à
Dieu. Entre les avis des députés des provinces, du marquis de Aytona, de
don Gonzalez de Cordova, du Président Roose, V. A. saura sans doute prendre
le meilleur parti ; pour moi, je vois toutes ces menéés avec la plus grande
répugnance, j'aimerais mieux perdre tout les armes à la main. C'est le parti
que je prendrais certainement, et je combattrais jusqu'au bout si je pouvais
venir en Flandre, car je suis bien convaincu qu'avec toutes ces propositions de
paix, on n'arrivera à rien qu'à diminuer l'honneur de l'Espagne. En tous cas,
je recommande de ne rien céder sur la possession de Pernambouc, ni sur la
sortie des espagnols des États de Flandre, ni sur le serment des officiers de
l'armée. »

(2) Waddington. La rép. des Prov. Unies, p. 198.

diplomates se réveillèrent et les Etats des Provinces-Unies prièrent les quatre députés belges, demeurés chez elles, de leur donner enfin une réponse ou de s'en aller. On leur concédait un mois ou, au plus, six semaines pour terminer définitivement les négociations.

Cette fois, tout le monde sentit qu'on était arrivé au point où il fallait rompre, si on ne pouvait donner au moins quelque satisfaction à la Hollande. Si on parvenait à faire renoncer le roi à Pernambouc, on pourrait en retour exiger des Provinces Unies d'autres concessions. Pour arriver à ce but, il n'y avait qu'un moyen : aller à Madrid. Le moyen, Isabelle le savait, était assez dangereux, et elle n'en espérait guère de bien. Le roi et ses ministres ne variaient pas dans leur antipathie pour les Etats généraux. En août dernier, elle avait dû lutter encore pour n'être pas obligée de les dissoudre, (1) ce qui aurait produit le plus triste effet. Elle n'ignorait donc pas les dispositions avec lesquelles on pourrait recevoir là-bas les chefs de cette assemblée. Si l'on en croit l'auteur de l'Histoire métallique des Pays-Bas, le parti espagnol, en voyant les députés s'épuiser en pourparlers, allant sans cesse de Bruxelles à La Haye, commençait à se moquer tout haut de l'inutilité de leurs efforts. (2) Aussi ce fut avec le moins charitable plaisir qu'ils virent les derniers députés demeurés à La Haye, rentrer aux Pays-Bas avec l'ultimatum définitif des hollandais.

C'était la rupture. Roose se hâta d'en prévenir le roi et il y ajoute une accusation dont l'anonymat n'en désigne que plus perfidement le duc d'Arschot. (3) Philippe IV exprima

(1) « Après la réponse que j'ai reçue de V. M., il n'y a plus qu'à obéir et à rompre les négociations (de La Haye). Je me permettrai pourtant de représenter à V. M. qu'il vaudrait mieux pour dissoudre l'assemblée, de pouvoir attendre l'hiver, alors qu'il n'y a plus à craindre les incursions de l'ennemi et l'arrivée du duc de Feria avec son armée fera recevoir avec plus de respect et d'amour les ordres de V. M. » Vol. XXX, 20 août 1633. Comme on le voit, l'Infante craignait les troubles qu'auraient suscités une dissolution par ordre impératif.

(2) Van Loon. Hist. métall. des P.-B. Tome II, p. 211.

(3) « Le Président Roose m'a informé de la fin des négociations des provinces avec les hollandais. Il a appris qu'un des députés des provinces a

toute sa joie à sa tante. Mais il ne savait pas que les députés des Etats généraux et l'assemblée toute entière ne voulait pas renoncer à tout espoir de paix. Les Etats généraux avaient agi pendant toute cette session avec la plus belle loyauté vis-à-vis du roi, qui aurait pu leur témoigner sa satisfaction de meilleure façon. Il ne se rend pas compte que c'est leur réunion qui a arrêté la révolte dès son début et lorsqu'il apprend qu'ils siègent encore, malgré ce qu'il croit être la rupture des négociations de paix, il en fait des reproches à l'Infante. (1)

Celle-ci ne voyait qu'un moyen d'en finir, c'était de consentir au départ du duc d'Arschot pour Madrid. Elle exauçait par là le vœu des Etats généraux et en même temps donnait l'occasion à Philippe IV et au chef de la noblesse de se connaître et, espérait-elle, de s'entendre. Si même Arschot ne pouvait convaincre le roi de faire la paix immédiate, il lui signalerait le danger de continuer la guerre et quelle armée formidable elle allait exiger, puisque les Provinces-Unies venaient d'élever le contigent militaire à 50000 hommes de pied, troupe extraordinaire pour l'époque. Peut-être de cette rencontre sortirait-il une entente bienfaisante ?

Mais Isabelle n'est cependant pas sans inquiétude, car elle sait combien le duc d'Arschot a été desservi à Madrid. Le comte duc était persuadé que les Etats généraux s'étaient

accusé mes ministres de l'avortement du traité. Dès l'origine, j'ai désapprouvé les démonstrations des provinces et je suis fort content que tout soit fini. La personne qui accuse mes ministres est bien mal informée. J'engage V. A, à refréner de semblables paroles et à montrer combien elle les désapprouve. On ne saurait trop, d'un autre côté, honorer le Président Roose et témoigner publiquement qu'il est le ministre dans lequel on a le plus de confiance. Corresp. vol. XXX, lettre du 24 oct. 1633.

(1) « J'ai prévu combien était dangereuse la réunion des députés des provinces. C'est contre mon avis qu'on l'a tolérée. V. A. s'aperçoit maintenant qu'il sera bien difficile de dissoudre cette assemblée. J'engage V. A. à user de toute son adresse et à bien examiner lequel des deux partis à prendre maintenant est le moins périlleux : supporter les Etats quelque temps encore ou les congédier. Mais V. A. ne peut ignorer que tant qu'ils resteront réunis, la conservation de ces provinces courra de grands dangers ». Corresp. vol. XXX, lettre du 10 novembre 1663.

mis secrètement d'accord avec le prince d'Orange pour se-
couer la souveraineté de l'Espagne. Les racontars qu'on ne
cessait d'envoyer des Pays-Bas à Madrid désignaient toujours
le duc d'Arschot comme la cheville ouvrière de cette trahison. Les troupes que Philippe IV réunissait en ce moment
même en Allemagne, étaient tout autant destinées à dissoudre les Etats généraux par force qu'à combattre la Hollande (1) ou d'autres ennemis. Si Isabelle avait su jusqu'à
quel point on tenait Arschot pour traitre et si les Etats
s'étaient doutés de l'opinion du roi à leur égard, ils n'auraient pas envoyé l'infortuné duc se jeter de lui-même sous
les pieds d'un juge impitoyable. Isabelle cependant, écrivant à son neveu, l'appelle « un chef dangereux ».

— « J'ai décidé, dit-elle que le duc d'Arschot se rendrait
à Madrid ; le duc parti, les provinces n'auront plus de chef
dangereux. » Il est probable qu'elle se sert de cette expression sans lui donner une signification qu'elle n'accepterait
pas elle-même. Elle est franche et ne voudrait pas jeter sur
un homme qui lui est dévoué, une accusation grave. D'ailleurs elle ajoute aussitôt : « Je prie V.M. de le recevoir avec
affabilité pour le grand crédit qu'il possède ici. Si le duc
d'Arschot est entré dans la conjuration comme on le prétend
à Madrid, il se trouvera séparé de ses mauvais rapports et
en lieu de sûreté ». (2)

Le duc d'Arschot quittait les Pays-Bas l'esprit fort
tranquille et loin de se douter qu'il ne reverrait plus sa
patrie (3). Il avait reçu des instructions de l'Infante con-

(1) Henrard, M. de M. p. 360.

(2) Corresp. vol. XXX, lettre du 10 novembre 1633.

(3) Philippe d'Arschot fut très bien reçu à Madrid et pendant qu'on l'entourait de marques d'honneur et d'attention, on faisait aux Pays-Bas l'enquête la
plus minutieuse sur sa conduite. Malheureusement pour lui l'Infante était morte
pendant son voyage et, aussitôt, Pierre Roose, prenant en main une autorité
judiciaire sans égale, commençait en 1634, le célèbre procès à la noblesse. Aussi
Arschot fut-il pris au dépourvu lorsque le roi, un jour, l'appelant au palais,
au lieu de le recevoir comme d'habitude, le somma d'avouer la part qu'il
avait prise à la conspiration. A la suite de cet interrogatoire où il avait refusé
de rien dire, on l'arrêta. Ici malheureusement le noble duc se laissa aller à
une faiblesse qui tache tristement sa vie jusque là si belle. Se souvint-il du

cernant les pouvoirs à demander pour la négociation de la paix et une attestation de la même princesse assurant qu'elle était entièrement satisfaite de la conduite des Etats généraux et des députés chargés de négocier à la Haye.

---

malheureux Montigny, étranglé dans sa prison et crût-il sauver ses jours en faisant œuvre de dénonciateur ? On ne sait, mais le lendemain de son arrestation, il nomma tous ceux qui avaient pris part aux conciliabules français, presque tous ses proches parents. Cette lâcheté ne le sauva point. Quoique Roose ne put parvenir à trouver aucune preuve contre lui, il fût gardé prisonnier malgré toutes les démarches de sa famille. Sa femme, Marie Cléophée de Hohenzollern, venue à Madrid, ne put obtenir de partager sa prison. Il vécut ainsi trois ans et mourut en 1647, consumé de chagrin, sans avoir pu recouvrer sa liberté quoiqu'on aie reconnu son innocence.

CHAPITRE XXI

L'abbé Scaglia. — Trahison de Gerbier. — Retour à Bruxelles du duc
d'Orléans. — Maladie de la Reine Mère. — Mésintelligence avec
son fils. — Fuite de Marguerite de Lorraine aux Pays-Bas. — Fin
de la Lorraine.

Il ne manquait certes pas à l'Infante, au crépuscule de
sa vie, l'occasion de se perfectionner en vertu, mais surtout dans la vertu de patience. Elle avait subi tour à tour
les humeurs diverses des envoyés de son neveu, La Cueva,
Santa Cruz, d'autres moins considérables, mais tout aussi
exigeants. Maintenant elle avait Pierre Roose et, peut-être,
regrettait les absents. A ce conseiller fort impératif s'ajoutait
tout-à-coup un nouveau venu, plus souple, et sans doute
aussi dangereux, c'était l'abbé Scaglia dont nous avons déjà
entrevu la silhouette féline. Appartenant à l'illustre maison
de Verrues, parent des ducs de Savoie, neveu d'un Cardinal, il vint jadis à Bruxelles en allant en Angleterre. Là il
essaya son habileté diplomatique à faire entrer le roi Charles Ier dans une ligue contre la France, que le roi d'Espagne
voulait former. Après quelques années de tâtonnements,
l'abbé Scaglia, dont l'ambition s'ennuyait de rôles secondaires, jugea que la cour de l'Infante serait un excellent
terrain pour y déployer ses talents politiques. Les ouvertures premières faites par lui à Philippe IV ne furent pas
trop bien reçues. Le roi n'avait pas confiance en lui. Mais
la manière dont il travailla en Angleterre changea l'opinion
royale et lui acquit la faveur d'Olivarès. Bientôt, il obtint
même du gouvernement de Madrid, une vague mission

diplomatique aux Pays-Bas. Elle lui permettait de s'installer dans le nid à intrigues qu'était Bruxelles, depuis que la reine mère et son fils y séjournaient. Aussi s'occupait-il des affaires de tout le monde et, en réalité, était pour le roi d'Espagne un informateur de premier ordre, le renseignant avec une merveilleuse exactitude sur tout ce qui se passait autour de lui.

L'Infante se voyait donc obligée de lui faire bon accueil et, s'il faut en croire l'abbé, elle le consultait souvent sur les affaires du pays comme sur celles de l'extérieur. Toujours d'après lui, elle eut même l'idée de l'envoyer à La Haye sous le prétexte d'offrir des condoléances à la princesse Palatine sur la mort de son mari, ce qui pouvait s'accepter à cause des bonnes relations que Scaglia avait nouées avec la famille royale d'Angleterre. La vérité, c'est que Scaglia avait insinué cette idée à l'Infante, ne doutant pas que son génie diplomatique ne fut indispensable à la bonne conclusion des négociations en cours (1). Isabelle l'écrivit à Philippe IV qui le trouva dangereux. On venait d'avoir, par l'incident de Rubens, une leçon qu'il fallait mettre à profit. Ce projet d'une négociation parallèle avec les membres de la famille de Nassau avait eu également pour inspirateur un autre intrigant, le peintre Gerbier, grand ami de Scaglia, venu s'installer aux Pays-Bas, attiré également par les occasions d'intrigues qui s'y offraient tous les jours. Ces visiteurs ne plaisaient guère à l'Infante. Il fallait néanmoins les accepter. Gerbier, du reste, avait aux Pays-Bas des parents haut placés, car il appartenait à une famille très bien alliée qui comptait dans sa parenté les Melun, les Lannoy et d'autres. Par ces relations de famille, il entrait justement dans le milieu anti-espagnol où l'on marivaudait avec Richelieu, et tout en cherchant comment il pourrait tirer avantage de la situation, il débuta en se montrant tout dévoué pour les conspirateurs. Il offrit sa maison comme lieu de réunion très sûr, car il était garanti

(1) Secrétariat d'Etat et de guerre, n° 596. Corresp. de Scaglia, f. 144.

par le titre d'envoyé qu'il s'était fait délivrer par le roi d'Angleterre. C'est ainsi qu'il connut dans tous ses détails cet embryon de conspiration dont l'importance ne parut pas même valoir à Richelieu le risque d'un régiment, mais qui était suffisante pour effrayer le gouvernement espagnol. Gerbier venait donc de trouver le moyen de se tirer de la médiocrité où il végétait, à l'affût de quelque bon coup. Son talent de peintre, mince comme sa fortune, ne pouvait lui rapporter les gains obtenus par son ami Rubens. La trahison, la délation, le marchandage cynique étaient si communs à cette époque que Gerbier n'eût pas l'ombre de confusion en allant trouver l'abbé Scaglia et en lui disant sans vergogne qu'il connaissait dans ses plus grands détails tout ce qui se trâmait entre la France et les mécontents, mais qu'il ne dirait ce qu'il savait que contre une somme suffisante. Il risquait sa vie en dénonçant ce complot, si on découvrait sa trahison, on se vengerait; un tel danger, et le service immense qu'il rendait, valaient bien une récompense extraordinaire (1). Il ajouta que le complot se trouvait non pas avec la France seule mais avec l'Angleterre et la Hollande, il avait en main les pièces les plus accablantes. Il demandait, pour cette révélation, une somme de 20000 écus comptant et une pension annuelle. Scaglia prévint aussitôt l'Infante et Olivarès. Isabelle ne pouvait pas se refuser à se prêter à cette négociation si naturelle selon les mœurs du temps. Elle autorisa Scaglia à envoyer un courrier extraordinaire à Madrid, demandant au roi l'autorisation d'accepter les offres de Gerbier et le priant d'expédier par la voie la plus rapide un homme comprenant bien le français et de toute confiance, qui écouterait ce que lui dirait le peintre, car il se refusait à rien écrire, à ne rien laisser copier des papiers qu'il possédait. Il dirait tout, il permettrait qu'on lise les pièces qu'il produirait, mais sous

(1) Pour tous les détails concernant ce dernier chapitre, nous avons puisé dans Henrard : Marie de Médicis aux Pays-Bas ; les articles sur Arschot, Aytona, Barbançon, Epinoy, de Gachard, dans la bibliographie nationale, et dans les correspondances de l'Infante, de Philippe IV et de Scaglia.

ses yeux et immédiatement. Le danger qu'il courait en faisant ses révélations était si réel que personne ne songea à trouver les précautions de Gerbier exagérées, pas plus que la lettre qu'il réclamait de Philippe IV, par laquelle le roi déclarerait qu'il prenait ledit Gerbier sous sa royale protection en quelque lieu qu'il soit.

Le roi ne refusa pas la lettre, mais trouva les 20000 écus une bien grosse somme pour une trahison qui ne lui apprendrait peut-être pas grand chose. Il continuait à se méfier de Gerbier et de Scaglia.

Mais l'Infante, et surtout ses conseils, pensaient autrement. Roose surtout prenait les choses au pire, et effrayait la princesse. Comme toujours dans les affaires où se mêlent les secrets et les mystères, on exagérait beaucoup; puis, on avait sous les yeux des faits réels, la révolte de Bergh et de Warfusée, l'imprudente conduite du comte d'Egmont, et cela suffisait pour donner de grandes craintes et beaucoup de soupçons. Les réponses d'Espagne tardant ou n'étant pas satisfaisantes, et Gerbier devenant pressant, Isabelle se décida à agir seule. Elle pria Scaglia de faire en sorte que le peintre consentit à parler devant une personne qu'elle désignerait et dont elle garantirait la discrétion. Elle proposa le secrétaire d'Etat Galaretta qu'elle connaissait comme tout à fait de confiance. Gerbier, craignant de perdre l'occasion, accepta, en demandant qu'on y joignît un second auditeur tout aussi sûr. Après quelques recherches, l'Infante choisit le Père Philippe, Capucin pieux et modeste qu'elle avait déjà employé dans des missions délicates. Il est vrai qu'il était le confesseur de Pierre Roose, mais l'Infante ne pensa point, en ce moment, que le Président en profiterait au détriment de ceux qu'il voulait perdre.

Le Père Philippe et un autre Capucin portèrent en secret les 20000 écus à Gerbier.

Ce que dit le peintre, ni le secrétaire Galaretta, ni le Père Philippe n'en soufflèrent mot à d'autres qu'à l'Infante et au Président, puis, la mémoire bien bourrée, le Père partit aussitôt en poste pour Madrid, afin de tout transmettre au roi.

Qu'avait dit Gerbier ? Quelles pièces exhiba-t-il ? C'est
ce que l'historien ne saura jamais et c'est ce qui laissera
toujours planer une ombre mystérieuse sur le procès de
Pierre Roose, en 1634. Elle jettera sur l'austère Président, une suspicion de partialité haineuse qui fera un grand
tort à sa mémoire. Si les révélations de Gerbier avaient été
à ce point accusatrices, l'Infante, malgré sa bienveillance
envers les accusés, n'eut pas empêché le cours de la justice.
Mais loin de là, dans les derniers mois de sa vie, elle a encore réuni, avec un éclat extraordinaire, les chevaliers de la
Toison d'Or, le jour de la Saint-André (1) et parmi ces
chevaliers se trouvaient tous les suspects : Barbanson,
Bournonville, Epinoy, etc. En admettant même que la
bonté de l'Infante eut été jusqu'à pardonner trop facilement
une révolte, elle n'était pas fausse et n'aurait pu sourire et
recevoir affectueusement des traîtres, dont elle savait qu'on
préparait le procès à la même heure. Il faut disculper
Isabelle de cette duplicité. Si elle avait vécu, jamais ce
procès n'aurait eu lieu. (2)

Quant au Père Philippe, il traversait l'espace de toute la
vitesse de ses chevaux, si bien qu'il arriva à Madrid un jour
ou deux avant le duc d'Arschot qui voyageait à son aise,
sans se presser, plein de sécurité et de confiance en l'avenir
et bien loin de prévoir le piège qu'on lui tendait. (3)

(1) L'Infante avait voulu que cette réunion des chevaliers fut particulièrement solennelle. Les chevaliers assistèrent aux vêpres de Saint André, la
veille, dans le costume de grand apparat qu'on n'avait plus porté depuis la
réunion tenue par Philippe II, en 1559. Le trésorier, gardien de ces costumes,
les remit enfin au jour. Ils consistaient en une robe longue de velours
cramoisi doublé de blanc, avec manteau et chaperon également en
velours cramoisi doublé de blanc. Le lendemain, il y eut la messe en toute
solennité et le banquet, et le surlendemain la messe pour les défunts de l'ordre,
à laquelle les chevaliers assistèrent, vêtus de velours noir. Chiflet T. 96, f. 216.

(2) Aytona, après la mort d'Isabelle, engagea vivement le roi et ses
ministres à passer l'éponge sur toute cette affaire et à pardonner et oublier,
preuve qu'il ne regardait pas la conspiration comme bien sérieuse. Le procès
ouvert, Aytona y prit le moins de part qu'il put.

(3) Henrard qui a étudié à fond toute l'histoire de ce complot et du procès
de 1634 en parle avec plus de compétence que Théodore Juste, et dit que les
accusations de Gerbier, et plus tard celles non moins lâches d'Egmont,

L'Infante s'inquiétait beaucoup moins de ce que faisait d'Arschot et ses alliés qu'elle n'éprouvait d'ennui aux menées pratiquées par la nuée d'intrigants et d'importuns qui entouraient la reine-mère et son fils Gaston. Ce dernier, que nous avons vu partir si allègrement pour le Languedoc, accompagné des vœux de tous les ennemis de Richelieu, venait de trahir lâchement sa mère et ses amis en se réconciliant tout à coup avec le Cardinal, par un traité où il ne mentionnait même pas celle-ci et où il abandonnait ceux qui s'étaient compromis pour lui et en particulier Henri de Montmorency, gouverneur du Languedoc. Sa confiance en ce frère du roi lui coûterait la tête. A la première nouvelle de ce traité, Marie de Médicis, désolée et indignée, accourait auprès de l'Infante pour déverser près de cette amie dévouée toute l'amertume de son cœur. Isabelle, toujours bonne, se refusait à croire que ce jeune et aimable prince avait fait montre d'un si lâche égoïsme. Son affection pour lui la rendait incrédule. Elle essaya de rassurer sa mère en lui disant que, certainement, les nouvelles qu'on venait de recevoir étaient inexactes. Avant de condamner Gaston, il fallait avoir plus de certitude « car elle l'estimait prince si généreux qu'il n'aurait rien fait contre son honneur ». (1)

En quoi Isabelle se faisait de grandes illusions. Aussi lorsqu'elle apprit à n'en pouvoir douter combien le duc d'Orléans s'était montré indigne fils, elle se mit à pleurer.

n'étaient pas assez précises pour que le roi osât faire enfermer et juger le duc d'Archot dès son arrivée. S'il fut gardé en prison, c'est que l'Infante étant morte, on avait fait demander au Président Roose des renseignements avec son avis, et la réponse du magistrat fut accablante comme il fallait s'y attendre.

(1) Chiflet, T. 96, f. 214. Isabelle aimait les caractères gais et trouvait dans Gaston, très cajoleur et amusant quand il y avait intérêt, un charme sympathique. Il y a comme une coquetterie assez étrange entre ces deux âmes si différentes. L'Infante se plaît à d'affectueuses taquineries envers lui. Comme il aime beaucoup à se trouver au milieu de l'essaim brillant des dames de la cour, il vient en cachette et se met derrière les portes pendant le dîner de la princesse. Mais elle le devine et lui envoie un gateau ou un fruit en disant à celle qu'elle envoie : Portez donc cela au pauvre qui est derrière la porte. Gazette de France 1632.

« Je pleure, dit-elle, s'excusant de sa faiblesse, non pour les affaires du roy mon neveu, lesquelles, grâce à Dieu, ne sont pas en si mauvais état qu'avec l'ayde du ciel, on ne les puisse redresser heureusement, mais parce que je l'ayme (Gaston) et que je vois qu'il a eu si peu de soin de son honneur ». (1) Chiflet ajoute que l'Infante aimait le duc d'Orléans d'une affection vraiment maternelle.

Les affaires de l'infortunée Marie de Médicis n'étaient pas brillantes après le traité de Béziers ; Isabelle, en écrivant vers cette époque à son neveu, ne cache pas que le parti de la reine mère est réduit à néant et que les propositions qu'elle peut faire ne sont pas dignes d'attention. « Seul Monsieur peut encore compter, parce qu'il est l'unique héritier du trône ». (2)

Lors du départ de Monsieur pour le Languedoc, elle avait essayé de gagner l'empereur à sa cause et lui avait envoyé le baron de Cormenain avec la mission de proposer de si belles choses à Wallenstein, le généralissime des armées de la ligue catholique, que sa cupidité et son ambition n'y pourraient résister. Malheureusement, dès Mayence, Cormenain était cueilli par le baron de Charnacé qui l'expédia à Richelieu, dont le bourreau fonctionna une fois de plus. Cet insuccès et le traité de Béziers jetèrent le désarroi dans la colonie française à Bruxelles. Beaucoup de réfugiés commençaient à connaître la misère, d'autres se fatiguaient de l'exil. Les plus hardis demandèrent à Marie de Médicis la permission de négocier leur pardon du roi, afin de pouvoir rentrer en France ; d'autres, moins francs mais plus adroits, négocièrent ce pardon secrètement. La reine-mère s'en exaspéra. Le premier qu'elle surprit en faute fut le baron de Guezprez, le commandant de sa garde. Il fallait le punir. Comme elle n'avait pas de prison à sa disposition, elle en demanda une à l'Infante qui lui accorda le château de Vilvorde, sans penser plus loin. Mais Guezprez, enfermé, se regimba et envoya des plaintes partout, se disant arrêté

(1) Chiflet, T. 96, f. 214.
(2) Corresp. de l'Inf. et de Phil. IV, T. 32, lettre d'août 1633.

et enfermé illégalement, car la reine-mère n'était rien du tout aux Pays-Bas. Dans un pays si féru de ses libertés, de telles plaintes trouvèrent immédiatement un écho dans les Etats de Brabant, qui prièrent l'Infante de relaxer tout de suite le commandant des gardes. Isabelle répondit que cette affaire regardait la reine-mère, parce que Guezprez lui appartenait. Les Etats de Brabant protestèrent. Leurs privilèges et leur droit ne permettait pas de mettre en prison quelqu'un dont on n'aurait pas jugé la cause ni fait préalable information et ils allèrent consulter les Etats généraux. Ces derniers envoyèrent demander à l'Infante la permission de faire à la reine-mère « telle remonstrance qu'ils trouveraient convenir, afin d'obtenir la relaxion du dit baron », (1) ce que la gouvernante accorda d'autant plus volontiers qu'elle se retirait de cette façon d'une affaire très épineuse, vu le caractère de la veuve de Henri IV. Celle-ci prit fort mal la démarche des députés. Elle n'admettait pas qu'elle qu'on lui refusât le pouvoir d'agir en Belgique comme en France et de châtier un serviteur comme elle l'entendait. Elle trouva les députés irrespectueux et entêtés et s'en plaignît amèrement à l'Infante qui fit faire une enquête sur Guezprez. On reconnut qu'il n'était coupable que d'ingratitude, crime heureusement oublié dans les codes des nations, et on lui ouvrit la porte du vieux château, sa prison.

On n'en finirait pas s'il fallait conter par le menu tous les tracas suscités à l'Infante par sa très illustre, mais très difficile amie. Quand ce ne serait que cette nuée d'espions, accourus en Belgique comme les mouches vers un gâteau de miel, depuis le premier maître d'hôtel de la reine, La Vieuville, que l'Infante doit finalement chasser des Pays-Bas, jusqu'aux femmes de chambre et aux laquais, monde qu'il est bien difficile à la princesse d'empêcher d'entrer au palais, où ils viennent espionner tout le temps. Puis ces dames de la reine sont les plus brouillonnes, les

_____

(1) Henrard. Marie de Médicis dans les P.-B., p. 287.

plus difficiles, les plus bavardes des filles d'Ève de France, et à chaque instant surgissent des incidents où l'Infante doit déployer une patience et une diplomatie rares. Quant à la reine, elle passe de la plus noire tristesse à l'espérance la plus folle, elle est inabordable quand les cheminées fument et, s'il fait beau, veut se promener à travers la Belgique, ce qui oblige Isabelle à des déplacements intempestifs.

Les imprudences de la reine et de ses gens, aussi bien que le peu de sécurité que ce monde donne à l'Infante, l'a obligée à avoir, elle aussi, des espions à elle dans l'entourage de Marie. Un jour, elle reçut par cette voie une feuille imprimée, trouvée chez la reine. Dans cet écrit, on invitait Marie de Médicis à rentrer en France, où elle serait la très bien venue. Elle y serait traitée selon son rang, mais si elle persistait à demeurer aux Pays-Bas, le roi viendrait l'y chercher de force à la tête d'une armée de 50.000 hommes. (1)

Ce pouvait être une rouerie de Richelieu qui, probablement, n'ignorait pas que l'Infante avait aussi des agents secrets chez la reine, et la police du Cardinal l'emportait sur toutes les autres. Peut-être avait-il, par ce moyen, voulu effrayer l'Espagne. Dans ce cas, il réussit, car Isabelle, fort émue, envoya aussitôt l'imprimé à Philippe IV, qui y répondit, à sa grande surprise, en l'engageant à prêcher fortement à la reine la paix avec son fils Louis.

Cette réponse, envoyée sous la vive impression de toutes les défaites de la malheureuse campagne de 1632, embarrassait l'Infante.

Mais elle n'eut pas le temps de commencer ses exhortations. Le 19 de ce même mois, un courrier arrivait à Bruxelles, annonçant que Monsieur quittait la France et s'était refugié de nouveau en Suisse. (2) Deux jours après,

(1) *La personne par les mains de qui passe la correspondance de France à l'audiencier.* (Audience, 654) 23 octobre 1632.

(2) Gaston, depuis le traité de Béziers, séjournait soit à la cour, soit à Tours, où il était, d'ailleurs, surveillé de près par Richelieu. Il s'était vite dégoûté de cette situation fausse que beaucoup de familles, dont les membres s'étaient compromis pour lui, lui reprochaient.

nouveau courrier : le marquis de Fargis, un ami de Gaston, confirme l'arrivée prochaine de son maître. Le duc d'Orléans expliquait sa nouvelle volte-face par l'indignation qu'il ressentait de l'exécution de Montmorency, violence qu'il ne pouvait supporter, et parce qu'il savait pertinemment que le Cardinal voulait l'enfermer à Vincennes. (1)

La reine-mère ne pardonnait pas aussi vite une injure qu'elle avait doublement ressentie, puisqu'elle venait de son fils. Prétextant l'arrivée à Bruxelles d'un ambassadeur de Louis XIII, monsieur de Rambures, qui venait se plaindre de l'enlèvement de madame de Combalet (2), Marie partait pour Malines et Anvers.

Le duc d'Orléans expédia un courrier porteur de lettres pour sa mère et pour l'Infante, qui arriva à Bruxelles le 29 novembre, à midi. Gaston y annonçait sa prochaine arrivée et déjà le soir, il entrait à la cour, « fort tard, dit Chiflet, et il alla aussitôt souper chez monsieur d'Andelot, avec le duc d'Elbeuf, le comte de Puylaurens, les marquis de Vardes et d'Elbene ». (3)

Monsieur, décidément, appréciait fort les soupers de d'Andelot, qui dut certainement changer ses habitudes, car le prince prit la coutume, comme l'année précédente, de venir souvent souper chez lui, seul ou avec des amis.

Avec le léger et aimable fils de France, la vie mondaine se réveilla à Bruxelles. L'Infante avait de nouveau ouvert à Gaston les somptueux appartements de l'archiduc Albert et, toujours prévenante, faisait garnir ses tiroirs de linges fins et ses armoires d'habits neufs (4). De tous côtés les hôtels de

---

(1) Lors de l'affaire du comte de Chalais, Gaston avait avoué avec impudence qu'il se réservait toujours de ne tenir de ses engagements que ce qui lui convenait. Il disait la même chose après Béziers.

(2) Le Père Chanteloube, confesseur de la reine mère, avait espéré, en faisant enlever madame de Combalet, la nièce de Richelieu, pour la garder à Bruxelles, avoir ainsi un otage qui répondrait de la vie d'Henri de Montmorency, mais au moment d'agir, un des conjurés, effrayé, alla révéler le complot.

(3) Chiflet. T. 96 f. 215.

(3) Gazette de France, 26 nov. 1632. La même gazette dit que Louis XIII

la noblesse reprenaient leurs aspects de fête ; soirées, réceptions, dîners se succédaient, et l'Infante ne devait pas être
satisfaite de ce train de vie jusque là inconnu à sa très
sage cour. Gaston revenait avec une passion du jeu partagée
aussitôt par toute la noblesse. On se mit à jouer des sommes énormes. En une soirée Monsieur gagne 2000 patacons
chez le duc de Bournonville, que lui paie le duc de Lerme ;
une autre fois, c'est Puylaurens qui emporte 53.000 patacons au duc de Marze. L'archiduchesse est impuissante à
arrêter ces folies (1). En ce moment d'ailleurs elle était absorbée par les négociations avec La Haye qui, à la fin de 1632,
se trouvaient en pleine activité. Puis, en janvier 1633, l'arrivée du comte de Mérode, revenant d'Allemagne, lui donnait
l'espoir d'une entente entre Monsieur et l'empereur. Pour
cela, il est vrai, il fallait être sûr que Wallenstein tiendrait
ses engagements et le duc d'Orléans les siens, et ces deux conditions paraissent peu sérieuses. La campagne du Languedoc
devait ouvrir les yeux à l'Infante, mais elle est si persuadée
de l'intérêt réciproque qu'aurait l'empereur à s'accorder avec
Gaston, qu'elle entre avec joie dans la nouvelle combinaison
qui s'effondrera, comme les autres, avec la rapidité d'une
bulle de savon. (2)

Quelles que fussent les pensées de l'Infante au retour de
Gaston chez elle, après sa conduite sans gloire du Languedoc, elle n'en laissa rien paraître et reçut le prince comme
auparavant. Elle l'engagea à aller voir sa mère sans tarder,
puisque celle-ci voulait rester à Malines et il partit dès le
lendemain de son retour, pour lui présenter ses respects. Mais il ne put la décider à reprendre son logis habituel, elle était encore trop ulcérée, puis, entre ses gens et

envoya un gentilhomme réclamer le Père Chanteloube pour le punir d'avoir
ourdi le complot dont il est parlé plus haut. L'Infante refusa de livrer le religieux.

(1) Gazette de France, novembre-décembre 1632.

(2) Dans la correspondance de l'abbé de Scaglia (f. 132 et s.) celui ci signale
au roi les menées de la France pour empêcher la trêve et pour mettre au
Palatinat de nouvelles troupes, livrer à la France quelques places d'Alsace et
rendre ainsi impossible le maintien d'une armée espagnole de ce côté.

ceux de son fils il y avait trop de querelles. On disait même que le P. Chanteloube, de peur que Puylaurens n'acquît quelqu'influence sur la reine, s'efforçait de la détourner de revenir à Bruxelles. Marie de Médicis alla s'installer à Gand.

En arrivant aux Pays-Bas, Gaston n'avait pas de plan bien arrêté — en eut-il jamais? Il attendait les événements. Il continuait à négocier avec Wallenstein qu'il aurait voulu amener avec son armée sur les frontières de France et, en même temps, envoyait à Madrid les deux frères de Lingendes pour se concerter avec le roi. Philippe IV poursuivait toujours son projet d'une ligue contre la France avec l'empereur, l'Angleterre et le duc de Lorraine. Mais ce dernier n'osait bouger, serré de près par une armée menaçante et surveillé par mille espions. L'Angleterre refusait nettement.

Ces défections rendaient le roi d'Espagne hésitant. Sans doute, Monsieur lui promettait le concours de toute la noblesse de France, mais pouvait-on s'y fier ? Philippe IV voulait plus de certitude. Il demanda que ceux qui promettaient leurs concours lui écrivissent une lettre d'engagement. L'infante objectait avec raison que beaucoup de temps allait se perdre à courir après tant de monde (1). Elle croyait pouvoir compter sur la parole du duc d'Orléans qui se portait garant d'une manière positive de la fidélité de ses partisans. A Madrid, on conservait des doutes sur la bonne foi du prince français et on n'avait pas tort, puisque, au moment même où il affirmait si catégoriquement son projet de traiter avec les Habsbourg, il continuait ses négociations secrètes avec Richelieu. En vain, chaque jour, apprenait-il quelque nouvelle rigueur du Cardinal envers ceux de ses partisans tombés entre ses mains, Gaston ne s'en émouvait pas.

Isabelle n'ignorait rien de ce double jeu, et se bornait à tenir son neveu au courant de tout ce qu'elle apprenait, pré-

____

(1) Corresp. de l'Inf. et de Ph. IV. vol. XXIX lettre du 21 mars 1633.

férant ne pas faire de reproches à Monsieur ; ils n'eussent servi à rien.

Elle jouissait d'un peu plus de calme et de liberté depuis que la reine-mère s'était décidée à s'installer à Gand. Ce changement de milieu charmait Marie pour l'instant. Elle s'occupait de ses jardins, y faisait planter des arbres, paraissait résolue à séjourner là-bas très longtemps, et le caprice se fut prolongé sans une maladie qui survint. C'était une fièvre opiniâtre qui résistait à toutes les médications. La reine s'effraya fort, se laissa aller à une grande désolation et prétendit qu'elle ne guérirait pas, si on ne lui envoyait son médecin de France. Ce médecin, nommé Vautier, se trouvait gardé sous les verrous par Richelieu comme complice des dernières conspirations de la reine. Isabelle, toujours compatissante, écrivit une lettre pressante à Louis XIII pour le supplier de renvoyer Vautier à la reine en lui dépeignant l'état de sa mère comme très grave. Le roi se borna à écrire une lettre froide à Marie de Médicis, s'informant de sa santé, lui souhaitant prompte guérison, mais ne renvoya pas Vautier. Nouveau désespoir de la reine dont la fièvre augmentait au point d'inquiéter son entourage. L'archiduchesse envoya une seconde lettre au roi de France où elle ne lui cachait pas le danger couru par la malade. Cette fois Louis XIII expédia deux médecins mais non pas Vautier. Il fallait s'en contenter. D'ailleurs ils indiquèrent le seul remède qui, à leur avis, pouvait couper cette fièvre : il fallait quitter Gand, et changer d'air. C'est ce que ne cessaient de dire les médecins belges, et cette fois la faculté belge fut écoutée. Marie de Médicis consentit à se réinstaller à l'hôtel de Bournonville. L'Infante s'en fut à sa rencontre jusqu'à deux lieues hors de la ville et lui offrit une collation dans une maison de campagne appartenant à l'une de ses dames. Elle ramenait à Bruxelles une femme désolée, irritée, aigrie contre tout le monde, mais surtout contre son fils. La pauvre reine entrevoyait cette dure vérité, qu'elle ne comptait plus guère comme personnage politique, qu'elle devenait plutôt encombrante et elle constatait chaque jour une défection nouvelle de serviteurs ou de partisans. L'abandon que son fils faisait d'elle dans tous ses traités, lui était plus pénible que s'il l'eut souffletée.

Ce train royal qui l'entourait au début de son séjour aux Pays-Bas s'était fondu comme la neige au soleil et le petit nombre de gens qui lui demeuraient fidèles tremblaient à l'idée que Monsieur pouvait faire encore un nouveau traité avec le Cardinal, en oubliant une fois de plus sa mère et toute sa maison. Dans ces conditions, les relations du fils et de la mère à Bruxelles manquaient d'aménité.

Gaston s'en préoccupait fort peu. Pendant que sa mère pleurait, lui s'amusait. Il venait de passer un hiver fort agréable. La société féminine de la cour brillait par l'éclat d'une foule de beautés, que l'esprit et la gaité des français ne laissaient pas indifférentes. Il y eut beaucoup de fêtes chez les grands seigneurs et le palais même s'illumina pour une mascarade organisée par Gaston. Le jour des rois, on tira *les rois masqués*. L'Infante permit que ses ménines et dames se déguisent en hommes « par le haut » (1). La neige s'étant mise à tomber, on reprend les fêtes de nuit, les quadrilles en trainaux, costumés, dans le parc ou sur la grand'place; il semble qu'on aie pas d'autres préoccupations que de s'amuser et que ce prince aimable qui menait ce tourbillon mondain était bien différent du prince exilé, auprès d'une mère malade et séparé de sa jeune femme, ainsi que l'on aurait du se le figurer. Une querelle qui aurait pu avoir des suites très graves, éclata entre les français et les belges, à la suite d'un incident survenu dans l'antichambre même de l'Infante. Un jeune français, étourdi et impertinent, ayant donné un croc en jambe au Père Charles d'Arenberg, Capucin, qui venait de quitter l'archiduchesse, le religieux s'étendit par terre de tout son long, aux ricanements discrets du groupe de français qui se trouvaient là.

Depuis longtemps, les seigneurs belges se morfondaient du succès de ces français auprès des dames et trouvaient le

______

(1) Gazette de France. Janvier 1633.

ton nouveau mis à la mode par eux contraire à leur sécurité et aux bonnes mœurs dont, jusque là, on se targuait à la cour de l'Infante. Les assiduités du favori de Gaston, le comte de Puylaurens, auprès de l'ainée des filles du prince de Chimai, déplaisaient à toute la famille de Ligne, dont le chef, le duc d'Arschot, ne cachait pas son opinion. Le Père Charles grondait plus haut encore et faisait à l'archiduchesse des plaintes très vives sur l'esprit qui régnait dans certains salons et surtout à l'hôtel de Chimai. Plusieurs fois, Isabelle avait engagé la princesse à la prudence, mais, aussi étourdie que son frère Louis d'Egmont, madame de Chimai n'en tenait pas plus compte que des admonestations du duc d'Arschot et du Capucin. (1) Ses deux filles, d'une beauté rare, attiraient dans les salons de leur mère toute la jeunesse française, s'amusant fort avec leurs hôtes de cette bravade faite à tous ces vénérables prédicateurs.

Le jeune Boisyvon avait donc, par ce croc en jambe, cru venger ses compatriotes de l'opposition du religieux, mais il s'était mal adressé. Le Père se releva très fâché et se plaignit à son frère de l'affront qu'il venait de recevoir. D'Arschot qui n'attendait qu'une occasion pour mettre à la raison ce monde audacieux, la saisit avec empressement. Il tint à donner à un simple incident l'ampleur d'une manifestation menaçante. Il assembla à son hôtel toute la noblesse belge et l'amena au palais dans soixante carosses pleins de gentilshommes fort animés contre les français. Reçu par l'Infante, cet imposant cortège appuya d'une seule voix la demande en réparation que formula le duc d'Arschot. L'Infante promit de s'interposer.

Dans Bruxelles, une vive effervescence se montrait contre les français. On pouvait s'attendre a quelques fâcheuses collisions, mais déjà le duc d'Orléans et la reine-mère s'agitaient, craignant que tout ne finît par une expulsion générale. Gaston courut en personne s'expliquer avec le duc

(1) Le prince de Chimai, Alexandre de Ligne Arenberg, avait été massacré à la prise de Wesel par les hollandais, en se défendant vaillamment à la tête d'une poignée de soldats wallons.

d'Arschot ; Boisyvon, qui s'était réfugié à Gand, fut obligé d'écrire une lettre d'excuses au Père Charles et l'Infante envoya le duc d'Arschot et une de ses dames cueillir les deux coquettes beautés à l'hôtel de Chimai d'où, malgré les cris de leur mère, elles furent menées au palais afin d'y réfléchir sur les dangers du monde. (1) Cet acte énergique apaisa l'irritation de la famille d'Arenberg et les français rendus plus prudents, se tinrent cois sur l'ordre de Gaston, que cette affaire contrariait beaucoup.

Puylaurens, qui se trouvait à la tête de cette cabale, était particulièrement détesté des belges et des espagnols par ses manières et ses discours impertinents et audacieux. Les français ne l'aimaient guère davantage. Ils lui reprochaient très justement d'avoir sur Gaston la plus mauvaise influence. Ils étaient persuadés que son intérêt particulier inspirait tous ses actes et que, s'il l'exigeait, il lui sacrifierait son maître lui-même.

Isabelle pensait comme eux et ne savait trop s'il fallait conseiller au roi d'Espagne de prendre ouvertement le parti de Gaston. Peu après le retour de Marie de Médicis à Bruxelles, après une conversation avec le duc d'Orléans, la mère et le fils semblaient s'être tout à fait réconciliés. La reine-mère confiait à l'Infante que Monsieur avait pris l'engagement de ne pas traiter avec le Cardinal, sans comprendre dans le traité sa mère, le duc de Lorraine et ses partisans. Mère et fils la priaient donc d'obtenir de Philippe IV une action énergique contre la France et assuraient que le moindre mouvement des troupes du roi accentuerait, en France, d'une manière formidable, la révolte contre le Cardinal. Avant Béziers, Isabelle eut travaillé beaucoup dans cette voie, mais depuis, elle hésitait.

Le 20 août 1633, elle écrivait à son neveu qu'il y avait peu de fonds à faire sur les propositions de Gaston et de sa mère. (2) Et de fait, on continuait à affirmer en France,

____

(1) Toute cette affaire et les fêtes de cet hiver 1633 sont relatées avec détails dans le livre de l'auteur : Grands Seigneurs d'autrefois, chapitres VII et VIII.

(2) Corresp. vol. 32, lettre du 20 août 1633.

avec persistance, que les négociations pour le mariage de
Monsieur avec la nièce de Richelieu, madame de Combalet,
se poursuivaient activement. Les amis du Cardinal faisaient
semblant de douter de la réalité du mariage du duc d'Orléans
avec Marguerite de Lorraine et on disait que, si vraiment,
il avait eu lieu, il n'était pas valide; d'ailleurs, pour mettre tout
en règle, Louis XIII allait convoquer un conseil de théo-
logiens qui déciderait certainement de la nullité d'un tel
mariage. C'est du moins ce qu'annonçait l'Infante à son
neveu dans la même lettre citée plus haut et elle ajoutait que
Marie de Médicis ne doutait pas que le Cardinal ne vint à
bout de cette difficulté. La nullité serait examinée et admise
en séance secrète et on dirait publiquement que le mariage
n'avait jamais existé.

La reine-mère, sans être très intelligente, possédait la
finesse de sa race qui y supplée souvent. Persuadée que
Richelieu arriverait à son but, sans hésiter devant aucun
moyen, elle jugea que la seule manière de l'empêcher de
réussir était de proclamer le mariage de Gaston le plus haut
possible et tout de suite. L'odieux d'une manœuvre pour le
faire déclarer nul retomberait alors sur le Cardinal, tandis
que, d'autre part, son fils, dont elle se méfiait toujours,
serait lié plus solidement à sa femme et au parti des
mécontents.

Marie envoya un agent sûr au duc de Lorraine pour
l'informer qu'un traité se négociait sous-main entre Monsieur et le Cardinal, et que, dans ce traité, il courait grand
risque d'être sacrifié comme l'avaient été à Béziers tous les
amis du duc d'Orléans. « Celui qui a su oublier sa mère
pourrait aussi oublier sa femme ! » disait-elle amèrement.

Cette communication devait naturellement impressionner
Charles IV, déjà très mécontent de Puylaurens (1), auquel
il attribuait toutes les coupables inconséquences de son

(1) Puylaurens avait, pendant son séjour à Nancy, compromis gravement
par ses assiduités la sœur de Charles IV, la princesse de Phalsbourg, et on
attribuait la mort du prince de Phalsbourg, dans une bataille, au désespoir
qu'il ressentait de cette intrigue.

maître. Il répondit à l'Infante par des plaintes amères sur
le favori et lui faisait remarquer qu'au moment même où il
recevait la plus généreuse hospitalité de l'Espagne, Puylaurens osait introduire dans un traité des clauses inju-
rieuses pour la maison royale, sa protectrice. Isabelle fit
remettre tout simplement cette lettre à Monsieur, qui, sans
autrement s'émouvoir et toujours prompt à suivre sa première impulsion, envoya immédiatement un de ses gentilshommes en Lorraine. Celui-ci, un sieur de La Vaupot,
devait protester au duc de la fidélité et fermeté de Gaston à
tenir ses engagements et, comme preuve, il annonçait
l'arrivée à Nancy du marquis de Velada, ambassadeur de
Philippe IV qui, retournant de Bruxelles en Espagne, voulait bien repasser par la Lorraine pour assurer à Charles IV
la volonté absolue de son maître de ne jamais traiter avec
le Cardinal. (1)

Charles IV n'était pas beaucoup plus rassuré. On ne
lui envoyait que de belles paroles et, pendant ce temps,
Louis XIII massait une forte armée sur la frontière de
Lorraine, menace imposante qui allait devenir action ven-
geresse. En effet, les négociations qui existaient réellement
entre Puylaurens et le Cardinal furent interrompues soudain par la volonté formelle de Gaston, et Richelieu apprit
cette rupture en même temps qu'on lui annonçait l'arrivée
à Nancy de La Vaupot, l'agent de Monsieur. On lui assurait
que ce voyage de La Vaupot n'avait d'autre but que de venir
chercher la princesse Marguerite pour la ramener à son
mari. C'est ce que ne voulait pas le grand ministre. Les
deux époux réunis, la nullité du mariage devenait presqu'impossible à proclamer ; il fallait empêcher la princesse
de sortir de Lorraine et comme le Cardinal ne s'arrêtait
pas aux cérémonies quand il voulait une chose, au lieu de
prévenir le duc de Lorraine par une loyale déclaration de
guerre, il fit entrer soudain son armée jusqu'au cœur du
duché et investit Nancy avant qu'on aie songé seulement à

(1) Corresp. de Scaglia, 2 août 1633.

rassembler quelques soldats. L'armée ne devait pas se battre, mais avait ordre d'empêcher aucune princesse lorraine de sortir de la ville, étroitement surveillée. Si elles essayaient de quitter la ville, il fallait se saisir de leurs personnes et les conduire sous bonne garde à Metz, où elles seraient enfermées.

Mais Henriette et Marguerite de Lorraine n'étaient pas femmes à se laisser intimider par les menaces.

Une armée française voulait les effrayer, elles braveraient l'armée française et le roi lui-même, et prouveraient au monde attentif que Marguerite de Lorraine est la femme légitime de Gaston de France. Sans retard, elle irait rejoindre son époux. Une première tentative de fuite ne réussit pas ; on prépara un nouvel essai avec plus de soin.

L'investissement de Nancy n'empêchait pas les habitants d'aller et de venir. On leur laissait toute liberté pourvu qu'ils se pliassent à des investigations minutieuses au sortir de la ville. Le Cardinal de Lorraine lui-même devait s'y soumettre. Il avait un sauf-conduit du général de Saint-Chamont, parce qu'il voulait entreprendre de négocier avec Louis XIII en personne, qui se trouvait non loin de la frontière. Une première entrevue montra au Cardinal lorrain qu'une entente serait difficile. Louis XIII l'accueillit avec de violents reproches au sujet du mariage de Gaston et le prélat revint avec la persuasion que Marguerite serait la victime première de cette colère royale.

Il fallait la soustraire au plus vite à ses ennemis. Sous le prétexte de poursuivre les négociations, le Cardinal allait et venait entre Nancy et le camp royal ; la surveillance se relâcha à son égard. Un matin, dès l'aube, on vint prévenir Saint-Chamont que le Cardinal, dans son carrosse, se préparait à sortir de Nancy. Saint-Chamont qui était au lit, trouva inutile de se lever pour inspecter le personnel accompagnant le prince. Personne ne fit attention à un jeune page, assis en face du Cardinal, dont le visage bruni se devinait mal sous le grand chapeau à plumes. Il n'était que quatre heures du matin, tout le monde somnolait. La voiture sortit et prit aussitôt une allure rapide jusqu'à un bois proche de la ville. Là, elle s'arrêta, le jeune page bondit hors du carrosse, enfourcha un cheval que trois gentilshommes entouraient et la petite troupe prit le galop vers la frontière belge. Le page était la duchesse d'Orléans grimée et si bien costumée par sa sœur Henriette que personne ne soupçonna sa véritable personnalité, pas plus à la sortie de Nancy, que pendant la course de vingt-quatre heures qu'il fallut fournir pour gagner Thionville.

Marguerite était si brisée de fatigue en arrivant à la porte de cette ville qu'elle se blottit dans un manteau et se coucha par terre où elle s'endormit pendant qu'on parlementait pour obtenir l'entrée de la cité.

Le gouverneur, le comte de Wiltz, en était absent, mais sa femme rendit à la voyageuse tous les soins en son pouvoir, lui prêta des vêtements et s'empressa d'envoyer un courrier à l'Infante pour la prévenir de l'arrivée de Marguerite. Le comte d'Emden qui passait justement à Thionville, conseilla à la jeune femme de quitter cette ville tout de suite de peur que les français ne viennent la reprendre et pour plus de sûreté, lui fit endosser un nouveau déguisement, celui d'une femme de service qu'il emmenait à Marche. C'est dans ce dernier refuge que la princesse attendit les ordres de l'Infante et de son mari.

Rien ne pouvait être plus agréable à la reine mère que la nouvelle de cette évasion romanesque. Puylaurens et le duc d'Elbeuf partirent aussitôt avec une suite nombreuse pour Marche, emmenant dans leurs bagages un trousseau digne d'une princesse, que lui envoyait Marie de Médicis. Cette dernière ne cessait de dire à tout le monde sa joie d'avoir une telle belle-fille et le duc d'Orléans, tout heureux aussi, affirmait que Marguerite était sa femme depuis deux ans. (1)

(1) Un des familiers de Gaston, d'Elbène, lui ayant dit que le roi allait le déclarer incapable de régner, à cause de son mariage, Monsieur, tout effrayé, courut chez le Père de Suffren lui demander s'il croyait que le roi avait ce pouvoir et si ce mariage clandestin pouvait lui attirer l'excommunication du

Il partit pour Namur afin d'y attendre la jeune princesse et, impatient de la revoir, alla même à sa rencontre jusque Rochefort.

L'Infante partageait l'allégresse des réfugiés français aussi bien que les belges et les espagnols qui voyaient avec plaisir les finesses de Richelieu et les violences de Louis XIII joliment déjouées. Aussi voulut-elle que la réception de la jeune princesse fut particulièrement brillante. Elle-même présida à l'arrangement de l'appartement qu'elle lui destinait, car rien n'était trop beau pour une princesse qui serait peut-être un jour reine de France. (1)

Reprenons encore ici la chronique de Chiflet. Le témoignage d'un témoin oculaire est précieux pour nous faire connaître les mœurs de son temps ; si parfois il semble trop prolixe n'oublions pas qu'un détail omis ôte la perfection de l'ensemble. C'est pourquoi nous croyons devoir laisser parler le bon chapelain sans l'interrompre.

« Sur l'advis de la venue de Madame, toute la cour de l'Infante se trouva à quatre heures après midy au palais pour accompagner Son Altèze. Les cavaliers estaient vestus de couleur pour la compagnie et les dames du palais en habits noirs, mais de soye, avec des dentelles à leurs jupes. La cour est en deuil pour le deuil de l'Infante Marguerite, sœur de feu l'archiduc Albert, religieuse à Madrid. L'Infante et toute ceste cour fut jusques à une lieue de Bruxelles en une plaine qui est entre le chemin de Namur et le village de Waterloo où S. A. s'arresta et attendit bien un quart d'heure la venue de Madame, le carosse de laquelle, traîné par six chevaux de la cour, estant arrivé vis-à-vis de

Pape, ce que prétendait encore d'Elbène. Le Père le rassura et Gaston reprit sa sérénité et sa gaîté. Henrard M. de M. p. 339. et suiv.

(1) « Elle fist accommoder (la chambre) et meubler des plus beaux meubles que j'ay jamais veu car sa chambre, l'antichambre et la chambre de présence sont tapissées de drap d'or frisez, les unes plus belles que les autres et les daïs à queues de mesme et marchepied de Turquie par toutes chambres. C'est bien la plus généreuse princesse qui ayt esté et qui sera jamais. Je croy fermement qu'après sa mort elle fera des miracles ». Bibl. Nationale de France, collect. Dupuy, vol. 379-380.

celluy de l'Infante, elles descendirent toutes deux et les dames de leur compagnie. Son Altèze parla la première puis après, Madame, laquelle s'inclina et présenta le visage à l'Infante qui le baisa. Puis Son Altèze la prenant par la main la fist monter en son carosse, la tira du devant où elle se plaçait et la fist seoir au fond à sa main droicte.

« Arrivant à la porte de la ville, la bourgeoisie qui estait hors fist une salve de mousquetades. Entrant dedans, le magistrat fist sa réception, les canons tonnèrent sur le rempart. L'Infante conduisit Madame chez la Royne sa belle-mère, laquelle les vint recevoir en une sale au devant de son antichambre, où après avoir salué l'Infante elle se tourna vers Madame qui se baissa jusqu'à la ceinture de la Royne qui la baisa comme elle se rehaussait et aussitost la Royne se mist au devant d'elle, marchant à la droicte de l'Infante qui tenait toujours Madame par la main, laquelle en effect marchait derrière, mais à mesure que la Royne et l'Infante s'avançaient et se séparaient un peu en marchant, Madame paraissait au milieu d'elles. En la chambre de la Royne, elles s'assirent tout au bout de la ruelle du lict contre la parois sans tapisserie et sans dais, la Royne au milieu ayant Son Altèze à sa main droicte toutes deux en chaises à bras de velours noir et Madame à sa gauche sur un tabouret, toutes trois le visage tourné vers la porte. Elles s'entretindrent environ demye heure, alors la Royne appelant Monsieur luy parla en présence de l'Infante et de Madame touchant le choix qu'il devait faire d'une dame d'honneur pour Madame, puis les reconduisit en même marche et au mesme lieu qu'elle les avait reçus.

« De là, l'Infante mena Madame au Palais et la conduisit toujours en sa main droicte au quartier de Monsieur qui estait celuy de feu l'archiduc Albert. En la première sale d'audience, tapissée d'un brocart d'or, elles s'arrestèrent sur l'estrade au marchepied couvert de tapis de Turquie y ayant une seule chaise de brocart d'or sous un dais de mesme parure. L'Infante demanda encore une autre chaise qui y fust apportée de velours rouge. Mais pourtant, elles ne s'assirent pas puis passèrent dans l'antichambre tendue de brocart d'or. Le lit estait de mesme parure dans l'alcôve et de là au cabinet. Puis l'Infante se retira en son quartier. Alors toutes les dames de la cour saluèrent Madame qui demeure ci, n'ayant avec elle que la princesse de Salm, la duchesse de Havré, la comtesse de Wiltz et la dame de Fargis. La dame de Barbançon fust introduite à la saluer ; puis le comte de Wiltz par Monsieur et enfin un gentilhomme venu en ceste cour de la part de la duchesse de Savoye. Cela faict, Madame souppa publiquement. (1)

« Le jeudy 15 septembre de la mesme année, Son Alteze alla en dévotion à N. D. de Halles où elle mena Madame avec soy. Après la messe achevée, elles disnèrent ensemble dans l'hostellerie où pend pour enseigne le cygne. Madame fust assise à table à la droiste de Son Alteze qui l'en pria fort instamment. Quand Mademoiselle de Montmorency, dame d'atours de Son Altèze, apporta la première couppe, Son Alteze se leva droicte en pied et porta à Madame la santé de la Royne sa belle mère, puis après, Son Alteze beut la seconde couppe de la mesme façon et de bonne grâce. Je fus présent a toute ceste cérémonie ayant faist le Salve au buffet et accompagné la couppe autant de fois que les princesses beurent. Son Alteze ne buvait jamais que deux couppes à son repas, la première de vin rouge, et la seconde d'eau de canelle, chacune de dix onces (2). »

(1) « J'oubliais de vous dire les présens que l'Infante faict à Madame tous les jours. Le lendemain de son arrivée, elle luy fist présent d'un habillé et (un) deshabillé d'une princesse car depuis les mulles de chambre jusques aux rubans pour faire des vollans, cela n'a point esté oublié non plus que le linge chemises de jour et de nuit, rabats et tout ce qui est nécessaire. L'autre jour elle luy fist présent d'un coffre de satin bleu remply de vases précieux pleins de senteurs et autres galanteryes ». Bibl. Nat. de France, Collect. Dupuy, vol. 379-380.

(2) Chiflet, T. 67, f. 88.

L'auteur anonyme de la collect. Dupuy dit, dans le même document, que Monsieur alla à Hal le 8 sept. pour remercier Dieu de l'heureuse issue de la fuite de Marguerite de Lorraine. « Il y alla à pied et à tous les pauvres qu'il rencontra il donna l'aumosne et Madame (alla) à une dévotion qui est à la ville que l'on appelle Notre Dame de bon secours. Si j'estais près de vous je vous en diray plus particulièrement le tout car l'histoire en est belle et ay ouy dire

Isabelle s'affectionna immédiatement à cette jeune femme qu'elle traita en fille particulièrement choyée. A mesure qu'elle vieillissait, l'Infante montrait une mansuétude et une bonté toujours plus grandes, ce qui ne l'empêchait pas de voir juste dans les affaires et de juger avec pénétration les hommes. Peut-être aima-t-elle Marguerite si tendrement parce qu'elle connaissait maintenant à fond le mari auquel elle était livrée, et s'apitoyait sur elle.

La prise de Nancy, qui marquait la chute de la maison de Lorraine, ne lui faisait pas une fin glorieuse. Isabelle le dit très bien au roi, son neveu.

« Nancy s'est rendue, lui écrit-elle. A l'instigation du Cardinal de Lorraine, son frère, le duc qu'on n'avait voulu recevoir ni en Bourgogne, ni en Suisse, s'est rendu en conférence auprès du Cardinal de Richelieu. Celui-ci l'a fait consentir à voir le roi de France et c'est accompagné de S. M. Très Chrétienne, que le duc de Lorraine a opéré sa rentrée à Nancy. On a offert au Cardinal frère, pour cette négociation, cent mille doublons, cent mille écus de rente ecclésiastique, avec pension du roi et la charge de premier aumônier de France. On espérait que Nancy se défendrait, du moins autant qu'il se pouvait, en attendant les secours du roi d'Espagne.

« L'événement est des plus graves. Les communications avec la Bourgogne, l'Italie, l'Allemagne, sont coupées. L'on dit maintenant que l'électeur de Cologne se met sous la protection des français. En des circonstances si critiques, je supplie V. M. de m'envoyer au plus tôt les subsides ordinaires et extraordinaires ». (1)

Philippe IV s'effrayait également, car la Lorraine était le seul chemin sûr qui permit aux Pays-Bas de commu-

à ma dicte dame qu'elle n'eut jamais creu ce que les romans disent des princesses exilées sy elle mesme n'en eut faict l'expérience. » En rentrant de ce pèlerinage, Gaston recevait la nouvelle qu'en revanche de la fuite de Marguerite hors de Nancy, l'armée française qui jusque là, entourait seulement la ville, y était entrée pour l'occuper militairement. « Cela ne dérange en rien mes affaires », dit tranquillement le prince à sa mère.

(1) Corresp., lettre du 24 oct. 1633.

niquer librement avec l'Espagne, par la Suisse et le Milanais. « Tous les passages nous seront fermés, écrit-il à sa tante, l'hérésie envahira la plus grande partie de l'Europe ! » (1) Et avec un illogisme qui devient presque du cynisme, il engage l'Infante à s'occuper immédiatement d'une alliance entre la reine-mère et le duc de Rohan. (2) Ne pouvant se dissimuler ce que sa proposition a de déloyal vis-à-vis de sa conscience et de sa situation de roi catholique, il ajoute : « N'y mettez pas de scrupules, le parti de Rohan est puritain, et par son appui, on pourrait arriver à de grands résultats ». (3) Heureusement pour Isabelle, elle n'eut pas à obéir à cet ordre lamentable, car Rohan venait de se réconcilier avec Louis XIII. Elle accueillit avec plus de plaisir la mission de réveiller la ligue catholique allemande et de renforcer cette autre ligue à demi concertée, mais jamais conclue, entre l'empereur, la reine-mère, les ducs d'Orléans et de Lorraine et les électeurs catholiques. On avait cette fois très peur à Madrid et on n'hésitait pas à faire d'immenses sacrifices pour obtenir une action efficace, capable d'arrêter le roi de France et son ministre dans leurs progrès militaires et diplomatiques (4) : une somme de deux millions était envoyée à Cologne pour soutenir les électeurs et les aider à former une armée.

Isabelle voit plus juste que son neveu. Si la ligue catholique existant entre les princes d'Allemagne est solide en elle-même et peut être de grand secours, celle qu'on projette entre des éléments aussi disparates que l'Empire, l'Espagne et quelques personnages errants, ne lui paraît d'aucune sécurité. « Pour faire cette ligue, écrit-elle, il faudrait envoyer tant de gens de tous côtés, faire passer tant de lettres, que Richelieu en serait bien vite informé. Songeons à nous

(1) Corresp. vol. 32, lettre du 20 oct. 1633.

(2) Le duc de Rohan était à la tête du dernier parti protestant encore en révolte contre le roi de France,

(3) Corresp. vol. 32, lettre du 24 oct. 1633.

(4) I d.

défendre nous-mêmes, tout d'abord, contre les projets du roi de France. Ils sont bien menaçants, l'armée française est à deux pas de nos frontières et je n'ai même pas osé envoyer au duc de Lorraine l'ambassade dont m'avait chargé V. M. Le duc n'est plus libre, il n'a même pu recevoir un messager de la reine-mère ! » (1)

Il y a comme une lassitude dans ces dernières lettres d'Isabelle. Cette puissance de Richelieu, puissance de fer au service d'un esprit dominateur et génial, la fait trembler, elle la sent si près d'elle et si capable d'écraser les Pays-Bas ! Le Cardinal peut le vouloir puisque la Belgique donne asile aux deux plus grands ennemis de Richelieu. Sous le poids de cette angoissante situation, l'idée d'un *coadjuteur*, qu'elle n'avait pas accepté de bon cœur tout d'abord, lui paraît maintenant au plus haut point désirable. Elle voudrait que le Cardinal Infant, promis depuis tant de mois, se décide à venir. Sent-elle sa fin approcher ou le rêve d'une retraite dans quelque couvent, loin des contradictions humaines, la hante-t-elle plus fortement ? Mais si elle désire l'arrivée de don Fernand, si Aytona le désire avec elle, don Gonzalez de Cordoue la regarde comme dangereuse. Le Cardinal Infant doit rester jusqu'au printemps à Milan, selon lui. (2)

La Providence ne voulait donner à Isabelle d'autre repos que celui qu'elle lui préparait au ciel. L'Infant n'arriva point à temps pour décharger la vénérable princesse de son labeur écrasant et, toujours vaillante, elle le porta jusqu'au dernier jour.

---

(1) Corresp. vol. 32, lettre du 12 nov. 1633.

(2) Nous donnons à l'appendice, note XV, une lettre de l'Infante, l'une de ses dernières au roi d'Espagne, où elle résume avec beaucoup de clarté et de jugement la situation politique, telle que la faisaient les agissements de la reine-mère et de Gaston.

CHAPITRE XXII

L'Infante et ses dames. — Madeleine de Trazegnies. — Emérentienne
de Hamal. — La comtesse de la Feira. — Caroline d'Autriche. —
Travaux exécutés par l'Infante.

Nous avons conté, sans nous interrompre, toute l'histoire
politique et officielle d'Isabelle, mais avant de narrer ses
derniers jours, nous nous arrêterons un instant encore
dans son intimité. L'Infante a un charme incomparable.
Elle fut une des rares femmes qui ont su garder toute leur
vie une séduction inoubliable. La sympathie, le dévouement, l'affection naissaient sous ses pas. Nous ne tenons
pas compte ici de ces accusations de cruauté, de fanatisme,
d'intolérance, de violence, que ses ennemis ont répandues et
qui ne méritent même pas qu'on s'y arrête, tant elles sont
loin de la vérité. Ceux-là seuls qui ne l'ont jamais connue,
qui ont vécu au milieu de ses ennemis obstinés, ont pu y
prêter l'oreille. Il suffisait de la voir pour tomber sous le
charme. Amis ou ennemis n'y pouvaient résister. C'est
qu'elle avait des qualités très diverses, s'harmonisant dans
les plus justes proportions. Très intelligente et très modeste,
très vive et très prudente, très gaie sans légèreté ni étour-
derie, très religieuse sans rigidité, très bonne, très charitable
et cependant d'une fermeté virile quand il fallait sévir, on
peut dire que nulle souveraine n'approcha de la perfection
plus qu'elle. Sa beauté très réelle, l'éclat de ses yeux bruns
survécurent à l'âge et le portrait de Van Dyck le prouve.
L'auteur, auquel nous avons déjà emprunté plus d'une

ligne, exprime naïvement, mais avec vérité, l'impression qu'elle produisait : « Je crois fermement qu'après sa mort elle fera des miracles, dit-il, puisqu'elle en fait tous les jours durant sa vie. Il ne fut jamais rien de pareil à elle tant pour la bonté, piété et sainteté de vie. Il y a encore plus que je ne saurais vous en dire pour avoir esté témoing de beaucoup de ses généreuses actions. » (1)

Les mêmes éloges se retrouveront dans Puget de La Serre, dans les correspondances de tous les ambassadeurs, dans les auteurs contemporains de toutes nations et il est certain que beaucoup d'hérétiques revinrent à la vraie foi, parmi ceux qui eurent le bonheur de la connaître, par la seule persuasion de sa patience et de sa piété.

Il n'est pas étonnant qu'une femme de ce mérite et de ce caractère ait eu, sur son entourage et sa cour, une influence très grande et qu'elle ait vraiment régné sur les cœurs. L'affection que lui portaient toutes ses dames fait son plus bel éloge. Même après son veuvage, quand elle se renferma plus étroitement dans la retraite et ne parût plus en public, sauf lorsque son devoir l'y appelait, ses dames et ses ménines ne se plaignirent pas. Elle avait l'art de persuader du bienfait d'un sacrifice, l'art de rendre la piété aimable et l'art d'occuper le temps, trois grandes qualités pour une souveraine.

A cette époque on lisait moins sans doute que de nos jours, mais toute lecture se goûtait lentement, se méditait, se discutait. L'Infante s'occupait beaucoup de régler les temps de loisirs des dames du palais. On lisait, on faisait de la musique et on travaillait. Nous avons déjà parlé de ses superbes broderies. Ce fut une mode à la cour, de travailler comme l'Infante; celle-ci donnait des conseils, surveillait, dirigeait, et la Belgique doit à son active souveraine de merveilleux travaux que bien peu pourraient exécuter de nos jours.

C'est donc une vie de famille que mène Isabelle au mi-

___

(1) Document Dupuy, déjà cité.

lieu de sa suite, vie de famille où la gaîté ne fait pas défaut, où une familiarité respectueuse d'une part, bienveillante de l'autre, unit la souveraine aux sujets par les rapports les plus agréables.

La noblesse belge est vraiment devenue la famille de l'Infante. Lorsque, au bout de trente ans de séjour en Belgique, elle voit, dans quelque solennité, toute cette aristocratie réunie, elle peut dire qu'il n'y a aucun de ses membres qui n'ait reçu des témoignages de sa sollicitude. Ménines ou pages, pères et mères maintenant d'une autre génération de pages ou de ménines, officiers du palais retraités ou en activité, elle a été maternelle et bonne pour tous, pas un mariage, une naissance, une mort qui ne l'ait préoccupée. Pas un de ces ménages qui lui soit étranger ; elle a présidé, de près ou de loin, mais activement, à toutes ces unions et celles qu'elle a arrangées ne sont pas les moins bien assorties. (1)

L'Infante eut, auprès d'elle, plusieurs femmes très remarquables. Elle eut aussi de vraies amies dont l'affection la consola dans bien des heures de tristesse et parmi celles-ci il faut mettre en premier lieu la vieille comtesse de Jacyncourt dont le dévouement à sa personne avait quelque chose de maternel. En effet, venue de France en Espagne avec Elisabeth de Valois, elle était demeurée près de la reine, ne l'avait pas quittée et après sa mort, reporta sur la petite Isabelle toute l'affection donnée à sa mère. (2)

Une autre fidèle amie fut la comtesse de la Feira. Elle aussi vint d'Espagne avec Isabelle, et, jeune comme l'archiduchesse, elle devint sa confidente discrète et dévouée. Elle devait être digne de cette confiance qu'il ne semble

____

(1) Un seul exemple suffira pour montrer le soin que l'Infante prenait de l'avenir de ses ménines. Elle aimait d'une affection toute particulière l'une d'elles, Anne de Melun, fille du prince d'Epinoy dont elle appréciait la belle âme. Elle lui choisit comme époux Alexandre de Hénin, duc de Bournonville, parce qu'elle le trouvait le cavalier le plus accompli de sa cour.

(2) Madame de Chassincourt, pour écrire son nom en français, devenue très vieille, reçut de Philippe III une maison à Bruxelles, tout près du palais, où elle finit ses jours, visitée sans cesse par l'Infante.

pas que la princesse aie donnée, si entière, à d'autres. Etait-elle déjà veuve en venant aux Pays-Bas? C'est probable, car peu d'années après, elle doit retourner pendant quelque temps en Espagne pour régler des procès et entre autres un litige en Italie, pour lequel Isabelle demande instamment la protection du roi afin qu'on oblige les juges à le terminer promptement. L'Infante écrit au duc de Lerme, à son frère, à tout le monde en faveur de son amie. Elle lui donne une garde d'archers pour le voyage et même une compagne de choix afin qu'elle ne s'ennuie pas pendant une si longue route. Elle a peur qu'on n'ait desservi la comtesse à Madrid, elle craint que le dévouement de sa dame d'honneur pour elle n'indispose le parti malveillant que les archiducs ont contre eux auprès de Philippe IV. « Mais, dit Isabelle avec force, il ne faut croire rien de ce que l'on pourrait dire contre la comtesse de la Feira, car c'est une femme de grand mérite et une bonne chrétienne et elle est digne de l'estime du roi. » Enfin Isabelle va jusqu'à craindre que la manière de s'habiller de son amie ne cause de l'étonnement. Peut-être méprisait-elle un peu trop la parure, ou avait-elle le goût excentrique. « Vous la verrez, écrit l'Infante et vous direz qu'elle n'est pas vêtue comme une dame d'honneur ni comme une veuve. Les pages vont en rire et peut-être toute la cour » (1). Et la princesse recommande à Lerme d'aider de tout son pouvoir la conclusion du procès, afin que la comtesse puisse revenir immédiatement « car elle me manque beaucoup, et je ne sais ce que je ferais sans elle » répète-t-elle à plusieurs reprises.

Assurément elle devait manquer à la souveraine, car c'était avec elle que l'Infante allait faire ses dévotions secrètes et matinales lorsque, revêtue d'habits de petite bourgeoise, enveloppée de la grande hucque flamande, elle partait en pèlerinage vers quelque sanctuaire de la ville, et parfois même la nuit faisait le tour d'une procession où encore allait se mêler, pendant une messe de l'aube, à la foule

(1) Corresp. d'Isabelle avec le duc de Lerme. Lettre 202.

populaire pour implorer le secours de Dieu aux jours de grande tribulation. Elle accomplissait ces actes pieux avec la comtesse de La Feira seule. Quelquefois elles prenaient aussi une suivante, lorsqu'elles s'aventuraient trop loin pour n'être que deux. Alors mettant la comtesse en avant, Isabelle marchait derrière elle comme une subalterne, afin que personne ne puisse trahir son incognito.

C'est toujours la même comtesse que l'Infante envoie porter ses dons aux couvents et, comme le dit sœur Madeleine de Trazegnies, elle était la mandataire de la souveraine et son intermédiaire entre elle et toutes ces bonnes moniales qui avaient appartenu à sa cour. « Elle était la grande amie des Clarisses et contribua beaucoup à notre fondation de Valenciennes », écrit une Clarisse à Chiflet. Elle devait avoir une grande influence auprès des archiducs et jouir vraiment d'une faveur singulière, puisqu'une petite nièce orpheline que madame de La Feira élevait auprès d'elle, fût choyée par les souverains au point qu'elle osait les appeler papa et maman.

La comtesse de la Feira ne retourna plus en Espagne, elle mourut peu d'années avant sa royale amie et dans son palais même, le 9 novembre 1630.

Mesdames de Chassincourt et de La Feira furent les seules femmes venues d'Espagne qui demeurèrent auprès de l'Infante. Il y eut bien, de temps en temps, quelques espagnoles qui passèrent à la cour de Bruxelles, mais les archiducs n'accordèrent cette faveur qu'avec parcimonie, ils voulaient que les souverains des Pays-Bas eussent une cour belge et nous savons que ce fut là encore, un des sujets du mécontentement de la noblesse espagnole.

L'Infante recevait cependant assez bien d'espagnoles parmi les ménines, elle acceptait les filles des généraux et ambassadeurs espagnols, mais ne les admettait pas, après, comme dames du palais. Ces ménines formaient une pépinière dans laquelle l'archiduchesse cueillait les fleurs de son choix. Parmi celles-ci, il y en eut deux qu'elle aima d'une affection toute particulière; c'était Madeleine de

Trazegnies (1) et Emérentienne de Hamal (2). Madeleine
lui plaisait par sa douceur, son calme, ses idées sérieuses
et son cœur si aimant ; une confiance réciproque lia la
souveraine à la dame d'honneur, d'une amitié qui dura toute
leur vie. Le peu d'années que Madeleine vécut à la cour
suffit pour y laisser un souvenir inneffaçable. Dès l'an 1602
elle quittait le monde pour adopter une vie qui se faisait
alors de plus en plus rare, après avoir été fréquente au
moyen âge. Il est vrai que cette vie exigeait une force d'âme
exceptionnelle. Madeleine de Trazegnies se fit recluse à
Gand. Elle n'était cependant pas murée dans sa cellule, elle
y avait une porte et à côté un petit parloir. Elle avait aussi
une compagne, ce qui, dans sa correspondance, paraît lui être
plutôt une charge qu'une consolation. Comme les créatures
d'élite, Madeleine, du fond de sa retraite, rayonnait dans le
monde pour le bien des âmes ; beaucoup d'œuvres lui durent leur fondation, leur relèvement, leur prospérité. Elle y
intéressait sa puissante protectrice avec laquelle elle était en
fréquente correspondance.

A Chiflet qui, après la mort de l'Infante, lui demandait
des détails sur ce qu'elle savait de son illustre amie, elle
écrivait :

« Le jour de Saint Georges de l'an 1602 je vins en ceste
ville (Gand) et fist mon entrée en ma recluse. Son Altèze
estant alors à Bruxelles. L'année suivante, sadiste Altèze
me fist l'honneur d'estre présente à ma profession qui estait
le jour de la Sainte Trinité, car alors elle demeurait en
ceste ville, l'archiduc estait passé oultre vers Ostende. »

C'est le jour de l'entrée de Madeleine en sa cellule de
recluse que l'Infante lui écrivait cette jolie lettre :

« Je crois que je puis vous féliciter de voir arriver le jour
de votre mariage et je désire que cette cérémonie soit

____

(1) Fille de Charles, baron de Trazegnies et de Silly et de Marie de Pallant. Son frère Charles fut créé marquis par les archiducs, en 1614.

(2) Fille de Guillaume de Hamal, seigneur de Monceau et de Cornélie de
Lalaing-Hoogstraeten. Son frère fut créé comte de l'empire en 1601 par
l'empereur Rodolphe.

aussi solennelle que le mérite celle qui s'est choisi un si excellent époux. Aussi j'ai fait dire à Montgaillard (1) que, s'il n'est pas trop loin, il aille prêcher et je pense qu'il le fera. J'attends avec une vive impatience le moment de vous voir. Je suis assurée que vous prierez toujours pour moi et que Notre Seigneur vous écoutera et vous accordera les grâces dont nous avons besoin. » (2)

Ayant renoncé à toute propriété en ce monde, la sœur Madeleine devait sa subsistance à la bonne souveraine « Quand à ce qui touche le bien qu'elle (l'Infante) m'a fait, écrit-elle à Chiflet, il est fort notable, car elle a faict bastir de fond en comble notre recluse et nous a donné pour vivre notre pension, sçavoir à moi et à ma compagne. Elle a enrichy notre église de divers bienfaits jusques à là, qu'elle nous a fait avoir la grâce, pour un tel privilège pour tous les jours et à perpétuité, ce qui est rare...

« Le bastiment est dressé tout joignant de l'église, au costé gauche et chacune de nous deux a sa place sans qu'il soit besoin de nous mêler des affaires l'une de l'autre. » (3)

L'Infante envoyait aussi des cadeaux à la recluse. En 1610, ayant fait imprimer chez Plantin un psautier « avec les arguments et sommaires », elle en offrit un à Madeleine.

L'autre amie, Emérentienne de Hamal, mademoiselle de Monceau, comme on l'appelait à la cour, offrait le contraste le plus frappant avec la bonne Madeleine de Trazegnies. Autant l'une était calme, douce, simple, modeste, autant l'autre était vive, étincelante d'esprit, coquette,

(1) L'abbé d'Orval, Montgaillard, prédicateur très célèbre aux Pays-Bas, était souvent demandé à la cour pour prêcher.

(2) Chiflet, T. 97, f. 361.

(3) »   » f. 352. Nous donnons ici à l'appendice, note XVI, quelques lettres de l'Infante à sœur Madeleine et quelques détails que la sœur conte à Chiflet sur Isabelle, détails que le chapelain lui avait demandés après la mort de l'Infante. Sœur Madeleine de Trazegnies devait avoir alors environ 60 ans (1634). Elle remarque, en envoyant ces lettres, que, depuis son veuvage, l'Infante, trop occupée, ne lui a plus écrit de sa main, mais elle n'a cessé d'aller la voir. Une amie commune, la comtesse de la Feira, servait d'intermédiaire entre la princesse et la recluse qui avait toujours des grâces à demander.

hardie, aimant le plaisir, la parure, les hommages et belle à souhait. Aucune des dames de l'Infante ne pouvait rivaliser avec elle d'élégance. Elle inventait sans cesse de nouveaux accoutrements, parfois bizarres, excentriques, mais toujours originaux et lui seyant très bien. On riait, on s'extasiait de ses costumes et tout le monde la trouvait charmante. C'est que, malgré ses faiblesses, Emérentienne avait le cœur le plus sensible, l'âme la plus noble et l'Infante, très gaie elle-même, si elle s'amusait de ses excentricités, avait deviné sous ces dehors trop légers un caractère d'élite. Pendant les trois premières années du séjour d'Isabelle aux Pays-Bas, mademoiselle de Monceau fut le boute en train de la cour. Elle traînait après elle une armée de soupirants et sa réputation avait volé jusqu'en Espagne. Elle était très fière de tant de succès et comptait bien les voir continuer longtemps. (1)

C'est qu'elle n'avait jamais vu jusque là que les beaux côtés de la vie. Du château paternel, elle était partie pour la cour, et le luxe, le plaisir et le succès se succédaient dans sa vie. Mais, tout à coup, un autre spectacle s'offrit à ses beaux yeux. Le siège d'Ostende durait depuis un an, lorsque l'Infante fit venir auprès d'elle mademoiselle de Monceau. Isabelle était alors installée à Nieuport et de là, venait tous les jours au camp pour soigner et visiter les blessés, autant que pour voir l'archiduc. Emérentienne se trouva ainsi, tout à coup, devant le spectacle le plus capable de toucher une âme comme la sienne; partout des morts, des blessés, des cadavres qu'on enterrait, de brillants officiers qui, la veille, lui souriaient, et qu'elle voyait apporter, sanglants et mutilés, et comme fond à ce tableau d'horreur, les flammes subites des canons, le fracas des boulets, le crépitement des mousquetades.

La vie, alors, apparut brusquement à la jeune fille mondaine sous un aspect qu'elle n'avait jamais considéré. Elle put constater ce qu'elle était en réalité et la folie d'une

____

(1) Chiflet, T. 97, p. 161 et s. Nous prenons tous ces détails dans une lettre d'une religieuse, compagne d'Emérentienne, à Chiflet.

existence de plaisirs frappa son esprit. Elle résistait cependant à cette voix austère, elle tenait au succès, au luxe, au bien-être, mais comme elle était franche et vaillante, elle confessa à l'Infante et à sa mère l'état de son âme. Cette confession de la part d'Emérentienne parut tellement extraordinaire à toutes deux qu'elles se récrièrent, incrédules. madame de Hamal dit qu'après avoir perdu son mari, elle serait par trop malheureuse sans sa fille, et Emérentienne pensa qu'elle aimait trop l'archiduchesse pour avoir jamais le courage de la quitter. Quelque temps après, se trouvant avec l'Infante, pendant que celle-ci priait, sa dame d'honneur pensait encore à cet appel divin et se répétait intérieurement que le sacrifice de se séparer de sa souveraine était au-dessus de ses forces. Elle regardait un grand crucifix, toute pensive, et soudain, une voix sort de ce crucifix et lui dit : « L'Infante a-t-elle fait pour vous plus que moi ? »

Cette fois, Emérentienne tomba à genoux, terrassée ; mais on la traita de visionnaire, on ne crut pas à sa conversion. A la vérité, après cette grande émotion, la jeune dame d'honneur avait des retours mondains qui inquiétaient l'Infante. La conscience délicate d'Isabelle et son affection pour mademoiselle de Monceau ne lui permettaient pas de se désintéresser de cette lutte d'une âme entre Dieu et le monde. Voyez comme elle la prend à cœur et le soin qu'elle a de son amie. C'est à Madeleine de Trazegnies qu'elle demande conseil. — « Je regrette, lui écrit-elle, je regrette que les projets de Monceau ne soient pas aussi fermes que les vôtres, je les voudrais ainsi pour être certaine qu'ils sont vrais. Mon confesseur m'a écrit à ce sujet. Je lui ai répondu qu'il devait lui parler (à Emérentienne). Elle pourrait aller un matin auprès de vous comme lorsqu'elle va se confesser et nous verrons ce qui résultera de cet entretien... (1) »

L'Infante craint qu'une fois entrée au couvent, Emérentienne ne soit pas aussi mortifiée que ne l'est sœur Madeleine et qu'elle ne persévère pas. Mais, sans doute,

(1) Chiflet. T, 97. f. 354. En ce moment, l'Infante était à Gand,

sœur Madeleine et le confesseur ont rassuré la souveraine qui, cependant ne veut laisser partir « Monceau » qu'après avoir, pour ainsi dire, éprouvé sa vocation elle-même. Elle exigea que la jeune dame d'honneur restât encore un an auprès d'elle, nous dit toujours Chiflet, « et avec une humilité incroyable, l'Infante se plaisait à luy mener la guerre, disant ce que l'on ferait quand elle serait envoyée (au couvent) et quand elle l'honorait de ses commandements, c'était en disant qu'elle luy commandait ou contredisait en vertu de l'obédience de Sainte Claire. » Après un an, Isabelle, convaincue de la vocation d'Emérentienne, lui donna la permission de partir et obtint le consentiment de sa mère.

Enfin, Emérentienne a vaincu tous les obstacles et elle entrera aux Clarisses de Gand le jour de Sainte Claire. Cette fuite vers la solitude causa grand bruit. Mademoiselle de Monceau n'est pas de celles qui passent inaperçues et ce changement total effraie, afflige ; on la blâmerait si on l'osait. Mais l'Infante ne blâme pas, au contraire, elle loue la postulante et veut que son entrée au couvent soit d'autant plus solennelle que le sacrifice est plus grand. C'est Montgaillard qui prêchera encore. On décroche les tapisseries du palais de Gand pour en orner l'église et l'Infante s'excuse de n'en avoir pas de plus belles dans cette demeure. Elle aurait voulu que sa chapelle vint rehausser la cérémonie de sa musique si estimée, mais elle l'a laissée à Bruxelles et elle exprime ses regrets à la supérieure, puis ajoute en manière de consolation : « Après tout, qu'importe si la voix des Frères est un peu rude ! » Elle entre dans tous les détails afin que rien ne manque, car elle régale la communauté et les invités. Faut-il qu'elle achète à Gand la cervoise ? et doit-elle être apportée avec le vin ? Elle aurait bien voulu prêter tous ses carrosses, mais l'archiduc en a besoin, il doit partir pour Ostende.

Jamais on ne vit si belle cérémonie dans le pauvre couvent des Clarisses. Toute la cour, toute la noblesse se pressait dans l'église, parée comme aux grands jours, admirant une dernière fois la suave beauté d'Emérentienne dans sa parure somptueuse de fiancée.

« Comme elle avait une chevelure superbe, Son Altesse voulut la lui couper elle-même » et ce fut elle aussi qui conduisit la fiancée du Christ à l'autel.

Il fallait que cette prise de voile fut un bien grand événement pour que l'archiduc ait tenu à s'y unir en assistant avec ses officiers à une messe aux Clarisses de Bruges, qu'il avait fait dire à la même heure.

Isabelle aurait voulu assister au dîner des sœurs mais l'abbesse, trop scrupuleuse, n'osa autoriser une telle dérogation à la règle et l'Infante en se séparant de sa chère novice dit d'une voix émue : « Ma mère, je vous la reco mmande comme ma fille ». (1)

En sortant du couvent la princesse y laissait des dons généreux, enrichissant l'église d'une belle garniture d'autel en argent, d'un ornement complet de satin broché blanc à croix « d'or violet » et enfin y ajoutant une somme d'argent si forte que les religieuses ne voulurent pas l'accepter et n'en prirent qu'une minime partie pour les besoins urgents du couvent.

Comme avec sœur Madeleine, l'Infante ne cessa de s'intéresser à sœur Emérentienne, et continua à lui témoigner une vive affection. La Clarisse, dans toute l'ardeur de son cœur aimant, témoignait pour la perfection de son

____

(1) Chiflet, T. 97, f. 342. Sœur Emérentienne fut, plus encore que sœur Madeleine, une confidente intime et fidèle. Il semble que ces deux âmes ardentes se comprenaient plus profondément. L'Infante Marguerite, la Descalzas de Madrid entra en correspondance suivie avec la sœur et lui envoyait souvent de pieux cadeaux. La même religieuse qui raconte avec tant de détails à Chiflet tout ce qui concerne les religieuses venant de la cour ajoute, après avoir fait le récit de la prise de voile : « Son Altèze à faict alors de grandes libéralitez et présents à toutes les sœurs et au couvent. Une fois elle envoya par monsieur de Borea grande quantité de plats de galères (sic) pourcelaines et équelles et culières de bois, et autres fois chapelets, médailles et tous les ans pastilles pour le Saint Sépulchre, cierges et bougies de cire blanche, une fois une boîte de Alcosses (sic) de grand prix pour la cantité et préciosite et tout faist et envoyé d'Espagne pour la bouche, et le tout de son propre motif » (sa volonté).

auguste amie, autant de vivacité de zèle qu'elle avait déployé jadis de mondanité et lorsque l'Infante voyait arriver une de ses lettres, elle disait en souriant : « Voici un sermon de sœur Emérentienne. »

Parfois, songeant à la vie si douce que menait jadis la jeune sœur, Isabelle s'inquiétait, se demandant si elle ne manquait de rien, craignant qu'elle n'osât pas lui écrire, et vite, lui envoyait un messager chargé de s'informer si elle ne désirait rien. Elle lui envoya une fois un « très beau psautier en corne blanc (re) lié et doré ».

Chaque année les mules de l'Infante arrivaient chez les Clarisses avec tout un chargement « de vin blanc, de vin d'Espagne, de tonnelets de morue et de harengs, du sucre, des fruits de carême, bref tout ce qui se pouvait accorder entre la sévérité de la règle et les gâteries d'une amie attentive.(1) »

Sœur Emérentienne ne conserva point, comme sœur Madeleine, les lettres de l'Infante. C'était une âme ardente, cherchant toujours davantage à se détacher de la terre qu'elle ne devait plus habiter longtemps. Elle mourut en 1615 de cette maladie des « poquettes » qui alors était presque toujours mortelle. (2)

L'Infante pleura beaucoup en apprenant sa mort. Elle avait eu la consolation de la revoir peu de temps auparavant, en allant conduire aux Clarisses une nouvelle recrue dans la personne de mademoiselle de Sainte-Aldegonde (3).

Cette dernière n'était qu'une ménine de l'archiduchesse mais, orpheline de sa mère, elle était particulièrement aimée de la princesse. Elle n'avait que 16 ans. Son père était sans doute gêné alors, car ce fut Son Altesse qui la dota et donna à l'occasion de cette vocation, un ornement de toile d'or frisé à l'église. Depuis, à chaque visite au couvent, Isabelle s'informait soigneusement de la jeune sœur.

---

(1) Chiflet, T. 97, f. 342.

(2) Chiflet dit que sœur Emérentienne mourut comme une sainte.

(3) Maximilien son père, créé comte de Sainte-Aldegonde par les archiducs, maître d'hôtel de Leurs Altesses, gouverneur de Namur, avait épousé en premières noces Marguerite de Lens, mère de la religieuse.

Un jour que l'Infante était allée « payer la tarte » à la communauté et les obliger à la manger devant elle, l'archiduc arriva à l'improviste à la porte et, discrètement, s'arrêta devant le seuil. Alors l'Infante prenant par la main la petite Sainte-Aldegonde la mena auprès du prince et relevant son voile, lui demanda s'il la reconnaissait. Après son veuvage, lors d'une autre visite, Isabelle voulut aller au dortoir et fit coucher la même sœur sur son lit pour voir comment elle s'y plaçait et l'abbesse se plaignant que cette petite sœur était trop scrupuleuse, Isabelle levant le doigt lui dit vivement : Je gronde, je gronde, je gronde, je ne veux pas qu'on soit scrupuleuse ! »

Beaucoup de ménines de l'Infante entrèrent au couvent et gardèrent des relations suivies avec leur souveraine, mais les trois premières dont nous venons de parler, furent les plus aimées et les plus affectionnées à leur maîtresse. Il y en avait beaucoup d'autres qui ne songeaient pas du tout à se faire religieuses, et la cour de Bruxelles fut toujours embellie par un essaim de femmes charmantes et de haut mérite. Parmi les plus remarquables il faut placer la duchesse de Bournonville, et la femme de son frère, Ernestine d'Arenberg, princesse d'Epinoy, dont l'humeur hautaine n'effaçait pas les grandes qualités de courage et de dévouement (1). Sa cousine, femme du comte Jean de Nassau Siegen, montra de brillantes vertus dans les péripéties de sa vie de femme de guerrier et de mère de famille ; citons encore parmi les beautés célèbres de cette cour, la comtesse de Rennebourg, qui sous le nom de dona Bianca Coloma, fit presqu'oublier Marguerite de Lorraine à Gaston d'Orléans, mesdemoiselles de Grimberghe, de Warfuzée, de Chimai, de Beausigny, de Croy et bien d'autres qui passèrent, pour la plupart, du quartier des ménines aux hôtels de leurs époux, tout en restant dames de l'Infante. Ces dernières peuvent être partagées en deux catégories, celles qui

(1) Ces deux belles-sœurs eurent, après la mort de l'Infante, à traverser les plus cruelles épreuves, lorsque leurs époux furent impliqués dans la conjuration dite de 1632.

ne paraissaient qu'aux réceptions et cérémonies officielles et prenaient leur service à leur tour, sans entrer dans l'intimité de l'archiduchesse et les autres, que leur sagesse, leurs vertus, leur esprit rendaient plus chères à Isabelle.

Telles furent mesdames de Willerval (1), de Vertaing (2), de Culembourg (3) et surtout mademoiselle de Montmorency (4) qui, toutes quatre semblent s'être dévouées entièrement à l'Infante après son veuvage.

L'une des femmes les plus célèbres de la cour, par la culture de son esprit fut Dorothée de Croy, deuxième femme de Charles de Croy, dernier duc d'Arschot de sa maison. Elle était en relation avec les plus célèbres littérateurs, poëtes, historiens de son temps. Comme l'Infante, après la mort de son mari, elle se confina dans la retraite.

D'autres femmes ne se résignaient pas à ce rôle de veuve éplorée et parmi elles Caroline d'Autriche fut bien la plus agitée des dames de l'entourage de l'Infante. Légitimée ou née d'un mariage secret de l'empereur Rodolphe — les avis sont partagés — elle reçut d'Isabelle un accueil de parente qui fut remarqué. Elle avait épousé en Allemagne un gentilhomme bourguignon venu en ambassade. C'était Thomas François Perrenot de Granvelle, comte de Cantecroy petit neveu du célèbre Cardinal, ministre de Charles-Quint, qui avait hérité de son palais et de tous ses biens.

Caroline d'Autriche resta bientôt veuve avec un fils unique, Léopold Eugène, qui devait épouser la trop séduisante Béatrix de Cusance.

En 1630, Caroline s'avisa de venir à Bruxelles avec son fils, et l'Infante la combla d'honneurs (5). Elle la reçut si bien qu'on en fut étonné à la cour.

(1) Femme de Jean Claude d'Ongnies, créé comte de Willerval en 1612.

(2) Jacqueline de Recourt de Licques, femme de Philippe de Rubempré. créé comte de Vertaing en 1614.

(3) Catherine de Bergh, femme de Florent II de Pallant, comte de Culembourg

(4) Probablement la sœur de Jean de Montmorency, fils de Louis et de Jeanne de Saint-Omer, lequel avait hérité de son oncle Nicolas de Montmorency, comte d'Estaires, des titres et biens, faute d'héritiers directs.

(5) « Le 13 octobre madame Caroline d'Autriche, comtesse de Can-

« Cette réception est remarquable, dit Chiflet, tout heureux qu'on reçût avec tant d'honneur ses compatriotes, car S. A. a accoutumé de les donner toujours debout ou assise dans une chaire, n'avait pour lors qu'un carreau de velours noir sur lequel elle séait. Ce qu'elle fit pour honorer davantage la comtesse et pour accueillement d'honneur. En mesme temps que la comtesse parlant à elle, faisait la révérence, S. A. s'eslevant un peu s'inclinait assez profondément. Ce qu'elle fist trois ou quatre fois. Après, la comtesse s'estant retirée, le comte son fils alla faire la révérence à S. A. pendant quoy la comtesse s'assit au pied du dais de S. A. sur le carreau qui luy estait préparé et que S. A. a voulu à dessein luy estre donné en publicq pour plus grand honneur.

« Au partir de l'audience S. A. dit que la comtesse ne pouvait estre que de la maison (d'Autriche) et qu'elle en avait de grandes marques et au visage et aux mœurs. »

Le jeune Léopold Eugène de Cantecroy fut reçu dans les pages, eut l'honneur de servir la coupe à S. A. (1) et sur l'ordre de la princesse, mère et fils furent comblés de toutes sortes d'honneurs partout où ils allaient.

Un mois après l'arrivée de Caroline d'Autriche, « S. A. dit encore Chiflet, mena la comtesse dans toute la maison, luy fit veoir ses chambres, ses volières et ses menasgeries

tecroy, arriva à Bruxelles, venant de Besançon avec monsieur le comte son fils unique, accompagnés d'un très beau train et mesme de quatre archers que le duc de Lorraine lui avait donnés pour passer par toutes ses terres en plus grande assurance. Le lendemain S. A. l'envoya recevoir par don Emmanuel de Portugal et la comtesse de Coupigny (Anne de Croy femme de Claude d'Ongnies comte de Coupigny), qui la fut prendre vers les six heures du soir avec deux carosses de l'escurie, ordonnés par S. A. pour l'amener à la cour où S. A. donna à elle et à son fils audience publique, portes ouvertes, de la mesme façon qu'elle a accoutumé de la donner à l'abbord des princes souverains, personnes royales et leurs ambassadeurs. »

(1). « Le comte fut reçu pour menin dans la chambre de S. A. et le 15 dudit mois post-lendemain de son audience, il fut à la coupe, accompagné et conduit par mon frère qui pour lors estait de sepmaine au Palais.

« Le 15 octobre S. A. envoya à la comtesse un régal de force volaille et de confitures, et ordonna à M. d'Andelot de luy envoyer quelquechose de sa par de temps à autre. » Chiflet, T. 96, f. 182.

et donna à manger à ses oiseaux devant elle. Bref elle lui fit tant de caresses que ses dames dirent n'avoir jamais veu faire à S. A. ce qu'elle fist pour l'accueillir. Jusque là qu'un de ses chiens qui a accoustumé d'aboyer tous ceux qui s'approchent d'elle, ayant au contraire caressé la comtesse, S. A. luy dit que le chien la caressait pour l'amour du parentage. Le lendemain, S. A. estant tombée malade et la comtesse luy ayant fait demander comment elle se portait, elle respondit que le lendemain, fust qu'elle fust levée ou non, la comtesse pourrait venir à son disner ; faveur qui ne se communique à autres qu'à celles qui ont esté de sa chambre, pour grandes qu'elles soyent, tandis que S. A. est malade. »

Caroline d'Autriche séjourna quelque temps à Bruxelles où elle achevait d'arranger le mariage de son fils avec Béatrix de Cusance. Quelques années auparavant, la belle-mère de Caroline d'Autriche vint faire aussi un long séjour aux Pays-Bas. Hélène Perrenot, comtesse de Saint-Aymour et Cantecroy avait hérité non seulement de la fortune du Cardinal, de son palais, et de ses biens, mais aussi de sa forte tête franc-comtoise et pendant que son mari dépensait beaucoup et commettait pas mal de folies, elle dirigeait sa fortune, se disputait avec beaucoup de cousins à coups de procès et prenait les conseils peu pacifiques de la princesse de Mansfelt, autre veuve énergique sachant amener à ses fins les tribunaux abasourdis. Hélène Perrenot était morte lorsque son petit-fils, le dernier des Oiselet et des Granvelle, mourut à temps pour ne pas voir son foyer déshonoré par l'infidélité de sa femme Béatrix, dont la célèbre beauté devait causer tant de scandales.

Mais en cette année le jeune Cantecroy rêvait encore au bonheur d'une longue suite de jours et Caroline d'Autriche ignorait qu'elle finirait sa vie tourmentée en Belgique à la recherche d'un petit-fils qu'elle se refusait à croire mort. (1)

---

(1) Quelque temps après la mort de Léopold de Cantecroy, sa veuve Béatrix donna le jour à un fils que le duc de Lorraine reconnut comme sien et qui mourut presqu'aussitôt. Mais Caroline d'Autriche ne crut pas à cette mort et

Plus on étudie l'existence de l'Infante Isabelle, plus on doit admirer l'étonnante activité d'esprit qui n'eut jamais chez elle, une défaillance. L'épreuve, les soucis ne l'arrêtent pas. Elle a une vivacité toujours en éveil, s'intéressant à tout, ne reculant devant aucun labeur, et sachant mener de front et sans heurt les occupations les plus diverses. Elle est à la tête de la politique diplomatique européenne, elle porte le fardeau écrasant d'une guerre perpétuelle, elle lutte contre un gouvernement maladroit qui contrecarre le sien, et ces graves questions ne l'empêchent pas d'être la plus attentive des maîtresses de maison, de s'occuper avec cœur de cette petite armée qui forme sa cour, de travailler avec ses femmes, de consacrer de longues heures à la prière. Et ce n'est pas tout, elle a voulu conserver, autant qu'elle a pu, malgré sa misère, les traditions de l'archiduc. Elle continue de protéger les arts et les sciences, elle est pour Rubens plus qu'une simple protectrice, elle le traite en enfant gâté, et la pléiade de grands artistes qui vivent aux Pays-Bas lui doit encore de belles commandes : tableaux, sculptures, tapisseries, orfèvrerie, la liste de ces commandes est incroyable et certainement pour les payer, elle a dû, plus d'une fois, se priver du nécessaire. Mais elle a cette générosité royale, parfois peut-être inconsidérée, qui donne avec largeur. Elle fait beaucoup de cadeaux et veut que ceux-ci soient toujours magnifiques. L'art en profita, mais la pauvre Isabelle laissa, à sa mort, un passif écrasant.

Les travaux d'embellissement et d'utilité qu'elle fit exécuter sont nombreux.

Elle continua jusqu'à sa mort à subventionner largement les églises qu'on reconstruisait et fit bâtir un nombre considérable de couvents. Les Carmes et Carmélites surtout, lu durent la plupart de leurs monastères. A Bruxelles, son œuvre est considérable. Le premier travail qu'elle fit exécuter après la mort d'Albert fut la restauration du tombeau

sur de vagues indices, crut qu'on l'avait caché en Belgique où elle ne cessa de le chercher.

des ducs de Brabant dans l'église de Saint-François, tombeau que l'archiduc se proposait de faire restaurer.

Peu après, par ses ordres, on commença la réfection des parties délabrées de la maison du roi, sur la grande place, et ce travail fut exécuté sous l'habile direction de son meilleur architecte. En même temps. elle entreprenait le percement d'une voie de communication plus directe entre le palais et la cathédrale. L'ouvrage entrepris était considérable, car le quartier qui se blotissait sous le parc du palais (1), autour du vieil hôpital de Terarken, n'était qu'un amas de maisons lépreuses, juchées au hasard sur un sol inégal. Une rue tortueuse en raidillon « la Pendille » était l'unique chemin de traverse menant du palais à Sainte-Gudule. Isabelle fit percer la rue qui porte son nom et celle qui, passant le long de l'hôtel Salazar, porte actuellement le nom de rue des douze Apôtres.

Bruxelles doit aussi à l'Infante le chœur de l'église de Sainte-Catherine et le portail de celle des Annonciades. Au palais elle fit faire, du côté du parc, une triple galerie couverte, de laquelle on descendait dans le parc par un double escalier monumental et dans la cour des communs, elle bâtit une vaste remise pour les carosses. Elle ne cessa d'embellir le parc. Depuis son veuvage, elle vivait à Bruxelles la plus grande partie de l'année et, ne chassant plus, ne montant plus à cheval, son parc devenait l'endroit préféré de ses promenades journalières. Elle aimait a surveiller les travaux qu'elle commandait. Une des plus belles fontaines du parc, la fontaine des lions, fut faite par ses ordres comme aussi deux grottes avec des statues. De nombreuses cages renfermant toutes sortes d'animaux se trouvaient éparpillées dans la verdure et Isabelle distribuait de sa main le grain ou le pain à tout ce peuple emprisonné.

Elle sacrifia l'extrémité de ce parc pour le donner aux Carmélites dont elle avait construit le couvent lors de

---

(1) A cette époque le palais et le parc étaient situés le long d'une sorte de falaise soutenue par le mur de la première enceinte de Bruxelles contre lequel, en bas, s'appuyait l'hospice et le quartier de Terarken.

l'arrivée des premières Carmélites réformées aux Pays-Bas. Enfin, c'est à elle qu'on doit à Laeken la promenade bien connue appelée la drève de Sainte-Anne, qu'elle fit planter et arranger, ainsi que la fontaine et la chapelle, et Chiflet, à qui nous empruntons tous ces détails (1),dit que cette drève fut faite pour permettre au vieux confesseur de l'Infante, le Père André de Soto, de se promener tranquillement et commodément dans les dernières années de sa vie.

Tervueren et Mariemont ne furent pas oubliés, quoique la princesse n'y fit plus guère de longs séjours. Il ne semble pas qu'elle soit demeurée dans l'un ou l'autre de ces châteaux, sinon en passant. Malgré cela, elle les entretint avec soin et y fit faire des travaux assez considérables, comme d'entourer de murs les parcs de ces deux domaines, ouvrage qui ne fut terminé qu'en 1633. (2)

Ainsi jusqu'à son dernier jour, Isabelle se montra toujours la même, active, dévouée et résolue et Dieu lui fit cette grâce de mourir sur la brèche, sans connaître la tristesse de l'infirmité et de la décadence intellectuelle, si douloureuse pour les âmes vibrantes comme la sienne.

---

(1) Chiflet a relevé une liste très minutieuse de tous les travaux exécutés par l'Infante. T. 96, f. 254 et s.

(2) Chiflet T. 96, f. 263.

CHAPITRE XXIII

—

—

« Avant la Révolution française, dit un éminent historien
belge, et avant la destruction des couvents, on montrait
encore à une demi-lieue de Tervueren, dans la forêt de
Soignes, à l'extrémité du jardin des Capucins, un petit bâtiment où l'archiduchesse se retirait pour prier et où elle
passait souvent des nuits. On y voyait une étroite cellule
avec un grabat exactement semblable à celui d'un Capucin,
ayant pour matelas deux planches et pour chevet un morceau de bois. A côté de cette cellule était une chapelle où
on lui disait la messe. C'est là que la petite fille de Charles-
Quint allait retremper son âme au milieu des malheurs qui
accablèrent une grande partie de son règne. » (1) En effet,
l'Infante allait faire de fréquentes retraites dans ce petit
ermitage, où elle se reposait, dans la prière, de ses fatigues
de gouvernante et reprenait des forces pour le lendemain.
Souvent elle n'y passait que quelques heures, mais à la
veille d'une grande fête, elle demeurait deux ou trois jours,
toute occupée d'exercices de piété et de méditations. Elle
prit cette habitude après la mort de l'archiduc. L'Infante
Isabelle fut profondément pieuse, mais non bigotte, sa
piété éclairée, nourrie d'études théologiques très fortes était,
quoiqu'en puissent dire ses ennemis, d'une tolérance toute
charitable, tant que cette tolérance ne faisait pas de tort aux

(1) Gerlache, Introduction à l'histoire des Pays-Bas, p. 126.

âmes. Elle était, sur ce point, d'une extrême délicatesse et pouvait s'appliquer cette parole d'un homme de foi : absolue sur les principes, tolérante pour les personnes. Elle accueillait les hérétiques avec, peut-être, plus de bonté que d'autres, en disant qu'il fallait se garder qu'on puisse croire les catholiques revêches et maussades. Elle faisait prier et dire des messes pour eux. Elle recueillait leurs enfants quand elle le pouvait, afin de les faire élever dans la religion catholique et se montrait aussi généreuse pour eux que pour d'autres. Sa foi s'inquiétait beaucoup du sort des âmes de tant de pauvres soldats, trop souvent horribles mécréants, devenus des brutes cruelles dans les guerres sans merci de ce temps. Nous avons vu, au siège d'Ostende, quel soin elle eut pour les ramener à Dieu par ses prédications, et la joie qu'elle ressentait d'en voir un si grand nombre faire leurs pâques. Depuis, chaque fois que ses armées subissaient le sort d'une bataille, elle faisait dire des messes pour les âmes des soldats morts, amis et ennemis. (1)

Elle affectionnait beaucoup son grand aumônier qui demeura auprès d'elle toute sa vie. C'était un bourguignon, François de Rye, archevêque de Césarée. (2) Il dirigeait la chapelle, c'est-à-dire les nombreux chapelains qui la composaient, et distribuait les aumônes et charités de la princesse. La dignité de grand aumônier comprenait la charge de régler les offices que l'Infante commandait à la cour et dans ses voyages.

« Demain, lui écrit l'Infante, je pense aller déjeuner à Botendael et j'y entendrai la messe qui pourra être la première de la neuvaine à Saint Antoine. On préviendra un Père et un Frère pour qu'ils soient prêts à la dire et que l'oratoire soit préparé. » (3)

(1) Chiflet, T. 97, f. 242.
(2) Lors de son sacre comme archevêque de Césarée, l'Infante lui donna la mitre que l'empereur Rodolphe avait offerte à l'archiduc Albert, quand il fut nommé archevêque de Tolède. Chiflet, T. 97, f. 307.
(3) Chiflet, T. 97, f. 242.

Et peu de temps après, l'archevêque de Césarée lui ayant envoyé la liste de répartition des messes et neuvaines ordonnées, Isabelle écrivait en marge :

« Ces messes se peuvent continuer à présent plus que jamais, puisqu'on arme en Angleterre et en Hollande. » (1)

En 1631, l'Infante fait dire mille messes pour les victimes de la guerre. (2)

La Mère Léonard de Saint-Bernard qui, probablement, vécut à la cour avant d'entrer au couvent, écrivait à Chiflet : « Souvent elle savait qu'on parlait mal d'elle ou qu'on murmurait contre ses ordres, elle n'en témoignait jamais de mauvaise humeur ni d'impatience à ceux qui agissaient ainsi. Elle avait une foi vive et qui fut souvent récompensée. Au siège de Bréda, comme on lui représentait qu'il fallait lever le siège parce que les ennemis étaient trop supérieurs en nombre et situation, elle répondit doucement que si les ennemis avaient de leur côté tant d'avantages, elle avait du sien Notre Seigneur, ce qui valait encore mieux, et le succès de cette entreprise prouva qu'elle avait eu raison. »

Elle suivait les processions sans craindre ni la pluie ni le soleil. « Je me souviens qu'étant à Anvers, où elle menait au couvent la fille du comte de Vertaing, raconte toujours la même sœur, l'Infante, fort enrhumée, suivait la procession au grand soleil ; on voulut faire porter au-dessus de sa tête un petit dais, mais elle répondit vivement que ce ne serait pas céans, en présence du Saint Sacrement, et qu'elle devait donner l'exemple au peuple. Une autre fois, encore pendant une procession, la pluie se mit à tomber si fort que la princesse fut bientôt toute mouillée. Elle suivait le dais où l'évêque portait le Saint-Sacrement. Ce prélat insista pour que l'Infante vînt se mettre à l'abri sous son dais, ce à quoi elle ne voulut jamais consentir par le même sentiment de respect. Elle était si dévote que, le Jeudi-Saint, cachée sous une hucque, elle allait de nuit, avec ses dames,

____

(1) Chiflet. T. 97, f. 242.
(2) » » 245.

faire les stations d'adoration dans toutes les églises où se trouvaient des sépulcres, et, dit encore sœur St-Bernard, pour plus d'humilité, elle se faisait éclairer par une petite lanterne de pauvres gens et tous ces jours-là, ni même en autre temps, ne se voulait agenouiller sur des carreaux ni tapis. Après la mort de l'archiduc, comme probablement on craignait de telles courses pour sa santé, elle ne fit plus ces pèlerinages nocturnes, mais pour remplacer ses stations en ville, elle les faisait à sa chapelle, la nuit, en cachette de ses gens, pieds nus. »

Pendant la dernière maladie de l'archiduc, habillée en « fille de chambre », elle sortait avant l'aube avec sa fidèle La Feira qu'elle suivait comme une servante, puis, afin qu'on ne s'aperçoive pas, au palais, de cette sortie, elle revenait bien vite se coucher avant que ses femmes n'entrent chez elle.

« Il me souvient — tant elle désirait le salut des âmes — que je reçus un jour la confidence de deux jeunes anglaises, les Worsley, qui, ayant perdu leur père et leur mère aux Pays-Bas, une tante hérétique très riche, qui était en Angleterre, voulait les faire revenir auprès d'elle, en leur promettant son héritage. Les orphelines me dirent qu'elles seraient certainement persécutées pour leur religion. Je le dis à l'Infante, car elles n'avaient pas le moyen de rester aux Pays-Bas. Aussitôt la princesse les prit sous sa protection, les plaça à La Cambre, les entretint selon leur qualité jusqu'au moment où, l'une étant morte, l'autre entra au Carmel. — Ainsi fit-elle aussi pour les filles du comte d'Argyll. »

Donnons encore quelques souvenirs de la sœur Saint-Bernard, ils ont toute la véracité du témoin oculaire et montrent la beauté de l'âme de notre princesse. Nous les résumons, le texte ayant des longueurs parfois fastidieuses.

« Lors de la bataille de Fleurus, l'Infante se donna beaucoup de peine pour les blessés. Elle les fit venir à Bruxelles lorsqu'ils étaient transportables et veillait elle-même à ce qu'ils reçussent tous les soins nécessaires. Elle allait les voir tous les jours à l'hôpital, leur portant argent, linge, confitures, remèdes. Elle-même cousait avec ses dames les chemises et les vêtements et les distribuait ensuite, consolait les blessés et les fortifiait avec une mine si douce et si compatissante, si propre à toucher leurs cœurs que plusieurs de ces rudes soldats de Mansfeldt et d'Halberstadt se convertirent. »

Sa bonté était proverbiale. Dans ses audiences, elle recevait tous ceux qui se présentaient, grands seigneurs, bourgeois ou gens du peuple. Quand un pauvre s'agenouillait devant elle pour lui présenter une requête, elle l'écoutait avec autant d'attention qu'elle eut écouté le premier personnage du pays. « Elle ne rabrouait jamais personne », dit l'auteur du Mausolée (1), n'interrompait jamais les explications, souvent diffuses, des quémandeurs, mais écoutait tout le monde avec affabilité et bonté, lisait les placets, demandait des explications et ne renvoyait le solliciteur qu'après s'être rendu un compte exact de son affaire. Un jour, une pauvre vieille, intimidée, s'embarrassa dans les tapis devant le trône et tomba de tout son long. Tout le monde de rire, mais Isabelle, descendant vivement les marches, vint relever la maladroite et la consoler par de bonnes paroles.

Elle aurait voulu voir son peuple heureux et la misère où les guerres le plongeaient lui était vraiment un cruel tourment. Elle préférait risquer une défaite que de faire du tort au pauvre monde et plusieurs fois, refusa de permettre qu'on rompe les digues du pays plat, ce qui aurait fait reculer l'ennemi, mais elle ne voulait pas compromettre les petits biens de ses humbles sujets.

« Pourrais-je avoir le cœur de ruiner tant de monde, peut-être même de faire mourir plusieurs personnes qui n'auraient pas le temps de se sauver ! Dieu veut sans doute nous affliger, ayons patience ». Lorsque les Espagnols se plaignaient du caractère belge, le déclaraient ombrageux,

____

(1) Mausolée, p. 116.

frondeur, exigeant, elle répondait vivement : « Je ne laisse pas cependant que de l'aimer beaucoup, car c'est le peuple que Dieu nous a donné. »

Elle n'agissait jamais à l'improviste, mais toujours après mûres réflexions et, l'acte posé, ne s'inquiétait ni ne se tourmentait des critiques inévitables, ou des petites méchancetés qui n'épargnent pas plus les souverains que les particuliers.

« Jésus Maria ! s'écriait-elle, si je croyais tout ce qu'on me dit, tout ce qu'on me rapporte, il n'y aurait homme de bien au monde et, quant aux critiques, j'ai fait ce que je jugeais bon, car je ne veux rien faire que pour la gloire de Dieu ! »

Elle se mettait au-dessus des mesquineries de la jalousie et ne se prêtait pas à la médisance. Elle en avait d'autant plus de mérite qu'elle était de naturel moqueur et gai et voyait tout de suite le côté faible ou ridicule du prochain ; mais jamais cette gaîté malicieuse ne fut cruelle ou mauvaise. Aussi se montra-t-elle une amie fidèle, défendant énergiquement ceux qu'elle aimait contre la méchanceté et la calomnie.

Nous empruntons toutes ces remarques aux personnes que Chiflet a interrogées sur le caractère de l'Infante et en particulier de cette sœur St-Bernard qui avait dû connaître intimement Isabelle. C'est encore elle qui raconte au chapelain que l'archiduchesse, étant venue un jour au couvent, (1) la supérieure crut devoir, au lieu du chant de réception ordinaire, faire chanter l'hymne pour les impératrices. Isabelle écouta avec un visage si mécontent que les religieuses en tremblaient ; à la fin, n'y tenant plus, la princesse se tourna vivement vers la prieure : « Eh ! pour l'amour de Dieu, ma Mère, que dites-vous là ! Voulez-vous donc nous mettre sur les épaules une charge encore plus forte que celle que Dieu nous a donnée ? » (2)

Chiflet, parlant de ce tact exquis et de cette délicatesse provenant d'un sentiment de sincère humilité chrétienne,

____

(1) C'était au moment où on parlait d'élire Albert empereur.
(2) Chiflet, T. 97, f. 286 et s.

assure qu'elle ne voulut jamais se laisser appeler Majesté, quoiqu'elle fut souveraine. Un jour, s'étant assise par distraction à droite de la duchesse d'Orléans, elle lui fit autant d'excuses et montra une confusion aussi grande que si elle avait commis une véritable faute. (1)

Le bon chapelain raconte encore comment l'Infante se mécontentait grandement, dans les deux dernières années de sa vie, lorsqu'elle s'apercevait, aux processions où elle aimait tant assister, qu'on modifiait l'itinéraire à cause d'elle, soit pour ne pas la fatiguer, soit parce qu'il faisait trop chaud ou trop froid. « Elle s'en offensait fort », assure Chiflet. (2) Nulle merveille qu'on vit en elle une véritable sainteté et que ceux dont elle avait gagné si complètement le cœur ne la traitassent en sainte. Elle avait dû se résoudre à ne jamais faire laver son linge, ni arranger un vêtement hors du palais, parce qu'elle s'était aperçue qu'on les lui prenait ou qu'on les changeait pour avoir quelque relique d'elle. |(3) Et c'était vraiment l'impression qu'on ressentait auprès de l'Infante, dans les dernières années de sa vie. « Je viens d'une ville où j'ai laissé une sainte, disait le Père de Castro qui venait d'Avila, et j'arrive ici pour en trouver une autre. » (4)

Sa grande piété lui donnait une vive affection pour les couvents. Elle avait pris dans son enfance, l'habitude de ces relations intimes avec le monde religieux. Les palais de son père avaient toujours un couvent à côté d'eux, avec des appartements pour les personnes royales.

Tout naturellement, Isabelle continue aux Pays-Bas de suivre les bonnes habitudes d'Espagne et ce fut à la restauration des ordres religieux que l'Infante se consacra tout d'abord avec zèle.

Parmi les ordres de femmes, l'archiduchesse protégea et aima surtout les Carmélites, les Franciscaines et les Annon-

(1) Chiflet, T. 97, f. 289.
(2) » T. 96, f. 250.
(3) » T. 96, f. 360.
(4) » » f. 302.

ciades. En fille très dévote de Saint François d'Assise, que son affiliation au Tiers-Ordre avait faite sœur de tant de saintes moniales, elle traitait les Clarisses et les Collettines comme sa propre famille. Son cœur d'espagnole la portait à protéger avec une générosité inépuisable les Carmélites, filles de la glorieuse Thérèse d'Avila, et les Annonciades lui paraissaient une institution de famille en sa qualité de petite nièce de leur fondatrice, Sainte Jeanne de Valois. La part prise par Isabelle à l'installation aux Pays-Bas des Carmé-lites réformées est telle qu'on peut la considérer presque comme leur seconde fondatrice.

Isabelle aimait beaucoup Sainte Thérèse qu'elle avait connue dans sa jeunesse. On raconte même qu'un jour la Sainte étant allée visiter l'impératrice Marie aux Descalzas, la princesse s'amusa à habiller en religieuse sa nièce Isa-belle, alors fillette de 12 à 14 ans, et demanda à Sainte Thé-rèse de la bénir (1). Philippe II avait eu une correspondance suivie avec la Sainte qu'il consultait souvent. La réforme de la grande mystique put se propager efficacement grâce à la protection royale. Les Carmélites n'étaient donc pas des inconnues pour l'Infante. Elle savait qu'en France on les recevait avec enthousiasme. Madame Acarie quittait le monde pour entrer au Carmel ; le grand directeur de conscience du cercle pieux dont la duchesse d'Aiguillon était l'âme, le Père de Bérulle se faisait le protecteur des Carmélites. La duchesse de Longueville leur bâtissait un couvent, toutes les grandes dames allaient les voir, leur offrir leurs services, les aidaient dans leurs installations. Si l'on peut se servir d'une expression profane pour un tel sujet, on dirait que les Carmélites étaient à la mode.

Comme elles venaient d'arriver en France, elles ne son-geaient encore qu'à consolider leurs jeunes communautés lorsque débarqua aux Pays-Bas Madeleine de San Gero-nimo. Elle venait d'Espagne pour voir l'Infante, car elle avait vécu longtemps à la cour de Philippe II (2). Main-

(1) Chiflet, T. 97, f. 259.
(2) Gachard et Rodriguez Villa hésitent à identifier Madeleine de San Ge-

tenant elle occupait sa vie à toutes sortes de bonnes œuvres
mais surtout à diriger un hôpital. Elle aussi avait connu
Sainte Thérèse et gardait des relations intimes avec sa compagne, la Mère Anne de Jésus. En passant à Paris elle alla
la voir et lui proposa de venir faire une fondation aux Pays-
Bas, elle répondait de l'assentiment de l'Infante et toute
ravie de son idée, Madeleine arriva à Bruxelles. Il
ne lui fallut pas longtemps pour enthousiasmer à son
tour Isabelle. Les Carmélites avaient été amenées à Paris
par un homme qui s'était, pour ainsi dire, consacré à elles.
Il s'appelait don Juan de Quintana-Duenas, seigneur de
Brétigny. Isabelle fit écrire à don Juan de Quintana pour
le prier de venir lui parler à Bruxelles. C'est avec lui qu'elle
jeta les bases d'un projet de fondation. Le sire de Brétigny
était chargé de l'étudier avec la Mère Anne de Jésus. Il retourna à Paris porteur d'une lettre de l'archiduchesse pour cette
religieuse. « Lettre qu'elle écrivit de sa propre main, dit
Chiflet, d'un style si rempli de grâce et de douceur qu'elle
mérite d'être rapportée de mot à autre quoyqu'il m'ait esté
assez malaisé de la traduire de la sorte pour atteindre à la
perfection de sa nayveté.

« Bien que je vous aye désiré icy il y a longtemps et de
veoir en ces estats les filles de la Mère Térèse de Jésus, il
n'a pas plu à Dieu de m'octroyer l'accomplissement de ce
désir jusqu'à cette heure, que j'espère, vous ne me refuserez
pas d'y venir pour fonder icy un monastère selon que plus
à pleins vous informera Quintana-Duenas avec lequel j'ay
traisté des circonstances de cette affaire. J'espère que par
son moyen on viendra à chef de toutes les difficultés qui se
pourront présenter; à ce que vous puissiez partir de là avec
celles qui seront de besoin pour ce que j'ay dit. Désirant
que vous fassiez de vostre main le choix de celles qui vous
sembleront les plus propres à l'exécution de mon dessein

---

ronimo avec la Madeleine que Philippe II mentionne dans ses lettres à ses
filles et qui osait avoir son franc parler avec le roi. Nous pensons que ce
doit-être la même car elle a les mêmes allures assurées avec l'Infante qui la
traite en vieille amie.

qui n'est autre que la plus grande gloire de Dieu, l'exalta-
tion de la sainte foy et l'amplification de son service.

« J'espère qu'en tout cecy, la Mère Térèse ne manquera
pas de vous assister pour l'agréable service que nous luy
rendons. Ainsy je l'en ay prié de mon costé comme je le
fays encore. Et parce que je luy suis et luy ay esté dévote,
je me confie qu'elle ne m'esconduira pas. J'ay bien de la
joye quand je me représente que je vous verray souvent
puisque, comme vous dira Quintana-Duenas, la place que
j'ay destinée pour le monastère touche nostre maison qu'est
ce que j'ay tousjours procuré afin que nous nous ressen-
tions en quelque façon par communication de ce qui sera
de bon en la vostre. Faites moi sçavoir fort particulièrement
ce qu'il conviendra de faire, et cela de point en point en la
mesme manière que la Mère Térèse l'ordonna par ses
règles, parce que je n'entends pas qu'il y ayt aucun excès,
ce que je pense ne vous désagréera non plus que l'invocation de la maison que nostre intention est d'estre soubs les
noms de Sainte Anne et de Saint Joseph ; le gendre et la
belle-mère s'accordèrent bien. Quintana-Duenas vous parti-
culisera tout. Ainsy je ne m'étendray pas davantage si ce
n'est pour vous prier de nous recommander à Dieu afin
qu'il nous guide à ce qui sera de son plus grand service. Je
vous prie qu'il vous conserve selon mes souhaits. A Bruxelles jour de la feste de Saint Dominique 1606 ». (1)

Deux carosses de la cour furent envoyés à Paris amenant
Madeleine de Saint-Jérôme qui venait quérir les filles de
Sainte Thérèse de la part de l'Infante. Le Père de Bérulle
les escorta jusqu'à la frontière et don Juan de Quintana
jusqu'à Bruxelles où, amenées directement à la cour, elles
furent reçues par les archiducs avec le plus affectueux respect. Une maison, proche le palais, avait été préparée sous
les yeux même de l'Infante qui voulut diriger toute l'installation « la règle de Sainte Thérèse en main » (2). Les
Carmélites s'y installèrent en attendant que le beau couvent

(1) Chiflet. T. 96 f. 19.
(2) Chiflet. T. 96, f. 100.

que leur faisait bâtir les souverains, sur les plans de l'architecte Coberghe, fut prêt à les recevoir. (1)

Dès lors, comme en France, tout le monde court au Carmel, toutes les grandes dames veulent y avoir des amies, des conseillères, des directrices, et beaucoup qui n'y venaient que par curiosité y restèrent par vocation.

La première de ces conquêtes de Sainte Térèse fut une espagnole de haute naissance, Marie ou Marguerite Manrique, que l'Infante conduisit très solennellement par la main jusqu'à l'autel, le 22 juillet 1607. Une autre espagnole, Anne de Vargas, la suivit bientôt, puis ce fut Violante de Croy, fille du comte de Solre, qui prit le nom de Térèse de l'Enfant-Jésus. Beaucoup de jeunes espagnoles de noms illustres augmentaient chaque année cette fervente élite ; ce sont, Anne-Marie Chacon, dona Térèsa Capata, dona Maria de Herrera; puis le bataillon du pays, mademoiselle de France, Madeleine de Conflans, Marie de Noyelles, Marie de Halewyn, Catherine de Baré, mesdemoiselles de Bassenghien, de Dampré, de Vertaing, de Maulde, de Blays, de Grenneville, (2) bien d'autres encore que l'Infante amenait, la joie dans les yeux et le cœur allègre, toute fière de fournir à ses amies du Carmel de si brillantes recrues. Peu après, la Mère Anne de Jésus ayant été appelée ailleurs pour de nouvelles fondations, était remplacée par la Mère Anne de Saint-Barthélemy, la grande protectrice d'Anvers et l'amie intime de l'Infante. (3)

(1) Chiflet. T. 96, f. 100. Voir appendice : note XVII.

(2) Un rite spécial de ces prises d'habit au Carmel mérite mention. Devant la postulante, on portait un petit Jésus en cire, habillé d'une robe très riche et tenant dans un panier d'argent les instruments de la passion. Pour mesdemoiselles de Conflans, de Noyelles, de Paredes, de Halewyn, l'Infante avait elle-même brodé les robes des petites statues. Chiflet, T. 97, f. 219.

(3) Nous donnons ici une traduction d'une lettre que l'Infante écrivait de Dunkerque à la Mère Anne, lorsqu'elle se rendit avec Spinola dans cette ville pour surveiller le départ de la flotte :

« Comme les occupations ne me manquent jamais, je n'ai pu vous écrire plus tôt quoique je sois toujours occupée de vous et cela me désole L'autre jour, le Provincial m'a dit que vous vous portiez toutes bien. Je suis bien préoccupée de ce qu'on me dit que tout va mal dans ce pays et j'espère que Notre

Après les Carmélites, disons plutôt : avec les Carmélites, Isabelle n'aimait rien tant que les Clarisses ; là, elle se sent chez elle, en famille, parmi ses sœurs, car elle a une grande dévotion à sa patronne sainte Claire et à la réformatrice des Clarisses, sainte Colette, qui est presqu'une bourguignonne. Lors de ses longs séjours à Gand et à Bruges, pendant le siège d'Ostende, l'Infante s'était liée d'une véritable affection avec les Clarisses de ces deux villes.

La sœur Marguerite de Brune, abbesse des Collettines de Gand, écrit à Chiflet, à ce propos, une lettre dont nous allons extraire quelques pages qui, mieux que tout ce que nous pourrions dire, fixe la physionomie de la pieuse Infante. Après avoir parlé des dames et suivantes de la prin-

Seigneur délivrera notre maison (des dangers qu'elle court). J'ai eu une lettre du Père Domingo en réponse à une lettre que je lui écrivais et où je lui disais que vous m'aviez mandé qu'il vous oubliait. Il me dit de vous écrire de sa part que vous n'êtes pas de celles qu'on oublie et que si, par hasard, il vous oubliait devant N. S., il penserait aux pauvres enterrées qui vivent ici. Dans toutes ses lettres, le bon Père me recommande de faire tout ce qu'il faut pour organiser un grand armement, c'est le seul vrai remède pour en finir avec nos ennemis et je suis très heureuse de constater qu'ici cela marche bien. Nous avons déjà 25 navires en ordre qui ont coûté peu de travail, mais si nous n'étions pas venus ici, de la manière dont on marchait, on n'aurait pas fini avant deux ans. Là où n'est pas le maître, est le mal. Les ennemis ont près d'ici 5o navires pour empêcher la sortie des nôtres, mais j'espère que Dieu les chassera et nous donnera la victoire. La Mère Sainte-Térèse est l'amiral, il y a un navire qui porte son nom, aussi va-t-il de son honneur de bien lutter et de nous obtenir la victoire. Dites-le lui bien (dans vos prières) et qu'il faut pour son honneur que nos navires reviennent au port.

« La grande flotte de l'Angleterre est prête à partir. Ce qui nous retient c'est le vent. Peut-on savoir où il soufflera ? Que Dieu les confonde. Les affaires de France vont très mal. Le légat retourne à Rome sans avoir rien décidé et le roi, comme tous le certifient, se concerte avec les hérétiques. S'il en est ainsi, nous aurons probablement la guerre avec la France. Et maintenant, je vous ai dit tout ce qui se passe. »

L'Infante parle alors de nouvelles négociations de trêve entamées, ce que la Mère Anne n'approuvait pas et termine :

« Je vous demande de beaucoup prier, de passer tout le temps possible à nous recommander à N. S. pour que sa sainte volonté seule s'accomplisse ainsi que son service, en affermissant la foi catholique et aussi pour qu'il change les cœurs de ceux qui veulent s'opposer à lui. Ne regardons pas les choses avec respect humain. Je ne vous en dis pas plus,.. » Chiflet, T. 97 f. 263.

cesse qui se trouvaient dans ce couvent, et en particulier d'Emérentienne de Hamal, elle dit :

« Son Alteze se comportait avec tant de discrétion avec ses dames que chacune croyait estre la plus aymée. La fille de chambre Marie Lapote entra en l'an 1612, le jour de N. D. des Anges, dite Portioncule, accompagnée de sa maîtresse la comtesse de Willerval qui estait nouvellement mariée (1). (Cette dernière) rapporte que S. A. estant à Bonne-Espérance (2) pour y faire les six semaines du deuil de la Royne d'Espagne, on vint advertir les filles de chambre que S. A. attendait après elles pour ouyr la messe, d'autant que c'estait un jour solennel auquel on est obligé de louer Sainte Marie (3). Sœur Claire (Mademoiselle de Sainte-Aldegonde) entra l'an 1614, le 8 septembre, jour de N. D. de sa Nativité, aussy en grand triomphe accompagnée de S. A. qui donna un ornement de toile blanche (d'argent) avec les croizures d'or frisé qu'elle a porté à Tornai. S. A. donne aussy une bonne somme d'argent avec elle. L'an révolu elle (M de Ste A.) fit aussy sa profession avec dispense parce qu'elle n'avait que 17 ans et devait en avoir 18 d'après nos constitutions. Elle s'en alla à Tornai l'an 1628, avec cinq autres. S. A. nous a visité sept fois. La première fois fust l'an 1600 sur un jour de N. M. Ste Claire, 12 d'aoust, tandis qu'elle fust dedans (le couvent) l'archiduc fist donner le canon au chateau, croyant qu'elle (l'Infante) eusse le bonheur de voir la châsse ouverte dans laquelle reposent les précieuses reliques de N. M. Ste Collette, ce qui ne se put effectuer pour lors, n'estant le provincial en la ville et ne se pouvant faire sans luy. La première chose qu'elle faisait, c'estait d'aller visiter le saint corps en la chapelle où elle demeurait en grande dévotion

---

(1) Elle entra après son veuvage au couvent. Etant toute enfant, à Mons, chez les Chanoinesses, pendant qu'on priait publiquement pour le succès du siège d'Ostende, elle fit le vœu de se faire religieuse si on obtenait la victoire.

(2) Elle s'était retirée à l'abbaye de ce nom, près de Binche.

(3) C'est-à-dire : l'Infante attendait que ses suivantes arrivent pour faire commencer la messe.

une bonne espace de temps seule, excepté la première fois qu'elle demanda la plus vieille religieuse du couvent pour l'accompagner en sa prière. On aperçut une fois qu'ainsy qu'elle entrait en ladite chapelle, que sa face s'enflamba et qu'elle fut incontinent toute résoute en larmes. Une autre fois on luy entendit dire des paroles en touchant la tombe avec un grand sentiment. Cette première fois qu'elle vint, sortant de la chapelle, elle s'assit sur un petit mur du cloistre et toutes les religieuses, l'une après l'autre la vindrent saluer et baiser la robe, avec lesquelles S. A. parlait fort familièrement, leur demandant en langue française comment elles se portaient, leur faisant beaucoup de caresses et présentations de sa faveur. Estant sortie elle envoya autant de patacons qu'elles estaient de religieuses et cela, elle faisait toutes les fois qu'elle estait dans la ville, le jour de Sainte Claire.

« La seconde fois qu'elle y entra fust l'an 1601, le jour où la veille N. D. Nativité. Elle entendist alors nos vespres au milieu de nostre chœur du costé droist contre les formes (les stalles) sans aucun appareil, d'autant que ses gens l'avaient toute faite en l'église d'en bas, pensant qu'elle les voulust ouyr de là. Ce fust lorsque sœur Emérentienne prist envie de se rendre religieuse. Vespres estant dites, après avoir esté par toute la maison, tandis que les sœurs disaient Vigile, on la conduit au chapitre où estait apresté un vieux chiège en cuir bouli avec un coussin dessus faits de la lisière du drap de nos abis, fort dur seant. En ce trône de pauvreté les religieuses la vindrent saluer comme la première fois.

« La troisième fois fust quand elle accompagna sœur Emérentienne à sa vesture, qui fust l'an 1614, le jour de N. D. Nativité, 8 de septembre. La cinquième visite fust l'an 1618, jour de N. M. Ste Claire lequel venait lors sur un dimanche auquel jour les sœurs peuvent tousjours manger deux repas parce que S. A. avait autrefois désiré manger avec les religieuses. On luy présenta s'il luy plaisait souper avec elles ce qu'ayant volontiers accepté, on luy prépara une petite table au haut bout du réfectoire entre les deux tables des religieuses, estant assise sur un chiège destroit avec le même coussin de l'autre fois. On luy avait accomodé quelques viandes faistes avec des œufs et du lait, elle voulut avoir ce que l'on présentait aux religieuses qui estait de la crueu (sic) boulie pour laquelle manger il estait besoing d'une culière et n'en ayant en la maison point d'autre que de bois, on luy en présenta une avec laquelle ne pouvant manger, elle s'en fit une de pain. Elle prist grand plaisir de veoir manger les religieuses qu'elle fit servir par deux de ses dames, mademoiselle de Montmorency et madame de Rossignol (que Dieu ait en gloire) des viandes qu'elle avait fait apporter. Voyant que les religieuses sortaient et rentraient en leur place par dessoubs la table, elle disait que celles d'Espagne faisaient de même où l'Infante Marguerite estait religieuse. Après le souper elle devisa longtemps avec sœur Marie et sœur Françoise au petit jardin de Sainte Colette. » Après avoir brièvement noté la sixième visite, l'abbesse dit « la septième et dernière fois fust le jour de Sainte-Barbe de l'an 1625 et combien qu'elle se montrait tousjours fort aimable, toutefois ces deux dernières fois qu'elle estait en abis de religieuse, elle le fit paraître plus que jamais, disant à sœur Françoise : « Je suis maintenant vostre sœur. » Donnant à toutes sa bénédiction à nostre grande importunité et serrant la tête des religieuses contre elle entre ses mains et voyant qu'une des religieuses estait demeurée en son siège en l'église, à cause qu'elle avait un genoux qu'elle ne pouvait plier elle luy alla demander ce qu'elle avait. Elle fut aussy à l'infirmerie visiter une religieuse qui y couchait malade. Elle sortit alors sy tard qu'il la fallut conduire avec des chandelles. De retour à son palais elle envoya quérir à Bruxelles un de ses abis que la mère Abbesse luy avait demandé estant céans. Elle envoya aussy une aumosne de 200 florins pour le soulier de Saint-Nicolas, disait-elle, selon la coustume de ce païs. La veille de Saint-Nicolas, quand elle estait en ceste ville, nous lui envoyons quelque petite chose que nous avions

accomodé comme naveaux frites, bière embroisie et chose
semblable, qu'elle disait manger de bon appétit, nous ren-
voyant en eschange quelque plat de sa table, ou autre
poisson. Elle nous a aussy envoyé plusieurs fois des dévotions, comme Agnus Dei, etc. »

L'abbesse conte ensuite tout ce que fit l'Infante pour
obtenir de Rome la canonisation de sainte Colette et certifie
à Chiflet, à qui elle écrit ces pages, que souvent, soit pour
récompenser un acte de vertu, soit pour aider à une
mortification, des odeurs suaves remplissent tout à coup le
couvent, parfois comme un souffle qui passe, d'autrefois
demeurant longtemps. Et ces parfums varient, tantôt fleu-
rant la rose, l'œillet, des parfums indéfinissables, mais le
plus souvent ressemblant à l'odeur de violette et remplissant
de joie tous ceux qui la respirent. (1)

Nous ne fatiguerons pas le lecteur en multipliant des
récits analogues dont le fidèle Chiflet a composé un
véritable dossier, et dans lequel, presqu'à chaque ligne,
éclate cette aimable humeur d'Isabelle, toujours vive,
bonne, pleine de délicatesse et de simplicité, avec des
témoignages si spontanés d'affection et d'intérêt, qu'ils
expliquent ce culte qu'on avait pour elle dans tous les
Pays Bas.

En 1626, elle fonda le couvent des Capucins de Tervueren, ce fut sa dernière grande fondation. Elle s'y intéressa beaucoup, se montrant plus que jamais généreuse pour
ce nouveau fleuron de sa couronne religieuse. La première
pierre fut posée avec une grande solennité par elle, assistée
de l'archevêque de Malines, du Cardinal de la Cueva, du
nonce du Pape, l'évêque de Lagonissa, de son grand
aumônier Monseigneur de Rye, archevêque de Césarée, du

---

(1) Chiflet, T. 97 f. 342 et s. La même abbesse raconte encore qu'une fois,
comme une de ses dames portait à l'Infante qui déjeûnait, un plat de
carbonates, la maladroite le laissa tomber. Isabelle sans se fâcher dit simplement : Ramassez-les, lavez-les un peu et vous me les donnerez ». On avait
remarqué qu'elle ne se plaignait jamais quand on lui servait des mets mal
apprêtés et mal assaisonnés.

marquis Spinola, du duc et de la duchesse d'Arschot et quantité de brillante noblesse.

Tout le monde, à l'envi, veut contribuer à assurer l'existence des bons Pères. L'Infante a donné le bois de ses forêts, le terrain, le jardin, six mille florins et la décoration de l'église, elle veut en outre s'inscrire en tête d'une liste ou chacun, après avoir donné son obole, s'engage, l'un à donner par mois un certain nombre de « pitances », l'autre des poires, un troisième des tonneaux de cervoise, bref, avant que le couvent ne soit achevé, les moines étaient assurés d'y pouvoir vivre (1).

C'est dans le jardin de ce couvent qu'Isabelle fit construire le petit ermitage à son usage particulier.

L'affection qu'elle portait aux enfants de saint François lui fît toujours choisir l'un d'eux pour confesseur.

Celui qu'elle garda le plus longtemps était un espagnol, le père André de Soto. Il ne voulut jamais profiter de sa situation de confesseur de la souveraine pour se mêler de politique, ni demander des faveurs. C'était un homme pieux et modeste, malgré son grand savoir. A la fin de sa vie, ne pouvant plus faire le trajet du couvent au palais pour venir confesser sa royale pénitente, celle-ci obtint des supérieurs que le bon Père puisse demeurer au couvent des Annonciades, proche du palais. Chiflet raconte ainsi ses derniers instants :

« Au commencement de la semaine sainte de l'an 1625, se sentant plus mal, il fit remettre un billet cacheté à l'archevêque de Césarée, afin qu'il le donnât à l'Infante ; on était au mercredi saint et Isabelle, à dater de ce jour ne voulait plus recevoir personne et passait la semaine dans une retraite complète. »

Telle était la sévérité de cette étiquette que l'archevêque dut se borner à attendre que l'Infante traversât la galerie pour se rendre à la chapelle, afin de lui remettre le billet. Le lendemain, l'Infante donna la réponse à son grand aumô-

____

(1) Chiflet, T. 92, f. 220

nier avec ordre, si le Père ne pouvait plus la lire, de la lui rapporter. Le prélat trouva le Père de Soto à l'agonie, sans connaissance et lui cria à l'oreille qu'il rapportait la réponse de sa pénitente. A l'instant le Père ouvre les yeux, s'assied sur son lit devant l'assistance stupéfaite, demande ses lunettes et lit, puis s'écrie : « Je rends grâces à Dieu d'avoir cette réponse avant de mourir ! »

On ne sait, continue Chiflet, ce que contenait la réponse d'Isabelle ; pour le billet du père de Soto, le frère Antoine, son compagnon, assura au chapelain qu'il contenait ces mots :

« Puisque Dieu a fait la grâce à Votre Altesse de la garder jusqu'à présent sans péché mortel, je supplie sa bonté qu'il luy plaise dorénavant de la préserver des véniels. »

Le frère Antoine avoua « qu'il l'avait lue de biais lorsque le père l'escrivait, mais la réponse fut brûlée promptement » (1).

Le lendemain, le bon Père mourut. Un autre Franciscain, le Père Pedro de Castro le remplaça et ce fut le dernier confesseur d'Isabelle.

De toutes les dévotions de l'Infante, la plus chère à son cœur était Montaigu. Nous avons déjà parlé des pèlerinages qu'elle y faisait chaque année avec l'archiduc et qu'elle continua toute sa vie, des statuettes qu'elle faisait faire d'après la statue miraculeuse et qu'elle envoyait aux princesses ses parentes (2). Elle voulut qu'un jour spécial fut choisi et approuvé par le Pape pour célébrer la fête de N. D. de Montaigu et l'archevêque de Malines lui proposa le jour de la Visitation de Notre-Dame, parce que, dit-il, depuis la trève, beaucoup de hollandais viennent à Montaigu satisfaire leur dévotion et vont ensuite demander à Malines le sacrement de confirmation (3).

(1) Chiflet. T. 96 f. 318.

(2) La marquise de Castiglione, femme de l'ambassadeur impérial, écrit à l'Infante, Ortenberg, son agent à Rome, a vu sa fille guérie miraculeusement par l'attouchement d'un morceau de bois de Montaigu et fait remercier l'Infante de le lui avoir envoyé. Papiers d'Etat et de l'audience, n° 440, f. 180.

(3) Secrétariat d'Etat et de Guerre, n° 1235.

L'Infante avait voulu qu'une ville s'élevât autou r de l basilique. Nous voyons, par une requête de l'ingénieur Frédéric Biexint, que la princesse faisait faire des jardins, trouer des rues, et ces embellissements sont peu goûtés des habitants qui doivent se conformer aux alignements et aux prescriptions d'Isabelle (1). Celle-ci maintient sa volonté et ordonne au bourgmestre de faire exécuter les travaux ordonnés. Elle avait hâte avant de mourir, de voir enfin achevée l'œuvre entreprise à la gloire de Marie par elle et par son époux (2).

---

(1) Papiers d'Etat et de l'Audience, n° 1247.

(2) Nous donnons à l'appendice, note XVIII, le récit, par Chiflet, d'une neuvaine faite à Montaigu par les archiducs, en 1619. Chiflet y parle comme témoin oculaire.

CHAPITRE XXIV

—

—

L'homme, arrivé au soir de la vie, s'il peut, en jetant un
regard en arrière sur une existence sans reproche, se dire
qu'il recueille en paix le fruit de son labeur, est un être
privilégié. Dieu ne donne que rarement cette joie à ses
serviteurs. Il ne l'accorda pas à l'Infante Isabelle. Elle ne
devait pas connaître le bonheur du succès, et au contraire,
elle voyait autour d'elle un trouble profond, une misère
angoissante et des ennemis partout.

Les négociations de paix avec la Hollande étaient interrompues. Les quatre députés demeurant à la Haye pour
la forme allaient être bientôt priés de retourner chez eux. Le
duc d'Arschot écrivait sans doute qu'il recevait bon accueil
à Madrid, mais il ajoutait qu'il n'osait espérer revenir
bientôt — et peut-être Roose savait-il déjà qu'il ne reviendrait jamais. Isabelle ne pouvait pas se faire d'illusions sur
ce projet de traité pacifique avec la Hollande. La guerre
s'imposait. Elle allait recommencer au printemps prochain.
Et devant cette perspective, elle, toujours si vaillante,
s'affaisse par moments. Elle souhaite ardemment voir arriver l'Infant don Ferdinand, on dirait qu'elle médite,
sans encore le dire, de lui remettre le gouvernement dès
qu'il sera là, afin de se reposer dans la retraite. Mais il
n'arrive pas et en attendant il faut s'occuper de la guerre
menaçante, il faut s'y préparer, reprendre ces armements,

ces recrutements sans argent, ces organisations difficiles au milieu des rivalités de chefs et de nations. Heureuse encore, si la Belgique n'avait à combattre que la Hollande ! Car le danger devient toujours plus menaçant d'un envahissement français. La présence et les intrigues de la reine mère et de Monsieur aux Pays-Bas sont un prétexte bien suffisant pour Richelieu. Encore si on pouvait se fier à eux, être assuré de leur concours tel qu'ils le promettent ? Mais, versatiles et peu loyaux comme ils le sont, ils se laissent mener par un entourage moins loyal encore qui les font se mouvoir dans l'intérêt particulier de chacun d'eux et non selon l'intérêt des princes et de la France.

L'Infante reçoit chaque jour les preuves les plus flagrantes de cette duplicité. Pendant qu'elle traite activement avec le duc d'Orléans et le roi d'Espagne, en vue d'attaquer la France par le midi, elle voit sous ses yeux des rapports qui lui montrent les agissements secrets de Gaston qui essaie de se réconcilier avec son royal frère. (1) Autour d'elle rencontre-t-elle plus de fidélité ? De tous ces grands seigneurs qu'elle a toujours traités plus en fils qu'en sujets, combien ont été ingrats jusqu'à la trahison ouverte et combien d'autres ont été prêts à la trahir. Aussi semble-t-il que, pour la première fois, le découragement la saisit. Sa correspondance a des mots amers d'une âme désillusionnée sans retour. Elle a des paroles sévères pour juger le duc d'Orléans, elle a à peine le courage de défendre la noblesse belge contre les accusations de traitrise.

Mais toute triste et désillusionnée qu'elle soit, elle ne cesse pas de travailler comme si elle était jeune et pleine d'espérance. Elle continue de tenir d'une main très ferme le gouvernail qui lui est confié et elle remplit tous les devoirs de sa charge avec la même sérénité. Elle préside les réceptions et les audiences, toujours bienveillante et souriante, avec cette même force qui lui permet de rire, d'être spiri-

(1) Secrétairerie d'Etat et de guerre n° 5o6, lettre de Scaglia au roi d'Esp. f. 34o.

tuelle et finement malicieuse au milieu des plus graves préoccupations.

C'est qu'elle puise sa force et son énergie à une source infiniment réconfortante : dans sa foi qui est celle d'une sainte, et dans sa conscience sans reproche. Elle peut se rendre ce beau témoignage qu'elle a rempli avec fidélité le serment fait à l'époux mourant qui lui a demandé de sacrifier ses aspirations de retraite et de repos au bien de son peuple.

Elle a fait ce qu'elle a pu. Si Dieu a décidé qu'elle n'aurait ni gloire, ni consolation, elle se soumet et cette soumission a une grandeur admirable.

C'est pourquoi, à décrire ses derniers jours et ses derniers moments, on croit plutôt avoir à conter la fin d'une vie de sainte que d'une princesse du monde. Cette piété qui fut comme l'essence de son âme dès sa jeunesse, s'accentue dans les dernières années jusqu'à devenir héroïque car, toujours pondérée, et toujours soucieuse de ne pas manquer à son devoir, elle consacre ses journées au gouvernement et ses nuits à prier. Souvent il est quatre heures du matin avant qu'elle n'ait fini ses exercices de piété, ses longues méditations et ce sévère examen de conscience qui, parfois, dure une heure. Si elle se permet d'interrompre la chaîne de ses occupations de gouvernante, c'est pour aller se reposer dans sa chère cellule des Capucins de Tervueren.

Elle se reposait aussi des soucis du pouvoir avec ses dames; jusqu'à la fin elle aimait travailler avec elles à ces belles broderies qu'elle dessinait souvent elle-même, ou encore à des vêtements de pauvres. « Elle a fait faire des chemises par centaines et des robbes pour les pauvres », dit Chiflet, qui ajoute qu'elle faisait aussi des chapelets. (1)

Sa générosité augmentait aussi et le même Chiflet dit qu'elle n'hésitait pas à vendre ou à engager ses bijoux pour faire la charité aux églises, aux couvents et aux pauvres. Non seulement elle avait conservé les libéralités annuelles

____

(1) Chiflet, T. 96, f. 321.

qu'elle faisait de concert avec l'archiduc, mais elle les augmenta de beaucoup.

En 1631, elle envoyait aux Descalzas de Madrid une tapisserie dessinée par Rubens de 3o.ooo florins, « elle en valait bien 100.000 » remarque Chiflet. Ses aumônes ordinaires étaient de 2100 florins par mois, plus à Pâques, à Noël, à la fête de sainte Claire, à la Semaine Sainte, 5oo florins. Par l'administration des finances, elle donnait aux pauvres 100.000 écus par an et chaque fois qu'elle sortait, elle donnait aux pauvres d'abondantes aumônes.

« Sans compter les secrètes », dit toujours Chiflet, qui note aussi qu'elle taxait à 10 écus toutes les messes qu'elle faisait dire. (1)

Elle avait une manière charmante de donner, toute pleine de délicatesse et de cœur : un exemple le montrera. L'arrivée de la jeune femme de Gaston, après les péripéties d'une fuite romanesque suscita, chez l'Infante, un intérêt très affectueux pour Marguerite. Nous avons dit qu'elle voulut aller à sa rencontre jusqu'en dehors de Bruxelles, qu'elle lui fit préparer des appartements somptueux et la

(1) Chiflet. T. 96 f. 3o2. Pour montrer sa générosité envers les églises, nous prenons dans les abondantes notes de Chiflet les seuls dons que l'Infante fit au Saint-Sacrement de miracle, à Sainte-Gudule, dans les cinq dernières années de sa vie :

« Item au Saint-Sacrement miraculeux de Bruxelles, l'ornement entier du grand autel qui se dresse devant le chœur tous les ans (le jour de la procession) consistant ledit ornement en un ciel avec ses petites franges et courtines devant l'autel, chappes, chasubles, dalmatiques, le tout en drap d'or de 86 florins l'aulne, y ayant en tout environ 200 aulnes. On tient que cette étoffe fût le présent que la ville de Milan fit aux princes à leur passage quand ils vindrent par deçà (à leur mariage).

— Item quatre pots d'argent pour mettre des fleurs.

— Item douze anges d'argent grands, tenant chacun un chandelier d'argent en main.

— Un carquant et une enseigne de diamants.

— Quatre anges d'argent propres à tenir les courtines du tabernacle sur l'autel.

— Quatre pots d'argent pleins de fleurs différentes au naturel, faites en soye. Isabelle laissa aussi au Saint-Sacrement de miracle toutes les reliques de son oratoire, aussi nombreuses que richement logées dans des chasses et des reliquaires de grand prix. Chiflet, T. 96, f. 258 et suivants.

reçut comme elle eût reçu une souveraine. Mais
ce n'était pas une souveraine, ce n'était qu'une pauvre
princesse en fuite et l'Infante, après avoir garni sa garde-
robe de toilettes variées et ses tiroirs de lingerie fine, pensait
qu'elle avait encore besoin d'argent, chose plus difficile
à faire accepter.

Isabelle mit dans une jolie bourse deux mille pistoles et
se rendit chez la jeune duchesse. « Je vous demande de
me prendre pour mère, lui dit-elle affectueusement, et je
vous traiterai en fille très aimée. » Et comme Marguerite,
touchée, la remerciait de ces bonnes paroles, l'Infante
reprit : « Aussi, puisque je suis votre mère, userai-je de
toutes les privautés que ce droit me donne, et comme vous
devez sûrement avoir à faire quelques petites dépenses, je
vous demande de prendre cette bourse, elle pourra vous
être utile ». (1)

Ce n'était pas une parole en l'air que prononçait alors
la bonne princesse. Elle fut vraiment une mère pour cette
jeune femme qu'elle plaignait en son cœur de voir liée à ce
mari inquiétant. Pendant le peu de temps que Marguerite
de Lorraine eut le bonheur de vivre auprès de l'Infante,
elle se vit comblée par elle de marques d'intérêt et d'affection. Isabelle chercha à lui donner de bons avis, à la
guider, à la prémunir contre les dangers d'un avenir fort
incertain et accompagnait ses conseils de nombreux cadeaux,
ce qui est toujours une manière excellente de les faire valoir.

Depuis l'arrivée de Marguerite, l'Infante ne quitta plus
Bruxelles. Son activité de gouvernante ne se ralentit pas.
Sa correspondance est toujours aussi écrasante, seulement
elle ne cesse de demander au roi l'arrivée de don Fernand.
La défaite des troupes impériales en Westphalie, qui
laisse l'archevêché de Cologne en danger d'être envahi,
l'inquiète. Elle supplie son neveu d'envoyer du secours à
l'empereur pour que cette « ville si catholique » ne tombe
pas aux mains de l'hérésie. Elle continue de lutter à Madrid

(1) Chiblet. T, 96, f. 300.

contre le roi, aux Pays-Bas contre Roose, pour qu'on ne prononce pas la dissolution des Etats généraux qu'elle regarde comme la seule force capable de tenir dans le calme les esprits d'un peuple irrité et aigri (1). Les dissoudre, c'est mécontenter ses membres au moment où on a le plus besoin de calme et d'union.

Jusqu'au dernier jour, elle tient le gouvernail sans défaillance. Ses dernières lettres au roi d'Espagne sont pleines d'une sage expérience. Elle ne fait plus fond des belles paroles de Marie de Médicis et de Gaston. Elle conseille à son neveu de traiter directement de ses intérêts avec la France et si, peu de jours avant sa mort, elle reçoit encore une lettre de Philippe IV, pleine de récriminations sur la convocation des Etats généraux, elle ne persiste pas moins à les maintenir.

Autour de l'Infante, on cherche à lui persuader de prendre un peu de repos, de se soigner mieux. Elle était toujours alerte, se promenant beaucoup à pied dans le parc, assistant comme elle l'avait toujours fait à tous les exercices publics de religion. Grands offices à Sainte-Gudule, processions, prières de quarante heures, elle voulait donner l'exemple partout, quelque temps qu'il fît (2). Elle faisait presque tous les jours une promenade en carrosse et toujours, dit Chiflet, ces promenades avaient pour but la visite de quelque sanctuaire ou de quelque couvent, mais elle allait le plus souvent à Laeken. Elle aimait beaucoup ce pays aux lignes molles, à la végétation plantureuse.

Le petit sanctuaire de Sainte-Anne, la drève, l'église de Notre Dame, étaient ses créations, mais elle gardait à Notre Dame de Laeken une affection particulière depuis qu'un évènement s'était produit, qui l'obligeait en quelque

(1) Le premier acte d'Aytona après la mort de l'Infante fut de faire arrêter les nobles accusés de conspiration en 1632, après quoi les Etats généraux furent dissous.

(2) Chiflet dit que l'Infante assista régulièrement jusqu'à la fin de sa vie aux processions de Sainte-Gudule et au Saint Sacrement de miracle, à celles de N. D. de la Chapelle, du Sablon, du jour de la Pentecôte, du jour de la fête patronale de Bruxelles et à celles du Jeudi Saint et des Augustins.

sorte, à un culte de reconnaissance envers la Madone. C'était après la prise de Mæstricht, lorsque le prince d'Orange victorieux, pour effrayer les populations, vint presqu'aux portes de Bruxelles ravager le pays; quelques pieux voisins de la chapelle de Laeken portèrent la sainte statue au Béguinage de Bruxelles pour la soustraire à la profanation. La sécurité rétablie, Isabelle fit remettre à neuf le sanctuaire et voulut que la réinstallation de la statue miraculeuse se fît avec le plus grand éclat. Elle alla elle-même au Béguinage chercher la Madone, à la tête d'un immense cortège où figurait toute sa cour, un nombreux clergé et toutes les Béguines et ce cortège, à la suite de la princesse, parcourait à pied le chemin assez long, du couvent à Laeken, où l'archevêque de Malines attendait à la porte de l'église, entouré de tous ses chanoines. Après la réinstallation de la statue dans le sanctuaire, une table de 1500 couverts, dressée par ordre de l'Infante reçut le clergé, la cour et toutes les Béguines. Cette cérémonie ouvrait pour Isabelle, une neuvaine d'action de grâce qu'elle fit scrupuleusement à pied, tous les jours, « partant par le parc le long des remparts et disant que Notre Dame l'estoit venue visiter, il était bien juste de luy rendre sa visite (1) ».

Ce furent les dernières joies de sa piété tendre et naïve ; depuis quelque temps elle semblait avoir des pressentiments de sa fin prochaine. Elle n'était pas encore bien âgée cependant, mais l'usure d'un travail sans repos, et d'épreuves incessantes se faisait sentir. Le désir de voir arriver son neveu, le Cardinal Infant, se montrait de plus en plus vif à l'étonnement de ceux qui la connaissaient. L'impulsion toute espagnole que l'archiduc Ferdinand ne pouvait manquer de donner à la politique en Belgique ne devait pas lui être agréable et elle l'avait toujours craint; maintenant au contraire, elle insistait pour qu'il se hâtat et un jour qu'elle lisait une lettre où il lui annonçait qu'il allait se mettre en route, elle secoua la tête et dit en souriant : « Je ne crois

____

(1) Chifflet, T. 97, f. 303.

pas que je le verrai », parole qu'elle répéta encore plusieurs fois.

D'ailleurs, autour d'elle, on s'effrayait. On se contait tout bas des choses extraordinaires, des signes funèbres qui jetaient l'angoisse partout. Une religieuse carmélite qui se donnait la discipline sur le tombeau de la mère Anne de Barthélemy, pour obtenir santé et longue vie à l'Infante, avait entendu une voix lui dire : « Lequel vaut-il mieux ? Qu'il soit fait selon ta volonté ou la mienne ? »

Puis on aperçut, en plein jour, briller une étoile sur les bailles de la cour, et tous les passants l'avaient vue, on s'était attroupé pour la regarder. Une nuit, les dames qui couchaient au palais avaient été tenues éveillées par les hululements prolongés et éclatants d'oiseaux nocturnes dans le parc. Les oiseaux de la volière d'Isabelle, ses oiseaux qu'elle nourrissait de sa main, avaient été trouvés un matin, mangés par les rats et quelques-uns de ses chiens favoris moururent enragés (1).

On assurait que des signes de ce genre avaient été observés avant la mort d'Albert et on tremblait.

« Le cardinal Infant ne me verra plus », dit l'Infante à la fin de novembre, à la marquise de Gamaliera qui lui annonçait le départ du prince, qui avait quitté enfin Milan.

On s'étonnait de cette insistance, car rien ne pouvait faire présager une catastrophe. La santé de l'Infante paraissait normale.

On a dit qu'elle prit froid en suivant une procession. Chiflet, témoin oculaire, ne parle pas de procession, mais dit que l'Infante se laissa glacer, en causant avec la duchesse d'Orléans, près d'une fenêtre, au nord. Soudain elle sentit une vive douleur à l'épaule et consentit à aller se coucher, à la prière de ses dames. On l'entoura de linges chauds, mais une oppression fatiguante demeura, la douleur ayant disparu, et la nuit fut mauvaise. On n'obtint pas qu'elle restât au lit le lendemain qui était le premier dimanche de l'Avent, 27 No-

(1) Chiflet, T. 97, f. 303-304.

vembre 1633. Elle voulut assister à la Messe et dîner en public comme d'habitude, mais les jambes fléchissaient sous elle et mademoiselle de Montmorency qui l'accompagnait, dut la soutenir plusieurs fois. (1)

Au dîner où elle était ordinairement toujours vive et causante, elle s'assoupissait, puis se réveillait et s'excusait humblement, cherchant à dissimuler son malaise de son mieux. Elle avoua cependant qu'elle ne se sentait pas la force d'aller faire sa visite habituelle à la reine mère et lui envoya exprimer tous ses regrets. Ce ne fut qu'à six heures du soir qu'on put la décider à se mettre au lit, mais quoiqu'on ait fait chercher son premier médecin, le docteur Paz, celui-ci n'osa entrer dans la chambre sans être appelé. Quand on eut prévenu la princesse de sa présence, elle le fit venir. Il lui trouva une forte fièvre qui augmenta toute la nuit, et le lendemain matin, à l'aube, l'état empirant, Paz fit appeler ses confrères. Naturellement, une saignée fut le premier remède ordonné.

On commença cette médication cruelle qui nous semble maintenant si déraisonnable. A cette femme affaiblie par l'âge et usée par le travail, on imposa trois saignées successives, encore pour la dernière, dut-on avoir recours au médecin de la reine mère, Turpin, parce que, dit Chiflet, sans s'expliquer davantage, les trois chirurgiens barbiers appelés n'avaient pu réussir.

En réalité, la pauvre Infante succombait à une bronchite qu'elle aurait peut-être surmontée, si on lui en avait laissé la force.

Aux saignées, on ajoutait les purges et, la fièvre aidant, la maladie progressait d'heure en heure.

Le mardi soir, la fièvre et l'oppression augmentaient au point que le docteur Paz en fut effrayé.

Il prit le pouls de la malade et comprit qu'elle était perdue. Ne sachant dissimuler son émotion, il laissa brus-

---

(1) Nous avons suivi, pour le récit de la mort de l'Infante, les notes de Chiflet et la relation écrite par l'une de ses dames qui devait être la comtesse de Culembourg, relation qui se trouve dans les papiers de Chiflet.

quement tomber le bras qu'il tenait et s'en alla vers une fenêtre. Il ne pouvait retenir ses larmes.

— « N'ai-je donc plus de pouls ? demanda l'Infante qui n'avait pas perdu un instant son calme et sa présence d'esprit.

Paz reprit le pouls et, connaissant la foi de la princesse, il ne lui cacha point qu'il la croyait en danger. Aussitôt elle demanda son confesseur et après sa confession, comme le Père s'informait encore si rien ne la tourmentait plus et si elle ne pensait pas avoir à revenir sur le passé, elle répondit tranquillement : « Je n'en ai pas besoin, mais, ajouta-t-elle en s'adressant à tous ceux qui se trouvaient dans la chambre, je demande qu'après ma mort on ne dise de moi aucun bien, parce que ce serait sans raison puisque je n'en ai pas fait. »

Pour recevoir la communion elle voulut, par respect, qu'on la mit à genoux sur son lit.

Le mercredi matin, elle fit son testament avec son confesseur, elle passa deux heures à le rédiger. On l'avait levée sur son ordre. Au bout de ce temps, les dames revinrent auprès d'elle et comme elles la trouvèrent toujours calme et sereine, elles lui exprimèrent leur admiration de son courage et de sa force. « Quelle émotion voulez-vous que cela me fasse ! » dit-elle en souriant.

Mais la mort approchait, il fallait donner l'extrême-onction à l'Infante, cérémonie toujours touchante, mais qui, à cette époque et dans cette cour croyante, devenait une solennité émouvante et comme un dernier adieu de la maîtresse à ses serviteurs.

Tous, depuis le marquis d'Aytona jusqu'au dernier *moço*, tenaient à assister à l'administration de la vénérée mourante. La reine mère, Gaston et sa femme, suivaient en pleurant le grand aumônier et son escorte de chapelains. Marguerite de Lorraine tenait le cierge béni, debout auprès de celle qui l'avait traitée comme une fille et tous admiraient la sérénité et la piété de la mourante qui présentait ses membres au Saint-Chrême en suivant les prières attentivement. Gaston, avec sa sensibilité aussi violente que passagère, sanglotait tout haut.

Depuis le commencement de la maladie, Marie de Médicis et ses enfants ne pouvaient se décider à quitter les appartements de l'Infante. « Tous mes malheurs ne sont rien en comparaison de la perte que je fais, disait-elle à travers ses larmes, je porte malheur partout où je vais ! »

L'Infante s'efforçait de les consoler. A Monsieur, qui l'engageait à prendre courage, elle lui répondit, toujours polie et bienveillante : « Monsieur, je vous demande pardon de ne vous avoir pas rendu tous les services que j'aurais désiré, mais je m'en vais en un lieu où je suppose vous servir plus utilement que je ne l'ai fait » (1).

Elle disait la même chose aux deux princesses françaises et, de fait, la mort de l'Infante était une catastrophe pour cette famille errante, qui ne pouvait espérer du Cardinal Infant cette hospitalité généreuse et délicate qu'ils ne trouveraient nulle part ailleurs.

Après la cérémonie de l'administration, Isabelle avait achevé son testament et voulait donner ses instructions en vue de sa sépulture. Comme le confesseur ne comprenait pas ses explications, elle donna ordre qu'on fît venir Francart, son architecte, si fidèle et dévoué, qui, toujours, avait été le confident de ses œuvres charitables et le meilleur traducteur de sa pensée, dans les monuments de sa piété. Nous laisserons ici le fidèle Francart nous conter naïvement cette dernière entrevue avec l'émotion d'un cœur brisé :

« Son Altesse Sérénissime, que Dieu garde, a daigné m'appeler, moi Jacques Francart, son architecte, le jour de

____

(1) « Après ce, raconte Chiflet (T. 97. f. 300), Monsieur se retira avec des eslans de tristesse si extrêmes qu'il ne pouvait respirer. Il y avait desja plusieurs heures qu'il estait dans ces regrets demandant à mon frère s'il y avait moyen de la sauver. Dès la veille au matin mon frère lui avoit respondu qu'il perdait une bonne tante. Aux quelles paroles, Monsieur fondit en larmes et respondit : Hélas ! je perds une mère, mais laissant mon intérêt à part, quelle perte fait la chrétienté ! Dès lors, tous ses mouvements ne furent que de grands soupirs et des pleurs continuels. »

S. André apôtre, de l'an 1633, entre 3 et 4 heures du soir. Je suis accouru au palais, je suis monté, je suis entré dans la chambre de son Altesse ; m'approchant de son lit, elle fit retirer toutes les personnes qui l'entouraient et me dit de m'approcher davantage et de me mettre à genoux pour mieux l'entendre. J'obéis et S. A. me dit : Vous voyez Francart dans quel état je suis et malgré que ce ne soit guère le moment de parler de bâtir, je vous ordonne de veiller au bon achèvement de toutes les travaux qui sont en train, en particulier la galerie du palais telle qu'il a été convenu.

« De même pour tous les autres travaux que vous avez entrepris par mon ordre.

« J'ai fait mon testament et le moment de parler de ma tombe est venu. On m'a persuadé de choisir la chapelle du Saint Sacrement qui semble bien appropriée à cet effet. J'y ai toujours eu une dévotion particulière.

« Son Altesse m'a dit encore : « Je veux que l'on fasse une chapelle au côté gauche du chœur de Sainte-Gudule, de la même grandeur que celle du Saint-Sacrement, de la forme qui vous semblera préférable ; faites dans cette chapelle une voûte (1) en face de l'autel avec deux niches de chaque côté pour mettre mon cercueil et celui de mon cousin.

« Je lui répondis : Je ne comprends pas comment on peut faire une voûte en face de l'autel, puisque c'est l'entrée principale de la chapelle ?

— Vous avez raison, me dit-elle, mettez les sépultures de chaque côté de la chapelle comme vous l'entendrez.

— Votre Altesse veut-elle dire qu'elles soient en relief comme la tombe... (et je voulais dire d'Ernest (2) mais je ne pouvais pas articuler ce nom tant j'étais troublé de voir cette grande princesse en telle extrémité) comme celle du cousin de Votre Altesse ?

— Oui, dit S. A. d'elle-même, oui, comme celle d'Ernest.

— Très-bien, Madame, dis-je.

(1) Probablement un caveau.
(2) L'Archiduc Ernest, frère d'Albert.

« S. A. ajoute aussitôt : »

« Faites ce travail à votre goût et avec grand soin et surtout que l'autel (de la chapelle) soit très beau et qu'on mette tout autour, comme ornement, les reliques et reliquaires qui sont dans mon oratoire et que je lègue à la chapelle et aussi les deux tables en pierres fines venues d'Allemagne et qui sont dans la galerie, dont vous vous servirez comme crédence de chaque côté de l'autel.

« Pour que vous ne soyez pas en peine de l'argent, je laisse tout ce que me doit l'empereur, sauf quelques legs pris sur cette somme, selon l'accord fait par mon cousin avec l'empereur. La somme est assez importante pour suffire à tout cela et comprenez-moi bien, je veux que vous soyez responsable de la dépense de cet argent pour le paiement de ces constructions que je veux très belles. Pour moi je m'en vais là-haut d'où je verrai tout. Je vous promets à tous de ne pas vous oublier. Agissez toujours pour le bien. Je sais que vous avez eu beaucoup de difficultés, je ne puis plus vous en récompenser maintenant qu'en priant Dieu pour vous.

» En entendant ces paroles si nobles sortir de la bouche d'une grande princesse et destinées à son humble serviteur, je dus faire un effort pour sortir de la chambre sans m'évanouir, mais je ne savais plus ce que je faisais et je m'enfuis chez moi pour répandre un torrent de larmes et me remettre de l'accablement où me jetait un malheur aussi imprévu. » (1)

Quand Francart fut sorti en étouffant ses sanglots, Isabelle dit à ses femmes en souriant :

« Pauvre Francart, voyez comme il va, pleurant ! Puis elle demande au docteur Paz combien d'heures il lui donnait encore à vivre et comme il répondit : « Mais vous pouvez vivre encore très bien sans miracle ! » elle sourit, mais ne dit rien.

Ses dames se pressaient autour d'elle, désolées et attentives

(1) Chiflet. Relation de Francart, en espagnol, f. 311. T. 97.

à ses moindres paroles, comme des filles affectionnées au lit de mort de leur mère. Isabelle demanda différentes reliques qui lui furent apportées aussitôt.

Son confesseur lui dit : « Comme le bon larron, vous irez directement de la croix de votre lit de douleur au ciel. »

« Ah ! je n'en suis pas digne ! » répondit humblement la princesse.

« Vous le serez si vous avez la foi, assura le Père.

» Ah ! certes j'ai la foi ! — s'écria alors Isabelle.

Avec la plus entière présence d'esprit, elle dit adieu à tous les seigneurs et dames de la cour et à ses serviteurs particuliers, les bénissant affectueusement. Elle fit appeler le marquis d'Aytona et les membres de son conseil et, avec une énergie touchante, leur recommanda la Belgique qu'elle avait tant aimée et les supplia de travailler à sa prospérité comme elle s'était efforcée de le faire. Ce furent ses dernières préoccupations terrestres, l'agonie commença bientôt après et dura trois heures. Pendant tout ce temps, elle ne cessa de prier, serrant sans défaillance dans une main le cierge bénit et dans l'autre une croix qu'elle baisait amoureusement.

Le duc et la duchesse d'Orléans ne quittaient pas l'agonisante. Ils lui avaient demandé en pleurant sa bénédiction, mais elle, par humilité, ne voulait pas la leur donner ; comme ils insistaient, elle leur dit : « Puisque vous me forcez de vous bénir, je prie Dieu et la Sainte Vierge qu'il vous remplisse de ses grâces célestes. Je vous demande, et à tous, pardon d'avoir peut-être mal agi envers vous et j'espère au ciel vous en dédommager par mes prières »

Marguerite répondit à travers ses sanglots : « Et moi aussi je veux prier Dieu qu'il vous bénisse de la bénédiction que je vous ai toujours souhaitée ici-bas et qu'il vous donne la couronne qu'il vous a préparée de toute éternité, au nom du Père, et du Fils, et du St Esprit. » (1)

La fin approchait, l'Infante priait en silence, et, comme si elle avait voulu offrir plus volontairement le sacrifice de

____

(1) Historische politische Blätter, déjà citées, p. 362.

sa séparation d'avec toutes choses de ce monde, de sa main tremblante, elle ferma elle-même ses paupières et peu après, expirait en prononçant le nom de Jésus.

Ce fut un instant de désolation inexprimable, désolation partagée aussitôt par la foule qui assiegeait, anxieuse, les abords du palais. Il semblait à tous que la Belgique venait de perdre sa mère. Elle représentait encore, pour tous, la race des souverains de sang belge, protecteurs du pays, elle était vraiment la petite fille de Charles Quint et la dernière descendante de l'antique maison de Flandres-Bourgogne. A cette heure, la Belgique se sentait orpheline.

« Elle nous a laissés dans la tristesse et dans la solitude, s'écrie la même personne à laquelle nous avons emprunté une partie de ces détails (1), nous ses serviteurs et ses enfants ! Tout le monde s'étant retiré, il ne resta auprès d'elle que mademoiselle de Montmorency, les comtesses de Fallais et de Willerval et moi et quelques femmes de chambre pour l'ensevelir. Ce nous fut une double douleur, car c'est un service bien triste à rendre, qui s'augmente du chagrin de toute sa maison ».

On lui avait mis, dans ses mains croisées, le crucifix que tenait son père Philippe II en mourant et le petit chapelet de bois usé dont elle se servait tous les jours.

« Elle resta habillée sur son lit et on vint la visiter jusqu'à six heures du soir. » (2)

---

(1) Chiflet qui nous donne ces détails, conte, à propos de ce petit chapelet auquel l'Infante tenait tant, que, l'ayant perdu, elle fit promettre cinquante messes pour le retrouver. C'est ce chapelet dont elle se servait habituellement, mais elle portait toujours, enroulé autour de son bras, un autre chapelet, très précieux, qui lui avait été donné par le Pape Clément VIII.

Un jour, causant avec la reine mère, l'Infante laissa, dans un geste, sa manche de bure découvrir le précieux bijou. La reine étonnée, lui demanda quel bracelet elle portait ainsi. Isabelle tira le chapelet en riant : « Voyez dit-elle, il est trop beau pour que je mette à côté de lui un autre bijou, c'est le chapelet que le Pape m'a envoyé à l'occasion de mon mariage et il m'est trop précieux pour que je m'en sépare. »

Chiflet ajoute que l'Infante portait sur elle un nombre incroyable de reliques et d'objets pieux.

(2) Tout le temps que dura l'exposition du corps de la princesse, une foule

La journée se passa à apprêter la chapelle, car l'Infante était morte à l'aurore du premier décembre. A dix heures du soir, les gentilshommes vinrent prendre sa dépouille mortelle pour la déposer sur le lit de parade qu'on lui avait préparé.

La chapelle du palais était entièrement tendue de baye noire avec un large bord de velours noir. Au milieu de la nef, trois hauts degrés recouverts de « drap d'or à feuillage » servaient de base au lit de parade, drapé de velours cramoisi à ramages d'argent et franges d'or. Une autre draperie de toile d'argent, à ramages incarnat était étendue en dessous d'un matelas de velours noir sur lequel on posa le corps dont la tête s'appuyait sur deux coussins de drap d'or brodé. Quatre aigles héraldiques en argent flanquaient les quatre coins du lit et, à côté du corps, sur un coussin d'étoffe d'or, on avait mis la couronne archiducale. Au dessus du lit, on on avait suspendu un dais à grandes courtines de toile d'argent fleuragées d'incarnat, retenues en draperies aux piliers de la nef.

Dans ce cadre mortuaire somptueux et royal, un corps amaigri, enveloppé de bure franciscaine reposait son dernier sommeil.

« Quand le corps fut apporté, dit Chiflet, Monsieur portait un cierge devant iceluy, pleurant comme un enfant qui a perdu sa bonne mère.

« Le matin, avant que de résoudre comment on apporterait le corps, il fut mis en délibération au conseil si, pour le conserver plus longuement, il ne convenait pas de l'embaumer a quoy la plupart inclinant, le marquis d'Aytona fist appeler mon frère pour en avoir son advis qui fut que le corps de cette Sainte Princesse ne devait estre mis en manière quelconque es-mains du chirurgien pour le respect dû à la sainteté, à la grandeur et au sexe et qu'on le pou-

énorme ne cessa de venir la voir. Le peuple la proclamait sainte, on voulait faire toucher à son corps des médailles et des images. « Notre Mère n'est plus, elle est partie pour son bonheur et pour notre malheur », disaient les pauvres en pleurant.
Historische pol. Blätter, p. 363.

vait exposer au peuple de la sorte qu'il estoit deux jours dehors, ce qui fut fort approuvé. (1) »

Dès le 2 décembre, dans la chapelle illuminée de cierges de cire jaune entourant les nefs de lignes de lumière et le catafalque de pyramides scintillantes, on commença les services solennels. Aux quatre coins du lit de parade étaient debout, en cottes d'armes, les hérauts de Bourgogne, de Brabant, de Flandre et d'Artois, commandés par le roi d'armes portant les blasons royaux et le bâton en main, « lesquels demeurèrent debout pendant tous les offices célébrés le corps présent sur le lit d'honneur». Les archevêques de Malines et de Césarée et l'évêque de Gand célébrèrent successivement des messes solennelles et l'après-midi le clergé de Bruxelles vint, tour à tour, chanter vêpres, terminés le soir par les vêpres des morts célébrés pontificalement par l'archevêque de Césarée. Les mêmes cérémonies se répétèrent le lendemain, accompagnées de messes basses dites sans discontinuer aux petits autels (2).

Le 3 décembre au soir, mesdames de Montmorency, de Fallais, de Willerval et de Culembourg, prenant le tapis qui garnissait le lit de parade, portèrent le corps dans le cercueil garni de drap d'or (3). Le lit de parade fut rapidement

(1) Chiflet, T. 97, f. 3o1.

(2) « L'ordre des services estait observé en la chapelle comme du vivant de S. A. en ceste sorte : Près de l'autel du costé de l'Evangile estait un banc pour les evesques. Du costé de l'épistre estait le banc des ambassadeurs sur lequel le nonce du Pape estait assis, puis don Gonzalve de Cordoue, le marquis d'Aytona et les autres gouverneurs qui estaient don Carlos Coloma, et le marquis de Fuentes, le comte de (illisible) estait encore en son gouvernement du chasteau d'Anvers. Vis à vis du banc des ambassadeurs estait celuy des Grands ou estait les ducs de Havré et de Lerme, le prince de Ligne et don Emmanuel de Portugal. Plus bas que le banc des ambassadeurs estait celuy des chevaliers de la Toison sur lequel estait assis, le comte Jean de Nassau et le prince de Barbançon. Vis à vis celuy des chappelains de l'Oratoire ou estait le maitre des cérémonies, les deux prédicateurs Jésuite et Augustin, La Motte, Layne, Damereau, Renati, Chiflet, Staffort, Vachin, Rolinas et Robbas. Le sommelier de Court estait à costé du list d'honneur comme en son debvoir ordinaire. » Chiflet. 297. f. 3o2.

(3) « Dans son cercueil fut enfermé un épitaphe succinct gravé sur une lame d'airain et par l'audiencier fûst dressé un acte aux chanoines de Ste-Gudule que c'était là le corps de feue S. A. et qu'il leur serait livré en son temps en

remplacé par un catafalque de velours noir et d'argent entouré de lampadaires aux nombreux cierges de cire jaune.

La journée du dimanche se passa comme les autres et le lundi 5 décembre on procéda aux funérailles solennelles. Le grand écuyer, duc d'Havré, marchait devant le cercueil en tenant la couronne archiducale sur le coussin d'or; le cercueil était porté par quatre maîtres d'hôtel, messieurs d'Andelot, le comte de Noyelles, le comte de Grimberghe et don Francisco Capata. Quatre Cordeliers avaient en main les coins du drap. Le clergé de la ville, les prélats, les ordres religieux de Bruxelles, la noblesse, la bourgeoisie, le peuple, tous avaient voulu rendre ce dernier hommage à celle qu'on appelait si justement « la bonne princesse » et qui avait voulu que son dernier voyage à travers sa chère ville de Bruxelles fut aussi le jour de sa dernière charité. Par son testament, elle ordonnait qu'on fît suivre son corps par trois cents pauvres habillés à ses frais. Cent pauvres en rouge en l'honneur de Jésus, cent en bleu en l'honneur de Marie, cent en brun en l'honneur de Joseph.

Enveloppés d'un triple cercueil, les restes de l'Infante Isabelle-Claire-Eugénie furent déposés dans un caveau pratiqué derrière l'autel de la chapelle du Saint Sacrement de miracle, entre deux colonnes. On en masqua l'entrée par des pierres de taille. Ce fut tout ce qu'on fit pour l'une des plus grandes bienfaitrices de la Belgique. Elle, qui avait passé sa vie à se dévouer à son peuple, ne reçut pas même l'hommage d'une plaque commémorative. Ses neveux, le roi et le gouverneur des Pays-Bas, n'eurent pas à cœur de garder aux générations futures la mémoire de l'une des femmes illustres de leur race et ce fut seulement dans les cœurs de ses serviteurs, des pauvres, et dans la clôture des couvents qu'elle fût sincèrement pleurée et regrettée.

L'humble princesse qui ne voulait pas qu'on dise du bien d'elle après sa mort n'avait peut-être pas prévu qu'on chercherait, par haine de sa vertu et de sa foi, à tronquer ses

conformité de la déclaration de sa dernière volonté pour sa sépulture. Chif.T. 97 f. 302.

actes, à noircir sa mémoire et à la travestir par toutes sortes de mensonges.

Mais tous les efforts de la calomnie n'ont pu effacer le rayonnement de ses grandes qualités. Sa mémoire est restée chère aux cœurs des Belges, et l'étude plus minutieuse, plus conscienscieuse surtout, qu'on fait à cette heure, des archives et des documents qui la concernent, elle et son époque, lui rendra, avec la vérité, toute l'admiration et la reconnaissance que la Belgique lui doit. (1)

POST MORTEM

Dans son excessive modestie, Isabelle avait défendu qu'on fit sur sa tombe aucune oraison funèbre. Elle ne put empêcher celle qui s'éleva spontanément de tous les cœurs endeuillés par sa mort. Nous aurions bien à glaner encore dans ce concert touchant de voix élogieuses, attendries et enthousiastes, mais ce serait allonger indéfiniment notre travail, nous résumerons ces éloges par quelques mots de personnes, d'autant plus autorisées à parler de l'Infante, qu'elles l'avaient connue personnellement. Voici d'abord ce qu'en pense un espagnol très *espagnolisant*, puisqu'il était fils de ce Diego de Ibarra que Philippe III envoya aux Pays-Bas, lors des négociations de la trève, pour y sou-

(1) En Hollande même, on chantait les louanges de l'Infante. Le protestant Vondel composa un hymne en son honneur, dont nous donnons ici la traduction :

O lumière des femmes chrétiennes.
Regarde dans la nuit
Où nous nous trouvons.
Guéris la grande douleur de tes Pays-Bas, donne le repos à nos glaives,
Afin qu'en ce monde,
Nous puissions élever un magnifique monument de paix
Où ta renommée sera chantée d'année en année.
O toi l'honneur des Pays-Bas !
O mère de la patrie en notre pauvre terre,
Que personne ne taise ton amour de la paix !
Tu l'as toujours désirée, et en vain.
Reçois-là pour l'éternité, au ciel.
Historische-politische Blätter. Alberdinck-Thijm.

tenir la politique de Madrid, ce qu'il fit au point que les archiducs demandèrent au roi de le rappeler. Don Francisco de Ibarra, fils de don Diego, écrivit une histoire de la guerre du Palatinat à laquelle il avait pris part. Il était capitaine de lances espagnoles. Envoyé à Madrid au printemps de 1621 pour négocier de la part de l'archiduc Albert et de Spinola, l'envoi de sommes plus considérables, il revint après la mort de l'archiduc.

Avant de reprendre le commandement de son régiment, Ibarra s'arrêta quelque temps à Bruxelles pour y rendre compte de son voyage à l'Infante. Il fut frappé de la manière dont Isabelle avait pris en main les affaires de son gouvernement. « Elle ordonna, dit-il, à tous les ministres de négocier par écrit et de ne pas traiter les affaires en sa présence et lorsqu'elle répondait aux consultes, je ne lui ai jamais vu réclamer l'assistance de personne, même pour fermer ses lettres ». (1)

« Son Altesse fit des difficultés pour se charger de ce fardeau (du gouvernement), mais en reconnaissant le bien à faire, elle accepta à la joie générale, quoique fort affligée de la mort de son époux, et elle prouva combien on avait jugé justement (de son mérite). Ceux qui la connaissaient mieux avaient conçu une grande espérance de ses talents. Ceux qui pouvaient moins l'apprécier furent détrompés. Ils avaient éprouvé quelques craintes en la voyant toujours éloignée des affaires pendant la vie de son mari, si bien que ceux qui étaient le plus près de sa personne disaient parfois qu'en venant lui demander sa protection on recevait un accueil si modeste qu'il semblait qu'elle n'avait pas auprès de l'archiduc, plus d'influence que le moindre de ses sujets. Il paraissait au plus grand nombre que, outre le respect et l'affection qu'on devait à son sang, on les lui devait aussi pour la manière dont elle sut montrer son talent comme elle avait su le montrer pendant la vie de son père Philippe II.

(1) Morel Fatio. L'Espagne aux XVIe et XVIIe siècles p. 320.

« Ce roi ne faisait rien sans le lui communiquer, sachant combien elle était habile à ordonner les choses. Il lui donna cet époux autant par affection paternelle que pour avoir reconnu les capacités de l'archiduc. La modestie de l'Infante était celle qui convient justement à son sexe et s'accordait avec ce qu'elle devait à sa dignité et à son rang. Elle savait appuyer sur de si excellentes raisons son opinion personnelle, modérait si sagement ses résolutions, qu'il semblait qu'elle fut la personne du monde la moins attachée à ses propres opinions. Elle sut, mieux que personne, remplir ses devoirs, car elle avait reconnu le caractère de son mari qui accomplissait avec rudesse ses devoirs publics de prince.

« Sa modestie ne l'empêchait pas de faire rendre à son sexe le respect et les égards qui lui étaient dus, mais sans raideur, sachant incliner toutes règles selon la nécessité et sachant aussi, à l'occasion, soutenir son opinion contre des opinions contraires.

« Elle se serait effacée complètement derrière l'archiduc si elle n'avait vu en lui peu de goût pour les fonctions de souverain. Quoique plein de mérites, il n'avait pas, peut-être, toute la capacité qu'on put souhaiter.

« Les serviteurs et familiers de la cour voyaient bien l'archiduc entrer chez la princesse toujours chargé de papiers, mais ils croyaient que c'était de sa part une pure formalité.

« Aussi pour les désabuser, l'archiduchesse Isabelle se vit obligée, dès qu'elle se chargea du pouvoir, d'éclairer le public afin de se maintenir en crédit.

« Obligation nécessaire, sans laquelle tous ses actes eussent manqué d'autorité et, non seulement elle fit preuve d'une grande prudence, (dans la manière dont elle commença à gouverner) mais encore dans la simplicité des moyens qu'elle employa, faisant en sorte que ses œuvres s'imposent par elles-mêmes et non en les vantant par ses paroles.

« Rarement on réussit comme elle avec ces moyens. (Ils

consistaient) à gouverner par elle-même, de telle sorte que jamais elle n'eut à employer le secours de quelqu'un. Ainsi, personne ne pouvait attribuer à une influence étrangère le succès de ses actes gouvernementaux.

« Elle donna l'ordre à ses ministres de rédiger par écrit le résultat de leurs délibérations, sans se réunir en sa présence. Personne n'était admis en sa présence quand elle répondait à ces communications, pas même pour cacheter ses plis. De cette façon, elle évitait les contestations, car on ne pouvait attribuer qu'à elle la bonne ou la mauvaise direction des affaires de tout genre, même des affaires militaires qui commencèrent à devenir si florissantes, qu'en peu de temps, on s'aperçut combien l'ancien système avait été défectueux. Aussi put-on reconnaître à quelle haute perfection s'élevaient la modération et la patience de cette sage princesse, laquelle s'efforçait de resserrer son génie supérieur dans les limites du devoir qu'elle jugea être le plus en rapport avec les mœurs de son temps, et ainsi le reconnaissaient tous ceux qui pouvaient juger de sa conduite.

« Il est encore à remarquer le don merveilleux de sa brièveté à expédier les affaires, par ce moyen elle put leur donner un excellent cours.

« Son désintéressement était admirable, (après la mort de l'archiduc) elle ne signala à Sa Majesté que ce qui était indispensable au train de service de sa maison. Sur ce sujet elle ne disait que cette parole :

— « Qu'on fasse ce qui semble nécessaire et rien de plus, pas même un cheval. J'ai bien au delà de ce qu'il me faut et je ne dois en user que pour le service de l'Etat ». (1)

Tous les espagnols reconnaissaient les qualités de l'Infante. L'un d'eux écrivait à Madrid, peu après la mort de l'archiduc : «Quoique veuve, le pays estime l'Infante, elle y a une grande autorité et elle resterait (aux Pays-Bas) après la mort de son mari, pour l'amour et la révérence qu'on porte à la fille d'un tel père et parce que ce pays a été

____

(1) Morel Fatio. L'Ep. aux XVIe et XVIIe siècle, p. 421 et s.

gouverné par deux femmes remarquables... Il est incroyable comme dans ses Etats, on a une vénération
extrême pour les personnes de la qualité de l'Infante et
comme elle est conforme à l'humeur et l'inclination du
pays qui aime les princes affables et de vie sans tache et sur
ce point celle-là est excellente. (1) »

Telle est l'impression ressentie par les espagnols
malgré la défaveur que jetait sur l'Infante son attitude
défensive, soutenant une politique opposée à celle de
l'Espagne. Voyons maintenant l'opinion des belges, elle
est très bien exprimée dans les lignes écrites à Chiflet par
une dame de la cour.

La comtesse de Culembourg avait passé une partie de
son enfance et toute sa jeunesse à la cour de l'Infante, lorsqu'elle était mademoiselle Catherine de Berg. Devenue l'é-
pouse de Florent II de Pallant, comte de Culembourg, elle
garda auprès de l'Infante sa place de dame du palais.
Comme, dans les pièces officielles elle est citée parmi les quatre dames qui veillèrent l'Infante et que celle qui écrivit à
Chiflet nomme mesdames de Fallais, de Willerval, de
Montmorency, et ajoute : et moi, nous pouvons donc attribuer ce récit à dame Catherine.

— « Il y a tant de choses merveilleuses et même miraculeuses dans la vie de notre Sérénissime maîtresse et
princesse, commence-t-elle, comme sur sa mort, qu'on n'en
finirait pas de tout dire. Inutile de penser le faire en une
relation qui nécessiterait tant de réflexion et d'attention,
car toute sa vie a été un modèle de piété, de dévotion,
d'exercice de toutes les vertus, si bien qu'on ne pourrait
discerner laquelle fut la plus éminente. S'agit-il de la
charité, tout le monde sait combien elle cherchait à secourir
toutes les nécessités.

Est-ce l'humilité dont elle était si éprise ? On a vu comme
elle la possédait dans le plus intime repli de son âme, on la
voyait briller dans son vêtement, sa conversation, sa nour-

(1) Simancas. Estado, 2034 f. 2 et 5.

riture et cela avec un tact admirable, sachant ne pas dépasser la mesure et excellant dans une manière d'être si digne et si modeste à la fois, qu'on se trouvait devant elle émerveillée et confuse. Ce sentiment, nous l'avions tous, nous qu'elle traitait en égaux, mais dès qu'on avait le bonheur de la connaître, on le ressentait. Elle ne supportait pas d'être louée ni d'être appelée majesté et reprochait vivement à ceux qui lui donnaient ce titre, de manquer de savoir faire, puisqu'il ne lui appartenait pas.

« Ce sentiment, elle l'éprouvait à plus juste titre encore devant Dieu. Un jour que le Saint Sacrement était exposé, auquel elle avait une grande dévotion, n'ayant pu aller l'adorer parce qu'elle était souffrante, elle s'informa si beaucoup de dames y avaient été.

» On lui répondit que comme elle n'était pas là, fort peu avaient été à l'église.

« Elle en fut indignée. « C'est donc pour moi et non pour le bon Dieu qu'elles y vont ! s'écria-t-elle. Mais elles risquent ainsi leur salut éternel » !

« Lorsqu'une de ses dames était mourante, elle allait la visiter et lorsqu'elles perdaient un de leurs parents, elle tachait de les consoler comme le ferait une mère, les faisant asseoir auprès d'elle, en amies. Elle avait un soin particulier pour ses domestiques ; lorsqu'ils étaient malades, elle demandait chaque jour au médecin comment ils allaient et s'ils avaient besoin de quelque chose.

« Dés l'âge de huit ans, elle était habituée à jeuner tout le carême, aux fêtes de la Sainte Vierge et des Apôtres. Chaque jour, elle entendait deux messes et les jours de fête et les dimanches, une messe basse et une grand'messe. Après avoir donné ses audiences elle priait dans son oratoire une heure ou trois quarts d'heure. Chaque nuit, après avoir travaillé et examiné ses papiers — et cela durait de 9 à 2 heures du matin, elle priait une heure et demie et après s'être déshabillée, elle faisait une demi heure d'examen, en sorte qu'elle ne se couchait jamais avant 3 ou 4 heures du matin.

« Pour le support du prochain et la patience, jamais on ne l'a vue fachée, ni en paroles, ni en gestes. Son égalité de caractère comme sa tranquille sérénité dans tous ses malheurs, éclatait alors, et jamais on ne la voyait abattue, elle restait toujours la même. Elle disait que la venue de mauvaises nouvelles la faisait penser au message de Job et elle ne se plaignait pas, pas plus que des offenses parfois bien cruelles. Elle était si pieuse que son confesseur dit après sa mort, qu'on ne pouvait lui reprocher qu'une seule chose, c'est d'avoir été trop miséricordieuse.

« L'obligation d'appliquer la peine de mort lui était un vrai sujet de désolation, une véritable souffrance, d'autant plus que le sentiment très fort qu'elle avait de la justice, lui faisait un devoir de se montrer sévère. Elle disait alors qu'elle était déjà accusée d'être trop bonne et (quand il fallait punir) assurait qu'elle repousserait même le roi s'il lui demandait grâce pour les coupables (1).

« Elle se défiait d'elle-même et craignait tant de se complaire trop en ses actes qu'elle demandait l'avis de tous et son obéissance était telle que, dans les maladies, les ordonnances de son médecin devenaient des ordres auxquels elle se soumettait scrupuleusement. L'obéissance à son confesseur était plus exacte encore, jusque là que le Père André de Soto mourant, lui ayant fait demander de lui promettre de ne plus commettre de péchés véniels de propos délibéré, elle le promit aussitôt. Bref, elle traitait son corps comme s'il eut été de fer. (2) »

On se disputa ses moindres reliques. La reine-mère hérita, d'après son testament, du chapelet de Clément VIII, la duchesse d'Orléans d'un autre chapelet auquel l'Infante

____

(1) Ces lignes d'une personne qui a connu l'Infante aussi familièrement répondent victorieusement aux accusations de cruauté et de violence dont les protestants et jusque maintenant les ennemis de l'Eglise catholique, ont essayé de ternir la mémoire de l'Infante. L'auteur du Mausolée (p. 126), dit de sa justice qu'elle ne voulait jamais user de rigueur quand elle se croyait offensée. « Il faut, disait-elle, être tels envers ses sujets qu'on désire que Dieu soit envers vous. Qui fait grâce à l'inférieur est assuré que Dieu ne la lui refusera. »

(2) Chiflet, t. 97, f. 309 et 310.

tenait beaucoup et le comte Jean de Nassau, du modeste dizain. (1)

Deux mois ne s'étaient pas écoulés qu'on mettait en vente publique le mobilier, les joyaux et tout ce qui avait appartenu à l'Infante, y compris tous les bijoux mis en gage. Telle était la pénurie du trésor qu'il fallut recourir à cette extrémité pour payer les soldats d'une part et les dettes d'Isabelle de l'autre. (2)

Ces dettes se montaient à environ 250.000 ducats et comme les legs de l'archiduchesse comprenaient également une assez forte somme, le marquis d'Aytona et le conseil d'Etat se décidèrent à vendre ce qu'il y avait de plus précieux dans les objets divers qu'elle laissait. Encore eurent-ils quelque peine à acquitter toutes les volontés de la pauvre princesse. (3)

On avait à peine attendu que l'Infante eut fermé les yeux

(1) L'Infante faisait ici une faveur toute spéciale à Jean de Nassau pour lequel elle avait une affection particulière, à cause du dévouement sincère que le comte lui témoignait.

(2) A la vente des meubles de l'Infante, qui eut lieu au commencement de février, nous dit la *Gazette de France*, flamands et espagnols s'arrachèrent à coups d'argent les reliques de la princesse. Une montre de celle-ci fut disputée à prix d'or entre la princesse de Barbançon et la marquise de Borgia. La princesse l'emporta. Colère de la marquise qui se regarde comme offensée et va se plaindre à son fils et à un autre parent. Ceux-ci vont provoquer Barbançon qui prend comme témoin Claude de Grammont, neveu, par sa mère, du baron d'Andelot, maître d'hôtel de l'Infante. On va se battre à Laeken, lieu ordinaire de ces sortes de rencontres. Le combat est mené si furieusement que Barbançon, renversé par terre, va être égorgé par Borgia, si l'un des pages du prince, se précipitant à son secours, n'eut passé son épée au travers du corps de l'espagnol qui tomba mort. (*Gazette de France*, du 17 février 1634.) L'Espagne devait prendre sa revanche peu de jours après, lorsque Barbançon fut emprisonné comme membre de la conspiration de 1632.

(3) L'Infante donnait à Ste-Gudule ses reliques et ses riches et nombreux reliquaires. Elle voulait faire bâtir une chapelle avec une fondation d'un chapelain majeur et de 8 chapelains, disant tous les jours une grand'messe et quatre messes basses, outre l'anniversaire solennel, vèpres, saluts, etc.

Elle faisait une fondation de 2.000 ducats â N.-D. Romaine à Sagonte, ordonnait la célébration de 8.000 messes pour elle et ses parents, plus, différentes autres moindres fondations de messes ; dotait 40 jeunes filles et faisait beaucoup d'autres legs pieux et charités aux couvents, églises, pauvres, etc.

pour ouvrir les lettres royales cachetées qui attendaient toujours les événements possibles au palais de Bruxelles, afin de ne pas laisser d'interruption au gouvernement. Le marquis d'Aytona y était désigné pour gouverner, en attendant l'arrivée de l'Infant Ferdinand, avec un conseil composé de l'archevêque de Malines, Jacques Boonen, du duc d'Arschot, du comte de Tilly et de don Carlos Coloma. Mais Arschot était à Madrid, tenu déjà comme suspect, Tilly guerroyait toujours en Allemagne et les deux seuls conseillers présents s'effaçaient devant l'autorité du marquis.

Ainsi tout redevenait espagnol. Roose s'apprêtait à frapper un grand coup en ouvrant le procès criminel à la noblesse belge qui se dispersait épouvantée, et lorsque le Cardinal Infant arriva enfin aux Pays-Bas, presqu'un an après la mort de sa tante, il avait besoin de l'auréole que lui donnait la victoire de Nordlingen pour apaiser l'angoisse générale. On voyait la Hollande s'apprêter à la guerre, plus ennemie que jamais des Pays-Bas espagnols. Richelieu mouvait son armée au nord de la France comme un nuage plein de foudre apparaît à l'horizon ; tout autour de la Belgique se formait comme un cercle de feu et les belges, se sentaient plus malheureux, moins protégés, depuis que la bonne princesse n'était plus. Ils comprenaient seulement combien elle incarnait en elle l'âme de la nation et que sa faiblesse de femme cachait une énergie plus virile que celle d'un puissant potentat.

FIN

APPENDICE

NOTE I

Relation de la fête qui se donna devant Leurs Altesses (Les Archiducs) le Lundi du Carnaval 18 février 1608.
(Traduit de la correspondance de l'Infante publiée par Rodriguez Villa, p. 338.)

L'histoire ancienne nous montre très clairement l'usage des princes de donner des fêtes et des jeux pour divertir leurs peuples, afin de les empêcher par là de créer des troubles dangereux pour la République, ce qui arrive dans l'oisiveté. Il se fait que les princes agissent ainsi pour alléger un peu le lourd poids de leurs soucis, suite du pouvoir, surtout lorsqu'il faut à la fois traiter de paix ou de guerre, ce qui s'imposa présentement au sérénissime archiduc en ces Pays-Bas. Aussi la sérénissime Infante Isabelle-Claire-Eugénie d'Autriche, voyant manifestement qu'elle devait soulager son époux d'un tel travail, se demandant comment elle le pourrait, détermina ses dames et ses menines à donner quelque fête, à cause de la grande nécessité de divertir le prince et le peuple, ce qui s'exécuterait avec facilité. La raison pour laquelle on ne chargea pas de ce soin les jeunes cavaliers de la cour fut la considération que cette fête devant être très parfaite, sa perfection ne pourrait être plus assurée qu'en la confiant aux dames ; sans elles, on était certain que ce serait un corps sans âme.

On choisit donc comme le meilleur jour, le 18 février, lundi du carnaval. A cet effet, on avait préparé une salle du palais, rare et merveilleuse par sa grandeur et ses proportions, capable de contenir tous les éléments de la fête et une quantité innombrable d'assistants. Elle fut ornée d'une tapisserie très riche, d'or et de soie, dont les figures étaient si bien brodées et colorées qu'on eût pu les croire vivantes et non de simples figures de l'histoire de l'Apocalypse.

Au milieu de la salle, s'élevait un dosseret très richement travaillé et brodé d'or et d'argent, sous lequel on avait placé deux sièges de brocard, élevés sur une marche couverte d'un tapis du Levant.A main droite du dosseret, séparé par un bon espace, plus en arrière que devant, on avait fait une loge où se trouvaient les ambassadeurs du Pape et d'Espagne et, avec eux, le duc d'Ossuna qui n'avait pas voulu se placer avec les dames, comme le faisait le duc d'Aumale. Aux deux côtés de la salle, éloignés de la muraille de douze pieds de chaque côté, étaient deux rangées de bancs couverts de tapis bien larges pour que s'y puissent asseoir les dames avec les galans qui se trouvaient dans l'assemblée. En dehors de ces tapis, étaient douze chandeliers d'argent très grands, six de chaque côté et, comme la salle étant fort grande, ces lumières ne suffisaient pas, on donna ordre à douze pages de tenir des flambeaux. Ils portaient la livrée de Leurs Altesses, lesquelles (Leurs Altesses) soupèrent à huit heures de la nuit. Pour cette fête, étaient invitées toutes les dames de la cour qui se trouvèrent au palais à huit heures et demie. Seule la duchesse de Longueville, princesse du sang de France, attendait qu'on vint la chercher. Tout étant bien préparé et en ordre, on vint la prendre à neuf heures et demie et comme elle arrivait, Leurs Altesses l'attendaient. Après l'avoir reçue avec toute la courtoisie exigée pour une personne de telle qualité, Leurs Altesses entrèrent dans la salle, escortées de tous les seigneurs, cavaliers et dames de la cour. Chacun alla prendre la place qui lui était désignée, sans confusion, grâce au bon ordre et à la bonne organisation due aux majordomes, en particulier au semainier qui était don Geronimo Walter Zapata.

Leurs Altesses se placèrent sur leur estrade et, presque sur l'estrade, la duchesse de Longueville sur deux coussins de velours, à main gauche de l'archiduc qui parla avec elle plusieurs fois pendant la fête. Les dames occupaient leurs places et les seigneurs et cavaliers la leur. Le duc d'Aumale était avec mademoiselle de Montmorency dans un endroit où ils attendaient le commencement de la fête avec le désir qu'il en soit toujours ainsi en de semblables occasions. Mais le désir fut court, car on commença comme ceci : Sur la limite de la salle, en face de Leurs Altesses, se trouvait une grande machine, couverte d'un voile, au travers duquel on voyait des feux et on entendait le tonnerre, imitant si bien ceux de septembre qu'on pouvait craindre quelques coups de foudre. Avec ce tonnerre, on vit s'élever un nuage du sol, à côté de la grande machine et il s'éleva merveilleusement et il vint bien haut au milieu de la salle où il commença à descendre bien doucement. En ce moment, tout le monde était muet d'étonnement au point qu'on aurait pu croire qu'il n'y avait personne dans la salle, alors qu'il y avait plus de deux mille invités à cette fête.

La nuée ayant touché terre, non sans beaucoup de feu et d'éclat, elle s'ouvrit et elle était toute illuminée par la quantité de lumières qui s'y trouvaient, renvoyées par le voile d'argent. Cupidon en sortit, très légèrement vêtu, si bien qu'il ne paraissait pas l'être. Il avait les yeux bandés, un arc doré en main, un carquois avec des flèches et une grande sacoche. Il sortit de la nuée à pas bien différents de ceux qu'il a l'habitude de faire quand il veut toucher quelqu'un de ses flèches et il vint droit à Leurs Altesses. La nuée disparut avec un grand bruit. Alors le dieu d'amour demeuré seul devant Leurs Altesses, voyant disparaître la nuée, se mit à raisonner de la sorte :

(Ici nous supprimons le discours comme étant très diffus et peu intéressant.)

Après avoir achevé ce discours et convié à ses noces, qui allaient se célébrer dans cette fête, il tira de sa sacoche deux papiers qu'il baisa, genou en terre, et les donna à Leurs Altesses, puis il en donna également aux dames et aux seigneurs et c'étaient les chansons qu'on devait chanter aux noces. Aussitôt il courût vers le voile et disparût sans qu'on sût ce qu'il était devenu.

Au bout d'un petit temps, les mêmes feux et tonnerres éclatèrent encore et le voile qui couvrait la machine fut enlevé. Elle représentait une montagne si bien faite qu'on l'aurait prise pour inaccessible si on l'eût vue hors de la salle. Les peintures en étaient si fortes qu'elles semblaient des morceaux de rochers avec des forêts, où les oiseaux auraient voulu voler s'ils étaient entrés dans la salle. A un côté et très haut, se voyait la fontaine de l'Hélicon d'où sortait la peinture du cheval Pégase, faite si parfaitement qu'on s'attendait à le voir hennir. Au-dessus de cette montagne, se voyait un soleil qui disparaissait pour laisser la lune régner cette nuit. Un peu plus bas, au milieu de la montagne, Apollon se tenait entouré des neuf Muses, ayant un instrument en main. Apollon avait une harpe, quatre Muses se tenaient d'un côté et cinq de l'autre ; elles avaient toutes un instrument différent : cithare, luth, cornet, flûte, viole, violon, salterion, cornemuse. Apollon rayonnait de rayons flamboyants et, plus bas, dans une grotte, on voyait Cupidon et Psyché. Elle, en jupe de gaze d'argent vaporeuse et sur le corps un vêtement de déesse avec un voile incarnat, la tête couverte d'un autre grand voile. C'était Clara Laura, qui a été depuis son enfance auprès de dona Juana de Jacincourt, camarera major de la sérénissime Infante. Cette montagne, à cause de Pégase, d'Apollon et des Muses, était le mont Parnasse. Les poètes qui se trouvaient dans la salle peuvent désormais le décrire tel qu'il est célébré dans la fable.

Ainsi fait, Apollon et les Muses commencèrent à jouer suavement de leurs instruments, celles-ci en vrais disciples qui ont Apollon pour maître de chapelle et les Muses ayant cessé, Apollon, s'accompagnant de la harpe, commença à chanter les vers suivants :

(Couplets sans grande valeur.)

Après Apollon, les Muses chantèrent un premier chant par lequel elles imploraient le secours des dieux et leur demandaient qu'il leur plût venir célébrer une union si extraordinaire, celle de deux amants amoureux.

Et comme il est difficile de rencontrer un amant sincère, il est nécessaire que l'amour de Psyché soit égal à celui de Cupidon son époux. Les poésies étaient à peine achevées qu'avec grand bruit et éclat on vit descendre du haut du mont une nuée pleine de tonnerre et d'éclairs. En cette tempête, elle toucha le sol. Elle lança six éclairs vers les personnes présentes, et ces éclairs avaient les effets de la foudre mais touchaient plus le cœur que le dehors. Puis sortirent six déesses, et la nuée qui les avait amenées était digne de les contenir car elle était de gaze d'argent avec quantité de lumières, de manière qu'elle était claire et transparente. Après, la nuée disparut avec grand feu d'artifice. Les déesses étaient les suivantes : Junon, très bien représentée par mademoiselle de Pince. A sa droite marchait Diane ayant un croissant de lune en diamants sur la tête. Il eut pu éclairer toute la salle s'il n'eut pas été éteint par l'éclat des yeux qu'il surmontait. C'était la senora dona Catalina Livia et il était impossible de trouver une Diane plus ressemblante. La déesse Flore suivait aussitôt, si fleur elle-même que l'on comprenait sans plus, ses insignes. Mademoiselle de Croy était cette déesse. A sa gauche se tenait Venus avec une pomme d'or à la main, et beaucoup auraient voulu la lui offrir de nouveau sans avoir été appelés à juger. C'était mademoiselle de Licques. A sa gauche était la déesse Pallas avec un morion à l'antique, argenté, tout orné de joyaux et de diamants, les cheveux défaits, une lance en la main gauche et dans la droite un écu avec un macaron au milieu. Elle était si divine qu'on n'avait pas besoin de l'appeler déesse. C'était la senora dona Maria Walter Zapata qui avait bien la propriété de Pallas par les meurtres qu'elle semait de ses mains, sans vouloir montrer son pouvoir divin pour ressusciter ses victimes. La déesse Cères la suivait, couverte de grands épis, un flambeau à la main chose bien inutile pour connaître sa grâce ; mademoiselle de Willerval remplissait ce dernier rôle. Toutes étaient vêtues de gaze d'argent, la jupe et le corsage à l'antique en velours cramoisi comme on peint habituellement les déesses et si ornées de joyaux, perles, rubis, diamants, que c'était chose admirable. Elles dansèrent un ballet avec une grâce qui fit dire que si les barbares avaient adoré de telles déesses, nous deviendrions barbares à l'instant pour faire comme ces païens. Le ballet fini, les déesses saluèrent et remontèrent par un escalier qui gravissait le mont, elles arrivèrent près de Cupidon et se placèrent trois à sa droite, trois à sa gauche et c'était plaisir à admirer ce groupe. Alors les Muses reprirent leurs chants. A la fin Cupidon et Psyché se levèrent et, par l'escalier, descendirent la montagne. Aussitôt surgit de la grotte six ménines et deux naines qui signifiaient que les Heures consacrées à ces noces étaient brèves à cause de la beauté et de la perfection du spectacle. Il suffit de dire que, si vite qu'elles passèrent, ces Heures ailées parurent des anges ou quelque chose d'approchant. Elles entourèrent Psyché et donnèrent un gracieux ballet. Par différentes ouvertures sortirent alors, six amours vêtus comme Cupidon. Ils représentaient les amours imparfaits ayant pris différentes voies. Pendant que Psyché et les Heures dansaient leur ballet, se prenant les mains, ils dansèrent en rond autour de Cupidon en chantant, bien accompagnés par les violons. Mais Psyché et les Heures ayant cessé de danser, ce qu'elles avaient fait avec la meilleure grâce du monde, ils firent une révérence à toutes et retournèrent à la montagne où Psyché et Cupidon reprirent leurs places, les Heures se rangèrent en dessous à droite, et les amours à gauche, ce qui acheva la beauté de l'ensemble de la montagne. Spectacle merveilleux dont il faut rendre grâce à la senora Vincenta qui, avec un rare entendement, donna une vie à cette montagne, de même que le génie de Vincenti Vincislao qui organisa toute la machine avec non moins d'art.

Pendant ce temps Apollon et les Muses n'étaient pas restés oisifs, car ils accompagnaient toutes ces représentations en jouant de leurs instruments et chantant avec grande harmonie. Il faut signaler entre toutes dona Isabel de la Camara qui est à la Sérénissime Infante. Elle était la première près d'Apollon et faisait entendre sa voix ravissante, accompagnée avec grand art et qui paraissait bien qu'elle était la favorite du dieu qui la comblait de ses dons. Elle chanta le sonnet suivant :

(Sonnet insignifiant.)

Elle l'avait à peine terminé que Psyché, Cupidon, les déesses, les huit Heures et les six amours se formèrent en lignes, puis vinrent les Muses qui commencèrent un ballet avec tous dans lequel on put voir que les dames, quelques actions qu'elles entreprennent, les font avec tant de divine perfection que nous en restons stupéfaits, et nous leur adressons la plus grande louange, pour la merveilleuse fête qu'elles ont organisée.

Le ballet achevé avec les révérences, les dames et les ménines retournèrent à leur place et il fut permis à leurs galants de les accompagner. Avec la senora dona Catalina Livia, don Alonso Pimentel. Avec la senora dona Maria Walter Zapata, don Diego de Mexia. Le marquis Lanz, avec Mlle de Licques. Don Francisco de Ibarra et don Luis Lasso avec Mlle de Croy. Le comte de Hennin et le baron de Zevenbergh avec Mlle de Willerval et le comte de Fontenoy. Tous bien vêtus et richement parés comme il convient en la présence de si grands princes et en de si belles fêtes. Tout le monde étant assis. S. A. ordonna le commencement du service, et en chargea le duc d'Aumale qui se leva avec la dame qui devait diriger le branle, danse très usitée en ce pays. Cette danse achevée, on en dansa différentes autres. Et pour que cette fête si solennelle ne finit pas par la fatigue et qu'on ne remarquât point qu'on avait passé les deux heures, Leurs Altesses se levèrent, et donnèrent congé. Il ne restait plus qu'a discourir et commencer les louanges d'une fête qu'on ne peut vanter commme elle le mérite.

NOTE II

Relation du mariage de Maximilien de Noircarmes, maistre d'hostel de l'Infante Isabelle avec Anne-Marie Alexandrine de Noyelles.

Après que le mariage entre monsieur de Noircarmes, maistre d'hostel de S. A. et mademoiselle Anne-Marie-Alexandrine de Noyelles, dame de la sérénissime Infante, fust conclu et arresté, le jour fust précis et donné par Leurs Altezes le 15e d'octobre pour les fiançailles et le 16e pour les espousailles. Sur les neuf heures du soir les ducq d'Aumale, prince d'Orange, comtes, seigneurs, cavalliers et gentilshommes de la cour furent trouver à cheval le sire des nopces en sa maison (habillés de gris selon la court avec le dit bohemio (1) garny de toillettes d'argent). La compaignerent (l'accompaignèrent) et furent trouvés Leurs Altezes qui vindrent avecq la dame de nopces, les dames de la court et autres dehors dans la gallerie (2) où l'on devait fiancer et tenir le

(1) Petit manteau court.
(2) La galerie joignant la grande salle à la chapelle.

serao (1). La dame des nopces estait habillée d'une robbe de toile
d'argent frisée d'or. Mademoiselle de Salles, dame de la Sérénissime
Infante comme parente plus proche, portait la robbe ; en ladite gallerie
estait ung chapellain de S. A. attendant qu'il les fiança à leur vue et
présence des parents et parties qu'illecq se retrouvaient. La duchesse
de Brunswich, sœur du duc de Lorraine, y assista. Avecq les révérences
baise-mains et les cérémonies accoutumées, Leurs Altèzes et la duchesse
de Brunswich s'assirent en des chaises soubs le dais ou aussy dust seoir
la dame des nopces. Les dames de la court du costé droist de Leurs Altezes s'assirent sur tapis et ceux qui avoyent lugar (2) se dispersaient,
les autres qui n'estaient du pallais furent rangées aussy sur tapis de
l'aultre costé. Le bal commença sur les dix heures. Son Alteze (l'archiduc) maisna la dame des nopces oultre ceux qui avaient lugar. Les gentilshommes de la chambre et de la court y furent ordonnés pour danser
tant avecq les dames de la court que dehors ce qu'on ne fist. Après
quelques danses, allemandes et branles, l'on vint aux révérences, et là,
Son Alteze (l'archiduc) dansa avec la Sérénissime Infante les branles
de honneures, l'espagnolette, gaillarde, passante et aultres sortes de
danses. Et firent aussy le sire de nopces avec sa dame jusques à la minuit ; alors Leurs Altezes, les dames et la court se retirèrent. Aulcuns
accompaignèrent à ce retour le sire de nopces.

La Sérénissime Infante, ce soir là, estait habillée d'une robbe de
toille bleue frisée d'argent et Son Alteze de jaulne.

Le lendemain seizième sur les dix heures du matin, l'on fut se trouver avecq tous les seigneurs de la court, le sire de nopces et l'on l'accompaigne ès-court, et l'on monte au quartier de l'Infante. La dame
de nopces fut habillée d'une robbe de satin bleu feuillets et brodée de
feuillages d'or et d'argent. Le sire de nopces de blanc et noir avec une
cappe et gorra (3) de velours noir enrichi de pierreries. La dame de
nopces allait entre Leurs Altezes, mademoiselle de Jacincourt (4) portait la robbe de l'Infante (Jacincourt, son époux, camérier majeur) mademoiselle de Salles, celle de la dame de nopces. A l'entrée de la
chapelle de la court, l'on les épousa après sur ung tapis de toile d'argent
devant le grand autel. Le sire et la dame de nopces ouydrent messe,
Leurs Altezes aux deux costés achevés et après les conditions ordi-

<hr>

(1) Dans le sens ordinaire, serao veut dire bal, ici il pourrait se traduire
par le mot : cercle.

(2) Lugar signifie ici les gens qui ont droit d'entrer ordinairement à la cour.

(3) Coiffure, bonnet.

(4) Il s'agit ici de madame de Chassincourt, camarera major.

naires que l'on faist aux mariages, l'on retourna au quartier de l'Infante, l'on apporta la viande, Leurs Altezes et la duchesse de Brunswick s'assirent d'un rang et du côté de la duchesse de Brunswick s'assit aussy la dame de nopces qui lava avecq la duchesse de Brunswick. Leurs Altezes furent servyes par leurs gentilshommes de la bouche ; la viande pour la duchesse et la dame de nopces furent portées par les paiges de S. A., une ménine servait la souppe à la duchesse et mademoiselle de Salles à la dame de nopces. Les aultres dames qui n'estoient de service donnaient lugar. Durant le disner, les violons jouaient aussy. S.A. but à la dame de nopces et après que le disner fut achevé, Leurs Altezes se retirèrent ; les aultres dames du dehors, tant parentes que aultres, disnèrent en court avec les dames de l'Infante, en une salle au quartier des ménines.

Ce jour estait la Sérénissime Infante habillée d'une robbe de toilette d'argent et incarnat et Son Alteze de blanc chargé de perles. Sur les quatre à cinq heures entra le sire de nopces ès court accompaigné, l'on passa au quartier de l'Infante où l'on entra illecq en publicq congé le sire et la dame de nopces, de la Sérénissime Infante, avec les cérémonies et observations accoustumées. L'Infante demeura en sa chambre. Mademoiselle de Salles accompaigne la dame de nopces jusque au sortir de l'antichambre où elle expédia Son Alteze avec la dame de nopces en son costé droict passé et l'accompaigne jusques aux derniers degrés du pallais et illecq luy souhaytant tout bons jours, succès et accroissement par deça, au pied des degrés. Estait la robbe de la dame de nopces de velours cramoysin avec passement d'argent. Avec la dite dame de nopces se mirent la duchesse de Brunswick, les comtesses de Ligne, de Bucquoy et de Fontenoy. Et pour reconduire la dame de nopces en la maison estaient, madame de Bours sa mère, les comtesses de Berlaymont et de Bossu. Tous les seigneurs et gentilshommes de la court montèrent à cheval pour l'accompaignement, de la vindrent au logis de madame de Bours sa mère où le banquet se devait tenir. Chascun donna le bonsoir aux parties et aux parens. Au soir le banquet se fist et quelques parens, dames, seigneurs et cavaliers furent. Après le soupper Son Alteze vint et dansa avec la dame de nopces et après que les danses eurent duré jusqu'à la minuit Son Alteze prend la dame de nopces et la maisnes en sa chambre de laquelle si tart se retirèrent, laissant les partyes en leur maison.

Note de Chiflet: Messire Maximilien de Sainte Aldegonde, seigneur de Noircarmes, maistre d'hostel des Archiducs fils du présentement seigneur dudict lieu, grand bailly de Haynaut, chef des finances et de Bonne de Lannoy, dame de Mingoval, espousa à Bruxelles au palais, dame Marie Alexandrine de Noyelles, dame de Bours, Gosselies et Thubise, fille aisnée de Ponthus de Noyelles, seigneur de Bours et d'Anne de Rubempré, dame de Gosselies et Thubise.

Je croy que ceste demoiselle de Salles est la mesme qu'espousa Mr de Rongy, de la maison de Roisin, l'an 1605, le 22 may aussy en la cour.

Collection Chiflet. N° 63, fol. 167.

NOTE III

Chiflet, Tom. 97, f. 185.

Cadeaux qui accompagnaient les manteaux et camisoles destinés à la reine d'Espagne.

» Une Sainte Marguerite d'or émaillé, le visage au naturel et les habits de couleurs différentes avec 123 diamants. 731 fl.

» Une Notre Dame d'or tenant son enfant entre ses bras et ayant un rosaire avec la petite croix pendant, le tout émaillé de différentes couleurs et orné de 282 diamans. 1517 fl.

» Plus une chaîne d'or émaillée faite de diverses pièces et prise dans le cabinet de Son Altesse où elle fit adjouter 25 diamans, une croix d'or émaillée ornée de 53 diamans. Deux relliquaires en ovale d'or émaillé de l'Agnus Dei, d'Antessino (sic), de la couronne de N.-S. et des relliques de St Sebastien et de St Blaise, les dits relliquaires garnis de 188 diamants. Deux mitres d'or émaillées et garnies de 192 diamans dans lesquelles estaient les images de N.-D. avec du bois de Montaigu, l'autre de celuy de Foy, avec deux cristaux devant. Deux targettes ou médailles d'or en l'une desquelles estait, esmaillé, d'un costé l'Assomption de N.-D. et a revers un St François, et en l'autre St Dominique d'un costé et St Pierre Martyr de l'autre, le tout se montant à 2380 fl.

» Plus une petite ceinture d'or esmaillée où il y avait six pièces et dans le 25 plus grandes estaient enchassées plusieurs pierres de différentes vertus avec un grand saphyr au mitan et dans un autre une émeraude au milieu de 12 diamans, laquelle émeraude fust fournie par Son Altesse. A la même ceinture fust attachée une sonnette d'argent garnie d'or et de 21 diamans.

» Encore une chestaigne de mer garnie d'or et de 36 diamans et au poignet d'une manchette d'argent, froncé à la mode. Encore une noisette d'or, esmaillée et garnie de 3 diamans con azaque cor de dentro. Encore une branche de corail garnie d'or et de 6 diamans. Encore une patte de blaireau garnie d'or et de 12 diamans. Toutes les galanteries estaient vendues neuf, chaisnons esmaillés avec 100 diamans pour les neuf. Laquelle ceinture, sans l'émeraude fournie par Son Altesse se montait à 1956 fl.

» Tous ces objets furent enfermés proprement dans une capotte de bois recouverte de velours rouge cramoisi laquelle capotte couta 40 fl.

» Fol. 204. — L'Infante envoya en Espagne par Jean de Venero, ayde de son garde-joyaux, les pièces suivantes : Une escritoire d'esbenne garni d'argent dedans et dehors et assorty de 6 pièces aussy d'argent esmaillé et d'un grenat de bohême pour servir de bouton a tirer chaque pièce ou layette et au dessus de l'escritoire un petit Cupidon d'argent de relief le tout coustant 320 fl.

» Item deux croix de bois de N.-D. de Foy garnies de diamans et portant chascune l'image de N.-D. gravée au milieu. Les deux coustant 114 fl.

» Item un relliquaire d'esbenne garnis de cristaux enchatonnés dans du cuivre doré et rempli de relliques avec plusieurs ornements d'or esmaillé.

» Item avec image de N.-D. couronnée d'or et de diamans et ornée de perles.

» Item sept anneaux de diamans de différentes façons depuis 100 à 200 fl.

» Item force orloges, Jésus et autres joyaux, le tout pour donner à la reine et aux gens de sa cour. »

La liste des cadeaux envoyés ainsi en Espagne serait interminable, citons seulement ceux que porta le comte de Solre lorsqu'il partit pour Madrid, en mai 1626.

» Fol. 227. — A la reine d'Espagne et aux Infants un relliquaire de cristal garni d'or esmaillé et de 107 diamans, un autre aussy de cristal garni de 168 diamans. Un autre avec le nom de Jésus et la couronne gravée dessus et garnie d'or esmaillé et de 113 diamans. Plus une chaisne d'or esmaillée de blanc et d'azur, de 130 pièces et à chacune deux diamans. Plus deux chiffres d'Ave Maria d'or esmaillé avec 313 diamans. En tout 428 diamans et coutait l'or et les diamans, sans comprendre les cristaux fournis par S. A., 5.608 fl.

» Un service d'argent doré ramassé de plusieurs endroits, de plusieurs pièces curieuses et accompli par ordonnance de S. A. avec une boutique de flacons et boîtes pleines de raretés. Le tout cousta une grande somme.

» A la petite Infante. une petite ceinture, un collier et des bracelets d'or esmaillé et composés de 210 pièces d'or et de 434 diamans (lesquels elle envoya avec une selle (?) esmaillée de perles),

» A l'Infant don Carlos une espée et un poignard de l'Archiduc que S. A. fist garnir d'or ciselé et esmaillé de blanc et de noir.

» Plus une boëtte d'horrologe d'or esmaillé de blanc et d'azur.

» Un archer, qui accompagnait le comte de Solre, reçut une chaine de 100 philippes pour avoir porté des linges que l'Infante envoyait à la reine. »

A la petite Infante, un sayon avec les manches de satin blanc, brodé par Isabelle.

Un archer reçut aussi une chaine d'or pour avoir rapporté d'Espagne à l'Infante « un petit singe qui n'était pas plus gros que le poing »,

Ces quelques extraits donnent un aperçu de la quantité et de la beauté des cadeaux faits par l'Infante à sa famille. Voici maintenant quelques cadeaux offerts à la reine de Pologne.

» Fol. 185. — Un chapelet de bois de Montaigu garni d'or d'une gentille façon.

» Deux reliquaires de diamans, l'un en façon d'estoile esmaillé de blanc et d'azur où estait une image de N. D. de Montaigu. L'autre en ovale esmaillé de blanc et de noir avec l'image de N. D. de Foy, 500 fl.

» Fol. 186. — Plusieurs chiens avec des coliers garnis d'argent doré et plusieurs porte-fraises d'argent, comme aussi des poupées revestues et des ménages d'enfant tout d'argent.

» Outre tous les ménages d'argent que dessus, un parfumoir avec son cousteau d'argent, 278 fl.

» Item encore un parfumoir différent de 140 fl. »

Le prince de Pologne, étant venu à la cour de Belgique, reçut :

» Fol. 221. — Un service cristal de roche garni d'or que S. A. donna au prince de Pologne dans une caisse recouverte de peau d'ambre. Item deux couteaux à manche de cristal, les manches garnis d'or et enrichis de 170 rubis. Item au prince Radzewil, qui accompagnait le prince, un joyau d'or esmaillé avec 75 diamans; le tout 1.600 fl.

» Plus à quatre cavaliers de la suite dudit prince, à chascun un joyau de 850 fl. 3.400 fl.

Plus à d'autres de la suite, 3 chaisnes de 500 fl. 1.500 fl.

Plus 3 autres encore de 200 600 fl.

Encore 4 autres chaisnes 589 fl.

Et à trois serviteurs, de l'argent 131 fl.

» Fol. 220. — Au prince de Pologne, quatre grands flacons de verre embouchés d'argent et pleins d'eaux de senteurs, plus 6 moindres flacons de mesme.

Plus une escritoire, les pièces en estaient d'argent doré.

» Plus six boëtes en ovale aussy d'argent doré.

» Au prince de Pologne, un habit de tabis incarnat, à fleurs d'or et d'argent, à 23 florins l'aulne, doublé d'un aultre tabis incarnat à petites ondes, à 10 fl. l'aulne. Le dit habit passementé d'argent.

» S.A. luy fit présenter un bahut tout plein de senteurs et de raretés, couvert de velours de Gennes cramoisi et doublé d'armoisin de mesme. Elle luy envoya aussi un coussin de tabis incarnadin fleureté d'argent, rempli de roses. Plus un bonnet de tabis d'argent, fait d'ondes à fleurs d'or et d'argent, ledit bonnet à la hongroise doublé d'armoisin cramoisi. Il y entra cinq cartiers de tabis à 23 fl. l'aulne. (1) »

Pour finir, voici quelques cadeaux faits à la reine de France, à des princes, ambassadeurs, gens de la cour, etc.

» Fol. 225. — Au duc de Neubourg, un riche joyau de diamans en forme de plume avec des aigrettes, lequel joyaux fust pris de la garde-robbe et cousta d'y ajouter 5 diamans.   400 fl.

» Plus 2 boëtes de cristal garnies d'or, avec les images de N. D. de Montaigu et de Foy. Encore deux relliquaires de cristal avec des images, garnis d'or esmaillé et un autre aussi de cristal à rayons.

» A don Juan de Médicis qui apporta nouvelles de la redditon de Bréda une rose avec sa pointe en cœur de 73 diamans.   1.300 fl.

» A l'ambassadeur de France, de qui S. A. avait levé (tenu sur les fonds bapt.) un fils, un nœud de 75 diamans.   1.100 fl.

» Fol. 227. — A la marquise de Mirabel, ambassadrice d'Espagne en France, venant visiter l'Infante, une croix d'or esmaillée et garnie de 149 diamans.   2.500 fl.

» A son fils aisné, un brillant de 39 pièces avec 56 diamans. 500 fl.

» Au second fils, même brillant de mesme valeur.

» A la marquise, une chaisne d'or esmaillée de blanc et de noir, avec quantité de divisions que S. A. pris dans sa garde-robbe.

» Fol. 228. — A la royne de France, un relliquaire d'or esmaillé, garni de 40 divisions, lequel S. A. envoya avec des relliques de St Jean-Baptiste.   97 fl.

» A la mesme, un chiffre d'Ave Maria d'or esmaillé avec 100 diamans au bout d'un chapelet de corail.   273 fl.

---

(1) L'Infante donna ces cadeaux au prince de Pologne, Jean-Casimir, qui était venu la visiter en 1624.

» Plus un relliquaire de cristal avec un calvaire et sur iceluy un crucifix d'or enrichi d'un St Jean et d'une N. D. et un relliquaire au bout de cristal garni d'or et dans iceluy un petit Jésus d'un costé et de l'autre une montaigne de relliques avec un St François en icelle, 117 fl.

» Fol. 233. — A la même, une chaîne de cristal de différentes pièces rattachées avec plusieurs rosettes de diamans, ladite chaîne de parade et de prix.

» Fol. 239. — A la même un pulpitre ou porte mirouer d'argent, plus 4 petits flacons d'argent doré. Plus une corbeille d'argent en fruictier travaillé à jour. Plus une petite tasse d'argent. Plus des vergettes ou brosses à nettoyer les habits garnies d'argent d'une lame longue. Plus une autre brosse à nettoyer le peigne avec une teste d'argent.

» Fol. 215. — A la reine mère, par Rubens, une petite chienne avec un collier garni de 24 plaques d'or esmaillé.

» Son Altesse envoya force chiens au roy d'Espagne avec des colliers garnis de plasques, anneaux et écussons avec les armes du roy, le tout d'argent.

» Fol. 230. — Au prince de Modène, neveu de Son Altesse, un cordon de chappeau esmaillé avec 51 diamans dont 41 coustèrent 100 fl. pièce, les 6 de la rose 150 fl. chacun. Les autres 3 taillés en cœur à facettes 1000 fl. pièce. Son Altesse le tira de sa garde-robe d'un sien collier, les autres coustèrent   6000 fl.

» La façon et l'estuy.   508 fl.

» Au mesme un petit chien avec le collier garny d'argent, plus un grand cabinet d'esbenne garny en dehors d'argent de relief cizelé et plein de peaux d'ambre, de bourses, de gants, de pastilles et autres. Plus une escritoire d'esbenne assorti en dedans de toutes ses pièces d'argent.

» Fol. 233.—A l'archiduc Léopold une poupée vestue à l'espagnol de tabis d'argent à fond tanné. Le reste du vestement était de satin blanc avec plusieurs autres robes différentes pour vestir la dite poupée. 2048 fl.

» Fol. 234. — Au comte de Solre s'en allant en Espagne, un nœud esmaillé de 93 diamans.   2700 fl.

» Fol. 237. — Au docteur Chiflet, en janvier 1631, pour avoir levé son fils sur les fons 1 bassin avec l'aiguière d'argent doré et ciselé 375 fl. »

Citons un dernier cadeau au petit prince d'Espagne, que l'Infante comble de vêtements brodés par elle, de jouets précieux etc.

» Un chevalet (petit cheval) de nouvelle invention, chargé de sonnettes d'argent pour faire passer le temps au prince, à la façon de France et des Pays-Bas. »

NOTE IV

Dotation de la procession des pucelles, 1617.

Isabelle Clara Eugénia, Infante d'Espagne, par la grâce de Dieu, Archiduchesse d'Austriche, ducesse de Bourgogne, de Lothier, de Brabant, de Limbourg, de Luxembourg, et de Gueldre, comtesse de Habsbourg, de Flandres, d'Artois, de Hollande, de Zélande, de Haynault, de Namur et de Zutphen, marquise du Saint Empire de Rome, Dame de Frize, de Salins, de Malines, des cités, villes et pays susdits, Overyssel et de Groeningue, à tous ceulx qui les présentes verront, salut. Comme nous sommes résolus d'employer en souvenir et mémoires pieuses les 25000 florins desquels nos bien aimés ceux du magistrat de notre ville de Bruxelles nous ont faict présent pour marquer et tesmoigner de leur joie et congratulation de ce que, tirant le gay de l'an mil six cent quinze, avec la grande et première gilde des Arbalètriers, nous l'avions abatu et addresse d'estre royne de ceste gilde, sçavoir faisons que désirant effectuer ceste notre bonne volonté et résolution nous avons ordonné et ordonnons par les présentes que dorénavant annuellement et perpétuellement la seconde feste de la Pentecoste, se chante en l'honneur de Dieu et de Notre Dame, en l'église du Sablon, une messe en musique et avec les instrumentistes de nostre diste ville et qui estant finie il se fera une procession solennelle en laquelle sera portée la vénérable image d'icelle Notre Dame qui sera le jour accoustumé de la procession du Saint Sacrement laquelle sortant de la dicte Eglise par le grand portail suivant toute la place et marché dudict Sablon et passant par devant le monastère des Carmélites de France et l'hostel d'Egmont entrera en ladiste église par le mesme portail ; pour laquelle messe, procession et aultres choses appartenantes nous avons ordonné qu'annuellement soient fournis 35 florins de 11 pattars. Si avons de plus ordonné qu'annuellement et perpétuellement seront fournis à six honnestes filles, catholiques des plus pauvres que l'on trouvera, procréées de parents catholiques et de bonne fame et réputation, 200 florins qui feront mille 200 florins pour honnestement les marier à des hommes catholiques, estant notre intention et vollonté que les dites six filles avecq aultres six auxquelles sera donnée l'espectation desdites bours et deniers pour l'année lors immédiatement, suivant qu'elles se comportent bien et honnestement et celle qui ne le sera durant l'année de l'expectation sera ostée du nombre et mise une aultre en sa place, lesquelles filles debvront acompoigner la diste procession, cheminant en deux rangées, assçavoir les six qui jouyront présentement de ce bénéfice devant ladicte honorable image et les aultres qui n'auront que ladiste expectation immédiatement devant elles. Elles seront toutes habillées de drap blanc et des cotillons de drap blanc en l'honneur de la Conception de Notre Dame, portant sur leurs testes des guirlandes ou couronnes de lauriers ou liserons avecq différentes, usant moins que les six filles qui recevront actuellement la dot seront à cheveux pendants pour ce motif les distinguer avecq les aultres six qui n'auront les cheveux pendant et porteront en l'une de leurs mains des chandelles ardentes de cire vierge blanche, pour esquelles habillement parure et chandelles avons ordonné annuellement estre furniz 3oo florins. Et volons de plus que toultes lesdites six filles soient choysies et nommées par les vicaires de l'archevesque de nostre ville et cité de Malines en nostre ville de Bruxelles aydes des chantres er trésoriers de l'église collégiale de Sainte-Gudule, ensemble les Aman, bourgmestres, échevins, et conseils de nostre dicte ville conjointement, afin que ce bénéfice soit emploié aux six filles desdites et d'asge compétant à se pouvoir marier prestement, desquelles les trois debvront estre filles de gens aïant esté nos fournisseurs domestiques catholiques de père et de mère, tandis qu'il y en aura de telles et sinon orphelines de mère et au deffaut d'icelles on les prendra des gildiers et les autres trois debvront estres filles de pères qui auront esté gildebrœderes de ladiste gilde mais pauvres et orphelins comme dessus et à faultes de telles que ce soien filles catholiques pauvres et orphelines de bourgeois de nostre dicte ville de Bruxelles et a faultes de telles qu'elles soient choisies et prises d'aultres lieux de notre dict pays, et ducé de Brabant procrées de parents brabançons catholiques et de bonne renommée de tant quoy les surnommés debvront estre soigneux et donner ordre que ladiste somme de 200 florins destinée à chacune d'icelles six filles par somme entière au pouvoir de leurs futurs maris et que pour nul cas, rien ne s'en divertisse.

Ensemble que toultes les dictes douze filles comparent en la susdite messe solennelle et procession, confessées et durant icelle recebvront le très précieux corps de N.-S. et qu'en cas qu'aucune desdites filles ne se mariassent endéans le terme de trois années après qu'elles auront esté choisies ou n'entrassent en quelque religion approuvée, leur dicté donation demeurera caduque et ne le pourront plus demander, mais seront employées en augmentation de notre dicte fondation, voulant et ordonnant aussy que ès trois prisons de notre dicte ville, assçavoir de

la Trinité, du Treurenberg et de la Steenporte sera doresnavant à perpétuité dict une messe basse au soulagement des âmes des Trépassés,
tous les dimanches et festes qui sont nonante trois en tout compris
celle de Sainte-Gudule et seront les geoliers ou cepriers d'icelles
prisons comis de soigner que tous les prisonniers l'oyent ; pour la
fondation et dotation desquelles messes avons ordonné estre furniz et
payés tous les ans nonante sept florins treize pattars. Idem pour
entretien des ornements de l'autel et furnissement du luminaire et vin
vingt quatre florins par an, montant en tout ce que dessus mille six
cent soixante florins et 4 pattars par an à payer annuellement, dais la
Pentecoste, mille six cent dix florins par les mains de notre recepveur
général de nos domaines de Brabant au quartier de Bruxelles présent
et advenir, lequel sera tenu faire recepte desdits 25.000 florins et
employer iceulx en rachapt de rentes estant à la charge de notre
domaine et y adjouter des deniers de notre dict domaine, au quartier
de Bruxelles nonante sept florins 14 pattars par chascun an que notre
dicte fondation vient à monter davantage que la rente desdits 25.000
florins prins à l'advenant au denier seize, ordonnant à nos trésoriers
et féaulx les chefs trésoriers général et commis de nos domaines et
finances d'aussy le faire effectuer...

Coll. Chiflet. T. 78. fol. 34.

NOTE V

Liste des abbayes relevées ou restaurées par les archiducs.

Rothem. Le souverain nomme l'abbesse.

Falempin. Le souverain nomme l'abbesse sur présentation du candidat.

Ham (Artois). Le souverain nomme l'abbé.

Roosendael. Agréation du souverain après élection.

Salzinnes. Agréation du souverain après élection.

St-Nicolas-lez-Tournai. Agréation du souverain après élection.

Epinlieu près Mons, Cisterciennes. Le souverain agrée l'élue après
interrogatoire des envoyés du prince.

Cambron près Ath. Indépendant.

Moustier-sur-Sambre. Election par suffrage en présence du commissaire du souverain.

Marienthal (Luxembourg). Nomination par le souverain.

Echternach. Abbaye de Sainte-Claire. Nomination par le souverain
après rapport d'une commission.

La Cambre. Cisterciennes. Nomination par le souverain.

Weveighem. Citaux. Election par enquête avec approbation du souverain.

Saint-Augustin-de-Thérouanne. Election par enquête avec approbation du souverain.

Roosendael-lez-Walhem, femmes. Election réservée à l'archiduc après présentation des candidats.

Bandeloo, Citaux. Election par le souverain.

Broyelles-lez-Aunoy. Election par le souverain après enquête.

Cloesterode (Outremeuse). Election par le souverain après enquête.

Saint-Trond-lez-Bruges, indépendant.

Warneton. Election par le souverain après enquête.

Sin près Douay, ruiné, se reconstitue à Douay, élection par le souverain.

St-André (Bruges). Présentation d'un candidat choisi par le souverain.

Bergues-St-Winnoc. Nomination par le souverain après enquête.

Géronsart.   »

Grand-Bigard (Bénédictines)   »

Parc-lez-Louvain (Prémontrés)   »

Waulsort.   »

Hastières.   »

Moegendael (Bénédictins)   »

Val-Saint-Bernard (Citaux)   »

Wautier-Braine (Citaux). Election par les religieux en présence de commission, ratification du souverain.

Tronchiennes. Election par les religieux en présence de commission, ratification du souverain.

Bonnevoie (Luxembourg), femmes. Suffrages devant commission, élection par le souverain.

Munster (N.-D.) Luxembourg. Suffrages devant commission, élection par le souverain.

Marche-les-Dames. Suffrages devant commission, élection par le souverain.

Saint-Sépulcre à Cambrai (Bénédictins). Nomination par le souverain.

Nieuwenbosch. Enquête et nomination par le souverain.

Soleilmont (Citaux). Suffrages des religieux devant commission, choix par le souverain.

Binderen-lez-Helmont. Suffrages des religieux devant commission, choix par le souverain.

Echthout-lez-Bruges. Suffrages des religieux devant commission, choix par le souverain.

Dillegem-lez-Bruxelles. Suffrages des religieux devant commission, choix par le souverain.

Notre-Dame-du-Refuge. Suffrages des religieux devant commission, choix par le souverain.

Solière (Citaux). Suffrage des religieux, élection par le souverain.
Guillenghien. »
Saint-Ghislain. »
Saint-Martin-Tournai. »
Loo »

Val-Dieu. Présentation de trois candidats au souverain qui choisit.
Orval. »

Grandpré, désigne trois religieux au souverain qui choisit.
Estrun, suffrage des religieux ratifié par le souverain.
Pont-Rouard. »
Géronsart-lez-Namur. »

Saint-Corneille-lez-Ninove, enquête, nomination par le souverain.
Saint-Adrien à Grammont. »
N. D. des Dunes. »

Saint-Pierre-lez-Gand. Discussions sur les pouvoirs respectifs.
Spermaille-Bruges. Nomination par le souverain.
Bonne-Espérance. Le souverain a droit de nommer en dehors des suffrages.

Sainte-Gertrude. Louvain. Suffrages et choix du souverain.
Floreffe. Trois candidats présentés au souverain qui élit.
Hemelsdael. Nomination par le souverain, après enquête.
Tongerloo. Suffrages des religieux et nomination par le souverain.
Echternach (St Willibald). »
Nizelle »
Anchin. Nomination par le souverain.
Boneffe. Suffrage des religieux, nomination par le souverain
L'Olive. »
Saint-Nicolas des Prés. »
La Romée (Citaux). »
Parc-les-Dames. »
Grœningen (Courtrai). »
Gistelles (Ste-Godelive). »
Grœnenbriele (Gand). »
N. D. de Berne. »
Molènes. »
Vlierbeck-lez-Louvain. »

Bindéren (Helmont). Suffrage des religieux, nomination par le
                          souverain.

Gembloux.   »
Ter Hagen.   »
Warneton.   »
Oost Eecloo.   »
Liessies.   »
Roosenberghe.   »
Valduc.   »
Pierre-Pot-Anvers.   »
Darizele (Citaux).   »
Messine (N. D. de).   »
La Biloque.   »
Saint-Denis en Brocqueroy.   »
Beaupré-lez-Grammont. Nomination par le roi d'Espagne.
Saint-Corneille et Saint-Cyprien. Suffrage, nomination par le sou-
verain.
Ninove. Suffrage, nomination par le souverain.
Everham-lez-Furnes.   »
Cambrai.   »
Wannenbrœck en Nieuwenbosch   »
La Thure près Solre s/Sambre.   »
Saint Nicolas à Furnes.   »
N. D. d'Eaucourt (Artois).   »
Baulme. Nomination par le souverain.
Pré aux Nonnains, Cisoing, suffrage et nomination par le souverain.
Hennin Liétart.   »
Cortenbergh.   »
Argenton.   »
N. D. de la Marquette.   »
Nonnenbosch.   »
Villers.   »
Caulouges. Nomination par le souverain.
Saint Foillain-lez-Rœulx (Prémontrés) suffrage des religieux et no-
mination par le souverain.
N. D. de Ten Roosen-lez-Alost. Suffrage et nom. par le souverain.
Clairmarais.   »
Saint-Amand.   »
Le Jardinet-lez-Walcourt.   »
Verger   »

Val des écoliers, Suffrage et nomination par le souverain.

N.-D. de Nieuwe Plante-lez-Roesbrugghe   »

Sainte-Colombe à Blandesques   »

Blangy (Artois)   »

Tifferdange (Luxembourg)   »

Bethléem (Hainaut)   »

Vicogne   »

Woestine-lez-Cassel   »

Martogne   »

Arrowages par Bapaume   »

Hanswyt, prieuré. Nomination par le souverain.

N.-D. de Munster à Ruremonde, Réforme imposée par l'Infante, en 1626.

Sart-St-Bernard, suffrage et nomination par le souverain.

Vauchelles   »

Florival (Citaux)   »

Zwyncken-lez-Termonde   »

La Vignette   »

Tongerloo   »

Relevé exécuté d'après les nominations faites par Albert et Isabelle depuis l'an 1598 jusqu'en 1633, non compris les chapitres.

Il faut y ajouter les abbayes d'Houffalize, et de Fontenelle-lez-Valenciennes.

Papiers d'Etat et de l'audience, n° 1249.

NOTE VI

Les ordres que vous, marquis de Bedmar, recevez de nous en ce qui regarde la Flandre où vous allez pour me servir d'ambassadeur ordinaire auprès des sérénissimes Altesses, l'archiduc Albert et l'Infante. Madrid, le 1ᵉʳ juillet 1618. (1)

(Simancas, Estado 2232).

» 1° Vous avez à vous rendre directement à Bruxelles où résident mes frères. Vous emploierez le temps que vous pourrez en chemin, à votre commodité et quand vous serez arrivé à Bruxelles, vous demanderez audience et vous présenterez la lettre qui vous donne créance et entrée. En vertu d'icelle, vous direz comme je vous envoie auprès de leurs personnes pour les servir avec l'attention et le zèle que vous donnez à

(1) Nous avons supprimé quelques longueurs inutiles.

moi-même, pour m'informer de leurs santés et de tout ce qui les touche. Vous direz que pour ces devoirs, vous serez toujours attentif, comme il est de raison et comme le demande le lien étroit d'amour et de fraternité qui nous unit. Voilà ce qu'à votre arrivée vous aurez à dire en substance avec beaucoup de bonnes paroles et en toutes occasions convenables.

» 2° J'ai fait choix de votre personne, surtout pour être celle qui me convient si Dieu voulait appeler à lui l'archiduc, puisque son peu de santé donne à craindre à l'imprévu. (Cet événement que Dieu ne le permette de nombreuses années !)

» Vous assisteriez ma sœur vous la consoleriez et vous la conseilleriez en toutes les occasions qui s'offriront puisqu'il est probable qu'en cette circonstance, elles seront pénibles et que votre bon conseil et votre prudence deviendront bien nécessaires. Vous tiendrez un soin particulier de me rendre compte de tout ce qui se présentera à cette occasion, comme aussi de toutes autres affaires dont il convient que je sois averti et avisé par les courriers ordinaires et par les extraordinaires quand les événements le demanderont. Dans les choses qui exigeront le secret, vous vous servirez du chiffre qui vous sera remis... Chaque mois vous m'enverrez un rapport signé de votre main.

» 3° Le soin que mes frères ont tenu et tiennent de la conservation de la religion catholique en ces provinces est très connu, car ils sont princes bien zélés au service de Dieu et singulièrement chrétiens. Il est à croire qu'ils persisteront dans ces sentiments. Aussi convient-il que vous soyez prévenu qu'il faut vous enquérir si l'on vit dans ces provinces dans la pureté du christianisme qui convient et si vous connaissez quelqu'un dont la conduite demande remède, vous en donnerez avis à mon frère, avec les ménagements et bon vouloir sur lesquels je compte de votre part. Par ce bon exemple, si nécessaire, vu le danger du voisinage, j'espère que nous éviterons de grands désordres, au préjudice de la religion catholique.

» 4° ... S'il se trouve auprès de mes frères des serviteurs qu'ils affectionnent, il est nécessaire que les gens du pays voient le plaisir que vous trouvez dans leur société. Si vous le pouvez. il faut que vous leur facilitiez par tous les moyens l'accomplissement de leurs fonctions, en les honorant, les félicitant, les favorisant... Veillez à ce qu'ils ne soient ni abaissés, ni tourmentés et qu'à l'occasion l'on sache qu'ils trouveront en vous un protecteur et un défenseur qui leur donnera consolation et garantie en les raffermissant et en les aidant, afin que par ce moyen, ils demeurent constants, comme ils le doivent, en mon obéissance et à mon service. Vous aurez soin particulièrement de tenir une correspondance suivie avec les membres de la noblesse et aussi avec les prêtres et surtout avec les premiers ouvriers de la magistrature et de l'armée des villes les plus importantes, comme sont Anvers, Bruxelles, Gand...

» Tachez qu'on vive autour de mes frères dans la sécurité de l'amour qu'on leur doit et qu'un bon exemple soit donné aux voisins, les rebelles, qui ne perdent pas une seule occasion de troubler ces provinces. »

Le cinquième point parle de la surveillance des provinces rebelles où il ne faut perdre aucune occasion de nuire, mais avec adresse et attention.

» 6° ... Il est bon d'entretenir des intelligences en Hollande. Vous les conserverez et, s'il est utile, vous chercherez à en gagner d'autres. Veillez à ce qu'on ne les corrompe point, à ce que les avis qu'ils donnent soient sûrs, prenez un soin particulier de suivre les desseins des anglais et des français. Je crois que les hollandais entretiennent à Bruxelles et même en Espagne des correspondances très suivies et très importantes et qu'ils ont, par ce moyen, connaissance de ce qui se passe ici. Il en résulte un grand dommage et vous ne sauriez rendre plus grand service que de découvrir qui sont ces personnes, en quels endroits elles résident et quels postes elles occupent, si ce sont des étrangers ou des gens du pays.

» 7° ... Ce qui m'a engagé à conclure la paix avec la France et l'Angleterre dans les années 1598 et 1604, ce fut le service de Dieu, le bien et le repos de la chrétienté que j'attendais. Pour ce qui conviendra à l'avenir pour la rompre, restez pénétré des mêmes sentiments.

» 8° ... Pour entendre tout ce qui se passe en Flandre, il sera bien que vous ne vous éloignez pas des personnages qui rendent visite à mes frères et qui traitent avec eux. A tous à qui vous parlez, faites bon accueil, rendez-les satisfaits par une parole aimable sans rien exiger d'eux. Traitez-les dans les bons termes dont vous savez user, selon la position que chacun d'eux occupe et l'occasion dans laquelle vous vous trouvez. Observez attentivement ceux que vous entendez être suspects ; ceux qui veulent que le service de Dieu et le mien et celui de mes frères ne marchent pas comme il convient ; de tout ce que vous entendrez, vous m'en donnerez avis.

» 9° ... La trêve va finir en avril 1621. Il convient de ne pas perdre de temps et de s'apprêter aux éventualités probables. Sitôt arrivé à Bruxelles, vous vous en accorderez avec l'archiduc et le marquis

Spinola et avisez entre vous trois à ce qui sera expédient. N'oubliez pas que l'expérience a démontré que la trève qui expire a été très favorable aux dits hollandais ; grâce à elle, ils sont restés en sécurité dans leur pays et libres dans leur commerce au détriment de ma couronne et de mes sujets. Il faut y remédier avant que le mal ne croisse davantage... On sait que ladite Hollande (outre les discussions religieuses qui la déchirent) est partagée en deux partis. Les villes de l'intérieur désirent la paix pour se libérer des dommages et des charges de la guerre. Les villes maritimes veulent la guerre à cause des avantages qu'elles y trouvent. »

Nous avons parlé déjà de ce qui concerne le 10e point, c'est-à-dire des agents secrets que le roi appelle confidents et qui, à l'insu des archiducs, renseignent journellement le roi d'Espagne et ses ministres et ne les renseignent pas toujours bien. Diego Lopez surtout semble avoir toute la confiance royale. Le 10e article le concerne surtout : « Vous saurez beaucoup, dit cet article, par Diego Lopez qui demeure à Anvers et depuis beaucoup d'années rassemble dans sa maison quelques confidents de Hollande auxquels il paie pensions et qui ont la certitude qu'il y a un moyen de réduire ce pays, et de conclure une trève en tout favorable à notre couronne (1). »

11º Concerne la nécessité d'entretenir des rapports suivis avec l'ambassadeur d'Espagne à Vienne, le comte de Onate.

12º « Je vous charge, dès votre arrivée, d'écrire aux villes hanséatiques, (2) en les assurant de mon amitié en tout ce qui peut se présenter.

13º Après avoir montré qu'il a des abus à reprocher dans les affaires militaires, le roi dit : « Il faut que les fournitures qu'on livre à l'armée reste pour les gens de guerre et non pour d'autres, autrement l'argent s'écoule inutilement d'ici.... Tenez bien la main aussi à ce qu'il n'habite que des gens de guerre dans les forts, gens de guerre avec patente... Protégez particulièrement l'infanterie et surtout l'infanterie espagnole...

» 14º... Bien que les nominations aux postes de l'armée appartiennent à mes frères, il est bon que vous preniez soin de présenter qui convient. Confiez toujours les postes aux personnes qui les ont bien mérités... Dans ces provinces on a tenu jusqu'à cette heure, les mains

(1) Nous avons dit que rien de sérieux n'était sorti de cette négociation très subalterne.

(2) Ces villes, jusque là fidèles à l'Espagne, commençaient à négocier avec la Hollande.

trop larges à donner des pensions au détriment de mon propre bien, il est nécessaire que dorénavant vous vous excusiez chaque fois qu'il sera possible...Veillez aussi à ce qu'on ne délivre plus de congé aux soldats, surtout aux espagnols, pour l'argent énorme qu'il coûte de les envoyer en Flandre. Tenez soin de me nommer les soldats qui ont bien mérité pour que je les récompense.

» 15° Après avoir tant fait pour mes frères, comme le monde entier ne l'ignore pas, je compte toujours sur de bons procédés de leur part, ainsi qu'une égale affection et un bon vouloir pareil à celui que je leur porte. Il est dans vos devoirs de m'avertir de tout ce qui peut accroître notre mutuel amour et de détourner les mal intentionnés s'il s'en trouvait dans cette cour.

» 16° Donnez-moi des avis secrets sur la conduite de ceux qui me servent en ces provinces.

» 17° Entretenez-moi des nouvelles du pays. Il est urgent que je sache ce qui se passe...

» 18° Voilà tout ce qui m'a paru convenable de vous dire. Pour ce qui s'offrira encore, vous en savez assez. J'espère qu'en tout vous gouvernerez avec la sagesse dont vous avez donné des preuves... »

Dans une note ajoutée à la pièce officielle, Philippe III signalait certains personnages que le Cardinal devait gagner le plus possible. C'étaient l'audiencier Louis Verreycken, le chancelier de Brabant Pecqius, le comte Frédéric de Berghe, gouverneur de Gueldre, le comte d'Agramant (Albert de Ligne, prince de Barbançon, comte d'Aigremont). Le comte de Berlaymont gouverneur du Luxembourg, l'Archevêque de Malines et l'abbé de San Bas (probablement St Vaast), tous très influents dans ces provinces.

NOTE VII

Liste des chevaliers de la Passion entrés dans la congrégation de Bruxelles, dressée en 1624.

Le duc d'Arschot, prince d'Arenberg, grand d'Espagne, chevalier de la Toison d'or, gentilhomme de la chambre de S. M., membre du conseil d'Etat de Flandre.

Don Diego Mexia du conseil supérieur de guerre de S. M., Capitaine général de l'artillerie dans les États de Flandre.

Don Pierre Aldobrandini.

Le comte d'Isenbourg, colonel du régiment allemand de Sa Majesté.

Le comte d'Emden, chevalier de la Toison d'or, maître de camp des vieux allemands pour S. M., capitaine de la garde des archers de S. A.

Le comte de Hennin (duc de Bournonville) chevalier de la Toison d'or, maître de camp de Wallons pour S. M.

Le comte de Middelbourg, du conseil de guerre de S. M., gouverneur de Tournai, majordome de S. M.

Le comte de Mansfeldt (Philippe) du conseil de guerre de S. M.

Le comte de Noyelles, du conseil de guerre, majordome de S. M.

Don Gaspar Ruiz de Paredès, du conseil de guerre de S. M. veedor général des armées de Flandre, majordome de S. M.

Le prince de Chimai, chevalier de la Toison d'or, colonel d'Allemans.

Le prince de Barbançon, maître de camp de Wallons.

Don Gerónimo d'Aragoca, frère du duc de Terranova.

Le comte de Rœulx, gouverneur d'Alost, majordome de S. A.

Le comte d'Isenghien, du conseil de guerre, gouverneur de Douay et Orchies.

Le comte Camille Beviloqua.

Le comte Jean de Nassau, du conseil de guerre.

Le comte de Seneghem, capitaine de cavalerie, frère du duc d'Arschot.

Le comte de Vertaing, chevalier de la Toison d'or, grand receveur de Brabant.

Le baron de Balançon, du conseil de guerre, maître de camp de Wallons.

Le comte de Hoogstraeten, chevalier de la Toison d'or, du conseil de guerre, gouverneur et capitaine général des pays d'Arthois.

Don Camillo delle Monti, maître de camp, du conseil collatéral de S. M·

Don Otaguas, du conseil de guerre, maître de camp.

Don Francisco Medina, du conseil de guerre, maître de camp d'infanterie espagnole.

Don Geronimo de Médicis, du conseil de guerre, maître de camp.

Le baron de Marcoline.

Le comte de Salazar, chevalier de la Toison d'or, du conseil d'Etat de S. M., capitaine général de la cavalerie en Flandre.

Le comte Ottavio Visconti, du conseil secret de S. M. en l'état de Milan, gouverneur de Côme, grand écuyer de S. A.

Le marquis Spinola, grand d'Espagne, chevalier de la Toison d'or, du conseil d'Etat de S. M., capitaine général de l'armée en Allemagne.

Le duc d'Hismala (Aumale ?) Grand d'Espagne.

Le comte d'Egmont, Grand d'Espagne, chevalier de la Toison d'or.

Le prince d'Epinoy, chevalier de la Toison d'or,

Le marquis de Marnay, chevalier de la Toison d'or, gouverneur et capitaine général du pays de Limbourg.

Don Geromino Claros de Guzmán, du conseil de guerre, maître de camp d'infanterie espagnole, frère du duc de Medina Sidonia.

Don Vizenzo Pimentele, du conseil de guerre, frère du comte de Bénévent.

Le marquis de Belveder, fils du comte de Salazar.

Don Gerómino Nigno de Tobar, du conseil de guerre, maître de camp d'infanterie espagnole.

Le comte de Torres, du conseil de guerre, majordome de S. A.

Le comte de Marles, du conseil de guerre, grand bailly de Hainaut.

Le comte de Gomigny.

Papiers d'Etat et de l'Audience, nº 460, f. 237.

NOTE VIII

Colección de documentos inéditos para la Historia de España.   (Tome XLIII) 1863.

Relation succincte de la mise au tombeau du corps de S. A. le seigneur archiduc Albert (qui soit en gloire !), à Bruxelles, en la chapelle du T. S. Sacrement de miracle.

Le siège de Juliers étant fini et les préparatifs pour la mise au tombeau du corps du sérénissime archiduc Albert terminés, ainsi que l'ordonnait son testament, en l'église de Ste-Gudule de cette ville de Bruxelles, devant l'autel du Saint Sacrement de miracle, on écrivit aux gouverneurs des provinces et partout où se trouvaient des présidents et conseils, ainsi que les chevaliers les plus qualifiés afin de lever leurs chevaux et étendards pour accompagner le corps. Il en vint des provinces d'Allemagne et rebelles, on avertit tout le monde d'être en cette cour le sept mars et de se trouver à neuf heures assemblés devant la maison de l'audiencier de même que les archevêques, évêques et abbés qui n'officiaient pas.

Toute l'église de Sainte-Gudule, murs, piliers, chapelle du Saint Sacrement et les autres chapelles où se dirent des messes depuis le matin jusqu'à 5 heures du soir, étaient tendues de drap noir de 12 aunes de hauteur avec une bordure de velours en haut, avec une rangée de 16.000 chandelles de cire et semée de quantité d'écus aux armes du défunt et entre les piliers, au milieu de la voûte, un A formé de chandelles aussi.

L'autel était paré pour la grand'messe, là où elle se dit à la fête du S. S. de miracle, élevé sur un gradin de 6 degrés et paré d'un ornement de brocart de la plus grande richesse. Au milieu de l'église, on avait placé un catafalque d'une admirable architecture, touchant la voûte, de couleur blanc et or, et où on avait peint avec une grande habileté, en bas, les victoires d'Ardres, Calais, Hulst, Ostende, Lingen, Groll, Aix-la-Chapelle, le secours de Bois-le-Duc, la défense de Lisbonne, et autres sujets avec l'explication en lettres latines. Ce catafalque avait des colonnes et portants aux quatre côtés, ayant entre elles les douze vertus qui ont le plus resplendi dans l'archiduc. Par-dessus régnait une galerie à balustres et, aux quatre côtés, les écus et les armes avec leurs cimiers et devises grandioses. En bas, aux angles, huit lions soutenaient quatre pyramides de lumières resplendissantes comme tout le monument, admirablement arrangé. Sur de la toile d'or, étaient appendus 28 écus en trois rangées, des provinces possédées par S. A. et à côté, 4 candélabres de grandeur notable; enfin, au milieu, une pyramide éclatante de lumières, couronnées par le bonnet archiducal. L'auteur de ce beau monument fut Jean Francart qui a fait là l'œuvre la plus excellente, la plus hardie, la plus curieuse qui aie jamais été vue.

On avait entouré l'église d'une forte palissade garnie de pointes de fer. En dedans, on plaça quantité de bancs pour ceux qui officiaient à la messe, pour les ambassadeurs, prélats, grands, chevaliers de la Toison d'or, chapelains de l'oratoire, chapitre de l'église, conseillers d'Etat, privé, finances, chancellerie, chambre des comptes et magistrats de la ville. Dans les nefs latérales, on avait élevé des estrades pour les dames et certains particuliers et pour qu'il ne vienne personne s'y placer indûment ni entrer à l'église, le comte de Noyelles, majordome de S. A. donna trois mille insignes de carton pour les distribuer, avec ordre aux gardes de ne laisser entrer que ceux qui la porteraient. De cette façon, l'église ne fut pas encombrée et les spectateurs jouirent sans trouble de la cérémonie.

L'entrée de l'église avait été tendue de drap noir avec, au milieu, un immense écu aux armes de S. A. bordé de velours noir, avec deux devises encadrées.

De chaque côté de la porte deux figures : le temps et la mort, sur des piedestaux, soutenaient les draperies.

La ville avait fait faire un terrassement grandiose pour donner accès à l'église et, par les rues où devait passer le cortège, des barrières de

8 à 10 pieds de haut gardées par 400 hommes dont la moitié portait des cierges allumés avec les armes du prince et,les autres portaient des hallebardes.Les maisons étaient garnies d'étoffe noire semée d'écussons.

La chapelle royale du palais était tendue de drap noir avec velours et cierges en haut, et la nef entourée de bancs pour ceux qui devaient se trouver là. Au milieu, une estrade ovale de trois degrés d'où s'élevaient six piédestaux avec les trophées de la mort et, entre elles, des appliques d'argent avec cierge de cire ornés des écussons. Le tout était couronné d'un doseret de brocart ayant, par dessus, une pyramide de toile d'argent surmontée d'une couronne de toile d'or brodée, de là sortaient quatre rameaux de lauriers et de palmes entourant les groupes de cierges et les insignes et étendards placés à côté.

Tous les appartements de S. A. étaient tendus de noir, chambre, vestibules et salons, de la porte on avait dressé un pont pour descendre le corps. On alla le prendre dans la sacristie basse où il reposait depuis l'hiver et on le mit la veille, 11 mars, en la chapelle royale à la place préparée. On commença à sonner le glas et on continua toute la nuit. Toutes les boutiques se fermèrent dans la ville et on récita le soir les vigiles du défunt avec toute la solennité possible.Les évèques d'Anvers et de Ruremonde dirent la messe du Saint-Esprit et de la Sainte-Vierge dès l'aurore du samedi. A six heures du matin, le cortège commença à se rassembler. La compagnie des lanciers espagnols du marquis de Belveder fit vider les rues et transmit l'ordre à tous ceux qui habitaient là,de répandre de la paille par terre comme c'est l'usage.

Deux officiers de la cavallerie de S. A. ouvraient le cortège, précédant les cinq gildes de la ville qui marchaient bannières et piques baissées, l'arme au dos, la casaque défaite, et tous vêtus de bayette noire. Venaient ensuite 400 pauvres en soutanelle et chaperons de drap noir ayant en main un cierge de 2 écus. Après marchaient les Ordres, la paroisse et le chapitre de Sainte-Gudule avec les croix et cierges, les gardiens, prieurs et curés vêtus en diacres et sous-diacres. Vingt-quatre abbés les suivaient avec huit évèques et deux archevèques, tous vêtus pontificalement avec mitres blanches et très riches chapes de deuil. Derrière eux marchaient les domestiques de S. A. sans sombreros, car personne n'était couvert dans le cortège, sinon les sept grands d'Espagne qui marchaient deux par deux,ayant derrière eux les offices de main, les gentilshommes de la bouche, chacun à sa place selon le degré de sa dignité.

Quatre arbalétriers ouvraient la deuxième partie, le crochet sur l'épaule, ils étaient suivis de deux timbaliers, leurs timbales en main

et de douze trompettes, l'instrument mis du côté gauche.Après eux on
voyait un roi d'armes avec la cotte de maille de S. A. ayant à droite le
poursuivant d'armes de Lille, en cotte et, à gauche,celui de Tournai.
Derrière eux la cornette des couleurs, incarnat, blanc et azur, peinte
avec les bâtons de Bourgogne, en croix, le briquet et la pierre de l'ordre
de la Toison d'où sortaient une flamme et, au milieu, la devise du défunt qui est un bras sortant d'une nuée ayant à la main une épée entourée de lauriers avec les mots : Pulchrum clarere utroque. Antoine de
T'Serclaes, écuyer de S. A., portait le guidon,des mêmes couleurs que
la cornette,où était peint Albert,évêque de Prague martyr,laquelle était
portée par monseigneur de Metsenhauten, (1) le casque de justice par
monseigneur de Peranoy (2). La tagette a devise par monseigneur de
Mastaing (3).Le cheval de joute s'avançait derrière ce groupe, couvert
de sa housse de toile d'argent bordée de velours cramoisi et azur et
brodée avec la devise et les insignes de la Toison, avec la selle ornée
d'azur, brodée de cannetille d'argent, semée de paillettes d'or et, sur la
tête,une têtière en or gravé avec un panache très haut avec mêmes couleurs. Il était conduit par monseigneur de Pipenpoy et don Dernuero
Mallan (4) de l'habit de Calatrava, écuyers de S. A. Celui qui portait le grand étendard des couleurs était le baron de Ajassy. (5)

Venait ensuite un autre roi d'armes avec la cotte et deux hérauts en
cotte à ses côtés,l'un avec celle de Frise,l'autre celle de Salins, suivi de
sept chevaliers des seigneureries de Groningue, Overyssel, Utrecht,
Malines, Salins, Frise et le marquisat du Saint-Empire, Anvers,portant
le guidon de moire où se trouvaient peintes les armes de la province
garnies de franges et bordures d'or, le cheval avec le caparaçon et la
selle d'armes garnie de velours, avec des passements d'or et d'argent,
le frein et les étriers dorés, la têtière dorée avec un panache de soixante
plumes avec, à la queue un panache de trente plumes.

Un autre roi d'armes venait encore, en cotte avec ses hérauts avec la
cotte de Flandre et la cotte d'Artois.Derrière, onze chevaliers des comtés de Charolais, Zutphen, Namur, Zélande, Hollande,Hainaut,Tyrol,
Bourgogne, Artois, Flandre et Habsbourg, suivis de ceux des duchés,
roi d'armes et hérauts,l'un avec la cotte de Bourgogne et l'autre de Brabant, et neuf chevaliers des duchés de Wirtemberg, Gueldre, Luxem-

(1) Metzer-hausen.
(2) Antoine d'Ongnies.
(3) Philippe de Jauche, comte de Lierdes, seigneur de Mastaing.
(4) Don Dornuero O Mallan, Baron de Gléan O Mallan.
(5) Erard de Pipenpoy.

bourg, Limbourg, Carniole, Carinthie, Styrie, Brabant et Bourgogne et enfin un roi d'armes avec la cotte d'Autriche et le chevalier de cet archiduché ; derrière chaque chevalier marchaient deux écuyers et un chevalier avec l'étendard de la province aux armes peintes aux deux faces, garnies de franges d'or et d'argent et les hampes dorées. Quatre-vingt quatre chevaliers formaient cette partie du cortège.

Le char s'avançait ensuite (1) peint de blanc et or et de la plus superbe architecture, sculpté en relief tout autour représentant le Seigneur Archiduc donnant des couronnes de marquis et de comtes, armant les chevaliers, bâtissant les églises, faisant l'aumône, lesquelles il donna si généreusenent que, par les comptes de finances, on peut dire qu'il donna pour plus de deux millions d'or, en charité, dont il a diminué son patrimoine de 200.000 ducats. Tout en haut du char, on avait posé une grande figure de la Générosité, vêtue de blanc, ayant sur la tête un aigle naturel, la main gauche sur une sphère et, de la droite, montrant les 27 étendards plantés sur le char, signifiant les royaumes, duchés et provinces dont il hérita en Allemagne par la mort de l'empereur Mathias, son frère, et qu'il a gratuitement cédés à l'empereur Ferdinand II qui règne actuellement par la grâce de Dieu. Une figure placée au dos du char, portant une urne d'où sort du feu, signifiait l'Immortalité. Aux deux côtés de la Générosité, gisaient deux cornes d'abondance, l'une pleine des fruits de la terre, l'autre de couronnes, chaînes, joyaux et quantité de grandes bourses d'où sortait de l'argent. Par devant le char s'élevait un autel avec la couronne et les insignes impériaux et des royaumes de Hongrie, Bohême, etc. L'autel était entouré de ces mots: Hoec sprevit et obiit. Le char était traîné par six superbes juments baies avec caparaçon et garnitures à la romaine de satin blanc, brodé tout partout de lacs et de fleurs de toile d'or. Chaque cheval était surmonté d'une figure. La première représentait la Bonté vêtue de satin jaune, avec un manteau d'azur brodé d'étoiles d'or, tenant à la main un soleil. La seconde était la Noblesse, la robe de satin blanc avec les manches en dentelles garnies de passements d'argent, portant d'une main l'écu d'Autriche et de l'autre le sceptre. L'Amour vertueux formait la troisième figure, sous les traits de Cupidon avec son arc et ses flèches dans un carquois et couronné de lauriers. La Prudence était la quatrième avec robe de satin vert et le manteau violet, portant ses insignes, le miroir et les serpents. Pour cinquième figure, on avait pris

(1) « La pompe funèbre de l'archiduc Albert, que possède le cabinet des estampes de la bibliothèque de Bruxelles, montre les magistrats de la ville précédant le char, ce qui est omis ici par le narrateur. »

la Providence vêtue à la romaine de cramoisi, le manteau de satin vert brodé d'épis d'or et de grains à demi ouverts. Dans une main, elle tenait des épis enlacés de pampres et de grappes de raisin et dans l'autre main le gouvernail d'un navire et une roue. La sixième figure était la Raison vêtue de blanc avec mante azur et une ceinture brodée de chiffres. Dans la main droite un frein doré.

Deux rois d'armes de S. A. suivaient le char, ayant leurs cottes. Derrière eux le comte de Beaurepaire (1) portant le pennon d'armes, le comte de Croy (2) ayant le guidon et ensuite le cheval de bataille avec le caparaçon court, brodé en toile d'or et d'argent aux armes de S. A. avec selles et harnachement rehaussé de cannetille, la têtière d'or ciselé et un immense panache de plumes aux couleurs. Il était tenu par les comtes de Gommy (3) et Balleni (4). Le comte de Fallais (5) portait le grand étendard, suivi par les comtes de Anapes (6) et Vellerna (7) tenant le cheval de parade couvert de son caparaçon de toile d'or et d'argent brodé aux armes, avec selle et harnachement brodé. Le petit comte de Broay (8) tenait l'étendard carré et le comte de Busquoy (9) le casque de guerre. Le comte de Harlin (10) le grand écu ; l'estoc était porté par le comte de Hœls (11) et le comte de Hautekerke (12) la cotte d'armes admirablement brodée.

Trois rois d'armes venaient ensuite : les comtes de Manderscheidt-Kyl et de Meya (13), menant le cheval de deuil avec son caparaçon de velours noir avec une croix en brocart brodé aux angles avec les

(1) Maximilien d'Ongnies, seigneur d'Espierres, créé comte de Beaurepaire en 1622.

(2) Jacques de Noyelles, créé comte de Croix, en 1617.

(3) Guillaume de Hamal, créé comte du Saint-Empire en 1601 et comte de Gomignies, en 1614.

(4) Maximilien de Bailleul, créé comte en 1614.

(5) Herman de Bourgogne, baron de Fallais, créé comte en 1614.

(6) Alexandre de Robles, comte d'Anapes.

(7) Charles-Philippe d'Ongnies, ou peut-être son fils Jean, créé comte de Willerval, en 1612.

(8) Albert-Gaston Spinola, comte de Brouay.

(9) Charles-Albert de Longueval, comte de Bucquoy, fils du célèbre général.

(10) Philippe de Hornes, comte de Harlies.

(11) Philippe de Mérode, comte d'Oelen.

(12) Ambroise de Hornes, comte de Beaucignies et de Houtekerke.

(13) Philippe Thierry, comte de Manderscheidt Keyl, il était accompagné du petit comte de Meghen, Albert de Croy.

écussons. Le marquis de Trasignis (1) suivait portant sur un coussin de brocart le collier de la Toison, avec le prince de Barbançon (2) portant le sceptre et celui de Chimay (3) l'épée d'honneur nue et le comte Otavio Visconde (4), grand écuyer, soutenait la couronne archiducale sur un coussin de brocart, orné d'une partie des joyaux de la sérénissime Infante, lesquels étaient d'une inestimable valeur. Le comte-abbé de Gembloux portait l'épée de Sa Sainteté (5) surmontée du chaperon du Saint-Esprit. Venaient ensuite six majordomes de S. A. en robes trainantes avec leurs cannes : c'étaient les sires de Noyelles (6), de Terres (7), de Rœux (8), de Misdebourg (9), d'Andelot (10) et le comte de Sainte-Aldegonde (11). Ils précédaient le marquis Spinola (12) avec le collier et le bâton comme premier majordome, que suivaient 12 pages de S.A. avec le cierge à l'écu de S.A. (13) Le corps (sous un dais) arrivait, porté par les chambellans de la chambre de S. A. qui sont le comte de Verkin (14), le comte de Henin (15), don Francisco de Ibarra, le comte de Marles (16), le comte d'Isenghien (17), le baron de Cronenbourg (18), le comte de Seneghem (19) et le comte d'Isenbourg (20).

Les porteurs étaient aidés par le comte de Rochefort, le comte Jean

(1) Charles, baron, puis créé marquis de Trazegnies en 1614.

(2) Albert de Ligne, créé prince de Barbançon, en 1614.

(3) Charles Alexandre de Croy-Havré, prince de Chimay.

(4) Le comte de Gamaliera, Ottavio Visconti.

(5) C'était l'épée donnée par le Pape lors du mariage d'Albert.

(6) Hughes, créé comte de Noyelles, en 1614.

(7) Nicolas-Maximilien de Montmorency, créé comte d'Estaires, en 1614.

(8) Claude de Croy, comte de Rœulx,

(9) Philippe, baron de Mérode, crée comte de Middelbourg, en 1617.

(10) Ferdinand d'Andelot, gouverneur de Grey.

(11) Maximilien de Noircarmes, créé comte de Sainte-Aldegonde, en 1605.

(12) Ambroise Spinola, le vainqueur d'Ostende.

(13) Ces douze pages étaient : Jean de Mérode, Wynand de Glymes, Fernand de Robles, Adrien Bette de Péronne, Robert d'Argenteau, François de Lema, Antoine de Robles d'Anapes, Jean-Charles du Tartre, François de Bernemicourt, don Diego de Mendoça, Philippe de Licques et don Juan Vincentio Vinaldo.

(14) Philippe de Rubempré, comte de Vertaing.

(15) Alexandre de Hennin, duc de Bournonville.

(16) Florent de Noyelles, comte de Marles.

(17) Philippe Léonard de Gand et Vilain, comte d'Isenghien.

(18) Philippe-Odon de Cronbergh,

9) Eugène d'Arenberg, comte de Zeneghem.

(20) Ernest, comte d'Isenbourg.

de Nassau, le comte de Arginz, le comte de Tyron, don Carlos Coloma, le marquis de Belveder, don Balthazar de Guzman, don Christoval de Colon, don Felipe de Sylva, le vicomte de Gand, monsieur de Stabroeck, monsieur de Somlain, Carlos Grimaldo et le seigneur de Nufinlly, tous en robe longue. Dix d'entre eux portaient le corps recouvert d'un drap de brocart blanc, de grande richesse, à croix cramoisie. Les coins du poële étaient tenus par le duc d'Aumale, le marquis de Bade, le comte d'Egmont et le marquis de Marnay, en tant que sommeillers de corps. Un grand dais du même brocart que le drap, abritait le corps, porté par les magistrats de la ville. Derrière le cercueil marchaient le nonce du Pape, l'ambassadeur d'Espagne en grand deuil avec la robe traînante et le collier de l'ordre, suivis de huit chevaliers de la Toison qui étaient : le prince de Ligne (Lamoral), le comte de Solre (Jean de Croy), le duc d'Arschot (Philippe de Ligne Arenberg), le marquis de Havré (Charles-Alexandre de Croy), le comte de Emden (Christophe), le comte de Salazar (don Luiz de Velasco), le comte de Hoogstraeten (Charles de Lalaing) et le prince d'Epinoy (Guillaume de Melun). Florent de Berlaymont, qui avait la goutte, attendait dans l'église. Venaient ensuite les conseils d'Etat, privés, des finances, la chancellerie, la chambre des comptes de Brabant et enfin les archers et arbalétriers finissaient le cortège. On mit huit heures et demie à se rendre à l'église et on y arriva vers les 3 heures. On mit le corps sur le catafalque, au-dessus des huit gradins de l'estrade que surmontaient le doseret de brocart suspendu et bordé de velours noir, avec les quatre quartiers de S.A. sérénissime, l'empereur Ferdinand Ier et sa femme, l'impératrice Anna de Hongrie, ses aïeux paternels et maternels et l'empereur Charles-Quint avec sa femme l'impératrice dona Isabelle de Portugal. Mis ainsi pour célébrer la gloire du défunt, ils paraissaient s'incliner vers lui, heureux de recevoir un si grand descendant. L'archevêque de Malines commença la messe avec deux abbés pour diacre et sous-diacre. Une excellente musique accompagnait. Le Père Frère Bernard de Montgaillard, abbé d'Orval, fit l'oraison funèbre qui dura une heure et demie, temps bien court pour parler dignement de tant de vertus. Il parla avec son élégance accoutumée. Il dit en finissant qu'il était assuré (et on peut le croire pieusement) qu'il (Albert) était au ciel, accompagné des larmes de tous qui coulaient en ce moment à la pensée de la disparition d'un si grand prince.

La messe continua. A l'offrande, tous les chevaliers qui avaient tenu des chevaux au cortège sortirent et allèrent chercher chacun leur étendard qu'ils abbaissèrent sur le corps, puis les déposèrent devant l'archevêque. Puis ils reportèrent les étendards du côté de l'épître. Ils retournèrent ensuite vers la cavallerie, accompagnés des officiers et du deuil.

La messe étant achevée, les archevêque et évêques dirent leurs prières et aussitôt on leva le corps et on le porta vers son tombeau, accompagné du chapitre de Sainte-Gudule, de la chapelle royale, des prélats, des insignes royales, majordomes, pages avec cierges, et, derrière, les ambassadeurs, chevaliers de la Toison et conseillers. On récita le Miserere. Les gentilshommes de la chambre le déposèrent dans le caveau, l'audiencier et les ministres procédèrent à la livraison du corps au chapitre et on le scella avec les actes nécessaires dans le tombeau. Les rois d'armes, hérauts et proservants arrivèrent. Se dépouillant de leurs cottes, ils les jetèrent dans le caveau, les majordomes firent de même avec leurs bâtons et tous ceux qui portaient des insignes exécutèrent la même cérémonie. Le roi d'armes reprit le tout; puis, se postant devant la crypte, il dit trois fois, à haute voix ; « Le sérénissime archiduc, duc de Bourgogne, Brabant, etc..., notre prince souverain est mort. » Ces mots terminaient toute la cérémonie comme de juste, donnant ainsi le témoignage oculaire de cette perte.

Après un instant, le prince de Chimai éleva l'épée d'honneur et le roi d'armes cria à haute voix : « Vive le roy d'Espagne, Philippe notre Seigneur », et ceux qui étaient dans l'église répondirent par une acclamation. Aussitôt les timbaliers arrachèrent l'étoffe noire qui couvrait leurs timbales, ils frappèrent un ban avec les douze trompettes qui sonnaient.

La cérémonie se terminait à huit heures du soir, ayant commencé à six heures du matin. Il avait fait un temps superbe et aucun incident regrettable ne troubla la marche des choses, malgré la foule immense accourue. Tout se passa avec le plus grand ordre.

NOTE IX

Deux Lettres sur Mansfeldt

Extrait d'une lettre de M. de Grandmont-Fallon au comte de Vergy, datée du 30 Avril 1622, racontant la visite de Raville à Mansfeldt pour traiter avec lui de la part de l'Infante.

Monsieur de Grandmont-Fallon était venu à Bruxelles pour traiter quelques affaires touchant la Bourgogne.

Monsieur de Vergy, gouverneur de Bourgogne, sollicitait en ce moment la grandeur d'Espagne.

« ... Je remaist touttes les particularités à vous dire lorsque je seray à Gray pour vous dire que M. de Raville arriva hier en ceste ville (Bruxelles) qui estait allé trouver Mansfeldt pour traitter avec luy et luy accordait en tout ce qu'il demandait et le jour que ledit Mansfeldt avait promis signer l'accord, le palatin arriva qui d'abord fist appeler M. de Raville et luy dict s'il estait si osé de venir en ces armes surborner ses généraulx. Il (Raville) fit response qu'il n'avait rien fait que par commandement et ne s'y estait trouvé que sur l'assurance que l'on luy avait donné ; le palatin luy dit qu'il se retirasse en sa chambre, ce qu'il fist et y pria Dieu de bon cœur (1). Une heure après, le palatin l'envoya quérir et le fist disner avec luy en sa table estant assis un des ducs de Saxe, Mansfeldt et le dit sieur de Raville. Au mi-disné, le palatin fist apporter à boire et but à la santé de S. A. sérénissime. Après table, Mansfeldt pringt M. de Raville, le mesne à la ville de ce pas, le faict monter à cheval luy disant qu'il s'en dust aller, qu'il estait marry de ce qu'il n'y avait moyen de traitter. Voilà la fin de l'accord de Mansfeldt. »

Archives de Besançon, collect. Granvelle, n° 88, f. 280.

Monsieur de la Tour Maucley au comte de Vergy ; de Namur, le 4 août 1622.

Cet officier commandait une compagnie de bourguignons, de l'armée de Cordova.

« Monsieur, je m'asseure que Votre Excellence aura desça esté advertie de la bataille qui fust donnée proche de Fleurus, le 29e du passé où il y demeura sur la place, davantage de troys mil hommes et deux mil blecés plus de l'ennemi que des nostres, sans ceux qui furent tués après la retraite sur la chossée du chemin qui vat de Mons à Mastrique, où il y en demeura plus de deux mil qui ne pouvant suivre les deux pièces de canon y furent arresté. Le combat commença à la pointe du jour et dura cinq heures. La nuit (précédente) il print son hoste fort

____

(1) L'infortuné Raville connaissant les mœurs de Mansfeldt et de son camp, pouvait craindre qu'on ne se débarrassât de lui en le tuant.

avantageux et commensait de marché contre nous en bataille que nous le croyons encor en teste et nous l'avions sur notre gauche.

Sa cavalerie estait de six mil cinq cents chevaux et la nostre de neuf. Il avait deux quarts de canon et nous sept demy-canons qui firent beaucoup d'effet et deux quarts de quoy l'on se serviz peu. L'ennemy marchait en fort bon ordre à la main droite de son infanterie. Il y avait six esquadrons de cavallerie qui firent leur effort pour rompre deux des bataillons de nostre infanterie, sçavoir les espagnols et bourguignons et l'autre les wallons, auprès leurs quatre bataillons d'infanterie.

Il y avait douze gros de cavalerie qui faisaient en tous cas 40 cornettes et non 24. Nostre cavalerie, d'un abord, fut rudement repoussée dont j'en resents des effets à cause d'un abord où mon cheval me fust tué. Dans le gros qui se montait à 25 soldats (furent) plusieurs blecés) car hors le gros que je combatais, j'avais deux compagnies qui me chargeaient de flan sans aucun secours pour le peu de gens qu'estions. Néanmoins comme nous fûmes ralliés, nous chargions de si bonne façon que nous le repoussons davantage qu'il ne nous faict. Enfin le champ nous demeura et l'ennemi fist fort belle retraite où nous le suivîmes. Comme j'ay desja dict ci-dessus le corronel Gauché (Gaucher), vint la veille de la bataille ; don Francisco de Guiara y fust tué et quantité de capitaines d'infanterie et de cavalerie, trois dont est le vicomte d'Ennery, les capitaines Cansare et de Tiery. Je laisse nostre armée proche de Tirlimon (Tirlemont) qui s'en allat en Campine et moy avec ma compagnie suis esté commandé pour venir à Namur et de là à Bruxelles pour un service de Sa Majesté. Mon cousin de Mandre sauva sa cornette avec beaucoup de courage au premier rencontre. Don Alvaro perdy la sienne. C'est ce que je puis mandé à Votre Excellence à qui je suis, Monsieur, très humble et obéyssant serviteur

de la Tour Maucley.

Archives de Besançon, collect. Granvelle, nº 88, f. 328.

NOTE X

L'an 622 le comte Maurice fit une grande entreprise sur Anvers avec une grande et puissante armée par intelligence de quelques hérétiques de dedans. Halberstadt y était. Les apprès étaient grands et tels qu'il dit luy mesme qu'il ferait son entreprise infaillible et que rien que Dieu n'en pouvait empescher les effects. Il avait raison car Dieu qui avait l'œil sur ses bons subjects conseilla à la Sainte de faire faire l'oraison par toutes ses religieuses avec la plus grande ferveur qui serait possible pour repousser les ennemis des portes de la ville, ce qu'elle fist. Les relligieuses demandent si elle avait advis de quelque trahison, elle répondit que non mais que Dieu la pressait intérieurement à cela. Elles prièrent donc dez les deux heures du matin, haussant les mains et criant miséricorde avec tant de ferveur que les forces leur manquèrent. Le matin, devant que d'aller au chœur, Sœur Thérèse de Jésus, sa fille aisnée (c'est-à-dire la plus ancienne de ses compagnes) entrant dans sa cellule, la Mère Anne lui dit : Ah ! ma fille ! combien j'étais fatiguée, il me semblait que j'étais enduite de miel. Il devait y avoir une grande trahison, toute cette nuit il me paraissait que nous allions être surpris et j'avais une grande ardeur à les chasser (les ennemis.) Lorsque je n'en pouvais plus et voulait me reposer en laissant retomber mes bras que je tenais levés pour crier vers Dieu, (une voix) me disait toujours « chasse-les encore, encore ! et ainsi étaient-ils une armée entière et ils furent si abimés qu'ils se noyèrent tous. »

Elle poursuivit son oraison jusqu'à ce qu'il luy fut dit : à cette heure c'est fait. Deux heures après on sceut toute l'affaire. Et pendant son oraison, il se leva une si horrible tempeste et fit une gelée (neige) si extrême que ses gens demeurèrent sans effect, aussy bien que ses bâteaux, plusieurs soldats et chevaux y périrent. Le prince d'Orange se sauva dans une barque à Wilhelmstad.

L'an 1624 durant le siège de Breda arriva le mesme, aincy que j'en ay la relation. L'ennemi s'approcha sans que personne le sceut, sinon celuy a qui rien n'est caché et ceux à qui il lui plaist révéler ses mistères. La Sainte oyt de nuit des gémissements fort pitoyables dans le dortoir, elle presta l'oreille et entendit que c'était Sainte Thérèse (qui lui disait) qu'il y avait quelqu'insigne trahison et que la ville estait en danger manifeste. A l'instant même elle se leva et fit lever toutes les relligieuses qu'elle conduisit au cœur et se mit en oraison devant le Saint Sacrement où avec une ardente charité, elle répétait souvent ces paroles : Seigneur ! nous sommes de grands pécheurs ! Si c'est pour moi que vous faites lever cette tempète que j'en sois la seule victime, que sur moi tombe le fléau de votre colère. Ne punissez que moi et non tant de pauvres créatures ! » En même temps se leva un grand vent et une bourrasque qui les empêchait d'appliquer leurs échelles. Les soldats du château oyans le vent faire un bruit si extraordinaire commencèrent à regarder ce que ce pouvait estre.

Andrès Zéa le descouvrit selon sa relation qu'il faut veoir. Le matin on sceut la vérité du faict.

Chiflet. Tome 96, f. 314.

NOTE XI

Lettres de l'Infante et de Spinola à Philippe IV après la prise de Bréda.

Lettre de l'Infante.

Senor, V. M. voulut bien, par sa lettre du 11 passé, m'écrire que, vu la grande part prise par le marquis de Los Balbases et au bon succès de la reddition de Breda vous lui aviez fait l'honneur de la première commanderie de Castille ce qui lui montre la grande estime qu'il mérite. Je baise mille fois les mains de V. M. pour cette faveur qui, je le déclare, est, en fait d'honneurs, tout ce que V. M. puisse faire de plus généreux. Cela lui sera d'autant plus nécessaire que depuis longtemps sa fortune a été si compromise qu'il ne peut tenir son train. Aussi il est juste que V. M. lui donne quelqu'avantage pour qu'il puisse faire honneur à ses affaires comme je vous l'ai écrit dans une lettre de ma propre main. Bruxelles 6 août 1625.

Arch. de Simanas. Estado leg. 2,315.

Lettre de Spinola

Senor, j'ai reçu la lettre que V. M. a bien voulu m'écrire le 13 passé jointe à la copie de celle que V. M. écrivait à S. A. Dans toutes deux je constate que Votre Majesté veut donner l'ordre de faire la guerre aux rebelles de Hollande qui doit être défensive sur terre, réglant le nécessaire pour une garnison et une armée de 20000 hommes à pied et 4000 chevaux. V. M. veut qu'il y ait à Mardyck une flotte de cinquante barques au moins pour lesquelles V. M. enverra sur vingt galions de sa flotte royale, ceux qui seront choisis (pour matelots) avec un amiral royal qui sera à leur tête. Et je ferai ma principale occupation de rechercher tout de suite en Hollande, Angleterre, Dantzig et Danemark et enfin partout où en fabrique de bonnes, des galères qui pourront parfaire le nombre que V. M. veut envoyer ici. Je dis donc que toujours j'exécuterai et accomplirai les ordres de V. M. avec la plus soigneuse ponctualité. Je prie donc, dès à présent, V. M. de daigner me faire savoir quand elle enverra la flotte. Pour celle qu'il faut organiser ici, je ferai toute la diligence possible et, de main en main, je rendrai

compte de tout ce qui se fera à V. M. Notre Seigneur garde V. M.
Arch. de Simancas, leg. 2,315.

AUTRE LETTRE DE SPINOLA.

Senor. J'ai reçu les deux lettres que V. M. a bien voulu m'écrire les
11 et 16 passés et je baise les pieds de V. M. pour lui dire ma reconnaissance pour la bonté qu'elle a bien voulu me faire de la grande
commanderie de Castille. J'assure à V. M. que si j'étais en état de pouvoir soutenir ma vie moi-même et avec moins de dépenses que je n'en
fais, je ne parlerai jamais de ces sujets de ménage, mais pendant que
je servais V.M. j'ai entièrement dévoré mon bien et tous moyens d'existence me manquent, je suis donc obligé de représenter à V. M. que
j'ai engagé pour douze ans la pension que V. M. me fait et j'en vien-
drai à ne plus rien posséder, ni mes héritiers. Et pour aviser à ma
détresse présente je supplie V. M. avec tout le respect et l'humilité que
je lui dois, qu'Elle veuille bien me faire toucher immédiatement la
mercède qu'Elle a bien voulu me donner. Que Dieu garde, etc. Gand
10 août 1625.

Ambrosio Spinola, marquis de los Balbases. Estado, leg. 2,315.

NOTE XII

Lettre sur le siège de Breda du P. Arnold Fleming S. J. au
Père Fabian Lopez, procureur général de la Compagnie de Jésus
des Indes, à Séville. Anvers 9 février 1625.

Le siège de Breda est terminé. Les maîtres bataves ont fait tout
leur possible pour opérer une diversion avec le marquis Spinola.
d'abord en essayant de surprendre cette ville et ce fort (Anvers), puis
en venant avec leur armée à une demi-lieue de la nôtre. Mais dès qu'ils
virent arriver le marquis en rase campagne avec ses escadrons offrant
la bataille, ils se sont retirés en bon ordre. Depuis, ils ont essayé de
pourvoir la ville. Pour cela ils avaient chargé trois cents chariots et
une autre fois mille ou 800 chariots de fromage, beurre, farines et autres choses de cette espèce. Mais leurs plans furent déjoués car le
marquis fit faire des ponts de bâteaux qui barraient la rivière avec de
gros madriers et de grosses chaînes de façon qu'ils ne purent passer.
Bien plus, ayant espéré la décroissance des eaux pour passer avec leurs
barques, sinon sur la rivière, au moins à travers les marais, elles devin-
rent si basses qu'on ne put s'en servir.

Ils ne se découragèrent pas encore et cherchèrent un autre moyen pour submerger notre camp. Dans ce but, ils bouchèrent l'ouverture de la rivière par où la marée entre avec des navires pleins de terre et de pierres et dans ce même endroit jetèrent quantité de pierres et bois, et terres pour détourner le courant qui, ne pouvant couler dans son lit, se déversa sur la contrée, renversant tout ce qui se trouvait sur son passage particulièrement nos baraques, ce qui arriva dans quelques quartiers plus bas, qui se remplirent d'eau, mais pas à plus d'un pied ou deux, et même un de nos pères, sortant de son lit pensant poser ses pieds sur le sol les enfonça dans l'eau. Mais on remédia aussitôt au mal, là, en donnant de l'écoulement aux eaux, ailleurs en élevant des digues, ce qui obligea la rivière à rentrer dans son lit. L'eau retourna avec une grande force et entoura la ville qui, étant plus basse que notre camp, particulièrement les cantines et caveaux, ainsi que les mines pleines de poudre qu'on avait pratiqué pour faire sauter nos soldats, tout fut inondé. Bien plus, poussées par un vent violent, les eaux se détournèrent de leur voie ordinaire, inondèrent par quatre côtés, les ouvrages et empêchèrent toute sortie. Ils dirent qu'ils avaient espéré faciliter l'approvisionnement de la place par des barques dont la plus grande partie vint se perdre dans les eaux. Les dégâts qu'éprouvèrent les hollandais dépassèrent plus de dix millions de florins, qui font plus de 3 millions de ducats. Toute leur espérance se tourne maintenant vers Mansfelt qui fait embarquer une armée en Angleterre et 4000 soldats de Danemark et de Suède pour venir par ici. Ils espèrent avoir en France 2000 cavaliers et 6000 fantassins. Le roi d'Angleterre et Mansfelt on demandé passage par cet Etat pour se rendre dans le Palatinat mais la sérénissime Infante a refusé sinon par groupes et sans armes.

Biblioteca de la Real Academia de la Historia.

NOTE XIII

Lettres du comte de Saint-Aymour au comte de Cantecroix, écrites pendant le siège de Breda.

La première, du 2 juillet 1624, fait le récit de l'approche de Bréda.

Monsieur mon cousin. — Vous aurez du subject de m'accuser de négligence puisque j'ay laissé passer tant de temps sans vous donner du souvenir de l'absolu pouvoir qu'avès acquis sur touttes mes volontés.

Ce qui m'a fait commettre ceste faute est que depuis le 11 de ce mois, les régiments du marquis de Campo la Terra (Campolatro), celuy du prince de Barbanson, celuy de don Francisque de Medina, celuy du comte de Henin (1), une partie de celui du comte de Nassau (2) et celuy de monsieur de Balançon, sont sortys du pays de la Marc et se sont tous assemblés au 17 à Rinberg, où nous avons passé le Rein et là estant joint avec mille chevaux ou envyron qui sortaient du mesme pays. M. le comte Henry nous a conduits jusqu'à Venelot (Venloo), où, après avoir passé la Meuse, il nous a mis soubs la charge du Castellan d'Envers (Anvers) nommé Jean Brave (?) lequel nous a amené jusques à Tournotte (Turnhout), qui est un petit bourg entre icy et Diste où toutte l'armée de Flandre et ses troupes icy se sont jointes ensemble, de sorte que nous sommes soubs la conduite du marquis depuis le jour de Sainte Magdeleine, et avec lequel nous avons cheminé deux jours et sommes arrivés icy à deux petites heures de Bréda, où il y a trois jours que nous sommes souffrants de grandes incommodités, car nous sommes logés au milieu de la bruyère, et ne pouvons avoir d'eau sinon de quelques mares qui sont assés près de nous ; les vivres nous ont manqué aussy et principalement le vin et la bière, de sorte que nous endurons fort impatiemment la soif par ceste chaleur, mais on a dépesché trois convois tout à la fois pour avoir des vivres, l'un à Bolduc (Bois-le-duc) lequel a ramené M. de Grobbendonc, les autres deux sont allés en Envers et Flandre orientale, ils ne sont pas encore de retour. On a advis qu'il y a six mille hommes de pié dans la ville et mille chevaux sous le comte de Candale et le duc de Bouillon qui sy sont jettés avec plus de deux cents gentilshommes français. Je crains que cela ne fasse que nous ne l'assiégerons point, ou bien que l'on ne fera que la boucler, veu que ils ne peuvent avoir assés de vivres pour sustenter ce nombre de gens-là longtems dans lequel n'est encore compris les bourgeois. Le prince d'Orange leur a mandé qu'ils se défendissent bien et qu'il perdrait tout l'honneur qu'il a acquis au service des hollandais ou qu'il leur donnerait secours lorsqu'ils en auront besoing. Je crois que touttes ces nouvelles sont capables d'un peu refroydir nos desseins, encore que nous soyons icy vingt-cinq mille hommes de piés et quatre mille chevaux. On a laissé au comte Henry neuf régiments allemands et toute la cavalerie qu'il a

____

(1) Alexandre de Henin, duc de Bournonville, mais ce titre étant français, on ne le reconnaissait pas aux Pays-Bas espagnols.

(2) Jean de Nassau-Siegen.

accoutumé de commander de sorte que jamais les armes du roy ne sont esté sy fortes en ce pays qu'à ceste heure et outre tout ce qui est en campagne, les garnisons sont très bien fournies et principalement les places que le prince d'Orange peut assiéger comme Rez dans lequel on a laissé quatre mille fantassins et cinq cents chevaux. »

*
* *

Lettre du 16 décembre 1624.

Monsieur mon cousin. Tous ces jours passés nous avons esté en alarmes par les advis du secours très certain que nos ennemis devaient donner à ceux de Bréda, venant le long du canal avec des basteaux dont le devant devait estre garny d'un tranchant de fer, lequel devait rompre les estacades et ponts qui sont sur laditte rivière, mais on y a remédié en mettant un grand basteau de feu d'artifice devant la première estacade lequel en longueur occupait quasi toute la largeur de la rivière et derrière ladite estacade deux grands bois qui faysaient une croix St-André toutte garnie de pointes de fer et estoient unis à travers de ladite rivière, si bien que voyant comme ce passage leur estait bien bouché, ils résolurent d'entrer de ceste autre façon qui estait en faysant marcher deux mille hommes avec des arquebuses à rouet, deux mille qui les suyvaient chargés d'un sac de farine chacun et autres deux mille mousquetiers d'arrière-garde, mais ils n'ont effectué pas un des deux desseins jusques à présent, attendant ee semble, l'arrivée dc Mansfelt pour les leur rendre plus favorable. Mais on dit que le roy d'Angleterre ne luy donne autre commission que de rentrer dans le Palatinat et a pris acte devant sa cour de parlement comme il se réservait la puissance de reprandre ces troupes à Mansfelt en cas qu'ils entrassent dans les pays du roy (d'Espagne.) Néanmoins, on ne s'y fie pas bien fort car on croit que la levée des hommes d'armes se fera et quarante compagnies d'infanterie nouvelle, lesquelles on veut donner au duc d'Arscot qui fera un corps d'armée à part, dont M. de la Motterie sera la seconde personne, sans toutefois quitter son gouvernement de Mastric. Il semble que cette nouvelle d'Angleterre aye quelque peu refroidy ce dessein. Le baron de Scey avait envoyé icy un homme exprès pour demander les levées qui sont en Bourgogne en régiment et les mener en Italie, mais il (Spinola) n'a voulu luy accorder. Nous commençons à bien espérer de Bréda. Je vous bayse très humblement la main. »

*
* *

Lettre du 9 février 1625.

Monsieur mon cousin. — J'ay receu celle dont il vous a plu m'honorer le 18 du passé et chéris grandement l'honneur de me veoir conservé en vostre souvenir.

Pour nouvelles je vous dyrai que sur l'advis de l'embarquement de Mansfelt (1), nous fortifions nos quartiers beaucoup meilleurs que des villes, veu que nous ne sommes assez forts pour l'aller attendre en campagne rase à cause que notre cavalerie a esté toutte ruinée par les continuels convoys et se diminue encore tous les jours. M. le prince d'Orange lève à ses frais six mille hommes de pied et deux mille chevaux lesquels il joindra à Mansfelt avec touttes les troupes de Hollande et feront un grand effort pour le secours de ceste place laquelle est de grande importance, veu que si Dieu nous fait la grâce de la prendre, nos ennemis n'auront de place d'armes. La doute en laquelle on est de Mansfeldt ne veuille entrer par les pays d'Artois ou d'Aynaux est cause que don Carlos Columma (Coloma) ne se peu advancer près de nous pour nous secourir, s'il faut de besoing nous espérons seulement en nos bons retranchements par les moyens desquels nous pourrons soustenir les premiers efforts et donner temps par ce moyen à don Carlos de nous secourir, lequel a vingt-cinq mille hommes d'aussy belles gens qu'il y en aye jamais en ces contrées; ledit Mansfeldt a dix mille anglais et six mille dannois qu'à leur arrivée de Dannemarc en Engleterre firent un tel désordre qu'ils fyrent esmouvoir le peuple contre eux et furent mal traités; il doit prendre deux mille chevaux français qui sont entre Boulogne et Calais, depuis quelque temps, et a escry à S. A. S. une lettre très courtoyse par laquelle il la supplie très humblement de vouloir permettre qu'il passe en ses estats pour aller reconquester ce qui apartient au palatin et à la fin de la dite lettre, oubliant la courtoysie et les compliments, il dit que, si on ne luy accorde pas passage, qu'il sçait comment il le doit prendre. Quant à Bréda, M. le marquis en a advis que lorsque le grain du magasin a commencé à faillir, le gouverneur a fait prendre par force tout celluy qui s'est trouvé dans les maisons des bourgeois et s'en est trouvé une quantité si grande que je ne l'ozerais dyre, si

(1) Mansfeldt, reçu avec fort peu d'enthousiasme en Angleterre, avait fini par y rassembler une armée qu'il amenait en Hollande, sans bien savoir encore ce qu'il en ferait.

bien que l'on croit qu'en sortant d'icy il sera sayson d'aller en campagne plutôt qu'en garnison. Touttes ces nouvelles apportent autant de mescontentement à toutte l'armée comme les autres causaient de joye ; rien ne nous console que la venue de Mansfelt, lequel nous mettra en estat de ne pouvoir avoir de regret des fautes que nous aurons commises ny n'en pas avoir le déshonneur ou bien nous couvryre tous de lauriers si Dieu nous est propice et ne nous desine point sa divine assistance de laquelle nous avons besoing; si vous pouviez voir la peine en laquelle est 22 (Spinola) (1), vous en au.iez compassion, car 23 et 24 qui ne l'ayment pas (2) sont bien aysès de veoir le mal qui nous pend sur la teste et ne faict que luy représenter encore plus grand qu'il n'est. Le duc de Saxe que vous avez veu à Bruxelles en compagnie de don Diego Mexia (3) doit arriver le quinzième de ce mois, proche Namur, où se faict ce jour-là la place d'armes de l'armée de don Carlos (Coloma) avec deux mille chevaux qui viennent de l'armée de l'empereur ; le baron d'Annholt (Anholt) s'advance aussy avec quatre mille fantassins et cinq cents chevaux ; le comte de Ritberg est mort. Le comte Jean de Nassau poursuit son toyson. On a donné au comte d'Emden la charge qu'avait le comte de Marles, beaucoup de gens doute s'il acceptera, veu qu'on dit qu'il a parole d'avoir le gouvernement du pays de Luxembourg, lequel selon le cours de la nature doit estre bientôt vacquant (4). On a nouvelle qu'il est party deux puyssantes armées navales d'Espagne, une de Portugal et l'autre de Biscaye, pour aller reprendre le Brézil. J'ay oublié de vous mander par le précédent ordynayre la mort de l'archiduc Charles (5) lequel on regrette fort. Je vous envoie des vers qui ont faict arrester Erfontague (?) prisonnier, l'accusant de la mort du duc de Croy et après avoir esté battu de Moriamé (6) pour avoir fait un pasquin sur toute sa famille.

(1) Le comte de Saint-Aymour se sert de chiffres dans sa correspondance pour désigner les personnes.

(2) Ce doit être le comte Henry de Bergh et don Gonzalez de Cordova.

(3) Don Diego Mexia, grand écuyer de l'Infante, s'était démis de sa charge pour retourner en Espagne. Dans une de ses lettres, Saint Aymour dit qu'arrivé en Espagne il s'éprit de la fille de Spinola, dame de la reine.

(4) Le comte de Berlaymont, alors gouverneur, était très vieux.

(5) Charles, fils posthume de l'archiduc Charles de Styrie, dernier frère de l'archiduchesse Anne, troisième femme de Philippe II, mourut au cours d'un voyage à Madrid. Il était évêque de Breslau et Brixen.

(6) Jacques de Brias, baron de Morialmé, gouverneur de Mariembourg ; sa femme était Adrienne de Nédonchel.

J'ai veu un pasquin qui vient d'Italie sur les affayres de la Valteline au-dessus duquel est escry : Gallus cantavit Petrus amare flevit. Ceux de 5o (d'Espagne) après avoir bien mangé 27 (ce doit être un seigneur belge, peut-être le duc de Bournonville qui était au siège de Bréda) murmurent de luy veoir fayre une si bonne chère et de veoir fayre commédie en sa maison esquelles par bonheur je ne me suis trouvé, encore que je fusse convié très expressément veu que j'estais de garde quasy tous les jours de ces commédies qui se font par des soldats napolitains du régiment de Campo la Terra et ne se font qu'aux maysons de 27 et de Campo la Terra. Je finiray ce discours vous assurant que personne ne peut esgaller aux désirs de vous témoigner combien je suis, monsieur mon cousin, etc.

NOTE XIV

Extraits du journal de Chiflet concernant sa personne et sa famille. Tome 96, f. 172, 174, 175, 176, 178.

Le premier décembre 1628, je demande congé à Son Altesse pour aller faire un tour en Bourgogne pour prendre possession de mon canonicat de la métropolitaine de Besançon (1). Son Altesse me dit qu'elle me laisserait pour autant de temps que j'en aurais affaire. Le lendemain, je partis par la poste et arrivai à Besançon le 4 que fut le soir mesme que messire Pierre-Jehan prist en mon nom la possession du prieuré de Bellefontaine.

Mardi 11 décembre 1629, le troisième décembre, je sortis de Besançon pour retourner à Bruxelles par le coche de Dijon avec mademoiselle Joanne-Batiste Monboulan, ma belle-sœur, Jules et Jean Chiflet, ses deux fils et Jeanne sa fille, et messire Sabastiain Guillaume, de Mercoy-lez-Jouy, leur gouverneur.

2 janvier 1630. — Le deuxième de janvier passant à Paris nous sommes visiter monsieur le Cardinal de Bagny nouvellement faict cardinal, ayant encore en sa maison le fils de feu Baralay, chambellan de S. S., qui luy avait apporté la barette que mondit seigneur le cardinal ne prist que le jour des roys. Comme sa sérénissime Excellence savait que ma sœur estoit avec moy, il luy donna plusieurs boistes de confitures de Gennes, accompagnés de beaux bouquets et accompagnés de peintures et autres galanteries. Et à moy il m'envoya

(1) Chiflet venait d'être nommé prieur de Bellefontaine.

une montre d'horloge de Blois ayant la cuvette d'argent et semble une grande poulaille d'argent.

15 janvier 1630. — Ce 15 janvier nous arrivâmes à Bruxelles ; deux jours après, je fus faire la révérence à S. A. laquelle d'abord me dit que j'estais le bien retourné et pris la peine de s'enquérir de tout le succès de notre voyage. Sçavoir combien de jours nous avions esté en chemin ? Par où nous étions venus ? Si nous nous estions bien portés ? Comme se portait ma sœur, combien j'avais amené d'enfants ? Et autres particularités. Et me dit d'être contente qu'on luy avait dit une chose fort remarquable, c'est que ma sœur estait arrivée à tel jour qu'elle fust mariée et me demanda s'il estait vray ? Si elle ne trouvait point estrange combien il y avait qu'elle n'avait vu son mary ? Puis elle me dit qu'elle croyait qu'ils debvraient estre bien contents de se revoir.

Après elle me demanda quel se portait le Cardinal de Bagny ? S'il irait bientôt à Rome ? Et qu'il luy avait faist apport qu'elle le verrait avant qu'il n'y allast. Et enfin S. A. s'ancquit de la santé de ceux de Besançon, si la peste y avait passé, qu'elle s'intéressait de leur partement autant qu'elle avait senti leur affliction, je répondis de point en point sur tout ce dont elle m'interrogea.

Deux ou trois jours ma sœur la fust saluer dans sa chambre ou S.A. luy ayant demandé quelle estait la bienvenue, elle s'enquiet de moy particulièrement du cours du voyage et de sa santé.

Peu de jours après je luy présentai mes deux neveux Jules et Jean, celuy ci remerçia S. A. du bien qu'elle luy avait faict, luy donnant une chapelle à Saint-Estienne de Besançon sous l'invocation de saint Théodule et son revenu est une somme de 300 francs sur l'abbaye de Thoulé et me dit deux autres fois « que linda persona era el clerigo, » « (Le clerc est un bien charmant homme), qu'elle ne pensait pas que mon frère eut des enfants si grands et qu'elle estait bien ayse de les veoir. »

NOTE XV

Archives de Lille, chambre des comptes, recette générale des Finances.

B. 2946. Portefeuille 1627.

Résolution des Etats du pays et comté de Namur sur la proposition à eux faite de l'union de tous les Etats de l'obéissance du roy d'Espagne pour assurer leur conservation, déclarant que pour s'accomoder et optempérer à la royale et bonne intention de sa dicte Majesté tendant à l'honneur de Dieu et service de sa dicte Majesté et au plus grand repos et assurance de ses pays et affin de ne rien dégénérer de telle assurance de leur exemplaire et perdurable fidélité, en laquelle ils persistent parmy les afflictions des guerres où ils trempent passées tant d'années, ils sont contents l'entrée en l'union d'armes défensives avec les royaumes, estat et provinces de sa dicte Majesté, au cas seulement qu'ilz fussent attaquez par l'ennemy et ce, aux conditions suivantes et point autrement : 1º Que les provinces de pardeça obêissante à sadicte Majesté ne seront subjettes à contribuer aulcunes choses pour ladiste union sy préalablement elles ne sont délivrées entièrement de la guerre et ne soient jouissantes d'une pleine et asseurées paix, pour lors seulement et point devant, prester secours à celuy des Royaumes, provinces, estats qu'il se trouvera en guerre défensive avec 2400 hommes d'infanterie, et à condition que lesdistes provinces obéissantes ne seront aulcunement subjettes d'entretenir continuellement les 12000 hommes assignez pour leur contingent en ladiste union, mais seulement à l'advenant d'une cinquième partie desdits 12000 hommes en l'un desdits royaumes quy est attaqué par l'ennemy, etc.

NOTE XVI

Chiflet, T. 62, f. 3oo.

Imprimerie d'Hubert Antoine, imprimeur juré de la cour, 1626.

Le 17e jour et en suyvant du mois d'aoûst de ceste présente année 1626, au bureau des Finances en la ville de Bruxelles, (l'on engasgera à ceulx qui offriront le plus en argent comptant, les terres, seigneureries et aultres droits compétant à Sa Majesté ès paroisses cy-dessoubz nommez avec haute, moyenne et basse justice, prééminence en l'Eglise, chasse, perdriserie et pescherie et aultres droicts en dépendans en suite de déclarations et conditions alors à proposer.

Premièrement en la province de Flandre.

La ville et seigneurie de Nienove avec la seigneurie de Herlinckhove où à part.

La ville de Grammont et l'espier illecq où chacun à part.

La terre et seigneurie de Vervicq avec tous les revenus et dépendans ou autrement.

La seigneurie et terre de Rotselaer consistant ès paroisse de Haltert Kercken, Denderhouthen, Heldergem et Ayckem, Elverdinge, Spir et Balliaige.

La seigneurie de Eerenbodeghem, Welle, Ydergem et Terhalfen.

La Mayrie contenant les villages de Borst, Dambrugghe, Zonnegem et Cattem.

La seigneurie de Moorzele.

La seigneurie de Mespelær.

La seigneurie de Ghyseghem.

La seigneurie de Okeghem.

Les seigneuries de Sentelem et Wanbrechtigem.

La seigneurie de Hogltime de Hoost, Viersckere, d'Oodyperambacht et la seigneurie de Schynkeschalle.

La seigneurie que compte Sa Majesté en la terre de Wedergrote et paroisse en dépendantes si cause Windeken, Oeverdendere, Terneygen, Liefringe, Appelteren, etc, chacune à part ou tout ensemble.

Les droits compétens au roy sur les personnes serviles ès villages et paroisses de Saincte, Lieventhautem, Bonneghem, Gysele, Vliersele, Wiese, Gyseghem et aultres, le tout ensemble, ou bien à part.

Les droits honorifiques des Eglises de Hessene, Clerque, Zorne et aultres qu'on demandera avec la chasse, volerie et pescherie.

Les briefs d'Assenede et quatre mestiers.

Les briefs de Piere Masières.

La recepte et revenu des maures en Flandres.

Les briefs d'Artricque.

Les briefs de Maldeghem.

Les briefs de la Roye.

Les briefs de Haltere.

Les briefs de Loqueren.

L'espier d'Alost.

L'espier de Dixmude.

L'espier de Rupelmonde.

Le lardier de Bruges.

Le lardier de Berges Saint-Winnocx.

Les droits de voudremont de Bruges.

Le lardier de Furnes.

Le sciquer de Furnes.

La vacquerie de Furnes.

Le cens de Furnes.

Es provinces de Haynault.

La terre et seigneurie de Naste.

La terre et seigneurie de Blaton.

Le revenu et domaine de Bavy.
Le revenu et domaine de Maubeuge.

Es provinces d'Arthois.

La seigneurie de Tourneham.

NOTE XVII

Le festin du prince d'Orange aux députés de Brabant et le leur
à ceux de Hollande.   Gazette de France, 1632. Page 479.

Les deputez du Brabant arrivez de Bruxelles à Maestric se trouvans
plutost prest que ceux des Provinces-Unies, il prist envie au prince
de les divertir le vingt-sixième d'octobre dernier, par un festin magnifique qu'il leur fit dans la maison du commandeur de l'ordre teutonique. Ils estoyent vingt-quatre en tout. L'archevesque de Malines
tenait le haut bout. A sa main droicte et du mesme costé estait la place
du prince d'Orange, mais vuide. Ensuite messire de Caverelle, abbé
de Sainct-Vast, le duc d'Arschot, le prince d'Orange, le pensionnaire
d'Anvers, celuy de Douay, celuy de Bruges, le docteur Piens Bruat,
le sieur Horsant, le sieur Gog, le duc de Candale, les comtes de Laval,
de Solms et Ernest-Casimir de Nassau. De l'autre costé de la table
estoyent le baron de Schwartzenbourg, le sieur Ansermont de Hanau,
Arnhem, Terenstein, Nabel et Vermeer, le duc de Bouillon, le comte
Guillaume de Nassau, le général Morgan et le Rhingrave. Les santés
commencèrent par celle du prince d'Orange à laquelle beut le duc
d'Arschot, lui souhaitant bon voyage (pour ce qu'il estait sur son
partement) à la charge qu'il n'entreprist rien au préjudice du roy
catholique. A quoy le prince repartit en le remerciant qu'il ne voulait
faire mal qu'à ceux qui luy en faisaient. Puis la langue, comme
il arrive, se rendant plus diserte en beuvant, le mesme duc d'Arschot
leur fit cette harangue entre la poire et le fromage : « Messieurs, j'aime
bien la paix, faisons-en une bonne pour cent et vingt et neuf ans, lequel
vous voudrez. Car mettons la main à la conscience, n'est-il pas vray
que nous sommes las de guerre les uns et les autres ? Vous autres
holandais n'estes pas gens pacifiques. Si sont bien ceux qui sont prest
des digues. Car il ne faut que les percer en deux ou trois lieux pour
les faire tous boire d'autre liqueur que celle-cy. Dis-je pas bien
messieurs les prelast ? Faisons la paix, messieurs les Etats. Voyez-vous
pas quels maux la Bohême a souferts pour une guerre qui n'estait

point nécessaire. Je bois ce coup à la santé de l'Infante ». Il tesmoignat tant de plaisir à faire ce qu'il disait que le baron de Schwartzenbourg en voulut faire autant et le verre à la main leur dist : Messieurs les Etats, faisons la paix. Mais le duc d'Arschot, jaloux que d'autres entreprissent sur son discours dist luy faisant signe : Nous avons affaire à d'honnestes gens, après disner je leur feray voir comment il faut faire la paix en Hollande. Le prince d'Orange las d'ouïr tant parler de paix leur dist alors : La Castille est un si beau pays, que les espagnols n'y vont-ils demeurer ?

Le duc d'Arschot : Il y a plus de honte à sortir de quelque lieu qu'à n'y entrer point.

Le sieur de Terrenstein : Si ne sçaurions non plus longtemps soufrir les espagnols parmy vous.

A quoy le duc d'Arschot ayant refrongné son visage et tesmoigné par autres gestes qu'il reprouvait ceste ouverture, le prince d'Orange repartist que les espagnols eux-mêmes l'avoyent ainsi proposé tous les premiers.

Le duc de Bouillon : C'est assez traité de paix, parlons d'autre chose.

Ce fait chacun se retira chez soi jusques à ce que le duc d'Arschot leur rendist la bonne chère.

Son festin se fit au couvent de Saint-Servais, en la mesme ville de Maestric, le trentiesme d'octobre dernier. Le pourtrait de l'Infante estait planté à dessein contre la muraille en lieu d'où le pouvoyent aisément regarder tous les conviez qui estaient les mesmes, mais autrement placez que les précédens. L'archevesque de Malines commença le défi et ataquant le prince d'Orange, beut à la santé de ceux qui s'employeraient à faire la paix et réunir la Flandre. L'abbé de Saint-Vast beut au sieur Terrenstein avec un souhait de la mesme paix, le priant que luy et tous les conviez en fissent autant les uns après les autres. A quoy un député des Pays-Bas respondist : Il faut chasser les espagnols et nous aurons bientôt la paix. Le baron de Schwartzenbourg, l'un des députés du Brabant, repart : Et qu'avons-nous à faire avec les Espagnols ? Lors le prince d'Orange, s'adressant au duc d'Arschot, luy dict : Monsieur, travaillez aussy de vostre costé à les chasser. A quoy le duc d'Arschot adouci : J'y essaierai, dit-il, de tout mon pouvoir, car la Flandre a besoin de paix. Mais cependant, dites-moy, messieurs les députés, n'avez-vous pas tout pouvoir de faire avec nous paix ou trève ? Le prince d'Orange dist que non. Vous n'êtes donc pas, ce leur dist-il, bons chrétiens ? Il s'esmeut entre eux une risée générale demandant chacun à son compagnon si c'estait luy qui n'estait pas bon chrétien. Quant à nous, dit le duc d'Arschot, nous le sommes si fort que nous donnons ce nom-là jusques à nos poires. Mais à propos, monsieur le prince veu que vous estes notre purgatoire, n'y croyez-vous point ? J'oubliaye de boire à vous, monsieur de Terrenstein et à tous ceux qui s'employeront à faire la paix ou que le diable les emporte. Et sur ce bon morceau finit le banquet.

NOTE XVIII

Lettre de l'Infante à Philippe IV, du 12 novembre 1633. Correspondance, vol. 32.

« Je pense que les négociations du duc d'Orléans avec le Cardinal de Richelieu sont fort avancées, bien que le duc continue à assurer qu'il ne s'engage à rien sans l'assentiment du roi d'Espagne. La reine-mère aurait voulu qu'il s'engageât à mettre leurs intérêts en commun, mais il s'y refuse maintenant en disant que la reine-mère ne peut rentrer en France qu'avec la ruine complète du Cardinal de Richelieu, d'autant plus qu'on assure que le Père Chanteloube a envoyé un assassin pour en finir avec le Cardinal, de sorte qu'on dit que le roi de France, au printemps prochain, exigera qu'on lui livre la reine-mère et son entourage et qu'il en fera une question de guerre. Le duc d'Orléans pense que je serai obligée de livrer la reine-mère parce que ce pays est menacé par les hollandais et travaillé par un grand nombre de séditions.

Monsieur reproche au Père Chanteloube de ne songer qu'à ses convenances particulières et d'être satisfait pourvu qu'il dîne aussi bien à Bruxelles qu'à l'Oratoire.

Le duc d'Orléans prévient le roi d'Espagne que son royaume est menacé d'une bourrasque qui viendra de la France. On pense en Flandre que ni la reine mère, ni le duc d'Orléans n'ont de ministres suffisants en naissance, en capacité, en crédit. Voilà sans doute la raison pour laquelle les efforts tentés n'ont pas réussi. Les personnages puissants n'ont pas voulu s'engager envers de si piètres ministres. Puylaurens et du Fargis qui règnent sur le duc d'Orléans lui ont persuadé que le Cardinal de Richelieu travaillait beaucoup à la grandeur de la France à laquelle il était intéressé, aussi pense-t-on que Monsieur ne pourra se débarrasser des mains du Cardinal et que déjà il commence ses palinodies en séparant ses intérêts de ceux de la reine-mère. Le

Cardinal de Richelieu lui donnera sans doute de larges compensations, pour le moins un grand gouvernement de province. Ainsi iront les choses parce que Puylaurens et du Fargis trouvent meilleur pour leurs intérêts de réconcilier leur maître avec le Cardinal que de l'engager dans une nouvelle guerre. La haine du Cardinal de Richelieu pour le duc de Lorraine est irréconciliable. On peut le voir par l'état misérable auquel celui-ci se trouve réduit. Si la princesse Marguerite ne s'était enfuie, il est certain qu'on eut exigé qu'elle fut livrée au roi Très Chrétien. Celui-ci a écrit aux Parlements de Paris et de Metz pour déclarer nul le mariage de son frère. C'est en vain que don Gonzalez de Cordoue a demandé que Monsieur répondît que son mariage s'était effectué de son plein consentement, il n'a jamais voulu y consentir. Il vit pourtant publiquement avec la princesse. C'est bien regrettable, car si l'on pouvait une fois commencer avec Monsieur, il est probable que tous les mécontents de France se joindraient à lui. les personnages influents se rangeraient à ses côtés, Puylaurens et du Fargis seraient mis dans l'oubli. »

NOTE XIX

Lettre écrite par l'Infante à la sœur Madeleine de Trazegnies, quelque temps après sa réclusion, 13 juillet 1603.

« Mongaillard m'a apporté une lettre de vous qui me fait grand plaisir puisqu'elle me donne de vos nouvelles et m'assure que vous avez la joie que j'ai toujours souhaité qui vous sois accordée par Notre Seigneur puisqu'il vous a inspiré de le servir dans cette voie.

Vous me payez largement de ce que j'ai pu faire pour vous en cette circonstance, ne m'oubliant pas dans vos prières et je suis sûre que vous le ferez toujours, et ceci me console de vous voir loin de moi quoique chaque jour je pense à vous. Ne manquez pas de me prévenir toujours de votre santé et dites-moi si vous avez besoin de quelque chose, car maintenant plus que jamais, je serai heureuse de vous procurer tout ce dont vous avez besoin. Je voudrais aller vous voir avec mon cousin car il ne manquera pas l'occasion de vous rendre visite. Priez Dieu de le garder toujours, qu'il le ramène bientôt et qu'il vous garde aussi comme je le désire. » Chiflet Tome 97, f. 362.

Lettre du 28 février 1604.

« Ces jours-ci j'ai reçu deux lettres de vous et si vous saviez le plaisir qu'elles me font et comme je suis heureuse de vous savoir en bonne santé, vous m'écririez plus souvent. Mon confesseur m'a envoyé les lettres du vôtre et je trouve très bien la confrérie que vous voulez fonder. Sachez qu'en ceci, comme en tout ce qui vous touche vous pourrez compter sur moi. Donnez m'en un mémoire comme vous le dira mon confesseur, nous demanderons à Rome les indulgences que, j'espère, le Pape ne me refusera pas. J'espère aussi que Saint Joseph ne vous refusera pas ce que vous lui demandez pour moi. Envoyez-moi la mesure de l'image que vous me dites être dans cette église. Car je ne veux pas que vous soyez jalouse de celle de Sichem. Je me souviens toujours du temps que j'y ai passé avec vous, du reste, j'y pense en toute occasion comme j'espère que vous vous souvenez de moi. Dieu vous garde comme je le désire. »   Isabel.   f. 363.

* * *

Les trois lettres suivantes ont été écrites lors des difficultés qu'offrait l'entrée au couvent de Mademoiselle de Hamal, appelée Melle de Monceau.

« Je n'ai pu vous répondre encore ces jours-ci comme je le désirais et je regrette beaucoup que les projets de Monceau ne soient pas fermes comme vous me dites. Je les voudrais comme le furent les vôtres pour être bien sûre qu'ils sont vrais. Mon confesseur m'a écrit à sujet, je lui ai répondu qu'il devait lui parler. Ce pourrait être un de ces matins, elle irait près de vous, comme si elle allait à confesse et nous verrons ce qui résultera de cet entretien. Ce qui me fait hésiter à lui donner la permission (d'entrer au couvent) est la crainte qu'elle laisse s'entamer l'affaire (les négociations avec le couvent) puis qu'elle refuse. Aussi je vous sais beaucoup de gré de vous employer à cette affaire qui cependant ne peut s'arranger sans que sa mère le sache, car je le lui ai promis. Mais je ferai en sorte que sa mère vienne avec elle, dès que j'aurais l'assurance dont je vous parle (de la vérité de sa vocation). Vous voyez qu'il est nécessaire, tenant compte de sa condition, qu'elle ne soit pas mortifiée aussi longtemps que vous et j'espère que vos prières obtiendront de Notre Seigneur cette transformation. Priez-le de nous aider en cette occasion qui est remise entre ses mains. Demandez-le aussi à notre Sainte (Madeleine), je crois qu'elle ne peut rien vous refuser. Que Dieu vous garde comme je le désire.

Isabel.   Chiflet. Tome 97, f. 354.

* o *

De Gand, fin de juillet 1604.

« Mon confesseur m'a déjà écrit ce qui s'est passé avec Monceau, ce dont je suis enchantée et j'espère que Notre Seigneur la mènera toujours plus loin. Quand on me remit votre lettre j'achevais de faire dire à la comtesse de Bucquoy que tout en gardant le secret, elle écrivit à sa mère ce qui s'est passé et comment sa fille entre (au couvent) le jour de Sainte Claire, mais voyant qu'elle (Melle de Monceau) ne désirait pas qu'on sut le jour, j'ai dit qu'on ne le précise pas, mais seulement qu'on annonce qu'elle entrera bientôt parce qu'elle craint de n'avoir pas le temps d'aller quand elle le voudrait. La comtesse d'Arenberg s'est chargée d'envoyer cette lettre et je trouve cela mieux afin que la mère ne croie pas que j'aie fait écrire Monceau. Mais il sera bon qu'elle écrive au capucin pour qu'il porte la lettre à sa mère et tâche de la raisonner. Il pourrait aussi apporter la lettre de Monceau disant qu'apprenant que je l'avais avertie, elle ne voulait pas entrer (au couvent) sans sa bénédiction. Pour ce qui me regarde, je tâcherai de savoir si elle a des dettes et ce qu'il sera nécessaire de préparer pour le couvent et après cela je ferai ce qu'il faut faire. Quant à la conduire, je croyais vous avoir dit que ce serait la comtesse d'Arenberg qui est maintenant à Notre Dame (en pèlerinage) et je ne vois personne qui puisse la remplacer, mais d'ici là, une occasion se présentera. Pour le retable de Saint-Joseph je verrais à faire ce que vous me demandez afin qu'on le finisse vite et pour le mieux. Que Dieu vous garde comme je le souhaite.

Isabelle. Chifflet, Tom. 97. f. 355.

* *

De Gand, 1er ou 2 août.

« Je n'ai pu répondre à votre lettre parce que j'attendais la réponse de mon cousin sur ce qu'il faut donner à Monceau ; il me mande qu'on lui donne mille philippes, pour qu'elle puisse là-bas donner l'aumône qui se doit au monastère, payer ses dettes et acheter ce qu'il lui faut et cela sans le repas qu'on lui donnera d'ici (du palais) ou d'une bonne hôtellerie ou encore en argent, selon qu'elles (les religieuses) aimeraient le mieux. On pourra se procurer tout la veille, ici, je crains seulement que les mille philippes venant des finances, ce soit, comme vous le savez, très long à toucher ; aussi je voudrais savoir si vous pouvez demander à Mme de Bendegyes, personne à qui, je crois, on peut se fier, afin de lui recommander si le paiement ne pouvait être opéré le jour de Ste Claire, qu'on ne retarde pas l'entrée pour cela. Je la verrai et nous arrangerons l'affaire du chapitre (réunion conventuelle). Nous laisserons à la porte ceux qui m'accompagneront afin qu'ils puissent voir les cérémonies sans gêner, car les religieuses ont raison, c'est très étroit. Après cela, je vais examiner votre requête, je crois que vos prières obtiendront la persévérance de Monceau et c'est tout ce que nous pouvons désirer.

Isabel.

*
* *

Extrait d'une lettre de soeur Madeleine de Trazegnies à Chiflet, concernant l'Infante Isabelle du 30 mars 1634.

... J'ay esté très ayse de veoir que vous vous employez en si bonne œuvre que d'entreprendre de mettre en lumière la vie et action de notre bonne princesse ; estant néanmoins bien triste que je ne vous peux donner telle satisfaction que vous désirez de moi, car pour n'avoir eu l'honneur d'estre longtemps à son service, je ne peux parler avec tant de particularitez comme beaucoup d'autres qui l'ont continuellement servy depuis qu'elle est par deça...

Son humilité très profonde nous estait à toutes un exemple très poignant. Sa charité ne brillait point moins et spécialement vers les soldats. Sa sobriété et sa tempérance si notable que je ne l'aye jamais veu dire la moindre parole ou plainte des viandes mauvaises ou mal accomodées, encore que j'aye veu qu'elle en avait beaucoup de sujet et bien souvent. Le respect et obéissance qu'elle rendait à l'archiduc estait très rare. » — Ici sœur Madeleine s'étend très longuement sur les dévotions de l'Infante et sur la confrérie de Saint Joseph pour laquelle Isabelle demandait des faveurs à Rome.

« Pour ce qui touche l'honneur que j'ay reçeu d'elle, il est fort notable et bien grand, lequel je n'ay aucunement mérité. Toutes les autres dames ont aussy receu la mesme et en peuvent donner ample témoignage. Quant à ce qui doibt estre arrivé à Mariemont, je ne vous en sçaurais rien dire, car je n'ay esté qu'une fois avec sa dicte Altesse et lorsqu'elle était logée en la ville de Bins (Binche.)

... Quant à ce que vous pensez que la sérénissime Infante ne se serait pas tant refroidie de son affection en mon endroit qu'elle ne m'aurait pas escript davantage de lettres que celles que je vous aye envoyé, ce serait faire tort à sa grande vertu de le penser car elle m'a faist l'honneur de me tesmoigner jusques à sa mort la mesme affection que tousjours ; mais quant aux lettres, elles ont esté fort rares et pense bien en avoir receu encore quelques-unes qui ne sont pas de grande considération et que ne trouve point, car tout ce que je désirais négocier avec sadite Altesse, je le faisais par l'entremise de madame de la Fère qui m'estait très grande amie et qui me mandait tout ce qui plaisait à S. A. me mander. »

Après avoir raconté quelques faits narrés dans le cours de ce livre, sœur Madeleine, revenant sur l'humilité de l'Infante, dit :

« Elle recommanda une fois à une sienne servante qu'elle aurait à luy advertir ouvertement toutes les fautes qu'elle luy verrait faire et comme ladite servante, pour luy donner contentement, luy advertissait de quelque chose et elle incontinent advouait avec grande humilité qu'il y avait de la faute ; mais elle rendait incontinant la raison pour-quoy elle l'avait faist ainsy.   Chiflet, T. 97, f. 375.

NOTE XX

Réception des Carmélites à Bruxelles par l'Infante Isabelle. Chiflet, T. 96, f. 100 et s.

Cette sainte compagnie de religieuses tant attendue arriva enfin à Bruxelles, le 22e jour du mois de janvier (1607). Les carrosses les ame-nèrent droict dans la cour du palais où elles mirent pié à terre et furent accompagnées jusqu'à la première antisalle du cartier de l'Infante où la camerière maieure prit la Mère Anne de Jésus par la main et les conduisit dans la chambre de S. A. Comme la Mère Anne s'advança pour faire ses baise-mains, l'Infante commanda qu'elles haussassent leurs voiles et que pareillement elles se dévoilassent devant les dames disant avec une grâce non-pareille que puisqu'elles estaient nouvelles venues c'était bien la raison qu'elles donnassent à coynaitre qui elles estaient.

La bonne princesse leur fist en contre échange tant de caresses qu'elles en restèrent toutes confuses. Après qu'elles luy eurent donné la satisfaction de se laisser veoir et aux dames, elles abaissèrent leurs voiles. Lors l'Infante se mit à entretenir la Mère Anne de Jésus sur cquoy l'archiduc estant survenu, ils demeurèrent tous trois en piés, en conférence d'une grosse heure, jusqu'à ce que se faisant tard, leurs

Altesses la congédièrent afin qu'elle allat se délasser avec ses compagnes, adjioustans que bientost on se reverrait.

Les cavalliers qui les avaient receu à l'entrée, les accompagnèrent jusques à la maison qui leur estait préparée, près du palais, à l'apposite de la place que nous avons dist avoir esté destinée par l'Infante pour les bâtiments de leur église et monastère. Elles trouvèrent le logis commode et tout si exactement réparti et approprié qu'il leur fut aisé à juger que la prévoyance de la princesse en avait disposé l'ordonnance. Aussy y avait-elle esté elle-mesme avec l'archiduc, examinant chaque chose par le menu jusques au faîte de la maison, les constitutions de Sainte Térèse à la main, pour veoir si tout estait conforme à icelles.

Dès le propre jour de leur arrivée, plusieurs, tant des dames que des ménines de l'Infante commencèrent de s'affectionner à leur institut ; mais entre autres mademoiselle Violante de Croy, fille du comte de Solre (laquelle fust depuis appellée Térèse de Jésus), a advoué d'avoir esté touchée intérieurement jusqu'à un tel point qu'avant qu'elle eust jamais parlé à la Mère Anne, elle fust emportée d'un extrème désir d'estre relligieuse quand bien elle eust sceu ne debvoir avoir autre consolation que de vivre avec une si bonne mère.

Leur maison demeura trois jours sans cloture par une inadvertance préméditée à dessein par l'Infante afin que ses dames eussent moyen de les entretenir à souhait. Durant ces jours de communication elles furent accablées de visites et de bons offices, chascun s'efforçant à l'envie de coopérer en quelque manière à une chose qu'on sçavait estre grandement affectionnée aux souverains.

Ces petits colloques des filles avec les relligieuses ne furent pas infructueux, car telles les allaient veoir par pure curiosité et sans dessein, croyant de porter les clefs de la liberté à sa ceinture, qui tout d'un coup se trouvait amoureusement engagée, faisait gloire par après, de renoncer libéralement à sa franchise. Marie Manrique fut la première novice à qui on donna l'habit le 22 juillet de la mesme année, quoyque elle fist bien de la fine et qu'elle s'en pensait d'attendre quand la Mère Anne de Jésus, poussée d'un esprit de prophétie, luy dit pendant l'un de ses entretiens qu'elle n'en recevrait point d'autre devant elle (qu'elle ne recevrait pas de novice avant elle). Jeanne de Tassis fust aussy appelée presque par un mesme moyen. Comme Dieu appella autrefoiz les Apostres, la vénérable Mère (Térèse) par une faveur singulière se laissa veoir à elle (lui apparût) et luy dit en l'embrassant que Dieu l'avait eslevée pour estre de la maison, ce qui s'accomplit quatorze mois après, bien que la pensée de la demoiselle ne concourait pas alors avec sa vocation.

Le jour de la conversion de l'apôtre Saint Paul, l'archevêque de Damas, nonce de S. S., célébra pontificalement dans la maison la première messe conventuelle à laquelle les princes assistèrent. Et le jour de l'Incarnation du Verbe, 25 du mois de mars, fust posée solennellement la pierre fondamentale de leur monastère, que LL. AA. ont fondé, basti et doté de revenus suffisants.

On fit de grands appareils pour cette cérémonie, pour laquelle on dressa des théâtres couverts de tapisseries du haut en bas. L'archiduc et l'Infante montèrent sur celuy qui estait à la main droiste, les dames de la cour n'estaient pas esloignées de l'Infante. Le nonce du Pape estait un peu devant eux et, plus bas, les Grands. Devant les fondements estait un autre théâtre et sur iceluy un autel dressé pour la cérémonie qui fust faiste par l'archevecque de Malines revestu des habits pontificaux. A gauche des théâtres, il y avait une chapelle pour la musique. Devant LL. AA. estaient les maistres d'hostel et tout autour des fondements, les cavalliers et les gardes. La bénédiction de la pierre dura environ deux heures, après laquelle on fist la procession à l'environ du lieu où elle devait estre posée, auquel les princes estant arrivés et l'Infante s'estant mise à genouil fort humblement, on apporta un coffre de plomb dans lequel estait les pièces d'or au coin et armes de LL. AA. ajancé dans le fondement et la première pierre assise sur iceluy. Lors l'Infante, puisant du mortier avec une truelle dorée qu'elle avait en main, elle le jestait sur la pierre et l'estendait avec telle bienséance et modestie qu'elle donnait de la dévotion à tous ceux qui la regardèrent.

L'archiduc en fist par après autant avec un petit marteau doré dont il massonait la pierre avec une grâce et dextérité qui luy attirait la bénédiction de tout le peuple, ayant toujours esté descouvert tant que la cérémonie dura.

La vénérable Mère Anne rendit tout après en peu de paroles, mais fort significatives, un tesmoignage irréprochable, tant de la grande vertu de ces bons princes que des faveurs que l'Ordre recevait de leur pieuse libéralité, par ce qu'elle en escrivist au Père Fr. Diego de Guenara, le 7 avril de la mesme année 1607, en ces mots que j'ay traduits de l'espagnol et tiré avec une partie de ce que je viens de dire de la première fondation de l'Ordre des Carmélites en Flandre, du Père Manrique de l'ordre de Saint Bernard, en la vie de la Mère Anne de Jésus, escrite par le commandement de la S^{me} Infante ainssy que plus ample-

ment nous en parlerons en l'année 1621. « Nos princes (disait ceste
bonne Mère) sont si saints et si exemplaires qu'ils se font aymer et
respecter d'un chascun. Quand à nostre regard, il n'est pas possible
d'exprimer les obligations que nous leur avons, ni les faveurs que
nous recevons d'eux en toutes manières, non plus que l'affection et
l'abondance avec laquelle ils s'employent en tout ce qui nous concerne.
Je vous assure, mon Père, que ceste fondation est comme celles des
relligieuses deschaussées de Saint François de Madrid. »

Tout ce beau bastiment où les relligieuses demeurent aujourd'huy,
c'est un monument perpétuel de la relligion de nos princes, qui
n'avaient point de repos, qu'ils ne le vissent parachevé. L'architecture
est vraymeut royale et toutes les parties si bien entendues qu'il est aysé
à juger a qui la veoid que c'est un ouvrage de prince.

Venceslas Cauberghe en fut l'architecte comme il l'a esté de tous les
plus rares édifices que l'archiduc et l'Infante ont laissés aux siècles
à venir.

En cestui-cy aucuns frais ne fusrent espargnés, jusque là que la modestie des relligieuses faisant un jour un humble reproche de l'excès
de ceste despense sur laquelle on pouvait, à leur advis, espargner autant qu'il en eust fallu pour bastir encore un autre monastère, la bonne
princesse se rit de leur mesnagerie et respondit qu'il n'y avait rien de
perdu entout cela ; ce qui sortait de leur bourse se retrouverait es-
mains des pauvres manouvriers.

La fondation de ceste maison correspond aux bastimens ; car outre
qu'elles (les religieuses) peuvent estre rentées d'ailleurs par la dot des
filles qu'elles reçoivent, LL. AA. les dotant de 3600 florins de rente
y compris l'entretien de trois chapelains et d'un sacristain. Les lettres
en furent expédiées à Marimont, le jour de Toussaint de l'an 1610.

Au bout de quatre ans la maison estant en estat d'estre habitée, le
Saint Sacrement y fust porté la veille de Saint Joseph, au lieu où est
aujourd'huy leur chapitre, accompagné de l'archiduc et de l'Infante qui
assistèrent à la procession avec toutes les relligieuses. Ceste cérémonie
est descrite en peu de mots dans la relation que la Mère Marguerite de
Jésus en a faiste en ces termes :

« La veille de la feste de Saint Joseph de l'an 1611 après vespres,
LL. AA. vindrent en notre chapelle d'où nous passâmes au nouveau
monastère avec une procession très solennelle. L'Ill^{me} nonce de S. S.
portant le T. S. Sacrement. Le S^{me} archiduc avec les grands de sa
cour portaient les bastons du daix. Nous autres, relligieuses, nous
suivions le S. S. deux à deux, avec les voiles abaissés, la cappe blan-

che, un cierge à la main. Nostre vénérable Mère marchait la dernière, la sérénissime Infante la mesnant par la main jusqu'au chœur : Comme nous entrâmes, les musiciens de la cour chantèrent le : Te Deum laudamus, et les complies avec solennité, et le lendemain il y eut messe pontificale. »

Sa relation n'est pas si exacte qu'elle n'y ait voulu espargner la profonde humilité de l'Infante pour ne faire rougir sa modestie durant sa vie, mais elle m'a dit depuis, et la révérende Mère Térèse de Jésus, a présent prieure du monastère de Bruxelles me l'a conférée, que S. A. conduisait la vénérable Mère Anne de Jésus à sa droiste et la tenant ferme par la main, elle l'invita à se délasser avec ces paroles charitables : Appuyez-vous sur moy, vous estes toute malade.

NOTE XXI

Une neuvaine à Notre-Dame de Montaigu.

Il sera intéressant, pour ceux de nos lecteurs qui aiment à s'édifier de la piété de nos archiducs et pour les fidèles pèlerins de l'illustre Vierge de Montaigu, de lire ici le récit d'une de ces neuvaines annuelles qu'Albert et Isabelle y faisaient. Ce récit est d'autant plus intéressant que ce pèlerinage fut le dernier de l'archiduc.

» De l'office divin qui se fit au voyage de Notre-Dame de Montaigu dès le 23 avril 1619 que LL. AA. partirent de Bruxelles, jusqu'à l'onzième de may que LL. AA. au retour vindrent disner à Tervueren.

» Le 23 avril LL. AA. oyrent une messe basse au palais à 9 heures et demie, furent disner à Tervueren et arrivèrent à Louvain à 1 heure du soir. Les musiciens aussy de la cour couchèrent à Louvain et (le reste) prenait le droit chemin de Bruxelles (vers Montaigu).

» Le 24e, mercredy LL. AA. oyrent une messe basse de la chapelle du village où ils estaient logés, furent disner à une abbaye qui s'appelle Ghemp (1) et arrivèrent à Montaigu à cinq heures du soir, où se chanta le Regina Cœli, les litanies de Lorette, le motet pour le reste avec la collecte propre. Le pasteur du lieu avec le surplis et l'estole chanta les collectes au pied de l'autel.

» Le jeudy 25, jour de Saint Marc l'Évangéliste, LL. AA. vindrent en caroce de Diest à Montaigu, où le pasteur chanta la grand'messe à diacre et sous-diacre, avant laquelle furent chantées les grandes litanies

(1) Gempe ou l'Ile-duc, prieuré de Nobertins, fondé par Renier d'Udekem au XIIIe siècle.

de tous les Saints à la fin desquelles le pasteur chanta les versets
et collectes devant l'autel avec la chape. Après la messe, on chanta les
les litanies de Notre Dame avec la collecte derrière l'autel. Les filles
de la chambre et les filles de chambre des dames oyrent trois messes à
Diest, à Mariendal (1), la première à huict heures pour dona Lana,
les deux autres à dix heures. Les religieux de Saint-François les dient
(disent) d'ordinaire quand on les advertit dès la veille.

» Le 26 vendredy, LL. AA. commencèrent la neuvaine. L'Infante
vint à pié depuis Diest avec ses dames, et l'archiduc en son petit caroce.
Un chapelain de l'oratoire dit la messe basse de Notre Dame pendant
laquelle furent chantés deux motets et à la fin d'icelle les litanies avec
la collecte derrière l'autel, ce qui s'observa à tous les jours de la
neuvaine des princes.

» Aux deux autels plus bas que le grand se dient aussy deux messes
basses pour celles de la chambre et pour les filles de chambre des
dames, qui viennent aussi à pié depuis Diest à tous les jours de la
neuvaine.

» Le lieutenant de l'aumône partit de Diest une demi-heure avant les
princes, ramassant tous les pauvres sur le chemin auquel il donna l'aumône en l'église neuve, les faisant entrer l'un après l'autre et après
qu'il a distribué à tous, il a coustume de les destenir dans ladite église,
jusqu'à ce que les princes soyent en chemin pour retourner à Diest.

» Samedy 27 avril fust le second jour de la neuvaine, tout à
l'ordinaire.

» Le dimanche 28 fust aussy jour de neuvaine. Il plut toute la
matinée, mais une pluye morne. Le curé chanta une messe votive de
N. D. avec diacre et sous-diacre, après laquelle on chanta les litanies
de la Vierge avec la collecte, derrière l'autel, à l'ordinaire. A Diest,
après que les princes furent sortis, se dit à Mariendal une messe basse
pour les deux balieuses (?) qui estaient demeurées au palais.

» Lundi 29 fut jour de neuvaine à l'ordinaire, et plut tout le long
du chemin.

» Mardi 30, jour de neuvaine à l'ordinaire.

» Mercredy, premier jour du moy, jour de Saint Philippe et Saint
Jacques, il plut fort tout le long du jour. LL. AA. vindrent en
carroce à Notre Dame et oyrent la première messe d'un de leurs chapelains de l'autel, qui fut chantée à diacre et sous-diacre, et après les
litanies et la collecte, derrière l'autel. A Diest, après que LL. AA.

(1) Couvent de Franciscains dans la partie sud de Diest, près des ruines de
l'ancienne église de Saint-Jean.

furent sortis, on dit deux messes à Mariendal pour celles de la chambre et les criados (la domesticité).

« Le 2 may, jeudy, fut jour de neuvaine à l'ordinaire.

« Le 3 may, jour de feste de l'Invention de la Sainte Croix. LL. AA. vindrent en carroce à Montaigu. Le pasteur chanta la messe à diacre et sous-diacre après laquelle on chanta les litanies de Notre Dame à l'ordinaire derrière l'autel avec la collecte. A Diest se dit une messe pour la Lana, à 8 heures, avant la sortie de LL. AA. et depuis, deux après leur sortie *para las de la camara y las criadas* (pour celles de la chambre et les domestiques).

« Samedy, 4me de may, fut jour de neuvaine à l'ordinaire, sinon que, à cause que c'estait le septième jour de la neuvaine au lieu des deux mottets qui se chantent pendant la messe, on avait coustume de chanter à tel jour l'hymne des joyes de Notre Dame qui durait depuis l'offertoire jusqu'à la fin de la messe, lequel achevé, on ne disait pas la collecte dudit hymne, ainsi en l'achevant on commençait les litanies de la Vierge s'il arrivait que la messe fut achevée avec le dernier vers de l'hymne.

« Le 5 may, premier dimanche du mois, LL. AA. allèrent en carroce à Montaigu où la messe fut chantée à diacre et sous-diacre et paraprès les litanies puis la collecte qui fut chantée par le curé, en pié avec la cape devant l'autel, mais durant les litanies il fut agenouillé. Après les litanies se fit la procession du rosaire à cause du premier dimanche du mois, ainsy qu'on a accoustumé de le faire tous les premiers dimanches du mois. L'Infante accompagna la procession avec ses dames, en laquelle l'Image miraculeuse de la Vierge fut portée, mais non le Saint Sacrement. Et pendant que la procession se faisait, l'archiduc, pour ses incommodités, estait porté dans une chèse autour de l'église à mesure que la procession faisait un circuit plus grand autour de la ville, de manière qu'il rentrait dans l'église avec la procession, laquelle achevée on chanta un verset de Notre Dame et à la fin une collecte par le pasteur devant l'autel. A Diest furent dites les trois messes a l'ordinaire para *la Lana, las de la camara y las criadas*.

« Le 6 du mois de mày, lundy, premier jour des Croix (ou rogations) fut jour de neuvaine. Avant la messe on chanta les grandes litanies des Saints et, à la fin, le curé chanta le verset et la collecte devant l'autel avec le surplis, la cape et l'estole. Après, le chappellain de l'oratoire dit une messe basse de Notre Dame, pendant laquelle furent chantés les mottets à l'ordinaire et à la fin d'icelles les litanies, mottets et collectes de Notre Dame, derrière l'autel.

« Le mardy 7 may, second jour des Croix, fut le dernier jour de la neuvaine. On chanta les grandes litanies avant la messe basse ordinaire, devant être basse. A la fin d'icelle, le pasteur chanta les collectes devant l'autel revestu du surplis, de cape et d'estolle. Pendant la messe fut chantée l'hymne des joyes de la Vierge pour rendre grâces, avec les litanies et la collecte à la fin. Le tout comme au premier jour.

« Le mercredy 8 de may, veille de l'Ascension, LL. AA. se confessèrent à Diest et vindrent en carroce à Notre Dame. Le Père confesseur (selon qu'il le soutient) dit la messe du temps qui fut de l'Apparition de Saint Michel, durant laquelle on ne chanta rien et LL. AA. communièrent. Après la messe, on chanta les grandes litanies et à la fin le curé avec le surplis, la cape et l'estolle, chanta les collectes devant l'autel. Puis le chapelain de l'oratoire célébra la messe du temps en laquelle furent chantés deux mottets à l'ordinaire et à la fin de la messe les litanies et collectes de Lorette derrière l'autel à l'ordinaire. Ce jour, LL. AA. dinèrent en la maison du curé et à trois heures ils vindrent en les vespres qu'ils firent chanter fort solennellement ; à la fin desquelles fut chanté l'hymne Regina cœli avec sa collecte, puis l'hymne des joyes avec sa collecte. Le curé officia à l'autel et chanta la collecte. Toutes les dames s'estaient confessées à Diest la veille, elles communièrent ce jour à Notre Dame aux six heures du matin en l'un des autels qui sont en bas du grand.

« 9 may, jeudy, jour de l'Ascension. LL. AA. vindrent en carroce à Notre Dame où la messe fut chantée solennellement et après icelle, les litanies avec la collecte derrière l'autel. Les dames et filles de la chambre se confessèrent à Diest à six heures et allèrent à Montaigu en carroce pour y mangier.

« Vendredy 10 may. LL. AA. furent à Notre Dame en carroce où ils oyrent la messe du chapelain de l'oratoire avec les deux mottets et à la fin d'icelle, les litanies de Lorette derrière l'autel avec la collecte, puis le mottet contre la peste et la collecte propre. Le pasteur chante les collectes devant l'autel avec le surplis et l'estolle.

« Ce jour, LL. AA. vindrent coucher à Louvain.

« Samedy 11 may. LL. AA. oyrent la messe à Louvain, en une chapelle des sept douleurs de Notre Dame, puis allèrent diner à Tervueren où ils séjournèrent jusqu'à ce qu'il fut temps d'aller à Mariemont. »

Chiflet fait suivre ce compte-rendu du séjour à Montaigu des archiducs, d'une liste qui semble être celle de sommes laissées à Montaigu pour neuvaines et autres dévotions. Nous la traduisons de l'espagnol :

1. La première neuvaine à l'Enfant-Jésus pour qu'il garde généralement notre armée, et les messes peuvent être dites au nom de Jésus.

2. La seconde à Notre Dame.

3. La troisième à Saint Joseph.

4. La quatrième à Saint Michel Archange qui est maître de camp général.

5. Le cinquième à Saint Gabriel qui est le général de la cavallerie.

6. Le sixième à Saint Raphaël qui est le guide de l'armée.

9. Neuf neuvaines aux neuf chœurs des Anges qui sont les soldats.

16. Une à Saint Pierre.

17. Une à Saint Paul.

18. Une à Saint André, patron de la maison de Bourgogne.

19. Une à Saint Jacques, patron de l'Espagne.

20. Une à Sainte Madeleine.

NOTE XXII

AUMONES D'ISABELLE

Chiflet, T. 97, f. 182. — Extraits d'une liste.

560 florins d'aumônes chaque mois.

Aux Déchaussées de Lisbonne, chaque mois 50 florins plus 5 florins pour le change et le port.

A deux orphelines élevées chez une particulière, 10 florins par mois pour chacune.

A Sebastien Ruys, portier des dames, (du palais) pour sa fille Carmélite à Malines, par mois 25 florins.

Pour la lampe de Saint François, du couvent de Bruxelles, 2 florins par mois.

Quand les Pères Capucins prêchèrent le jubilé à l'église de la Chapelle, on donna 500 florins comme ceci : Lorsque S. A. venait à pied avec ses dames accompagnée de toute sa cour, elle donnait à l'entrée de l'église, aux cavaliers vêtus en Capucins, 150 florins. Le mercredi suivant, S. A. venant en ladite église pour la messe et la procession, elle donna aux mêmes cavaliers 250 florins, les florins restant furent distribués à de pauvres veuves ou à des pauvres honteux.

Dans la Semaine Sainte, S. A. donna 500 florins pour tous les monastères de la ville, y compris ceux de Botendael et des Minimes.

Aux trois prisons, 60 florins.

A Noël, 250 florins pour tous les monastères de la ville.

Le jour de Sainte Claire, S. A. donnait autant de patacons qu'il y avait de Clarisses dans la ville où elle se trouvait, plus aux pauvres Clarisses 80 philippes et aux riches Clarisses 40 patacons.

A chaque jubilé extraordinaire, S. A. donnait 500 florins aux pauvres ménages de la ville et on donnait aussi des aumônes dans la rue quand S. A. visitait à pied les églises pour gagner les indulgences.

Outre les cierges dont on a parlé dans le cours de cet ouvrage, S. A. donnait tous les ans 26 flambeaux blancs pour la procession et 26 chandelles pour les charrettes (chars) pour la translation des corps Saints.— Il s'agit ici des châsses mises sur des chars aux processions.

——

T. 97, f. 186 et s. — Nous donnons ici un extrait de quelques charités, dons pieux, etc., que l'Infante offrit au cours de sa vie et qui sont notés avec beaucoup de détails dans une liste très complète qu'en dressa Chiflet. Il nous est impossible de les donner tous ici, nous nous contenterons de ce qui nous paraît le plus remarquable.

Juin 1621. — Etant à Diest (pendant un pèlerinage), S. A. fist présent à N. D. de Montaigu d'un manteau chargé de diamants si riche qu'elle paya 567 florins seulement pour quelques diamants qu'elle adjousta au colet.

Novembre 1621. — Au Père F. Inigo de Brizuela, Jacobin, confesseur de feu l'archiduc, une croix d'or esmaillée et ornée de 213 diamants en valeur de 4900 florins.

Septembre 1622. — S. A. envoya à Rome pour le Père Dominique de Jesus Maria (apparemment pour la chapelle de N. D. de la Victoire) un petit coffre en cristal plein de reliques, garny d'or, ayant dessus un reliquaire en ovale, à rayons et deux Séraphins à costé, ledit reliquaire surmonté d'une croix, dans lequel coffret et reliquaire, S. A. avait enfermé trois reliques. Le reliquaire estait enrichi de 68 diamants. Le tout cousta 892 florins sans comprendre les cristaux qui furent donnés par S. A.

Décembre. — Au Père André de Soto, confesseur de S. A., un devant d'autel de damas blanc et vert avec les orfrois de damas incarnat et jaune, une paire de courtines d'armoizin avec les franges de soie verte et jaune.

A dona Teresa Capata qui se rendait Carméline à Bruxelles, une robbe d'argent pailletée d'or et doublée de taffetas pour vêtir son Jésus. A la même, une robe de velours à fond de satin avec son assortiment

comme S. A. avait accoustumé de les donner à ses autres dames
quand elles entraient en religion.

Juillet 1618. — A la chapelle du Saint Sacrement de miracle de
Bruxelles, une courtine semée d'or, de perles et de diamans où il y
avait cent et douze chiffres du nom de Jésus, d'or esmaillé, nouante-
huit estoilles d'or, garnies chacune de sept diamans, quarante-quatre
pendans d'or esmaillé garnis chascun d'un diamant de neuf florins
pièce, dix aunes de semence de perle en broderie, le tout montant à
cinq mille florins.

L'Infante fit faire, pour le 6 du mois de juin, une triple couronne
en façon de thiare d'or, esmaillée de rouge et de blanc et garnie de
pierreries, de laquelle thiare LL. AA. firent présent au Saint
Sacrement de miracle à Bruxelles. Elle pesait en or 54 onces et 3 es-
calins et contient 164 diamans tant grands que petits et 648 perles
rondes.

Juin. — A l'image de N. D. du Sablon de Bruxelles, un vestement
de toile d'argent frizé de fleurs vertes et une fierte couverte d'armoizin azuré pour porter ladite Image.

Nous passons la quantité d'ornements d'église très riches, devants
d'autels, reliquaires, argenterie, robes de vierge brodées par l'Infante
et ses dames, pour reprendre le chapitre de l'aumône proprement dite.

Le grand aumônier distribuait chaque mois une somme de 500 florins et une autre de 650 pour les pauvres. Mais beaucoup plus
d'argent encore était donné secrètement aux nécessiteux, par l'entremise
de serviteurs discrets. Chiflet estime au moins à mille florins par mois
la somme ainsi distribuée. (f. 203)

Au mois d'aoust 1622, l'Infante fit donner au Frère Claude Vinot
(religieux de Montserrat) mille philippes pour une messe quotidienne
pendant un an, pour l'archiduc, et deux mille philippes en aumônes
au même monastère à charge d'une messe basse perpétuelle tous les
jours pour l'archiduc et, après sa mort, pour elle.

Ce Frère Claude vint de Montserrat à Bruxelles portant une des
étoiles de la couronne de la Vierge, afin que l'Infante en fit faire une
semblable. Ce voyage coûta 1000 philippes et l'étoile plus de 10.000
florins.

En mai 1622 l'Infante donna un de ses apretadors (sorte de bijoux
de corsage) pour en faire une couronne à N. D. de Laeken, il y avait
60 gros diamants sans compter les autres pierreries.

A noter les générosités faites à l'occasion de la canonisation de Saint
François de Borgia «un dais de brocatelle de soie blanche à fleurs oran-

gées et autres avec les gouttières de brocatelle orangée à fleurs blanches, passementées de larges passements d'argent. Plus 234 aunes de fausse toques d'argent pour faire des bouillons et autres, 50 aunes de mesme toque semée de fleurs peintes pour les degrés du dais. Plus un vêtement de velours, passementé d'or et chargé de joyaux.

Chiflet T. 97, f. 222.

Dans les mêmes listes nous trouvons quantité de robes de vierges et d'ornement d'église faits par l'Infante et ses dames. En 1625 elle envoya à Rome au Père Dominique un ornement complet au point de Hongrie qu'elle avait mis deux ans à broder.

F. 225.

Enfin citons en dernier lieu un ornement pour la Cathédrale d'Aix-la-Chapelle pour lequel Isabelle donna une de ses plus belle robes, qu'on broda, rebroda, enrichit de perles et joyaux. On y employa 513 pipes d'or et 129 aunes de soie, sans y compter l'or et la soie des franges, on employa plus d'un an à le broder et il coûta 60.000 florins.

F. 230.

TABLE DES NOMS

TABLE DES MATIÈRES

DU DEUXIÈME VOLUME

TOME II

CHAPITRE I

CHAPITRE II

CHAPITRE III

CHAPITRE IV

CHAPITRE V

CHAPITRE VI

CHAPITRE VII

CHAPITRE VIII

CHAPITRE IX

CHAPITRE X

CHAPITRE XI

—

CHAPITRE XII

—

CHAPITRE XIII

—

CHAPITRE XIV

—

CHAPITRE XV

—

CHAPITRE XVI

CHAPITRE XVII

CHAPITRE XVIII

CHAPITRE XIX

CHAPITRE XX

CHAPITRE XXI

CHAPITRE XXII

CHAPITRE XXIII

—

CHAPITRE XXIV

—

POST MORTEM   523

—

APPENDICE   533

ERRATA DU IIe VOLUME

Page 121. Ligne 1. *Au lieu de* : Jacques II, *lisez* : Jacques I.
Page 403. Ligne 6. *Au lieu de :* Orsay, *lisez* : Orsoy.

OUVRAGES DU MÊME AUTEUR

HISTOIRE DE LA COIFFURE FÉMININE, grand volume in-4°
de XII-822 pages, illustré de près de 600 gravures.
Prix 25 f. oo.
Chez l'auteur, Château Saint-Roch, Couvin (Belgique).

GRANDS SEIGNEURS D'AUTREFOIS : LE DUC ET LA DUCHESSE
DE BOURNONVILLE, 1 volume in-8°. Prix 5 f. oo.
Chez l'auteur.

UN GROUPE DE MYSTIQUES ALLEMANDS. *Étude d'histoire
religieuse au Moyen-Age.* 1 volume in-12°. Prix 3 f. 5o.
Librairie Dewit, 53, Rue Royale, Bruxelles.

SAINTE VÉRONIQUE GIULIANI, ABBESSE DES CAPUCINES, 1 fort
volume in-12°. Prix 3 f. 5o.
Librairie Saint-François, 4, Rue Cassette, Paris VI⁰.

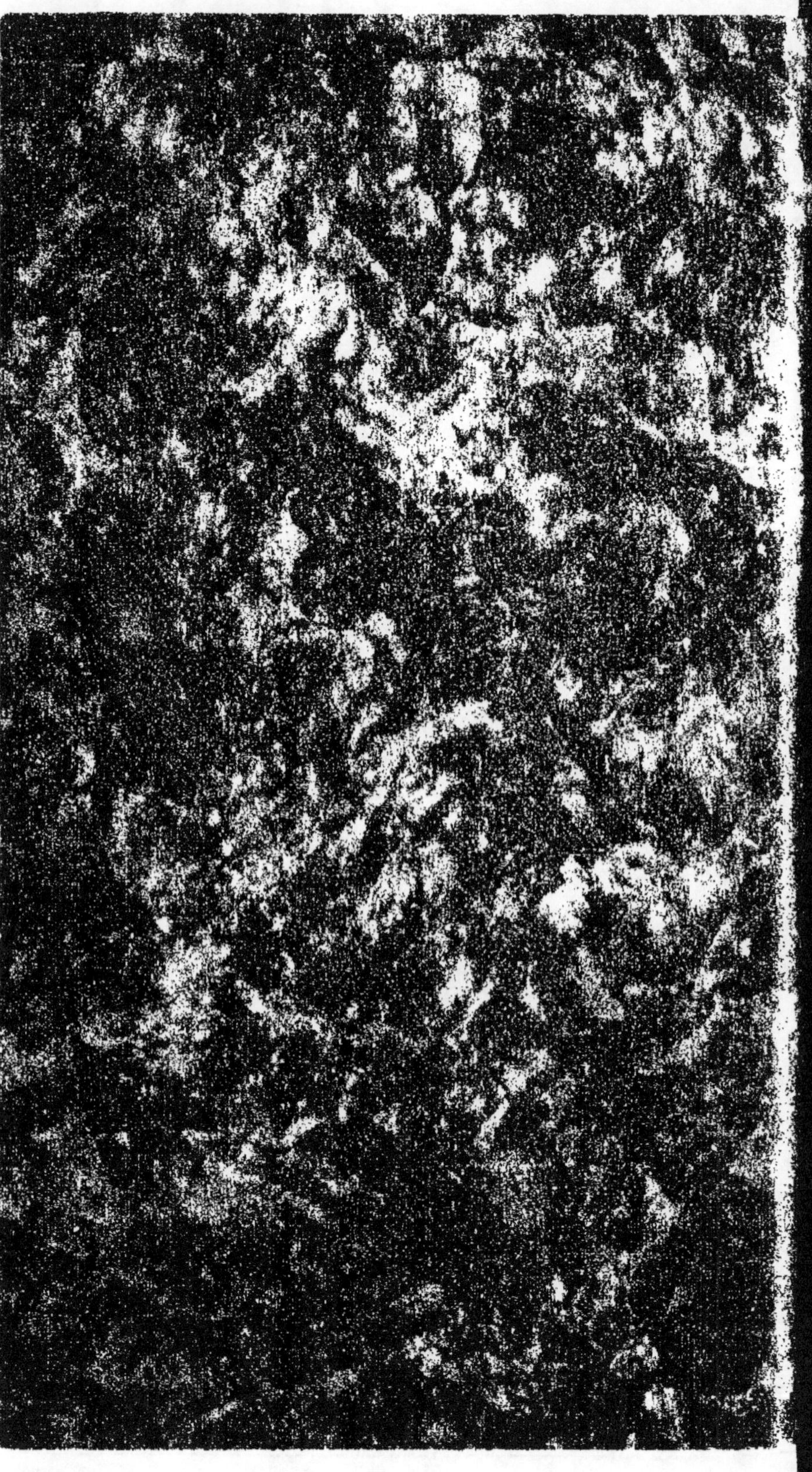

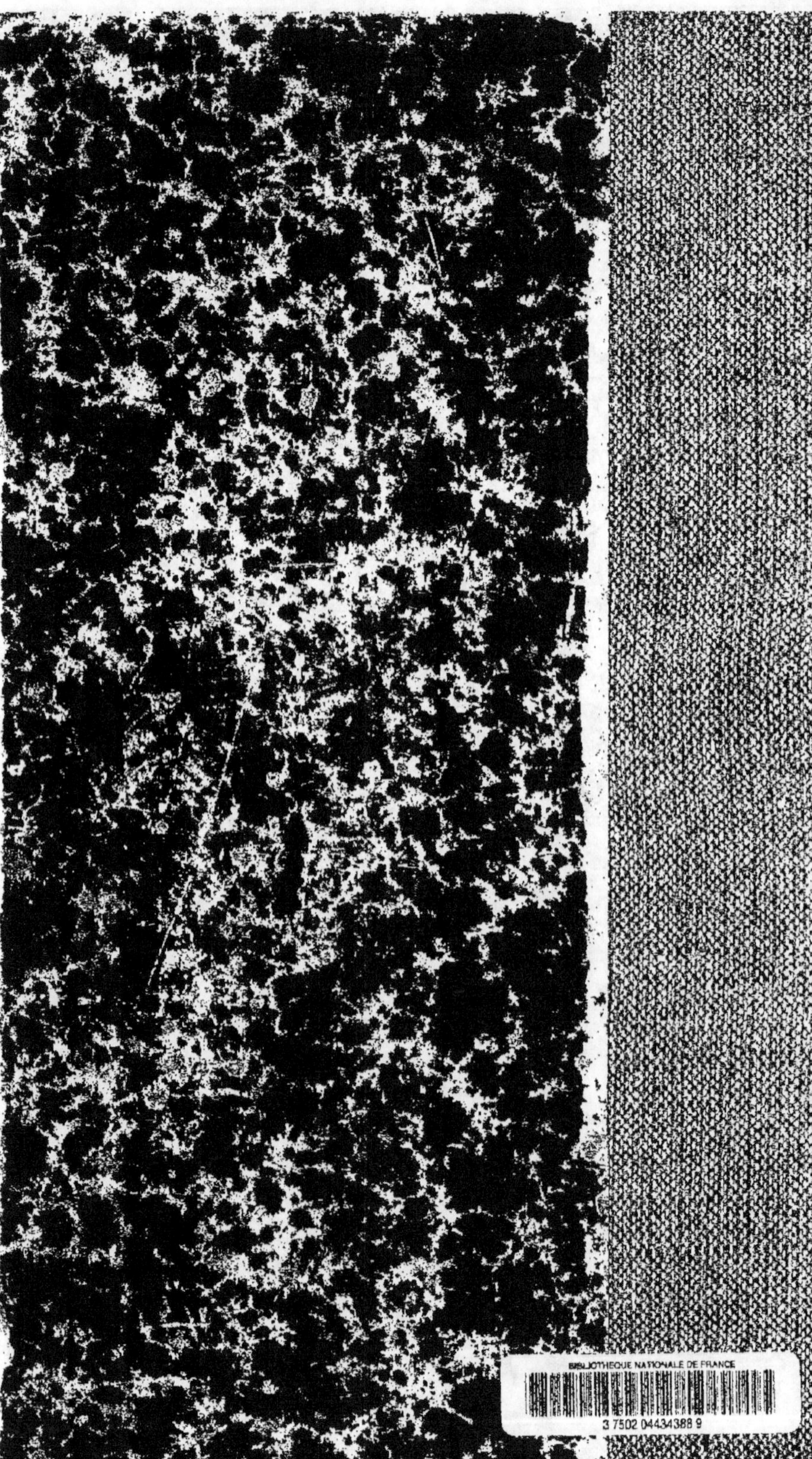